Elisabeth Bürstenbinder

Vineta

e-artnow 2018

Elisabeth Bürstenbinder
Ein Gottesurteil (Historischer Roman)

Elisabeth Bürstenbinder
Gesprengte Fesseln: Aus der Feder der unbestrittenen Beherrscherin der Frauenliteratur

Elisabeth Bürstenbinder
Frühlingsboten (Liebesroman)

Alexander von Ungern-Sternberg
Liselotte (Historischer Roman)

Elisabeth Bürstenbinder
Gesammelte Liebesromane & Novellen: Frühlingsboten, Gesprengte Fesseln, Vineta, Ein Gottesurteil, Adlerflug, Glück auf!, Am Altar, ...Standpunkt, Der Lebensquell, Edelwild

Elisabeth Bürstenbinder

Vineta

Liebesroman aus der Welt des Adels - Ein Klassiker der Frauenliteratur

e-artnow, 2018
Kontakt: info@e-artnow.org

ISBN 978-80-273-1099-9

Der heiße Sommertag neigte sich seinem Ende entgegen. Die Sonne war bereits gesunken, nur das Abendrot weilte noch am Horizont und warf seinen glühenden Schimmer über das Meer hin, das ruhig, kaum von einem Hauche bewegt, den letzten Abglanz des scheidenden Tages empfing.

Am Strande des Badeortes C., etwas abseits von der großen Strandpromenade, wo sich, wie gewöhnlich um diese Stunde, das bunte und glänzende Gewühl der Badegäste entfaltete, lag ein einfaches Landhaus. Es zeichnete sich vor den andern, meist viel größeren und prächtigeren Häusern und Villen des Ortes nur durch die Schönheit seiner Lage aus, denn seine Fenster boten eine unbegrenzte Aussicht über das Meer hin. Sonst stand es ziemlich einsam und abgeschlossen da und konnte wohl nur von solchen Gästen bevorzugt werden, die das geräuschvolle Badeleben von C. eher mieden als aufsuchten.

In der geöffneten Glasthür, welche auf den Balkon hinaus führte, stand eine Dame in Trauerkleidung. Sie war von hoher, stolzer Gestalt und konnte noch für schön gelten, obwohl sie den Höhepunkt des Lebens bereits erreicht hatte. Dieses Gesicht mit seinen fest und regelmäßig gezeichneten Linien hatte wohl niemals den Reiz der Anmut und Lieblichkeit besessen, aber ebendeshalb hatten die Jahre ihm auch nichts von seiner kalten, strengen Schönheit nehmen können, die sich noch jetzt siegreich behauptete. Das tiefe Schwarz des Anzuges, der Kreppschleier über der Stirn deuteten auf einen schweren, wohl erst kürzlich erlittenen Verlust, aber man suchte vergebens eine Spur vergossener Thränen in diesen Augen, einen Schimmer von Weichheit in den energischen Zügen. War ein Schmerz dieser Frau wirklich nahe getreten, so war er entweder nicht allzu tief gefühlt worden, oder bereits überwunden.

An der Seite der Trauernden stand ein Herr, gleichfalls von vornehmem Aeußeren. Er mochte in Wirklichkeit nur einige Jahre älter als seine Nachbarin sein, und doch hatte es den Anschein, als läge mehr als ein Jahrzehnt zwischen ihnen, denn an ihm waren die Zeit und das Leben nicht so spurlos vorübergegangen. Der ernste, charaktervolle Kopf mit den scharf und tief ausgeprägten Zügen schien schon manchen Sturm durchlebt zu haben; das dunkle Haar war schon hier und da ergraut; in die Stirn grub sich Falte an Falte, und der Blick hatte etwas Düsteres, Schwermütiges, das sich dem ganzen Antlitz des Mannes mitteilte. Er hatte bisher mit angestrengter Aufmerksamkeit auf das Meer hinausgeblickt und wendete sich jetzt mit einer Bewegung der Ungeduld ab.

»Noch immer nichts zu sehen! Sie werden schwerlich vor Sonnenuntergang zurückkehren,«

»Du hättest uns von deiner Ankunft vorher benachrichtigen sollen,« sagte die Dame. »Wir erwarteten dich erst in einigen Tagen. Uebrigens ist das Boot nicht eher zu erblicken, bis es den waldigen Vorsprung dort umsegelt, und dann ist es auch in wenigen Minuten hier,«

Sie trat in das Zimmer zurück und wandte sich zu einem Diener, der im Begriff war, mehrere Reiseeffekten in eins der anstoßenden Gemächer zu tragen.

»Geh hinunter nach dem Strande, Pawlick!« befahl sie, »und sobald das Boot der jungen Herrschaften landet, benachrichtige sie, daß der Herr Graf Morynski eingetroffen ist.«

Der Diener entfernte sich, dem erhaltenen Befehle gemäß. Auch Graf Morynski gab seinen Ausblick vom Balkon auf und trat in das Zimmer, wo er an der Seite der Dame Platz nahm,

»Verzeih die Ungeduld!«, sagte er. »Das Wiedersehen der Schwester sollte mir vorläufig wohl genug sein, aber ich habe mein Kind ja seit einem Jahre nicht gesehen,«

Die Dame lächelte. »Du wirst von dem ›Kinde‹ nicht mehr allzuviel erblicken. Ein Jahr bedeutet viel in solchem Alter, und Wanda verspricht schön zu werden.«

»Und ihre geistige Entwicklung? Du sprachst dich in deinen Briefen stets mit Befriedigung darüber aus.«

»Gewiß! Sie überflügelte stets ihre Aufgaben; ich habe eher zügeln als antreiben müssen. In dieser Hinsicht blieb mir nichts zu wünschen übrig, wohl aber in einer andern. Wanda besitzt einen stark ausgeprägten Eigenwillen und weiß ihn leidenschaftlich zu behaupten. Ich habe mir bisweilen den Gehorsam erzwingen müssen, den sie sehr geneigt war, mir zu versagen.«

Ein flüchtiges Lächeln erhellte das Gesicht des Vaters, als er entgegnete: »Ein eigentümlicher Vorwurf in deinem Munde! Einen Willen haben und ihn unter allen Umständen behaupten, ist ja wohl ein hervorragender Zug deines Charakters, ein Zug unsrer Familie überhaupt.«

»Der aber bei einem sechzehnjährigen Mädchen noch unter keinen Umständen zu dulden ist, denn da äußert er sich nur als Trotz und Laune,« fiel ihm die Schwester ins Wort. »Ich sage es dir im voraus, du wirst noch öfter damit zu kämpfen haben.«

Es schien, als sei diese Wendung des Gespräches dem Grafen nicht besonders angenehm. »Ich weiß, daß ich mein Kind keinen besseren Händen übergeben konnte, als den deinigen,« sagte er ablenkend, »und deshalb freut es mich doppelt, daß Wanda jetzt, wo ich sie wieder zurücknehme, deine Nähe nicht ganz zu entbehren braucht. Ich glaubte nicht, daß du dich so bald nach dem Tode deines Gemahls zur Rückkehr entschließen würdest, und rechnete auf dein Verbleiben in Paris, wenigstens bis zur Vollendung von Leos Studien.«

Die Dame machte eine verneinende Bewegung. »Ich bin in Paris nie heimisch geworden, trotz unsres jahrelangen Aufenthaltes dort. Das Los der Verbannten ist kein beneidenswertes, du weißt es aus eigener Erfahrung, Fürst Baratowski freilich durfte den heimatlichen Boden nicht wieder betreten, seiner Witwe und seinem Sohne aber kann man die Rückkehr nicht verweigern; deshalb habe ich mich unverweilt dazu entschlossen. Leo muß endlich einmal die Luft seines Vaterlandes atmen, um sich ganz als Sohn dieses Landes zu fühlen. Auf ihm ruht jetzt die alleinige Vertretung unsres Geschlechtes. Er ist freilich noch sehr jung, aber er muß es lernen, seinen Jahren voran zu eilen und sich mit den Pflichten und Aufgaben vertraut zu machen, die nach des Vaters Tode an ihn herantreten.«

»Und wo gedenkst du deinen Aufenthalt zu nehmen?« fragte Graf Morynski. »Du weißt, daß mein Haus dir jederzeit –«

»Ich weiß es,« unterbrach ihn die Fürstin, »aber ich danke dir. Für mich handelt es sich vor allem darum, Leos Zukunft zu sichern und ihm die Möglichkeit zu geben, seinen Namen und seine Stellung vor der Welt zu behaupten. Das war schon schwer genug in den letzten Jahren; jetzt ist es vollends zur Unmöglichkeit geworden. Du kennst unsre Vermögensverhältnisse und weißt, welche Opfer uns die Verbannung gekostet hat. Es muß irgend etwas geschehen. Um meines Sohnes willen habe ich mich zu einem Schritte entschlossen, den ich für mich allein nicht gethan hatte – errätst du, weshalb ich gerade C. zum Sommeraufenthalt wählte?«

»Nein, aber befremdet hat es mich. Das Gut Witolds liegt nur zwei Stunden von hier entfernt und ich glaubte, daß du diese Nähe eher zu vermeiden wünschest. Oder stehst du neuerdings in Verkehr mit Waldemar?«

»Nein,« sagte die Fürstin kalt. »Ich habe ihn nicht gesehen, seit wir damals nach Frankreich gingen, und seitdem kaum eine Zeile von ihm erhalten. Er hat in all den Jahren nicht nach der Mutter gefragt.«

»Aber die Mutter auch nicht nach ihm,« warf der Graf hin.

»Sollte ich mich einer Zurückweisung, einer Demütigung aussetzen?« fragte die Fürstin etwas gereizt. »Dieser Witold hat mir von jeher feindselig gegenüber gestanden und seine unumschränkten Vormundschaftsrechte in verletzendster Weise gegen mich geltend gemacht. Ich bin machtlos ihm gegenüber.«

»Er hätte aber schwerlich gewagt, dir den Verkehr mit Waldemar zu untersagen; dazu stehen die Rechte einer Mutter denn doch zu hoch, wenn du sie nur mit deiner gewöhnlichen Entschiedenheit geltend gemacht hättest. Das ist aber, meines Wissens, nie geschehen, denn – sei aufrichtig, Jadwiga! – du hast deinen ältesten Sohn nie geliebt.«

Jadwiga erwiderte nichts auf diesen Vorwurf. Sie stützte schweigend den Kopf in die Hand.

»Ich begreife es, daß er nicht die erste Stelle in deinem Herzen einnimmt,« fuhr der Graf fort. »Er ist der Sohn eines ungeliebten, dir aufgedrungenen Gatten, die Erinnerung an eine Ehe, die dich noch jetzt mit Bitterkeit erfüllt; Leo ist das Kind deines Herzens und deiner Liebe –«

»Und sein Vater hat mir nie den geringsten Anlaß zu einer Klage gegeben,« ergänzte die Fürstin mit Nachdruck.

Der Graf zuckte leicht die Achseln. »Du beherrschtest Baratowski aber auch vollständig. Doch davon ist jetzt nicht die Rede. Du hast einen Plan? Willst du frühere, halb vergessene Beziehungen wieder aufnehmen?« »Ich will endlich einmal die Rechte geltend machen, deren mich Nordecks Testament beraubte, dieses unselige Testament, in dem der Haß gegen mich jede Zeile diktiert hatte, das die Witwe wie die Mutter gleich rechtlos machte. Es bestand bisher in voller Kraft, aber es spricht Waldemar auch mit dem einundzwanzigsten Jahre mündig. Er hat kürzlich dieses Alter erreicht und ist somit Herr seines Willens. Ich will doch sehen, ob er es darauf ankommen läßt, daß seine Mutter bei ihren Verwandten eine Zuflucht suchen muß, während er zu den reichsten Grundbesitzern des Landes zählt und es ihm nur ein Wort kostet, mir und seinem Bruder auf einem der Güter eine standesgemäße Existenz zu sichern.«

Morynski schüttelte zweifelnd den Kopf. »Du rechnest auf Kindesgefühl bei diesem Sohne? Ich fürchte, du täuschest dich. Seit seiner frühesten Jugend ist er dir entfremdet, und man hat ihn schwerlich gelehrt, die Mutter zu lieben. Ich habe ihn nur als Knaben gesehen und damals den allerungünstigsten Eindruck von ihm empfangen. Eins aber weiß ich mit Bestimmtheit, fügsam war er nicht.«

»Auch ich weiß es,« versetzte die Fürstin mit vollkommener Ruhe. »Er ist der Sohn seines Vaters, wie dieser roh, unbändig, unempfänglich für alles Höhere. Schon als Knabe glich er ihm Zug für Zug, und was die Natur gab, wird die Erziehung bei solch einem Vormunde, wie Witold, wohl vollendet haben. Ich täusche mich durchaus nicht über Waldemars Charakter, aber trotzdem wird er zu leiten sein. Untergeordnete Naturen fügen sich schließlich immer einer geistigen Ueberlegenheit, wenn man es nur versteht, sie in der rechten Weise geltend zu machen.«

»Konntest du seinen Vater leiten?« fragte der Bruder ernst.

»Du vergißt, Bronislaw, daß ich damals ein siebenzehnjähriges Mädchen ohne Erfahrung, ohne Menschenkenntnis war. Jetzt würde ich auch mit einem solchen Charakter fertig werden und mir die Herrschaft über ihn zu sichern wissen. Bei Waldemar steht mir außerdem noch die mächtige Autorität der Mutter zur Seite. Er wird sich ihr beugen.«

Der Graf sah sehr ungläubig aus bei diesen mit großer Entschiedenheit gesprochenen Worten. Zu einer Erwiderung fand er keine Zeit, denn jetzt vernahm man im Vorzimmer einen leichten raschen Schritt. Die Thür wurde in stürmischer Eile geöffnet; ein junges Mädchen flog herein und lag in den nächsten Minuten in den Armen Morynskis, der aufgesprungen war und die Tochter mit leidenschaftlicher Zärtlichkeit an seine Brust schloß.

Die Fürstin hatte sich gleichfalls erhoben. Es schien, als finde sie die gar zu stürmische Begrüßung von seiten der jungen Dame nicht ganz in der Ordnung, indessen äußerte sie nichts, sondern wandte sich zu ihrem Sohne, der soeben eintrat.

»Ihr seid sehr lange ausgeblieben, Leo. Wir warten bereits seit einer Stunde auf eure Rückkehr.«

»Verzeih, Mama! Der Sonnenuntergang auf dem Meere war so schön, daß wir auch nicht eine Minute davon verlieren mochten.«

Mit diesen Worten trat Leo Baratowski zu seiner Mutter. Er war in der That noch sehr jung, vielleicht siebzehn oder achtzehn Jahre, und es bedurfte nur eines Blickes in sein Gesicht, um dort die Züge der Fürstin wiederzuerkennen. Die Aehnlichkeit war so auffallend, wie sie nur zwischen Mutter und Sohn möglich ist, und doch trug der jugendlich schöne Kopf des letzteren, mit dem dunkeln, leicht gelockten Haare ein durchaus andres Gepräge. Es fehlte der kalte, strenge Ausdruck darin. Hier war alles Feuer und Leben; in den dunkeln Augen flammte die volle Leidenschaftlichkeit eines heißen, noch ungezügelten Temperamentes, und die ganze Erscheinung war ein solches Bild von Jugendkraft und Jugendschönheit, daß man den Stolz begriff, mit dem die Fürstin jetzt die Hand ihres Sohnes nahm, um ihn dem Oheim zuzuführen.

»Leo hat keinen Vater mehr,« sagte sie ernst. »Ich rechne auf dich, Bronislaw, wo ihm der Rat und die Führung eines Mannes in seiner Laufbahn notwendig ist.«

Der Graf ließ seinem Neffen eine herzliche, warme, aber weit ruhigere Umarmung zu teil werden, als vorhin der Tochter. Das Wiedersehen mit ihr schien für jetzt alle andern Empfindungen bei ihm in den Hintergrund zu drängen. Seine Blicke kehrten immer wieder zu dem jungen Mädchen zurück, das in dem Jahre, wo er es nicht gesehen, die Kindheit fast völlig abgestreift hatte.

Wanda glich ihrem Vater nicht im mindesten. Die Aehnlichkeit, die bei Leo und seiner Mutter so auffallend hervortrat, fehlte hier gänzlich zwischen Vater und Tochter, Die junge Gräfin Morynska war überhaupt ein durchaus eigenartiges Wesen. Die seine graziöse Gestalt gehörte noch halb dem Kinde an und hatte sich augenscheinlich noch nicht zu ihrer vollen Höhe entwickelt, auch die Züge des Gesichts waren noch halb kindlich, obgleich sie bereits den Ausspruch der Fürstin Baratowska rechtfertigten. Etwas bleich war dieses Gesicht, dessen Wangen nur ein leiser Schimmer von Röte färbte, aber die Blässe hatte nichts Krankhaftes und beeinträchtigte nicht im mindesten den Eindruck vollster Jugendfrische. Das reiche, tiefschwarze Haar ließ die Weiße der Hautfarbe noch mehr hervortreten, und unter langen schwarzen Wimpern bargen sich dunkle, feuchtschimmernde Augen. Wanda versprach in der That, dereinst schön zu werden, für den Augenblick war sie es freilich noch nicht, dafür besaß sie aber jenen eigentümlichen Reiz, der manchen Mädchengestalten gerade dann eigen ist, wenn sie auf der Grenze zwischen Kind und Jungfrau stehen. Es war eine reizende Mischung von dem Mutwillen und der Unbefangenheit des Kindes und dem Ernste der jungen Dame, die sich bei jeder Gelegenheit ihrer sechzehn Jahre erinnert. Der Schmelz der ersten Jugend, der erst halb erschlossenen Knospe, der wie ein duftiger Hauch auf der ganzen Erscheinung ruhte, machte sie doppelt anziehend. Die erste Aufregung des Wiedersehens war vorüber und das Gespräch lenkte nun in ruhigere Bahnen. Graf Morynski hatte seine Tochter neben sich auf den Sessel niedergezogen und machte ihr scherzend Vorwürfe über ihre verspätete Rückkehr.

»Ich wußte ja nichts von deiner Ankunft, Papa,« verteidigte sich Wanda. »Und dann hatte ich auch ein Abenteuer im Walde –«

»Im Walde?« unterbrach sie die Fürstin. »Warst du denn nicht mit Leo auf dem Meere?«

»Nur auf der Rückfahrt, liebe Tante. Wir wollten, wie verabredet, nach dem Buchenholm segeln; Leo meinte, der Weg zur See dorthin sei weit näher als der Fußpfad durch den Wald. Ich behauptete das Gegenteil; wir stritten eine Weile darüber und beschlossen endlich, uns gegenseitig den Beweis zu liefern. Leo segelte allein ab, und ich schlug den Waldweg ein.«

»Auf dem du denn auch richtig den Buchenholm erreichtest, als ich bereits eine halbe Stunde dort war,« triumphierte Leo.

»Ich hatte mich verirrt,« erklärte die junge Dame mit großer Bestimmtheit. »Und ich wäre vielleicht noch im Walde, wenn man mich nicht zurecht gewiesen hätte.«

»Wer wies dich zurecht?« fragte der Graf.

Wanda lachte mutwillig, »Ein Waldgeist! Eins von den alten Hünengespenstern, die zuzeiten hier umgehen sollen! Aber du darfst mich jetzt nicht mehr fragen, Papa. Leo brennt vor Begierde, es zu erfahren; er hat mich während der ganzen Rückfahrt mit seinen Fragen gequält, und deshalb erfährt er auch nicht eine Silbe davon.«

»Erfindung!« rief Leo lachend. »Ein Vorwand, um deine verspätete Ankunft zu erklären. Du würdest eher ein ganzes Märchen erfinden, als zugeben, daß ich diesmal recht hatte.«

Wanda war im Begriff, die Neckerei zurückzugeben, als die Fürstin sich einmischte. »Vorwand oder nicht!« sagte sie scharf, »Jedenfalls war dieser einsame und eigenmächtige Spaziergang im höchsten Grade unpassend. Ich hatte dir die Erlaubnis gegeben, in Leos Begleitung eine kurze Meerfahrt zu machen, und ich begreife nicht, wie er dich stundenlang im Walde allein lassen konnte.«

»Wanda wollte es durchaus,« entschuldigte sich Leo, »sie wünschte unsern Streit hinsichtlich des Weges entschieden zu sehen.«

»Jawohl, liebe Tante, ich wollte es« – die junge Dame legte einen so entschiedenen Nachdruck auf das Wort, wie sie es schwerlich gewagt haben würde ohne die schützende Nähe des Vaters – »und da wußte Leo sehr gut, daß es ganz vergeblich gewesen wäre, mich zurückzuhalten.«

Die Miene der Fürstin zeigte deutlich, daß sie es wieder einmal für nötig hielt, dem Eigenwillen ihrer Nichte mit «vollster Strenge entgegenzutreten. Sie war im Begriff, eine sehr ernste Rüge auszusprechen, als ihr Bruder ihr zuvorkam.

»Du erlaubst wohl, daß ich Wanda mit mir nehme?« sagte er, rasch einfallend. »Ich fühle mich doch etwas ermüdet von der Reise und möchte mich auf mein Zimmer zurückziehen. Auf Wiedersehen also!« Damit stand er auf, nahm den Arm seiner Tochter und verließ mit ihr das Zimmer.

»Der Onkel scheint ganz und gar hingerissen zu sein von Wandas Anblick,« bemerkte Leo, als die beiden verschwunden waren. Die Fürstin sah ihnen schweigend nach.

»Er wird sie verziehen,« sagte sie endlich halblaut, »Er wird sie mit derselben blinden Vergötterung umfassen, wie einst ihre Mutter, und Wanda wird bald genug ihre Macht kennen und brauchen lernen. Das war es, was ich fürchtete bei dieser Rückkehr zum Vater. Schon die erste Stunde zeigt, daß ich recht hatte.– Was ist das mit diesem Abenteuer im Walde, Leo?«

Der Gefragte zuckte die Achseln, »Ich weiß es nicht. Vermutlich wieder eine von Wandas Neckereien. Sie machte mich zuerst mit allerlei Andeutungen neugierig, um mir dann hartnäckig jede Auskunft zu verweigern und sich an meinem Aerger zu ergötzen. Du kennst ja ihre Art.«

»Jawohl, ich kenne sie.« Auf der Stirn der Fürstin lag eine leichte Falte. »Wanda liebt es nun einmal, mit allen zu spielen, alle, die in ihre Nähe kommen, ihren Mutwillen fühlen zu lassen. Du solltest ihr das nicht so leicht machen, Leo, wenigstens soweit es dich betrifft,«

Der junge Fürst errötete bis an die Stirn. »Ich, Mama? Ich bin ja oft genug im Streit mit Wanda.«

»Und läßt dich trotzdem am Gängelband ihrer Launen leiten, wie und wohin es ihr beliebt. Laß das gut sein, mein Sohn! Ich weiß, wer bei euren Streitigkeiten schließlich triumphiert– doch das sind für jetzt noch Kindereien. Ich wollte etwas Ernstes mit dir besprechen; schließe die Balkonthür und komme hierher an meine Seite!«

Leo gehorchte; sein Gesicht verriet, daß er verletzt war, vielleicht weniger durch die eben empfangene Zurechtweisung als durch den Ausdruck »Kindereien«.

Die Fürstin nahm jedoch nicht die geringste Notiz von seiner Stimmung.

»Du weißt,« begann sie, »daß ich bereits einmal vermählt war, ehe ich deinem Vater die Hand reichte, und daß ein Sohn aus dieser ersten Ehe existiert. Du weißt auch, daß er in Deutschland erzogen wurde, hast ihn aber bisher noch niemals gesehen. Das wird jetzt geschehen. Du wirst ihn kennen lernen.«

Leo fuhr mit dem Ausdruck der lebhaftesten Ueberraschung empor. »Meinen Bruder Waldemar?«

»Waldemar Nordeck, ja!« Der Nachdruck, den die Fürstin auf den Namen legte, enthielt einen vielleicht unbeabsichtigten, aber ganz entschiedenen Widerspruch gegen jede Zusammengehörigkeit dieses Nordeck mit einem Baratowski. »Er lebt hier in der Nähe auf dem Gute seines Vormundes. Ich habe ihm von unserm Hiersein Nachricht gegeben und erwarte ihn in diesen Tagen.«

Leos früherer Unmut war verflogen. Der Gegenstand des Gespräches interessierte ihn augenscheinlich aufs höchste. »Mama,« sagte er zögernd, »darf ich nicht endlich Näheres über diese düsteren Familiengeschichten erfahren? Ich weiß nur, daß deine erste Ehe eine unglückliche war, daß du mit Waldemars Verwandten und seinem Vormunde gänzlich zerfallen bist, und auch das weiß ich nur aus den Andeutungen des Onkels und der alten Diener unsres Hauses. An dich und den Vater habe ich nie eine Frage über diesen Punkt gewagt. Ich sah, daß sie ihn verletzte und dich erzürnte. Ihr schient beide jede Erinnerung daran verbannen zu wollen.«

In dem Antlitze der Fürstin lag ein seltsamer Ausdruck von Härte, und dieselbe Härte klang auch in ihrer Stimme, als sie erwiderte: »Gewiß! Demütigung und Erniedrigung deckt man am besten mit Vergessenheit, und an beiden ist jene unselige Verbindung überreich gewesen. Frage mich jetzt nicht danach, Leo! Du kennst die Ereignisse – laß dir daran genügen! Ich kann und will dich nicht Schritt für Schritt in ein Familiendrama einführen, an das ich noch jetzt nicht denken kann, ohne daß der Haß gegen einen Toten sich in mir regt. Ich dachte diese drei Jahre gänzlich aus meinem Leben zu streichen und ahnte nicht, daß ich dereinst selbst gezwungen sein werde, sie wieder hervorzurufen.«

»Und wer zwingt dich dazu?« fragte Leo rasch. »Doch nicht etwa unsre Rückkehr? Wir gehen jedenfalls nach Rakowicz zum Onkel.«

»Nein, mein Sohn, wir gehen nach Wilicza.«

»Wilicza?« wiederholte Leo befremdet. »Das ist ja – Waldemars Herrschaft.«

»Es wäre mein Witwensitz gewesen, ohne jenes Testament, das mich verstieß,« sagte die Fürstin schneidend. »Jetzt ist es das Eigentum meines Sohnes – es wird wohl für seine Mutter Platz darauf sein.«

Leo trat mit ungestümer Bewegung einen Schritt zurück. »Was heißt das?« rief er heftig. »Willst du dich vor diesem Waldemar zu einer Bitte erniedrigen? Ich weiß, daß wir arm sind, aber eher will ich alles ertragen, alles entbehren, ehe ich zugebe, daß du um meinetwillen – «

Die Fürstin erhob sich plötzlich. Ihr Blick und ihre Haltung waren so gebietend, daß der Sohn mitten in seinem leidenschaftlichen Widerspruch verstummte.

»Hältst du deine Mutter für fähig, sich zu erniedrigen?« fragte sie. »Kennst du sie so wenig? Überlaß es mir, mein Sohn, meine und deine Stellung zu wahren! Du brauchst mir wahrlich nicht die Grenze zu ziehen, bis zu der ich gehen darf. Ich kenne sie allein.«

Leo schwieg und sah zu Boden. Die Mutter trat ihm näher und nahm seine Hand.

»Wird dieser Feuerkopf denn nie ruhig denken lernen?« sagte sie milder. »Es wird ihm doch noch so notwendig sein im Leben. Meinen Plan mit Waldemar werde ich allein ausführen. Du, mein Leo, sollst nichts von dem empfinden, was ihm vielleicht Bitteres für mich anhaftet. Du sollst den Blick frei behalten und den Mut ungebeugt für die Zukunft, die deiner wartet. Das ist deine Aufgabe; die meine ist es, dir diese Zukunft zu sichern um jeden Preis. Vertraue deiner Mutter!«

Sie zog den Sohn an sich, der wie in stummer Abbitte ihre Hand an seine Lippen drückte, und als sie sich jetzt niederbeugte, das schöne lebensvolle Antlitz zu küssen, da sah man, daß die kalte strenge Frau es doch wenigstens verstand, Mutter zu sein, und daß Leo, trotz der Strenge, mit der sie ihn behandelte, doch der Abgott dieser Mutter war.

»Thun Sie mir den Gefallen, Doktor, und hören Sie endlich einmal auf mit diesen ewigen Lamentationen! Ich sage Ihnen, der Junge ist nicht zu ändern. Ich habe es oft genug versucht; sechs Hofmeister haben mir nacheinander dabei geholfen. Wir konnten alle nichts mit ihm ausrichten, und Sie können es erst recht nicht – also lassen Sie ihm seinen Willen!«

Es war der Gutsbesitzer Herr Witold auf Altenhof, der dem Erzieher seines Mündels im kräftigsten Tone diese Rede hielt. Die beiden Herren befanden sich in der großen Eckstube des Wohnhauses, deren Fenster der Hitze wegen weit geöffnet waren und deren ganzes Aussehen zeigte, daß ihr Bewohner Dinge wie Eleganz und Behaglichkeit für sehr überflüssig, wenn nicht gar für schädlich hielt. Die einfachen, zum Teil sehr altertümlichen Möbel waren ohne die mindeste Rücksicht auf geschmackvolle oder auch nur passende Anordnung da- und dorthin geschoben, wie es gerade die augenblickliche Bequemlichkeit erforderte. An den Wänden hingen Flinten, Jagdgerätschaften und Hirschgeweihe, gleichfalls ohne jede Wahl geordnet. Wo gerade Platz war, hatte man einen Nagel eingeschlagen und den betreffenden Gegenstand daran befestigt, unbekümmert darum, wie er sich ausnahm. Auf dem Schreibtisch lagen Wirtschaftsrechnungen, Tabakspfeifen, Sporen und ein halbes Dutzend neuer Reitpeitschen bunt durcheinander. Die Zeitung befand sich auf dem Teppiche, der allerdings vorhanden war, wenigstens dem Namen nach, dessen Abwesenheit dem Zimmer aber jedenfalls zu größerer Zierde gereicht hätte, denn er zeigte deutliche Spuren davon, daß die großen Jagdhunde ihn als täglichen Ruheplatz erwählt hatten. Überhaupt stand und lag kein Ding an dem Platze, wohin es eigentlich gehörte, vielmehr jedes da, wo es gerade zuletzt gebraucht worden war und wo es nun für spätere Fälle liegen blieb. Von dem Kunstsinne des Bewohners gab nur ein einziger Gegenstand in dem Gemache ein freilich haarsträubendes Zeugnis, ein in den grellsten Farben gemaltes Jagdstück, das über dem Sofa hing und dort an der Hauptwand den Ehrenplatz behauptete.

Der Gutsherr saß in seinem Lehnstuhl am Fenster, ganz umlagert von mächtigen Tabakswolken, die er aus seiner Meerschaumpfeife blies. Er war ein angehender Sechziger, sah aber trotz seiner weißen Haare noch verhältnismäßig jugendlich aus und stand jedenfalls noch in der Fülle der Kraft und Gesundheit. Die Gestalt von bedeutender Größe zeigte einen ebenso bedeutenden Körperumfang; das etwas gerötete Gesicht verriet nicht allzuviel Intelligenz, dagegen trug es einen unverkennbaren Ausdruck von Gutmütigkeit. Der Anzug, ein Gemisch von Haus- und Jagdkleidung, war ziemlich nachlässig, und die urkräftige Gestalt mit ihrer urkräftigen Stimme bildete den schärfsten Gegensatz zu der vor ihr stehenden schmächtigen Figur des Erziehers. Der Doktor mochte im Anfange der dreißiger Jahre sein; er war von mittlerer Größe, aber seine gebückte Haltung ließ ihn klein erscheinen. Das Gesicht war nicht gerade unschön, aber es trug zu deutlich den Ausdruck der Kränklichkeit und einer gedrückten Lebensstellung, um anziehend zu erscheinen. Seine Farbe war bleich und ungesund, die Stirn gefaltet, und die Augen hatten jenen zerstreuten unsichern Blick, der Leuten eigen ist, die selten oder nie mit ihren Gedanken ganz bei der Wirklichkeit sind. Der schwarze Anzug zeigte die peinlichste Sorgfalt, und das ganze Wesen des Mannes hatte etwas Schüchternes, Ängstliches, das sich auch in seiner Stimme verriet, als er leise antwortete:

»Sie wissen, Herr Witold, daß ich mich nur im äußersten Notfalle an Sie wende. Diesmal aber muß ich Ihre Autorität in Anspruch nehmen. Ich weiß nicht mehr aus noch ein.«

»Was hat denn Waldemar schon wieder angestiftet?« fragte der Gutsherr ärgerlich. »Daß er unbändig ist, weiß ich so gut wie Sie, da kann ich Ihnen aber nicht helfen. Mir ist der Junge längst über den Kopf gewachsen; er pariert keinem Menschen mehr, auch mir nicht. – Daß er Ihren Büchern davonläuft und sich lieber auf der Jagd herumtreibt – pah, ich habe es in meiner Jugend auch nicht besser gemacht. Mir wollte der Gelehrtenkram auch nicht recht in den Kopf. Daß er keine Manieren hat – ist auch gar nicht notwendig. Wir leben hier ganz unter uns, und wenn wir einmal mit den Nachbarn zusammenkommen, geht es auch ungeniert genug zu. Das wissen Sie doch am besten, Doktor. Sie nehmen ja immer Reißaus vor unsern Jagd- und Trinkgesellschaften.«

»Aber bedenken Sie doch,« wendete der Erzieher ein, »wenn Waldemar mit seinem unbändigen Wesen später in andre Lebensverhältnisse tritt, wenn er sich dereinst verheiratet –«

»Verheiratet?« rief Witold förmlich beleidigt von dieser Voraussetzung. »Er wird doch nicht! Wozu braucht er zu heiraten? Ich bin Junggeselle geblieben und befinde mich wohl dabei, und der selige Nordeck hätte auch besser daran gethan, wenn er ledig geblieben wäre. Nun, mit unserm Waldemar hat es Gott sei Dank keine Not – der läuft allem, was Frauenzimmer heißt, davon, und daran thut er recht.«

Er lehnte sich mit sehr zufriedener Miene in seinen Stuhl zurück. Der Doktor trat einen Schritt näher.

»Um nun aber wieder auf den Anfang unsres Gespräches zurückzukommen –« sagte er zögernd. »Sie geben es ja selbst zu, daß mein Zögling mir völlig entwachsen ist, und es dürfte somit wohl die höchste Zeit sein, ihn auf die Universität zu senden.«

Herr Witold fuhr mit einem Ruck in die Höhe, daß der Erzieher den eben gethanen Schritt zur Annäherung schleunigst wieder zurückthat.

»Dachte ich es doch, daß wieder so etwas herauskommen würde! Seit vier Wochen höre ich nichts andres von Ihnen. Was soll Waldemar auf der Universität? Sich von den Professoren den Kopf noch mehr mit Gelehrsamkeit vollpfropfen lassen? Ich dächte, das hätten Sie schon hinlänglich besorgt. Was ein tüchtiger Gutsherr braucht, hat er gelernt. Er weiß auf Hof und Feldern genau so gut Bescheid, wie mein Inspektor; die Leute versteht er besser in Respekt zu halten als ich, und im Reiten und auf der Jagd thut es ihm keiner zuvor. ’s ist ein Prachtjunge.«

Der Erzieher schien diese enthusiastische Ansicht über seinen Zögling durchaus nicht zu teilen. Er wagte das nun freilich nicht laut werden zu lassen, aber er raffte seinen ganzen, offenbar nicht großen Vorrat von Mut zu einer schüchternen Gegenrede zusammen.

»Aber für den Erben von Wilicza dürfte doch am Ende mehr notwendig sein, als nur die Eigenschaften eines guten Inspektors oder Administrators. Mir scheint eine höhere akademische Bildung dringend wünschenswert.«

»Mir ganz und gar nicht,« rief Herr Witold. »Ist es nicht genug, daß ich den Jungen, der mir ans Herz gewachsen ist, doch später von mir lassen muß, weil seine Güter gerade in dem verwünschten Polackenlande liegen? Soll ich mich jetzt schon von ihm trennen, um ihn auf die Universität zu schicken, wohin er durchaus nicht will? Daraus wird nichts – absolut nicht! Er bleibt hier, bis er nach Wilicza geht.«

Er that einige so grimmige Züge aus seiner Pfeife, daß sein Gesicht für mehrere Minuten gänzlich hinter den Tabakswolken verschwand. Der Erzieher stieß einen Seufzer aus und schwieg, aber gerade diese stille Ergebung schien den tyrannischen Gutsherrn zu rühren.

»Geben Sie sich nur zufrieden, Doktor, mit der Universität!« sagte er in ganz verändertem Tone. »Dazu bringen Sie den Waldemar doch nun und nimmermehr, und für Sie ist es auch viel besser, Sie bleiben hier in Altenhof. Hier sitzen Sie so recht mitten unter Ihren Hünengräbern und Runensteinen, und wie das Zeug alles heißt, an dem Sie den ganzen Tag herumstudieren. Ich begreife freilich nicht, was Sie an dem alten Heidengerümpel Merkwürdiges finden, aber eine Freude muß der Mensch haben, und Ihnen gönne ich sie von Herzen, denn Waldemar macht Ihnen oft genug das Leben schwer – und ich dazu.«

Der Doktor machte eine verlegen abwehrende Bewegung, »O, Herr Witold!«

»Genieren Sie sich nicht!« sagte dieser gutmütig, »Ich weiß ja doch, daß Sie im Grunde unser Leben hier für eine ganz heillose Wirtschaft halten, und uns längst davongelaufen wären, wie Ihre sechs Vorgänger, wenn nicht das alte Heidengerümpel wäre, an dem nun einmal Ihr ganzes Herz hängt, und von dem Sie sich nicht trennen können. Nun, Sie wissen ja, ich bin nicht so schlimm, wenn ich auch hin und wieder einmal auffahre, und da Sie mit Ihren Gedanken doch fortwährend in der Heidenzeit herumstöbern, müßte Ihnen eigentlich bei uns am wohlsten sein. Wie ich mir habe sagen lassen, hatten die Leute damals gar keine Manieren; sie schlugen sich oft aus reiner Freundschaft untereinander tot.«

Dem Doktor schienen die historischen Kenntnisse, die der Gutsherr entwickelte, doch wohl etwas bedenklicher Natur; vielleicht fürchtete er auch eine praktische Anwendung derselben auf seine eigene Person, denn er retirierte unmerklich nach dem Sofa.

»Verzeihen Sie, die alten Germanen –«

»Waren nicht wie Sie, Doktor,« rief der Gutsherr, dem das Manöver nicht entgangen war, überlaut lachend. »So viel weiß ich auch noch. Ich glaube, von uns allen kommt ihnen Waldemar am nächsten, also begreife ich gar nicht, was Sie eigentlich an ihm auszusetzen haben.«

»Aber, Herr Witold, im neunzehnten Jahrhundert –« Weiter kam der Doktor nicht in seiner Auseinandersetzung, denn in diesem Augenblick krachte ein Schuß, der unmittelbar vor dem offenen Fenster abgefeuert wurde. Die Kugel pfiff durch das Zimmer, und das große Hirschgeweih, das über dem Schreibpulte hing, stürzte polternd herab.

Der Gutsherr sprang von seinem Sitze auf. »Waldemar! Was soll das heißen? Schießt uns der Junge jetzt etwa gar noch in die Stube hinein? Wart', das Handwerk werde ich dir legen.«

Er wollte hinauseilen, wurde aber durch den Eintritt eines jungen Mannes daran verhindert, der die Thür öffnete oder sie vielmehr aufstieß, um sie dann in der rücksichtslosesten Weise wieder ins Schloß fallen zu lassen. Er war im Jagdanzuge, hatte einen großen Jagdhund neben sich und die abgeschossene Flinte in der Hand. Ohne Gruß, ohne Entschuldigung wegen seines gewaltsamen Auftretens, ging er auf Witold zu, stellte sich dicht vor ihn hin und sagte triumphierend:

»Nun, wer hat recht? Du oder ich –«

Der Gutsherr war wirklich zornig. »Ist das eine Art, den Leuten über die Köpfe wegzuschießen?« rief er hitzig. »Man ist ja vor dir seines Lebens nicht mehr sicher. Willst du den Doktor und mich durchaus aus der Welt schaffen?«

Waldemar zuckte die Achseln. »Warum nicht gar! Meine Wette wollte ich gewinnen. Du behauptetest ja gestern, ich würde von draußen den Nagel nicht treffen, an dem der Zwölfender hängt – da sitzt die Kugel.«

Er wies nach der Wand hinauf. Witold folgte der Richtung.

»Wahrhaftig, da sitzt sie,« sagte er voll Bewunderung und gänzlich versöhnt. »Doktor, sehen Sie nur – aber was ist Ihnen denn?« »Herr Doktor Fabian hat wahrscheinlich wieder seine Nervenzufälle,« sprach Waldemar höhnisch, indem er seine Flinte beiseite stellte, aber keine Miene machte, seinem Lehrer beizustehen, der halb ohnmächtig von dem Schreck in das Sofa zurückgesunken war und noch an Händen und Füßen zitterte. Der gutmütige Witold richtete ihn auf und redete ihm nach Kräften zu.

»Erholen Sie sich doch! Wer wird denn gleich ohnmächtig werden, weil ein wenig Pulver verknallt ist; die Geschichte ist ja nicht der Rede wert. Es ist wahr, wir hatten gewettet, aber wie konnte ich denn wissen, daß der Junge die Sache auf so unvernünftige Weise ins Werk setzen würde. Anstatt uns hinauszurufen, damit wir in aller Ruhe zusehen können, feuert er uns ohne weiteres in die Stube hinein. – Ist Ihnen nun besser? Gott sei Dank!«

Doktor Fabian war aufgestanden und bemühte sich, sein Zittern zu beherrschen, es wollte ihm aber noch nicht gelingen.

»Sie hätten uns erschießen können, Waldemar!« sagte er mit bleichen Lippen.

»Nein, Herr Doktor, das hätte ich nicht thun können,« versetzte Waldemar in wenig ehrerbietigem Tone. »Sie standen mit dem Onkel vor dem Fenster zur Rechten, und ich schoß durch das zur Linken, mindestens fünf Schritt seitwärts. Sie wissen doch, ich fehle nie.«

»Künftig aber läßt du das bleiben,« erklärte Witold, mit einem Versuche, die Autorität des Vormundes geltend zu machen. »Der Kuckuck kann doch einmal mit solcher Kugel sein Spiel treiben, und dann ist das Unglück fertig. Ich verbiete dir ein für allemal das Schießen auf dem Hofe.«

Der junge Mann schlug trotzig die Arme übereinander. »Das kannst du, Onkel, aber gehorchen thue ich nicht. Ich schieße doch.«

Er stand vor seinem Pflegevater wie das verkörperte Bild des Trotzes und der Unbändigkeit. Waldemar Nordeck zeigte in seinem Äußeren den echt germanischen Typus, auch nicht der kleinste Zug erinnerte daran, daß die Mutter einem andern Volk entstammte. Der hohe, fast riesige Wuchs überragte selbst die stattliche Gestalt Witolds noch um einige Zoll, aber dem Körper fehlte das Ebenmaß; jede Linie trat scharf und eckig hervor. Das blonde Haar schien in seiner überreichen Fülle eher eine Last für den Kopf zu sein, denn es fiel tief in die Stirn herab und wurde von Zeit zu Zeit mit einer ungeduldigen Bewegung zurückgeworfen. Die blauen Augen hatten einen finstern Ausdruck, und in Momenten der Gereiztheit, wie jetzt, gewann der Blick sogar etwas Feindseliges. Das Gesicht war entschieden unschön, auch hier zeigte sich jede Linie scharf, unvermittelt – nichts mehr von den weicheren Formen des Knaben, aber auch noch nichts von den festen Zügen des Mannes, der Übergang trat hier in fast abstoßender Gestalt auf, und die Verwilderung, die sich schon in dem Äußeren des jungen Mannes kundgab, die gänzliche Hintansetzung aller Formen, diente nicht dazu, den ungünstigen Eindruck zu verwischen, den die ganze Erscheinung machte.

Herr Witold gehörte offenbar zu jenen Menschen, deren Persönlichkeit und Auftreten eine Energie voraussetzen läßt, von der sie in Wirklichkeit auch nicht das geringste besitzen. Anstatt dem Trotze und der Ungezogenheit seines Mündels in entschiedener Weise entgegenzutreten, fand der Herr Vormund es für gut, nachzugeben.

»Ich sagte es Ihnen ja, Doktor, der Junge pariert auch mir nicht mehr,« meinte er mit einer Gemütsruhe, die da zeigte, daß dies der gewöhnliche Ausgang solcher Streitigkeiten war, und daß, wenn es dem jungen Herrn beliebte, einmal Ernst zu machen, der Pflegevater ebenso machtlos war wie der Erzieher.

Waldemar kümmerte sich um beide nicht weiter. Er warf sich der Länge nach auf das Sofa, ohne die mindeste Rücksicht darauf zu nehmen, daß seine vom Sumpfwasser durchnäßten Stiefel in Berührung mit den Polstern kamen, während der große Jagdhund, der jedenfalls im

Wasser gewesen war, dem Beispiele seines Herrn folgte und es sich mit der gleichen Rücksichtslosigkeit auf dem Teppich bequem machte.

Es entstand jetzt eine etwas unbehagliche Pause. Der Gutsherr versuchte brummend seine inzwischen ausgegangene Pfeife wieder in Brand zu setzen, Doktor Fabian aber hatte sich an das Fenster geflüchtet und schickte einen Blick zum Himmel, der deutlicher als Worte aussprach, daß er das Leben hier wirklich für eine »heillose Wirtschaft« erachtete.

Der Gutsherr hatte inzwischen nach seinem Tabaksbeutel gesucht, den er denn auch richtig auf dem Schreibpulte unter den Sporen und Reitpeitschen entdeckte. Im Begriffe, ihn hervorzuziehen, fiel ihm ein noch uneröffnetes Schreiben in die Hand; er nahm es auf.

»Das hätte ich beinahe vergessen! Waldemar, da ist ein Brief an dich.« »An mich?« fragte Waldemar gleichgültig, aber doch mit jener Verwunderung, die ein ungewöhnliches Ereignis hervorruft.

»Jawohl. Eine Krone im Siegel und ein großes Schild mit allerhand Wappengetier. Wird wohl von der Fürstin Baratowska sein. Es ist freilich lange her, daß wir mit einem allergnädigsten Handschreiben beehrt wurden.«

Der junge Nordeck erbrach den Brief und durchflog ihn. Er schien nur wenige Zeilen zu enthalten, aber trotzdem stieg auf der Stirn des Lesenden so etwas wie eine Wetterwolke auf.

»Nun, was gibt es?« fragte Witold. »Sitzt die Verschwörergesellschaft noch immer in Paris? Ich habe den Poststempel nicht angesehen.«

»Die Fürstin ist mit ihrem Sohne drüben in C.,« berichtete Waldemar; er schien die Bezeichnung Mutter und Bruder absichtlich zu vermeiden. »Sie wünscht mich dort zu sehen, ich werde morgen hinüberreiten.«

»Das wirst du bleiben lassen,« sagte der Gutsherr. »Hat sich die hochfürstliche Verwandtschaft jahrelang nicht um dich gekümmert, so braucht sie es auch jetzt nicht zu thun. Wir fragen wahrhaftig nichts danach – du bleibst hier.«

»Onkel, jetzt ist es genug mit dem ewigen Befehlen und Verbieten,« brach Waldemar auf einmal mit solcher Wildheit los, daß jener ihn mit offenem Munde anstarrte. »Bin ich ein Schulknabe, der bei jedem Schritte erst um Erlaubnis fragen muß? Habe ich mit einundzwanzig Jahren nicht einmal das Recht, selbst über die Zusammenkunft mit meiner Mutter zu entscheiden? Ich habe bereits darüber entschieden, und morgen früh reite ich nach C.«

»Nun, nun, nur nicht gleich so bärenwütig!« sagte Witold, mehr erstaunt als erzürnt über diesen plötzlichen Ausbruch eines Jähzorns, den er sich gar nicht erklären konnte. »Meinetwegen reite, wohin du willst! Ich will nichts mit der Polengesellschaft zu thun haben, das sage ich dir.«

Waldemar hüllte sich in trotziges Schweigen; er nahm seine Flinte, pfiff seinem Hunde und verließ das Zimmer. Der Vormund sah ihm kopfschüttelnd nach, auf einmal aber schien ihm ein Gedanke zu kommen. Er nahm den Brief, den Waldemar achtlos auf dem Tische hatte liegen lassen, und las ihn gleichfalls durch. Jetzt war es Herr Witold, der bei der Lektüre die Stirn runzelte und bei dem schließlich ein Ungewitter losbrach.

»Dachte ich es doch!« rief er, mit der Faust auf den Tisch schlagend, »Das sieht der Frau Fürstin ähnlich. In sechs Zeilen stachelt sie den Jungen zur Empörung gegen mich auf; darum wurde er auf einmal so aufsässig, Hören Sie nur, Doktor, die saubere Epistel:

»Mein Sohn! es sind Jahre vergangen, ohne daß ich ein Lebenszeichen von Dir erhalten habe.‹ Als ob sie uns eins gegeben hätte!« – schob der Lesende ein. »Ich weiß nur durch Fremde, daß Du noch auf Altenhof bei Deinem Vormunde lebst. Ich befinde mich augenblicklich in C., und ich würde mich sehr freuen, wenn ich Dich dort sehen und Dir Deinen Bruder zuführen könnte. Ich weiß nun freilich nicht‹ – geben Sie acht, Doktor, jetzt kommt der Stachel! – ›ob Du die nötige Freiheit zu diesem Besuche hast. Wie ich höre, bist Du trotz Deiner inzwischen eingetretenen Mündigkeit noch gänzlich von dem Willen Deines Vormundes abhängig.‹ – Doktor, Sie sind Zeuge davon, wie der Junge uns beide Tag für Tag maltraitiert. – ›An Deiner Bereitwilligkeit, zu kommen, zweifle ich nicht, wohl aber an der Erlaubnis dazu von seiten des Herrn Witold. Ich habe es dennoch vorgezogen, mich an Dich zu wenden, und ich werde ja sehen, ob Du so viel Selbständigkeit besitzest, um diesen Wunsch Deiner Mutter, den ersten, den sie Dir ausspricht, zu erfüllen, oder ob Du ihr selbst diese Bitte nicht gewähren darfst.‹ Das ›darfst‹ ist unterstrichen, – ›Im ersteren Falle erwarte ich Dich in diesen Tagen und schließe den Grüßen Deines Bruders die meinigen bei. Deine Mutter.‹«

Herr Witold war so erbost, daß er den Brief auf den Fußboden schleuderte. »Und so etwas muß man nun lesen! Meisterhaft ausgedacht von der Frau Mutter. Sie weiß so gut wie ich, welch ein Eisenkopf Waldemar ist, und wenn sie ihn jahrelang studiert hatte, sie könnte ihn nicht besser an seiner schwachen Seite fassen. Der bloße Gedanke, daß ihm Zwang geschehen könnte, bringt ihn außer sich. Jetzt mag ich Himmel und Erde in Bewegung setzen, um ihn zu halten, er wird doch gehen, bloß um zu zeigen, daß er seinen eigenen Willen hat. – Was sagen Sie eigentlich zu der Geschichte?«

Doktor Fabian schien in die Familienverhältnisse hinlänglich eingeweiht zu sein und die bevorstehende Zusammenkunft mit dem gleichen Schrecken zu betrachten, wenn auch freilich aus andern Gründen.

»Um Gottes willen!« sagte er ängstlich. »Wenn Waldemar auch in C. mit seinem gewöhnlichen unbändigen Wesen auftritt, wenn er der Frau Fürstin so vor die Augen kommt, was wird sie denken!«

»Daß er nach seinem Vater geraten ist, und nicht nach ihr,« war die nachdrückliche Antwort des Gutsherrn. »So, gerade so soll sie Waldemar sehen, da wird es ihr wohl klar werden, daß er kein allzu gefügiges Werkzeug für ihre Intriguen abgibt; denn daß da wieder Intriguen gesponnen werden, darauf will ich meinen Kopf verwetten. Entweder der hochfürstliche Geldbeutel ist leer – ich glaube, er ist nie allzu voll gewesen –, oder es soll wieder einmal eine kleine Staatsverschwörung ins Werk gesetzt werden, und dazu liegt Wilicza so recht bequem, dicht an der Grenze. Was sie eigentlich mit meinem Jungen vorhaben, weiß der Himmel, aber ich werde schon dahinter kommen und ihm beizeiten die Augen öffnen.«

»Aber Herr Witold,« mahnte der Doktor. »Wozu den unglücklichen Riß in der Familie noch mehr erweitern, jetzt wo die Mutter die Hand zur Versöhnung bietet! Ware es denn nicht besser, endlich einmal Frieden zu schließen?«

»Das verstehen Sie nicht, Doktor,« sagte Witold mit einer bei ihm ganz ungewöhnlichen Bitterkeit. »Mit der Frau ist kein Frieden zu schließen, wenn man sich nicht willenlos ihrer Herrschsucht unterwirft, und weil der selige Nordeck das nicht that, hatte er Tag für Tag die Hölle im Hause. Nun, ich will ihn nicht gerade herausstreichen. Er hatte seine argen Fehler und konnte einem Weibe das Leben wohl schwer machen, aber das Unglück kam doch daher, daß er gerade diese Morynska zur Frau nahm. Eine andre hätte ihn vielleicht lenken, vielleicht ändern können, aber freilich, ein wenig Herz hätte dazu gehört, und von dem Artikel hat Frau Jadwiga nie etwas aufweisen können. Herzlos ist sie von jeher gewesen und hochmütig dazu. Nun, die sogenannte ›Erniedrigung‹ der ersten Ehe ist ja durch die zweite wieder gut gemacht worden. Schade nur, daß die Frau Fürstin Baratowska mit Gemahl und Sohn nicht auf Wilicza residieren durfte. Das hat sie nie verwinden können, aber da hatte das Testament zum Glück einen Riegel vorgeschoben, und daß Waldemar nicht noch nachträglich eine Dummheit macht, dafür haben wir mit unsrer Erziehung gesorgt.«

»Wir?« rief der Doktor erschrocken, »Herr Witold, ich habe redlich meine Unterrichtsstunden gegeben, wie es mir vorgeschrieben war; auf das Wesen meines Zöglings habe ich leider nie den geringsten Einfluß üben können, sonst –« Er stockte.

»Wäre er anders geworden,« ergänzte Witold lachend. »Nun, machen Sie sich keine Gewissensbisse darüber! Mir ist der Junge recht, so wie er nun einmal ist, trotz all seiner Wildheit. Wenn Sie also wollen, ich habe ihn erzogen. Wenn das zu den intriganten Plänen der Baratowska nicht stimmt, so soll es mich freuen, und wenn morgen meine Erziehung und ihre Pariser Bildung tüchtig aneinander geraten, so soll es mich noch mehr freuen. Das ist doch wenigstens eine Vergeltung für die boshafte Epistel da.«

Mit diesen Worten ging der Gutsherr aus dem Zimmer. Der Doktor bückte sich nach dem Briefe, der noch immer auf dem Fußboden lag, hob ihn auf, legte ihn sorgfältig zusammen und sagte mit einem tiefen Seufzer:

»Und schließlich wird es doch heißen: Ein gewisser Doktor Fabian hat den jungen Erben erzogen. – O du gerechter Himmel!«

Die Herrschaft Wilicza, deren Erbe Waldemar Nordeck war, lag in einer der östlichen Provinzen des Landes und bestand aus einem sehr umfangreichen Güterkomplex, dessen Mittelpunkt das alte Schloß Wilicza mit dem Gute gleichen Namens bildete. Die Art, wie der verstorbene Nordeck in den Besitz dieser Herrschaft gelangt war, wie er schließlich die Hand einer Gräfin Morynska errungen hatte, bildete nur einen neuen Beitrag zu dem in unsern Tagen so oft wiederholten Schauspiele von dem Sinken alter, einst reicher und mächtiger Adelsfamilien und dem Emporsteigen neuer bürgerlicher Elemente, denen mit dem Reichtum auch die Macht zu teil wurde, die jene einst als ihr ausschließliches Vorrecht in Anspruch nahmen.

Graf Morynski und seine Schwester waren früh zu Waisen geworden und lebten unter der Vormundschaft ihrer Verwandten. Jadwiga wurde im Kloster erzogen, und als sie dasselbe verließ, hatte man bereits über ihre Hand verfügt. Das war durchaus nichts Ungewöhnliches in jenen Adelskreisen, und auch die junge Gräfin hätte sich unbedingt gefügt, wäre der ihr bestimmte Gemahl ihr nur ebenbürtig, wäre er nur wenigstens ein Sohn ihres Volkes gewesen. Aber gerade sie hatte man zum Werkzeug von Familienplänen ausersehen, die um jeden Preis verwirklicht werden sollten.

In der Gegend, wo die meisten Glieder der Morynskischen Familie ansässig waren, war vor einigen Jahren ein gewisser Nordeck aufgetaucht, ein Deutscher von niedriger Herkunft, der aber zu großem Reichtume gelangt war und sich nun hier niederließ. Die Verhältnisse in der Provinz machten es damals einem fremden Elemente leicht, Boden zu gewinnen, wo man es ihm sonst bedeutend erschwert hätte. Die Nachwehen des letzten Aufstandes, der, wenn auch jenseits der Grenze ausgebrochen, doch die deutschen Landesteile in Mitleidenschaft gezogen hatte, machten sich noch überall fühlbar. Die Hälfte des Adels war geflüchtet oder verarmt, infolge der Opfer, die sie der Sache ihres Vaterlandes gebracht hatten, und so war es für Nordeck nicht schwer, die verschuldeten Güter für die Hälfte ihres Wertes an sich zu bringen und nach und nach in den Besitz einer Herrschaft zu gelangen, die ihm eine Stellung unter den ersten Grundbesitzern des Landes sicherte.

Freilich war der Eindringling von sehr geringer Bildung und abstoßender Persönlichkeit, auch ergab es sich bald, daß er ein durchaus charakter- und gesinnungsloser Mensch war, aber der riesige Besitz gab ihm nichtsdestoweniger eine Macht, die in der Umgegend nur zu bald gefühlt wurde, um so mehr, als sie sich mit entschiedener Feindseligkeit gegen alles kehrte, was Polentum hieß, vielleicht aus Rache dafür, daß die ausschließlich aristokratische und slavische Nachbarschaft sich mit unverhehlt gegen ihn ausgesprochener Verachtung fernhielt. Mochten nun Unvorsichtigkeiten von dieser Seite vorgefallen sein, mochte der schlaue Fremde auf eigene Hand den Spion gespielt haben, genug, er erlangte Einsicht in gewisse Parteibestrebungen. Dies machte ihn zu einem höchst gefährlichen Gegner und seine Freundschaft geradezu zu einem Gebote der Notwendigkeit.

Man mußte um jeden Preis den Mann gewinnen, der, wie man längst wußte, zu gewinnen war. Der Bestechung war der Millionär natürlich unzugänglich, so blieb nur seine Eitelkeit übrig, die ihm die Verschwägerung mit einer der polnischen Adelsfamilien als sehr wünschenswert erscheinen ließ. Vielleicht lenkte der Umstand, daß Wilicza noch bis vor einem halben Jahrhundert im Besitze der Morynskischen Familie gewesen war, die Wahl gerade auf die Enkelin jenes letzten Besitzers; vielleicht fand sich auch kein andres Haus, welches seine Tochter oder Schwester zu dem Opfer hergeben wollte, das man von der armen, abhängigen Waise verlangte. Dem rohen Emporkömmling schmeichelte es, daß die Hand einer Gräfin Morynska für ihn erreichbar war; nach einer Mitgift brauchte er nicht zu fragen. Er ging also mit vollem Eifer auf den Plan ein, und Jadwiga sah sich bei ihrem Eintritte in die Welt schon einer Bestimmung gegenüber, gegen die sich ihr ganzes Wesen empörte.

Ihr erster Schritt war entschiedene Weigerung, aber was vermochte das Nein eines siebzehnjährigen Mädchens gegen einen Familienbeschluß, dessen Ausführung man als eine Notwendigkeit ansah. Als Befehle und Drohungen nichts fruchteten, nahm man seine Zuflucht zu Vorstellungen. Man zeigte der jungen Verwandten die glänzende Rolle, welche sie als Herrin von Wilicza spielen werde, die unbedingte Herrschaft, die sie über einen Mann ausüben müsse, zu dem sie so tief herabsteige. Man sprach ihr von der Genugthuung, daß wieder eine Morynska auf den ihren Vorfahren entrissenen Gütern gebieten solle, von der Notwendigkeit, aus dem gefürchteten Gegner ein gefügiges Werkzeug der eigenen Pläne zu machen. Man forderte von ihr, daß sie Wilicza und die riesigen Mittel, über welche sein Herr gebot, den Interessen ihrer Partei erhalte – und was dem Zwange verweigert worden war, das erreichte die Ueberredung. Die Rolle einer armen, abhängigen Verwandten war keineswegs nach dem Geschmacke der jungen Gräfin; sie war glühend ehrgeizig, Herzensneigungen und Herzensbedürfnisse kannte sie nicht, und die flüchtig auflodernde Leidenschaft, die Nordeck bei ihrem Anblick verriet, ließ auch sie glauben, daß ihre Herrschaft über ihn unbegrenzt sein werde. So gab sie denn endlich nach, und die Vermählung fand statt.

Aber die Pläne, die Berechnung und Eigennutz von beiden Seiten gesponnen, sollten sämtlich scheitern. Man hatte sich getäuscht in diesem Manne, der, anstatt sich dem Willen seiner jungen Frau zu beugen, nun seinerseits den Herrn und Gebieter herauskehrte, der sich jedem Einflusse unzugänglich zeigte und dessen flüchtige Neigung für die Gattin sich bald genug zum Haß verwandelte, als er entdeckte, daß sie ihn und sein Vermögen nur den Interessen ihrer Familie dienstbar machen wollte. Die Geburt eines Sohnes änderte nichts in diesem Verhältnisse. Die Kluft zwischen den Gatten schien im Gegenteil nur noch tiefer zu werden. Nordecks Charakter war freilich nicht danach, einer Frau Achtung einzuflößen, diese Frau aber ließ ihn ihre Verachtung in einer Weise fühlen, die jeden Mann zum Äußersten gebracht hätte. Es kam zu furchtbaren Scenen, und nach einer derselben verließ die junge Herrin Wiliczas das Schloß und floh in den Schutz ihres Bruders.

Der kleine Waldemar, der damals kaum das erste Lebensjahr zurückgelegt hatte, war bei dem Vater zurückgeblieben. Nordeck, wütend über die Flucht seiner Gemahlin, forderte gebieterisch deren Rückkehr. Bronislaw that, was er konnte, die Schwester zu schützen, und es wäre zwischen ihm und seinem Schwager vielleicht zum Schlimmsten gekommen – da löste unerwartet der Tod die kurze und doch so unglückliche Ehe. Ein Sturz mit dem Pferde auf der Jagd, die er mit wildester Leidenschaft trieb, machte dem Leben Nordecks ein Ende, aber auf seinem Sterbebette hatte er noch Kraft und Besinnung genug, ein Testament zu diktieren, das seine Gemahlin von jedem Anteil sowohl an dem Vermögen wie an der Erziehung des Kindes ausschloß. Ihre Flucht aus seinem Hause gab ihm das Recht dazu, und er gebrauchte es schonungslos. Waldemar wurde der Vormundschaft eines ehemaligen Jugendfreundes und entfernten Verwandten übergeben und dieser mit der unbeschränktesten Vollmacht ausgestattet. Die Witwe versuchte es zwar, dagegen aufzutreten, aber der neue Vormund bethätigte seine Freundschaft für den Verstorbenen dadurch, daß er die Bestimmungen desselben in rücksichtslosester Weise zur Ausführung brachte und jeden Anspruch zurückwies. Witold war schon damals Besitzer von Altenhof und dachte nicht daran, in Wilicza zu bleiben oder sein Mündel dort zu lassen. Er nahm den Knaben mit sich in seine Heimat. War es doch eine der letzten Weisungen Nordecks gewesen, seinen Sohn gänzlich dem Einfluß der Mutter und der mütterlichen Verwandten zu entziehen, und diese Weisung wurde so streng befolgt, daß der junge Erbe während der ganzen Zeit bis zu seiner Mündigkeit kaum einigemal in Begleitung des Vormundes nach seinen Gütern kam; er verlebte seine ganze Jugend in Altenhof. Was die großen Einkünfte von Wilicza betraf, von denen man vorläufig noch keinen Gebrauch machen konnte, so wurden sie dem Vermögen zugeschlagen, und so sah sich denn Waldemar Nordeck beim Antritt seiner Mündigkeit im Besitz eines Reichtums, mit dem sich in der That nur wenige messen konnten. Die Mutter des künftigen Herrn von Wilicza lebte anfänglich im Hause ihres Bruders, der sich inzwischen auch vermählt hatte, aber sie blieb nicht lange dort. Einer der vertrautesten Freunde des Grafen, Fürst Baratowski, verliebte sich leidenschaftlich in die junge, schöne und geistreiche Frau, die ihm denn auch nach Jahresfrist die Hand reichte, und diese zweite Ehe war eine durchaus glückliche. Zwar behauptete man, der Fürst, eine ritterliche, aber nicht besonders energische Natur, beuge sich vollständig dem Zepter seiner Gemahlin, jedenfalls aber liebte er sie und den Sohn, den sie ihm schenkte, aufs zärtlichste.

Doch das Glück dieser Verbindung sollte nicht lange ungestört bleiben; diesmal freilich kamen die Stürme von außen. Leo war noch ein Kind, da brach das Revolutionsjahr herein, das halb Europa in Flammen setzte. Auch in der polnischen Provinz loderte der so oft schon unterdrückte Aufstand mit neuer Gewalt empor. Morynski und Baratowski waren echte Söhne ihres Landes; sie warfen sich voll glühender Begeisterung in die Revolution, von der sie die Rettung des Vaterlandes und Wiederherstellung seiner Größe hofften. Der Aufstand endigte, wie so viele früheren – er ward gewaltsam unterdrückt, und diesmal ging man mit voller Strenge gegen die polnischen Landesteile vor. Fürst Baratowski und sein Schwager flüchteten nach Frankreich, wohin ihre Frauen mit den Kindern folgten. Die Gräfin Morynska, eine zarte kränkliche Frau, ertrug nicht lange den Aufenthalt in der Fremde; sie starb schon im folgenden Jahre und Bronislaw übergab sein Kind den Händen der Schwester. Ihn selbst litt es nicht länger in Paris, wo ihn alles an den Verlust der leidenschaftlich geliebten Gattin erinnerte. Er lebte unstät bald hier bald dort, und kam nur bisweilen, um seine Tochter zu sehen. Endlich ermöglichte ihm eine Amnestie die Rückkehr in die Heimat, wo ihm inzwischen durch den Tod eines Verwandten das Gut Rakowicz zugefallen war, und er ließ sich auf dem neuen Besitztume nieder. Anders stand die Sache mit dem Fürsten Baratowski, der von der Amnestie ausgeschlossen blieb. Er war einer der Führer des Aufstandes gewesen und hatte mit an der Spitze der Bewegung gestanden; an seine Rückkehr war nicht zu denken, und Gemahlin und Sohn teilten mit ihm die Verbannung, bis sein Tod auch ihnen die Freiheit zurückgab, ihren Aufenthaltsort zu wählen.

Es war in den Vormittagsstunden. In dem Balkonzimmer der Villa, welche die Baratowskische Familie in C. bewohnte, befand sich augenblicklich nur die Fürstin. Sie war in einen Brief vertieft, den sie vor einer Stunde empfangen hatte, er enthielt Waldemars Anzeige, daß er heute kommen werde und seinem Boten auf dem Fuße folge. Die Mutter blickte so unverwandt auf das Schreiben nieder, als wolle sie aus den kurzen kalten Worten, oder aus den Schriftzügen den Charakter des Sohnes herauslesen, der ihr so gänzlich fremd geworden war. Seit ihrer zweiten Vermählung hatte sie ihn nur selten und flüchtig gesehen, und seit sie in Frankreich lebte, hatte fast jeder Verkehr zwischen ihnen aufgehört. Das Bild, das sie von dem zehnjährigen Knaben noch deutlich in der Erinnerung trug, war abstoßend genug, und was sie über den Jüngling in Erfahrung gebracht, stimmte nur zu sehr damit überein. Trotzdem galt es, sich den Einfluß auf ihn um jeden Preis zu sichern, und die Fürstin war nicht die Frau, vor einer Aufgabe zurückzuschrecken, deren Schwierigkeiten sie sich keineswegs verhehlte. Sie war aufgestanden und ging nachdenkend im Gemache auf und nieder, als ein rascher lauter Schritt im Vorzimmer sie innehalten ließ. Gleich darauf öffnete Pawlick die Thür und meldete »Herrn Waldemar Nordeck«. Dieser trat ein. Die Thür schloß sich wieder hinter ihm, und Mutter und Sohn standen einander gegenüber.

Waldemar that noch einige Schritte vorwärts und blieb dann plötzlich stehen. Die Fürstin war im Begriff, ihm entgegenzugehen, aber auch sie hemmte ihren Schritt. Es war, als ob gleich im ersten Momente des Wiedersehens sich eine endlose Kluft zwischen den beiden öffne, als ob alles, was jemals Feindseliges und Fremdes zwischen ihnen gelegen, sich wieder aufbäume – dieses sekundenlange Schweigen und Fernhalten sprach deutlicher als Worte; es zeigte, daß weder in dem Herzen der Mutter noch in dem des Sohnes sich eine einzige Stimme regte. Die Fürstin überwand die Zurückhaltung zuerst. »Ich danke dir, mein Sohn, daß du gekommen bist,« sagte sie, ihm die Hand entgegenstreckend.

Waldemar kam langsam näher; er berührte die dargebotene Hand nur einen Augenblick lang und ließ sie dann sofort wieder fallen. Der Versuch zu einer Umarmung wurde von keiner Seite gemacht. Die Gestalt der Fürstin war trotz der dunkeln Trauerkleidung imponierend schön, als sie so, vom hellen Sonnenschein umflossen, dastand, aber das schien nicht den geringsten Eindruck auf den jungen Mann zu machen, obgleich er sie unverwandt ansah. Auch der Blick der Mutter haftete auf seinem Gesicht, aber sie suchte vergebens nach einem einzigen Zuge, der ihr angehörte oder wenigstens an sie erinnerte. Nichts trat ihr dort entgegen, als die sprechende

Aehnlichkeit mit dem Manne, den sie noch im Tode haßte – der Sohn war das Ebenbild seines Vaters, Zug für Zug. Ich hoffte sicher auf dein Erscheinen,« fuhr die Fürstin fort, indem sie sich niederließ und ihm mit einer Handbewegung den Platz an ihrer Seite anwies, Waldemar blieb trotzdem stehen.

»Willst du dich nicht setzen?« Die Frage klang sehr ruhig, aber sie ließ keine Verneinung zu und erinnerte den jungen Nordeck daran, daß er füglich nicht während des ganzen Besuches stehen bleiben könne, aber die erneute Handbewegung blieb unbeachtet. Er zog einen Sessel heran und setzte sich der Mutter gegenüber. Der Platz an ihrer Seite blieb leer.

Die Bewegung war unzweideutig. Einen Augenblick lang preßten sich die Lippen der Fürstin fester aufeinander, aber ihr Gesicht blieb unbewegt. Waldemar saß jetzt gleichfalls im vollen Tageslichte. Er trug auch heute eine Art Jagdanzug, der freilich diesmal nicht Spuren der Jagd zeigte, aber auch keine besondere Sorgfalt verriet und von einer eleganten Reitkleidung himmelweit verschieden war. In der Linken, die wie die Rechte ohne Handschuhe war, hielt er den runden Hut und die Reitpeitsche. Die Stiefel trugen noch den ganzen Staub eines zweistündigen Rittes; der Reiter hatte es nicht für nötig befunden, ihn zuvor abzuschütteln, und die Art, wie er sich setzte, verriet die vollste Unbekanntschaft mit den Gewohnheiten des Salons. Die Mutter sah das alles mit einem einzigen Blicke, aber sie sah auch den starren Trotz, mit dem ihr Sohn sich gewaffnet hatte. Er leuchtete deutlich genug aus seinen Augen; leicht war ihre Aufgabe nicht, das fühlte sie.

»Wir sind uns fremd geworden, Waldemar,« begann sie, »und ich kann bei diesem ersten Wiedersehen von dir noch nicht die Umarmung des Sohnes verlangen. Ich habe dich ja seit deiner Kindheit fremden Händen überlassen müssen. Man hat der Mutter nie erlaubt, ihre Pflichten und ihre Rechte bei dir auszuüben.«

»Ich habe bei meinem Onkel Witold nichts vermißt,« entgegnete Waldemar herb. »Und jedenfalls war ich bei ihm heimischer, als ich im Hause des Fürsten Baratowski gewesen wäre.«

Er betonte den Namen mit einer Bitterkeit, die der Fürstin nicht entging.

»Fürst Baratowski ist tot,« sagte sie ernst. »Du siehst seine Witwe vor dir.«

Waldemar sah auf. Er schien erst jetzt ihre Trauerkleidung zu bemerken. »Das bedaure ich – um deinetwillen,« erwiderte er kalt.

Die Mutter machte eine abwehrende Bewegung. »Laß das! Du hast den Fürsten nie gekannt, und ich kann von dir keine Sympathie für den Mann erwarten, der mein Gemahl hieß. Aber ich verhehle mir nicht, daß der Verlust, der mich so schwer getroffen, eine Schranke niederreißt, die bisher trennend zwischen uns stand. Du hast stets in mir nur die Fürstin Baratowska sehen wollen. Vielleicht erinnerst du dich jetzt, daß sie auch deine Mutter, die Witwe deines Vaters ist.«

Bei den letzten Worten erhob sich Waldemar mit einer so ungestümen Bewegung, daß der Sessel zurückflog. »Ich denke, wir lassen das ruhen. Ich bin gekommen, um dir zu zeigen, daß ich keinem Zwange gehorche, daß ich nur meinem eigenen Willen folge. Du hast mich sprechen wollen – hier bin ich. Was willst du von mir?«

Die ganze Rücksichtslosigkeit und Rauheit des jungen Mannes sprach aus diesen Worten. Die Hindeutung auf seinen Vater hatte ihn offenbar tief verletzt, aber auch die Fürstin hatte sich erhoben und stand ihm gegenüber.

»Was ich von dir will? Ich will den Bannkreis durchbrechen, den ein mir feindseliger Einfluß um dich gezogen hat. Ich will dich daran mahnen, daß es jetzt Zeit für dich ist, mit eigenen Augen zu sehen und dein eigenes Urteil sprechen zu lassen, statt blindlings fremden Anschauungen zu folgen, die man dir aufdrängte. Man hat dich die Mutter hassen gelehrt, ich wußte es längst. Prüfe erst, ob sie diesen Haß verdient, und dann entscheide selbst! Das will ich von dir, mein Sohn, da du mich denn doch zwingst, dir auf eine solche Frage zu antworten.«

Das wurde mit einer so energischen Ruhe, mit einem so unnahbaren Stolze gesprochen, daß es seinen Eindruck auf Waldemar nicht verfehlte. Er fühlte, daß er die Mutter beleidigt hatte, aber er fühlte auch, daß diese Beleidigung machtlos an ihr abglitt, und der Appell an seine Selbständigkeit verhallte keineswegs ungehört.

»Ich trage keinen Haß gegen dich, Mutter,« sagte er. Es war das erste Mal, daß er den Mutternamen überhaupt aussprach.

»Aber auch kein Vertrauen,« entgegnete sie. »Und doch ist dies das erste, was ich von dir fordern muß. Es wird dir nicht leicht – ich weiß es; man hat ja von frühester Kindheit an den Samen des Mißtrauens in deine Seele gesäet. Dein Vormund hat das möglichste gethan, dich mir zu entfremden und dich einzig an sich zu ketten. Ich furchte nur, seine Erziehung war die am wenigsten geeignete für den Erben von Wilicza.«

Der Blick, der dabei über den jungen Mann hinglitt, ergänzte die Worte; leider wurde er nur zu gut verstanden und reizte ebendeshalb aufs äußerste.

»Ich dulde keinen Vorwurf gegen meinen Onkel Witold,« brach Waldemar mit mildem Jähzorn los. »Er ist mir ein zweiter Vater gewesen, und wenn ich nur hierher gerufen worden bin, um Angriffe gegen ihn zu hören, so ist es besser, ich gehe gleich auf der Stelle wieder. Wir werden uns doch nie verstehen.«

Die Fürstin sah, welchen Fehler sie gemacht hatte, als sie ihrer Feindseligkeit gegen den gehaßten Vormund die Zügel schießen ließ, aber es war nun einmal geschehen. Nachgeben hieß hier ihre ganze Autorität aufs Spiel setzen. Sie fühlte, daß sie das unter keiner Bedingung thun durfte, und doch hing für sie alles an dem Bleiben Waldemars.

Da kam ihr die Hilfe von einer Seite, von welcher sie dieselbe wohl am wenigsten erwartete. Gerade im entscheidenden Augenblicke öffnete sich eine Seitenthüre, und Wanda, die soeben von einem Spaziergange mit dem Vater zurückkam und keine Ahnung von dem inzwischen eingetroffenen Besuch hatte, trat in das Zimmer.

Waldemar war wirklich im Begriffe zu gehen, aber er blieb auf einmal wie angewurzelt stehen. Es war, als ob eine Flamme in seinem Antlitz aufschlage, so jäh und heftig rötete es sich. Zorn und Trotz, die eben noch daraus hervorleuchteten, verschwanden urplötzlich, und er stand einen Moment lang ganz fassungslos da, die Augen starr auf die junge Gräfin gerichtet. Diese wollte sich zurückziehen, als sie einen Fremden bei ihrer Tante erblickte, als dieser Fremde ihr aber das Gesicht zuwendete, entfloh auch ihr ein halblauter Ausruf der Überraschung. Wanda ihrerseits verlor zwar die Fassung durchaus nicht und geriet auch nicht im mindesten in Verlegenheit, dagegen schien sie ein ganz unwiderstehlicher Lachreiz anzuwandeln, den sie nur mit Mühe unterdrückte. Zum Zurücktreten war es jetzt jedenfalls zu spät; sie schloß deshalb die Thür hinter sich und kam näher.

»Mein Sohn, Waldemar Nordeck – meine Nichte, Gräfin Morynska,« sagte die Fürstin, indem sie mit dem Ausdrucke größter Überraschung erst Waldemar ansah und dann den Blick fragend zu ihrer Nichte wandte.

Diese hatte die kindische Regung schnell überwunden und erinnerte sich bereits wieder, daß sie ja eigentlich schon zu den Damen gehöre. Ihre graziöse Verneigung war so salonmäßig, daß auch die strengste Hofmeisterin nichts daran hätte tadeln können, aber es zuckte schon wieder verräterisch um die jugendlichen Lippen, als Waldemar die Vorstellung mit einer Bewegung beantwortete, die wahrscheinlich eine Verbeugung ausdrücken sollte, sich aber allerdings etwas seltsam ausnahm. Der Blick der Mutter haftete so unverwandt auf seinem Gesichte, als wollte sie seine geheimsten Gedanken darauf lesen. »Mir scheint, du kennst deine Cousine bereits?« sagte sie mit eigentümlicher Betonung. Die Hindeutung auf die verwandtschaftlichen Beziehungen schien den jungen Mann nur noch mehr zu verwirren.

»Ich weiß nicht,« versetzte er mit äußerster Befangenheit. »Ich habe allerdings – vor einigen Tagen –«

»Herr Nordeck war so freundlich, meinen Führer zu machen, als ich mich im Walde verirrt hatte,« fiel Wanda ein. »Es war vorgestern, auf unsrer Fahrt nach dem Buchenholm.«

Die Fürstin hatte damals den Spaziergang sehr eigenmächtig und unpassend gefunden. Jetzt hatte sie kein Wort des Tadels dafür; im Gegenteil, ihr Ton klang beinahe gütig, als sie erwiderte:

»In der That, ein eigentümliches Zusammentreffen! Aber was steht ihr beide so fremd einander gegenüber? Unter Verwandten braucht die Etikette nicht so streng festgehalten zu werden. Du kannst deinem Vetter immerhin die Hand reichen, Wanda.«

Wanda kam der Aufforderung nach; sie streckte unbefangen ihre Rechte aus. Vetter Leo war schon ritterlich genug, diese Hand zu küssen, wenn sie ihm nach irgend einem Streite zur Versöhnung gereicht ward, der ältere Bruder schien aber leider nichts von dieser Ritterlichkeit zu besitzen. Er faßte die zarten Finger anfangs so scheu und zögernd, als wage er überhaupt gar nicht, sie zu berühren, und dann auf einmal preßte er sie so heftig zwischen den seinigen, daß die junge Dame fast einen Schmerzensschrei ausgestoßen hätte. Sie wußte über diesen neuen Vetter im Grunde nicht mehr als Leo, eigentlich noch weniger. Mit um so größerer Neugierde hatte sie seinem angekündigten Besuche entgegengesehen, ihre Enttäuschung war nun aber auch eine grenzenlose.

Die Fürstin hatte die beiden schweigend, aber unausgesetzt beobachtet. Sie ließ das Auge nicht von dem Gesichte Waldemars.

»Also im Walde seid ihr einander begegnet?« nahm sie wieder das Wort. »Wurde denn von keiner Seite ein Name genannt, der euch aufklärte?«

»Ich habe Herrn Nordeck leider für einen Waldgeist gehalten,« fuhr Wanda heraus, ohne sich um den ernst zurechtweisenden Blick der Tante zu kümmern. »Und er that das möglichste, mich in diesem Glauben zu bestärken. Du hast keine Ahnung davon, liebe Tante, wie interessant unsre Unterhaltung war. Er ließ mich während eines halbstündigen Zusammenseins nicht darüber ins klare kommen, ob er wirklich dem heutigen Menschengeschlechte oder der alten Sagenwelt angehöre. Du begreifst, daß unter so bewandten Umständen eine offizielle Vorstellung unterblieb.«

Diese Worte verrieten deutlich genug den übermütigen Spott, aber seltsam, Waldemar, der sich vorhin so reizbar gezeigt hatte, schien nicht im geringsten dadurch verletzt zu werden. Sein Auge hing unverwandt an dem jungen Mädchen, dessen Spöttereien er kaum zu hören schien.

Die Fürstin hielt es aber jetzt doch für nötig, dem Mutwillen Wandas ein Ziel zu setzen. Sie wandte sich zu ihrem Sohne mit so vollkommener Ruhe, als habe die vorhergehende Scene gar nicht stattgefunden. »Du hast ja deinen Bruder noch nicht gesehen, Waldemar, und deinen Oheim gleichfalls nicht. Ich werde dich zu ihnen führen. – Du bleibst doch den Tag über bei uns?« Die letzte Frage wurde in einem Tone hingeworfen, der das Bleiben als selbstverständlich voraussetzte.

»Wenn du es wünschest.« Das klang schwankend, ungewiß, aber es hatte nichts mehr von der trotzigen Energie der früheren Antworten. Waldemar dachte augenscheinlich nicht mehr daran, zu gehen.

»Gewiß wünsche ich es. Du wirst doch diesen ersten Besuch nicht so kurz abbrechen wollen? Komm, liebe Wanda!«

Der junge Nordeck zögerte noch eine Minute, als aber Wanda der Aufforderung nachkam, war auch sein Entschluß gefaßt. Er legte Hut und Reitpeitsche, die er bisher hartnäckig festgehalten, auf den Sessel, den er vorhin in aufloderndem Zorne fortgestoßen, und folgte geduldig den voranschreitenden Damen. Ein kaum bemerkbares, aber triumphierendes Lächeln spielte um die Lippen der Fürstin. Sie war eine zu gute Beobachterin, um nicht zu wissen, daß sie das Spiel bereits in den Händen hatte, freilich war ihr der Zufall dabei zu Hilfe gekommen.

In dem Wohngemache der Fürstin befanden sich Graf Morynski und Leo, Sie hatten durch Pawlick bereits Waldemars Ankunft erfahren, aber die erste Zusammenkunft zwischen Mutter und Sohn nicht stören wollen. Der Graf sah nur etwas verwundert auf, als Wanda, die er auf ihrem Zimmer glaubte, gleichfalls mit eintrat, aber er unterdrückte die Frage, die ihm auf den Lippen schwebte; der junge Nordeck fesselte für den Augenblick sein ganzes Interesse.

Die Fürstin nahm die Hand ihres jüngeren Sohnes und führte ihn zu dem älteren. »Ihr habt euch bisher nicht gekannt,« sagte sie bedeutsam, »und erst heute ist es mir vergönnt, der langen Trennung zwischen euch ein Ende zu machen. Leo bringt dir die volle Geschwisterliebe entgegen, Waldemar. Laß mich hoffen, daß er auch in dir einen Bruder findet.«

Waldemar maß mit einem raschen Blicke den vor ihm stehenden Bruder, aber der Blick hatte nichts Feindseliges mehr. Die Schönheit des jungen Fürsten nahm ihn unwillkürlich gefangen;

das sah man, vielleicht war er auch weicher gestimmt durch das Vorhergegangene, und als Leo, noch halb in scheuer Zurückhaltung, ihm die Hand hinstreckte, ergriff er sie lebhaft.

Graf Morynski trat jetzt auch heran, um dem Sohne seiner Schwester einige Höflichkeiten zu sagen, die dieser ziemlich einsilbig beantwortete. Die Unterhaltung, die sich aus Rücksicht für Waldemar ausschließlich in deutscher Sprache bewegte, würde gezwungen und matt gewesen sein, hätte die Fürstin es nicht verstanden, sie mit einer wahren Meisterschaft zu leiten. Sie vermied jede naheliegende Klippe, jede verletzende Erinnerung; sie wußte den Bruder, ihre Söhne und Wanda nacheinander in das Gespräch zu ziehen und für eine halbe Stunde wirklich den Anschein zu erwecken, als herrsche die vollkommenste Harmonie zwischen den Familiengliedern.

Leo stand dicht neben dem Sessel Waldemars, und nichts war geeigneter, den Kontrast zwischen den Brüdern schärfer hervorzuheben, als diese Nähe. Auch der junge Fürst hatte erst kürzlich die Knabenjahre hinter sich gelassen; auch er war noch nicht zum Manne gereift, aber wie anders zeigte sich der Übergang hier! Waldemar hatte nie abstoßender ausgesehen als neben dieser schlanken elastischen Jünglingsgestalt mit dem vollendeten Ebenmaß in jeder Linie, mit der leichten Sicherheit in Haltung und Bewegungen und dem idealistisch schönen Kopfe. Der junge Nordeck mit seinen scharfen, eckigen Formen, mit den unregelmäßigen Zügen und den finsteren Augen unter dem blonden Haargewirr rechtfertigte nur zu sehr die Empfindung, mit welcher der Blick der Mutter auf beiden ruhte, auf ihrem Lieblinge, ihrem schönen lebensvollen Jüngsten, und jenem andern, der gleichfalls ihr Sohn hieß und mit dem sie doch nicht ein einziger Zug des Äußeren, nicht eine einzige Regung des Herzens verband. Es war heute etwas in der Art Waldemars, das ihn noch unvorteilhafter erscheinen ließ als gewöhnlich. Das Schroffe, Herrische, das sonst in seinem Wesen lag, so wenig anziehend es war, es paßte doch zu der ganzen Erscheinung, und gab ihr mindestens etwas Charakteristisches. Er hatte es während der ganzen Unterredung mit der Mutter bewahrt; erst seit dem Augenblicke, wo die junge Gräfin Morynska eintrat, war es verschwunden. Zum erstenmal in seinem Leben schien er sich scheu und befangen zu fühlen, zum erstenmal schien er den Einfluß einer Umgebung zu empfinden, die ihm in jeder Beziehung überlegen war, und das raubte ihm mit dem Trotze auch die Sicherheit. Er war gekommen, um etwas Feindseligem zu begegnen, und dies gab ihm eine gewisse rauhe Überlegenheit. Jetzt gab er den Kampf auf, aber die Überlegenheit mit ihm; er war unbeholfen, zerstreut, und der verwunderte Blick Morynskis schien bisweilen zu fragen, ob denn dies wirklich der Waldemar sei, über den man so viel Abschreckendes gehört. Das Zusammensein hatte etwa eine halbe Stunde gewährt, als Pawlick mit der Meldung erschien, daß der Tisch bereit sei.

»Leo, du wirst es wohl heute deinem Bruder überlassen müssen, Wanda zu führen,« sagte die Fürstin, indem sie aufstand und den Arm ihres Bruders nahm. Sie schritt mit ihm voran nach dem Speisezimmer.

»Nun?« fragte der Graf halblaut auf polnisch. »Wie steht es? Wie endigte die Unterredung?«

Die Fürstin lächelte nur; sie warf noch einen flüchtigen Blick auf Waldemar zurück, der eben im Begriff war, sich Wanda zu nähern, dann entgegnete sie gleichfalls in polnischer Sprache: »Sei ohne Sorge! Er wird sich fügen – ich versichere es dir.« –

Erst gegen Abend kehrte der junge Nordeck nach Altenhof zurück, und Leo, der den Bruder bis zum Ausgange der Villa begleitet hatte, trat wieder in das Empfangszimmer. Die Fürstin und Graf Morynski waren nicht mehr dort, nur Wanda stand noch auf dem Balkon, um dem Fortreitenden nachzusehen.

»Mein Gott, welch ein Ungetüm ist dieser Waldemar!« rief die junge Gräfin ihrem Vetter entgegen. »Wie ist es dir nur möglich gewesen, Leo, die ganze Zeit über ernst zu bleiben? Sieh her, ich habe mein Taschentuch ganz zerknittert, um das Lachen dahinter zu verstecken, aber jetzt kann ich es nicht mehr bewältigen; ich ersticke sonst,« und Wanda warf sich auf einen der Balkonsessel und überließ sich einem so stürmischen Ausbruch von Heiterkeit, daß man sah, welche Mühe es ihr gekostet hatte, ihn bis jetzt zurückzuhalten.

»Wir waren ja auf Waldemars eigentümliches Wesen vorbereitet,« meinte Leo halb entschuldigend. »Nach allem, was wir über ihn in Erfahrung gebracht, habe ich ihn mir, die Wahrheit zu sagen, noch schroffer und abstoßender gedacht.«

»O, du sahst ihn heute auch nur im Salongewande,« spottete Wanda. »Wer wie ich das Glück hatte, ihn in seiner ganzen Ursprünglichkeit zu bewundern, der kann sich dem überwältigenden Eindruck nicht entziehen, den die erste Erscheinung dieses Wilden macht. Ich denke noch mit Schrecken an unser Zusammentreffen im Walde.«

»Du bist mir noch die Erzählung dieses Zusammentreffens schuldig,« fiel Leo ein. »Es war also Waldemar, der dich vorgestern nach dem Buchenholm führte – so viel habe ich aus eurem Gespräche entnommen, aber ich begreife nicht, weshalb du ein solches Geheimnis aus der Sache machtest.«

»Das geschah nur, um dich zu ärgern,« versetzte die junge Dame sehr aufrichtig, »Du wurdest so gereizt, als ich von der interessanten Begegnung mit einem Fremden sprach; du setztest natürlich voraus, daß irgend ein Kavalier mich begleitet hätte, und ich ließ dich in dem Glauben. Jetzt, Leo,« – sie kämpfte wieder mit einem neuen Anfall von Heiterkeit – »jetzt siehst du doch wohl ein, daß die Sache keine Gefahr hatte.«

»Ja, das sehe ich ein,« stimmte der junge Fürst lachend bei. »Aber Waldemar scheint doch eine kavaliermäßige Regung gehabt zu haben, da er sich herabließ, deinen Führer zu machen,«

»Möglich, aber ich werde mein Leben lang an diese Führung denken. Stelle dir vor, Leo, ich hatte auf einmal den Waldpfad verloren, den ich doch schon öfter gegangen war, und den ich ganz genau zu kennen meinte. Bei jedem Versuche, ihn wieder aufzufinden, geriet ich nur immer tiefer in den Wald und fand mich schließlich in ganz unbekannten Umgebungen. Ich wußte nicht einmal mehr die Richtung, in welcher der Buchenholm oder die See lagen, denn es regte sich kein Windhauch, und auch nicht das leiseste Brausen der Wellen drang zu mir herüber. Ganz ratlos stand ich da und war eben im Begriff, umzukehren, als etwas mit einem Ungestüm, als ob eine ganze Treibjagd daherbrause, durch die Gebüsche brach. Urplötzlich stand eine Gestalt vor mir, die ich wirklich für nichts andres halten konnte, als für den Waldgeist in höchsteigener Person. Er schien direkt aus dem Sumpfe zu kommen, denn er war bis über die Kniee hinauf voll Morast. Ein erlegtes Reh hatte er über die Schulter geworfen, ohne sich darum zu kümmern, daß das herabrieselnde Blut des Tieres seinen ganzen Jagdrock befleckte. Die ungeheure gelbe Löwenmähne, die er statt der Haare trägt, war von den Zweigen arg mitgenommen und fiel ihm über das Gesicht, herab. So stand er da, die Flinte in der Hand, einen knurrenden, zähnefletschenden Jagdhund neben sich – ich frage dich, ob es möglich war, dieses Waldungetüm für einen Menschen und Jäger anzusehen?«

»Du hast dich wohl außerordentlich gefürchtet?« spottete Leo.

Wanda hob mit einer sehr entschiedenen Bewegung den Kopf. »Gefürchtet? Ich? Du solltest doch wissen, daß ich nicht furchtsam bin! Eine andre wäre wahrscheinlich davongelaufen, ich aber hielt stand und fragte nach dem Wege zum Buchenholm. Aber obgleich ich die Frage wiederholte, wurde mir keine Antwort; statt dessen stand das Gespenst wie an den Boden festgewachsen und starrte mich mit seinen großen wilden Augen an, ohne einen Laut von sich zu geben. Jetzt wurde mir die Sache doch etwas unheimlich, und ich wandte mich zum Gehen; da war es auf einmal mit zwei Schritten an meiner Seite, wies nach rechts hinüber und gab die unzweifelhafte Absicht kund, mich zu führen.«

»Aber doch nicht bloß pantomimisch?« warf Leo ein, »Waldemar wird doch mit dir gesprochen haben.«

»O ja, er sprach; das heißt: er beehrte mich im ganzen mit sechs oder sieben Worten – mehr waren es sicher nicht. In der ersten Minute unsres Zusammenseins vernahm ich so etwas, wie: ›Wir müssen rechts hinüber!‹ und in der letzten: ›Da ist der Buchenholm.‹ Während der halben Stunde, die dazwischen lag, herrschte ein imponierendes Schweigen, das ich nicht zu brechen wagte. Und was war das für ein Weg, den wir einschlugen! Erst gingen wir mitten in das Dickicht hinein, mein liebenswürdiger Führer voran, wie ein Bär alles Gesträuch niedertretend und durchbrechend. Ich glaube, er hat den halben Wald ruiniert, um mir einigermaßen den

Weg zu bahnen. Dann kamen wir durch eine Lichtung, darauf an einen Sumpf; ich dachte, wir würden geradeswegs hineinlaufen, aber wunderbarerweise blieben wir am Rande. Und während der ganzen Zeit fiel auch nicht ein einziges Wort zwischen uns, aber der seltsame Begleiter wich nicht von meiner Seite, und so oft ich aufblickte, begegnete ich seinen Augen, die mir mit jeder Minute unheimlicher wurden. Ich neigte mich jetzt entschieden der Ansicht zu, er sei direkt aus irgend einem Hünengrabe emporgestiegen, um sich das erste beste Menschenkind als Opfer auszusuchen und es zu einem der alten Heidenaltäre hinzuschleppen, wo es sein Leben lassen müsse. Da, gerade als ich im Begriffe war, mich auf mein nahes Ende vorzubereiten, sah ich auf einmal die blaue See durch die Bäume schimmern und erkannte die Umgebungen des Buchenholms. Mein Kavalier aus der Urzeit blieb stehen, starrte mich nochmals an, als wolle er mich gleich auf der Stelle verschlingen, und schien es kaum zu hören, daß ich ihm dankte. In der nächsten Minute war ich am Strande, wo ich bereits dein Boot erblickte. – Denke dir mein Erstaunen, als ich heute eintrete und meinen Waldgeist, mein Hünengespenst, das ich längst in Gott weiß welche Höhlen der Erde versunken glaubte, im Empfangszimmer der Tante erblickte, und das besagte Gespenst mir schließlich als Vetter Waldemar vorgestellt wird! Es ist wahr, er gab sich heute durchaus im Salonstil; er führte mich sogar zu Tische, aber mein Himmel, wie stellte er sich dabei an! Ich glaube, es war das erste Mal in seinem Leben, daß er einer Dame den Arm bot. Hast du gesehen, wie er sich verbeugte, wie er sich bei Tische benahm? Nimm es mir nicht übel, Leo, aber dein neuer Herr Bruder gehört ganz entschieden in die Wildnis, und zwar in die allerentlegenste. Da hat er doch wenigstens noch etwas Furchtbares an sich, wenn er aber unter zivilisierten Menschen auftaucht, gibt er höchstens zu Lachkrämpfen Anlaß. Und das soll der künftige Herr von Wilicza sein!«

Leo teilte im Grunde ganz diese Meinung, dennoch sah er sich veranlaßt, die Partei seines Bruders zu nehmen. Er fühlte, wie unendlich er selbst diesem in Erscheinung und Haltung überlegen war, und das machte es ihm leicht, Großmut zu üben.

»Es ist aber nicht Waldemars Schuld, daß seine Erziehung so ganz und gar vernachlässigt ist,« sagte er, »Die Mama meint, sein Vormund habe ihn systematisch verwildern lassen.«

»Kurz und gut, er ist ein Ungetüm,« entschied die junge Dame, »und ich erkläre hiermit feierlich, daß, wenn man mir noch einmal einen solchen Kavalier zumutet, ich mir ein freiwilliges Fasten auferlege und nicht bei Tische erscheine.«

Während des Gespräches war Wandas Taschentuch, mit dem sie sich Kühlung zugefächelt hatte, herabgeglitten; es lag seitwärts unter den Epheuranken, die den Balkon umgaben. Leo bemerkte es und bückte sich ritterlich danach; er mußte sich aber dabei fast auf die Kniee niederlassen. In dieser Stellung hob er das Tuch auf und überreichte es seiner Cousine, und diese brach, statt ihm zu danken, wieder in ein lautes Lachen aus.

Der junge Fürst sprang heftig auf. »Du lachst?«

»O, nicht über dich, Leo! Ich dachte mir nur soeben, wie unendlich komisch dein Bruder sich in einer solchen Stellung ausnehmen würde.«

»Waldemar? Ja freilich! Aber dieses Vergnügen wirst du schwerlich haben. Der beugt sicher niemals das Knie vor einer Dame, am wenigsten vor dir.«

»Am wenigsten vor mir?« wiederholte Wanda beleidigt. »Ah so, du meinst, ich bin noch ein solches Kind, daß es gar nicht der Mühe lohnt, vor mir niederzuknieen? Ich hätte große Lust, dich vom Gegenteil zu überzeugen.« »Wodurch?« fragte Leo lachend. »Durch Waldemars Kniefall vielleicht?«

Die junge Dame warf trotzig die Lippen auf. »Und wenn ich mir nun vornehme, ihn dahin zu bringen?«

»Nun, so versuche doch deine Macht an meinem Bruder!«

Wanda sprang auf mit dem ganzen Eifer eines Kindes, dem ein neues Spielzeug in Aussicht gestellt wird.

»Es sei! Was gilt die Wette?«

»Aber es muß ein ernstgemeinter Fußfall sein, Wanda! Keine bloße Artigkeit, wie der meinige vorhin.«

»Natürlich!« bestätigte die junge Gräfin. »Du lachst? Du hältst das wohl unter allen Umständen für unmöglich? Nun, wir werden ja sehen, wer von uns beiden gewinnt. Du sollst Waldemar vor mir auf den Knieen sehen, ehe wir abreisen. Nur eins bitte ich mir aus: du darfst ihm keinen Wink geben. Ich glaube, seine ganze Bärennatur käme zum Vorschein, erführe er, daß wir uns unterfingen, allerhöchst ihn zum Gegenstand einer Wette zu machen.«

»Ich schweige,« versicherte Leo, der, von ihrem Mutwillen fortgerissen, jetzt auf den Scherz einging. »Einem Ausbruch seiner Berserkerwut aber werden mir nicht entgehen, wenn du ihn schließlich auslachst und ihm die Wahrheit klar wird. Oder beabsichtigst du vielleicht ihm ein ›Ja‹ zu geben?«

Die beiden Kinder – denn das waren sie ja im Grunde noch mit ihren sechzehn und siebzehn Jahren – lachten und scherzten über ihren Einfall, wie eben übermütige Kinder zu thun pflegen. Sie waren so an gegenseitige Neckereien gewöhnt, daß es ihnen durchaus nicht darauf ankam, auch einmal einen dritten in den Kreis dieser Neckereien zu ziehen. Sie dachten gar nicht daran, wie wenig der schroffe Charakter Waldemars dazu geeignet war, und in welchen bitteren Ernst er das Spiel verkehren könnte, das sie sich in ihrem Mutwillen ausgesonnen.

Einige Wochen waren vergangen. Der Sommer neigte sich seinem Ende zu, und in Altenhof hatte man vollauf mit der Ernte zu thun. Der Gutsherr, der den ganzen Vormittag auf den Feldern gewesen war, um überall nachzusehen und anzuordnen, war müde und matt nach Hause gekommen und gedachte jetzt, nach dem Essen, sich der wohlverdienten Mittagsruhe hinzugeben. Während er aber die Anstalten dazu machte, blickte er mit einem Gemisch von Aerger und Bewunderung auf seinen Pflegesohn, der in seinem gewöhnlichen Reitanzuge am Fenster stand und auf das Vorführen seines Pferdes wartete.

»Also du willst wirklich in der Mittagshitze nach C. hinüber?« fragte Herr Witold. »Ich gratuliere dir zu dem zweistündigen schattenlosen Wege. Du wirst den Sonnenstich bekommen, aber du scheinst gar nicht mehr leben zu können, wenn du deiner Frau Mutter nicht mindestens drei- oder viermal in der Woche die Aufwartung machst.« Der junge Mann runzelte die Stirn. »Ich kann der Mutter doch nicht ›nein‹ sagen, wenn sie mich zu sehen wünscht. Jetzt, wo wir uns so nahe sind, hat sie am Ende das Recht, zu verlangen, daß ich sie öfter besuche.«

»Nun, sie macht auch einen tüchtigen Gebrauch davon,« meinte Witold. »Wissen möchte ich aber doch, wie sie es angefangen hat, dich zum gehorsamen Sohn zu machen. Ich habe es fast zwanzig Jahre lang umsonst versucht; sie brachte es in einem einzigen Tage fertig. Freilich das Regieren verstand sie von jeher aus dem Grunde.«

»Du weißt doch am besten, Onkel, daß ich mich nicht regieren lasse,« versetzte Waldemar in gereiztem Tone. »Die Mutter ist mir mit einer Versöhnlichkeit entgegengekommen, die ich nicht so schroff zurückweisen kann und will, wie du es thatest, solange ich noch unter deiner Vormundschaft stand –«

»Es wird dir wohl recht oft da drüben gesagt, daß du nicht mehr darunter stehst?« unterbrach ihn der Pflegevater. »Du betonst das merkwürdig oft seit den letzten Wochen. Das ist übrigens ganz und gar unnötig, mein Junge. Du hast leider von jeher immer nur gethan, was du selbst gewollt hast, hast es oft genug gegen meinen Willen gethan. Deine Mündigkeitserklärung ist eine reine Form, das heißt für mich, nicht für die Baratowski. Die werden schon wissen, was sie damit anzufangen haben und weshalb sie dich fortwährend daran erinnern.«

»Wozu die ewigen Verdächtigungen!« brauste Waldemar auf. »Soll ich auf jeden Umgang mit meinen Verwandten verzichten, einzig deshalb, weil du ihnen feind bist?«

»Ich wollte, du könntest die Zärtlichkeit deiner lieben Verwandten einmal auf die Probe stellen,« spottete Witold. »Sie kümmerten sich nicht so viel um dich, wenn du nicht zufälligerweise der Herr von Wilicza wärest. – Nun, fahre nur nicht gleich wieder auf! Wir haben uns in der letzten Zeit so oft über die Geschichte gezankt, daß ich mir heute nicht wieder den Mittagsschlaf dadurch verderben will. Dieser verwünschte Badeaufenthalt wird ja wohl auch ein Ende nehmen, und dann sind wir die ganze Gesellschaft los.«

Es trat ein kurzes Schweigen ein. Waldemar ging ungeduldig im Zimmer auf und nieder.

»Ich weiß nicht, was sie drüben in den Ställen machen. Ich habe Befehl gegeben, den Normann zu satteln, aber der Stallknecht scheint dabei eingeschlafen zu sein.« »Du hast wohl wieder einmal gewaltige Eile, fortzukommen?« fragte der Gutsherr trocken. »Ich glaube wahrhaftig, sie haben dir in C. einen Hexentrank eingegeben, daß du nirgends anderswo mehr Ruhe hast. Du kannst jetzt nie die Zeit erwarten, bis du erst im Sattel sitzest.«

Waldemar gab keine Antwort, er pfiff vor sich hin und schlug mit der Reitgerte in die Luft.

»Die Fürstin geht doch hoffentlich wieder nach Paris zurück?« fragte Witold auf einmal.

»Das weiß ich nicht. Es ist noch nicht beschlossen, wo Leo seine Studien vollenden soll. Die Mutter wird sich wahrscheinlich durch die Rücksicht auf ihn in ihrem künftigen Aufenthalt bestimmen lassen.«

»Ich wollte, er studierte in Konstantinopel,« sprach Herr Witold ärgerlich, »und seine Frau Mutter ließe sich aus Rücksicht für ihn bestimmen, auch mit ins Türkenland zu gehen, dann kämen sie wenigstens so bald nicht wieder. Dieser junge Baratowski muß ja übrigens ein wahres Ungeheuer von Gelehrsamkeit werden. Du sprichst fortwährend von seinen ›Studien‹.«

»Leo hat auch viel mehr gelernt als ich,« sagte Waldemar grollend, »und er ist doch volle vier Jahre jünger.«

»Seine Mutter wird ihn wohl tüchtig zum Lernen angehalten haben. Der hat sicher nur einen einzigen Hofmeister gehabt, während dir sechs davongelaufen sind und der siebente nur mit Not und Mühe bei dir aushält.«

»Und warum bin ich nicht zum Lernen angehalten worden?« fragte der junge Nordeck plötzlich, indem er trotzig die Arme übereinander schlug und dicht vor seinen Pflegevater hintrat. Dieser sah ihn mit starrer Verwunderung an.

»Ich glaube, der Junge will mir Vorwürfe machen, weil ich ihm in allen Stücken den Willen gethan habe,« rief er erzürnt.

»Nein,« entgegnete Waldemar kurz. »Du hast es gut gemeint, Onkel, aber du weißt nicht, wie mir zu Mute ist, wenn ich sehe, daß Leo mir in allen Stücken voraus ist, wenn ich fortwährend von der Notwendigkeit seiner weiteren Ausbildung höre, und dabei stehe und – aber das soll ein Ende nehmen. Ich gehe auch auf die Universität.«

Herr Witold hätte vor Schreck beinahe das Sofakissen fallen lassen, das er sich eben zurechtlegen wollte.

»Auf die Universität?« wiederholte er.

»Gewiß, Doktor Fabian spricht ja schon seit Monaten davon.«

»Und du hast dich seit Monaten entschieden geweigert.«

»Das war früher – jetzt denke ich anders darüber. Leo soll schon im nächsten Jahre zur Universität, und wenn er mit achtzehn Jahren reif dafür ist, so ist es für mich wahrhaftig die höchste Zeit. Ich will nicht immer und ewig hinter meinem jüngeren Bruder zurückstehen. Morgen spreche ich mit Doktor Fabian. – Und jetzt werde ich einmal selbst nach den Ställen hinübergehen und sehen, ob der Normann endlich gesattelt ist. Mir reißt die Geduld bei dem langen Warten.«

Er hatte bei den letzten Worten seinen Hut vom Tische genommen und stürmte nun in voller Ungeduld hinaus. Herr Witold blieb auf dem Sofa sitzen, er hielt das Kissen noch in der Hand, aber er dachte nicht mehr daran, es sich zurechtzulegen; mit der Mittagsruhe schien es vorläufig vorbei zu sein.

»Was ist mit dem Jungen vorgegangen? – Doktor, was haben sie mit dem Jungen angefangen?« rief er zornig dem ganz harmlos eintretenden Doktor Fabian entgegen.

»Ich?« fragte dieser erschrocken. »Nichts, Herr Witold. Waldemar kam ja soeben von Ihnen.«

»Ach, ich meine ja gar nicht Sie,« sagte der Gutsherr ärgerlich. »Ich sprach von der Baratowskischen Gesellschaft. Seit die den Waldemar in Händen hat, ist er gar nicht mehr zu regieren. Denken Sie nur, er will auf die Universität.«

»Wirklich?« rief der Doktor erfreut.

Durch diese Antwort wurde Herr Witold nur noch mehr erbost. »Darüber freuen Sie sich wohl ganz außerordentlich?« grollte er. »Es macht Ihnen wohl sehr großes Vergnügen, daß Sie von hier wegkommen und ich dann mutterseelenallein in Altenhof sitze?«

»Sie wissen ja, daß ich den Universitätsbesuch stets befürwortet habe,« verteidigte sich der Erzieher. »Ich habe leider nie Gehör gefunden, und wenn es wirklich die Frau Fürstin ist, die Waldemar endlich dazu vermocht hat, so kann ich ihren Einfluß nur für einen segensreichen halten.«

»Hol der Kuckuck den segensreichen Einfluß!« rief der Gutsherr, indem er das unglückliche Sofakissen mitten in das Zimmer schleuderte. »Wir werden schon sehen, was dahinter steckt. Irgend etwas ist mit dem Jungen passiert. Er läuft herum, als ob er am hellen lichten Tage träumte, kümmert sich um nichts mehr und gibt, wenn man ihn fragt, ganz verkehrte Antworten. Wenn er auf die Jagd geht, kommt er mit leeren Händen zurück, er, der sonst immer trifft, und jetzt hat er es auf einmal mit dem Studieren bekommen und ist nicht wieder davon abzubringen. – Ich muß heraus haben, was diese Veränderung bewirkt hat, und Sie sollen mir dabei helfen, Doktor, Sie müssen nächstens mit nach C.«

»Um des Himmels willen nicht!« protestierte Doktor Fabian. »Was soll ich dort?«

»Aufpassen!« sagte der Gutsherr wichtig. »Und mir dann Nachricht bringen. Da drüben passiert etwas, das lasse ich mir nicht nehmen. Ich selbst kann nicht hinüber, denn ich stehe mit der Fürstin sozusagen auf dem Kriegsfuße, und wenn wir beide zusammengeraten, gibt es Lärm. Ich kann ihre Bosheiten nicht ertragen und sie nicht meine Grobheiten, aber Sie, Doktor, sind neutral in der Sache; Sie sind der rechte Mann.«

Der Doktor wehrte sich mit allen Kräften gegen die ihm gestellte Zumutung. »Aber ich verstehe mich ganz und gar nicht auf dergleichen,« klagte er. »Sie kennen ja meine Aengstlichkeit, meine Zerstreutheit im Verkehr mit Fremden, und nun vollends der Frau Fürstin gegenüber. Auch wird Waldemar nie zugeben, daß ich ihn begleite –«

»Hilft Ihnen alles nichts!« unterbrach ihn Witold diktatorisch. »Sie müssen nach C. Sie sind der einzige Mensch, zu dem ich Vertrauen habe, Doktor. Sie werden mich doch nicht im Stiche lassen?«

Und nun stürmte er mit einer solchen Menge von Bitten, Vorwürfen und Vorstellungen auf den armen Doktor ein, daß dieser, halb betäubt, sich endlich gefangen gab und alles versprach, was man von ihm verlangte.

Da ließen sich Hufschläge draußen auf dem Hofe vernehmen. Waldemar saß bereits zu Pferde; er gab dem Tiere die Zügel, und ohne auch nur einen Blick nach den Fenstern zurückzuwerfen, sprengte er davon.

»Da jagt er hin,« sagte Witold, halb grollend und halb schon wieder voll Bewunderung über seinen Pflegesohn. »Sehen Sie nur, wie der Junge zu Pferde sitzt, wie aus Erz gegossen! Und es ist doch wahrhaftig keine Kleinigkeit, den Normann zu bändigen.«

»Waldemar hat eine eigene Vorliebe, stets nur junge, wilde Pferde zu reiten,« meinte der Doktor ängstlich. »Ich begreife nicht, weshalb er sich gerade den Normann zum Liebling ausersehen hat. Es ist das unbändigste und widerspenstigste Tier im ganzen Stalle.«

»Ebendeshalb!« lachte der Gutsherr. »Sie wissen ja, er muß etwas zu bezwingen und zu bändigen haben, sonst macht ihm die Sache keinen Spaß. Aber nun kommen Sie, Doktor! Wir wollen Ihre Mission überlegen; Sie müssen die Sache diplomatisch anfangen.«

Damit ergriff er den Doktor beim Arme und zog ihn zum Sofa. Der arme Fabian folgte geduldig. Er hatte sich in alles ergeben und sagte nur halblaut mit kläglichem Ausdrucke: »Ich ein Diplomat, Herr Witold? daß Gott erbarm!«

Die Baratowskische Familie hatte von jeher nur wenig Anteil an dem Badeleben von C. genommen, und seit der letzten Zeit zog sie sich noch mehr als sonst davon zurück. Waldemar fand sie bei seinen jetzt so häufigen Besuchen stets unter sich. Graf Morynski war schon nach wenigen Tagen wieder abgereist; es war allerdings seine Absicht gewesen, seine Tochter sogleich mit sich zu nehmen, aber die Fürstin fand, daß ein längerer Aufenthalt an der See für Wandas Gesundheit ganz unbedingt notwendig sei und wußte ihren Bruder zu bestimmen, daß er in die verlängerte Trennung willigte. Er hatte sich dem Wunsche der Schwester gefügt und war vorläufig allein nach Rakowicz zurückgekehrt, wo geschäftliche Angelegenheiten seine Gegenwart erforderten.

Der junge Nordeck hatte trotz der Mittagshitze den Ritt in stürmischer Eile zurückgelegt und trat jetzt in das Zimmer der Fürstin, die er an ihrem Schreibtische fand. Wäre Leo so glühend erhitzt bei ihr eingetreten, sie hätte sicher ein Wort der Sorge oder der Ermahnung für ihn gehabt, Waldemars Aussehen blieb, wenn auch nicht unbemerkt, doch gänzlich unerwähnt. Es war eigentümlich, daß auch jetzt, wo Mutter und Sohn sich doch so häufig sahen, nicht die geringste Vertraulichkeit zwischen ihnen Wurzel fassen wollte. Die Fürstin behandelte Waldemar stets mit der äußersten Rücksicht, und er bemühte sich, sein schroffes Wesen ihr gegenüber zu mäßigen, aber es lag auch nicht die leiseste Spur von Herzlichkeit in diesem beiderseitigen Bemühen, ein gutes Einvernehmen aufrecht zu erhalten. Sie konnten nun einmal nicht über die unsichtbare Kluft hinweg, die zwischen ihnen lag, wenn eine fremde Macht sie auch für den Augenblick überbrückt hatte. Die gegenseitige Begrüßung war genau so kühl, wie beim ersten Wiedersehen, nur daß Waldemars Augen jetzt unruhig fragend im Zimmer umherschweiften.

»Du suchst Leo und Wanda?« fragte die Fürstin. »Sie sind bereits unten am Strande und wollen dich dort erwarten. Ihr habt ja wohl eine Segelfahrt miteinander verabredet?«

»Jawohl! Ich werde sie sogleich aufsuchen.« Waldemar machte eine hastige Bewegung nach der Thür, aber die Mutter legte ihre Hand auf seinen Arm.

»Zuerst möchte ich dich für einige Minuten in Anspruch nehmen. Ich habe etwas Wichtiges mit dir zu besprechen.«

»Kann das nicht später geschehen?« fragte Waldemar ungeduldig. »Ich möchte doch vorher –«

»Es liegt mir daran, dich allein zu sprechen,« unterbrach ihn die Fürstin. »Du kommst noch immer zeitig genug zu der Fahrt. Ihr werdet sie wohl um eine Viertelstunde verschieben können.«

Der junge Nordeck sah bei dieser Zumutung äußerst unzufrieden aus und folgte nur mit offenbarem Widerstreben der Einladung zum Niedersitzen. Von Aufmerksamkeit schien bei ihm vorläufig keine Rede zu sein, denn sein Blick schweifte fortwährend durch das Fenster, in dessen Nähe er saß, und das nach dem Strande hinausging.

»Unser Aufenthalt in C. naht sich seinem Ende,« begann die Fürstin. »Wir werden wohl bald an die Abreise denken müssen.«

Waldemar machte eine Bewegung, die fast Schrecken verriet. »Schon jetzt? Der September verspricht ja schön zu werden; weshalb willst du ihn nicht hier verleben?«

»Das kann ich Wandas wegen nicht. Ich kann meinem Bruder nicht eine noch längere Trennung von seinem Lieblinge zumuten. Er hat schon ungern und nur auf meinen besonderen Wunsch in ihr Hierbleiben gewilligt, dafür habe ich ihm aber auch versprochen, sie selbst nach Rakowicz zu bringen.«

»Rakowicz liegt ja wohl nicht weit von Wilicza?« fragte Waldemar rasch.

»Nur eine Stunde entfernt, etwa halb so weit, wie Altenhof von hier.« Der junge Mann schwieg, er sah wieder angelegentlich durch das Fenster. Der Strand schien ihn heute außerordentlich zu interessieren.

»Da wir gerade von Wilicza sprechen,« warf die Fürstin leicht hin, »du wirst doch jetzt, nach erreichter Mündigkeit, deine Güter selbst antreten? Wann gedenkst du dorthin zu gehen?«

»Es war für nächstes Frühjahr bestimmt,« sagte Waldemar zerstreut und immer mit seinen Beobachtungen beschäftigt. »Ich wollte den Winter über noch bei dem Onkel bleiben. Das wird sich aber jetzt wohl ändern, da ich beabsichtige, auf die Universität zu gehen.«

Die Mutter neigte zustimmend das Haupt. »Das ist ein Entschluß, dem ich nur meinen vollen Beifall geben kann. Ich habe dir nie verhehlt, daß ich die vorwiegend praktische Erziehung bei deinem Vormunde zu einseitig fand. Für eine Stellung, wie die deinige, ist eine höhere Ausbildung unerläßlich.«

»Ich möchte vorher aber Wilicza gern einmal sehen,« lenkte Waldemar ein. »Ich war seit meinen Knabenjahren nicht dort, und – und du bleibst doch jedenfalls längere Zeit in Rakowicz?«

»Ich weiß es nicht,« erwiderte die Fürstin. »Für den Augenblick werde ich allerdings die Zuflucht annehmen, die mein Bruder mir und meinem Sohne bietet. Es wird sich ja zeigen, ob wir seine Großmut dauernd in Anspruch nehmen müssen.«

Der junge Nordeck sah auf. »Zuflucht – Großmut – was soll das heißen, Mutter?«

Die Lippen der Fürstin zeigten ein leises nervöses Zucken, das einzige Zeichen, wie schwer ihr der Schritt wurde, den sie zu thun im Begriffe stand, sonst schien sie völlig unbewegt, als sie antwortete:

»Ich habe der Welt bisher unsre Verhältnisse verborgen und gedenke das auch ferner zu thun. Dir kann und will ich kein Geheimnis daraus machen. Ja, ich bin gezwungen, bei meinem Bruder eine Zuflucht zu suchen. Du kennst die äußeren Ereignisse während meiner zweiten Ehe. Ich habe an der Seite meines Gemahls gestanden, als die Stürme der Revolution ihn fortrissen; ich bin ihm in die Verbannung gefolgt und habe fast zehn Jahre lang das Exil mit ihm geteilt. Unser Vermögen ist dem allem zum Opfer gefallen; schon die letzten Jahre zeigten einen unlösbaren Widerspruch zwischen den Ansprüchen unsrer Stellung und den Mitteln, die uns zu Gebote standen. Ein kurzer Ueberblick unsrer Angelegenheiten nach dem Tode des Fürsten hat mir gezeigt, daß ich auch diesen Kampf aufgeben muß – wir sind zu Ende mit unsern Hilfsquellen.«

Waldemar wollte sprechen; die Mutter hob abwehrend die Hand.

»Du begreifst, was es mich kostet, dir diese Eröffnungen zu machen, und daß ich sie dir nie gemacht hätte, wenn es sich nur um mich allein handelte, aber ich habe als Mutter meinen Sohn zu vertreten – da schwindet jede andre Rücksicht. Leo steht erst im Anfange seines Lebens und Werdens; ich fürchte nicht die Entbehrungen der Armut für ihn, aber ich fürchte ihre Demütigungen, denn ich weiß, daß er sie nicht erträgt. Dir hat das Geschick Reichtümer zugesprochen; dir steht von jetzt an die unbeschränkte Verfügung darüber zu – Waldemar, ich übergebe die Zukunft deines Bruders deinem Edelmut.«

Es wäre für jede andre eine furchtbare Demütigung gewesen, den Sohn des Mannes, von dem sie sich mit Haß und Verachtung losgerissen, um Hilfe anzuflehen, aber diese Frau wußte die Demütigung in einer Weise zu tragen, die ihr alles Erniedrigende nahm und ihrem eigenen Stolze auch nicht den geringsten Abbruch that. Die Haltung, mit der sie vor dem Sohne stand, war nicht die einer Bittenden. Sie rief nicht ein Kindesgefühl an, eine Zärtlichkeit, die, wie sie wußte, nicht existierten. Die Mutter mit ihren Rechten trat für den Augenblick vollständig zurück, sie machte keins davon geltend, aber sie forderte von dem Gerechtigkeitsgefühle des älteren Bruders, daß er sich des jüngeren annehme, und es zeigte sich, daß sie Waldemar richtig beurteilt hatte. Er fuhr lebhaft auf:

»Und das sagst du mir erst jetzt, erst heute? Weshalb erfuhr ich nicht früher davon?«

Der Blick der Fürstin begegnete fest und ernst dem seinigen. »Was würdest du mir wohl geantwortet haben, wenn ich dir bei unserm ersten Widersehen eine solche Eröffnung gemacht hätte?«

Waldemar sah zu Boden; er erinnerte sich noch sehr gut der verletzenden Art, mit der er die Mutter damals gefragt, was sie eigentlich von ihm wolle.

»Du verkennst mich,« erwiderte er hastig. »Ich hätte trotzdem nie zugegeben, daß du mit Leo bei einem andern Hilfe suchst, als bei mir. Ich wäre Herr von Wilicza und sollte dulden, daß meine Mütter und mein Bruder in Abhängigkeit leben! – Du verkennst mich, Mutter, dieses Mißtrauen habe ich nicht verdient.« »Ich hegte es auch nicht gegen dich, mein Sohn, nur gegen den Einfluß, der dich bisher geleitet hat, und vielleicht noch leitet. Weiß ich doch nicht einmal, ob er dir gestatten wird, uns ein Asyl zu bieten.«

Das war wieder ein Stachel, der seine Wirkung nie verfehlte, und den die Mutter stets im rechten Augenblicke einzusetzen verstand. Er blieb auch heute nicht ohne Einfluß auf den jungen Mann.

»Ich glaube dir gezeigt zu haben, daß ich meine Selbständigkeit zu wahren weiß,« entgegnete er kurz. »Und nun sage mir, was ich thun soll! Ich bin zu allem bereit.«

Die Fürstin wußte, daß sie jetzt ein Wagnis unternahm, aber sie ging fest und unbeirrt auf ihr Ziel los.

»Wir können deine Hilfe nur in einer Form annehmen, wenn sie uns nicht zur Demütigung werden soll,« sagte sie. »Du bist der Herr von Wilicza – wäre es nicht das Natürlichste, wenn Mutter und Bruder deine Gäste sind?«

Waldemar stutzte. Bei dem Namen Wilicza bäumten sich der alte Argwohn und das alte Mißtrauen wieder jäh empor. All die Warnungen des Pflegevaters vor den Plänen der Mutter tauchten wieder auf; die Fürstin sah das, aber sie wußte es meisterhaft zu parieren.

»Mir wäre der Ort nur wegen der Nähe von Rakowicz erwünscht,« warf sie mit gleichgültiger Miene hin. »Ich könnte dann in unbeschränktem Verkehr mit Wanda bleiben.«

Die Nähe von Rakowicz! Der unbeschränkte Verkehr mit seinen Bewohnern! Das entschied alles. Die Wangen des jungen Mannes flammten, als er erwiderte:

»Bestimme du das ganz nach eigenem Gefallen! Ich bin damit einverstanden. Ich gehe zwar noch nicht dauernd nach Wilicza, aber ich begleite euch jedenfalls dorthin, und die Universität hat ja auch in jedem Jahre längere Ferien.«

Die Fürstin reichte ihm die Hand. »Ich danke dir, Waldemar, in meinem und Leos Namen.«

Der Dank war wohl aufrichtig gemeint, aber es lag doch keine rechte Wärme darin, und ebenso kühl klang die Erwiderung Waldemars:

»Ich bitte dich, Mutter – du beschämst mich. Die Sache ist ja abgemacht – und jetzt darf ich doch wohl endlich nach dem Strande?« Er schien um jeden Preis einer längeren Unterhaltung entfliehen zu wollen, und die Mutter hielt ihn nicht mehr zurück; sie mußte zu gut, wem sie den soeben erfochtenen Sieg verdankte. Am Fenster stehend, sah sie, wie der junge Mann in stürmischer Eile durch die Gartenanlagen nach dem Strande schritt, und kehrte dann wieder zum Schreibtische zurück, um den vorhin begonnenen Brief an ihren Bruder zu vollenden. –

Der Brief war soeben beendigt und die Fürstin stand im Begriff, ihn zu siegeln, als Leo bei ihr eintrat. Er sah fast ebenso erhitzt aus, wie vorhin sein Bruder, aber bei ihm war es augenscheinlich innere Aufregung, die ihm das Blut in die Schläfe trieb. Mit finsterer Stirn und fest zusammengepreßten Lippen näherte er sich der Mutter, die befremdet aufsah.

»Was ist dir, Leo? Weshalb kommst du allein? Hat Waldemar dich und Wanda nicht gefunden?«

»O gewiß!« versetzte Leo in erregtem Tone. »Er kam schon vor einer Viertelstunde zu uns.«

»Und wo ist jetzt?«

»Er macht mit Wanda eine Fahrt in das Meer hinaus.«

»Allein?«

»Jawohl. Ganz allein!«

»Du weißt doch, daß ich dergleichen nicht liebe,« sagte die Fürstin unwillig. »Wenn ich dir Wanda bei solchen Gelegenheiten anvertraue, so ist das etwas andres. Ihr seid wie Geschwister zusammen aufgewachsen und daher zu der Vertraulichkeit von Geschwistern berechtigt. Waldemar steht ihr in jeder Beziehung ferner, und überhaupt – ich wünsche kein so ausschließliches Zusammensein der beiden. Die Segelfahrt war ja von euch gemeinsam verabredet worden. Weshalb bist du nicht bei ihnen geblieben?«

»Weil ich nicht immer die Rolle des Ueberflüssigen spielen will!« brach Leo aus. »Weil es mir kein Vergnügen macht, zuzusehen, wie Waldemar fortwährend an Wandas Blicken hängt, wie er thut, als ob es nichts auf der Welt gäbe, als sie allein.«

Die Fürstin drückte ihr Petschaft auf den Brief. »Ich habe dir schon einmal gesagt, Leo, was ich von diesen Eifersüchteleien halte. Fängst du schon wieder damit an?«

»Mama,« – der junge Fürst trat mit sprühenden Augen dicht an den Schreibtisch – »siehst du denn nicht, oder willst du nicht sehen, daß Waldemar deine Nichte liebt, daß er sie anbetet?«

»Und was thust du denn?« fragte die Mutter, sich ruhig in ihren Sessel zurücklehnend. »Doch wohl genau dasselbe, wenigstens bildest du es dir ein. Ihr werdet doch nicht verlangen, daß ich diese Knabenschwärmereien ernst nehmen soll? Du und Waldemar, ihr seid gerade in dem Alter, wo man notwendig ein Ideal haben muß, und Wanda ist bis jetzt das einzige junge Mädchen, dem ihr vertraulicher nahen dürft. Zum Glück ist sie noch Kind genug, das Ganze als ein Spiel anzusehen, und deshalb allein gestatte ich es.

Würde sie jemals Ernst daraus machen, dann wäre ich genötigt, einzuschreiten und eurem Verkehr engere Grenzen zu ziehen. Das wird aber, wie ich Wanda kenne, nicht geschehen; sie spielt mit euch beiden und lacht über euch beide. Also schwärmt immerhin für sie! Deinem Bruder zumal kann diese Uebung in der Ritterlichkeit nicht schaden; sie fehlt ihm leider noch gar zu sehr.«

Das Lächeln, das diese Worte begleitete, war nun freilich tief verletzend für eine jugendliche Leidenschaft; es wies sie vollständig in den Bereich der Kinderspiele. Leo schien nur mit Mühe an sich zu halten.

»Ich wollte, du sprächest einmal mit Waldemar in diesem Tone von der ›Knabenschwärmerei‹,« erwiderte er mit unterdrückter Heftigkeit. »Er würde das nicht so ruhig hinnehmen.«

»Ich würde ihm so wenig wie dir verhehlen, daß ich es für eine Jugendthorheit halte. Wenn du mir nach vier oder fünf Jahren von deiner Liebe zu Wanda sprichst, oder Waldemar es thut, dann will ich euren Empfindungen Wert beilegen; für jetzt könnt ihr noch ohne alle Gefahr die Ritter eurer Cousine spielen – vorausgesetzt, daß es nicht dabei zu Streitigkeiten zwischen euch kommt.«

»Dahin ist es bereits gekommen,« erklärte Leo. »Ich bin vorhin mit Waldemar sehr scharf zusammengeraten und habe mich ebendeshalb freiwillig von der Fahrt ausgeschlossen. Ich dulde es nicht, daß er Wandas Gespräch und Gesellschaft so ausschließlich für sich in Anspruch nimmt, ich dulde überhaupt nicht länger seine herrische Art und Weise und werde ihm das von jetzt an bei jeder Gelegenheit zeigen.«

»Das wirst du nicht thun,« fiel ihm die Mutter ins Wort. »Ich lege mehr als je Wert auf ein gutes Einvernehmen zwischen euch, denn wir werden mit Waldemar nach Wilicza gehen.«

»Nach Wilicza?« rief Leo außer sich. »Und ich soll dort sein Gast sein, soll mich ihm vielleicht unterordnen? Nun und nimmermehr thue ich das. Ich will Waldemar nichts verdanken. Und wenn es meine ganze Zukunft kosten sollte, von ihm will ich nichts annehmen.«

Die Fürstin bewahrte ihre überlegene Ruhe, aber ihre Stirn verfinsterte sich doch, als sie antwortete:

»Wenn du einer bloßen Laune wegen deine ganze Zukunft aufs Spiel setzen willst, so bin ich noch da, sie zu vertreten. Uebrigens handelt es sich hier nicht um dich und mich allein, es sind noch andre höhere Rücksichten, die mir den Aufenthalt in Wilicza wünschenswert machen, und ich bin nicht gesonnen, meine Pläne durch deine kindische Eifersucht stören zu lassen. Du weißt, daß ich dir nie etwas Erniedrigendes zumuten werde, aber du weißt auch, daß ich gewohnt bin, meinem Willen Geltung zu verschaffen. Ich sage dir, wir gehen nach Wilicza, und du wirst deinen älteren Bruder mit der Rücksicht behandeln, die ich selbst ihm erweise. Ich fordere Gehorsam, Leo.«

Der junge Fürst kannte diesen Ton hinreichend. Er wußte, daß wenn die Mutter ihn anschlug, sie ihren Willen um jeden Preis durchsetzen wollte, aber diesmal trieb ihn ein mächtiger Sporn zum Widerstände. Wenn er auch keine Erwiderung in Worten wagte, so zeigte sein Antlitz doch, daß er sehr geneigt war, der That nach zu rebellieren, und daß er sich schwerlich zu der geforderten Rücksicht für den Bruder herbeilassen werde.

»Uebrigens werde ich dafür sorgen, daß die Veranlassung zu solchen Streitigkeiten künftig wegfällt,« fuhr die Fürstin fort. »Wir reisen in acht Tagen, und wenn Wanda erst bei ihrem Vater ist, werdet ihr sie ohnehin seltener sehen. Diese einsame Meerfahrt mit Waldemar aber, die ich überhaupt nicht billige, soll unter allen Umstanden die letzte gewesen sein.«

Damit klingelte sie und befahl dem eintretenden Pawlick, den Brief fortzutragen. Er brachte dem Grafen Morynski die Nachricht der baldigen Abreise und bereitete ihn zugleich darauf vor, daß die Schwester seine Gastfreundschaft nicht in Anspruch nehmen, sondern daß die ehemalige Herrin von Wilicza in kurzem wieder dort einziehen werde. –

Das Boot, in welchem sich Waldemar und die junge Gräfin Morynska befanden, flog mit vollem Segel dahin. Die See war heute ziemlich bewegt; die Wellen, die das Schiffchen durchfurchte, brachen sich schäumend am Kiele und spritzten auch wohl über Bord, was die beiden Insassen aber wenig kümmerte. Waldemar saß am Steuer, mit einer Ruhe, die bewies, daß er der Führung unter allen Umständen Herr war, und Wanda, die ihm gegenüber im Schatten des Segels Platz genommen hatte, schien an der schwebend schnellen Fahrt große Freude zu haben.

»Leo wird uns bei der Tante verklagen,« sagte sie, nach dem Lande zurückblickend, von dem sie schon eine Strecke entfernt waren. »Er ging in vollem Zorne fort. Sie waren aber auch sehr unfreundlich gegen ihn, Waldemar,«

»Ich leide nicht, daß ein andrer das Steuer in Händen hat, wenn ich im Boote bin,« antwortete er kurz und herrisch.

»Und wenn ich es nun haben wollte?« fragte Wanda neckend.

Er gab keine Antwort, aber er stand sofort auf und bot ihr schweigend das Steuer. Die junge Gräfin lachte.

»O, nicht doch. Es war nur eine Frage. Ich habe kein Vergnügen an der Fahrt, wenn ich fortwährend auf das Lenken achten muß.«

Ohne ein Wort zu sagen, nahm Waldemar das Steuer wieder zur Hand, das allerdings den ersten Anlaß zum Streit zwischen ihm und Leo gegeben hatte, wenn der eigentliche Grund auch anderswo lag.

»Wohin segeln wir denn eigentlich?« nahm Wanda nach einem kurzen Schweigen wieder das Wort,

»Ich denke, nach dem Buchenholm. Es war ja verabredet.«

»Wird das für heute nicht zu weit sein?« fragte die junge Dame ein wenig bedenklich.

»Bei dem günstigen Wind sind wir in einer halben Stunde dort,« sagte Waldemar, »und wenn ich später die Ruder tüchtig einlege, brauchen wir kaum mehr Zeit zur Rückkehr, Sie wollten ja den Sonnenuntergang einmal vom Buchenholm aus sehen.« Wanda widersprach nicht länger, obgleich sie ein unbestimmtes Gefühl von Bangigkeit überkam. Sonst war Leo der stete Begleiter der beiden auf allen Spaziergängen und Ausflügen; zum erstenmal befanden sie sich allein miteinander. So jung Wanda auch noch war, sie hätte keine Frau sein müssen, um nicht schon bei dem zweiten Besuch Waldemars zu entdecken, was ihn bei dem ersten so seltsam scheu und verlegen gemacht hatte. Er war nicht fähig, sich zu verstellen, und seine Augen redeten eine nur allzu deutliche Sprache, obgleich er sich noch mit keinem Wort verraten hatte. Er war gegen Wanda noch einsilbiger und zurückhaltender als gegen andre, aber trotzdem kannte sie ihre Macht über ihn hinreichend und wußte sie zu brauchen, mißbrauchte sie wohl auch gelegentlich einmal, denn ihr war die Sache in der That nur ein Spiel, nichts weiter. Es machte ihr Vergnügen, daß sie diese starre unbändige Natur mit einem Wort, ja mit einem einzigen Blick lenken konnte; es schmeichelte ihr, Gegenstand einer zwar meist stummen und seltsamen, aber doch leidenschaftlichen Huldigung zu sein, und vor allem machte es ihr Spaß, daß sich Leo darüber ärgerte. Seinem älteren Bruder den Vorzug zu geben, fiel ihr in Wirklichkeit gar nicht ein, denn Waldemars ganzes Wesen war ihr im höchsten Grad zuwider. Sie fand sein Aeußeres abstoßend, seine Formlosigkeit entsetzlich und seine Unterhaltung langweilig. Auch hatte die Liebe den jungen Nordeck nicht liebenswürdiger gemacht. Er zeigte nie jene ritterliche Artigkeit, in der Leo, trotz seiner Jugend, schon Meister war. Er schien sich im Gegenteil nur widerwillig dem Zauber zu beugen, dem er doch nicht mehr entfliehen konnte, und gleichwohl gab sein ganzes Wesen Zeugnis davon, mit welcher unwiderstehlichen Gewalt ihn die erste Leidenschaft gefangen genommen hatte.

Der Buchenholm mochte früher wirklich eine kleine Insel gewesen sein; der Name deutete noch darauf hin, jetzt war er nur noch eine dichtbewaldete Anhöhe, die durch einen schmalen Landstreifen, eine Art Dünenzug, mit dem Ufer zusammenhing, von wo aus man ihn zu Fuß erreichen konnte. Der Ort wurde trotz seiner Schönheit nur wenig besucht; er war zu einsam und abgelegen für die glänzende und zerstreuungssüchtige Badegesellschaft von C., die ihre Ausflüge meist nach den benachbarten Stranddörfern richtete. Auch heute befand sich niemand auf dem Holm, als das Boot landete. Waldemar stieg aus, während seine junge Begleiterin, ohne seine Hilfe abzuwarten, leichtfüßig auf den weißen Sand des Ufers sprang und dann die Anhöhe hinaufeilte.

Der Buchenholm führte seinen Namen mit Recht. Der ganze Wald, der sich fast eine Meile lang am Strand hinzog, zeigte nicht so viele und prachtvolle Bäume dieser Art, wie sie hier auf diesem Fleckchen Erde vereint standen. Es waren mächtige, uralte Buchen, die ihre riesigen Aeste weithin über den grünen Rasen ausbreiteten und über die grauen verwitterten Steintrümmer, die hier und da zerstreut lagen – der Sage nach die Ueberreste einer alten heidnischen Opferstätte. An der Landungsstelle traten die Bäume zu beiden Seiten zurück, und wie in einem Rahmen lag das weite Meer da. Tiefblau dehnte sich die unabsehbare Fläche aus, kein Ufer, keine Insel begrenzte den Blick, kein Segel tauchte am Horizont auf, nichts als das Meer in seiner ganzen Schönheit, und der Buchenholm lag so einsam und weltverloren da, als sei er wirklich ein kleines Eiland mitten im Ozean.

Wanda hatte ihren Strohhut abgenommen und ließ sich jetzt auf einem der moosbewachsenen Steine nieder.

Wanda hatte ihren Strohhut abgenommen, um den sich nur ein einfaches schwarzes Band schlang, und ließ sich jetzt auf einem der moosbewachsenen Steine nieder. Sie trug noch teilweise die Trauer um den verstorbenen Fürsten Baratowski; das weiße Kleid zeigte als einzigen Schmuck einige schwarze Schleifen, und die schweren Enden der gleichfalls schwarzen Schärpe fielen an der Seite nieder. Diese Totenfarbe auf dem weißen Gewand gab der Erscheinung des jungen Mädchens etwas Ernstes, Schwermütiges, das ihr sonst gar nicht eigen war; sie sah unendlich reizend aus, als sie so, mit leicht verschlungenen Händen, dasaß und auf das Meer hinausblickte.

Waldemar, der an ihrer Seite auf den riesigen Wurzeln einer Buche Platz genommen hatte, schien das auch zu finden, denn er unterhielt sich ausschließlich damit, sie anzusehen. Die ganze übrige Umgebung existierte für ihn nicht, und er schreckte wie aus einem Traum empor, als Wanda auf ihren Steinsitz deutete und dabei scherzend fragte:

»Ist das vielleicht einer von Ihren alten Runensteinen?«

Waldemar zuckte die Achseln. »Da müssen Sie meinen Lehrer, den Doktor Fabian, fragen,« entgegnete er. »Der ist in den ersten Jahrhunderten unsrer Zeitrechnung besser zu Hause als in den jetzigen. Er würde Ihnen einen sehr gelehrten und ausführlichen Vortrag über Runensteine, Hünengräber und dergleichen halten; es wäre sein höchster Genuß, das zu thun,«

»Um Gottes willen nicht!« lachte Wanda. »Aber wenn Doktor Fabian solche Begeisterung für die Vorzeit hegt, dann wundert es mich, daß er nicht auch Ihnen den Geschmack daran beigebracht hat. Mir scheint, Sie sind sehr gleichgültig dagegen,«

Der junge Mann machte eine verächtliche Miene. »Was kümmern mich diese Altertumsgeschichten! Mich interessieren Wald und Felder nur wegen der Jagd, die sie mir bieten,«

»Wie prosaisch!« rief Wand« entrüstet, »Also nur Ihre Jagdgeschichten haben Sie im Kopf? Und hier auf dem Buchenholm denken Sie wohl auch an die Rehe und Hasen, die er möglicherweise bergen könnte?«

»Nein,« sagte Waldemar langsam, »hier nicht.«

»Es wäre auch unverzeihlich in dieser Umgebung, Sehen Sie nur diese Abendbeleuchtung! Dort drüben scheint die Flut förmlich zu strahlen.«

Waldemar folgte gleichgültig der Richtung ihrer Hand. »Jawohl – dort soll ja auch Vineta versunken sein,«

»Was ist dort versunken?« fragte die junge Dame, sich lebhaft umwendend.

»Haben Sie noch nichts davon gehört? Es ist eine unsrer Meeressagen; ich glaubte, Sie kennten sie bereits,«

»Nein. Erzählen Sie!«

»Ich bin ein schlechter Märchenerzähler,« sagte Waldemar abwehrend. »Fragen Sie unser Strandvolk danach! Jeder alte Schiffer weiß Ihnen das besser und ausführlicher zu berichten als ich.«

»Ich will es aber aus Ihrem Mund hören,« beharrte Wanda. »Also erzählen Sie!«

Auf der Stirn Waldemars zeigte sich eine Falte – der Befehl klang auch gar zu gebieterisch.

»Sie wollen?« wiederholte er mit einiger Schärfe.

Wanda sah recht gut, daß er verletzt war, aber sie pochte auf eine Macht, die sie während der letzten Wochen oft genug erprobt hatte. »Jawohl, ich will,« erklärte sie mit der gleichen Bestimmtheit wie vorher.

Die Falte auf der Stirn des jungen Mannes vertiefte sich. Es war wieder einer jener Momente, wo er sich trotzig gegen den Zauber aufbäumte, der ihn in Fesseln gelegt hatte, aber jetzt begegnete er den dunkeln Augen, die den Befehl in eine Bitte umzuwandeln schienen, und vorbei war es mit Trotz und Widerstand – seine Stirn glättete sich; er lächelte.

»Nun denn also, wie ich es geben kann, kurz und – prosaisch,« sagte er, das letzte Wort betonend. »Vineta soll, der Sage nach, eine alte Meeresfeste gewesen sein, die Hauptstadt der damaligen Bevölkerung, die das Meer und die Küsten ringsum beherrschte und an Glanz und Pracht ihresgleichen suchte, während ihr aus allen Ländern unermeßliche Schätze zuströmten. Aber Hochmut und Sünden ihrer Bewohner riefen das Strafgericht des Himmels auf sie herab, und sie ward von den Fluten verschlungen. Unsre Schiffer schwören noch heute darauf, daß dort drüben, wo das Ufer so weit zurücktritt, die Feste Vineta unversehrt auf dem Meeresgrunde ruht. Sie wollen unter dem Wasser oft die Türme und Kuppeln erblicken, die Glocken läuten hören, und bisweilen, in gewissen Zauberstunden, soll die ganze Wunderstadt wieder heraufsteigen aus der Tiefe und sich dem besonders Begnadeten zeigen – es gibt ja Luftspiegelungen genug auf dem Meer, und wir haben hier im Norden auch eine Art von Fata Morgana, wenn auch freilich äußerst selten –«

»So erlassen Sie mir doch die nüchterne Erklärung!« unterbrach ihn Wanda ungeduldig. »Wer fragt danach, wenn die Sage nur schön ist, und wunderschön ist sie. Finden Sie das nicht auch?«

»Ich weiß nicht,« versetzte Waldemar in einiger Verlegenheit. »Ich habe eigentlich noch nie darüber nachgedacht.«

»Aber haben Sie denn ganz und gar keine Empfindung für Poesie?« rief die junge Gräfin verzweiflungsvoll. »Das ist ja entsetzlich.«

Er schaute sie betreten an. »Finden Sie das wirklich so entsetzlich?«

»Gewiß!«

»Mich hat aber nie jemand gelehrt, die Poesie zu verstehen,« sagte der junge Mann, wie im Tone der Entschuldigung. »Im Hause meines Onkels weiß man nichts davon, und meine Lehrer haben mir nur immer trockene Unterrichtsstunden gegeben – ich fange erst jetzt an zu begreifen, daß es überhaupt eine Poesie gibt.«

Die letzten Worte hatten einen beinahe träumerischen Ausdruck, den Waldemar sonst niemals zeigte. Er warf das Haar zurück, das ihm wie gewöhnlich tief in die Stirn herabfiel, und lehnte den Kopf an den Stamm der Buche. Wanda machte zum erstenmal die Entdeckung, daß es eine merkwürdig hohe und schön gewölbte Stirn war, die sich da unter dem blonden Haargewirr barg. Jetzt, wo sie sich frei und unbedeckt zeigte, schien sie das unschöne und unregelmäßige Gesicht förmlich zu adeln. An den linken Schläfen lief eine eigentümlich gezeichnete blaue Ader hin, die selbst im Moment der Ruhe scharf und deutlich hervortrat; die junge Gräfin hatte sie noch niemals bemerkt unter der »ungeheuren gelben Löwenmähne«, die ihr stets ein Gegenstand des Spottes war.

»Wissen Sie, Waldemar, daß ich soeben etwas entdeckt habe?« fragte sie neckend.

»Nun?« fragte er zurück, ohne seine Stellung zu verändern.

»Die seltsame blaue Ader da an Ihrer Stirn – die Tante trägt sie gleichfalls an den Schläfen, genau an derselben Stelle und genau ebenso gezeichnet, nur schwächer.«

»Wirklich? Nun, das ist wohl auch das einzige, was ich von meiner Mutter habe.«

»Ja, es ist wahr, Sie ähneln ihr nicht im mindesten,« meinte Wanda unbefangen. »Und Leo gleicht ihr doch zum Sprechen.«

»Leo!« wiederholte Waldemar mit eigentümlicher Betonung. »Ja freilich Leo! Das ist auch etwas andres.«

Wanda lachte. »Weshalb? Soll der jüngere Bruder darin etwas vor dem älteren voraus haben?«

»Warum nicht? Hat er doch die Liebe der Mutter vor ihm voraus – ich dächte, das wäre genug.«

»Aber Waldemar!« warf die junge Gräfin ein.

»Ist Ihnen das neu?« fragte er mit einem finsteren Aufblick. »Ich dächte, es könnte für keinen dritten ein Geheimnis mehr sein, wie ich mit meiner Mutter stehe. Sie zwingt sich, freundlich gegen mich zu sein, o ja! und das mag ihr oft Mühe genug kosten, aber sie kann die innere Abneigung nun einmal nicht überwinden, und ich kann's auch nicht – also haben wir uns beide nichts vorzuwerfen.«

Wanda schwieg betreten. Die Wendung, die das Gespräch nahm, befremdete sie im höchsten Grad. Waldemar schien das nicht zu bemerken; er fuhr in herbem Ton fort:

»Die Fürstin Baratowska ist und bleibt mir fremd. Ich gehöre nicht zu ihr und ihrem Sohne, das fühle ich bei jeder neuen Begegnung. Sie ahnen nicht, Wanda, was es mich kostet, immer wieder diese Schwelle zu betreten, immer wieder dieses Zusammensein zu ertragen. Es ist eine wahre Folter, die ich mir auferlege, und ich habe nie geglaubt, daß ich sie so geduldig aushalten würde.«

»Aber weshalb thun Sie es denn?« rief Wanda unvorsichtig. »Es zwingt Sie ja niemand dazu!«

Er sah sie an. Die Antwort lag in seinen Augen, lag so deutlich darin, daß das junge Mädchen bis an die Stirn errötete. Der heiße, vorwurfsvolle Blick sprach auch gar zu deutlich.

»Sie thun der Tante unrecht,« versetzte sie rasch, wie um ihre Verwirrung zu verbergen. »Sie muß und wird doch ihren eigenen Sohn lieben.«

»O gewiß!« Die Bitterkeit Waldemars ließ sich jetzt nicht länger bewältigen. »Ich bin überzeugt, daß sie Leo sehr liebt, trotz ihrer Strenge gegen ihn, aber weshalb sollte sie mich lieben, oder ich sie? Ich hatte kaum die ersten Lebensjahre hinter mir, da verlor ich Vater und Mutter zugleich. Da wurde ich fortgerissen aus der Heimat, um im fremden Hause aufzuwachsen. Als ich später denken und fragen lernte, da vernahm ich, daß die Ehe meiner Eltern ein Unglück gewesen war, ein Unglück für beide, daß sie sich im bittersten Haß voneinander losgerissen hatten, und ich habe es erfahren, wie dieser Haß über Tod und Grab hinaus noch in mein Leben eingriff. Man sagte mir, die Mutter sei an allem schuld gewesen, und doch hörte ich so manche Aeußerung, so manche Andeutung über den Vater, die mich auch an ihm irre machte. Wo andre Kinder lieben und verehren dürfen, da wurden mir Argwohn und Mißtrauen eingeflößt – ich kann sie jetzt nicht wieder los werden. Der Onkel ist gut gegen mich gewesen; er hat mich auch lieb in seiner Weise, aber er konnte mir doch auch nichts andres bieten, als das Leben, das er selbst führt. Sie werden es ja wohl zur Genüge kennen; ich glaube, man ist bei meiner Mutter sehr genau darüber unterrichtet – und da verlangen Sie von mir, Wanda, ich soll die Poesie kennen?«

Die letzten Worte klangen wie ein grollender Vorwurf, und doch barg sich tief dahinter etwas wie eine dumpfe Klage. Wanda blickte mit großen erstaunten Augen auf ihren Begleiter, den sie heute gar nicht wiedererkannte. Es war freilich das erste Mal, daß sie in ein ernstes Gespräch mit ihm geriet, daß er seine einsilbige Zurückhaltung ihr gegenüber aufgab. Auch ihr war das eigentümlich kalte Verhältnis zwischen Mutter und Sohn nicht entgangen, aber sie hatte nicht geglaubt, daß dieser überhaupt eine Empfindung dafür habe; hatte er doch bisher mit keiner Silbe darauf hingedeutet, und nun auf einmal verriet er eine fast leidenschaftliche Kränkung darüber. Dem jungen Mädchen kam erst in dieser Stunde eine Ahnung davon, wie einsam, wie grenzenlos leer und öde die Jugend Waldemars gewesen sein mußte, und wie verlassen und freundlos der junge Erbe, dessen Reichtum sie so oft hatte preisen hören.

»Sie wollten ja den Sonnenuntergang sehen,« sagte Waldemar plötzlich abbrechend, in ganz verändertem Ton, indem er sich erhob und an ihre Seite trat. »Ich glaube, wir haben ihn heute in seltener Pracht.«

Das Gewölk, das den Horizont umsäumte, war in der That schon von roter Glut umflossen, und die Sonne selbst sank in voller Klarheit dem Meere zu, das seltsam aufleuchtete, als es den Abschiedsgruß des scheidenden Gestirns empfing. Eine Flut von Glanz und Licht schien darüber hinzuströmen und sich weithin zu verbreiten. Dort drüben aber, wo Vineta auf dem Meeresgrund ruhte, brannten die Wellen in dunklem Purpurscheine; in ihren Furchen glänzte es wie flüssiges Gold und Tausende von strahlenden Funken tanzten darüber hin. Es liegt doch etwas in den alten Sagen, was sie weit hinaushebt über den Aberglauben, und man kann ein Kind der neuen Zeit sein und doch voll und ganz die Märchenstunde erleben, in der das alles wieder lebendig wird. Es waren ja Menschen, welche die Sagen schufen, und ihre ewigen Rätsel, wie ihre ewigen Wahrheiten ruhen noch heute tief in der Menschenbrust. Freilich nicht jedem öffnet sich das jetzt so streng verschlossene Märchenreich, aber die beiden auf dem Buchenholm mußten wohl zu den besonders Begünstigten gehören, denn sie fühlten deutlich den Zauber, der sie leise, aber unwiderstehlich in seine Kreise zog, und keines hatte den Mut oder den Willen, sich ihm zu entreißen.

Ueber ihren Häuptern rauschten die Buchenwipfel im Winde, und noch lauter rauschte das Meer zu ihren Füßen. Woge auf Woge kam an das Ufer gerollt; die weißen Schaumkronen auf den Häuptern, bäumten sie sich einen Moment lang empor, um dann zischend am Strande zu zerschellen. Es war die alte mächtige Melodie des Meeres, jene aus Windesrauschen und Wellenbrausen gewobene Melodie, die mit ihrer urewigen Frische jedes Herz gefangen nimmt. Sie singt von träumender, sonnenbeglänzter Meeresstille, von Sturmestoben mit all seinem Schrecken und Verderben, von rastlosem, endlosem Wogen und Leben, und jede Welle bringt einen Ton davon ans Ufer, und jeder Windhauch bringt den Accord dazu.

Waldemar und seine jugendliche Gefährtin mußten diese Sprache wohl verstehen, denn sie lauschten ihr in atemlosem Schweigen, und für sie klang auch noch etwas andres mit hindurch. Aus der Tiefe der Flut schwebten die Glockenklänge zu ihnen empor, und es legte sich ihnen um das Herz, wie Schmerz und Sehnsucht, und doch wieder wie die Ahnung eines unendlichen Glückes. Den purpurnen Wellen aber entstieg ein schimmerndes Luftgebild. Es schwebte auf dem Meer; es zerstoß im Sonnengold und stand doch klar und leuchtend da, eine ganze Welt voll unermessener, nie gekannter Schätze, von ihrem Zauberglanz umwoben, die alte Wunderstadt – Vineta. Der glühende Sonnenball schien jetzt mit seinem strahlenden Rande die Flut zu berühren; tief und tiefer sinkend, entschwand er langsam den Blicken; noch einmal flammte es am Horizont auf, wie mit feuriger Lohe – dann war das Licht verschwunden, und auch das dunkle Rot, das noch auf dem Wasser lagerte, begann allmählich zu verblassen.

Wanda atmete tief auf und fuhr mit der Hand über die Stirn. »Die Sonne ist nieder,« sagte sie leise, »wir werden an die Rückkehr denken müssen.«

»An die Rückkehr!« wiederholte Waldemar wie im Traum. »Schon jetzt?«

Das junge Mädchen erhob sich rasch, als gelte es irgend einer beängstigenden Empfindung zu entfliehen. »Das Tageslicht bleibt nicht mehr allzulange, und wir müssen jedenfalls bei anbrechender Dämmerung in C. sein, sonst verzeiht uns die Tante nie diese eigenmächtige Fahrt.«

»Das werde ich bei meiner Mutter vertreten,« sagte Waldemar, auch er schien sich zu den gleichgültigen Worten förmlich zwingen zu müssen, »wenn Sie aber die Rückkehr wünschen –«

»Ich bitte darum.«

Der junge Mann machte eine Wendung nach dem Boote hin, auf einmal hielt er inne.

»Sie wollen ja wohl fort, Wanda? Schon in wenigen Tagen? Nicht wahr?«

Die Frage klang seltsam erregt, und auch in der Stimme der jungen Gräfin lag nicht die gewöhnliche Unbefangenheit, als sie antwortete:

»Ich muß zu meinem Vater; er entbehrt mich schon so lange.«

»Meine Mutter und Leo gehen nach Wilicza –« Waldemar stockte bei den Worten, als ob ihm irgend etwas den Atem benehme. »Es ist die Rede davon, daß ich sie begleite – darf ich das?«

»Weshalb fragen Sie mich danach?« fragte Wanda mit einer ihr sonst ganz fremden Befangenheit. »Es hängt doch einzig von Ihnen ab, ob Sie Ihre Güter besuchen wollen.«

Der junge Mann beachtete den Einwurf nicht; er beugte sich zu ihr nieder; seine Stimme bebte in leidenschaftlicher Unruhe.

»Ich frage aber Sie, Wanda, Sie allein – darf ich nach Wilicza kommen?«

»Ja!« fiel es unwillkürlich von Wandas Lippen, aber in demselben Augenblick erschrak sie auch darüber, denn Waldemar hatte mit einer stürmischen Bewegung ihre Hand ergriffen und hielt sie so fest, als sei es für die Ewigkeit. Die junge Gräfin fühlte, was er in dieses »Ja« hineinlegte, und das machte sie bestürzt. Es überkam sie auf einmal eine heiße Angst. Waldemar bemerkte ihr Zurückweichen.

»Bin ich Ihnen wieder zu ungestüm?« fragte er leise. »Sie dürfen mir darüber nicht böse sein, Wanda, heute nicht. Ich konnte nur den Gedanken an Ihre Entfernung nicht ertragen. Jetzt weiß ich's ja, daß ich Sie wiedersehen darf – jetzt will ich geduldig warten, bis wir in Wilicza sind.«

Sie gab keine Antwort. Schweigend gingen beide nach dem Boote hinunter. Waldemar richtete die Segel und legte die Ruder ein, und einige mächtige Stöße trieben das kleine Fahrzeug weit hinaus in die See. Noch lag ein leiser Rosenschimmer auf den Wellen, als das Boot darüber hinglitt. Niemand sprach auf der Fahrt, nur das Meer rauschte eintönig, während das letzte flüchtige Rot am Himmel verblaßte und die ersten Schatten der Dämmerung sich über den Buchenholm legten, der weit und weiter zurückwich. Der Traum beim Sonnenuntergang war zu Ende, aber die alte Sage, die ihn gesponnen, erzählt auch, daß, wer einmal das versunkene Vineta geschaut, einmal seinen Glockenklängen gelauscht habe, den lasse die Sehnsucht danach nicht ruhen sein Leben lang, bis die alte Wunderstadt wieder zu ihm emporsteigt – oder bis sie ihn hinabzieht in die Tiefe.

Die diplomatische Mission, zu der Herr Witold den Doktor Fabian auserlesen hatte, schien dem ersteren in ihrer Ausführung nicht halb so schwierig, wie in ihrer Einleitung. Um genauen Bericht darüber zu erstatten, »was eigentlich da drüben in C. passierte«, mußte der Doktor natürlich Zutritt bei der Fürstin Baratowska haben, und das konnte nur durch Waldemar geschehen, Witold zerbrach sich den Kopf darüber, wie er seinem starrsinnigen Pflegesohn die Sache beibringen könne, ohne gleich von vornherein auf ein entschiedenes Nein zu stoßen. Da kam ihm unerwartet der Zufall zu Hilfe. Die Fürstin hatte bei dem letzten Zusammensein den Wunsch ausgedrückt, den Lehrer ihres Sohnes persönlich kennen zu lernen. Waldemar sprach davon nach seiner Rückkehr und der Gutsherr ergriff mit beiden Händen die willkommene Gelegenheit. Er war zum erstenmal in seinem Leben in der Lage, einen Wunsch der Fürstin Jadwiga vernünftig zu finden. Er hielt den Doktor unerbittlich beim Worte, und dieser, der noch immer gehofft hatte, die Sache werde an dem Eigensinn seines Zöglings scheitern, mußte schon am zweiten Tage mit Waldemar zu der gewünschten Vorstellung nach C.

Waldemar war auch heute zu Pferde. Er war ein leidenschaftlicher Reiter und verabscheute das Fahren auf den sandigen oder steinigen Landwegen, über die er im Galopp hinsprengte. Es fiel ihm nicht ein, Rücksicht auf seinen Lehrer zu nehmen und sich zu ihm in den Wagen zu setzen. Doktor Fabian war an dergleichen Rücksichtslosigkeiten gewöhnt, und von Natur schüchtern und nachgiebig, hatte er nicht den Mut, sich dagegen zu erheben oder deswegen seine Stellung zu opfern. Er besaß kein Vermögen; eine Stellung war überhaupt für ihn eine Lebensfrage. Das Leben in Altenhof sagte ihm wenig zu, aber er nahm im ganzen ja auch nur wenig teil daran. Er erschien nur bei Tische und hin und wieder abends auf eine Stunde, um dem Gutsherrn Gesellschaft zu leisten; sein Zögling nahm ihn wenig genug in Anspruch. Waldemar war stets froh, wenn er die Unterrichtsstunden hinter sich hatte, und sein Lehrer war es noch mehr. Die ganze übrige Zeit stand diesem zur freien Verfügung; er konnte sich ungestört seinem Steckenpferde, den germanischen Studien, hingeben. Diesen geliebten Studien verdankte Herr Witold es allein, daß der jetzige Erzieher seines Pflegesohnes nicht dem Beispiele der sechs Vorgänger folgte und gleichfalls davonlief, denn er sagte sich ganz richtig, daß in einer andern Stellung, wo eine stete Beaufsichtigung der Zöglinge verlangt werde, es mit dem Studieren vorbei sei. Freilich gehörte ein so geduldiger Charakter, wie der des Doktors dazu, unter solchen Verhältnissen auszuhalten; er ertrug es auch heute schweigend, daß Waldemar wirklich vorausritt und ihn erst am Eingange von C. erwartete, wo sie gegen Mittag anlangten.

Sie fanden bei ihrer Ankunft nur Gräfin Wanda im Salon, und Doktor Fabian machte die erste Vorstellung zwar in großer Befangenheit, aber doch in leidlicher Haltung durch. Leider reizte seine sichtbare und ein wenig komische Aengstlichkeit die junge Gräfin sogleich, ihren Mutwillen an ihm zu üben.

»Also Sie, Herr Doktor, sind der Erzieher meines Vetters Waldemar,« begann sie. »Ich spreche Ihnen mein aufrichtiges Beileid aus und beklage Sie von ganzem Herzen.«

Fabian sah erschrocken in die Höhe und dann nicht minder erschrocken auf seinen Zögling, aber dieser schien die Aeußerung gar nicht gehört zu haben, denn seine Miene verriet nicht die geringste Entrüstung.

»Wie meinen Sie, gnädige Gräfin?« stammelte der Doktor.

»Nun, ich meine, daß es ein sehr schwieriges Amt ist, Herrn Waldemar Nordeck zu erziehen,« fuhr Wanda unbekümmert fort und ergötzte sich unendlich an der grenzenlosen Verlegenheit, die ihre Worte hervorriefen.

Doktor Fabian blickte in einer wahren Todesangst zu Waldemar hinüber; er wußte, wie empfindlich dieser war, auch gegen bloße Neckereien. Oft genug hatten weit harmlosere Aeußerungen des Herrn Witold einen wahren Sturm hervorgerufen, aber merkwürdigerweise zeigte sich heute nicht das kleinste Anzeichen davon. Der junge Mann stützte sich ruhig auf den Sessel der Gräfin Morynska, ja, es schwebte sogar ein Lächeln um seine Lippen, als er, zu ihr herabgebeugt, fragte:

»Glauben Sie, daß ich so schlimm bin?«

»Jawohl, das glaube ich,« erklärte Wanda. »Hatte ich doch erst vorgestern bei dem Streite um das Steuer das Vergnügen, Sie in vollem Zorne zu sehen.«

»Aber doch nicht gegen *Sie*,« sagte Waldemar vorwurfsvoll.

Der Doktor ließ den Hut sinken, den er bisher mit beiden Händen festgehalten hatte. Was war das für ein Ton, der so weich und mild von den Lippen seines wilden Zöglings kam, und was sollte der Blick bedeuten, der ihn begleitete? Das Gespräch ging in dieser Art weiter. Wanda neckte den jungen Mann mit ihrem gewöhnlichen Uebermute, und Waldemar ließ sich das Spiel mit einer unendlichen Geduld gefallen. Hier schien ihn nichts reizen, nichts verletzen zu können; für alles hatte er nur ein Lächeln; er war überhaupt wie ausgetauscht, seit er sich in der Nähe der jungen Gräfin befand.

»Herr Doktor Fabian hört uns ganz andächtig zu,« spottete diese. »Sie freuen sich wohl über unsre muntere Laune?«

Der arme Doktor! Er dachte nicht daran, sich zu freuen. Mit ihm ging alles im Kreise herum. So wenig Erfahrung er auch in Liebesangelegenheiten hatte, hier dämmerte die Wahrheit ihm doch allmählich auf; er fing jetzt an zu merken, was hier eigentlich »passierte«. Also darum hatte Waldemar so schnell in die Aussöhnung gewilligt; darum ritt er unverdrossen in Sturm und Sonnenschein nach C.; daher stammte die Veränderung in seinem ganzen Wesen. Herrn Witold traf sicherlich der Schlag, wenn er die Geschichte erfuhr, er, der einen so tief eingewurzelten Haß gegen die ganze »Polengesellschaft« hegte. Die diplomatische Mission war nun freilich gleich in der ersten halben Stunde geglückt, aber ihr Resultat jagte dem Abgesandten ein solches Entsetzen ein, daß er die ihm anbefohlene Diplomatie vollständig vergaß und wahrscheinlich seinen Schrecken verraten hätte, wenn nicht soeben die Fürstin Baratowska eingetreten wäre.

Die Dame hatte mehr als einen Grund zu dem Wunsche, den Erzieher ihres Sohnes, der diesen auch auf die Universität begleiten sollte, persönlich kennen zu lernen. Jetzt, wo die Aussöhnung erfolgt und eine dauernde Verbindung angeknüpft war, konnte ihr die nächste Umgebung Waldemars nicht gleichgültig sein. Sie überzeugte sich nun freilich schon in den ersten zehn Minuten, daß von dem harmlosen Fabian nichts Feindseliges zu erwarten sei, daß er sich im Gegenteil gebrauchen lassen werde, wenn auch ohne sein Wissen. Von dem steten Begleiter konnte man in Zukunft manches erfahren, was von dem unzugänglichen Waldemar selbst nicht zu erfahren war, und das blieb unter allen Umständen von Wichtigkeit. Die Fürstin erwies dem Doktor die Ehre, ihn für ein geeignetes Werkzeug anzusehen; sie war infolgedessen voll herablassender Freundlichkeit gegen ihn, und die Demut, mit der er diese Herablassung aufnahm, gewann ihm ihre volle Zufriedenheit. Sie verzieh seine Schüchternheit und Unbeholfenheit, oder vielmehr, sie fand beides in ihrer Gegenwart sehr natürlich und geruhte ihn in ein längeres Gespräch zu verflechten.

Waldemar schien mit dem Eintritte der Mutter seine ganze sonstige Einsilbigkeit wieder aufgenommen zu haben. Er beteiligte sich wenig an der Unterhaltung und sagte der Fürstin einige leise Worte. Sie erhob sich sofort und trat mit ihm auf den Balkon hinaus.

»Du wünschest mich allein zu sprechen?« fragte sie.

»Nur auf eine Minute,« entgegnete Waldemar. »Ich wollte dir nur sagen, daß es mir unmöglich ist, dich und Leo nach Wilicza zu begleiten, wie wir verabredet hatten.« Ein leichtes Erschrecken zeigte sich in den Zügen der Mutter. »Weshalb? Legt man deiner Abreise vielleicht Schwierigkeiten in den Weg?«

»Jawohl,« sagte der junge Mann unmutig. »Es sind, wie sich jetzt herausstellt, nach meiner Mündigkeitserklärung einige Förmlichkeiten zu erfüllen, bei denen ich durchaus persönlich zugegen sein muß. Das Testament des Vaters weist in dieser Hinsicht verschiedene Bestimmungen auf; weder Onkel Witold noch ich haben daran gedacht, und gerade jetzt, wo ich fort will, kommt die Aufforderung. Ich werde fürs erste noch hier bleiben müssen.«

»Nun, dann werden wir unsre Abreise gleichfalls verschieben,« meinte die Fürstin, »und ich muß Wanda allein nach Rakowicz senden.«

»Auf keinen Fall!« fiel Waldemar mit der größten Bestimmtheit ein. »Ich habe bereits nach Wilicza geschrieben, daß du in den nächsten Tagen dort eintreffen wirst und daß man die nötigen Vorbereitungen im Schlosse treffen soll.«

»Und du?«

»Ich komme nach, sobald ich hier frei bin. Jedenfalls bringe ich einige Wochen bei euch zu, ehe ich zur Universität gehe.«

»Noch eine Frage, Waldemar,« sagte die Fürstin ernst. »Weiß dein ehemaliger Vormund bereits von dieser Bestimmung?«

»Nein. Ich habe bisher nur von *meinem* Besuche in Wilicza gesprochen.«

»Dann wirst du unsern Aufenthalt dort also vor ihm vertreten müssen.«

»Ich werde,« entgegnete Waldemar kurz. »Im übrigen habe ich den Administrator angewiesen, sich zu deiner Verfügung zu stellen, bis ich selbst eintreffe. Du hast nur deine Befehle zu geben; es ist dafür gesorgt, daß sie respektiert werden.«

Die Fürstin wollte ihren Dank aussprechen, aber er kam nicht über ihre Lippen; sie wußte ja, daß diese Großmut nicht ihr galt, und die eigentümlich kalte Art, in der sie ihr geboten wurde, ließ ihr nur die Möglichkeit, sie ebenso kalt hinzunehmen, wollte sie sich nicht demütigen.

»Wir dürfen dich also bestimmt erwarten?« fragte sie. »Was Leo betrifft –«

»Leo schmollt noch mit mir wegen unsres vorgestrigen Streites,« unterbrach sie Waldemar. »Er ging bei meiner Ankunft sehr demonstrativ nach dem Strande hinunter, ohne mich sehen zu wollen.« Die Fürstin runzelte die Stirn. Leo hatte gemessenen Befehl erhalten, dem Bruder freundlich zu begegnen, und dennoch zeigte er diesen Trotz, welcher der Mutter gerade jetzt äußerst ungelegen kam.

»Leo ist oft heftig und unbedacht,« entgegnete sie. »Ich werde dafür sorgen, daß er dir zuerst die Hand zur Versöhnung bietet.«

»Nicht doch,« lehnte Waldemar kühl ab. »Wir machen das besser unter uns allein aus. Sei unbesorgt!«

Sie traten wieder in den Salon, wo Wanda sich inzwischen damit unterhalten hatte, den Doktor Fabian von einer Verlegenheit in die andre zu treiben. Die Fürstin erlöste ihn jetzt davon, sie wünschte den Studienplan ihres Sohnes eingehend mit ihm zu besprechen, und er mußte sie auf ihre Aufforderung in ihr eigenes Zimmer begleiten.

»Der arme Doktor!« sagte Wanda, ihm nachblickend. »Mir scheint, Waldemar, Sie haben das Verhältnis geradezu umgekehrt. Sie hegen nicht den mindesten Respekt vor Ihrem Lehrer, aber er hat eine grenzenlose Furcht vor Ihnen.«

Waldemar widersprach nicht dieser nur allzu richtigen Bemerkung; er erwiderte nur: »Finden Sie, daß Doktor Fabian eine Persönlichkeit ist, welche Respekt einflößt?«

»Das nicht, aber er scheint sehr gutmütig und geduldig zu sein.«

Der junge Mann nahm eine verächtliche Miene an. »Mag sein! Aber das sind Eigenschaften, die gerade ich am wenigsten zu schätzen verstehe.«

»Man muß Sie wohl tyrannisieren, wenn man Ihnen Respekt einflößen will?« fragte Wanda mit einem schelmischen Aufblicke.

Waldemar zog einen Sessel heran und nahm an ihrer Seite Platz. »Es kommt darauf an, von wem die Tyrannei ausgeht. In Altenhof möchte ich sie keinem raten, auch meinem Onkel Witold nicht, und hier dulde ich sie auch nur von *einer* Seite.«

»Wer weiß!« warf Wanda leicht hin. »Ich möchte es nicht versuchen, Sie ernstlich zu reizen.«

Er gab keine Antwort; er war augenscheinlich nur halb bei dem Gespräche und schien einen ganz andern Gedankengang zu verfolgen.

»Fanden Sie es vorgestern nicht wunderschön auf dem Buchenholm?« fragte er plötzlich ohne jeden Uebergang. Eine leichte Röte stieg in dem Antlitze der jungen Gräfin auf, aber sie erwiderte in dem vorigen übermütigen Tone: »Ich finde, daß der Ort etwas Unheimliches hat, trotz all seiner Schönheit, und was nun vollends Ihre Meeressagen betrifft – ich lasse sie mir sicher nicht zum zweitenmal bei Sonnenuntergang erzählen. Man kommt schließlich dahin, an die alten Märchen zu glauben.«

»Jawohl, man kommt dahin,« sagte Waldemar leise. »Sie warfen es mir ja vor, daß ich die Poesie in der Sage nicht begreifen konnte – jetzt habe ich sie auch verstehen gelernt.«

Wanda schwieg. Sie kämpfte wieder mit jener Befangenheit, die sie erst seit vorgestern kannte. Schon vorhin beim Eintritte des jungen Nordeck hatte sich dieses Gefühl ihrer bemächtigt; sie hatte versucht, es wegzulachen und wegzuspotten, und das war auch gelungen in Gegenwart der andern, aber sobald sie sich beide allein befanden, kam es mit neuer Macht zurück; sie konnte den unbefangenen Ton von früher nicht wiederfinden. Dieser seltsame Abend auf dem Buchenholm! Er hatte einen eigentümlichen Ernst in die Sache gebracht, die ja doch nur ein Scherz sein und bleiben sollte und nichts weiter.

Waldemar harrte vergebens auf eine Antwort; es schien ihn fast zu kränken, daß sie ausblieb. »Ich habe vorhin der Mutter mitgeteilt, daß ich nicht sogleich mit nach Wilicza kann,« nahm er von neuem das Wort, »Ich werde erst in drei oder vier Wochen nachkommen.«

»Nun, das ist ja nur eine kurze Zeit,« meinte Wanda.

»Nur eine kurze Zeit?« rief der junge Mann heftig. »Eine Ewigkeit ist es. Sie haben wohl gar keine Ahnung davon, was es mich kostet, hier zurückzubleiben und Sie allein reisen zu lassen?«

»Waldemar, ich bitte Sie,« fiel Wanda mit sichtbarer Beklommenheit ein, aber er hörte nicht darauf; er fuhr mit der gleichen Heftigkeit fort:

»Ich habe Ihnen versprochen, zu warten, bis wir in Wilicza sind, aber damals hoffte ich noch, Sie zu begleiten, jetzt liegt vielleicht ein Monat zwischen unserm Wiedersehen, und so lange kann ich nicht schweigen, so lange kann ich Sie nicht fortwährend in Leos Nähe wissen, ohne die Ueberzeugung, daß Sie mir gehören, mir allein.«

Das Geständnis kam so plötzlich, so stürmisch, daß die junge Gräfin gar keine Zeit hatte, es abzuwehren, und es wäre dieser ausbrechenden Leidenschaft gegenüber auch umsonst gewesen. Er hatte wieder ihre Hand ergriffen und hielt sie so fest wie damals auf dem Buchenholm.

»Weichen Sie nicht so vor mir zurück, Wanda! Sie müssen es ja längst wissen, was mich allein hier festhielt. Ich konnte es ja nie verbergen, und Sie haben es geduldet, haben mich nicht zurückgewiesen, da darf ich doch endlich einmal das Schweigen brechen. Ich weiß, daß ich nicht bin wie die andern, daß mir viel, vielleicht alles fehlt, um Ihnen zu gefallen, aber ich kann und will es lernen. Es ist ja einzig und allein um Ihretwillen, daß ich mir diese Universitätsjahre auferlege. Was frage ich nach dem Studium, was nach dem Leben da draußen? Mich kümmert das alles nichts, aber ich habe es gesehen, daß Sie oft vor mir zurückschrecken, daß Sie bisweilen über mich spotten, und – das sollen Sie nicht mehr. Nur die Gewißheit, daß Sie mein sind, daß ich Sie wiederfinde! Wanda, ich bin allein gewesen seit meiner Kindheit, oft recht allein.

Wenn ich Ihnen roh und wild erschien – Sie wissen es ja, mir hat die Mutter, mir hat die Liebe gefehlt. Ich konnte nicht so werden wie Leo, dem das alles zu teil ward, aber lieben kann ich, vielleicht heißer und besser als er. Sie sind das einzige Wesen, das ich je geliebt habe, und ein einziges Wort von Ihnen wiegt die ganze Vergangenheit auf. – Sage mir dieses Wort, Wanda, gib mir wenigstens die Hoffnung, daß ich es einst von dir hören werde, aber sage mir nicht ›nein‹, denn das ertrage ich nicht!«

Er lag wirklich auf den Knieen vor ihr, aber die junge Gräfin dachte jetzt nicht mehr daran, sich des Triumphes zu freuen, den sie einst im kindlichen Uebermute herbeigewünscht. Es war ihr wohl hin und wieder eine dunkle Ahnung gekommen, daß das Spiel ernsthafter werden könne, als sie gedacht, daß es sich nicht mit einem bloßen Scherze werde beendigen lassen, aber mit dem ganzen Leichtsinne ihrer sechzehn Jahre hatte sie den Gedanken von sich gewiesen. Jetzt war die Entscheidung da; sie mußte ihr standhalten, mußte einer offenen leidenschaftlichen Werbung standhalten, die unerbittlich ein Ja oder Nein verlangte. Freilich, bestrickend war diese Werbung nicht; sie hatte nichts Zärtliches, Schwärmerisches, wie es die Empfindungsweise eines jungen Mädchens verlangte, selbst durch das Geständnis seiner Liebe wehte etwas von jenem herben Zuge, der von dem Wesen Waldemars nun einmal nicht zu trennen war, aber aus jedem Worte sprach ein stürmisches, lang zurückgehaltenes Gefühl, sprach die volle Glut der Leidenschaft; zum erstenmal sah Wanda klar, wie ernst er es mit seiner Liebe meinte, und wie mit brennendem Vorwurfe überkam sie der Gedanke: Was hast du gethan!

»Stehen Sie auf, Waldemar!« – in ihrer Stimme bebte die verhaltene Angst. »Ich bitte Sie darum.«

»Wenn ich ein Ja von deinen Lippen höre – sonst nicht!«

»Ich kann nicht – jetzt nicht – stehen Sie doch auf!«

Er gehorchte nicht; er lag noch auf den Knieen, als die Thür, welche in das Vorzimmer führte, unvermutet geöffnet wurde und Leo eintrat. Einen Moment lang stand er wie angewurzelt, dann aber entfuhr ein Ausruf der Entrüstung seinen Lippen. »Also doch!« Waldemar war aufgesprungen; seine Augen sprühten im wildesten Zorne. »Was willst du hier?« herrschte er den Bruder an. Leo war blaß vor innerer Aufregung, aber der Ton der Frage jagte ihm das Blut ins Gesicht. Mit einigen raschen Schritten stand er vor Waldemar.

»Du scheinst meine Gegenwart hier überflüssig zu finden,« sagte er mit blitzenden Augen. »Und doch könnte gerade ich dir die beste Erklärung zu der eben stattgefundenen Scene geben.«

»Leo, du schweigst!« rief Wanda halb bittend, halb befehlend, aber die Eifersucht ließ den jungen Fürsten jede Rücksicht und jede Schonung vergessen.

»Ich schweige nicht,« entgegnete er in vollster Erbitterung. »Mein Wort galt nur bis zur Entscheidung der Wette, und ich habe es jetzt mit eigenen Augen gesehen, wie sie entschieden ist. Wie oft habe ich dich gebeten, das Spiel zu endigen! Du wußtest, daß es mich kränkte, daß es mich zur Verzweiflung brachte. Du triebst es dennoch bis zum Aeußersten. Soll ich jetzt vielleicht dulden, daß Waldemar im Gefühle seines vermeintlichen Triumphes mir als einem Ueberlästigen die Thür weist, mir, der Zeuge davon gewesen ist, wie du dich vermaßest, ihn unter allen Umständen bis zum Kniefall zu bringen? Freilich, du hast es ja erreicht, aber er soll wenigstens die Wahrheit erfahren.«

Waldemar war schon bei dem Worte »Wette« zusammengezuckt; jetzt stand er regungslos da. Seine Rechte faßte krampfhaft die Lehne des Sessels, während die Augen sich mit einem seltsamen Ausdrucke auf die junge Gräfin richteten.

»Was – was soll das heißen?« fragte er mit völlig erloschener Stimme.

Wanda senkte schuldbewußt das Haupt. In ihrem Inneren kämpfte der Zorn gegen Leo mit der eigenen Beschämung, und über das alles hinweg flutete eine heiße Angst; sie wußte ja jetzt, daß der Schlag tödlich traf. Auch Leo antwortete nicht; die plötzliche Veränderung in den Zügen des Bruders ließ ihn inne halten. Er begann überdies jetzt zu fühlen, in welcher unverantwortlichen Weise er Wanda preisgab, und daß er keinen Schritt weiter gehen durfte.

»Was soll das heißen?« wiederholte Waldemar, aus seiner Erstarrung auffahrend, indem er dicht vor das junge Mädchen hintrat. »Leo spricht von einer Wette, von einem Spiel, dessen

Gegenstand ich gewesen bin. Antworten Sie mir, Wanda! Ich glaube Ihnen, nur Ihnen allein –
sagen Sie mir, daß es eine Lüge ist –«

»Also bin ich ein Lügner in deinen Augen!« brauste Leo auf, aber der Bruder hörte nicht auf
ihn; das Verstummen der jungen Gräfin sagte ihm genug – er bedurfte keiner Bestätigung mehr.
Doch mit der Entdeckung der Wahrheit flammte auch die ganze Wildheit seiner Natur wieder
auf und riß ihn jetzt, wo der Zauber gebrochen war, dem er sich so lange gebeugt, hinweg über
alle Schranken.

»Ich will Antwort haben,« brach er in gereizter Wut aus. »Bin ich wirklich nur ein Spielball
gewesen, ein Zeitvertreib für eure Launen? Habt ihr über mich gelacht und gespottet, während
ich – Sie werden mir antworten, Wanda, auf der Stelle antworten, oder –«

Er vollendete nicht, aber Blick und Ton waren so furchtbar drohend, daß Leo schützend
vor Wanda trat, doch sie richtete sich jetzt auch empor. Dieser maßlose Jähzorn gab ihr die
Haltung zurück.

»Ich lasse mich nicht so zur Rede stellen,« erklärte sie und war im Begriff, sich mit ihrem
ganzen Trotze zu erheben – da begegnete ihr Auge dem Waldemars, und sie hielt inne. Wenn
in seinem Antlitz auch nur Zorn und Wut flammten, der Blick verriet doch die innere Qual
des Mannes, der seine Liebe verhöhnt und verraten sah, dem in diesem Augenblick das angebetete Ideal vernichtet wurde. Aber die Stimme schien ihn doch zur Besinnung gebracht zu
haben. Seine geballten Hände lösten sich, während die Lippen sich so fest aufeinander preßten,
als müßten sie jedes Wort verschließen. Die Brust hob und senkte sich gewaltsam unter der
furchtbaren Anstrengung, mit der er den Jähzorn niederzwang; er schwankte und stützte sich
auf den Sessel.

»Was hast du, Waldemar?« fragte Leo betroffen und mit aufquellender Reue, indem er versuchte, ihm näher zu treten. »Hätte ich gewußt, daß du die Sache so ernst nimmst, ich hätte
geschwiegen.«

Waldemar richtete sich empor. Er machte nur eine stumme abwehrende Bewegung gegen den
Bruder hin, dann wandte er sich ohne einen Laut weiter zum Gehen, aber jeder Blutstropfen
war aus seinem Antlitz gewichen.

Doch jetzt erschien die Fürstin, von Doktor Fabian begleitet. Die immer lauter werdenden
Stimmen, die bis in ihr Zimmer drangen, hatten ihr verraten, daß etwas Ungewöhnliches im
Salon vorgehe. Sie trat rasch ein, ohne im Augenblick bemerkt zu werden. Wanda stand noch
da, zwischen Trotz und Angst schwankend, aber jetzt gewann letztere die Oberhand, und im
Tone eines Kindes, das sein begangenes Unrecht einsieht, rief sie den sich Entfernenden zurück:

»Waldemar!« Er hemmte seine Schritte. »Haben Sie mir noch etwas zu sagen, Gräfin Morynska?«

Die junge Gräfin zuckte zusammen; es war das erste Mal, daß dieser Ton eiskalter, schnei-
dender Verachtung ihr Ohr berührte, und die brennende Röte, welche urplötzlich ihr Antlitz
übergoß, zeigte, wie tief sie ihn empfand. Jetzt aber vertrat die Fürstin ihrem Sohne den Weg.

»Was ist geschehen? Wohin willst du, Waldemar?«

»Fort!« entgegnete er dumpf, ohne aufzublicken.

»Aber so erkläre mir doch –«

»Ich kann nicht. Laß mich – ich kann nicht bleiben,« und die Mutter zurückdrängend, stürmte er hinaus.

»Nun, so werde ich euch wohl um die Erklärung dieses seltsamen Auftrittes bitten müssen,«
wandte sich die Fürstin jetzt zu den beiden andern. »Bleiben Sie, Herr Doktor!« fuhr sie fort,
als Doktor Fabian, der bisher ängstlich an der Thür gestanden hatte, Miene machte, seinem
Zögling zu folgen. »Jedenfalls waltet hier ein Mißverständnis, und ich werde Sie wohl ersuchen müssen, die Aufklärung bei meinem Sohne zu übernehmen. Er macht es mir durch sein
Fortstürmen ja unmöglich, dies selbst zu thun. – Was ist vorgegangen? Ich will es wissen!«

Wanda kam der Aufforderung nicht nach; sie warf sich statt dessen in das Sofa und brach
in ein leidenschaftliches Weinen aus, Leo aber trat auf den Wink der Mutter zu ihr und teilte
ihr leise das Vorgefallene mit. Die Miene der Fürstin war finsterer bei jedem seiner Worte, und

es kostete ihr offenbar Mühe, die ruhige Haltung zu behaupten, als sie sich endlich zu dem Doktor wandte und scheinbar gelassen sagte:

»Wie ich voraussetzte, ein Mißverständnis, nichts weiter! Eine Neckerei zwischen meiner Nichte und meinem jüngsten Sohne hat Waldemar Anlaß gegeben, sich beleidigt zu fühlen. Ich bitte Sie, ihm zu sagen, daß ich das aufrichtig bedaure, aber auch von ihm erwarte, er werde der Thorheit der beiden übermütigen Kinder« – sie betonte die Worte scharf – »nicht mehr Wichtigkeit beilegen, als sie verdient.«

»Es wäre wohl das beste, wenn ich jetzt meinen Zögling aufsuchte,« wagte Fabian zu bemerken.

»Gewiß – thun Sie das!« stimmte die Dame bei, der sehr daran lag, den ebenso unschuldigen wie unwillkommenen Zeugen der Familienscene zu entfernen. »Auf Wiedersehen, Herr Doktor! Ich rechne bestimmt auf Ihre baldige Rückkehr in Begleitung Waldemars.«

Sie sprach die letzten Worte sehr gnädig und nahm die Abschiedsverbeugung des Erziehers mit einem Lächeln entgegen, als sich aber die Thür hinter ihm geschlossen hatte, trat die Fürstin mit einer heftigen Bewegung zwischen Wanda und Leo, und ihr Antlitz verkündete einen Sturm, wie er nur selten bei der gestrengen Mutter und Tante heraufzog. –

Doktor Fabian hatte inzwischen von Pawlick erfahren, daß der junge Herr Nordeck sich auf sein Pferd geworfen habe und fortgeritten sei. Es blieb dem Doktor nichts übrig, als gleichfalls nach Altenhof zu fahren, was er auch schleunigst that, aber bei seiner Ankunft dort erfuhr er, daß Waldemar noch nicht eingetroffen sei. Der Erzieher konnte nicht umhin, sich über dieses Ausbleiben zu beunruhigen, das ihm unter andern Umständen gar nicht aufgefallen wäre. Der Schluß der erregten Scene, die er mit angesehen, ließ ihn in seinen Vermutungen der Wahrheit einigermaßen nahe kommen. Die Fürstin hatte freilich nur von einem Mißverständnisse gesprochen, von einer Neckerei, die ihr Sohn übelgenommen habe, aber das wilde Fortstürmen desselben, seine schneidende Antwort auf den bittenden Ruf der jungen Gräfin – und vor allem der Ausdruck seines Gesichtes zeigte, daß es sich hier um ganz andres handelte. Es mußte etwas Ernstes vorgefallen sein, daß Waldemar, der eben noch geduldig, mit Verleugnung seines ganzen Charakters, sich jeder Laune Wandas beugte, ihr und den Ihrigen in so furchtbarer Erregung den Rücken kehrte, daß er das Haus der Mutter in einer Weise verließ, die auf Nimmerwiederkehr deutete. Aber auch hier in Altenhof verfloß der ganze Nachmittag, ohne daß Waldemar sich zeigte. Doktor Fabian harrte vergebens; er war froh, daß Herr Witold die Abwesenheit seiner beiden Hausgenossen benutzt hatte, um nach der nahegelegenen Stadt zu fahren, von wo er erst gegen Abend zurückerwartet wurde – so entging man wenigstens fürs erste seinen unvermeidlichen Fragen.

Stunde an Stunde verging; der Abend brach herein, aber weder der Inspektor, der in der Försterei gewesen war, noch die Leute, die vom Felde heimkamen, hatten den jungen Herrn gesehen. Jetzt trieb die Angst den Doktor zum Hause hinaus; er ging eine Strecke den Fahrweg hinauf, der nach dem Gute führte und den jeder Ankommende benutzen mußte. In einiger Entfernung zog sich ein sehr breiter und tiefer Graben hin, der meistens voll Wasser stand, aber die Hitze dieses Sommers hatte ihn völlig ausgetrocknet, und die mächtigen Feldsteine, mit denen der Grund förmlich gepflastert war, lagen offen da. Von der Brücke, die hinüberführte, hatte man einen weiten Umblick auf die Felder ringsum. Noch war es völlig hell im Freien, nur der Wald fing schon an, sich in Dämmerung zu hüllen. Ratlos stand Doktor Fabian auf der Brücke und überlegte eben, ob er weitergehen oder umkehren solle – da endlich erschien in der Ferne die Gestalt eines Reiters, der im Galopp näher kam. Der Doktor atmete auf; er wußte selbst nicht recht, was er eigentlich gefürchtet hatte, aber die Befürchtung war ja grundlos gewesen, und voll Freude darüber eilte er am Graben entlang dem Ankommenden entgegen.

»Gott sei Dank, daß Sie da sind, Waldemar!« rief er. »Ich habe mich so sehr Ihretwegen geängstigt.«

Waldemar zügelte sein Pferd beim Anblick seines Lehrers. »Weshalb?« fragte er kalt. »Bin ich ein Kind, das man nicht aus den Augen lassen darf?«

Es war trotz der erzwungenen Ruhe ein fremder Klang in seiner Stimme, der die kaum beschwichtigten Besorgnisse des Doktors wieder aufwachen ließ. Er sah erst jetzt, daß das Roß bis zum Tode erschöpft schien; es war über und über mit Schweiß bedeckt; aus seinen Nüstern floß der Schaum nieder, und die Brust hob sich keuchend. Das Tier war augenscheinlich ruhelos umhergejagt worden, nur der Reiter zeigte keine Spur von Ermüdung; er saß fest im Sattel, hatte mit eisernem Griff die Zügel gefaßt und machte jetzt, statt seitwärts nach der Brücke zu lenken, Miene, über den Graben zu setzen.

»Um Gottes willen!« wehrte Fabian ab. »Sie werden doch nicht eine solche Tollkühnheit begehen – Sie wissen ja, Normann nimmt den Graben nie.«

»So nimmt er ihn heute,« erklärte Waldemar, seinem Roß die Sporen in die Seite setzend; es stieg hoch empor, aber es scheute zurück vor dem Hindernis und mochte auch wohl fühlen, daß die erschöpften Kräfte ihm den Dienst versagen würden.

»Aber so hören Sie doch!« flehte der Doktor, indem er trotz seiner Furcht vor dem bäumenden, schlagenden Tier nahe herantrat. »Sie verlangen Unmögliches; der Sprung mißlingt, und Sie zerschmettern sich im Sturze den Kopf an den Steinen da unten.«

Statt aller Antwort trieb Waldemar seinen Normann von neuem an, »Gehen Sie mir aus dem Wege!« stieß er hervor. »Ich *will* nun einmal hinüber – aus dem Wege, sage ich.« Der wilde, qualvoll gepreßte Ton zeigte dem Doktor, wie es in diesem Augenblick um seinen Zögling stand und daß er nicht viel danach fragte, ob er sich wirklich da unten auf den Steinen zerschmetterte. In seiner Todesangst vor dem Unglück, das er unvermeidlich herankommen sah, wagte es der sonst so furchtsame Mann, in die Zügel zu greifen, und wollte seine Vorstellungen fortsetzen. In demselben Moment aber sauste ein furchtbarer Hieb der Reitpeitsche auf das widerspenstige Roß nieder; es bäumte sich in die Höhe und schlug wild mit den Vorderfüßen in die Luft, aber es versagte den Sprung. Zugleich schlug ein schwacher Schrei an das Ohr des Reiters; er stutzte, hielt inne und riß dann blitzschnell das Tier zurück – es war zu spät. Doktor Fabian lag bereits am Boden, und als Waldemar in der nächsten Sekunde vom Pferde sprang, sah er seinen Lehrer blutend, ohne Lebenszeichen vor sich liegen.

Als Waldemar in der nächsten Sekunde vom Pferde sprang, sah er seinen Lehrer blutend, ohne Lebenszeichen vor sich liegen.

Die Bewohner von Altenhof hatten eine Woche voll Angst und Sorge durchlebt. Als Herr Witold an jenem Abend zurückkam, fand er das ganze Haus in Aufruhr. Doktor Fabian lag blutend und noch immer bewußtlos in seinem Zimmer, während Waldemar, mit einem Gesicht, das den Pflegevater fast noch mehr erschreckte, als das Aussehen des Verwundeten, sich bemühte, das Blut zu stillen. Von ihm war nichts weiter herauszubringen, als daß er die Schuld an dem Unglück trage, und so blieb der Gutsherr größtenteils auf den Bericht der Dienstleute angewiesen. Von ihnen erfuhr er, daß der junge Herr mit einbrechender Dämmerung angelangt war, den Verletzten, den er die ganze Strecke getragen haben mußte, in den Armen, und sofort Boten nach dem zunächst wohnenden Arzte gejagt hatte. Eine Viertelstunde später war auch das Pferd eingetroffen, erschöpft und mit allen Spuren eines heftigen Rittes. Das Tier hatte den wohlbekannten Weg allein nach Hause zurückgelegt, als es sich von seinem Herrn verlassen sah; weiter wußten die Leute nichts. Der bald darauf eintreffende Arzt machte ein sehr ernstes Gesicht bei der Untersuchung. Die Kopfwunde, die offenbar von einem Hufschlag herrührte, schien bedenklicher Art zu sein, und der starke Blutverlust und die schwächliche Konstitution des Verwundeten ließen eine Zeit lang das Schlimmste befürchten. Herr Witold, der bei seiner eigenen und Waldemars kerngesunden Natur bisher nie gewußt hatte, was Krankheit und Sorge eigentlich sei, schwor oft genug, daß er für alle Schätze der Welt diese Tage nicht noch einmal durchleben möchte. Heute zum erstenmal zeigte das Gesicht des Gutsherrn wieder seinen gewöhnlichen, derb gutmütigen und unbekümmerten Ausdruck, als er in dem Zimmer des Kranken an dessen Bett saß.

»Also das Schlimmste hätten wir glücklich überstanden,« sagte er. »Und nun, Doktor, thun Sie mir den Gefallen und setzen Sie dem Waldemar den Kopf zurecht!« Er zeigte auf seinen Pflegesohn, der am Fenster stand und, die Stirn gegen die Scheiben gedrückt, auf den Hof hinausblickte. »Ich richte nichts mit ihm aus. Sie können jetzt alles bei ihm durchsetzen; also bringen Sie ihn zur Vernunft! Der Junge geht mir sonst noch zu Grunde an der unglückseligen Geschichte.«

Doktor Fabian, der eine breite weiße Binde um die Stirn trug, sah noch sehr angegriffen aus, aber er saß doch schon wieder aufrecht in die Kissen gelehnt, und seine Stimme klang, wenn auch noch etwas matt, doch vollkommen klar, als er fragte: »Was soll denn Waldemar?«

»Vernünftig sein!« erklärte Witold mit Nachdruck. »Und Gott danken, daß die Geschichte noch so abgelaufen ist; statt dessen plagt er sich damit herum, als hätte er wirklich einen Mord auf dem Gewissen. Ich habe wahrhaftig auch Angst genug ausgestanden während der ersten Tage, wo Ihr Leben an einem Haar hing, aber jetzt, wo der Arzt Sie außer Gefahr erklärt hat, kann man doch wieder aufatmen. Was zuviel ist, ist zuviel, und ich halte es nicht aus, wenn mir der Junge noch länger mit solchem Gesicht herumgeht und stundenlang kein Wort spricht.«

»Aber ich habe es Waldemar ja schon so oft versichert, daß ich allein die Schuld an dem Unfall trage,« sagte der Doktor. »Er war ja in vollem Kampf mit dem Pferde begriffen und konnte es nicht sehen, daß ich so nahe stand. Ich war so unvorsichtig, dem Tiere in die Zügel zu greifen, und da riß es mich nieder.«

»Sie sind dem ›Normann‹ in die Zügel gefallen?« rief der Gutsherr, starr vor Staunen. »Sie, der Sie jedem Pferde zehn Schritte aus dem Wege gehen und der wilden Bestie vollends niemals zu nahen wagten? Wie kamen Sie denn dazu?«

Fabian sah zu seinem Zögling hinüber. »Ich hatte Furcht vor einem Unglück,« entgegnete er sanft.

»Das auch ohne Frage erfolgt wäre,« ergänzte Witold. »Waldemar muß an dem Abend seine fünf Sinne nicht recht beisammen gehabt haben. An *der* Stelle über den Graben setzen zu wollen, noch dazu mit einem halbtot gejagten Pferde und bei einbrechender Dämmerung! Ich habe es ihm immer gesagt, er würde noch einmal ein Unglück anrichten mit seiner Wildheit; nun hat er eine Lehre bekommen – freilich, er nimmt sie sich doch etwas gar zu sehr zu Herzen. Also, Doktor, lesen Sie ihm ordentlich den Text – das Sprechen ist Ihnen ja jetzt wieder erlaubt –, und dann reden Sie ihm zu, vernünftig zu sein! Ihnen folgt er jetzt aufs Wort, das weiß ich.«

Damit stand der Gutsherr auf und verließ das Zimmer. Die beiden Zurückgebliebenen schwiegen eine Weile; endlich begann der Doktor: »Haben Sie gehört, Waldemar, was mir aufgetragen wurde?«

Der junge Mann, der bisher schweigend und teilnahmlos am Fenster gestanden hatte, als berühre ihn das Gespräch gar nicht, wendete sich sofort um und trat an das Bett. Auf den ersten Blick schien die Besorgnis Witolds übertrieben; eine Natur wie die Waldemars unterlag nicht so leicht seelischen Einflüssen. Er war nur etwas bleicher als sonst; wer ihn aber genauer ansah, der bemerkte doch die Veränderung. Es stand ein fremder Zug in seinem Gesicht, der etwas geradezu Beängstigendes hatte; eine eigentümliche Starrheit lag darin, in der jede andre Regung erstorben zu sein schien. Vielleicht war es auch nur der Panzer, mit dem eine furchtbar aufgereizte Empfindung sich gegen die Außenwelt abschloß, aber auch die Stimme hatte nicht mehr den vollen kräftigen Klang; sie war matt und tonlos, als er erwiderte:

»Hören Sie doch nicht auf den Onkel! Mir ist ja nichts.«

Doktor Fabian ergriff mit beiden Händen die Rechte seines Zöglings, was dieser widerstandslos geschehen ließ.

»Herr Witold meint, Sie machten sich immer noch Vorwürfe wegen des Unfalles, der mich betroffen. Das können Sie aber doch jetzt nicht mehr, wo jede Gefahr beseitigt ist und die Schmerzen nur noch äußerst gering sind. – Ich fürchte, es handelt sich um etwas andres.«

Die Hand des jungen Mannes zuckte in der seines Lehrers. Er wendete das Gesicht ab.

»Ich habe diesen Punkt noch nicht zu berühren gewagt,« fuhr Fabian zaghaft fort. »Ich sehe, daß es Ihnen auch jetzt noch Pein verursacht. Soll ich schweigen?«

Ein tiefer Atemzug rang sich aus Waldemars Brust empor.

»Nein! Ich muß Ihnen ohnedies noch dafür danken, daß Sie dem Onkel die Wahrheit verschwiegen. Er hätte mich zu Tode gemartert mit seinen Fragen, und ihm hätte ich doch nicht

Rede gestanden. Ihnen hat meine Stimmung an jenem Abend beinahe das Leben gekostet; Ihnen kann und will ich nicht ableugnen, was Sie ja schon wissen.«

»Ich weiß nichts,« versetzte der Doktor mit bekümmerter Miene. »Ich hege nur Vermutungen nach der Scene, die ich mitansah. Waldemar, um Gottes willen, was ist damals vorgefallen?«

»Eine Kinderei,« sagte Waldemar bitter. »Eine bloße Thorheit, die es gar nicht verdient, daß man sie ernst nimmt – so schrieb mir meine Mutter wenigstens vorgestern. Ich habe es aber nun einmal ernst genommen, so furchtbar ernst, daß es mir ein Stück von meinem Leben gekostet hat, das beste vielleicht.«

»Sie lieben die Gräfin Morynska?« fragte der Doktor leise.

»Ich *habe* sie geliebt. Das ist vorbei. Ich weiß jetzt, daß sie nur ein erbärmliches Spiel mit mir getrieben hat – jetzt bin ich fertig mit ihr und mit meiner Liebe.«

Fabian schüttelte den Kopf, während sein Blick mit tiefer Besorgnis auf den Zügen des jungen Mannes haftete. »Fertig? Sie sind es noch lange nicht. Ich sehe es nur zu gut, wie schwer Sie noch in diesem Augenblick leiden.«

Waldemar fuhr mit der Hand über die Stirn. »Das wird vorübergehen. Habe ich es ertragen, so werde ich es auch überwinden, und überwinden *will* ich's um jeden Preis. Nur noch eine Bitte: schweigen Sie auch ferner gegen den Onkel und – gegen mich. Ich werde die Schwäche niederkämpfen, das weiß ich, aber sprechen kann ich nicht darüber, auch mit Ihnen nicht. Lassen Sie mich das mit mir allein ausmachen – um so eher ist es begraben.«

Seine zückenden Lippen verrieten, welche Qual ihm jede Berührung der Wunde schuf; der Doktor sah, daß er davon abstehen mußte.

»Ich schweige, wie Sie es wünschen,« versicherte er. »Sie sollen auch in Zukunft nie wieder ein Wort darüber hören.«

»In Zukunft?« wiederholte Waldemar. »Wollen Sie denn überhaupt noch bei mir bleiben? Ich habe angenommen, Sie würden uns gleich nach Ihrer Genesung verlassen. Ich kann Ihnen doch nicht zumuten, bei einem Zögling auszuhalten, der Ihre Angst und Sorge um ihn damit vergalt, daß er Sie niederritt.« Der Doktor faßte wieder beschwichtigend die Hände des jungen Mannes. »Als ob ich nicht wüßte, daß Sie an meinem Krankenbett weit mehr ausgestanden haben, als ich selber! Ein Gutes hat die Krankheit doch gehabt: sie hat mir eine Ueberzeugung gegeben, die ich – verzeihen Sie! – bisher nicht hegte. Ich weiß jetzt, daß Sie ein Herz haben.«

Waldemar schien die letzten Worte kaum zu hören; er blickte finster vor sich hin. »In einem hat der Onkel recht,« sagte er plötzlich. »Wie kamen Sie dazu, dem Normann in die Zügel zu fallen, gerade Sie?«

Fabian lächelte. »Sie meinen, weil meine Furchtsamkeit allbekannt ist? Die Angst um Sie war es, die mich auch einmal mutig sein ließ. Ich hatte Sie freilich schon öfter ähnliche Tollkühnheiten ausführen sehen und es doch nie gewagt, einzugreifen, aber ich wußte dann stets, daß Sie der Gefahr gewachsen waren, die Sie bezwingen wollten. An jenem Abend galt es nicht der Gefahr – Sie wollten den *Sturz* erzwingen, Waldemar. Ich sah, daß Sie ihn herbeiwünschten, sah, daß er Ihnen den Tod bringen würde, wenn ich Sie nicht mit Gewalt zurückhielt – und da vergaß ich selbst meine Furcht und griff in die Zügel.«

Waldemar richtete das Auge groß und erstaunt auf den Sprechenden. »Es war also nicht bloße Unvorsichtigkeit, nicht ein unglücklicher Zufall, daß Sie niedergerissen wurden? Sie kannten die Gefahr, der Sie sich aussetzten? Liegt Ihnen denn überhaupt etwas an meinem Leben? Ich glaubte, es frage niemand danach.«

»Niemand! Und Ihr Pflegevater?«

»Onkel Witold – ja, der vielleicht! Er ist aber auch der einzige.«

»Ich meine Ihnen doch bewiesen zu haben, daß er nicht der einzige ist,« sagte der Doktor mit leisem Vorwurf.

Der junge Mann beugte sich über ihn. »Und ich habe es doch gerade um Sie am wenigsten verdient. Aber glauben Sie mir, Herr Doktor, ich habe eine harte Lehre erhalten, so hart, daß ich sie mein Leben lang nicht wieder vergessen werde. Seit der Stunde, in der ich Sie blutend nach Hause trug, seit den beiden ersten Tagen, in welchen der Arzt Sie verloren gab, weiß ich, wie einem Mörder zu Mute ist. Wenn Sie wirklich bei mir bleiben wollen, jetzt können Sie es wagen. An Ihrem Schmerzenslager habe ich den wilden Jähzorn abgeschworen, der mich blind macht gegen alles, was mir in den Weg tritt. Sie sollen nicht mehr über mich klagen.« Die Worte hatten wohl wieder etwas von der alten Energie, aber Doktor Fabian schaute doch sorgenvoll in das Antlitz seines Zöglings, das sich über ihn neigte. »Ich wollte, Sie sagten mir das mit einem andern Gesicht,« erwiderte er. »Es ist ja keine Frage, daß ich bei Ihnen bleibe, aber ich ertrüge viel lieber Ihr früheres ungestümes Wesen, als diese dumpfe, unheimliche Ruhe. Ihr Auge gefällt mir gar nicht.«

Mit einer raschen Bewegung richtete sich Waldemar empor und entzog sich der Beobachtung. »Wir wollen nicht immer und ewig nur von mir sprechen. Der Arzt hat Ihnen ja die frische Luft wieder erlaubt – soll ich das Fenster öffnen?«

Der Doktor seufzte; er sah, daß hier nichts auszurichten war; überdies wurde das Gespräch jetzt durch Herrn Witold unterbrochen.

»Da bin ich schon wieder,« sagte er eintretend. »Waldemar, du wirst wohl herunterkommen müssen; der junge Fürst Baratowski ist da.«

»Leo?« fragte Waldemar in sichtlicher Ueberraschung.

»Jawohl, er verlangt dich zu sprechen, und dabei werde ich wohl überflüssig sein. Geh nur! Ich leiste inzwischen unserm Doktor Gesellschaft.«

Der junge Mann verließ das Zimmer, während Witold seinen früheren Platz am Bette wieder einnahm.

»Die Baratowski haben gewaltige Eile, ihn wieder zu bekommen,« sprach er mit Bezug auf seinen Pflegesohn. »Schon vor drei Tagen kam ein Brief der gnädigen Frau Mama an, – Waldemar hat ihn meines Wissens nicht beantwortet; er war ja überhaupt nicht von Ihrem Krankenbette wegzubringen – und jetzt erscheint der Herr Bruder in eigener Person. Diese junge Polenpflanze ist übrigens ein recht nettes Gewächs. Ein bildhübscher Junge! Nur leider seiner Mutter wie aus den Augen geschnitten, und das setzt ihn bei mir von vornherein in Mißkredit. Dabei fällt mir ein, ich habe Sie noch gar nicht einmal gefragt, wie es eigentlich mit Ihren Entdeckungen in C. steht. In der Angst um Sie hatte ich die Sache ganz und gar vergessen.«

Doktor Fabian sah vor sich nieder und zupfte verlegen an der Decke. »Ich kann Ihnen darüber leider gar nichts berichten, Herr Witold,« erwiderte er. »Mein Aufenthalt in C. war doch zu kurz und flüchtig, und ich sagte es Ihnen ja vorher, daß ich« – er lächelte wehmütig – »weder Geschick noch Glück zum Diplomaten habe.«

»Sie meinen das Loch in Ihrem Kopfe?« fragte der Gutsherr. »Nun, das hing doch eigentlich mit der Geschichte gar nicht zusammen, aber ich will Sie künftig nicht mehr mit solchen Aufträgen plagen. Also Sie haben nichts herausbekommen, schade! Und wie steht es mit Waldemar? Haben Sie ihm einen tüchtigen Sermon gehalten?«

»Er hat mir versprochen, sich das Geschehene aus dem Sinne zu schlagen.«

»Gott sei Dank! Ich sage es ja, Sie können jetzt alles mit ihm ausrichten. Uebrigens, Doktor, haben wir dem Jungen beide unrecht gethan, wenn wir meinten, er hätte überhaupt kein Gefühl. Ich dachte nie, daß ihm die Geschichte so zu Herzen gehen würde.«

»Ich auch nicht,« sagte der Doktor mit einem Seufzer und mit einer Beziehung, die Herrn Witold natürlich entging. –

Waldemar fand beim Eintritt in das Eckzimmer den Bruder seiner harrend. Der junge Fürst, dem schon bei seiner Ankunft das altertümliche, etwas niedrige Wohnhaus und die entsprechenden Hofgebäude aufgefallen waren, musterte jetzt mit äußerstem Befremden die einfache Einrichtung des Gemaches, in das man ihn gewiesen. Er war seit frühester Jugend an vornehme und elegante Umgebungen gewöhnt und begriff nicht, wie sein Bruder, dessen Reichtum er ja kannte, hier überhaupt ausdauern konnte. Der Salon der Mietwohnung in C., der ihm und der Fürstin erbärmlich schien, war ja prachtvoll zu nennen gegen dieses Empfangszimmer von Altenhof. Doch all diese Erwägungen verschwanden beim Erscheinen Waldemars. Leo ging ihm entgegen und sagte hastig, als wolle er sich so rasch wie möglich einer unangenehmen

Notwendigkeit entledigen: »Mein Kommen befremdet dich? Du hast aber seit acht Tagen unser Haus nicht betreten und nicht einmal den Brief der Mama beantwortet; da blieb mir wohl nichts andres übrig, als dich aufzusuchen.«

Es war nicht schwer, zu sehen, daß der junge Mann bei diesem Besuche nicht aus eigenem Antrieb handelte; sein Gruß und seine Haltung hatten etwas entschieden Gezwungenes; er schien dem Bruder die Hand reichen zu wollen, aber so weit konnte er sich offenbar nicht überwinden; es blieb bei dem bloßen Versuche dazu.

Waldemar bemerkte das nicht oder wollte es nicht bemerken. »Du kommst auf Befehl der Mutter?« fragte er.

Leo errötete. Er wußte am besten, welchen Kampf es der Fürstin gekostet hatte, ehe sie diesen Besuch erzwang, für den sie schließlich ihre ganze Autorität einsetzen mußte.

»Ja,« entgegnete er endlich.

»Es thut mir leid, Leo, daß du zu etwas veranlaßt worden bist, was du notwendig als eine Demütigung empfinden mußt. Ich hätte es dir unbedingt erspart, wenn ich davon gewußt hätte.«

Leo blickte überrascht auf; der Ton war ihm so neu wie die Rücksichtnahme auf seine Empfindungen von dieser Seite.

»Die Mama behauptet, du seist in unserm Hause beleidigt worden,« nahm er wieder das Wort. »Durch mich beleidigt, und deshalb müßte ich den ersten Schritt zur Versöhnung thun. Ich habe eingesehen, daß sie recht hat. Du glaubst mir doch, Waldemar,« – seine Stimme nahm einen erregten Ton an – »daß ich ohne diese Ueberzeugung den Schritt nie gethan hätte, niemals?«

»Ich glaube dir,« war die kurze aber bestimmte Antwort.

»Nun, so mache mir die Abbitte auch nicht so schwer!« rief Leo, indem er jetzt wirklich die Hand ausstreckte, doch der Bruder wies sie zurück.

»Ich kann deine Abbitte nicht annehmen. Weder die Mutter noch du bist schuld an der Beleidigung, die mir in eurem Hause widerfuhr. Sie ist übrigens bereits vergessen. Sprechen wir nicht mehr davon!«

Leos Erstaunen wuchs mit jeder Minute; er konnte sich in diese kühle Ruhe nicht finden, die er so gar nicht erwartet hatte. War er doch selbst Zeuge der furchtbaren Aufregung Waldemars gewesen, und jetzt lagen kaum acht Tage dazwischen.

»Ich glaubte nicht, daß du so schnell vergessen könntest,« erwiderte er mit unverstellter Betroffenheit.

»Wo ich verachten muß – allerdings!«

»Waldemar, das ist zu hart,« fuhr Leo auf, »Du thust Wanda unrecht; sie hat mir eigens aufgetragen, dir –«

»Willst du es mir nicht lieber ersparen, die Botschaft der Gräfin Morynska zu hören?« schnitt ihm der Bruder das Wort ab. »Es handelt sich hier doch wohl um meine Auffassung der Sache, und die weicht durchaus von der eurigen ab. Doch lassen wir das! – Die Mutter erwartet wohl nicht, daß ich ihr persönlich lebewohl sage. Sie wird es begreifen, daß ich für jetzt noch ihr Haus meide und auch in diesem Herbste nicht nach Wilicza komme, wie wir ausgemacht hatten. Vielleicht im nächsten Jahre.«

Der junge Fürst trat mit finsterer Miene einen Schritt zurück. »Du wirst doch nicht etwa meinen, daß wir nach diesem Zerwürfnisse, nach dieser eiskalten Abweisung, die ich von dir erfahren muß, noch deine Gäste sein können?« fragte er gereizt.

Waldemar kreuzte die Arme und lehnte sich an das Schreibpult. »Du irrst; von einem Zerwürfnisse zwischen *uns* ist keine Rede. Die Mutter hat jenen Vorfall in ihrem Briefe an mich auf das entschiedenste mißbilligt. Du hast es durch dein Einschreiten noch mehr gethan, und wenn mir noch eine formelle Genugthuung fehlte, so gibst du sie mir jetzt durch dein Kommen. Was hat denn überhaupt die ganze Sache mit eurem Aufenthalt auf meinen Gütern zu thun? Du hast freilich dem Plane von jeher widerstrebt – ich weiß es. Weshalb?«

»Weil er mich demütigt. Und was mir früher peinlich war, ist mir jetzt vollends unmöglich geworden. Mag die Mama beschließen, was sie für gut findet, ich setze keinen Fuß –«

Waldemar legte begütigend die Hand auf seinen Arm, »Sprich das nicht aus, Leo! Das übereilte Wort könnte dir später einen Zwang auferlegen. Um dich handelt es sich hier ganz und gar
nicht. Ich habe meiner Mutter den Wohnsitz in Wilicza angeboten, und sie hat ihn angenommen. Es war das, wie die Verhältnisse nun einmal liegen, einfach meine Pflicht. Ich kann und
darf ihren dauernden Aufenthalt bei Fremden nicht zugeben, ohne mich selbst zu beschämen;
es bleibt also bei dem Plane. Du gehst ja übrigens zur Universität und kommst höchstens in den
Ferien nach Wilicza, um die Mutter zu sehen, und was sie mit ihrem Stolze vereinbar findet,
wirst du wohl auch ertragen können.«

»Aber ich weiß, daß es sich dabei um unsre ganze Existenz handelt,« brach Leo aus. »Ich
habe dich beleidigt; ich sehe es jetzt ein, und da kannst du doch nicht verlangen, daß ich alles
aus deiner Hand nehmen soll.«

»Du hast mich nicht beleidigt,« sagte Waldemar ernst. »Im Gegenteil, du allein bist wahr
gegen mich gewesen, und wenn mich das im Augenblick auch kränkte, jetzt danke ich es dir.
Du hättest nur früher sprechen sollen, aber freilich, ich konnte von dir nicht fordern, den Denunzianten zu machen, und begreife, daß nur die Leidenschaft des Augenblicks dich zu der
Eröffnung fortreißen konnte. Dein Dazwischentreten hat ein Netz zerrissen, in welchem ich
gefangen lag, und du glaubst doch nicht, daß ich Schwächling genug bin, das zu beklagen? –
Zwischen uns beiden hat alle Feindschaft ein Ende.«

Leo kämpfte zwischen Trotz und Beschämung. Er wußte recht gut, daß nur seine eigene
Eifersucht ihn angetrieben hatte, und fühlte seine Mitschuld um so tiefer, je mehr man ihn
davon entlasten wollte. Er hatte sich auf eine heftige Scene mit dem Bruder gefaßt gemacht,
dessen Ungestüm er hinlänglich kannte; jetzt stand er ihm völlig fassungslos gegenüber. Der
junge Fürst war noch zu wenig Menschenkenner, um zu sehen oder auch nur zu ahnen, was
sich hinter dieser unbegreiflichen Ruhe Waldemars barg und was sie diesem kostete; er nahm
sie für Wahrheit. Was er aber klar empfand, war das Bemühen des Bruders, ihn und die Fürstin
das Vorgefallene nicht büßen zu lassen, ihnen trotz alledem den Aufenthalt auf seinen Gütern
zu ermöglichen. Leo wäre unter ähnlichen Umständen einer gleichen Großmut vielleicht nicht
fähig gewesen, aber ebendeshalb fühlte er sie in ihrem ganzen Umfange.

»Waldemar, es thut mir leid, was geschehen ist,« sagte er, ihm freimütig die Hand hin-
streckend, und diesmal hatte die Bewegung nichts Gezwungenes mehr; sie kam aus vollem
Herzen – diesmal ergriff der Bruder auch die dargebotene Rechte.

»Versprich mir, die Mutter nach Wilicza zu begleiten! Ich bitte dich darum,« fuhr er ernster
fort, als Leo widersprechen wollte, »und wenn du wirklich glaubst, mich beleidigt zu haben, so
fordere ich von dir diesen Dienst als Preis der Versöhnung.«

Leo senkte das Haupt; er gab den Widerstand auf. »Du willst also der Mutter nicht selbst
lebewohl sagen?« fragte er nach einer Pause. »Das wird sie schmerzen.«

Ein unendlich bitteres Lächeln schwebte um Waldemars Mund, als er erwiderte: »Sie wird
es zu ertragen wissen. Leb wohl, Leo! Es freut mich, daß ich wenigstens dich noch einmal
gesehen habe.«

Der junge Fürst blickte eine Sekunde lang in das Gesicht seines Bruders, dann legte er wie
in plötzlicher Aufwallung die Arme um seinen Hals. Waldemar duldete die Umarmung schweigend, aber er erwiderte sie nicht, und doch war es die erste zwischen ihnen.

»Lebe wohl!« sagte Leo erkältet, indem er die Arme wieder sinken ließ.

Einige Minuten später rollte der Wagen, der den jungen Baratowski gebracht hatte, wieder
aus dem Hofe und Waldemar kehrte in das Zimmer zurück. Wer ihn jetzt sah, mit diesen
zuckenden Lippen, mit den qualvoll gespannten Zügen und dem starren, düsteren Blicke, der
wußte, welche Bewandtnis es mit der Ruhe und Kälte hatte, die er während der ganzen Unterredung gezeigt. Sein tödlich verwundeter Stolz hatte sich aufgerafft; Leo durfte nicht sehen,
daß er litt, durfte am allerwenigsten das in C. berichten, jetzt aber bedurfte es der Selbstbeherrschung nicht mehr; jetzt blutete die Wunde wieder. Stürmisch und gewaltsam, wie der ganze
Charakter Waldemars, war auch seine Liebe gewesen, das erste Gefühl, das sich in dem ver-
einsamten, verwilderten Jüngling regte. Er hatte Wanda mit der vollen Glut der Leidenschaft

geliebt, aber auch mit der ganzen Anbetung der ersten reinsten Neigung, und wenn er auch nicht zu Grunde ging an dem Bewußtsein, sich verhöhnt zu wissen, die Stunde, in der sein Jugendideal ihm zertrümmert wurde, kostete ihn doch manches andre – die Jugend selbst und das Vertrauen zu den Menschen.

Schloß Wilicza, das der ganzen zu ihm gehörigen Herrschaft seinen Namen lieh, bildete, wie schon erwähnt, den Mittelpunkt eines großen Güterkomplexes, der nicht weit von der Grenze des Landes lag. Wohl selten mochte sich ein so ausgedehntes Besitztum in den Händen eines einzelnen befinden, und noch seltener mochte es vorkommen, daß der Besitzer sich so wenig darum kümmerte, wie es hier der Fall war. Wilicza hatte von jeher der einheitlichen und einsichtsvollen Leitung entbehrt; der verstorbene Nordeck war eben nur Spekulant und hatte als solcher sein Vermögen erworben. Den Großgrundbesitzer zu spielen verstand er weder in gesellschaftlicher noch in praktischer Hinsicht; er war fast gänzlich von seinen Beamten abhängig. Der Sorge für die einzelnen Güter und Vorwerke wußte er sich durch Verpachtung derselben zu entledigen; sie befanden sich noch jetzt in den Händen verschiedener Pächter, nur Wilicza selbst, sein eigener Wohnsitz, wurde davon ausgenommen und der Verwaltung eines Administrators übergeben. Der Hauptreichtum der Güter aber bestand in den ausgedehnten Forsten, die fast zwei Drittel der ganzen Herrschaft einnahmen und ein ganzes Heer von Forstleuten zur Aufsicht nötig hatten. Sie bildeten einen eigenen Verwaltungszweig für sich, und aus ihnen hauptsächlich stammten die riesigen Einnahmen, die dem Besitzer zuflossen.

Der Vormund des minderjährigen Erben, der nach dem Tode Nordecks an dessen Stelle trat, hatte die sämtlichen früheren Einrichtungen bestehen lassen, teils aus Pietät für den Verstorbenen, teils weil er sie für durchaus zweckmäßig hielt. Herr Witold war ein ganz vortrefflicher Landwirt für das nicht sehr bedeutende Altenhof, das er selbst bewirtschaftete und wo alle Kleinigkeiten durch seine Hände gingen. Den großartigen Verhältnissen Wiliczas zeigte er sich in keiner Weise gewachsen; ihm fehlte jeder Ueberblick, jeder Maßstab dafür. Er glaubte seiner Pflicht im vollsten Maße nachzukommen, wenn er die vorgelegten Rechnungen und Belege, die er natürlich auf Treue und Glauben hinnehmen mußte, sorgfältig prüfte, die eingehenden Summen gewissenhaft im Interesse seines Mündels anlegte und im übrigen die Beamten schalten und walten ließ, wie es ihnen beliebte. Einen andern Besitzer hätte diese Art der Bewirtschaftung vielleicht ruiniert, dem Nordeckschen Vermögen konnte sie allzu großen Schaden nicht zufügen, denn wenn dabei auch Tausende zu Grunde gingen, so blieben immer noch Hunderttausende übrig, und die großen Einkünfte der Herrschaft, von denen der junge Erbe nur zum kleinsten Teile Gebrauch machen konnte, deckten nicht allein jeden etwaigen Ausfall, sondern ließen auch das Vermögen selbst immer mehr anschwellen. Daß die Güter unter solchen Verhältnissen nicht das werden konnten, was sie in tüchtigen Händen geworden wären, stand fest, aber danach fragte der Vormund wenig und der junge Nordeck that es noch weniger. Er war sogleich nach seiner Mündigkeitserklärung auf die Universität und später auf Reisen gegangen und hatte Wilicza, das er überhaupt nicht zu lieben schien, seit Jahren nicht betreten.

Das Schloß selbst stand im schärfsten Gegensatz zu den Edelsitzen der Nachbarschaft, die mit wenigen Ausnahmen kaum den Namen von Schlössern verdienten, und wo oft genug ein gewisser äußerer Glanz, den man um jeden Preis festhalten wollte, den Verfall und die Verkommenheit nicht zu decken vermochte. Wilicza verleugnete auch in seiner äußeren Erscheinung nicht den alten Fürsten- und Grafensitz, der fast zwei Jahrhunderte überdauert hatte. Es stammte noch aus der Glanzzeit des Landes, wo die Macht des Adels mit seinem Reichtum Hand in Hand ging und seine Wohnsitze die Schauplätze einer Pracht und Ueppigkeit waren, wie sie unsre Zeit kaum mehr kennt. Das Schloß konnte nicht eigentlich für schön gelten und hätte vor einem künstlerischen Auge schwerlich Gnade gefunden. Der Geschmack, der es schuf, war unleugbar ein roher gewesen, aber es imponierte doch durch die Massigkeit seiner Formen und die Großartigkeit der ganzen Anlage. Trotz all der Veränderungen, die es im Lauf der Jahre erfahren hatte, war ihm sein ursprünglicher Charakter erhalten geblieben, und der mächtige Bau mit seinen langen Fensterreihen, mit dem weiten rasenbedeckten Vorplatz und dem großen waldartigen Park hob sich, etwas düster zwar, aber doch imposant aus dem Kranz der prachtvollen Wälder, die ihn umgaben.

Nach dem Tode des früheren Besitzers hatte das Schloß lange Jahre hindurch einsam und verödet gestanden. Der junge Erbe kam nur äußerst selten in Begleitung seines Vormundes dorthin und blieb stets nur wenige Wochen da. Die Einsamkeit nahm erst ein Ende, als die ehemalige Herrin von Wilicza, die jetzige verwitwete Fürstin Baratowska, wieder dort einzog. Jetzt endlich wurden die so lange verschlossenen Räume geöffnet, und die äußerst kostbare Einrichtung, mit welcher Nordeck bei seiner Vermählung Zimmer und Säle ausgestattet hatte, wurde erneuert und in ihrem ganzen früheren Glanze wiederhergestellt. Der jetzige Besitzer hatte seiner Mutter die sämtlichen Einkünfte des Schloßgutes zugewiesen, für ihn nur ein unbedeutender Teil seines Einkommens und doch hinreichend, der Fürstin und ihrem jüngsten Sohne eine standesgemäße Existenz zu sichern, so weit sie auch den Begriff »standesgemäß« auffassen mochte. Sie machte denn auch vollständig Gebrauch von den Summen, die zu ihrer Verfügung standen, und ihre Umgebung und Lebensweise wurde auf einen ähnlichen Fuß eingerichtet, wie zu jener Zeit, wo die junge Gräfin Morynska als Gebieterin in Wilicza einzog und ihr Gemahl es noch liebte, vor ihr und ihren Verwandten seinen Reichtum zur Schau zu tragen.

Es war im Anfang des Oktober; der Herbstwind strich schon rauh über die Wälder hin, deren Laub sich allmählich zu färben begann, und die Sonne kämpfte sich oft mühsam durch die dichten Nebel, welche die Landschaft einhüllten. Auch heute war es erst gegen Mittag klar geworden, und jetzt schien die Sonne hell in den Salon, der unmittelbar an das Arbeitszimmer der Fürstin stieß und den sie gewöhnlich bewohnte. Es war ein großes Gemach, hoch und etwas düster, wie die sämtlichen Räume des Schlosses, mit tiefen Fensternischen und einem mächtigen Kamin, in dem bei der herbstlichen Kühle schon ein Feuer loderte. Die schweren, dunkelgrünen Vorhänge waren weit zurückgeschlagen, und das voll hereinbringende Tageslicht zeigte die gediegene Pracht der Einrichtung, in der gleichfalls das dunkle Grün vorherrschte. Augenblicklich befanden sich nur die Fürstin und Graf Morynski dort. Der Graf kam mit seiner Tochter sehr oft von Rakowicz herüber, um dann auf Tage und Wochen Gast der Schwester zu sein, auch heute war er zu einem längeren Besuch eingetroffen. Man sah es ihm an, daß er um mehrere Jahre älter geworden war; das Haar zeigte sich stärker ergraut, und in die Stirn gruben sich noch einige Linien mehr, sonst hatte das ernste charakteristische Gesicht seinen früheren Ausdruck behalten. An der Fürstin dagegen war kaum eine Veränderung zu bemerken; die Züge der immer noch schönen Frau waren genau so kalt und stolz, die Haltung ebenso unnahbar wie früher. Obgleich sie schon nach Jahresfrist die tiefe Trauer um den verstorbenen Gemahl abgelegt hatte, trug sie doch stets noch schwarze Kleidung, und der dunkle, aber äußerst reiche Anzug kleidete die hohe Gestalt sehr vorteilhaft. Sie war in lebhaftem Gespräch mit ihrem Bruder begriffen.

»Ich begreife nicht, wie dich diese Nachricht so überraschen kann,« sagte sie. »Wir mußten längst darauf gefaßt sein. Mich wenigstens hat es stets befremdet, daß Waldemar seinen Gütern so lange und so konsequent fern blieb.«

»Ebendeshalb!« fiel der Graf ein. »Er hat Wilicza bisher in auffallender Weise gemieden; weshalb kommt er jetzt auf einmal so plötzlich, ohne jede vorherige Andeutung? Was kann er hier wollen?«

»Was sollte er anders wollen, als jagen? Du weißt, die Jagdleidenschaft hat er von seinem Vater geerbt. Ich bin überzeugt, er wählte nur deshalb die Universität von J., weil der Ort in waldiger Umgebung liegt, und ist, anstatt die Vorlesungen zu besuchen, den ganzen Tag lang mit Flinte und Jagdtasche umhergestreift. Auf seinen Reisen wird es wohl ähnlich gegangen sein. Er kennt und liebt ja nun einmal nichts andres als die Jagd.«

»Er konnte aber zu keiner schlimmeren Zeit kommen,« rief Morynski. »Gerade jetzt hängt alles davon ab, daß du unumschränkte Herrin hier bleibst. Rakowicz liegt zu weit von der Grenze; wir sind dort überall beobachtet, überall von Rücksichten eingeengt. Wir müssen die Verfügung über Wilicza behalten.«

»Das weiß ich,« erklärte die Fürstin, »und ich werde dafür sorgen, daß sie uns bleibt. Du hast recht, der Besuch kommt äußerst ungelegen, aber ich kann es meinem Sohne doch nicht verwehren, seine eigenen Güter zu betreten, wenn es ihm beliebt. Wir müssen eben größere Vorsicht beobachten.«

Der Graf machte eine Bewegung der Ungeduld. »Mit der Vorsicht allein ist es nicht gethan. Es handelt sich einfach darum, alles aufzugeben, solange Waldemar im Schlosse ist, und das können wir nicht.«

»Es ist auch nicht nötig, denn er wird wenig genug im Schlosse sein, oder ich müßte den Reiz nicht kennen, den unsre Wälder auf solch eine Nimrodsnatur ausüben. Bei Nordeck wurde diese Jagdleidenschaft schließlich zur Manie, die ihn unempfänglich für alles andre machte, und sein Sohn gleicht ihm auch darin vollkommen. Wir werden ihn nur äußerst selten zu Gesicht bekommen; er steckt den ganzen Tag im Wald und hat sicher nicht die mindeste Aufmerksamkeit für das, was in Wilicza vorgeht. Das einzige, was ihn hier möglicherweise interessiert, ist die große Waffensammlung seines Vaters, und die wollen wir ihm gern überlassen.«

Es lag eine Art von mitleidigem Spott in diesen Worten, die Stimme des Grafen dagegen verriet einiges Bedenken, als er erwiderte: »Es sind vier Jahre her, daß du Waldemar nicht gesehen hast. Freilich, du wußtest ihn schon damals ganz nach deinem Willen zu leiten, woran ich zuerst entschieden zweifelte. Hoffentlich gelingt dir das auch jetzt.«

»Ich denke,« versetzte die Fürstin mit ruhiger Zuversicht. »Übrigens ist er durchaus nicht so schwer zu leiten, wie du glaubst. Gerade sein störriger Eigenwille bildet die beste Handhabe dazu. Man muß seinem rohen Ungestüm für den Augenblick nur unbedingt nachgeben und ihn in dem Glauben erhalten, daß sein Wille unter allen Umständen respektiert wird, dann hat man ihn vollständig in der Hand. Wenn wir ihm täglich sagen, daß er unumschränkter Herr von Wilicza ist, so wird es ihm gar nicht einfallen, das auch *sein* zu wollen. Ich traue ihm überhaupt nicht so viel Intelligenz zu, sich um die Verhältnisse auf seinen Gütern eingehend zu kümmern. Wir können unbesorgt sein.«

»Ich muß mich dann ganz auf dein Urteil verlassen,« sagte Morynski. »Ich selbst sah ihn ja nur zweimal – wann hast du den Brief erhalten?«

»Heute morgen, eine Stunde vor deiner Ankunft. Danach können wir Waldemar jeden Tag erwarten; er war bereits auf der Reise hieher. Im übrigen schreibt er mit seiner gewöhnlichen lakonischen Kürze. Du weißt, unser Briefwechsel zeichnet sich nie durch Ausführlichkeit aus; wir haben uns stets nur das Notwendige mitgeteilt.«

Der Graf sah nachdenkend vor sich nieder. »Kommt er allein?«

»Mit seinem ehemaligen Erzieher, der sein steter Begleiter ist. Ich glaubte anfangs, der Mann werde sich benutzen lassen, um Näheres über Waldemars Thun und Treiben auf der Universität zu erfahren, täuschte mich aber darin. Ich mußte natürlich die Studien meines Sohnes zum Vorwand der Erkundigungen nehmen und erhielt nun nichts als gelehrte Abhandlungen über diese Studien selbst, nicht ein Wort von dem, was ich zu wissen wünschte; meine Fragen in dieser Hinsicht schienen gar nicht verstanden zu werden, so daß ich schließlich den unfruchtbaren Briefwechsel abbrach. Sonst ist dieser Doktor Fabian einer der harmlosesten Menschen, die existieren. Von seiner Gegenwart ist gar nichts zu besorgen und von seinem Einfluß auch nichts, denn er besitzt keinen.«

»Es handelt sich für uns auch hauptsächlich um Waldemar,« erklärte der Graf. »Wenn du also meinst, daß von seiner Seite keine störende Beobachtung zu fürchten ist –«

»Jedenfalls keine schärfere, als wir sie nun schon seit Monaten Tag für Tag erdulden,« unterbrach ihn die Schwester. »Ich dächte, der Administrator hätte uns Vorsicht gelehrt.«

»Jawohl, dieser Frank und sein ganzes Haus legen sich förmlich aufs Spionieren,« rief Morynski heftig, »Ich begreife nicht, Jadwiga, daß es dir immer noch nicht möglich ist, uns von dieser unbequemen Persönlichkeit zu befreien.«

Die Fürstin lächelte mit vollster Ueberlegenheit. »Beruhige dich, Bronislaw! Der Administrator nimmt bereits in diesen Tagen seine Entlassung. Ich konnte nicht eher gegen ihn vorgehen; er ist seit zwanzig Jahren auf seinem Posten und hat ihn stets tadellos verwaltet; mir fehlte jeder

Grund, die Entlassung zu erzwingen. Ich zog es vor, ihn dahin zu bringen, daß er selbst seinen Abschied nahm, und das hat er gestern gethan, vorläufig nur mündlich, mir gegenüber, aber die formelle Kündigung wird nicht auf sich warten lassen. Ich lege Wert darauf, daß sie von *seiner* Seite erfolgt, zumal jetzt, wo Waldemars Ankunft bevorsteht,«

Die Züge des Grafen, die während der ganzen Unterredung unverkennbare Besorgnis ausgedrückt hatten, glätteten sich allmählich wieder. »Es war auch die höchste Zeit,« sagte er mit sichtlicher Befriedigung. »Dieser Frank fing bereits an, eine Gefahr für uns zu werden; leider müssen wir ihn noch eine Weile dulden. Sein Kontrakt lautet ja wohl auf mehrmonatliche Kündigung?«

»Allerdings, aber die Frist wird nicht eingehalten werden. Der Administrator ist längst nicht mehr von seiner Stellung abhängig. Es heißt ja, er beabsichtige, sich selbst anzukaufen; außerdem besitzt er ein starkes Unabhängigkeitsgefühl. Man ruft irgend eine Scene hervor, die seinen Stolz verletzt, und er geht sofort – dafür bürge ich. Das ist nicht schwer zu erreichen, nachdem er sich überhaupt zum Gehen entschlossen hat. – Wie, Leo, schon zurück von dem Spaziergang?«

Die letzten Worte waren an den jungen Fürsten gerichtet, der soeben eintrat und sich den beiden näherte.

»Wanda wollte nicht länger im Park bleiben,« entgegnete er. »Ich kam – aber ich störe wohl eine Beratung?« Graf Morynski erhob sich, »Wir sind zu Ende. Ich erfuhr soeben die bevorstehende Ankunft deines Bruders, und wir erörterten die unvermeidlichen Folgen. Eine derselben wird es auch sein, daß wir den diesmaligen Besuch abkürzen; wir bleiben noch morgen zu der beabsichtigten Festlichkeit, kehren aber schon am nächsten Tag nach Rakowicz zurück, ehe Waldemar eintrifft. Er kann uns doch nicht gleich als Gäste seines Hauses finden!«

»Weshalb nicht?« fragte die Fürstin ruhig, »Etwa wegen der Kinderei von damals? Wer denkt noch daran! Wanda gewiß nicht, und Waldemar – er wird doch wohl in den vier Jahren Zeit gehabt haben, die vermeintliche Beleidigung zu verschmerzen! Daß sein Herz sehr wenig beteiligt war, wissen wir ja durch Leo, dem er bereits acht Tage darauf mit der vollkommensten Ruhe erklärte, er habe die ganze Geschichte bereits vergessen, und unser Aufenthalt in Wilicza beweist am besten, daß er ihr gar keine Wichtigkeit mehr beilegt. Ich halte es für das Taktvollste und Zweckmäßigste, die Sache vollständig zu ignorieren. Wenn Wanda ihm unbefangen als seine Cousine entgegentritt, wird er sich kaum noch erinnern, daß er einst eine Knabenschwärmerei für sie hegte.«

»Vielleicht wäre es das beste,« meinte der Graf, indem er sich zum Gehen wandte. »Jedenfalls werde ich mit Wanda darüber sprechen.«

Leo hatte sich, ganz gegen seine Gewohnheit, mit keinem Wort an dem Gespräch beteiligt, und als sein Oheim das Zimmer verließ, nahm er schweigend dessen Platz ein. Er sah schon beim Eintritt äußerst erregt aus, und auch jetzt noch lag in seinen Zügen ein Ausdruck von Verstimmung, den er sich vergebens zu verbergen bemühte, die Mutter wenigstens bemerkte ihn sofort.

»Euer beabsichtigter Spaziergang wurde ja sehr schnell abgebrochen,« warf sie hin. »Wo ist denn Wanda?«

»In ihrem Zimmer – so vermute ich wenigstens.«

»Vermutest du nur? Es hat wohl wieder einmal eine Scene zwischen euch gegeben? Versuche doch nicht, mir das abzuleugnen, Leo! Dein Gesicht spricht deutlich genug davon, und außerdem weiß ich, daß du sicher nicht von Wandas Seite gehst, wenn sie dich nicht selber vertreibt.«

»Jawohl, sie findet oft ein eigenes Vergnügen darin, mich zu vertreiben,« sagte Leo mit unverstellter Bitterkeit.

»Du quälst sie aber auch oft genug mit deiner ganz unbegründeten Eifersucht auf jeden, der in ihre Nähe kommt. Ich bin überzeugt, das hat auch heute wieder den Anlaß zu eurem Streite gegeben.«

Der junge Fürst schwieg und bestätigte dadurch die Voraussetzung seiner Mutter, die jetzt mit leisem Spott fortfuhr: »Es ist doch eine alte Erfahrung: wenn eine Liebe keine Leiden hat, so schafft sie sich solche. Ihr seid in dem seltenen glücklichen Falle, ohne jedes Hindernis, mit vollster Billigung der Eltern dem Zuge eurer Herzen folgen zu dürfen, und nun macht ihr euch auf diese Weise das Leben schwer. Ich will Wanda keineswegs von der Mitschuld freisprechen. Ich bin nicht blind gegen ihre Vorzüge, die sich immer glänzender entwickeln, seit sie das Kind mit seinen Thorheiten abgelegt hat, aber was ich vom ersten Tag an, wo ich sie ihrem Vater zurückgab, fürchtete, ist leider eingetroffen. Er hat mit seiner grenzenlosen Zärtlichkeit und der Vergötterung seiner Tochter dir und mir einen schweren Stand bereitet. Wanda kennt keinen Willen als den ihrigen; sie ist gewohnt ihn überall durchzusetzen, und du lehrst sie leider auch keinen andern kennen.«

»Ich versichere dir, Mama, daß ich heute nicht sehr nachgiebig gegen Wanda war,« versetzte Leo in einem Tone, dem man noch die Gereiztheit anhörte. Die Fürstin zuckte die Achseln. »Heute vielleicht! Und morgen liegst du doch wieder vor ihr auf den Knieen und bittest sie um Verzeihung. Sie hat dich bisher noch jedesmal dazu gebracht. Wie oft soll ich dir noch klar machen, daß das nicht der Weg ist, einem so stolzen und eigenwilligen Mädchen die Achtung einzuflößen, die der künftige Gemahl unter allen Umständen beanspruchen muß.«

»Ich bin aber solcher kühlen Berechnung nicht fähig,« rief Leo leidenschaftlich. »Wo ich liebe, wo ich anbete mit aller Glut meiner Seele, da kann ich nicht immer und ewig bedenken, ob mein Benehmen auch ja dem künftigen Gemahl nichts vergibt.«

»So beklage dich auch nicht, wenn deine Leidenschaft nicht in dem Maße erwidert wird, wie du es forderst!« sagte die Fürstin kalt. »Wie ich Wanda kenne, wird sie nie den Mann lieben, der sich unbedingt ihrer Herrschaft beugt, weit eher den, der ihr Widerstand entgegensetzt. Eine Natur, wie die ihrige, will zur Liebe gezwungen sein, und das hast du bisher noch nicht verstanden.«

Er wendete sich in grollendem Unmute ab. »Ich habe ja überhaupt noch gar kein Recht auf Wandas Liebe. Es wird mir ja noch immer versagt, sie öffentlich meine Braut nennen zu dürfen; die Zeit unsrer Verbindung wird in endlose Ferne hinausgeschoben – «

»Weil jetzt nicht Zeit ist an Verlobung und Hochzeit zu denken,« unterbrach ihn die Mutter mit vollster Entschiedenheit. »Weil du jetzt andre, ernstere Aufgaben hast als die, eine junge Gemahlin anzubeten, die bei dir alles andre in den Hintergrund drängen würde. Endlose Ferne! Wo es sich um einen Aufschub von höchstens einem Jahr handelt! Verdiene dir die Braut – die Gelegenheit dazu wird nicht ausbleiben, und Wanda selbst würde sich nie entschließen, dir eher die Hand zu reichen. Aber da kommen wir auf einen andern Punkt, den ich dir nicht ersparen kann. – Leo, dein Oheim ist nicht zufrieden mit dir.«

»Hat er mich bei dir verklagt?« fragte der junge Mann mit einem finsteren Aufblicke.

»Er mußte es leider. Soll ich dich erst daran erinnern, daß du dem älteren Verwandten, dem Führer, unter allen Umständen Gehorsam schuldig bist? Statt dessen bereitest du ihm unnötige Schwierigkeiten, trittst an der Spitze von mehreren deiner Altersgenossen in offene Opposition gegen ihn – was soll das heißen?«

Auf dem Gesichte Leos lag ein Ausdruck von starrem Trotz, als er antwortete: »Wir sind keine Kinder mehr, die sich willenlos leiten lassen. Wenn wir auch die Jüngeren sind, das Recht einer eigenen Meinung wird uns doch wohl zugestanden werden, und wir ertragen nun einmal nicht dieses ewige Zögern und Bedenken, mit dem man uns zurückhält.«

»Denkst du, mein Bruder werde sich von euch jugendlichen Heißspornen auf Bahnen fort-reißen lassen, die er für verderblich erkennt?« fragte die Fürstin mit vollster Schärfe. »Da irrt ihr sehr. Es wird ihm schon schwer genug, alle die widerstrebenden Elemente im Zügel zu halten, und nun muß er es erleben, daß sein eigener Neffe das Beispiel des Ungehorsams gibt.«

»Ich habe nur widersprochen, nichts weiter,« verteidigte sich der junge Fürst. »Ich ehre und liebe Morynski gewiß als deinen Bruder und mehr noch als den Vater Wandas, aber es kränkt mich, daß er mir so gar keine Selbständigkeit zugestehen will. Du selbst wiederholst mir oft genug, daß mein Name, meine Abkunft mich zu der ersten Stelle berechtigen, und der Onkel verlangt von mir, mich mit einer untergeordneten zu begnügen.«

»Weil er es noch nicht wagen darf, einem einundzwanzigjährigen Feuerkopfe Entscheidendes anzuvertrauen. Du verkennst deinen Oheim vollständig. Ihm ist der eigene Erbe versagt geblieben, und wie sehr auch Wanda sein Abgott sein mag, die Hoffnungen, die ihm nur ein Sohn verwirklichen kann, sie ruhen doch einzig in dir, der ja auch seinem Blute entstammt und in kurzem sein Sohn heißen wird. Wenn er es für den Augenblick noch für notwendig hält, dich zu zügeln, für die Zukunft rechnet er doch ganz auf deine junge, frische Kraft, wo die seinige schon zu ermatten beginnt. Ich habe sein Wort, daß wenn es zur Entscheidung kommt, Fürst Leo Baratowski die ihm gebührende Stellung einnehmen wird – wir hoffen beide, du werdest dich dessen würdig zeigen.«

»Zweifelt ihr daran?« rief Leo aufspringend mit flammenden Augen,

Die Mutter legte beschwichtigend ihre Hand auf seinen Arm. »An deinem Mute gewiß nicht. Was dir fehlt ist die Besonnenheit, und ich fürchte, du wirst sie nie lernen, denn du hast das Temperament deines Vaters. Auch Baratowski flammte stets so leidenschaftlich auf, ohne nach Schranken und Möglichkeiten zu fragen, und das brachte ihm und mir oft genug Unheil, Aber du bist doch auch mein Sohn, Leo, und ich denke, etwas wirst du auch von deiner Mutter geerbt haben. Ich habe mich bei meinem Bruder dafür verbürgt – an dir ist es, die Bürgschaft einzulösen.«

Es lag in den Worten, trotz ihres tiefen Ernstes, ein solcher Mutterstolz, daß Leo in aufwallender Empfindung sich an ihre Brust warf. Die Fürstin lächelte; sie war nur selten weichen Regungen zugänglich, in diesem Augenblicke aber sprach doch die ganze Zärtlichkeit der Mutter aus ihrem Blick und ihrem Ton, als sie, die Umarmung des Sohnes erwidernd, sagte: »Was ich für Hoffnungen auf deine Zukunft setze, mein Leo, das brauche ich dir nicht erst zu wiederholen, du hast es oft von mir gehört, bist du doch von jeher mein einziger, mein alles gewesen.«

»Dein einziger?« mahnte der junge Fürst mit leisem Vorwurfe. »Und mein Bruder?«

»Waldemar!« Die Fürstin richtete sich empor; bei dem Namen schwand auf einmal alle Weichheit aus ihren Zügen, alle Zärtlichkeit aus ihrer Stimme. Ihr Antlitz wurde wieder streng und ernst wie vorhin, und ihr Ton klang eisig kalt, als sie fortfuhr: »Ja, freilich, ihn hatte ich vergessen. Das Schicksal hat ihn nun einmal zum Herrn von Wilicza gemacht – wir werden ihn ertragen müssen.«

In nicht allzuweiter Entfernung vom Schlosse lag die Wohnung des Administrators Frank. Schloß und Gutswirtschaft waren in Wilicza von jeher getrennt gewesen. Das erstere, mochte es nun bewohnt sein oder nicht, lag stets in vornehmer Abgeschlossenheit da, und die letztere befand sich ausschließlich in den Händen eines Beamten. Das stattliche Wohnhaus desselben, die umliegenden, fast durchweg neuen Wirtschaftsgebäude und die Ordnung, welche auf dem Hofe herrschte, wichen bedeutend von dem ab, was man auf den Gütern der Nachbarschaft zu sehen gewohnt war, und galten auch wirklich in der ganzen Umgegend für ein überall angestauntes, aber niemals nachgeahmtes Muster. Die Stellung des Administrators von Wilicza war allerdings eine solche, daß ihn mancher Gutsherr darum beneiden konnte, sowohl was das Einkommen, wie was die Art zu leben betraf.

Der Abend dämmerte bereits. Drüben im Schlosse begann sich die ganze Fensterreihe des ersten Stockwerkes zu erleuchten; bei der Fürstin fand eine größere Festlichkeit statt. In dem Wohnzimmer des Administrators war noch kein Licht angezündet worden, und die beiden Herren, welche sich dort befanden, schienen so sehr in die Unterhaltung vertieft zu sein, daß sie die zunehmende Dunkelheit gar nicht bemerkten.

Der ältere der beiden war eine stattliche Erscheinung im kräftigsten Mannesalter, mit offenen, von der Sonne stark gebräunten Zügen, der jüngere dagegen verriet in seinem ganzen Aeußeren, daß er nicht auf dem Lande heimisch sei. Er konnte trotz seiner ziemlich kleinen Figur für einen recht hübschen Mann gelten; das sorgfältig gekräuselte Haar und der äußerst moderne Anzug gaben ihm etwas Stutzerhaftes, doch lag nichts eigentlich Geziertes in seinem Wesen. Sprache und Haltung zeigten im Gegenteil ein Uebermaß von Würde und Wichtigkeit, das mit seiner kleinen Gestalt bisweilen in etwas komischen Gegensatz geriet.

»Es bleibt dabei – ich gehe,« sagte der Aeltere. »Ich habe es vorgestern der Fürstin erklärt, daß ich ihr den Gefallen thun werde, Wilicza den Rücken zu kehren, da ihre Manöver seit Jahr und Tag darauf hinzielten. Weiter kam ich aber nicht mit meinen Eröffnungen, denn sie fiel mir mit ihrer vollen Majestät in die Rede. ›Mein lieber Frank, ich bedaure aufrichtig, daß Sie uns verlassen wollen, kann Ihrem Wunsche aber kein Hindernis in den Weg legen; seien Sie überzeugt, mein Sohn und ich werden Ihre langjährige Thätigkeit in Wilicza nicht vergessen!‹ – Das sagt sie mir, mir, den sie systematisch vertrieben hat. Glauben Sie denn, daß ich gegen diesen Blick und Ton aufkommen konnte? Ich hatte mir vorgenommen, endlich einmal meinem Herzen Luft zu machen und ihr zum Abschiede gründlich die Wahrheit zu sagen, und jetzt – machte ich eine Verbeugung und ging.«

Der jüngere Herr schüttelte den Kopf. »Eine merkwürdige Frau, aber auch eine höchst gefährliche Frau! Wir von der Regierung haben Proben davon. Ich sage Ihnen, Herr Frank, diese Fürstin Baratowska ist eine Gefahr für die ganze Provinz.«

»Warum nicht gar!« rief der Administrator ärgerlich. »Aber eine Gefahr für Wilicza ist sie. Sie hat es nun richtig durchgesetzt, die ganze Herrschaft unter ihr Zepter zu bringen; ich war der letzte Stein des Anstoßes, und den räumt sie nun auch aus dem Wege. Glauben Sie mir, Herr Assessor, ich habe ausgehalten, so lange es nur irgend ging, nicht meiner Stellung wegen – ich bin Gott sei Dank so weit, daß ich jeden Tag auf eigenen Füßen stehen kann, aber es that mir weh, daß alles, was ich in zwanzig Jahren gearbeitet und geschaffen habe, nun zu Grunde gehen soll, wenn die alte polnische Wirtschaft wieder anfängt. Als ich hierher kam, war Herr Nordeck seit ein paar Jahren tot, sein Sohn bei dem Vormunde in Altenhof, und Pächter, Förster und Administratoren wirtschafteten lustig darauf los. Hier in Wilicza ging es am ärgsten zu; mein Vorgänger hatte so offen und unverschämt gestohlen, daß es sogar Herrn Witold zu viel wurde und er ihn Knall und Fall entließ. Das Schloß, von dessen Prachteinrichtung man weit und breit fabelte, stand leer und verschlossen, wie es aber im Dorfe und nun vollends auf dem Gutshofe aussah, das kann ich Ihnen nicht beschreiben. Elende Holz- und Lehmschuppen, die einem über dem Kopfe zusammenfielen, Schmutz und Unordnung, wohin man sich wandte. Das Dienstvolk kriechend, falsch und von echt nationalem Hasse gegen den ›Deutschen‹, die Felder in einem Zustande, daß sich einem Landmann das Herz im Leibe umkehrte. Es that wahrhaftig not, daß ein paar märkische Fäuste da zugriffen, und es dauerte ein halbes Jahr, ehe ich Frau und Kinder nachkommen lassen konnte, weil eine nach unsern Begriffen menschliche Wohnung außerhalb des Schlosses nicht aufzutreiben war. Wie hätte es denn auch anders sein sollen! Der verstorbene Nordeck hatte nichts weiter gethan als jagen und sich mit seiner Frau Gemahlin zanken, und Herr Witold that überhaupt gar nichts. Es setzte zwar regelmäßig einige Donnerwetter, wenn er herkam, aber im übrigen ließ er sich an der Nase herumführen, und das wußte man auf der ganzen Herrschaft nur zu gut. Wenn die Rechnung nur schwarz und weiß auf dem Papiere stand und die Zahlen stimmten, dann war die Sache in Ordnung, ob die Ausgaben auch wirklich gemacht waren, danach fragte er nicht. Was habe ich im Anfange für Summen fordern müssen, um nur einigermaßen Ordnung zu schaffen! Sie wurden mir anstandslos bewilligt; daß ich sie nun auch wirklich auf das Gut wandte, anstatt sie, wie meine Herren Kollegen, in die eigene Tasche zu stecken, das war ein Ausnahmefall. Uebrigens hatte der alte Herr doch eine Ahnung davon, daß ich der einzig Ehrliche unter der ganzen Gesellschaft war, denn er erhöhte mir schon nach den ersten Jahren Gehalt und Tantieme in einer Weise, daß ich mit der Ehrlichkeit gerade so gut fuhr, wie die andern mit ihren Diebereien, und wäre er am Leben geblieben, so hätte ich Wilicza nicht verlassen, trotz aller Chicanen der Fürstin. Sie wagte sich auch wohlweislich nicht an mich; sie wußte, daß, wenn ich einmal nach Altenhof schrieb und Herrn Witold reinen Wein einschenkte, es eine Explosion geben würde. So viel Einfluß besaß er denn doch noch auf seinen Pflegesohn, mir hier freie Bahn zu schaffen. Bei seinen Lebzeiten hatte ich Ruhe, aber als er starb, war es aus damit. Was hilft es, daß mein Kontrakt mir die Selbständigkeit meiner Stellung garantiert? Wenn die fortwährenden Eingriffe vom Schlosse aus geschehen und es die Mutter meines Gutsherrn ist, die sie anbefiehlt; dann heißt es entweder ertragen oder gehen, und ich habe lange genug ertragen – ich gehe jetzt.«

»Aber das ist ein Unglück für Wilicza,« fiel der Assessor ein. »Sie waren noch der einzige, der es wagte, der Fürstin einigermaßen die Spitze zu bieten, vor dessen scharfen Augen man eine heilsame Furcht hatte. Wenn Sie gehen, sind den geheimen Umtrieben hier Thür und Thor geöffnet. Wir von der Regierung« – er legte jedesmal einen Nachdruck auf das Wort – »wissen am besten, was es heißen will, wenn die Nordeckschen Güter mit ihrer riesigen Ausdehnung und ihrer verwünschten Lage so dicht an der Grenze unter dem Regimente einer Baratowska stehen.«

»Ja, sie hat es in den vier Jahren ziemlich weit gebracht,« sagte der Administrator bitter. »Das ging vom ersten Tage an vorwärts, langsam, Schritt für Schritt, aber unverrückt auf das Ziel los, mit einer Energie, die man trotz alledem bewundern muß. Als vor Jahr und Tag die Pachtkontrakte abliefen, da wußte sie es durchzusetzen, daß die Pachtgüter sämtlich in die Hände ihrer Landsleute gerieten; sie bewarben sich darum und sie bekamen sie. Herr Nordeck erfuhr wahrscheinlich gar nicht, daß überhaupt noch andre Bewerber da waren. Aus der Forstverwaltung ist nach und nach jedes deutsche Element verdrängt worden; das ganze Personal besteht nur noch aus gehorsamen Dienern der Fürstin, und wie oft habe ich alle Energie aufbieten müssen, um meine deutschen Inspektoren und Aufseher in ihren Stellungen zu schützen. Aber es half zuletzt auch nichts mehr. Sie gingen freiwillig, weil sie die Widerspenstigkeit der Leute nicht mehr ertragen konnten. Wir wissen recht gut, von welcher Seite das Dienstvolk unaufhörlich aufgehetzt und aufgestachelt wird. – Meinen Nachfolger im Amte glaube ich auch schon zu kennen; er ist ein Trunkenbold, der so gut wie nichts von der Landwirtschaft versteht und Wilicza zu Grunde richten wird, wie die Pächter und Förster eben daran sind, es mit den andern Gütern und den Waldungen zu thun, aber er ist ein Nationaler vom reinsten Wasser, und das entscheidet bei der Fürstin – der Posten ist ihm gewiß.«

»Wenn Herr Nordeck sich nur einmal entschließen wollte, hierher zu kommen,« meinte der Assessor. »Er hat sicher keine Ahnung davon, wie es auf seinen Gütern zugeht.«

Frank zuckte die Achseln, »Unser junger Herr? Als ob der sich jemals um sein Wilicza gekümmert hätte! Seit zehn Jahren hat er es mit keinem Fuße betreten; er treibt sich lieber draußen in der Welt herum. Ich hoffte, er würde nach erlangter Mündigkeit endlich einmal auf längere Zeit kommen, und es hieß ja anfangs auch so, aber er blieb fort und schickte uns seine Frau Mutter her, die denn auch nicht säumte, das Regiment an sich zu reißen. Keiner von den Beamten verkehrt ja direkt mit ihm – wir sind mit unsern Rechnungslagen, Einzahlungen, Anforderungen ausschließlich an den Justizrat in L. gewiesen. Uebrigens habe ich, ehe ich mich zum Gehen entschloß, noch das letzte Mittel versucht und an Herrn Nordeck selbst geschrieben. Ich wußte bereits, daß meine Stellung unhaltbar war, und da hielt ich es nach zwanzigjährigen Diensten denn doch für Pflicht, ihm die Wirtschaft hier auf seinen Gütern aufzudecken und ihm gerade heraus zu sagen, daß, wenn es so weiter ginge, auch sein Vermögen nicht mehr standhalten würde. Vor vier Wochen sandte ich den Brief ab – glauben Sie, daß ich auch nur eine Antwort darauf erhalten habe? Nein, von der Seite ist nichts zu hoffen. – Aber über dem Aerger vergesse ich ganz, daß wir jetzt vollständig im Finstern sitzen. Ich begreife nicht, weshalb Gretchen nicht wie sonst die Lampe hereinbringt. Sie weiß wahrscheinlich nicht, daß Sie hier sind.«

»O doch!« sagte der Assessor etwas gereizt. »Fräulein Margareta stand im Hausflur, als ich auf den Hof fuhr, aber sie ließ mir nicht einmal Zeit zu grüßen, sondern lief in größter Eile die Treppe hinauf bis zur Bodenkammer.«

In Franks Gesicht zeigte sich eine leichte Verlegenheit. »Nicht doch, Sie täuschen sich wohl.«

»Die ganze Treppe hinauf bis zur Bodenkammer!« wiederholte der kleine Herr mit Nachdruck, indem er die Augenbrauen in die Höhe zog und den Administrator ansah, als verlange er, dieser solle in seine Entrüstung einstimmen, aber Frank lachte nur.

»Das thut mir leid, aber da kann ich Ihnen beim besten Willen nicht helfen.«

»Sie können mir sehr helfen,« rief der Assessor lebhaft. »Die Autorität des Vaters ist eine unbeschränkte, wenn Sie Ihrer Tochter sagen, daß es Ihr Wunsch und Wille ist –«

»Das thue ich unter keiner Bedingung,« unterbrach ihn Frank mit ruhiger Bestimmtheit. »Sie wissen, ich lege Ihrer Bewerbung nichts in den Weg, denn ich glaube, daß Sie mein Kind aufrichtig lieben, und habe gegen Ihre Persönlichkeit und Verhältnisse nichts einzuwenden. Sich das Jawort des Mädchens zu holen, ist aber Ihre Sache, darein mische ich mich nicht. Sagt sie aus freien Stücken ›ja‹, so sind Sie mir als Schwiegersohn willkommen, mir scheint freilich, Sie haben wenig Aussicht dazu.«

»Da täuschen Sie sich, Herr Frank,« sagte der Assessor zuversichtlich, »da täuschen Sie sich ganz entschieden. Es ist wahr, Fräulein Margarete behandelt mich bisweilen ganz eigentümlich, sozusagen rücksichtslos, aber das ist nur die gewöhnliche Sprödigkeit junger Mädchen. Sie wollen gesucht, umworben sein, wollen durch ihre Zurückhaltung den Preis begehrenswerter machen. O, ich verstehe mich ganz ausgezeichnet auf dergleichen. Seien Sie unbesorgt – ich erreiche sicher mein Ziel.«

»Soll mich freuen,« erwiderte der Administrator kurz abbrechend, da der Gegenstand des Gesprächs mit der Lampe in der Hand soeben eintrat.

Gretchen Frank mochte ungefähr zwanzig Jahre alt sein; sie war durchaus keine zarte, ideale Erscheinung, aber dafür ein wahres Bild von Jugend und Gesundheit. Es lag in ihrem Wesen etwas von der stattlichen, kräftigen Art des Vaters, und das frische rosige Gesicht mit den klaren blauen Augen und den blonden Flechten über der Stirn sah jetzt, von dem hellen Scheine der Lampe angestrahlt, so reizend aus, daß man es begriff, daß der Assessor die schnöde Flucht »bis zur Bodenkammer« vollständig vergaß und eiligst aufsprang, um seine Auserkorene zu begrüßen.

»Guten Abend, Herr Assessor!« sagte das junge Mädchen, die Begrüßung etwas kühl erwidernd. »Also Sie waren es, der vorhin in den Hof fuhr? Ich setzte das gar nicht voraus, da Sie erst am Sonntage hier waren.«

Der Assessor fand für gut, die letzten Worte zu überhören. »Mich führen diesmal Amtsgeschäfte her,« entgegnete er, »ein Auftrag von großer Wichtigkeit, den man mir anvertraut hat und der mich einige Tage hier in der Gegend festhält. Ich habe mir erlaubt die Gastfreundschaft Ihres Herrn Vaters in Anspruch zu nehmen. Wir von der Regierung haben jetzt schlimme Zeit, Fräulein Margarete. Ueberall dumpfe Gärung, geheime Umtriebe, revolutionäre Bestrebungen – die ganze Provinz ist eine einzige große Verschwörung.«

»Das brauchen Sie uns nicht erst zu sagen,« meinte der Administrator trocken. »Ich dächte, das hätten wir hier in Wilicza aus erster Hand.«

»Jawohl, dieses Wilicza ist der eigentliche Herd der Verschwörungen,« rief der Assessor im Eifer, »In Rakowicz wagen sie das Spiel nicht so offen zu treiben; es liegt dicht bei L. und ist rechts und links von deutschen Kolonien eingeschlossen – das geniert den Herrn Grafen Morynski doch einigermaßen, hier dagegen hat er freie Hand.«

»Und das günstigste Terrain,« setzte Frank hinzu. »Bis zur Grenze Nordecksches Gebiet, nichts als Wald und die Förster und Forstaufseher darin zu den Befehlen der Fürstin. Man sollte meinen, die Grenze wäre so scharf bewacht, daß auch nicht eine Katze durch könnte, und doch geht es allnächtlich hinüber und herüber, und wer von drüben kommt, findet offene Thüren in Wilicza, wenn es auch vorläufig nur die Hinterpforten sind.«

»Wir wissen das alles, Herr Frank,« versicherte der Assessor mit einer Miene, die zum mindesten Allwissenheit verkündigte. »Alles, sage ich Ihnen. Aber wir können nichts thun, denn uns fehlt jeder Beweis. Es ist absolut nichts zu entdecken. Sobald sich jemand von unsrer Seite naht, ist das ganze Treiben wie in die Erde versunken. Auch meine Mission hängt damit zusammen, und da Sie die Polizeiverwaltung hier haben, so bin ich zum Teil auf Ihren Beistand angewiesen.«

»Wenn es sein muß! Sie wissen, ich gebe mich nur sehr ungern zu solchen Diensten her, obgleich man im Schlosse darauf besteht, mich für einen Spion und Häscher zu halten, weil ich meine Augen nicht absichtlich verschließe und der Widersetzlichkeit meiner Leute mit voller Strenge entgegentrete.«

»Es muß sein. Es handelt sich um zwei sehr gefährliche Subjekte, die sich hier in der Gegend unter allerlei Vorwänden herumtreiben und womöglich dingfest zu machen sind. Ich bin ihnen übrigens bereits auf der Spur. Bei meiner Herfahrt traf ich mit zwei äußerst verdächtigen Individuen zusammen. Sie gingen zu Fuße.«

Gretchen lachte laut auf. »Ist das ein Verdachtsgrund? Sie hatten vermutlich kein Geld, die Post zu bezahlen.«

»Bitte sehr um Entschuldigung, mein Fräulein – sie hatten sogar Geld genug für die Extrapost, denn sie fuhren in einer solchen an mir vorüber. Auf der letzten Station aber haben sie den Wagen verlassen und sich in auffälliger Weise nach allen möglichen Einzelheiten über Wilicza erkundigt. Die angebotene Führung dorthin lehnten sie ab und gingen zu Fuß weiter, aber mit Vermeidung der Landstraße quer durch die Felder. Dem Postmeister wollten sie auf keine seiner Fragen Rede stehen. Ich traf leider erst auf der Station ein, als sie bereits fort waren, und die einbrechende Dämmerung machte für heute den weiteren Nachforschungen ein Ende, morgen aber werde ich sie mit allem Eifer wieder aufnehmen. Die beiden sind jedenfalls noch in der Nähe.«

»Vielleicht sogar dort drüben,« sagte Gretchen, in die Richtung hinauszeigend, wo die erleuchtete Fensterreihe des Schlosses durch das Dunkel herüberschimmerte. »Es ist ja heute großer Verschwörungsabend bei der Fürstin.«

Der Assessor fuhr in die Höhe. »Verschwörungsabend? Wie? Was? Wissen Sie das genau? Ich werde sie überraschen; ich werde –«

Der Administrator zog ihn lachend wieder auf seinen Sitz nieder. »Lassen Sie sich doch nichts weismachen! Es ist eine übermütige Idee von dem Mädchen da, weiter nichts.«

»Aber Papa, du meintest doch selbst neulich, daß es ganz besondere Gründe hätte, wenn im Schlosse jetzt Fest auf Fest folgte,« warf Gretchen ein. »Das meine ich allerdings. Die Fürstin mag Glanz und Pracht lieben, daß sie aber in einer Zeit wie die jetzige nur Sinn für Festlichkeiten haben sollte, traue ich ihr entschieden nicht zu. Diese großen Jagden und Bälle sind der einfachste und bequemste Vorwand, alle möglichen Persönlichkeiten in Wilicza zu vereinigen, ohne daß es besonders auffällt. Jetzt tanzen und dinieren sie allerdings – man muß ja den Schein wahren – aber der größte Teil der Gäste bleibt über Nacht im Schlosse, und was geschieht, wenn die Kronleuchter ausgelöscht sind, möchte nicht ganz so harmlos sein.«

Der Assessor hörte mit gespannter Aufmerksamkeit diesen für ihn so interessanten Erörterungen zu; leider wurden sie unterbrochen, denn man rief den Administrator ab. Ein Krankheitsfall, der sein eigenes, sehr schönes Reitpferd betroffen, drohte eine ernste Wendung zu nehmen. Frank ging selbst, um nach dem Tiere zu sehen, und ließ die beiden jungen Leute allein.

Fräulein Margarete wurde durch dieses unerwartete Alleinsein mit dem Assessor sichtlich unangenehm berührt; desto angenehmer war es offenbar dem letzteren. Er drehte wohlgefällig sein Schnurrbärtchen, fuhr sich mit der weißen Hand durch die gekräuselten Haare und beschloß, die günstige Gelegenheit nach Kräften auszunutzen.

»Herr Frank hat mir vorhin mitgeteilt, daß er seine Stellung aufzugeben beabsichtigt,« begann er. »Der Gedanke, ihn und die Seinigen nicht mehr in Wilicza zu wissen, würde mich unter andern Umständen schwer getroffen haben, sozusagen wie ein Donnerschlag, aber da ich selbst nicht mehr allzulange in L. bleiben werde – «

»Wollen Sie denn fort?« fragte das junge Mädchen verwundert.

Der Assessor lächelte selbstbewußt. »Sie wissen ja, Fräulein Margarete, daß bei uns Beamten mit der Beförderung meist eine Versetzung verbunden ist, und ich hoffe nun baldigst Carriere zu machen.«

»Wirklich?«

»Ganz unzweifelhaft! Ich bin bereits Regierungsassessor, und das will in einem Staate wie der unsrige alles sagen. Es ist gewissermaßen die erste Stufe der großen Beamtenleiter, die direkt zum Ministersessel emporführt.«

»Nun, bis dahin haben Sie doch noch ein wenig weit,« meinte Gretchen in ziemlich mißtrauischem Tone. Der kleine Herr lehnte sich mit einer Würde zurück, als sei der einfache Rohrstuhl, auf dem er Platz genommen hatte, schon der erwähnte Ministersessel.

»In Jahr und Tag läßt sich dergleichen allerdings nicht erreichen, aber für die Zukunft – man muß stets das Große im Auge haben, mein Fräulein, man muß sich immer nur die höchsten

Ziele stecken; der Ehrgeiz ist der edelste Sporn des Beamten. Was mich speziell betrifft, so warte ich täglich auf den Regierungsrat.«

»Darauf warten Sie aber schon sehr lange,« warf das junge Mädchen ein.

»Weil mir überall Neid und Mißgunst im Wege stehen,« rief der Assessor mit aufwallender Empfindlichkeit. »Wir jüngeren Beamten werden ja von den Herren Vorgesetzten niedergehalten, solange es nur irgend geht. Mir fehlte bisher die Gelegenheit, mich auszuzeichnen, jetzt endlich hat man die Notwendigkeit eingesehen, eine Mission von Wichtigkeit in meine Hände zu legen. Seine Excellenz der Herr Präsident hat mir selbst die nötigen Weisungen erteilt und mich beauftragt, ihm persönlich Vortrag über das Ergebnis meiner Recherchen zu halten. Wenn es günstig ausfällt, so ist mir der Regierungsrat gewiß.«

Er blickte bei den letzten Worten so vielsagend zu der jungen Dame hinüber, daß sie unmöglich im Zweifel sein konnte, wer zur künftigen Regierungsrätin auserkoren sei, dennoch beobachtete sie ein hartnäckiges Schweigen.

»Dann würde wohl auch meine Versetzung erfolgen,« fuhr der Assessor fort. »Wahrscheinlich sogar nach der Hauptstadt; ich habe einflußreiche Verwandte dort. Sie kennen die Hauptstadt noch nicht, mein Fräulein,« und nun begann er das Residenzleben zu schildern, die dortigen Vergnügungen, die einflußreichen Verwandten und wußte das alles äußerst geschickt um seine Person zu gruppieren. Gretchen hörte mit einem Gemisch von Neugier und Bedenklichkeit zu. Die glänzenden Bilder, die da vor ihr aufgerollt wurden, hatten doch viel Verlockendes für ein junges, in der Einsamkeit des Landlebens erzogenes Mädchen, sie stützte den blonden Kopf in die Hand und sah nachdenklich auf die Tischdecke. Das Bedenkliche der Sache lag für sie augenscheinlich nur in der unvermeidlichen Zugabe des jetzigen Assessors und künftigen Ministers. Dieser jedoch bemerkte seinen Vorteil recht gut und säumte nicht, ihn zu verfolgen; er rüstete sich zu einem Hauptangriff.

»Aber ich werde mich trotzdem einsam und verlassen fühlen,« sagte er mit Pathos, »denn mein Herz bleibt doch hier zurück. Fräulein Margareta—«

Gretchen erschrak; sie sah, daß der Assessor, der nach ihrem Namen eine große Kunstpause gemacht, jetzt aufstand, in der ganz unzweifelhaften Absicht, sich vor ihr auf die Kniee niederzulassen, aber die Feierlichkeit und Umständlichkeit, womit er diese Präliminarien der Liebeserklärung in Scene setzte, sollten verhängnisvoll für ihn werden – sie ließen dem jungen Mädchen Zeit, zur Besinnung zu kommen; sie sprang gleichfalls auf.

»Entschuldigen Sie, Herr Assessor – ich glaube – ich glaube, die Hausthür ist soeben ins Schloß gefallen. Papa kann nicht herein, wenn er zurückkommt. Ich werde ihm öffnen –« Damit flog sie aus dem Zimmer.

Der Assessor stand mit seiner Kunstpause und den halb eingebogenen Knieen da und sah äußerst betroffen aus. Es war heute das zweite Mal, daß seine Auserwählte vor ihm die Flucht nahm, und diese Sprödigkeit fing nachgerade an, ihm unbequem zu werden. Es fiel ihm freilich nicht ein, an einen ernstlichen Widerstand zu denken; es war Eigensinn, Koketterie, vielleicht – der Bewerber lächelte – Furcht vor seiner Unwiderstehlichkeit. Man wagte augenscheinlich nicht, ihm das Ja zu verweigern, und floh nun in reizender Schüchternheit die Entscheidung. Dieser Gedanke hatte etwas außerordentlich Tröstendes für den Herrn Assessor, und wenn er auch bedauerte, wieder einmal nicht zum Ziele gekommen zu sein, so zweifelte er doch durchaus nicht an seinem endlichen Siege; er verstand sich ja so ausgezeichnet darauf.

Der Vorwand, den das junge Mädchen gebraucht hatte, war nicht ganz aus der Luft gegriffen. Die große Eingangsthür war wirklich von einer unkundigen Hand geworfen, mit großem Geräusch ins Schloß gefallen. Der Administrator brauchte nun freilich bei seiner Rückkehr nur vom Hofe aus die Magd zu rufen und sich öffnen zu lassen, aber daran schien seine Tochter gar nicht zu denken, denn sie flog wie der Sturmwind durch das Nebenzimmer in den Hausflur.

Ein Schmerzens- und ein Schreckensruf ertönten zu gleicher Zeit, Gretchen hatte die Thür, welche in den Flur führte, mit voller Gewalt aufgestoßen, gerade in dem Augenblicke, als von draußen jemand die Hand auf die Klinke legte; der Fremde taumelte, von dem Anprall des

Thürflügels getroffen, einige Schritte zurück und wäre wahrscheinlich hingestürzt, wenn sein Gefährte ihn nicht schnell umfaßt und gehalten hätte.

»Mein Gott, was ist denn geschehen?« rief das junge Mädchen erschrocken.

»Ich bitte tausendmal um Entschuldigung!« sagte eine schüchterne Stimme im Tone außerordentlicher Höflichkeit.

Gretchen blickte verwundert auf den Mann, der sich so höflich entschuldigte, weil man ihn gestoßen, und der sich jetzt eiligst wieder emporrichtete; ehe sie aber noch Zeit zur Antwort fand, trat der zweite Fremde näher und wendete sich direkt an sie.

»Wir wünschen Herrn Administrator Frank zu sprechen; man sagte uns, er sei zu Hause.«

»Papa ist augenblicklich nicht hier, wird aber sogleich kommen,« versicherte Gretchen, der dieser späte und unerwartete Besuch eine große Erleichterung gewährte, denn er zeigte ihr einen Ausweg zwischen der Unhöflichkeit, den Assessor bis zur Rückkehr des Vaters allein zu lassen, und der Notwendigkeit, ihm Gesellschaft zu leisten. Sie führte die Fremden deshalb auch nicht in die Arbeitsstube Franks, wie es sonst gewöhnlich geschah, sondern ohne weiteres in das Wohnzimmer. »Zwei Herren, die den Papa zu sprechen wünschen,« sagte sie erklärend zu dem verwundert aufschauenden Assessor; dieser erhob sich; die Fremden traten grüßend näher, während das junge Mädchen sich freundlich erbot, den Vater benachrichtigen zu lassen, und zu diesem Zwecke nochmals hinausging.

Sie hatte soeben eine der beiden Mägde fortgesandt und war im Begriff, in das Zimmer zurückzukehren, als zu ihrer größten Verwunderung der Assessor in dem matt erleuchteten Hausflur erschien und sich eilfertig erkundigte, ob bereits nach dem Herrn Administrator geschickt sei, Gretchen bejahte.

Der Assessor trat dicht an sie heran und sagte im Flüstertone: »Fräulein Margareta – das sind sie.«

»Wer?« fragte sie überrascht.

»Die beiden Verdächtigen. Ich habe sie. Sie sind in der Falle.«

»Aber Herr Assessor, das sind doch nun und nimmermehr Polen,« warf das junge Mädchen ein.

»Es sind die beiden Individuen, die vorhin in der Extrapost an mir vorüberfuhren,« versetzte er hartnäckig. »Dieselben, die sich später in so verdachterregender Weise benommen haben. Jedenfalls werde ich meine Maßregeln treffen; ich werde inquirieren, nötigenfalls verhaften.«

»Muß denn das gerade in unserm Hause sein?« fragte das junge Mädchen in sehr ungnädigem Tone.

»Die Pflicht meines Amtes!« sagte der Assessor mit Würde. »Vor allen Dingen gilt es den Eingang zu sichern und etwaige Fluchtversuche zu hindern. Ich werde die Hausthür abschließen.« Er drehte wirklich den Schlüssel um und zog ihn ab.

»Was fällt Ihnen denn ein?« protestierte Gretchen. »Papa kann ja nicht ins Haus, wenn er zurückkommt.«

»Wir stellen die Magd an die Thür und geben ihr den Schlüssel,« flüsterte der kleine Herr, der in einen fieberhaften Amtseifer geraten war. »Sie öffnet, sobald Herr Frank kommt, und ruft dann gleich die Knechte herbei, um die Thür zu besetzen. Wer weiß, ob die Delinquenten sich gutwillig fügen!«

Gretchen war und blieb mißtrauisch. »Aber woher wissen Sie denn, daß es überhaupt Delinquenten sind? Wenn Sie sich nun irren?«

»Fräulein Margareta, Sie haben keinen Polizeiblick,« erklärte der Assessor mit Ueberlegenheit. »Ich verstehe mich auf Gesichter, und ich sage Ihnen, es sind die echtesten, ausgeprägtesten Verschwörerphysiognomien, die mir je vorgekommen sind. Mich täuscht man nicht, und wenn man auch ein noch so reines Deutsch spricht. Ich werde vorläufig nur inquirieren, bis Herr Frank erscheint. Es ist freilich gefährlich, solche Menschen ahnen zu lassen, daß sie entdeckt sind, zumal wenn man allein mit ihnen ist, sehr gefährlich, aber die Pflicht gebietet es.«

»Ich gehe mit Ihnen,« versicherte Gretchen beherzt.

»Ich danke Ihnen,« sagte der Assessor, in einem so feierlichen Tone, als habe sich das junge Mädchen mindestens entschlossen, mit ihm zum Schafott zu gehen, »und nun lassen Sie uns handeln!«

Er rief die Magd herbei, gab ihr die betreffenden Weisungen und kehrte dann in das Zimmer zurück, Gretchen folgte ihm; sie war von Natur ziemlich tapfer und sah daher der Entwicklung der Sache mit ebensoviel Neugier wie Besorgnis entgegen. Die beiden Fremden hatten offenbar keine Ahnung von dem drohenden Ungewitter, das sich über ihren Häuptern zusammenzog, schienen sich vielmehr in vollkommener Sicherheit zu wähnen. Der jüngere, eine auffallend hohe Gestalt, der seinen Gefährten fast um Kopfeslänge überragte, ging mit verschränkten Armen auf und nieder, während der ältere, eine schmächtige Figur mit blassen, aber angenehmen Zügen, den angebotenen Platz eingenommen hatte und ganz harmlos im Lehnstuhle saß.

Der Assessor warf sich in die Brust. Die Ueberzeugung von der Wichtigkeit des Momentes und das Bewußtsein vor den Augen seiner zukünftigen Braut zu handeln, hatten etwas Erhebendes für ihn. Er sah aus wie das leibhaftige Weltgericht, als er vor die beiden »Individuen« hintrat.

»Ich habe mich den Herren noch nicht vorgestellt,« begann er, vorläufig noch den Ton der Höflichkeit festhaltend. »Regierungsassessor Hubert aus L.«

Die beiden waren jedenfalls keine Neulinge mehr in der Verschwörung, denn sie erbleichten nicht einmal bei Nennung dieser amtlichen Eigenschaft. Der ältere Herr erhob sich, machte eine stumme, aber sehr artige Verbeugung und nahm dann wieder seinen Platz ein. Der jüngere dagegen neigte nur leicht das Haupt und sagte nachlässig: »Sehr angenehm.«

»Dürfte ich nun auch meinerseits um die Namen der Herren bitten?« fuhr Hubert fort.

»Wozu das?« fragte der junge Fremde gleichgültig. »Ich wünsche sie zu kennen.«

»Ich bedaure – wir wünschen nicht, sie zu nennen.«

Der Assessor nickte mit dem Kopfe, als wollte er sagen: Das habe ich mir gedacht. »Ich bin bei dem Polizeidepartement in L. angestellt,« betonte er.

»Eine sehr schätzenswerte Stellung,« meinte der Fremde, dabei glitt aber sein Blick mit beleidigender Gleichgültigkeit über den Beamten hin und blieb auf dem jungen Mädchen haften, das sich in die Nähe des Fensters zurückgezogen hatte.

Hubert war einen Moment lang verblüfft. Das mußten hartgesottene Verschwörer sein, auch die Erwähnung des Polizeidepartements vermochte es nicht, ihnen ein Zeichen des Schreckens zu entlocken, und doch mußte sie ihnen notwendig eine Ahnung ihres Schicksals geben. Aber man hatte Mittel, diese Verstocktheit zu brechen; das Verhör wurde fortgesetzt.

»Sie fuhren vor etwa zwei Stunden in einer Extrapostchaise an mir vorüber?«

Diesmal antwortete der jüngere Fremde gar nicht; die Sache schien ihn zu langweilen, der ältere aber erwiderte höflich: »Gewiß, wir haben Sie gleichfalls in Ihrem Wagen bemerkt.«

»Sie verließen aber die Chaise auf der letzten Station und gingen zu Fuße weiter. Sie wollten ausgesprochenermaßen nach Wilicza –; Sie vermieden die Landstraße und schlugen einen Seitenweg quer über die Felder ein.« Der Assessor war wieder ganz Weltgericht, als er diese Anklagen, eine nach der andern, in wahrhaft vernichtender Weise herausschleuderte, und sie blieben diesmal nicht ganz wirkungslos. Der ältere der Verschwörer begann unruhig zu werden, der jüngere dagegen, den der »Polizeiblick« des Beamten sofort als den Gefährlichsten herausgefunden hatte, trat rasch an den Stuhl seines Begleiters und legte den Arm wie schützend auf die Lehne.

»Wir haben überdies noch unsre Ueberröcke angezogen, als es anfing, kühl zu werden, und im Posthause ein Paar Handschuhe vergessen,« entgegnete er mit unverhehlter Ironie. »Wollen Sie nicht diese beiden Thatsachen Ihren interessanten Notizen über unser Thun und Treiben hinzufügen?«

»Mein Herr, man spricht nicht in solchem Tone mit einem Vertreter der Regierung,« rief Hubert gereizt.

Der Fremde zuckte statt aller Antwort die Achseln und wandte sich nach dem Fenster. »Mein Fräulein, Sie ziehen sich so vollständig zurück. Wollen Sie uns nicht durch Ihre Gegenwart von der unerquicklichen Unterhaltung dieses Herrn befreien?«

Der Assessor ergrimmte in gerechtem Zorn; diese Keckheit ging ihm denn doch zu weit, und da der Administrator jeden Augenblick eintreten mußte, so ließ er die bisherige Vorsicht fahren und versetzte in hohem Tone:

»Ich fürchte, es steht Ihnen noch manches Unerquickliche bevor. Zuvörderst werden Sie mir Ihre Namen nennen, Ihre Papiere ausliefern – ich fordere das; ich bestehe darauf. Mit einem Worte: Sie sind verdächtig.«

Das schlug endlich ein. Der blasse Herr fuhr mit allen Zeichen des Schreckens empor. »Um Gottes willen!«

»Aha, regt sich das Schuldbewußtsein endlich!« triumphierte Hubert. »Sie haben gleichfalls gezuckt,« wandte er sich an den andern, gebieterisch an ihm in die Höhe blickend. »Leugnen Sie nicht! Ich habe ein Zucken in Ihrem Antlitz gesehen.«

Es war allerdings ein ganz eigentümliches Zucken gewesen, das bei dem Worte »verdächtig« um den Mund des jungen Mannes flog, und es wiederholte sich jetzt in noch stärkerer Weise, als er sich zu seinem Begleiter herabbeugte.

»Aber weshalb machen Sie der Sache nicht ein Ende?« fragte dieser leise und bittend.

»Weil sie mir Spaß macht,« war die ebenso leise Antwort.

»Hier wird nicht geflüstert!« fuhr der Assessor dazwischen. »Keine neue Verschwörung in meiner Gegenwart, das bitte ich mir aus. Noch einmal: die Namen – wird man mir nun antworten?«

»Ja so!« sagte der junge Fremde, sich wieder emporrichtend. »Wir sind also in Ihren Augen Verschwörer.«

»Ja so!« sagte der junge Fremde, sich wieder emporrichtend. »Wir sind also in Ihren Augen Verschwörer?«

»Und Hochverräter,« ergänzte Hubert mit Nachdruck.

»Und Hochverräter! Natürlich, das pflegt sich meistenteils zu ergänzen.«

Der Assessor stand völlig starr ob dieser Verwegenheit. »Ich fordere Sie zum letztenmal auf, mir Ihre Namen zu nennen und Ihre Papiere zu zeigen,« rief er. »Sie verweigern mir beides?«

Der Fremde setzte sich in sehr ungenierter Weise auf die Seitenlehne des Armstuhls und kreuzte die Arme.

»Ganz recht! Das ist ja eben die Verschwörung.«

»Herr, ich glaube, Sie wollen Ihren Spott mit mir treiben,« schrie der Assessor, kirschrot vor Zorn. »Wissen Sie, daß das Ihren Fall ganz außerordentlich erschwert? Das Polizeidepartement in L. –«

»Muß sich in einer sehr traurigen Verfassung befinden, da es Sie zum Vertreter hat,« vollendete der junge Mann mit unerschütterlicher Gemütsruhe.

Das war zu viel; der Beleidigte fuhr wie besessen in die Höhe.

»Unerhört! Also so weit ist es schon gekommen, daß man es wagt, den Behörden offen Hohn zu sprechen, aber das soll Ihnen teuer zu stehen kommen. Sie haben die Regierung in meiner Person beleidigt und angegriffen. Ich verhafte Sie; ich lasse Sie geschlossen nach L. transportieren.«

Er schoß wie ein Kampfhahn auf seinen Gegner los, der ihn ruhig herankommen ließ und ihn dann ohne weiteres zurückschob. Es war nur eine einzige Bewegung des kraftvollen Armes, aber der Herr Assessor flog wie ein Ball auf das nahestehende Sofa, das ihn zum Glücke auffing.

»Gewalt!« rief er außer sich. »Ein Attentat auf meine Person! Fräulein Margarete, holen Sie Ihren Vater –«

»Mein Fräulein, holen Sie lieber ein Glas Wasser und gießen Sie es diesem Herrn über den Kopf!« sagte der Fremde. »Er hat es nötig.«

Das junge Mädchen fand keine Zeit, den beiden so verschiedenartigen Aufforderungen nachzukommen, denn man vernahm eilige Schritte im Nebenzimmer, und der Administrator, der schon mit äußerstem Befremden die an der Hausthür getroffenen Vorsichtsmaßregeln gesehen und die lauten Stimmen gehört hatte, trat rasch ein.

Der Assessor lag noch im Sofa und zappelte mit Händen und Füßen, um wieder auf die Beine zu kommen, was ihm bei der Kürze derselben und der Höhe des Sofas nicht sogleich gelingen wollte.

»Herr Frank,« rief er, »wahren Sie den Eingang! Rufen Sie die Knechte herbei! Sie haben die Polizeiverwaltung von Wilicza, Sie müssen mir beistehen. Ich verhafte diese beiden Subjekte im Namen –« Hier schlug ihm die Stimme über; er focht verzweiflungsvoll mit den Händen in der Luft herum, kam aber nun vermittels eines gewaltigen Ruckes zum Sitzen.

Der junge Fremde hatte sich erhoben und ging auf den Administrator zu. »Herr Frank, Sie führen in meinem Namen die Polizeiverwaltung von Wilicza, und da werden Sie sich hoffentlich bedenken, Ihren eigenen Gutsherrn auszuliefern.« »Wen?« rief der Administrator zurückprallend.

Der Fremde zog ein Papier aus der Brusttasche und reichte es ihm. »Ich komme ganz unerwartet, und Sie werden mich nach zehn Jahren kaum noch wiedererkennen. So mag nur denn dieser Brief zur Legitimation dienen; Sie richteten ihn vor einigen Wochen an mich.«

Frank warf einen raschen Blick auf das Blatt, dann einen zweiten auf die Züge des vor ihm Stehenden. »Herr Nordeck?«

»Waldemar Nordeck!« bestätigte dieser. »Der gleich in der ersten Stunde, wo er seine Güter betritt, als ›Subjekt‹ verhaftet werden sollte. In der That ein angenehmes Willkommen!«

Er blickte nach dem Sofa hinüber; dort saß der Assessor starr und steif wie eine Bildsäule. Der Mund stand ihm weit offen, seine Arme waren schlaff am Körper niedergesunken, und er starrte den jungen Gutsherrn wie geistesabwesend an.

»Welch ein peinliches Mißverständnis!« sagte der Administrator in äußerster Verlegenheit. »Es thut mir sehr leid, Herr Nordeck, daß es gerade in meinem Hause vorfallen mußte. Der Herr Assessor wird unendlich bedauern –«

Der arme Assessor! Er war so vernichtet, daß er nicht einmal mehr die Kraft hatte, sich zu entschuldigen. Der Herr und Gebieter von Wilicza, der mehrfache Millionär, der Mann, von dem der Präsident noch neulich gesagt hatte, daß man ihn im Falle eines Besuchs in Wilicza mit besonderer Rücksicht behandeln müsse – und den hatte der Untergebene geschlossen nach L. transportieren wollen! Zum Glück nahm Waldemar keine Notiz weiter von diesem letzteren; er stellte seinen Begleiter dem Administrator und dessen Tochter vor.

»Herr Doktor Fabian, mein Freund und Lehrer. – Wir sahen das Schloß erleuchtet und hörten, daß eine größere Festlichkeit dort stattfindet. Ich bin den Gästen meiner Mutter vollständig fremd, und da meine plötzliche Ankunft begreiflicherweise eine Störung veranlassen würde, so zogen wir es vor, einstweilen hier einzusprechen, wenigstens bis zur Abfahrt der Gäste. Ich habe überdies noch mit Ihnen zu reden, Herr Frank, hinsichtlich Ihres Briefes, den ich erst vor einigen Tagen erhielt. Ich war auf Reisen und da ist er mir von Ort zu Ort nachgeschickt worden. Können wir eine halbe Stunde lang ungestört sein?«

Frank öffnete die Thür zu seinem Arbeitszimmer. »Darf ich bitten, hier einzutreten?« Waldemar, im Begriff zu gehen, wandte sich noch einmal um. »Bitte, erwarten Sie mich hier, Herr Doktor! Hoffentlich geraten Sie jetzt nicht mehr in Gefahr, als Verschwörer und Hochverräter behandelt zu werden. Ich komme bald zurück.« Er verneigte sich leicht gegen das junge Mädchen und verließ dann, von dem Administrator begleitet, das Zimmer. Der Assessor schien für ihn nicht mehr zu existieren.

»Herr Assessor,« sagte Gretchen halblaut, indem sie sich dem unglücklichen Vertreter des Polizeidepartements in L. näherte. »Ich gratuliere zum Regierungsrat!«

»Mein Fräulein!« stöhnte der Assessor.

»Sie halten ja wohl Seiner Excellenz dem Herrn Präsidenten persönlich Vortrag über das Ergebnis Ihrer Recherchen?«

»Fräulein Margarete!«

»Ja, ich habe nun einmal keinen Polizeiblick,« fuhr das junge Mädchen unbarmherzig fort. »Wer konnte auch denken, daß unser junger Herr eine so echte und ausgeprägte Verschwörerphysiognomie haben würde!«

Der Assessor hatte bisher mühsam standgehalten; den Spott von diesen Lippen ertrug er nicht. Er erhob sich, stammelte, da die Hauptperson nicht mehr zugegen war, eine Entschuldigung gegen den Doktor und schützte dann Uebelbefinden vor, um sich so schnell wie möglich zurückzuziehen.

»Mein Fräulein,« sagte Doktor Fabian in seiner schüchternen Weise, aber in mitleidigem Tone, »dieser Herr scheint etwas excentrischer Natur zu sein. Ist er vielleicht − −?« Er griff mit bezeichnender Gebärde an die Stirn.

Gretchen lachte. »Nein, Herr Doktor! Er will nur Carriere machen, aber dazu braucht er seiner Meinung nach ein paar Verschwörer und die glaubt er in Ihnen und Herrn Nordeck gefunden zu haben.«

Der Doktor schüttelte bedenklich den Kopf. »Der arme Mann! Es liegt doch etwas Krankhaftes in seinem Wesen. Ich glaube nicht, daß er Carriere machen wird.«

»Ich auch nicht,« sagte Gretchen mit Entschiedenheit. »Dazu ist unser Staat denn doch zu vernünftig.«

Es war in den Vormittagsstunden des nächsten Tages. Die Gäste des Schlosses, die zum größten Teil dort übernachtet hatten, waren bereits in aller Frühe wieder abgefahren, nur Graf Morynski und seine Tochter befanden sich noch in Wilicza. Da die Ankunft des jungen Gutsherrn sie nun doch überrascht hatte, so erforderte es die Artigkeit, ihn vor der Abreise wenigstens noch flüchtig zu begrüßen; der Graf hielt es aber bei der vollständigen Fremdheit, mit der er seinem Neffen gegenüberstand, für angemessen, diesen in den ersten Stunden des Wiedersehens ausschließlich der Mutter zu überlassen, und Wanda ihrerseits hatte noch weit weniger Eile, das Recht der Verwandtschaft geltend zu machen.

Die Fürstin war allein mit ihren beiden Söhnen; sie saß auf ihrem gewöhnlichen Platze im grünen Salon, Waldemar ihr gegenüber, während Leo neben dem Sessel des Bruders stand − dem äußeren Anscheine nach eine ganz friedliche und trauliche Familiengruppe.

»Nein, Waldemar, das kann ich dir wirklich nicht verzeihen,« sagte die Fürstin in vorwurfsvollem Tone. »Beim Administrator abzusteigen! Als ob dein Schloß dir nicht jede Minute zu Gebote stände, als ob es mir nicht eine Freude gewesen wäre, dich meinen Gästen vorzustellen! Ich wäre beinahe versucht, das, was du eine Rücksicht nennst, als das Gegenteil aufzufassen. Den Vorwand der Störung lasse ich unter keinen Umständen gelten.«

»Nun, so laß wenigstens meine Abneigung gelten, so unmittelbar nach der Ankunft in einen mir völlig fremden Kreis zu treten,« erwiderte Waldemar. »Ich war wirklich nicht in der Stimmung dazu.«

»Hast du noch immer die alte Antipathie gegen alles, was Gesellschaft heißt? Da werden wir den Verkehr in Wilicza allerdings einschränken müssen.«

»Doch nicht etwa meinetwegen? Ich bitte dich, in diesem Punkte auf mich gar keine Rücksicht zu nehmen. Nur wirst du es entschuldigen müssen, wenn ich nicht allzuoft in deinen Salons erscheine. Ich habe zwar gelernt, mich den gesellschaftlichen Notwendigkeiten zu fügen, wenn es unbedingt sein muß, aber unbequem bleibt es mir immer.«

Die Fürstin lächelte; diese Neigung, die sie ja längst kannte, stimmte vollständig mit ihren Wünschen überein. Ueberhaupt zeigte ihr gleich die erste Zusammenkunft, daß ihr Urteil über Waldemar ein richtiges gewesen und seine Natur in den Grundzügen die gleiche geblieben war; selbst sein Aeußeres hatte sich nicht allzusehr verändert. Seine hohe Gestalt kam freilich jetzt mehr zur Geltung, weil die Haltung eine bessere war, überragte er doch sogar den schlanken, hochgewachsenen Bruder; auch das Unreife, Unfertige des Jünglings hatte der vollen Männlichkeit der Erscheinung Platz gemacht, freilich ohne daß die letztere darum sympathischer geworden wäre. Diese unschönen und unregelmäßigen Züge konnten nun einmal nicht anziehend sein, wenn auch das frühere Ungestüm, das sie so oft entstellte, jetzt einem kalten Ernst gewichen war. Nur eins gereichte Waldemar entschieden zum Vorteil; das blonde Haar, »die ungeheure gelbe Löwenmähne«, wie Wanda es spottweise nannte, war in seiner gar zu üppigen Fülle beschränkt worden; es bedeckte noch immer dicht und voll das Haupt, ließ aber, zurückgestrichen, Stirn und Schläfe frei, und es war unleugbar eine schöne und mächtige Stirn, die sich da über den finsteren Augen wölbte – der einzige Vorzug, den die Natur dem jungen Manne geliehen. Auch die rücksichtslose Schroffheit seiner Haltung zeigte sich einigermaßen gemildert; man sah, daß er sich jetzt wenigstens ohne Zwang in den gesellschaftlichen Formen bewegte und ihnen Rechnung zu tragen wußte, damit schienen aber auch die Errungenschaften der Reise- und Universitätsjahre zu Ende zu sein. Eine Erscheinung für den Salon war Waldemar Nordeck trotz alledem nicht; seine Haltung hatte etwas so Abweisendes, so wenig Verbindliches, seinem ganzen Wesen war der Stempel finsterer Verschlossenheit so deutlich aufgeprägt, daß wohl niemand leicht in die Lage kam, sich zu ihm hingezogen zu fühlen.

Der Gegensatz zwischen ihm und seinem Bruder trat jetzt noch schärfer hervor als ehemals. Auch Leo war nicht mehr der knabenhafte Jüngling von siebzehn Jahren, aber wenn er schon damals dem alten Witold das Bekenntnis entriß, der Sohn seiner Gegnerin sei doch »ein bild-hübscher Junge«, so zeigte er jetzt die ganze Schönheit seines Volkes, die, wo sie überhaupt vorhanden ist, auch meist in seltener Vollendung aufzutreten pflegt. Etwas kleiner als Walde-mar, aber weit schlanker als dieser, besaß er im vollsten Maße all die Vorzüge, die dem älteren Bruder fehlten, den Adel der Züge, die mehr als je die sprechende Aehnlichkeit mit der Mut-ter verrieten, die prachtvollen dunkeln Augen, in denen es heiß aufflammte bei jeder Erregung, das schwarze, leicht gelockte Haar, das sich weich und glänzend um die Stirn legte. Dabei ging durch das ganze Wesen des jungen Fürsten ein Zug von Romantik, der sich sehr glücklich mit der Eleganz und Vornehmheit des Kavaliers vereinigte – Leo Baratowski war ein wahres Ideal von Schönheit und Ritterlichkeit.

»Also du hast wirklich deinen ehemaligen Hauslehrer mitgebracht,« sagte er heiter, »Da be-wundere ich deinen Geschmack, Waldemar. Ich war froh, als mir mein Herr Präzeptor nichts mehr zu sagen hatte, und hätte ihn auf keinen Fall mit auf die Universität oder gar auf Reisen genommen.«

Die Kälte, die stets in dem Wesen des jungen Nordeck lag, wenn er ausschließlich mit seiner Mutter sprach, verschwand zum größten Teile, als er sich jetzt an seinen Bruder wandte.

»Als einen bloßen Hauslehrer darfst du den Doktor Fabian wirklich nicht ansehen, Leo. Er hat das Erziehungsfach längst aufgegeben und sich ausschließlich seinen historischen Studien zugewendet; es war ja überhaupt nur seine Mittellosigkeit, die ihn das erstere ergreifen ließ. Er ist von jeher mit Leib und Seele Gelehrter gewesen, wußte seine Kenntnisse aber nie praktisch zu verwerten, und da blieb ihm denn freilich nichts übrig, als ›Präzeptor‹ zu werden.« »Das merkte man,« fiel die Fürstin ein. »Er hatte von jeher die ganze Trockenheit und Pedanterie des Gelehrten.« »Warst du mit seinen Berichten nicht zufrieden?« fragte Waldemar ruhig.

»Mit welchen Berichten?«

»Die der Doktor dir im Anfange meiner Universitätszeit regelmäßig sandte. Er war im Zweifel darüber, was du eigentlich zu wissen wünschtest, und da gab ich ihm den Rat, sich möglichst eingehend an meine Studien zu halten. Ich denke, er ist ausführlich genug gewesen.«

Die Fürstin stutzte. »Du scheinst diesen Briefwechsel bis in alle Details hinein zu kennen und ihn sogar teilweise – dirigiert zu haben.«

»Doktor Fabian hat keine Geheimnisse vor mir, und ich meinerseits fand es natürlich, daß du dich für meine Studien interessiertest,« versetzte Waldemar in so gleichgültigem Tone, daß der Argwohn der Mutter, er könne ihren damaligen Plan durchschaut haben, sofort wieder verschwand. Die ersten Bemerkungen hatten ihr entschieden wie Ironie geklungen, aber ein Blick auf das unbewegliche Antlitz des Sohnes beruhigte sie. Unmöglich! Weder er noch sein ehemaliger Lehrer besaßen die Fähigkeit, so tief zu schauen.

»Leo freut sich sehr darauf, bei den Jagdstreifereien in und um Wilicza deinen Führer zu ma-chen,« sagte sie abbrechend. »Ich werde wohl darauf gefaßt sein müssen, euch in den nächsten Wochen sehr wenig im Schlosse zu haben.«

Waldemar blickte zu dem Bruder auf, der noch an seinem Sessel lehnte.

»Ich fürchte nur, Leo, wir treiben die Jagd beide auf sehr verschiedene Weise. Du bleibst auch als Jäger immer der elegante Kavalier, der nötigenfalls vom Walde gleich in den Salon treten kann, mit mir dagegen mußt du mitten durch das Dickicht und oft genug auch durch Sumpf und Moor dem Wilde nach. Wer weiß, ob dir das zusagt!«

Der junge Fürst lachte. »Nun, ich glaube denn doch, daß es in unsern polnischen Wäldern ernsthafter zugeht als in den friedlichen Jagdgründen von Altenhof. Du wirst ja bald selbst urteilen können, ob man bei einem gelegentlichen Rencontre mit den Wölfen immer in so salonfähigem Zustande davonkommt. Ich habe oft genug verwegene Streifereien ausgeführt, und da auch Wanda eine leidenschaftliche Jägerin ist – du weißt doch, daß sie in Wilicza ist?« Die Frage kam ganz plötzlich und unerwartet; sie verriet eine lebhafte Spannung. Desto ruhiger war der Ton Waldemars, als er erwiderte:

»Gräfin Morynska? Jawohl, ich habe es gehört.«

»Gräfin Morynska!« wiederholte die Fürstin vorwurfsvoll. »Es ist deine Cousine, die dir in kurzem noch näher stehen wird. – Leo, deinem Bruder wirst du doch wohl nicht verschweigen wollen, was für Fremde allerdings noch ein Geheimnis ist.«

»Gewiß nicht!« fiel der junge Fürst rasch ein. »Du erfährst es natürlich, Waldemar, daß – Wanda meine Braut ist.«

Seine Augen hefteten sich bei diesen Worten mit leidenschaftlichem Forschen auf das Gesicht des Bruders, auch die Fürstin fixierte es einige Sekunden lang scharf, aber dort war nicht die mindeste Erregung zu entdecken, Waldemars Züge blieben unbeweglich; nichts regte sich darin; er änderte nicht einmal seine bequeme, halb nachlässige Stellung.

»Deine Braut? Wirklich?«

»Das scheint dich gar nicht zu überraschen?« sagte Leo, etwas betroffen von dieser Gleichgültigkeit.

»Nein,« versetzte Waldemar kalt. »Ich weiß ja, daß du von jeher eine Neigung für deine Cousine hegtest, und kann mir denken, daß weder die Mutter noch Graf Morynski dir Hindernisse in den Weg gelegt haben. Ich wünsche dir Glück, Leo.«

Dieser ergriff mit wirklicher Herzlichkeit die dargebotene Hand. Es war ihm doch etwas peinlich gewesen, diesen Punkt zur Sprache zu bringen; er fühlte sich im Unrecht gegen den Bruder, mit dessen Neigung er und Wanda ein so übermütiges Spiel getrieben hatten, und die Ruhe, mit welcher Waldemar die Neuigkeit aufnahm, gewährte ihm eine große Erleichterung. Die Fürstin dagegen, die der Sache grundsätzlich keine Wichtigkeit mehr beilegte, aber doch einsah, daß man dieses Thema nicht mit zu großer Ausführlichkeit behandeln dürfe, beeilte sich, auf ein andres überzugehen.

»Du wirst Wanda und ihren Vater ja heute noch sehen,« sagte sie leichthin. »Wir haben natürlich viel Verkehr mit Rakowicz, was du jedenfalls kennen lernen mußt. Doch vor allen Dingen – wie gefällt dir dein Wilicza? Du hast uns nicht Wort gehalten. Damals in C. versprachst du deinen Besuch schon zum nächsten Frühjahr, und volle vier Jahre sind vergangen, ehe du dich wirklich entschlossest, zu kommen.«

»Ich hatte immer die Absicht und kam nie dazu, sie auszuführen.« Er erhob sich und trat an das große Mittelfenster. »Aber du hast recht, Wilicza ist mir beinahe fremd geworden. Ich werde in den nächsten Tagen einmal wieder das ganze Gebiet durchstreifen müssen, um nur einigermaßen heimisch zu werden.«

Die Fürstin wurde aufmerksam. »Das ganze Gebiet? Ich glaube kaum, daß es dir viel Interessantes bietet, die Wälder ausgenommen, die für dich als Jäger einen besonderen Reiz haben. Ueber Wilicza selbst wird dir der Administrator Bericht erstatten – er hat dir wohl schon gesagt, daß er seine Stellung zu verlassen beabsichtigt?« Die Frage wurde ganz beiläufig hingeworfen; nichts verriet die Spannung, mit der die Antwort erwartet wurde.

»Jawohl,« sagte Waldemar, zerstreut durch das Fenster blickend. »Er geht zum Frühjahre.«

»Das thut mir um deinetwillen leid, um so mehr, als ich wohl die indirekte Ursache bin, daß du einen jedenfalls tüchtigen Beamten verlierst. Frank wird in mancher Hinsicht schwer zu ersetzen sein. Seine Verwaltung zum Beispiel wird allgemein als mustergültig angesehen. Leider setzt seine Thätigkeit die stete Abwesenheit des Gutsherrn voraus, denn er duldet keine andre Autorität neben sich; seine Leute klagen oft bitter über seine Rücksichtslosigkeit, und auch ich habe Proben davon erhalten. Ich habe ihn bisweilen ernstlich daran erinnern müssen, daß das Schloß und die Fürstin Baratowska denn doch nicht unter seiner Botmäßigkeit stehen, und eine dieser Scenen veranlaßte sein Abschiedsgesuch. Es kommt nun freilich darauf an, auf wessen Seite du dich stellst, Waldemar. Ich glaube, der Administrator wäre nicht abgeneigt, zu bleiben, wenn du ihm gestattetest, nach wie vor den unumschränkten Gebieter zu spielen. Ich füge mich natürlich deiner Entscheidung.«

Der junge Nordeck machte eine ablehnende Bewegung. »Ich bin ja erst seit gestern abend hier und kann mich unmöglich so schnell in die Verhältnisse finden. Wenn Frank übrigens gehen will, so werde ich ihn nicht halten, und wenn wirklich Streitigkeiten mit dem Schlosse die Veranlassung dazu sind, so traust du es mir doch hoffentlich nicht zu, daß ich dem Administrator gegenüber meine Mutter dementieren werde.«

Die Fürstin atmete auf. Sie hatte doch einige Besorgnis hinsichtlich Franks gehegt. Ihr Sohn sollte erst mit ihm in Verkehr treten, wenn er mit ihren Augen sehen gelernt hatte und gründlich gegen seinen Beamten eingenommen war. Bei dem rücksichtslosen Freimute desselben und dem ungestümen Charakter des jungen Gutsherrn, der nicht den geringsten Widerspruch ertrug, mußte es dann notwendig zu einem Zusammenstoße kommen – da störte der unerwartete und unpassende Besuch im Gutshofe den ganzen Plan. Indessen Waldemars Haltung bewies, daß es in der kurzen Zeit, die er drüben verweilte, zu keinen Erörterungen gekommen war; er legte augenscheinlich gar keinen Wert auf das Gehen oder Bleiben des Administrators und besaß Schicklichkeitsgefühl genug, sich von vornherein und ohne jede Prüfung auf die Seite seiner Mutter zu stellen.

»Ich wußte, daß ich auf dich rechnen konnte,« erklärte sie, sehr befriedigt von dieser ersten Zusammenkunft. Es fügte sich ja alles und jedes nach ihren Wünschen. »Aber da geraten wir gleich in den ersten Stunden auf dieses unerquickliche Beamtenthema, als ob uns nichts Besseres zu Gebote stände. Ich wollte – ah, da bist du ja, Bronislaw!« wandte sie sich an ihren Bruder, der mit seiner Tochter am Arme eintrat.

Waldemar hatte sich bei den letzten Worten gleichfalls umgewendet. Einen Moment schien er doch betroffen, so fremd war ihm die Erscheinung, die so hoch und stolz ihm gegenüberstand. Er hatte nur das sechzehnjährige Mädchen mit seinem frischen Jugendreize gekannt; *diese* Gestalt mochte ihm doch neu sein. »Sie verspricht dereinst schön zu werden,« hatte die Fürstin Baratowska von ihrer Nichte gesagt. Wie sehr dieser Ausspruch sich bewähren würde, hatte sie wohl selbst nicht vorausgesehen. Freilich lag die Schönheit hier nicht in dem Begriffe der Regelmäßigkeit, denn dem entsprachen Wandas Züge durchaus nicht. Der slavische Charakter trat zu deutlich darin hervor, und sie entfernten sich ziemlich weit von dem griechischen oder römischen Ideale, aber trotzdem war dieses immer noch etwas bleiche Antlitz von einem hinreißenden Zauber, dem sich niemand verschließen konnte. Das tiefschwarze Haar, im Widerspruche mit der herrschenden Mode ganz einfach geordnet, zeigte sich eben dadurch in seiner ganzen prächtigen Fülle; was aber der jungen Gräfin den mächtigsten Reiz lieh, das waren ihre dunkeln, feuchten Augen, die sich groß und voll unter den langen Wimpern aufschlugen. Jetzt freilich stand etwas andres darin, als Kindesübermut und Kinderscherze. Mochten diese tiefen Augen sich nun in träumerischer Ruhe verschleiern oder in leidenschaftlicher Glut aufstrahlen, rätselhaft und gefährlich blieben sie immer. Man fühlte bei ihrem Anblicke, daß sie rettunglos bestricken, unwiderstehlich festhalten konnten, und Gräfin Morynska hatte diese Macht zu oft erprobt, um sich ihrer nicht im vollsten Maße bewußt zu sein.

»Sie haben ganz Wilicza mit Ihrer Ankunft überrascht, Waldemar,« sagte der Graf, »und finden nun gleich Gäste in Ihrem Hause. Wir wollten eigentlich schon heute früh abreisen, auf die Nachricht von Ihrem Eintreffen hin aber mußten wir uns doch noch Zeit zur Begrüßung nehmen.«

»Gewiß, Cousin Waldemar!« bestätigte Wanda, indem sie ihm mit einem reizenden Lächeln und der graziösesten Unbefangenheit die Hand entgegenstreckte.

Nordeck verneigte sich sehr förmlich und abgemessen vor seiner schönen Cousine. Er schien die dargebotene Hand nicht zu sehen und die liebenswürdig vertrauliche Anrede nicht gehört zu haben, denn ohne auch nur eine Silbe darauf zu erwidern, wandte er sich zu Morynski. »Ich will doch nicht hoffen, daß ich Sie vertreibe, Herr Graf? Da ich vorläufig ja auch nur der Gast meiner Mutter bin, so sind wir im gleichen Falle.«

Der Graf schien angenehm berührt von dieser Artigkeit, die er seinem Neffen gar nicht zugetraut hatte; er antwortete verbindlich, Wanda dagegen stand stumm mit fest zusammengepreßten Lippen da. Sie hatte für gut befunden, dem jungen Verwandten mit der ganzen Unbefangenheit der Weltdame entgegenzutreten, ihm großmütig eine peinliche Erinnerung zu ersparen, indem sie dieselbe vollständig vergaß, und nun mußte sie es erleben, daß die Unbefangenheit gar nicht angenommen, die Großmut zurückgewiesen wurde. Der Blick, der mit so eisiger Gleichgültigkeit über sie hinglitt, zeigte ihr, daß Waldemar die einstige Neigung allerdings vergessen, die einstige Beleidigung aber nicht verziehen hatte und sich jetzt dafür rächte.

Das Gespräch wurde bald allgemein, da auch die Fürstin und Leo sich daran beteiligten. An Stoff fehlte es nicht. Man sprach von Waldemars Reisen, von seiner unvermuteten Ankunft, von Wilicza und der Umgegend, aber so belebt die Unterhaltung auch war, es blieb doch jede Vertraulichkeit ausgeschlossen; man sprach zu einem Fremden, mit dem man zufällig in verwandtschaftlichen Verhältnissen stand. Dieser Nordecksche Sprößling gehörte nun einmal nicht zu dem Kreise der Baratowski und Morynski – das wurde von beiden Seiten gefühlt und unwillkürlich regelte sich der Ton danach. Der Graf konnte es auch jetzt nicht über sich gewinnen, den ältesten Sohn seiner Schwester mit dem Du anzureden, das er dem jüngsten als selbstverständlich gab, und Waldemar hielt konsequent das »Herr Graf« gegen seinen Oheim fest. Er zeigte sich in der Unterhaltung nicht viel anders als sonst, schweigsam und zurückhaltend, aber nicht mehr unbeholfen.

Da es um die Herbstzeit war, so kam das Gespräch natürlich bald auf die Jagd, die überhaupt das bevorzugteste Vergnügen auf den Gütern der Umgegend bildete, und der auch die Damen nicht fremd waren; sie beteiligten sich lebhaft an den Erörterungen. Leo erwähnte schließlich der großen Nordeckschen Waffensammlung und rühmte einige dort befindliche Büchsen ganz besonders. Graf Morynski widersprach und wollte die betreffenden, allerdings sehr kostbaren Stücke nur als Merkwürdigkeiten gelten lassen, während Waldemar sich entschieden auf die Seite seines Bruders schlug. Die Herren gerieten ins Feuer und beschlossen, den Streit durch einen Gang nach dem Waffensaale und eine vorläufige Probe zu entscheiden, sie brachen auch ungesäumt dahin auf.

»Noch ganz der alte Waldemar!« sagte die Fürstin, ihnen nachblickend. »Nur wenn es sich um Jagdgeschichten handelt, fängt er Feuer. Alles übrige ist ihm gleichgültig. Findest du ihn verändert, Wanda?«

»Ja,« entgegnete die junge Gräfin einsilbig. »Er ist eigentümlich ruhig geworden.«

»Ja, Gott sei Dank! Einigermaßen scheint er die Schroffheit und Formlosigkeit abgelegt zu haben, wenigstens solange er sich im Salon befindet. Man kann ihn jetzt vorstellen, ohne sich lächerlich zu machen und braucht nicht gleich bei der harmlosesten Unterhaltung einen Eklat zu fürchten. Seine nähere Umgebung freilich wird wohl nach wie vor zu leiden haben; bei dem ersten Versehen, das der Reitknecht bei den Pferden sich zu schulden kommen läßt, ist der alte Berserker mit seinem ganzen Ungestüm wieder da.«

Wanda erwiderte nichts auf diese Bemerkung. Sie hatte sich in einen Sessel geworfen und spielte mit den Seidenquasten desselben.

»Gleich seine Ankunft war ein echt Nordeckscher Streich,« fuhr die Fürstin unwillig fort, »Es war schon arg, daß er die Extrapost auf der letzten Station fortschickte und zu Fuße ankam, wie der erste beste Abenteurer, aber daran hatte Waldemar natürlich noch nicht genug. Als er das Schloß erleuchtet sieht und von einer Festlichkeit hört, kehrt er schleunigst beim Administrator ein, aus bloßer Angst, man könne ihn zwingen, sogleich in die Gesellschaft zu treten. Spät abends erst kommt er mit dem Doktor ins Schloß, gibt sich Pawlick zu erkennen und läßt sich nach seinen Zimmern führen, verbietet aber auf das bestimmteste, mich noch zu stören. Ich erfuhr natürlich seine Ankunft fünf Minuten darauf. Meine Dienerschaft ist doch besser geschult, als er voraussetzt, da er aber in dieser Hinsicht einen so entschiedenen Befehl gegeben hatte, so blieb mir nichts übrig, als sein Hiersein zu übersehen und mich erst heute morgen überraschen zu lassen.«

»Eine Ueberraschung, die auch uns zum Bleiben nötigte,« fiel Wanda ungeduldig ein. »Ich hoffe, Papa kommt bald zurück, damit wir abreisen können.«

»Doch nicht sogleich? Ihr werdet doch wenigstens noch zu Tische hier bleiben?« »Nein, liebe Tante, ich werde den Papa bitten, sofort anspannen zu lassen. Denkst du, daß es mir Vergnügen macht, mich von Herrn Waldemar Nordeck fortgesetzt so übersehen zu lassen, wie er es wahrend dieser halben Stunde that? Er vermied es mit bewundernswürdiger Konsequenz, mir zu antworten oder nur ein einziges Mal das Wort an mich zu richten.«

Die Fürstin lächelte. »Nun, diese kleine Rache kannst du ihm bei der ersten Zusammenkunft immerhin gestatten. Du hast ihm ziemlich schonungslos mitgespielt und kannst dich wirklich nicht wundern, wenn der Groll darüber sich noch hin und wieder in ihm regt. Doch das gibt sich bei dem öfteren Zusammensein. Wie findest du sein Aeußeres? Mich dünkt, ein wenig hat er sich doch zu seinem Vorteil verändert.«

»Ich finde ihn noch gerade so abstoßend wie früher,« erklärte die junge Gräfin. »Ja, mehr noch, denn damals war der Eindruck seiner Persönlichkeit ein unbewußter und jetzt habe ich ihn beinahe in Verdacht, daß er abstoßen *will*. Aber trotzdem – ich weiß nicht, worin es liegt; vielleicht darin, daß er die Stirn jetzt so frei und offen trägt – aber er verliert nicht mehr gegen Leo.«

Die Fürstin schwieg betroffen. Die gleiche Bemerkung hatte sich ihr vorhin aufgedrängt, als die beiden Brüder nebeneinander standen. So unbestritten die Schönheit des jüngeren war und so wenig der ältere auch nur den geringsten Anspruch darauf machen konnte, er geriet dennoch nicht in Gefahr, in den Hintergrund gedrängt zu werden. Mochte man, wie Gräfin Morynska, seine Erscheinung immerhin unsympathisch und abstoßend finden, es lag etwas darin, das trotz alledem seinen Platz behauptete, und auch die Mutter sah sich genötigt, das zuzugeben.

»Solche Hünengestalten haben immer einen großen Vorteil voraus,« meinte sie, »sie imponieren beim ersten Anblick, aber das ist auch alles. Geist und Charakter darf man niemals dahinter suchen.«

»Niemals?« fragte Wanda mit eigentümlicher Betonung. »Bist du dessen so ganz sicher?«

Die Fürstin schien diese Frage sehr seltsam und überflüssig zu finden, denn sie blickte ihre Nichte erstaunt an.

»Wir wissen beide, welchen Zwecken Wilicza noch dienen soll,« fuhr diese mit unterdrückter Heftigkeit fort, »und da wirst du mir zugeben, liebe Tante, daß es sehr unbequem und gefährlich wäre, wenn es deinem Sohne urplötzlich einfiele, ›Geist‹ zeigen zu wollen. Sei vorsichtig! Mir will diese Ruhe und vor allen Dingen diese Stirn nicht gefallen.«

»Mein Kind,« sagte die ältere Dame mit ruhiger Ueberlegenheit, »willst du es nicht mir überlassen, für den Charakter meines Sohnes einzustehen, oder traust du dir mit deinen zwanzig Jahren eine größere Urteilsfähigkeit zu, als ich sie besitze? Waldemar ist ein Nordeck – und damit ist alles gesagt.«

»Und damit hast du dein Urteil über ihn von jeher abgeschlossen. Er mag das Ebenbild seines Vaters sein in jedem Zuge, die Stirn aber mit der scharfgezeichneten blauen Ader an den Schläfen – hat er von *dir* – hältst du es denn gar nicht für möglich, daß er sich auch einmal als Sohn seiner Mutter zeigt?«

»Nein!« erklärte die Fürstin in einem so herben Tone, als beleidige sie diese Idee förmlich. »Was ich von meiner Natur vererben konnte, das besitzt Leo allein. Sei nicht thöricht, Wanda! Du bist gereizt durch das Benehmen Waldemars gegen dich, und ich gebe zu, daß es nicht sehr zuvorkommend war, aber du mußt darin wirklich seiner Empfindlichkeit Rechnung tragen. Wie du jedoch dazu kommst, aus seinem zähen Festhalten an dem alten Grolle auf einen wirklichen Charakter zu schließen, das begreife ich nicht; mir beweist es das Gegenteil. Jeder andre wäre dir dankbar dafür gewesen, daß du ihm über eine halbvergessene peinliche Erinnerung hinweghelfen wolltest, und hätte mit der gleichen Unbefangenheit der Braut seines Bruders –«

»Weiß Waldemar bereits –?« unterbrach sie die junge Gräfin.

»Gewiß, Leo selbst teilte es ihm mit.«

»Und wie nahm er die Nachricht auf?«

»Mit der grenzenlosesten Gleichgültigkeit, obgleich ich ihm in meinen Briefen niemals eine Andeutung davon gemacht habe. Das ist's ja eben. Mit seiner einstigen Schwärmerei für dich ist er sehr schnell fertig geworden – davon haben wir Proben, an die vermeinte Beleidigung aber klammert er sich noch mit dem ganzen Eigensinn des ehemaligen Knaben. Willst du vielleicht, daß ich eine solche Natur als ›Charakter‹ gelten lasse?«

Wanda erhob sich mit unverkennbarer Gereiztheit. »Durchaus nicht, aber ich fühle keine Neigung, mich diesem Eigensinn noch länger auszusetzen, und deshalb wirst du es entschuldigen, liebe Tante, wenn wir Wilicza verlassen. Ich wenigstens bleibe auf keinen Fall hier – der Papa läßt mich schwerlich allein abreisen; wir fahren noch in dieser Stunde.« Die Fürstin widersprach vergebens; sie mußte wieder einmal die Erfahrung machen, daß ihre Nichte es ebensogut wie sie selbst verstand, ihren Willen durchzusetzen, und daß Graf Morynski den Wünschen seiner Tochter gegenüber »grenzenlos schwach« war. Trotz des wiederholten Wunsches der Schwester und der sichtbaren Verstimmung Leos blieb es bei der Anordnung, die Wanda getroffen hatte, und eine halbe Stunde später fuhr der Wagen vor, der sie und ihren Vater nach Rakowicz zurückbrachte.

Einige Wochen waren vergangen, ohne daß die Ankunft des jungen Gutsherrn irgend etwas Nennenswertes in Wilicza geändert hätte. Man merkte seine Anwesenheit kaum, denn er war, wie die Fürstin richtig vorausgesehen, nur selten im Schlosse zu finden und streifte statt dessen tagelang in den Wäldern und überhaupt in der Umgegend umher. Die alte Jagdleidenschaft schien ihn mit voller Macht wieder ergriffen zu haben und alles andre in den Hintergrund zu drängen. Nicht einmal bei Tische erschien er regelmäßig. Seine Streifereien führten ihn gewöhnlich so weit, daß er genötigt war, auf irgend einer Försterei oder einem Pachthofe einzusprechen, und dies geschah in der That sehr häufig. Kam er dann spät und ermüdet nach Hause, so brachte er die Abende meist auf seinen Zimmern mit dem Doktor Fabian zu und erschien nur, wenn er mußte, in den Salons seiner Mutter.

Leo hatte es schon nach den ersten Tagen aufgegeben, den Bruder zu begleiten, denn es ergab sich in der That, daß sie beide die Jagd auf sehr verschiedene Weise trieben. Der junge Fürst zeigte sich auch hier, wie in allen andern Dingen, feurig, verwegen, aber keineswegs ausdauernd; er schoß, was ihm gerade vor den Lauf kam, scheute im Nachsetzen kein Hindernis und fand ein entschiedenes Vergnügen daran, wenn die Jagd eine gefährliche Wendung nahm; Waldemar dagegen ging mit zäher, unermüdlicher Ausdauer dem Wilde oft tagelang nach, das er sich gerade ausersehen hatte, ohne sich um Essens- oder Schlafenszeit zu kümmern, und legte sich dabei Strapazen auf, denen eben nur sein eiserner Körper gewachsen war. Leo fing bald an, das ermüdend, langweilig und im höchsten Grade unbequem zu finden, und als er vollends die Entdeckung machte, daß sein Bruder das Alleinsein vorzog, überließ er ihn mit Vergnügen sich selber.

Auf diese Art konnte von einem eigentlichen Zusammenleben mit der Mutter und dem Bruder gar keine Rede sein, obgleich man sich täglich sah und sprach. Die starre Unzugänglichkeit Waldemars war dieselbe geblieben, und seine Verschlossenheit im engeren Verkehr hatte eher zu- als abgenommen. Weder die Fürstin noch Leo waren ihm nach wochenlangem Zusammensein auch nur einen Schritt näher gekommen als am Tage seiner Ankunft, doch dessen bedurfte es auch nicht. Man war zufrieden, daß der junge Gutsherr so vollständig den gehegten Voraussetzungen entsprach und in gesellschaftlicher Hinsicht sogar eine Fügsamkeit bewies, die man gar nicht erwartete. So hatte er sich zum Beispiel nicht geweigert, den Gegenbesuch in Rakowicz zumachen, und der Verkehr zwischen den beiden Schlössern war lebhafter als je; Graf Morynski kam mit seiner Tochter sehr oft nach Wilicza, wenn sie den Herrn desselben auch meistenteils nicht antrafen. Das einzige, was der Fürstin bisweilen Aerger verursachte, war das Verhältnis zwischen ihrem ältesten Sohne und Wanda, das sich durchaus nicht ändern wollte; es blieb kalt, gezwungen, sogar feindselig. Die Mutter hatte es einigemal versucht, vermittelnd einzutreten, aber ohne jeden Erfolg; sie gab es schließlich auf, die beiden »Trotzköpfe« von ihrem Eigensinn abzubringen. Die ganze Sache war ja überhaupt nur insofern von Wichtigkeit, als sie nicht etwa den Anlaß zu einem Bruch geben durfte, und das geschah durchaus nicht. Waldemar zeigte dem Grafen gegenüber so viel Verbindlichkeit, wie sein unverbindliches Wesen nur irgend zuließ, und that im übrigen seinen sämtlichen Verwandten den Gefallen, sich ihnen so viel wie möglich zu entziehen.

Es fand wieder eine jener großen Jagdfestlichkeiten statt, welche gewöhnlich die ganze Umgegend in Wilicza zu versammeln pflegte; auch diesmal waren die ergangenen Einladungen sämtlich angenommen worden und die Gesellschaft, die ausschließlich aus dem polnischen Adel der Nachbarschaft bestand, zahlreicher als je. Der Fürstin war es sehr lieb, daß die Rücksicht auf ihren Sohn darin keine Aenderung verlangte. Sie hätte ihm allerdings das Opfer gebracht, die Einladungen nach seinen Wünschen zu regeln, aber davon war gar nicht die Rede. Waldemar schien es durchaus selbstverständlich zu finden, daß der Umgangskreis seiner Mutter auch der seinige sei, und bei dem äußerst geringen Anteile, den er überhaupt an den geselligen Beziehungen nahm, konnte ihm das auch ziemlich gleichgültig sein. Er selbst verkehrte bis jetzt noch mit niemand in der Umgegend und vermied auch die Bekanntschaften, welche die Fürstin einigermaßen fürchtete, die höheren Beamten aus L. und die Offiziere der dortigen Garnison, obwohl er die meisten von ihnen am dritten Orte kennen gelernt hatte. Man hatte sich in diesen Kreisen denn auch darein gefunden, den jungen Nordeck als gänzlich zu den Baratowski gehörig zu betrachten, und nahm an, daß er vollständig in der Gewalt der Mutter sei, die ihm kein fremdes Element auch nur nahe kommen lasse.

Der Aufbruch der Jagdgesellschaft erfolgte diesmal ungewöhnlich spät. Ein dichter Nebel, der wie festgemauert stand und kaum einige Schritt weit zu sehen gestattete, hatte am Morgen gedroht, die ganze Jagd in Frage zu stellen. Erst in den Vormittagsstunden lichtete es sich soweit, daß das Programm des Tages zur Ausführung gebracht meiden konnte, mit der alleinigen Abänderung, daß das Frühstück im Schlosse statt im Walde eingenommen wurde. Ein Teil der Gäste war schon im Aufbruche begriffen. Die Herren und die jüngeren Damen, welche an der Jagd teilnahmen, verabschiedeten sich von der Fürstin, die mit Leo in der Mitte des großen Saales stand. Wer die Verhältnisse nicht kannte, mußte unbedingt den jungen Fürsten für den eigentlichen Gebieter von Wilicza halten, denn er und seine Mutter bildeten den Mittelpunkt der ganzen Gesellschaft, nahmen alle Artigkeiten, alles Interesse derselben in Anspruch und machten die Honneurs in einer Weise, die an Vornehmheit und Sicherheit nichts zu wünschen übrig ließ, während Waldemar einsam und fast übersehen am Fenster stand, im Gespräche mit dem Doktor Fabian, der natürlich im Schlosse zurückblieb und nur an dem Frühstücke teilgenommen hatte.

Die Haltung des jungen Schloßherrn fiel keinem auf, da er stets freiwillig diese untergeordnete Rolle wählte. Er schien sich durchaus als Gast seiner Mutter zu betrachten, der mit der Repräsentation des Hauses gar nichts zu thun habe, und wies alles, was damit zusammenhing, als lästig und unbequem von sich. Man hatte sich daher allmählich gewöhnt, dem, der so gar keine besonderen Rücksichten beanspruchte, auch keine zu gewähren. Man grüßte ihn stets sehr verbindlich beim Kommen und Gehen, hörte aufmerksam zu, wenn er sich einmal herbeiließ, an der Unterhaltung teilzunehmen, und bequemte sich sogar zu dem Opfer, in seiner Gegenwart deutsch zu sprechen, trotz der allgemeinen Abneigung gegen diese Sprache. Er war und blieb doch nun einmal dem Namen nach der Herr dieser Güter, und man wußte, was seine Fügsamkeit als solcher wert war. Die vergebliche Mühe, die eigensinnige Zurückhaltung zu durchbrechen, in der er sich gefiel, gab sich schon lange niemand mehr und im großen und ganzen nahm die Gesellschaft nicht mehr Notiz von ihm, als er von ihr.

»Nur nicht wieder so wild reiten, Leo!« ermahnte die Fürstin, während sie mit einer Umarmung von ihrem jüngsten Sohne Abschied nahm. »Du und Wanda, ihr wetteifert dabei immer in allen nur möglichen Wagnissen. Ich bitte diesmal ernstlich um Vorsicht.« Sie wandte sich zu ihrem Aeltesten, der jetzt auch herantrat, und reichte ihm mit kühler Freundlichkeit die Hand. »Leb wohl, Waldemar! Du bist ja heute wohl recht eigentlich in deinem Elemente?«

»Durchaus nicht!« war die unmutige Antwort. »Solche große Staats- und Konvenienzjagden, wo der ganze Wald voll von Treibern und Jägern ist und das Wild zum mühelosen Schusse vor den Lauf getrieben wild, sind durchaus nicht nach meinem Geschmacke.«

»Waldemar ist nur froh, wenn er mit seiner geliebten Büchse allein ist,« sagte Leo lachend. »Ich habe dich entschieden im Verdacht, daß du mich geflissentlich durch das ärgste Gestrüpp und den tiefsten Moor geschleppt und mich dem Hunger und Durst preisgegeben hast, nur um mich möglichst bald los zu werden. Ich bin doch auch gerade kein Weichling in solchen Dingen, aber ich hatte schon nach den ersten drei Tagen genug von den Strapazen, die du ›Vergnügen‹ nennst.«

»Ich sagte es dir ja vorher, daß unsre Neigungen darin auseinander gehen,« meinte Waldemar gleichgültig, während sie gemeinschaftlich den Saal verließen und die Treppe hinabstiegen.

Ein Teil der Gesellschaft war bereits unten auf dem großen Rasenplätze vor dem Schlosse versammelt, auch Graf Morynski mit seiner Tochter befand sich dort. Die Herren bewunderten einstimmig das schöne Reitpferd Nordecks, das dieser erst kürzlich hatte nachkommen lassen und das vorgestern eingetroffen war; sie gestanden es dem jungen Gutsherrn zu, daß er in dieser Beziehung wenigstens sehr viel Geschmack zeige.

»Ein herrliches Tier!« sagte der Graf, indem er den schlanken Hals des Rappen klopfte, der sich die Liebkosung geduldig gefallen ließ. »Waldemar, ist dies wirklich der wilde Normann, den Sie in C. ritten? Pawlick stand jedesmal Todesangst aus, wenn er den Zügel halten mußte, denn das Tier war eine Gefahr für jeden, der in seine Nähe kam – es ist ganz eigentümlich sanft geworden.«

Waldemar, der mit seinem Bruder soeben aus dem Schlosse getreten war, näherte sich der Gruppe.

»Normann war damals noch sehr jung,« erwiderte er. »Es war das erste Jahr, wo er überhaupt den Sattel trug. Seitdem hat er sich an Ruhe gewöhnen müssen, wie ich selbst mir das wilde Reiten abgewöhnt habe. Was übrigens die Sanftmut des Tieres betrifft, so fragen Sie Leo danach! Er hat sie gestern kennen gelernt, als er den Versuch machte, das Pferd zu besteigen.«

»Ein Satan von einem Pferde!« rief Leo ärgerlich. »Ich glaube, du hast es eigens darauf abgerichtet, sich wie unsinnig zu gebärden, wenn ein andrer als du den Fuß in den Bügel setzt. Aber ich zwinge es doch noch.«

»Laß das lieber bleiben! Normann gehorcht nur mir und keinem andern. Du bändigst ihn nicht – ich dächte, das hättest du gestern gesehen.«

Eine dunkle Glut schoß in das Antlitz des jungen Fürsten; er hatte einen Blick Wandas aufgefangen, der gebieterisch von ihm forderte, er solle der Behauptung widersprechen, daß er das Pferd seines Bruders nicht habe bändigen können. Das geschah nun zwar nicht, aber der Blick stachelte doch und verschuldete jedenfalls die Heftigkeit Leos, mit welcher er antwortete:

»Wenn es dir Vergnügen macht, deine Pferde so zu dressieren, daß sie einen andern Reiter überhaupt gar nicht in den Sattel gelangen lassen, so ist das deine Sache. Solche Kunststücke habe ich meinem Vaillant allerdings nicht gelehrt.« Er wies nach dem schönen Goldfuchs hinüber, den sein Reitknecht am Zügel hielt. »Im übrigen aber würdest du mit ihm so wenig fertig werden, wie ich mit deinem Normann, Du hast freilich bisher noch nie die Probe machen wollen. Willst du es heute versuchen?«

»Nein,« versetzte Waldemar gelassen. »Dein Pferd ist bisweilen sehr ungehorsam. Du gestattest ihm allerlei Unarten und einen Eigenwillen, den ich nicht dulden würde. Ich käme in die Notwendigkeit, es mißhandeln zu müssen, und das möchte ich deinem Lieblinge denn doch nicht anthun. Ich weiß, wie sehr er dir ans Herz gewachsen ist.«

»Nun, das käme doch auf einen Versuch an, Herr Nordeck,« mischte sich Wanda ein; sie hatte gleich nach der ersten Begegnung das vertrauliche »Cousin Waldemar« ein für allemal fallen lassen. »Ich glaube zwar, Sie reiten *beinahe* so gut wie Leo.«

Waldemar verzog keine Miene bei dem Angriff. Er blieb vollkommen ruhig.

»Sie sind sehr gütig, Gräfin Morynska, mir doch wenigstens einige Fertigkeit im Reiten zuzugestehen,« erwiderte er.

»O, das sollte keine Beleidigung für Sie sein,« erklärte Wanda in einem Tone, der noch verletzender war, als vorhin ihr »beinahe«. »Ich bin überzeugt, daß die Deutschen ganz gute Reiter sind, aber mit unsern Herren könnten sie es darin doch nicht aufnehmen.«

Nordeck wandte sich, ohne irgend etwas darauf zu erwidern, an seinen Bruder, »Willst du mir deinen Vaillant für heut überlassen, Leo? Auf jede Gefahr hin?«

»Auf jede!« rief Leo mit blitzenden Augen.

»Gehen Sie nicht darauf ein, Waldemar!« fiel Graf Morynski ein, dem die Sache unangenehm zu sein schien, »Sie haben ganz recht gesehen – das Pferd ist ungehorsam und ganz unberechenbar in seinen Launen; überdies hat Leo es an allerlei Tollkühnheiten und Wagestücke gewöhnt, denen ein fremder Reiter, und wäre es der beste, nicht gewachsen ist. Sie setzen sich fraglos dem Abwerfen aus.«

»Nun, probieren konnte es Herr Nordeck doch wenigstens,« warf Wanda hin, »vorausgesetzt, daß er sich in die Gefahr begeben will.«

»Seien Sie ohne Sorge!« sagte Waldemar zu dem Grafen, der seiner Tochter einen unwilligen Blick zusandte. »Ich werde das Pferd reiten, Sie sehen ja, wie dringend Gräfin Morynska wünscht, mich – abgeworfen zu sehen. Komm, Leo!«

»Wanda, ich bitte dich,« flüsterte Morynski seiner Tochter zu. »Das wird ja jetzt eine förmliche Feindschaft zwischen dir und Waldemar. Du reizest ihn aber auch bei jeder Gelegenheit.«

Die junge Gräfin schlug heftig mit der Reitgerte gegen die Falten ihres Sammetkleides, »Da irrst du, Papa. Reizen! Dieser Nordeck läßt sich überhaupt nicht reizen, am wenigsten durch mich.«

»Nun, weshalb versuchst du es denn immer wieder von neuem?«

Wanda blieb die Antwort schuldig, aber der Vater hatte recht – sie konnte keine Gelegenheit vorübergehen lassen, den zu reizen, der einst bei jedem unbesonnenen Worte in leidenschaftlicher Empfindlichkeit aufloderte und der ihr jetzt mit dieser unverwüstlichen Gelassenheit gegenüberstand.

Die übrigen Herren waren inzwischen auch aufmerksam geworden. Sie kannten Nordeck bereits als tüchtigen, wenn auch besonnenen Reiter, aber es galt ihnen als ausgemacht, daß er es darin mit dem Fürsten Baratowski nicht aufnehmen könne, und weniger rücksichtsvoll als Graf Morynski gönnten sie dem »Fremden« die voraussichtliche Niederlage von Herzen. Die beiden Brüder standen bereits bei dem Goldfuchs, Das schlanke, feurige Tier schlug ungeduldig mit seinen Hufen die Erde und machte mit seiner Unruhe dem Reitknecht viel zu schaffen. Leo nahm dem letzteren den Zügel aus der Hand und hielt das Pferd selbst, während sein Bruder aufstieg; die tiefste innerste Genugthuung leuchtete dabei aus seinen Augen; er kannte seinen Vaillant. Jetzt ließ er ihn los und trat zurück.

Der Goldfuchs spürte in der That kaum die fremde Hand am Zügel, als er seinen ganzen Eigensinn zu zeigen begann. Er bäumte, schlug und machte die heftigsten Versuche, den Reiter abzuschütteln, aber dieser saß wie festgewachsen, und setzte dem leidenschaftlichen Ungestüm des Pferdes einen ruhigen, aber so energischen Widerstand entgegen, daß es sich endlich in sein Schicksal ergab und ihn duldete.

Damit war aber auch die Fügsamkeit zu Ende, denn als Waldemar das Tier jetzt antreiben wollte, weigerte es sich entschieden zu gehorchen und war nicht vom Flecke zu bringen. Es erschöpfte sich in allerlei Tücken und Launen. Alle Geschicklichkeit, alle Energie brachte es auch nicht einen Schritt vorwärts. Dabei geriet es aber in eine immer größere Aufregung und nahm zuletzt eine entschieden drohende Haltung an. Bisher war Waldemar noch ziemlich ruhig geblieben, jetzt aber begann sich seine Stirn dunkel zu röten: seine Geduld war zu Ende. Er hob die Reitpeitsche, und ein schonungslos geführter Hieb sauste auf das widerspenstige Roß nieder.

Doch diese ungewohnte Strenge brachte das eigenwillige und verwöhnte Tier zum Aeußersten. Es machte einen Satz, daß die umstehenden Herren rechts und links auseinanderstoben, und schoß dann wie ein Pfeil über den Rasenplatz hin, in die große Allee hinein, die nach dem Schlosse führte. Dort artete der Ritt in einen wilden Kampf zwischen Roß und Reiter aus; das erstere gebärdete sich wie unsinnig. Es tobte förmlich und setzte augenscheinlich alles daran, den Reiter aus dem Sattel zu schleudern. Wenn Waldemar trotzdem seinen Platz behauptete, so konnte es nur mit äußerster Lebensgefahr geschehen.

»Leo, mache der Sache ein Ende!« sagte Morynski unruhig zu seinem Neffen. »Vaillant wird sich beruhigen, wenn du dazwischen trittst. Bestimme deinen Bruder, abzusteigen, oder wir haben ein Unglück.«

Leo stand mit übereinandergeschlagenen Armen da und sah dem Kampfe zu, machte aber keine Miene, einzuschreiten. »Ich habe Waldemar die Gefahr nicht verhehlt, die das Pferd einem Fremden bringt,« erwiderte er kalt. »Wenn er es absichtlich wütend macht, so mag er auch die Folgen tragen! Er weiß es ja, daß Vaillant keine Strenge verträgt.«

In diesem Augenblicke kam Waldemar zurück; er war des Zügels Herr geblieben und zwang das Pferd sogar, eine bestimmte Richtung einzuhalten, denn er jagte in einem Bogen um den Rasenplatz, von einer Fügsamkeit war aber noch lange nicht die Rede. Der Goldfuchs sträubte sich immer wieder von neuem gegen die Hand, die ihn mit so eisernem Griff regierte, und suchte mit seinen blitzschnellen, unberechenbaren Bewegungen den Reiter zum Sturze zu bringen, doch Nordecks Aussehen zeigte, daß das alte Ungestüm wieder in ihm wach geworden war. Flammendrot im ganzen Gesicht, mit sprühenden Augen und fest zusammengebissenen Zähnen gebrauchte er Peitsche und Sporen in seiner erbarmungslosen Weise, daß Leo außer sich geriet. Der Gefahr seines Bruders hatte er ruhig zugesehen, diese Mißhandlung seines Lieblings ertrug er nicht.

»Waldemar, hör auf!« rief er zornig hinüber. »Du ruinierst mir ja das Pferd. Wir haben es jetzt alle gesehen, daß Vaillant dich trägt. Laß ihn endlich in Ruhe!«

»Erst werde ich ihm Gehorsam beibringen.« In Waldemars Stimme klang die wildeste Gereiztheit; er kannte jetzt keine Rücksicht mehr, und Leos Einspruch hatte keine andre Wirkung, als daß das Pferd bei dem zweiten Ritt um den Rasenplatz noch schonungsloser behandelt wurde, als vorhin. Als es zum drittenmal mit seinem Reiter die Runde machte, hatte es sich ihm endlich gefügt. Es widerstrebte nicht mehr, hielt die vorgeschriebene Gangart inne und stand auf einen einzigen Druck des Zügels am Schlosse still, freilich in einem Zustande, als müsse es jeden Augenblick zusammenbrechen.

Nordeck stieg ab. Die Herren umringten ihn, und es fehlte nicht an Komplimenten für seine Reitkunst, wenn auch unleugbar eine Verstimmung auf der ganzen Gesellschaft lag. Leo allein sprach kein Wort; er streichelte stumm das zitternde, schweißtriefende Roß, an dessen glänzend braunem Fell sich Blutspuren zeigten. So furchtbar hatten ihm die Sporen Waldemars zugesetzt.

»Das war ja eine Kraftprobe ohnegleichen,« sagte Graf Morynski; man horte den Worten das Gezwungene an. »Vaillant wird den Ritt so bald nicht vergessen.«

Waldemar war seiner Erregung bereits wieder Herr geworden, nur die Röte auf seiner Stirn und die hochangeschwollene blaue Ader an den Schläfen gaben noch Zeugnis davon, als er erwiderte:

»Ich mußte das Lob der Gräfin Morynska, daß ich *beinahe* so gut reite als mein Bruder, doch einigermaßen zu verdienen suchen.«

Wanda stand neben Leo mit einem Ausdruck, als habe sie selbst eine Niederlage erlitten, die sie nun auf Tod und Leben rächen müsse; so drohend flammte es aus ihren dunkeln Augen.

»Ich bedaure, daß mein unvorsichtiges Wort dem armen Vaillant diese Mißhandlung zugezogen hat,« entgegnete sie mit fliegendem Atem. »An eine solche Behandlung ist das edle Tier allerdings nicht gewöhnt.«

»Und ich nicht an einen solchen Widerstand,« versetzte Waldemar scharf. »Es ist nicht meine Schuld, daß Vaillant sich nur den Sporen und der Peitsche fügen wollte – fügen *mußte* er sich nun einmal.«

Leo machte dem Gespräch ein Ende, indem er sehr laut und demonstrativ seinem Reitknecht befahl, den Goldfuchs, der »dem Zusammenbrechen nahe sei«, in den Stall zu führen und alle mögliche Sorgfalt für ihn zu tragen, dann aber rasch ein andres Pferd zu satteln und zur Stelle zu bringen. Graf Morynski, der einen Ausbruch fürchtete, trat zu seinem Neffen und zog ihn beiseite.

»Beherrsche dich, Leo!« sagte er leise und eindringlich. »Zeige den Gästen nicht diese finstere Stirn! Willst du etwa Streit mit deinem Bruder suchen?«

»Und wenn ich es thäte!« stieß der junge Fürst halblaut hervor. »Hat er mich nicht vor der ganzen Jagdgesellschaft preisgegeben mit seiner taktlosen Erzählung von dem Normann? Hat er mir meinen Vaillant nicht fast zu Tode geritten? Und das alles um einer elenden Prahlerei willen!«

»Prahlerei? Besinne dich! Du warst es, der ihm die Probe antrug. Er weigerte sich ja anfangs, darauf einzugehen.«

»Er hat mir und uns allen zeigen wollen, daß er Meister ist, wo es sich um die bloße rohe Kraftäußerung handelt. Als ob ihm jemand das schon bestritten hätte! Das ist ja überhaupt das einzige, was er kann. Aber ich sage es dir, Onkel, wenn er mich noch einmal in dieser Weise herausfordert, so ist es zu Ende mit meiner Geduld, und wäre er zehnmal der Herr von Wilicza.«

»Keine Unvorsichtigkeiten!« warnte der Graf. »Du und Wanda, ihr seid es leider gewohnt, eurem persönlichen Empfinden alles andre unterzuordnen. Ich kann von ihr nie die mindeste Rücksicht erlangen, sobald es sich um diesen Waldemar handelt.«

»Wanda darf doch wenigstens ihre Abneigung offen zeigen,« grollte Leo. »Ich dagegen – da steht er bei seinem Normann, als wären sie beide die Ruhe und Gelassenheit selber, aber man sollte es nur einmal versuchen, ihnen nahe zu kommen!«

Das verlangte Pferd wurde jetzt gebracht, und in dem nun erfolgenden allgemeinen Aufbruch verlor sich der Mißton einigermaßen. Es war aber doch ein Glück, daß der heutige Jagdtag die Brüder voneinander fernhielt und ihnen jedes längere Beisammensein unmöglich machte, sonst wäre es bei der fortdauernden Gereiztheit Leos doch wohl noch zu einem Ausbruch gekommen. Als man erst einmal das Jagdrevier erreicht hatte, trat, für einige Stunden wenigstens, alles andre vor der Lust des Jagens in den Hintergrund.

Waldemar hatte unrecht, wenn er die »großen Staats- und Gesellschaftsjagden« so entschieden verabscheute; sie boten doch immerhin ein prächtiges, glänzendes Bild, zumal hier in Wilicza, wo man dergleichen sehr großartig und echt fürstlich in Scene zu setzen verstand. Die sämtlichen Förstereien waren aufgeboten, um mit ihren Leuten in vollster Gala Staat zu machen. Die ganzen Waldungen waren lebendig geworden; es schwärmte förmlich darin von Forstleuten und Treibern, das Imposanteste aber war unstreitig der heransprengende Jagdzug selbst. Die Herren, meist prachtvolle Gestalten in elegantem Jagdkostüm, auf ihren schlanken feurigen Pferden, die Damen in Amazonentracht an der Seite ihrer Kavaliere, die Dienerschaft hinter ihnen, und dazu das Schmettern der Hörner, das Gekläff der Hunde – es war eine Scene voll Feuer und Leben, und bald verkündeten auch das vorüberfliehende Wild und die Schüsse, die ringsum das Echo des Waldes weckten, daß die Jagd ihren Anfang genommen habe.

Das Wetter ließ jetzt, wo der Nebel gefallen war, nichts mehr zu wünschen übrig; es war ein kühler, etwas verschleierter, aber im ganzen doch schöner Novembertag. Der Wildstand des Forstreviers von Wilicza galt für unvergleichlich; die Anordnungen waren vorzüglich getroffen, die Jagdbeute äußerst ergiebig. Da verstand es sich wohl von selbst, daß man sich bemühte, die unfreiwillige Verspätung von heute morgen wieder einzubringen. Der kurze Nachmittag des Spätherbstes neigte sich schon seinem Ende zu, aber man dachte nicht daran, die Jagd vor der Dämmerung abzubrechen.

Einige tausend Schritt von der Försterei entfernt, die für heute als Rendezvous diente, lag eine Waldwiese, einsam und wie verloren mitten im Dickicht. Das dichte Unterholz und die mächtigen Bäume machten den Platz unsichtbar für jeden, der ihn nicht bereits kannte oder ihn durch Zufall entdeckte; jetzt freilich, wo die Umgebung sich schon herbstlich zu lichten begann, konnte man den Zugang eher finden. Inmitten des Wiesengrundes ruhte eines jener stillen kleinen Gewässer, wie sie der Wald oft in seinem Schoße birgt, ein See oder Teich. Im Sommer mochte er mit seinem wehenden Schilfgrase, seinen träumerischen Wasserlilien dem Orte wohl einen eigenen poetischen Reiz leihen, jetzt aber lag er dunkel und schmucklos da, bedeckt von welken Blättern und umgeben von braunem Rasen, herbstlich öde, wie die ganze Umgebung ringsum.

An den Stamm des Baumes gelehnt, blickte sie unverwandt in das Gewässer.

Unter einem der Bäume, die ihre Aeste weithin über diese Wiese streckten, stand Gräfin Morynska, ganz allein und ohne jede Begleitung. Ihre Zurückgezogenheit mußte wohl eine freiwillige sein. Verloren konnte sie die Jagd nicht haben, denn man hörte den Lärm derselben, wenn auch in einiger Entfernung, doch deutlich genug, auch lag ja die Försterei nahe, wo die junge Dame jedenfalls ihr Pferd zurückgelassen hatte, denn sie war zu Fuß. Sie schien absichtlich die Einsamkeit gesucht zu haben und auch festhalten zu wollen; an den Stamm des Baumes gelehnt, blickte sie unverwandt in das Gewässer und sah doch offenbar nichts von ihm oder von der Umgebung. Ihre Gedanken waren ganz wo anders. Die schönen Augen Wandas konnten sehr finster blicken – das sah man jetzt, wo sie augenscheinlich mit irgend einer grollenden Empfindung kämpfte, aber die tiefe Falte auf der weißen Stirn, die trotzig aufgeworfenen Lippen zeigten, daß diese Empfindung sich nicht so leicht niederkämpfen ließ, sondern ihren Platz behauptete. Die Jagd mit ihrem Lärm entfernte sich mehr und mehr. Sie schien sich nach der Richtung des Flusses hinzuziehen und diesen Teil des Forstes völlig frei zu lassen, all die wirren Töne verklangen in immer weiterer Ferne, nur die Schüsse hallten noch dumpf herüber; jetzt trat auch darin eine Pause ein, und es wurde still, totenstill im Walde.

Eine ganze Weile mochte Wanda so regungslos gestanden haben, als ein Schritt und ein Rauschen in ihrer unmittelbaren Nähe sie aufschreckte. Unwillig richtete sie sich empor und wollte eben der Störung weiter nachforschen, als die Gebüsche sich teilten und Waldemar Nordeck daraus hervortrat.

Auch er stutzte bei dem Anblick der Gräfin – die unerwartete Begegnung schien ihm ebenso unangenehm zu sein wie ihr, aber ein Zurücktreten war nicht mehr möglich; dazu standen sie sich zu nahe gegenüber. Waldemar grüßte leicht und sagte:

»Ich wußte nicht, daß Sie die Jagd bereits verlassen hatten. Gräfin Morynska ist doch sonst als unermüdliche Jägerin bekannt – und sie fehlt bei dem Schlusse des heutigen Tages?«

»Die Frage möchte ich Ihnen zurückgeben,« versetzte Wanda. »Sie, gerade Sie fehlen bei dem letzten Treiben?«

Er zuckte die Achseln. »Ich habe vollständig genug davon. Mir stört der Lärm und das Durcheinander eines solchen Tages die ganze rechte Jagdlust. Mir fehlt die Mühe, die Aufregung der Jagd und vor allem die Waldesstille und Waldeseinsamkeit.«

Das war es nun gerade, was Wanda vorhin vermißt, was sie hier gesucht hatte, sie wollte das aber natürlich um keinen Preis zugeben, sondern fragte nur:

»Sie kommen von der Försterei?«

»Nein! Ich habe nur meinen Normann dorthin vorausgesendet. Die Jagd geht nach dem Flusse zu, sie muß aber bald zu Ende sein und kommt jedenfalls auf dem Rückwege hier vorüber. Das Rendezvous ist ja in unmittelbarer Nähe.«

»Und was thun wir inzwischen?« fragte Wanda ungeduldig.

»Wir warten,« entgegnete Waldemar lakonisch, indem er seine Flinte abnahm und den Hahn in Ruhe setzte.

Die Falte auf der Stirn der jungen Gräfin vertiefte sich. »Wir warten.« Das klang so selbstverständlich, als setze er auch ihr Bleiben voraus. Sie hatte große Lust, sofort nach der Försterei zurückzukehren, aber nein! Es war seine Sache, den Platz zu räumen, auf dem er sie so ohne weiteres in ihrer Einsamkeit gestört hatte. Sie beschloß zu bleiben, selbst auf die Gefahr hin, ein längeres Zusammensein mit diesem Nordeck aushalten zu müssen.

Er machte indessen gar keine Anstalten zum Gehen; er hatte seine Flinte an einen Baum gelehnt und stand nun mit verschränkten Armen, die Umgegend betrachtend. Die Sonne hatte es heute nicht ein einziges Mal vermocht, den Wolkenschleier zu durchdringen, nur jetzt im Niedergehen färbte sie ihn mit hellerem Lichte. Am westlichen Horizont flammte ein gelber Schein, der fahl und ungewiß durch die Baume schimmerte, und auf der Wiese begannen die Nebel aufzusteigen, die ersten Vorboten des herannahenden Abends. Der Wald sah schon recht herbstlich aus mit seinen halb entlaubten Bäumen und den dürren Blättern, die den Boden bedeckten. Da war auch nicht ein Hauch mehr von jenem frischen Lebensodem, der ihn im

Frühling und Sommer durchweht, von jener mächtigen Lebenskraft, die dann in allen Adern und Pulsen der Natur zu pochen scheint – überall nur schwindendes Dasein, langsames, aber unaufhaltsames Vergehen.

Die Augen der jungen Gräfin hafteten wie in düsterem Nachsinnen auf dem Gesicht ihres Gefährten, als wolle und müsse sie dort irgend etwas enträtseln. Er schien die Beobachtung zu spüren, obgleich er abgewandt stand, denn er wendete sich plötzlich nach ihr um und sagte gleichgültig, wie man eine allgemeine Bemerkung hinwirft:

»Es ist doch etwas Trostloses um solch eine abendliche Herbstlandschaft.«

»Und doch hat sie ihre eigene schwermütige Poesie,« meinte Wanda, »Finden Sie das nicht auch?«

»Ich?« fragte er herb. »Ich habe mit der Poesie von jeher nichts zu thun gehabt – das wissen Sie ja, Gräfin Morynska.«

»Ja, das weiß ich,« versetzte sie in dem gleichen Ton. »Aber es gibt doch Augenblicke, wo sie sich unwillkürlich jedem aufdrängt.«

»Romantischen Naturen vielleicht. Unsereiner muß schon zusehen, wie er ohne diese Romantik und Poesie mit dem Leben fertig wird. Ausgehalten muß es ja doch einmal werden, so oder so.«

»Wie gelassen Sie das sagen! Das geduldige Aushalten war doch sonst gerade Ihre Sache am wenigsten. Ich finde, Sie haben sich in diesem Punkt merkwürdig verändert.«

»Nun, man bleibt doch nicht sein Leben lang ein leidenschaftlicher ungestümer Knabe, oder trauen Sie es mir nicht zu, daß ich über Knabenthorheiten hinauskommen kann?«

Wanda biß sich auf die Lippen; er hatte es ihr gezeigt, daß er darüber hinauskommen konnte.

»Ich zweifle nicht daran,« erwiderte sie kalt. »Ich traue Ihnen sogar noch manches andre zu, was Sie freilich nicht zu zeigen für gut finden.«

Waldemar wurde aufmerksam. Sein Blick streifte einen Moment lang scharf und prüfend die junge Dame, dann aber entgegnete er ruhig:

»Dann setzen Sie sich in Widerspruch mit ganz Wilicza. Man ist hier wohl so ziemlich einig darüber, daß ich eine gänzlich ungefährliche Persönlichkeit bin.«

»Weil Sie durchaus dafür gelten wollen. Ich glaube nicht daran.«

»Sie sind sehr gütig, mir ganz unverdientermaßen eine Bedeutung beizulegen,« sagte Waldemar mit unverhehlter Ironie, »Aber es ist doch grausam von Ihnen, mir das einzige Verdienst nehmen zu wollen, das ich in den Augen meiner Mutter und meines Bruders überhaupt besitze – harmlos und unbedeutend zu sein.«

»Wenn meine Tante den Ton hören könnte, mit welchem Sie das sagen, so würde sie ihre Ansicht wohl ändern,« erklärte Wanda, gereizt durch seinen Spott. »Für jetzt stehe ich mit der meinigen allerdings noch allein.«

»Und so wird es auch bleiben,« ergänzte Nordeck. »Man läßt in mir den unermüdlichen Jäger, nach der heutigen Probe vielleicht auch den geschickten Reiter gelten, weiter nichts.«

»Jagen Sie denn wirklich, Herr Nordeck, wenn Sie so den ganzen Tag lang mit Flinte und Jagdtasche umherstreifen?« fragte die junge Gräfin, ihn scharf ansehend.

»Und was sollte ich Ihrer Meinung nach denn sonst thun?«

»Ich weiß es nicht, aber ich vermute, daß Sie Ihr Wilicza inspizieren, sehr gründlich inspizieren. Es gibt nun wohl keine Försterei, kein Dorf, keinen noch so abgelegenen Hof in Ihrem Gebiet, wo Sie nicht bereits gewesen sind. Sogar den Pachtgütern haben Sie Besuche abgestattet, und Sie werden sich wohl überall dort ebenso schnell zurechtfinden, wie in den Salons Ihrer Mutter, wo Sie auch nur sehr selten erscheinen und eine sehr gleichgültige Rolle spielen. Aber es entgeht Ihnen kein Wort, kein Blick, überhaupt nichts, was geschieht. Sie scheinen unsrer Gesellschaft gar keine Beachtung zu schenken, und doch gibt es nicht einen einzigen darunter, der nicht bereits vor Ihnen die Musterung hätte passieren müssen und Ihrer Beurteilung anheimgefallen wäre,«

Sie hatte ihm das alles Schlag auf Schlag mit einer Sicherheit und Bestimmtheit entgegengeworfen, die darauf berechnet war, ihn in Verwirrung zu bringen, und für den Augenblick fehlte ihm auch wirklich jede Antwort. Er stand mit tief verfinstertem Gesicht, mit fest zusammengepreßten Lippen da und rang augenscheinlich mit seinem Aerger. Aber so leicht war diesem Nordeck nicht beizukommen. Als er wieder aufsah, stand die Wolke zwar noch drohend auf seiner Stirn, aber aus seiner Stimme klang nur der schärfste Spott.

»Sie beschämen mich wirklich, gnädige Gräfin! Sie zeigen mir soeben, daß ich vom ersten Tage meines Hierseins an der Gegenstand Ihrer eingehendsten und ausschließlichsten Beobachtung gewesen bin – das ist in der That mehr, als ich verdiene.«

Wanda fuhr auf. Ein Blick sprühendsten Zornes traf den Verwegenen, der es wagte, den Pfeil mit solcher Sicherheit auf sie zurückzuschleudern.

»Ich leugne diese Beobachtung keineswegs,« entgegnete sie stolz, »aber Sie werden sich wohl selbst sagen, Herr Nordeck, daß jedes persönliche Interesse dabei von vornherein ausgeschlossen blieb.«

Er lächelte mit unverstellter Bitterkeit. »Sie haben vollkommen recht. Bei *Ihnen* setze ich kein Interesse für meine Person voraus. Vor dem Verdachte sind Sie von meiner Seite sicher.«

Wanda wollte die Hindeutung nicht verstehen, aber sie vermied es doch, seinem Blick zu begegnen. »Sie werden mir wenigstens das Zeugnis geben, daß ich offen gewesen bin,« fuhr sie fort. »An Ihnen ist es jetzt, mir meine Beobachtungen zuzugeben oder abzuleugnen.«

»Und wenn ich Ihnen nun nicht Rede stehen will?«

»So habe ich eben recht gesehen, und werde es ernstlich versuchen, meine Tante zu überzeugen, daß ihr Sohn nicht so ungefährlich ist, wie sie denkt.«

Der sarkastische Ausdruck von vorhin spielte wieder um Waldemars Lippen, als er antwortete: »Ihr Urteil mag sehr hoch stehen, Gräfin Morynska, eine Diplomatin aber sind Sie nicht, sonst würden Sie Ihre Ausdrücke vorsichtiger wählen. Ungefährlich! Das Wort gibt zu denken.«

Die junge Dame schrak unwillkürlich zusammen, »Ich wiederholte nur Ihren eigenen Ausdruck von vorhin,« sagte sie, sich rasch fassend.

»Ah so, das ist etwas andres. Ich glaubte schon, es ginge irgend etwas in Wilicza vor, bei dem meine Anwesenheit als eine Gefahr betrachtet wird.«

Wanda gab keine Antwort, sie sah jetzt erst ein, wie grenzenlos unvorsichtig es gewesen war, den Kampf gerade auf dieses Gebiet hinüberzuspielen, wo der Gegner sich ihr so vollständig gewachsen zeigte. Er parierte jeden Streich, gab jeden Schlag zurück und verstrickte sie zuletzt rettungslos in ihre eigenen Worte, und dabei hatte er den Vorteil der Kälte und Besonnenheit für sich, während sie nahe daran war, ihre ganze Fassung einzubüßen. Auf diesem Wege ging es nicht weiter, das sah sie, und so faßte sie denn einen raschen Entschluß und zerriß energisch das Netz, das ihre eigene Unvorsichtigkeit ihr um das Haupt gewoben hatte.

»Lassen Sie doch den Hohn!« sagte sie, ihr großes Auge finster und voll auf ihn richtend. »Ich weiß ja, daß er nicht der erwähnten Sache, sondern einzig und allein mir gilt. Sie zwingen mich endlich doch, einen Punkt zu berühren, den ich sicher nie der Vergessenheit entrissen hätte, wenn Sie mich nicht immer wieder darauf zurückführten. Ob ein solches Benehmen ritterlich ist, will ich dahingestellt sein lassen, aber Sie fühlen wohl so gut wie ich, daß es uns in eine Stellung gebracht hat, die anfängt unerträglich zu werden. Ich habe Sie einst beleidigt, und Sie haben mir das bis auf den heutigen Tag noch nicht verziehen. Nun denn,« – sie hielt einen Moment lang inne und atmete tief auf –»ich war damals im Unrecht gegen Sie; ich gestehe es ein. Ist Ihnen das genug?«

Es war eine eigentümliche Abbitte und noch eigentümlicher die Art, in welcher sie ausgesprochen wurde. Es lag darin der ganze Stolz einer Frau, die recht gut fühlt, daß es für sie keine Demütigung ist, wenn sie sich herabläßt, einen Mann dafür um Verzeihung zu bitten, daß sie ihn zum Spielball ihrer Laune gemacht hat. Gräfin Morynska besaß offenbar das volle Bewußtsein davon, sonst hätte sie sich auch schwerlich zu diesen Worten verstanden, aber die Wirkung derselben war eine ganz andre, als sie erwartete.

Waldemar war einen Schritt zurückgetreten, und sein Auge richtete sich mit einem durchbohrenden Ausdruck auf ihr Antlitz. »Wirklich?« sagte er langsam und jedes Wort schwer betonend. »Ich wußte nicht, daß Wilicza Ihrer Partei so viel wert sei.« »Sie glauben – ?« rief Wanda heftig.

»Ich glaube, daß ich es schon einmal teuer habe bezahlen müssen, Herr dieser Güter zu sein,« unterbrach er sie, und man hörte, daß es jetzt auch mit seiner Ruhe zu Ende ging; es lag in seinen Worten etwas wie wühlende Gereiztheit. »Damals galt es, Wilicza meiner Mutter und ihren Interessen zu öffnen; jetzt soll es diesen Interessen erhalten werden, um jeden Preis, aber man vergißt, daß ich nicht der unerfahrene Knabe mehr bin. Sie haben mir selbst die Augen geöffnet, Gräfin, und jetzt werde ich sie offen halten, auf die Gefahr hin, von Ihnen der ›Unritterlichkeit‹ geziehen zu werden.«

Wanda war totenbleich geworden. Ihre herabhängende Rechte ballte sich krampfhaft in den Sammetfalten des Kleides.

»Genug!« sagte sie, sich gewaltsam beherrschend. »Ich sehe, Sie wollen keine Versöhnung und nehmen Ihre Zuflucht zur Beleidigung, um jede Verständigung unmöglich zu machen, nun gut, ich nehme die gebotene Feindschaft an.«

»Sie irren,« versetzte Waldemar ruhiger. »Ich biete Ihnen keine Feindschaft; das wäre in der That eine Unritterlichkeit gegen – «

»Gegen wen?« rief die junge Gräfin mit flammenden Augen, als er innehielt.

»Gegen die Braut meines Bruders.«

Wanda zuckte zusammen – seltsam, das Wort traf sie wie ein jäher schmerzlicher Stich; ihr Blick heftete sich unwillkürlich auf den Boden.

»Ich habe es bisher versäumt, Ihnen meinen Glückwunsch abzustatten,« fuhr Waldemar fort. »Wollen Sie ihn heute annehmen?«

Sie neigte mit stummem Dank das Haupt; sie wußte selbst nicht, was ihr die Lippen schloß, aber es war ihr unmöglich, in diesem Augenblick eine Antwort zu geben. Es war das erste Mal, daß dieser Gegenstand zwischen ihnen berührt wurde, und mit der bloßen Erwähnung schien es auch genug zu sein, denn Waldemar fügte seinem Glückwunsch nicht eine einzige Silbe hinzu.

Der gelbe Schein am Himmel war längst verblaßt und ein ödes, trübes Grau an seine Stelle getreten; der Abendwind strich durch die halbentlaubten Gebüsche und rauschte in den Kronen der Bäume, die zum Teil noch den bunten Blätterschmuck trugen, aber er hing welk und matt an den Zweigen, und jetzt sank Blatt auf Blatt hernieder und deckte den Rasen und die stille, dunkle Fläche des kleinen Sees. Es rauschte und flüsterte in dem dürren Laub wie eine leise Herbstesklage um all das Leben, das gegrünt und geblüht hatte im Sonnenglanz und nun zu Grabe ging. Düster stand der Wald mit seinen unheimlich dämmernden Schatten, hier auf der nebelatmenden Wiese aber wallten die feuchten Schleier immer dichter empor, schwebten hierhin und dorthin und ballten sich über dem Gewässer zusammen. Dort stand es jetzt wie ein weißes gespenstisches Luftgebilde, unruhig wogend und wallend, und griff mit seinen feuchten Nebelarmen nach den beiden am Rande des Sees, als wollte es sie zu sich hinüberziehen, und zeigte ihnen tausend Bilder und Gestalten, eins das andre verdrängend, eins in das andre fließend, in endlosem Wechsel.

Man hörte nichts als das einförmige Rauschen des Windes, das leise fallende Laub, und doch klang es daraus hervor wie fernes, fernes Meeresbrausen, und aus dem wogenden Nebel tauchte es empor wie eine Fata Morgana, die grünen Zweige uralter mächtiger Buchen, umleuchtet von dem letzten Abendgolde, die blaue wogende See in ihrer unermeßlichen Weite. Langsam sank der glühende Sonnenball ins Meer, und aus der Lichtflut, die sich über die Wellen ausgoß, stieg sie wieder auf, die alte Wunderstadt der Sage, umwoben von Märchenduft und Zauberglanz; das Wunderreich that sich wieder auf mit seinen unermeßlichen Schätzen, und aus der Tiefe klangen die Glocken Vinetas, immer voller, immer mächtiger, wie sie geklungen hatten in jener Stunde auf dem Buchenholm.

Sie hatte nicht Wort gehalten, die Märchenstunde, wenigstens den beiden nicht, die sie damals miteinander erlebten. Fremd und feindselig hatten sie sich getrennt; fremd und feindselig waren sie wieder einander begegnet, und so standen sie sich noch gegenüber. Der Jüngling war zum Manne geworden, der kalt und einsam durch das Leben ging; das Kind war zu einem Weibe voll Schönheit und Glück herangereift, aber was jene Stunde ihnen gegeben, das hatten sie beide doch nie wieder empfunden; erst an diesem düsteren Herbstabend wurde es wieder lebendig. Und als die Erinnerung jetzt zu ihnen herüberwehte, da versanken die Jahre, die dazwischen lagen, versanken Haß, Streit und Erbitterung, und nichts blieb zurück als das tiefe unaussprechliche Sehnen nach einem ungekannten Glück, das zum erstenmal aufgewacht war unter den Geisterklängen Vinetas – nichts als der Traum beim Sonnenuntergang. Waldemar war der erste, der sich daraus emporriß; er fuhr heftig mit der Hand über die Stirn, als müsse er sich gewaltsam losreißen von all den Bildern und Gedanken.

»Wir thun wohl besser, nach der Försterei zurückzukehren und die Jagd dort zu erwarten,« sagte er hastig. »Es fängt an zu dämmern und – man kann ja nicht atmen in diesem Nebelmeere.«

Wanda stimmte ihm sofort bei; auch sie wollte nicht länger sehen, was dieses Nebelmeer ihr zeigte, wollte diesem Zusammensein ein Ende machen um jeden Preis. Sie nahm die Schleppe ihres Reitkleides auf und machte sich zum Gehen bereit. Waldemar warf die Flinte über die Schulter, plötzlich aber hielt er inne.

»Ich habe Sie vorhin beleidigt mit meinem Verdachte; vielleicht war ich ungerecht. Aber – seien Sie aufrichtig gegen mich! – galt die halbe Abbitte, zu der Sie sich herabließen, wirklich Waldemar Nordeck? Oder galt sie nicht vielmehr dem Herrn von Wilicza, mit dem man eine Versöhnung sucht, damit er zuläßt oder doch wenigstens übersieht, was auf seinen Gütern geschieht?«

»Sie wissen also – – ?« fiel Wanda betreten ein.

»Genug, um Ihnen jede Besorgnis darüber zu nehmen, daß Sie vorhin unvorsichtig gewesen sind. Hat man mich wirklich für so beschränkt gehalten, daß ich allein nicht sehen sollte, was man sich sogar schon in L. erzählt, daß Wilicza der Sitz eines Parteigetriebes ist, dessen Seele und Mittelpunkt meine Mutter bildet? Sie dürfen mir ohne jede Gefahr zugeben, was bereits die ganze Umgegend weiß, – ich wußte es, ehe ich hieher kam.«

Wanda schwieg; sie versuchte in seinen Zügen zu lesen, wieviel er bereits wisse, aber in Waldemars Gesicht ließ sich nun einmal nicht lesen. Es war und blieb verschlossen.

»Doch davon ist ja jetzt nicht die Rede,« hob er wieder an, »Ich bat um Antwort auf meine Frage. War der Akt der Selbstüberwindung vorhin ein freiwilliger oder wurde nur ein – Auftrag vollzogen? O, fahren Sie doch nicht so entrüstet auf! Ich frage ja nur, und Sie müssen mir es schon verzeihen, Wanda, wenn ich mißtrauisch bin gegen eine Freundlichkeit von Ihrer Seite,«

Die junge Gräfin hätte diese Worte wahrscheinlich als eine erneute Beleidigung angesehen und demgemäß geantwortet, hätte nicht etwas darin gelegen, das sie wider ihren Willen entwaffnete. Waldemars Haltung war eine andre geworden, seit er in den Nebel dort geblickt hatte; es fehlte das Eisige, Feindselige darin, auch seine Stimme klang anders als vorhin, weicher, halb verschleiert, und Wanda bebte leise zusammen, als er zum erstenmal wieder nach Jahren ihren Namen aussprach.

»Wenn meine Tante mich einst unbewußt zum Werkzeug ihrer Pläne benutzte, so rechten Sie mit ihr darüber, und nicht mit mir!« entgegnete sie leise, und es war, als ob eine unsichtbare Macht den Stachel aus ihren Worten genommen. »Ich ahnte nichts davon; ich war ein Kind, das nur den Eingebungen seiner Laune folgte. Jetzt aber« – sie hob mit ihrem ganzen Stolze das Haupt – »jetzt stehe ich selber ein für mein Thun und Lassen, und was ich vorhin that, geschah auf meine alleinige Verantwortung. Sie haben recht, es galt nicht Waldemar Nordeck; er hat mir seit unserm Wiedersehen keine Veranlassung gegeben, eine Versöhnung mit ihm zu suchen oder auch nur zu wünschen; ich wollte den Herrn von Wilicza zwingen, endlich einmal das geschlossene Visier zu öffnen. Es bedarf dessen nicht mehr. Seit der heutigen Unterredung weiß ich, was ich bisher nur ahnte, daß wir in Ihnen einen erbitterten, erbarmungslosen Gegner haben, der seine Macht im entscheidenden Augenblick brauchen wird, und müßte er auch alle Bande der Familie und der Natur mit Füßen treten.«

»Und an wen sollen mich denn diese Bande ketten?« fragte Waldemar finster. »An meine Mutter vielleicht? Wir wissen es beide, wie wir miteinander stehen, und sie vergibt es mir jetzt weniger als je, daß ich der Erbe des Nordeckschen Reichtums geworden bin und nicht ihr Jüngstgeborener. An Leo? Es ist möglich, daß so etwas wie Bruderliebe zwischen uns existiert, aber ich glaube nicht, daß sie standhalten wird, wenn unsre Wege sich kreuzen, wenigstens von seiner Seite nicht.«

»Leo wäre Ihnen gern als Bruder entgegengekommen, wenn Sie es ihm nicht unmöglich gemacht hätten,« fiel Wanda ein. »Unzugänglich waren Sie immer, auch für ihn, aber es gab doch früher Augenblicke, wo er Ihnen näher treten konnte, wo man eine Ahnung davon erhielt, daß Sie Brüder seien, jetzt dagegen hieße es seinem Stolze zu viel zumuten, wenn er noch länger versuchen wollte, die eisige Abwehr zu durchbrechen, mit welcher Sie ihm und allem gegenüberstehen, was Sie hier umgibt. Es wäre ganz vergebens, wenn Mutter und Bruder Ihnen Liebe entgegentragen wollten; sie würde zerschellen an einer Härte, die nichts nach ihnen und nichts nach irgend jemand in der Welt fragt.«

Sie hielt inne, denn Waldemar stand dicht neben ihr, und sein Auge traf unmittelbar das ihrige.

»Sie urteilen sehr richtig und sehr schonungslos,« sagte er langsam, »Haben Sie sich denn schon einmal gefragt, was mich hart gemacht hat? Es gab doch eine Zeit, wo ich es nicht gewesen bin, wenigstens gegen Sie nicht, wo ein Wort, ein Blick mich lenken konnte, wo ich mich geduldig selbst jeder Laune beugte. Sie hatten damals viel aus mir machen können, Wanda, vielleicht alles. Daß Sie es nicht wollten, daß mein schöner ritterlicher Bruder schon damals bei Ihnen den Preis davontrug, war am Ende nur natürlich, was hatten Sie denn auch mit mir anfangen sollen! Aber Sie begreifen doch wohl, daß das ein Wendepunkt in meinem Leben gewesen ist, und wer da kein Talent hat zum Unglücklichsein, wie ich zum Beispiel, der wird hart und argwöhnisch. Jetzt freilich halte ich es für ein Glück, daß die Jugendschwärmerei so jäh zerrissen wurde, meine Mutter wäre sonst sicher auf den Gedanken gekommen, uns das Drama wiederholen zu lassen, das vor einigen zwanzig Jahren hier spielte, als ein Nordeck eine Morynska heimführte. Sie hätten sich als sechzehnjähriges Mädchen vielleicht auch dem Familienwillen unterworfen und ich – das Schicksal meines Vaters geteilt. Davor sind wir beide bewahrt geblieben, und jetzt ist das ja alles längst versunken und vergessen. Ich wollte Sie nur daran erinnern, daß Sie kein Recht haben, mir Härte vorzuwerfen, oder mich anzuklagen, wenn diese Härte sich gegen Sie und die Ihrigen wendet. – Darf ich Sie jetzt nach der Försterei begleiten?«

Wanda fügte sich schweigend seiner Aufforderung; so gereizt und kampfbereit sie ihm auch im Anfange gegenüberstand, die Wendung, die das Gespräch schließlich nahm, hatte ihr die Waffen aus der Hand gewunden. Sie schieden auch heute als Feinde, aber sie fühlten beide, daß der Kampf zwischen ihnen von dieser Stunde an ein andrer geworden war – vielleicht war er darum nicht leichter geworden.

Nebel atmend wie vorhin lag die Wiese, dichter und dichter umsponnen von den trüben Schatten der Dämmerung. Ueber dem See schwebte noch die weiße Wolke, aber jetzt war sie nur noch ein formlos zerfließender Nebel; das Traumbild, das ihr entstieg, war wieder versunken, ob auch vergessen – das konnten nur die beiden wissen, die jetzt so wortlos nebeneinander hinschritten. Hier in den herbstlich öden Wäldern, in der unheimlichen Dämmerstunde hatte sie der Hauch der alten Meeressage aus dem fernen Norden umweht und ihnen wieder ihre Prophezeiung zugeflüstert: »Wer Vineta nur einmal geschaut hat, den läßt die Sehnsucht danach nicht wieder ruhen sein Leben lang, und müßte sie ihn auch hinabziehen in die Tiefe.«

Die beiden Zimmer, welche Doktor Fabian im Schlosse beiwohnte, lagen nach dem Park hinaus, etwas abgeschlossen von den übrigen, und es hatte damit seine eigene Bewandtnis. Als die Fürstin die bisher unbewohnten Zimmer ihres ersten Gemahls für dessen Sohn in Bereitschaft setzen ließ, war natürlich auch Rücksicht auf den ehemaligen Erzieher genommen, der ihn begleitete, und ein anstoßendes Gemach für diesen bestimmt worden. Es war freilich etwas klein und sehr unruhig, da es unmittelbar neben der großen Haupttreppe lag, aber nach Ansicht der Dame vollkommen geeignet für den Doktor, von dem sie ja wußte, daß in Altenhof nicht viel Umstände mit ihm gemacht wurden, am wenigsten von seiten seines früheren Zöglings. Das mußte sich aber wohl bedeutend geändert haben, denn Waldemar hatte sofort nach seiner Ankunft jenes Gemach als völlig unzureichend verworfen, sich die auf der andern Seite gelegenen

Fremdenzimmer aufschließen lassen und ohne weiteres zwei derselben für seinen Lehrer mit Beschlag belegt. Nun war aber gerade diese Wohnung eigens für den Grafen Morynski und seine Tochter eingerichtet worden, die oft Tage und Wochen in Wilicza verweilten, was der junge Gutsherr freilich nicht wissen konnte. Als jedoch Pawlick, der jetzt die Rolle eines Haushofmeisters im Schlosse spielte, den Mund zu einer Erwiderung öffnete, trat Waldemar ihm mit der kurzen Frage entgegen, ob die betreffenden Zimmer etwa zu den Wohnräumen der Fürstin oder des Fürsten Leo gehörten, und erklärte auf die verneinende Antwort bestimmt: »Dann wird Herr Doktor Fabian sie von heute an bewohnen.« Noch an demselben Tage war der in unmittelbarer Nähe befindliche Korridor, den die Dienerschaft häufig zu benutzen pflegte, abgeschlossen und der Befehl erteilt worden, künftig den Umweg über die Treppe zu nehmen, damit das fortwährende Hin- und Herlaufen den Doktor nicht störe, und dabei war es geblieben.

Die Fürstin sagte kein Wort, als man ihr diese Vorgänge meldete; sie hatte es sich nun einmal zum Gesetz gemacht, ihrem Sohne in Kleinigkeiten niemals zu widersprechen. Sie ließ sofort andre Zimmer für ihren Bruder und ihre Nichte in Bereitschaft setzen, so unangenehm ihr der »Mißgriff« Waldemars auch sein mochte, aber es war am Ende natürlich, daß sie die unschuldige Ursache desselben, den armen Fabian, nicht gerade mit freundlichen Augen ansah. Freilich zeigte sie ihm das nicht, denn sie und das ganze Schloß machten bald genug die Erfahrung, daß Waldemar in Bezug auf seinen Lehrer jetzt äußerst empfindlich war und, so wenig Rücksicht er auch für sich selbst beanspruchte, jeden Mangel derselben dem Doktor gegenüber auf das schärfste rügte. Es war dies fast die einzige Gelegenheit, wo er sein Gebieterrecht geltend machte. Hier geschah es aber auch mit einem solchen Nachdruck, daß alles, von der Fürstin an bis herab zu der Dienerschaft, Doktor Fabian mit der größten Aufmerksamkeit behandelte.

Das war nun freilich keine schwere Aufgabe dem stillen, immer bescheidenen und höflichen Manne gegenüber, der niemand im Wege stand, fast gar keine Bedienung beanspruchte und sich für jede kleine Aufmerksamkeit dankbar bezeigte. Man sah ihn nicht viel, denn er erschien nur bei Tische, brachte den ganzen Tag bei den Büchern zu und war abends meist bei seinem ehemaligen Zögling, mit dem er sehr vertraut zu sein schien. »Es ist der einzige Mensch, auf den Waldemar überhaupt Rücksicht nimmt,« sagte die Fürstin zu ihrem Bruder, als sie ihn von dem Umtausch der Zimmer benachrichtigte. »Wir werden diese Laune wohl respektieren müssen, wenn ich auch nicht begreife, was er an diesem langweiligen Erzieher hat, den er früher so vollständig beiseite setzte und den er jetzt förmlich auf Händen trägt.«

Wie dem nun auch sein mochte, die vollständige Aenderung des früheren Verhältnisses hatte einen unverkennbaren Einfluß auf Doktor Fabian ausgeübt. Seine Schüchternheit und Bescheidenheit waren ihm zwar geblieben; sie lagen zu tief in seiner Natur begründet, aber das Gedrückte, Aengstliche, das ihm sonst anhaftete, hatte sich zugleich mit der gedrückten Stellung verloren. Sein Aussehen war um vieles kräftiger und frischer als ehemals; der mehrjährige Aufenthalt in der Universitätsstadt, die Reisen mochten das ihrige dazu beigetragen haben, aus dem kränklichen, scheuen und zurückgesetzten Hauslehrer einen Mann zu machen, der mit seinem immer noch blassen, aber angenehmen Gesicht, seiner leisen, aber wohllautenden Stimme einen durchaus günstigen Eindruck machte und dessen eigene Schuld es war, wenn seine Schüchternheit ihm nicht erlaubte, sich irgendwie zur Geltung zu bringen. Der Doktor hatte Besuch, ein bei ihm seltenes Ereignis. Neben ihm auf dem Sofa saß niemand andres als der Herr Regierungsassessor Hubert aus L., diesmal aber augenscheinlich in der friedfertigsten Absicht und ohne jede Verhaftungsideen. Jener fatale Irrtum war es ja gerade, der die Bekanntschaft einleitete. Doktor Fabian hatte sich als einziger Freund und Tröster gezeigt in dem Mißgeschick, das über den Assessor hereinbrach, als die Sache bekannt wurde, und das geschah nur zu bald. Gretchen war »herzlos genug gewesen«, wie Hubert sich ausdrückte, sie mit allen Einzelheiten ihren Bekannten in L. preiszugeben. Die Geschichte von der beabsichtigten Verhaftung des jungen Gutsherrn von Wilicza machte die Runde durch die ganze Stadt, und wenn dem Herrn Präsidenten auch nicht amtlich darüber Vortrag gehalten wurde, so erfuhren Seine Excellenz sie doch, und der allzueifrige Beamte mußte eine scharfe Mahnung hinnehmen, künftig vorsichtiger zu sein und, wenn er wieder verdächtige polnische Emissäre suche, nicht an die deutschen Großgrundbesitzer der Provinz zu geraten, deren Haltung gerade jetzt von entscheidender Wichtigkeit sei. Auch in Wilicza war die Sache bekannt geworden. Waldemar selbst hatte sie der Fürstin erzählt; die ganze Umgegend wußte davon, und wo sich der arme Assessor nur blicken ließ, mußte er versteckte Anspielungen oder offenen Spott hinnehmen.

Er hatte gleich am nächsten Tage Herrn Nordeck einen Entschuldigungsbesuch machen wollen, ihn aber nicht angetroffen, und da war es denn der Doktor gewesen, der, obwohl der Mitbeleidigte, sich doch großmütig zeigte. Er empfing den ganz zerknirschten Hubert, tröstete ihn nach Kräften und übernahm es, die Entschuldigung zu vermitteln. Nun war aber die Zerknirschung des Assessors weder von allzugroßer Tiefe noch von allzulanger Dauer; er besaß eine viel zu große Dosis Selbstbewußtsein, um zur Selbsterkenntnis zu gelangen, und schnellte wie eine Stahlfeder, die man gebogen, sofort wieder in seine frühere Haltung zurück, wenn der Druck nachließ. Der allgemeine Spott ärgerte und kränkte ihn, aber sein Vertrauen zu sich selber war nicht im mindesten erschüttert. Jeder andre hätte sich nach einem solchen Vorfalle möglichst ruhig verhalten, um die Sache erst in Vergessenheit zu bringen, und sich vorläufig nicht zu ähnlichen Aufträgen gedrängt, aber gerade das that Hubert mit einem wahrhaft fieberhaften Eifer. Es hatte sich bei ihm die fixe Idee festgesetzt, er müsse die Sache um jeden Preis wieder gut machen und den Kollegen, dem Präsidenten und ganz L. zeigen, daß seine Klugheit trotz alledem über jeden Zweifel erhaben sei. Jetzt mußte er notgedrungen ein paar Verschwörer aufgreifen oder eine Verschwörung entdecken, gleichviel wo oder wie – das wurde zu einer Art Lebensfrage für ihn, und er war fortwährend auf der Jagd nach diesen beiden.

Wilicza blieb dabei nach wie vor sein Hauptaugenmerk, dieses Wilicza, dessen Gefährlichkeit man in L. sehr gut kannte und dem man doch niemals beikommen konnte, jetzt weniger als je, seit es sich zeigte, daß man so gar keine Hoffnungen auf die Anwesenheit des jungen Gutsherrn setzen durfte. Er war, obwohl ein Deutscher, doch gänzlich in den Händen seiner polnischen Verwandten und entweder mit ihrem Thun und Treiben einverstanden oder er kümmerte sich nicht darum, wie er sich denn überhaupt um nichts kümmerte, was auf seinen Gütern geschah. Dieses Benehmen, das in L. sehr hart beurteilt wurde, fand gerade an dem Assessor seinen strengsten Richter. Hubert hätte in einer solchen Stellung natürlich weit energischer gehandelt und all die geheimen Umtriebe sofort niedergeschlagen und vernichtet; er wäre der ganzen Provinz einleuchtendes Beispiel gewesen, hätte sich den Staat zum Danke verpflichtet und überhaupt alle Welt in Erstaunen gesetzt. Da er aber leider nicht Herr von Wilicza, ja nicht einmal Regierungsrat war, so blieb ihm nichts übrig, als die zweifellos vorhandene Verschwörung vorläufig erst zu entdecken, und darauf richtete sich denn auch sein ganzes Sinnen und Trachten.

Von all diesen Dingen war freilich nicht die Rede in dem Gespräche der beiden Herren. Man durfte es dem gutmütigen Doktor Fabian doch nicht merken lassen, daß der Besuch bei ihm eigentlich nur dem brennenden Wunsche entsprang, endlich einmal Eingang in das Schloß zu finden, und so mußte denn ein Vorwand herhalten, der allerdings für den Assessor von Interesse war, den er aber füglich bei dem Administrator hätte zur Sprache bringen können, wo er und Fabian bisweilen zusammentrafen.

»Ich habe eine Bitte an Sie, Herr Doktor,« begann er nach den ersten Einleitungs- und Begrüßungsreden, »einen kleinen Anspruch an Ihre Gefälligkeit, Es handelt sich dabei allerdings nicht um mich, sondern um die Franksche Familie, deren Haus Sie ja öfter besuchen. Sie sind als ehemaliger Lehrer des Herrn Nordeck jedenfalls des Französischen mächtig?«

»Ich spreche es allerdings,« antwortete der Doktor, »bin aber in den letzten Jahren etwas aus der Uebung gekommen. Herr, Nordeck liebt die Sprache nicht, und hier in Wilicza erweist man ihm und mir die Rücksicht, ausschließlich deutsch mit uns zu reden,«

»Ja, ja, die Uebung!« siel der Assessor ein, »die ist es eben, die dem Fräulein Margarete fehlt. Sie sprach ganz allerliebst französisch, als sie vor einigen Jahren aus der Pension zurückkam, aber hier auf dem Lande mangelt ihr jede Gelegenheit dazu. Da wollte ich Sie denn ersuchen, bisweilen mit der jungen Dame französisch zu lesen oder zu sprechen; es fehlt Ihnen ja nicht an Zeit, und mich würden Sie dadurch ganz außerordentlich verbinden.«

»Sie, Herr Assessor?« fragte Fabian betreten, »Ich muß gestehen, es befremdet mich einigermaßen, daß ein solcher Vorschlag von Ihnen ausgeht, und nicht von Herrn Frank oder dem Fräulein selbst.«

»Das hat seine Gründe,« sagte Hubert in würdevollem Tone. »Sie werden vielleicht schon bemerkt haben – und ich mache ja auch durchaus kein Geheimnis daraus –, daß ich gewisse Wünsche und Absichten hege, die sich in nicht allzuferner Zeit verwirklichen dürften. Mit einem Worte – ich betrachte das Fräulein als meine künftige Braut.«

Der Doktor bückte sich schnell nieder, um ein Blatt Papier aufzuheben, das am Boden lag, und das er angelegentlich betrachtete, obwohl es unbeschrieben war. »Ich gratuliere Ihnen,« entgegnete er einsilbig.

»O, das muß ich vorläufig noch ablehnen,« lächelte der Assessor mit unbeschreiblicher Selbstzufriedenheit. »Wir haben uns gegenseitig noch nicht ausgesprochen, wenn ich auch sicher auf ein Ja rechnen darf. Offen gestanden, ich möchte erst als Regierungsrat, der ich baldigst zu werden hoffe, mit meiner Werbung hervortreten; eine solche Stellung macht doch immer größeren Eindruck, und Sie müssen wissen, Fräulein Frank ist eine sehr gute Partie.«

»Wirklich?«

»Eine ausgezeichnete Partie! Der Administrator ist ohne Zweifel ein reicher Mann, Was hat er in den zwanzig Jahren hier allein an Gehalt und Tantieme bezogen! Es ist ja auch ausgemacht, daß er seine Stellung nur verläßt, um selbst Gutsherr zu werden, und ich weiß, daß er zu diesem Zweck ganz bedeutende Kapitalien flüssig macht. Fräulein Margarete und ihr Bruder, der gegenwärtig auf der landwirtschaftlichen Akademie studiert, sind die einzigen Kinder; ich kann auf eine hübsche Mitgift und dereinst auf ein gar nicht unbedeutendes Erbteil rechnen. Nebenbei ist die junge Dame ja auch ein reizendes, liebenswürdiges Mädchen, das ich anbete.«

»Nebenbei!« sagte der Doktor ganz leise, aber mit einer bei ihm ungewöhnlichen Bitterkeit. Dem Assessor entging der Ausruf; er fuhr mit großer Wichtigkeit fort:

»Frank hat bei der Erziehung seiner Kinder nichts gespart; seine Tochter ist lange Zeit in einem der ersten Institute P.s gewesen und hat dort alles mögliche gelernt, zu meiner großen Befriedigung, denn Sie werden wohl begreifen, Herr Doktor, daß mir in meiner künftigen Stellung die höhere Bildung meiner Frau unerläßlich ist. Man muß doch repräsentieren, und da halte ich mich verpflichtet, schon jetzt dafür zu sorgen, daß die gesellschaftlichen Erfordernisse, wie Klavierspiel und Französisch, nicht in Vergessenheit geraten. Wenn Sie also in Bezug auf das letztere die Güte haben wollten –«

»Mit Vergnügen, wenn Herr Frank und seine Tochter es wünschen,« sagte Fabian in gepreßtem Tone.

»Gewiß wünschen sie es, aber eigentlich war ich es, der darin auf Ihre Gefälligkeit rechnete,« erklärte Hubert, der offenbar sehr stolz auf seine kluge Idee war. »Als Fräulein Margarete neulich klagte, daß sie nahe daran sei, ihr Französisch ganz zu verlernen, geriet der Administrator auf den Gedanken, ihr bisweilen den Sprachlehrer aus der Stadt kommen zu lassen. Ich bitte Sie! einen jungen Franzosen, der gleich in der ersten Lehrstunde seiner Schülerin die Cour machen würde. Frank hat immer nur seine Landwirtschaft im Kopfe und kümmert sich nicht um dergleichen, aber ich war vorsichtiger. Ich wollte um keinen Preis den galanten Franzosen so oft bei dem jungen Mädchen wissen, ein älterer Herr wie Sie dagegen –«

»Ich bin siebenunddreißig Jahre alt,« unterbrach ihn der Doktor.

»O bitte, das hat gar nichts zu sagen,« lächelte Hubert, »bei Ihnen hege ich durchaus keine Besorgnisse, aber ich hätte Sie wirklich für älter gehalten. Ja, das kommt von der Stubenluft und den Büchern. Sagen Sie, Herr Doktor, wozu haben Sie denn eigentlich diese Menge von Büchern mitgebracht, die hier überall herumstehen, und was studieren Sie denn? Pädagogik vermutlich, darf man einmal zusehen?«

Er stand auf und wollte sich dem Schreibtisch nähern, aber Doktor Fabian war schneller als er. Mit einer beinahe angstvollen Bewegung warf er ein Zeitungsblatt über einige broschierte Bände, die auf dem Tische lagen, und stellte sich davor.

»Es ist nur Liebhaberei,« versicherte er, während ihm eine helle Röte in das Gesicht stieg, »historische Studien.«

»Ah, historische Studien!« wiederholte der Assessor. »Da mochte ich Sie doch fragen, ob Sie nicht die große Autorität auf diesem Gebiete, den Professor Schwarz, kennen – er ist mein Onkel. Doch Sie kennen ihn jedenfalls; er ist ja an der Universität zu I. thätig, wo Herr Nordeck studiert hat.«

» Ich habe das Vergnügen,« sagte Fabian kleinlaut, mit einem scheuen Blick auf das Zeitungsblatt.

»Wie sollten Sie auch nicht!« rief der Assessor. »Mein Onkel ist ja eine Berühmtheit allerersten Ranges; wir haben allen Grund stolz zu sein auf die Verwandtschaft, wenn auch unsre Familie sonst manchen Namen von gutem Klange aufweist. Nun, ich denke ihr auch keine Schande zu machen.«

Der Doktor stand noch immer ängstlich behütend vor seinem Schreibtische, als müsse er ihn gegen ein Attentat von seiten des Assessors sichern, doch dieser hatte sich viel zu sehr vertieft in die Bedeutung seiner Familie im allgemeinen und die seines berühmten Onkels im besonderen, um den Schreibereien eines simplen Hauslehrers jetzt noch Beachtung zu schenken; gleichwohl fühlte er sich veranlaßt, diesem eine Artigkeit zu sagen.

»Es ist aber doch sehr anerkennenswert, wenn auch Laien sich für solche Studien interessieren,« meinte er herablassend. »Ich fürchte nur, Sie haben hier nicht die nötige Muße dazu. Es ist wohl sehr unruhig im Schlosse? Ein fortwährendes Kommen und Gehen von den verschiedensten Persönlichkeiten, nicht wahr?«

»Das mag wohl sein,« versetzte Fabian arglos und ohne jede Ahnung des Manövers, das sein Besuch sich erlaubte, »aber ich merke nichts davon, Waldemar hat die Güte gehabt, die einsamsten und ruhigsten Zimmer für mich auszusuchen, weil er meine Neigung kennt.«

»Natürlich, natürlich!« Hubert stand jetzt am Fenster und versuchte von hier aus einen Überblick zu gewinnen. »Aber ich sollte doch meinen, solch ein jahrhundertealtes Gebäude wie dieses Wilicza mit seinen historischen Erinnerungen müßte auch für Sie von Interesse sein. All diese Säle, Treppen und Gänge! Und was für mächtige Kellergewölbe muß das Schloß haben! Waren Sie schon in den Kellern?«

»In den Kellern?« fragte der Doktor aufs äußerste betroffen. »Nein, Herr Assessor, was sollte ich denn dort thun?«

»Ich würde hineingehen,« sagte der Assessor. »Ich habe eine Vorliebe für solche alte Gewölbe, wie überhaupt für alle Merkwürdigkeiten. – Dabei fällt mir ein, ist denn die große Waffensammlung des seligen Herrn Nordeck noch vollständig? Er soll eine höchst kostspielige Liebhaberei in dieser Hinsicht besessen und Hunderte der schönsten Büchsen und Gewehre aufgehäuft haben; ob sie wohl noch vorhanden sind?«

»Danach müssen Sie seinen Sohn fragen!« Doktor Fabian zuckte die Achseln. »Ich gestehe, daß ich noch nicht im Waffensaale gewesen bin.« »Er wird auf der andern Seite liegen,« meinte Hubert, sich mit seinem berühmten Polizeiblicke orientierend. »Nach der Beschreibung Franks ist es ein düsteres, unheimliches Ding, wie überhaupt das ganze Wilicza. – Haben Sie denn noch nicht davon gehört, daß es hier umgehen soll? Haben Sie auch des Nachts nie etwas Ungewöhnliches, Außerordentliches bemerkt?«

»Des Nachts schlafe ich,« erklärte der Doktor ruhig, aber mit leisem Lächeln über den Gespensterglauben seines Besuches.

Der Assessor sandte einen anklagenden Blick zum Himmel. Dieser Mensch, den ein Zufall mitten in das Schloß hineingesetzt hatte, sah und hörte nicht, was um ihn her vorging. Er kannte die Keller nicht; er war noch nicht einmal im Waffensaale gewesen, und des Nachts schlief er sogar. Aus diesem harmlosen Bücherwurme war nichts herauszubringen – das sah Hubert ein, und so verabschiedete er sich denn nach einigen Höflichkeiten und verließ das Gemach.

Langsam schritt er den Korridor entlang. Bei der Ankunft hatte ihn ein Diener in Empfang genommen und nach dem Zimmer des Doktors geführt; jetzt auf dem Rückwege war er allein,

allein in dem »Verschwörungsneste«, das« freilich am hellen Vormittage mit seinen teppichbelegten Gängen und Treppen so ruhig, so vornehm und ungefährlich aussah, wie das loyalste Schloß des loyalsten Gutsherrn. Aber der Assessor ließ sich durch diesen Anschein nicht täuschen; er witterte rechts und links die Verschwörung, die er leider nicht greifen konnte, und streckte die Nase hoch in die Luft. Da war eine Thür – sie kam ihm verdächtig vor. Sie lag im Schatten eines mächtigen Pfeilers und war auffallend tief und fest in die Mauer gefügt. Die kleine Pforte führte jedenfalls zu einer Seitentreppe, vielleicht in geheime Gänge, möglicherweise sogar in die Keller hinab, welche die Phantasie Huberts sofort mit verborgenen Waffenlagern und ganzen Scharen von Hochverrätern bevölkerte. Ob man es versuchte, wenigstens auf die Klinke zu drücken? Im schlimmsten Falle konnte man sich mit einem Irrtume, mit einem Verirren in den Gängen des Schlosses entschuldigen; vielleicht lag hier der Schlüssel zu all seinen Geheimnissen. Da öffnete sich urplötzlich die Thür und – Waldemar Nordeck trat heraus. Der Assessor prallte zurück. Gerechter Gott! beinahe wäre er zum zweitenmal an den Herrn von Wilicza geraten. Ein einziger Blick durch die offene Spalte zeigte ihm, daß es dessen Schlafzimmer war, das er für so gefährlich gehalten. Waldemar ging mit sehr kühlem Gruße an ihm vorüber nach den Zimmern des Doktor Fabian. Hubert sah, daß ihm trotz seiner Entschuldigung das »verdächtige Subjekt« noch nicht vergeben war. Dieses Bewußtsein und die unerwartete Begegnung nahmen ihm für jetzt die Lust zu ferneren Entdeckungen, und als vollends ein Diener auf der Treppe erschien, blieb ihm nichts weiter übrig, als den Rückzug anzutreten.

Waldemar war inzwischen bei seinem Lehrer eingetreten, den er am Schreibtische fand, beschäftigt, die Bücher und Zeitungen, welche er vorhin vor den neugierigen Augen des Assessors in Sicherheit gebracht, wieder zu ordnen; der junge Gutsherr näherte sich gleichfalls dem Tische.

»Nun, was gibt es für Nachrichten?« fragte er. »Sie haben Briefe und Zeitungen aus J. erhalten. Ich sah es, als ich Ihnen vorhin das Briefpaket herübersandte.«

Der Doktor blickte auf. »Ach, Waldemar,« sagte er in schmerzlichem Tone, »warum haben Sie mich fast gezwungen, mit meinen stillen Studien und Arbeiten vor die Oeffentlichkeit zu treten! Ich sträubte mich von Anfang an dagegen, aber Sie ließen nicht nach mit Treiben und Drängen, bis ich das Buch erscheinen ließ.«

»Natürlich! Was nützt es Ihnen und der Welt, wenn es in Ihrem Schreibtische verschlossen bleibt? Aber was ist denn geschehen? Ihre ›Geschichte des Germanentums‹ wurde ja über alles Erwarten günstig in den betreffenden Kreisen aufgenommen. Gerade aus J. kam die erste Anerkennung vom Professor Weber, und ich dächte, dessen Name und Urteil wäre doch von entscheidendem Gewichte.«

»Das glaubte ich auch,« entgegnete Fabian niedergeschlagen. »Ich war so glücklich und stolz auf das Lob aus einem solchen Munde, aber gerade dies hat dem Professor Schwarz – Sie kennen ihn ja – Anlaß gegeben, in einer ganz unerhörten Weise über mich und mein Buch herzufallen. Lesen Sie nur!«

Er reichte ihm das Zeitungsblatt hin. Nordeck nahm es und las es ruhig durch, »Das sind ja allerliebste Bosheiten! Besonders der Schluß läßt darin nichts zu wünschen übrig: ›Wie wir hören, war diese von Herrn Professor Weber ganz neu entdeckte Berühmtheit längere Zeit Hauslehrer bei dem Sohne eines der ersten Grundbesitzer unsres Landes, mit dessen Erziehung sie aber durchaus kein glänzendes Resultat erzielte. Trotzdem mag der Einfluß dieses vornehmen Zöglings das Seinige gethan haben zu der maßlosen Ueberschätzung eines Werkes, mit dem ein ehrgeiziger Dilettant es versucht, sich in die Reihe von Männern der Wissenschaft zu drängen.‹«

Waldemar warf das Blatt auf den Tisch. »Armer Doktor, wie oft werden Sie es noch büßen müssen, mich Ungetüm erzogen zu haben! Freilich ist Ihre Erziehung so unschuldig an meiner Unliebenswürdigkeit wie mein Einfluß an der Weberschen Kritik Ihres Buches, aber den Hauslehrer vergibt man Ihnen nun einmal nicht in jenen Kreisen, und sollten Sie auch später selbst den Professorenstuhl besteigen.«

»Mein Gott, wer denkt daran!« rief der Doktor, förmlich erschreckt von dieser Idee. »Ich doch gewiß nicht, und ebendeshalb kränkt es mich so tief, daß mir Ehrgeiz und unberechtigtes

Eindrängen vorgeworfen wird, weil ich ein einfaches wissenschaftliches Werk geschrieben habe, das sich streng an die Sache hält, niemand beleidigt, niemand zu nahe tritt –«

»Und nebenbei ausgezeichnet ist,« fiel Waldemar ein. »Ich dächte, das müßten Sie endlich glauben, nachdem Weber so entschieden Partei dafür ergriffen hat. Sie wissen, er läßt sich nicht beeinflussen, und er war Ihnen doch sonst eine unbestrittene Autorität, zu der Sie bewundernd emporblickten.«

»Professor Schwarz ist auch eine Autorität.« »Ja, aber eine schwarzgallige, die keine Bedeutung außer der eigenen gelten läßt. Mein Gott, warum mußten Sie auch gerade mit dem Germanismus hervortreten! Das ist sein Fach, darüber hat er geschrieben, und wehe dem, der sich sonst noch darin zu regen wagt – sein Urteil ist von vornherein gesprochen. Sehen Sie doch nicht so mutlos aus! Das schickt sich nicht für die neu entdeckte Berühmtheit. Was würde Onkel Witold mit seiner souveränen Verachtung des ›alten Heidengerümpels‹ wohl zu dieser Entdeckung gesagt haben! Ich glaube, Sie wären daraufhin in Altenhof etwas respektvoller behandelt worden, als es leider der Fall war. Es war ein Opfer von Ihnen, bei mir auszuhalten.«

»Sprechen Sie doch nicht so, Waldemar!« sagte der Doktor mit einem Anfluge von Unwillen, »ich weiß am besten, auf wessen Seite jetzt das Opfer ist. Wer bestand denn hartnäckig darauf, mich bei sich zu behalten, obgleich ich ihm gar nichts nützen konnte, und weigerte sich doch stets, die kleinste Rücksicht anzunehmen, die mich von meinen Büchern entfernte? Wer gab mir die Mittel, mich jahrelang einzig dem Studium hinzugeben und mein zerstreutes Wissen zu sammeln und zu ordnen? Wer zwang mich fast, ihn auf der Reise zu begleiten, weil das angestrengte Arbeiten meine Gesundheit erschüttert hatte? Mir ist jene Stunde, in der Ihr Normann mich verwundete, zu großem Segen geworden; sie hat mir alles gegeben, was ich vom Leben hoffte und wünschte.«

»Da wünschen Sie wahrhaft sehr wenig,« unterbrach ihn Waldemar ungeduldig – er war offenbar bemüht, das Gespräch von diesem Punkte abzulenken. »Aber noch eins: ich begegnete ja vorhin im Schlosse dem genialen Vertreter des Polizeidepartements von L. Er kam von Ihnen, und auch drüben auf dem Gutshofe sehe ich ihn jede Minute auftauchen. Uns können doch seine Besuche nicht mehr gelten, seitdem wir uns als unverdächtige ›Subjekte‹ ausgewiesen haben. Was macht er denn noch fortwährend in Wilicza?«

Fabian sah mit großer Befangenheit zu Boden. »Ich weiß es nicht, aber ich vermute, daß seine häufige Anwesenheit in der Familie des Administrators einen durchaus persönlichen Grund hat. Mir machte er vorhin einen Besuch.«

»Und Sie empfangen ihn auch ganz freundschaftlich? Herr Doktor, Sie sind ein Mann nach der Lehre des Christentums. Wenn man Ihnen die rechte Wange schlägt, reichen Sie geduldig die linke hin. Ich glaube, Sie würden sich nicht einen Augenblick bedenken, dem Professor Schwarz den größten Freundschaftsdienst zu erweisen. Aber nehmen Sie sich in acht vor diesem verhaftungswütigem Assessor! Er ist sicher wieder auf der Jagd nach Verschwörern, und so beschränkt er auch ist, der Zufall könnte ihm doch einmal die rechten in die Hände spielen – hier in Wilicza ist das nicht schwer.«

Die letzten Worte wurden in so grollendem Tone gesprochen, daß der Doktor den ersten Band seiner »Geschichte des Germanentums«, den er in der Hand hielt, schnell niederlegte.

»Sie haben unangenehme Entdeckungen gemacht?« fragte er, »Schlimmere noch, als Sie erwarteten? Ich dachte es mir, wenn Sie mir auch bisher wenig genug darüber sagten.«

Waldemar hatte sich niedergesetzt und stützte den Kopf in die Hand. »Sie wissen ja, ich spreche nicht gern von Widerwärtigkeiten, deren ich noch nicht Herr geworden bin, und überdies brauchte ich Zeit, um mich zu orientieren. Wer stand mir denn dafür, daß der Administrator nicht auch ein Interesse hatte, die Sache so darzustellen, wie er es tat, daß er nicht wenigstens übertrieb und entstellte? In solchen Dingen darf man nur dem eigenen Urteile vertrauen, und ich habe das meinige in diesen letzten Wochen gebraucht. Leider bestätigt sich jedes Wort, das Frank mir geschrieben hat. So weit seine Machtvollkommenheit reicht, herrscht Ordnung, und es mag ihm schwer genug geworden sein, sie zu halten und zu verteidigen. Auf den anderen

Gütern aber, auf den Pachthöfen und vollends in den Forsten – Ich war auf Schlimmes gefaßt, aber solch ein Chaos hätte ich denn doch nicht erwartet.«

Fabian schob seine Bücher und Zeitungen jetzt gänzlich beiseite und folgte der Schilderung Waldemars mit ängstlicher Teilnahme. Die düstere Miene seines Zöglings schien ihn zu beunruhigen.

»Onkel Witold hat immer gemeint, meine polnische Herrschaft ließe sich aus der Ferne verwalten,« fuhr Nordeck fort, »und er hatte leider auch mich in diesem Glauben erzogen. Ich liebte Wilicza nicht. Für mich wurzelten hier nur bittere Erinnerungen an das unheilbare Zerwürfnis meiner Eltern, an meine ersten freudlosen Kinderjahre; ich war gewohnt, Altenhof als meine Heimat anzusehen, und später, als ich hätte hierherkommen sollen, herkommen müssen, da – war etwas anderes, was mich zurückhielt. Das rächt sich jetzt. Die zwanzigjährige Beamtenwirtschaft, die mein Vormund duldete, hat schon Unheil genug gestiftet, aber das Aergste haben die letzten vier Jahre unter dem Baratowskischen Regimente gethan. Freilich ist es meine Schuld allein. Warum habe ich mich nie um mein Eigentum gekümmert, warum machte ich die leidige Gewohnheit des Onkels, jedem Berichte zu glauben, der auf dem Papiere stand, zu der meinigen? Jetzt stehe ich wie verraten und verkauft auf meinem Grund und Boden.«

»Sie waren ja noch so jung damals, als Sie mündig gesprochen wurden,« begütigte der Doktor. »Die drei Jahre auf der Universität waren wirklich dringend notwendig für Ihre Ausbildung, und als wir dann noch ein Jahr auf Reisen waren, ahnte ja niemand, wie die Dinge hier standen. Wir sind sofort umgekehrt, als Sie den Brief des Administrators erhielten, und Sie mit Ihrer Energie sind doch sicher auch den schlimmsten Verhältnissen gewachsen.«

»Wer weiß!« sagte Waldemar finster. »Die Fürstin ist meine Mutter, und sie und Leo sind gänzlich von meiner Großmut abhängig – das ist es, was mir die Hände bindet. Wenn ich es zu einem ernstlichen Zerwürfnisse kommen lasse, so müssen sie Wilicza verlassen. Rakowicz ist dann ihre einzige Zuflucht, und einer solchen Demütigung will ich wenigstens meinen Bruder nicht aussetzen. Und doch muß ein Ende gemacht werden, besonders mit dem, was im Schlosse geschieht. Sie ahnen noch nichts davon? Ich glaube es, aber ich weiß desto mehr. Ich wollte nur erst klar in der Sache sehen – und nun werde ich mit meiner Mutter reden.«

Es trat eine längere Pause ein. Fabian wagte keine Erwiderung; er wußte, daß, wenn das Gesicht des jungen Schloßherrn so aussah wie jetzt, es sich nicht um Kleinigkeiten handelte, endlich aber trat er doch auf ihn zu und legte die Hand auf seine Schulter mit der leisen Frage:

»Waldemar, was ist denn gestern auf der Jagd vorgefallen?«

Waldemar blickte auf, »Auf der Jagd? Nichts! Wie kommen Sie darauf?«

»Weil Sie so grenzenlos verstimmt zurückkamen. Ich hörte freilich bei Tische einige Andeutungen über einen Streit zwischen Ihnen und dem Fürsten Baratowski –«

»Nicht doch!« sagte Nordeck gleichgültig, »Leo war allerdings empfindlich, weil ich sein Lieblingspferd beim Reiten etwas unsanft behandelte, die Sache ist aber von gar keiner Bedeutung und bereits ausgeglichen.«

»Dann war es also etwas andres.«

»Ja – etwas andres.« Es folgte ein erneutes sekundenlanges Schweigen, dann begann der Doktor wieder:

»Waldemar, die Fürstin nannte mich neulich Ihren einzigen Vertrauten; ich hätte ihr entgegnen können, daß Sie überhaupt keinen Vertrauten haben. Etwas stehe ich Ihnen vielleicht näher, als alle andern, aber Ihr Inneres schließen Sie auch mir niemals auf. Müssen Sie denn durchaus alles allein tragen und durchkämpfen?«

Waldemar lächelte, aber es war ein kaltes, freudloses Lächeln. »Sie müssen mich schon nehmen, wie ich nun einmal bin. Aber wozu denn die Besorgnis? Ich habe doch wohl bei all den Sorgen und Widerwärtigkeiten, die hier auf mich einstürmen, Grund genug, verstimmt zu sein.«

Der Doktor schüttelte den Kopf, »Das ist es nicht. Dergleichen reizt und erbittert Sie höchstens, aber die Stimmung, die Sie jetzt beherrscht, ist eine andre. So habe ich Sie nur einmal gesehen, Waldemar, damals in Altenhof, als –«

»Herr Doktor, ich bitte, verschonen Sie mich mit diesen Erinnerungen!« unterbrach ihn Waldemar so rauh und ungestüm, daß Fabian zurückwich, aber er besann sich sofort wieder. »Es thut mir leid, daß auch Sie unter dem Aerger leiden müssen, den dieses Wilicza mir verursacht,« fuhr er mit bedeutend gemilderter Stimme fort. »Es war überhaupt egoistisch von mir, daß ich Sie mit hierher nahm. Sie hätten nach J. zurückkehren sollen, wenigstens so lange, bis ich hier Ordnung geschafft habe und Ihnen ein ruhiges Asyl bieten kann.«

»Ich hätte Sie unter keiner Bedingung allein gelassen,« erklärte Fabian mit seiner sanften Stimme, die aber diesmal etwas ungewöhnlich Bestimmtes hatte.

Waldemar reichte ihm wie zur Abbitte die Hand. »Das weiß ich ja, aber nun quälen Sie sich auch nicht länger mit meinen Sorgen, oder ich bereue es wirklich, offen gegen Sie gewesen zu sein. Sie haben genug mit Ihren eigenen Angelegenheiten zu thun. Wenn Sie nach J. schreiben, so sagen Sie dem Professor Weber einen Gruß von mir, und ich wäre eben dabei, Ihr Werk ins Praktische zu übersetzen und meinen urslavischen Gütern etwas von der ›Geschichte des Germanentums‹ aufzuprägen; es thäte not hier in Wilicza. – Leben Sie wohl!«

Er ging. Doktor Fabian blickte ihm nach und seufzte. »Undurchdringlich und starr wie ein Fels, sobald man es versucht, diesem einen Punkte nahe zu kommen, und ich weiß doch, daß er bis auf den heutigen Tag noch nicht damit fertig geworden ist und es niemals werden wird. Ich fürchte, der unglückselige Einfluß, um dessen willen wir Wilicza so lange mieden, fängt wieder an, seine Kreise zu ziehen. Mag Waldemar es leugnen, wie er will, als er gestern von der Jagd zurückkam, habe ich es gesehen – er ist wieder in dem alten Bann.«

Es war am Abend desselbigen Tages. In Wilicza herrschte die vollste Ruhe und Stille im Gegensatz zu gestern, wo alles von Gästen schwärmte. Nach der Rückkehr von der Jagd hatte noch ein großes Souper stattgefunden, das sich bis in die Nacht hinein ausdehnte, und die meisten der Eingeladen hatten erst am heutigen Morgen das Schloß verlassen. Auch Graf Morynski und Leo waren zum Besuch eines der Gutsnachbarn abgereist; sie beabsichtigten erst in einigen Tagen heimzukehren. Wanda war zur Gesellschaft ihrer Tante zurückgeblieben.

Die beiden Damen befanden sich also heute abend allein im Salon; er war bereits erleuchtet, und die Vorhänge waren überall herabgelassen; man merkte hier drinnen nichts von dem rauhen Novembersturm, der draußen tobte. Die Fürstin saß auf dem Sofa, während die junge Gräfin von ihrem Sitze aufgestanden war; sie hatte den Sessel wie im Unmut zurückgestoßen und ging unruhig im Zimmer auf und nieder.

»Ich bitte dich, Wanda, verschone mich mit diesen Kassandrawarnungen!« sagte die ältere Dame, »Ich wiederhole dir, daß dein Urteil vollständig von deiner Antipathie gegen Waldemar beeinflußt wird. Muß er denn notgedrungen unser aller Feind sein, weil du fortwährend mit ihm auf dem Kriegsfuße stehst?«

Wanda hemmte ihren Schritt, und ein finsterer Blick flog zu der Sprechenden hinüber. »Vielleicht bereust du es noch einmal, Tante, daß du nur Spott für meine Warnungen hast,« erwiderte sie. »Ich bleibe dabei, du täuschest dich in deinem Sohne. Er ist weder so blind noch so gleichgültig, wie du und ihr alle glaubt.«

»Willst du mir statt all dieser dunkeln Prophezeiungen nicht lieber klar und deutlich sagen, *was* du eigentlich fürchtest?« fragte die Fürstin. »Du weißt, ich gebe in solchen Dingen nichts auf Meinungen und Ansichten – ich verlange Beweise. Woher kommt dir der Verdacht, an dem du so hartnäckig festhältst? Was hat dir Waldemar eigentlich gesagt, als du gestern mit ihm auf der Försterei zusammentrafest?«

Wanda schwieg. Dieses Zusammentreffen am Waldsee – nicht auf der Försterei, wie sie für gut befunden hatte, ihrer Tante zu sagen – bewies doch im Grunde nichts für ihre Behauptungen, denn Waldemar hatte ihr gegenüber nicht das geringste zugegeben, und sie hätte um keinen Preis der Welt die Einzelheiten ihres Gespräches mit ihm wiederholt. Sie konnte nichts anführen, als jenen seltsamen Instinkt, welcher sie von Anfang an geleitet hatte bei der Beurteilung eines Charakters, der sich sogar dem Scharfblick der Fürstin verhüllte, aber sie wußte sehr gut, daß sie Ahnungen und Instinkte nicht geltend machen durfte, ohne ein Spottlächeln auf die Lippen ihrer Tante zu rufen.

»Wir sprachen nur wenig miteinander,« entgegnete sie endlich, »aber es war genug, um mich zu überzeugen, daß er bereits mehr weiß, als er wissen sollte.«

»Das ist möglich,« versetzte die Fürstin mit vollkommener Ruhe, »und darauf mußten wir früher oder später gefaßt sein. Ich zweifle zwar, daß Waldemar selbst Beobachtungen angestellt hat, aber man wird ihm das Nötige wohl drüben auf dem Gutshofe eingeflüstert haben, wo er mehr verkehrt, als mir lieb ist. Er weiß eben, was der Administrator weiß, und was auch in L. kein Geheimnis mehr ist, daß wir zu den Unsern halten. Ein tieferer Einblick ist ihm so wenig möglich wie den andern; danach haben wir unsre Maßregeln genommen. Uebrigens beweist seine ganze bisherige Haltung, daß ihm die Sache vollkommen gleichgültig ist, und sie kann es ihm auch sein, da sie ihn persönlich nicht im mindesten berührt; in jedem Falle aber besitzt er Anstandsgefühl genug, seine nächsten Blutsverwandten nicht preiszugeben. Ich habe es erprobt, als es sich um die Entlassung Franks handelte; sie war ihm unangenehm – das weiß ich, und doch zögerte er nicht, sich auf meine Seite zu stellen, weil ich bereits zu weit gegangen war, als daß er noch hätte widerrufen können, ohne mich preiszugeben. Ich werde sorgen, daß ihm auch in ernsteren Fällen keine Wahl bleibt, wenn er wirklich einmal Lust zeigen sollte, den Schloßherrn oder den Deutschen herauszukehren.«

»Du willst nicht hören,« sagte Wanda abbrechend. »So mag denn die Zukunft entscheiden, wer von uns beiden recht hat. – Jetzt noch eine Bitte, liebe Tante! Du hast wohl nichts dagegen, wenn ich morgen früh nach Hause zurückkehre?«

»So bald schon? Es war ja ausgemacht, daß dein Vater dich hier abholen sollte.«

»Ich bin einzig hier geblieben, um eine ungestörte Unterredung mit dir über diesen Punkt zu haben; sonst hätte mich nichts in Wilicza zurückgehalten. Es war umsonst, wie ich sehe – also laß mich fort!«

Die Fürstin zuckte die Achseln. »Du weißt, mein Kind, wie gern ich dich um mich sehe, aber ich gestehe dir offen, nach dem heutigen Zusammentreffen bei Tische habe ich nichts gegen deine beschleunigte Abreise einzuwenden. Du und Waldemar, ihr wechselt ja auch nicht eine Silbe miteinander; ich mußte fortwährend den Doktor Fabian ins Gespräch ziehen, um nur einigermaßen die Pein dieser Stunde zu überwinden; wenn du dich bei den doch nun einmal unvermeidlichen Begegnungen nicht mehr beherrschen kannst, so ist es wirklich besser, du gehst.«

Trotz des sehr ungnädigen Tones, in welchem die Erlaubnis erteilt wurde, atmete die junge Gräfin doch auf, als sei damit eine Last von ihr genommen.

»So werde ich den Papa benachrichtigen, daß er mich bereits in Rakowicz findet und nicht erst den Umweg über Wilicza zu nehmen braucht,« sagte sie rasch. »Du erlaubst mir wohl auf einige Minuten deinen Schreibtisch?«

Die Fürstin machte eine zustimmende Bewegung; diesmal hatte sie in der That nichts gegen die Abreise ihrer Nichte einzuwenden, denn sie war es müde, fortwährend zwischen ihr und Waldemar stehen zu müssen, um eine Scene oder gar einen vollständigen Bruch zu verhüten, mit dem Eigensinn der beiden ließ sich nun einmal nichts anfangen. Wanda ging in das anstoßende Arbeitskabinett ihrer Tante, das nur eine halbgeöffnete Portiere von dem Salon trennte, und setzte sich an den Schreibtisch. Sie hatte jedoch kaum die ersten Worte geschrieben, als ein rasches Oeffnen der Salonthür und ein fester, sicherer Schritt, der sogar auf dem weichen Teppich hörbar wurde, sie innehalten ließ. Gleich darauf ertönte Waldemars Stimme nebenan. Langsam legte die Gräfin die Feder nieder; man konnte sie hier im Kabinett unmöglich bemerken, und sie fühlte keine Veranlassung, ihre Gegenwart kund zu thun, sondern verharrte unbeweglich, den Kopf auf den Arm gestützt; es entging ihr kein Wort von dem, was im Salon gesprochen wurde.

Auch die Fürstin sah beim Eintritt ihres Sohnes überrascht auf. Er pflegte sie um diese Zeit niemals aufzusuchen. Waldemar brachte die Abende stets in seinen eigenen Zimmern zu, in der ausschließlichen Gesellschaft des Doktors Fabian. Heute aber schien ein Ausnahmefall stattzufinden, denn er nahm nach kurzer Begrüßung an der Seite seiner Mutter Platz und begann von der gestrigen Jagd zu sprechen.

Einige Minuten lang drehte sich die Unterhaltung um gleichgültige Dinge. Waldemar hatte ein auf dem Tische liegendes Album mit Aquarellzeichnungen ergriffen und blätterte darin, während die Fürstin sich in die Sofakissen zurücklehnte.

»Hast du schon gehört, daß dein Administrator beabsichtigt, selbst Gutsherr zu werden?« warf sie im Laufe des Gespräches hin. »Er geht ernstlich damit um, sich in der Nachbarschaft anzukaufen. Die Stellung in Wilicza muß doch sehr einträglich gewesen sein, denn soviel ich weiß, besaß Frank kein Vermögen, als er hierher kam.«

»Er hat aber zwanzig Jahre lang ein sehr bedeutendes Einkommen gehabt,« meinte Waldemar, ohne von den Blättern aufzusehen. »Nach der Art, wie sein Haushalt eingerichtet ist, kann er kaum die Hälfte davon verbraucht haben.«

»Und nebenbei wird er auch wohl seinen Vorteil wahrgenommen haben, wo und wie es nur anging. Doch das beiseite – ich wollte dich fragen, ob du schon an einen Ersatz für ihn gedacht hast?«

»Nein.«

»So möchte ich dir einen Vorschlag machen. Der Pächter von Janowo vermag das Gut nicht mehr zu halten; er ist durch unverschuldete Unglücksfälle zurückgekommen und genötigt, sich wieder in Abhängigkeit zu begeben. Ich glaube, daß er sich für die Stellung in Wilicza ganz außerordentlich eignen würde.«

»Ich glaube es nicht,« sagte Waldemar sehr ruhig. »Der Mann ist den ganzen Tag betrunken und hat seine Pachtung durch eigene Schuld und in der unverantwortlichsten Weise zu Grunde gerichtet.«

Die Fürstin biß sich auf die Lippen. »Wer hat dir das gesagt? Der Administrator jedenfalls.«

Der junge Gutsherr schwieg, während seine Mutter in etwas gereiztem Tone fortfuhr:

»Ich denke begreiflicherweise nicht daran, dich in der Wahl deiner Beamten zu beeinflussen, aber in deinem eigenen Interesse möchte ich dich doch warnen, den Verleumdungen Franks so unbedingten Glauben zu schenken. Der Pächter ist ihm als Nachfolger unbequem und deshalb intrigiert er gegen ihn.«

»Schwerlich,« versetzte Waldemar mit derselben Gelassenheit wie vorhin, »denn er weiß bereits, daß ich ihm keinen Nachfolger zu geben gedenke. Für die Einzelheiten der Wirtschaft genügen die beiden deutschen Inspektoren vollkommen, und was die Oberleitung betrifft, so werde ich sie selbst in die Hand nehmen.«

Die Fürstin stutzte. Es war, als ob ihr etwas plötzlich den Atem raube. »Du selbst?« wiederholte sie. »Das ist mir neu.«

»Das sollte es doch nicht sein. Es ist ja stets die Rede davon gewesen, daß ich meine Güter einmal selbst übernehmen würde. Der Universitätsbesuch und die Reisen haben das wohl verzögert, aber doch nicht aufgehoben. Die Land- und Forstwirtschaft kenne ich genügend; dafür hat mein Vormund gesorgt. Ich werde allerdings einige Mühe haben, mich in die hiesigen Verhältnisse hineinzufinden, aber bis zum Frühjahr bleibt mir ja noch Frank zur Seite.«

Er warf das alles mit einer Gleichgültigkeit hin, als sage er ganz selbstverständliche Dinge, und schien dabei so vollständig in die Betrachtung einer Aquarellzeichnung vertieft zu sein, daß er die Bestürzung seiner Mutter gar nicht gewahrte. Diese hatte sich aus ihrer nachlässigen Stellung aufgerichtet und sah ihn forschend und unverwandt an, aber sie machte dieselbe Erfahrung wie gestern ihre Nichte – aus diesem Antlitze ließ sich nichts herauslesen.

»Es ist doch seltsam, daß du nie ein Wort über diesen Entschluß hast fallen lassen,« bemerkte sie. »Du ließest uns alle nur an einen kurzen Besuch glauben.«

»Er war auch anfangs beabsichtigt, aber ich sehe, daß den Gütern die Hand des Herrn fehlt. Ueberhaupt,« fuhr er nach einer Pause fort, »habe ich mit dir zu reden, Mutter.«

Er schloß das Buch und warf es auf den Tisch. Jetzt zum erstenmal kam der Fürstin der Gedanke, der »Instinkt« Wandas könne doch richtiger gesehen haben, als ihr eigener sonst so untrüglicher Blick; sie sah den Sturm kommen, aber sie war auch sofort bereit, ihm zu begegnen, und der Ausdruck von Entschlossenheit in ihrem Gesichte ließ keinen Zweifel darüber, daß es ein schwerer Kampf sein werde, den der Sohn mit ihr zu bestehen hatte.

»So sprich!« sagte sie kalt. »Ich höre dir zu.«

Waldemar hatte sich erhoben und das Auge finster auf sie gerichtet. »Als ich dir vor vier Jahren Wilicza zum Wohnsitze anbot, fühlte ich mich verpflichtet, die Stellung meiner Mutter in einer Weise zu regeln, daß sie hier als Schloßherrin auftreten konnte – die Güter selbst blieben ja wohl mein Eigentum?«

»Hat dir das schon jemand bestritten?« fragte die Fürstin in gleichem Tone. »Ich dächte, dein Recht auf deine Güter wäre noch von keiner Seite angezweifelt worden.«

»Nein, aber ich sehe jetzt, was es heißt, sie jahrelang in den Händen der Baratowski und Morynski zu lassen.«

Die Fürstin erhob sich jetzt gleichfalls. Mit ihrem ganzen Stolze stand sie dem Sohne gegenüber.

»Was soll das heißen? Willst du etwa mich dafür verantwortlich machen, wenn die Verwaltung nicht nach deinen Wünschen ist? Klage deinen Vormund an, der hier ein halbes Menschenalter hindurch eine ganz unerhörte Beamtenwirtschaft duldete! Mir ist das nicht verborgen geblieben, aber das hast du mit deinen Untergebenen auszumachen, mein Sohn, und nicht mit mir.«

»Mit *meinen* Beamten?« rief Waldemar bitter. »Ich glaube, Frank ist der einzige, der mich noch als Herrn anerkennt; die übrigen stehen sämtlich in deinen Diensten, und wenn sie es auch wohl nicht wagen werden, mir offen den Gehorsam zu verweigern, so weiß ich doch, daß jeder meiner Befehle ein Heer von Ausflüchten, Intriguen und Verneinungen hervorruft, sobald du es für gut hältst, dein ›Nein‹ dagegen zu setzen.«

»Du träumst, Waldemar,« sagte die Fürstin mit spottender Ueberlegenheit. »Ich habe nicht geglaubt, daß du so vollständig unter dem Einflusse des Administrators stehst, ich bitte dich aber ernstlich, diesem Einflusse Schranken zu setzen, sobald es sich um deine Mutter handelt.«

»Und ich bitte dich, gib die alten Versuche auf, mich zu stacheln!« unterbrach sie der junge Gutsherr. »Einst vermochtest du es freilich, mich mit der Furcht vor einem fremden Einflusse, der sich meiner bemächtigen könnte, geradeswegs in den deinigen hineinzutreiben; erst seit ich einen eigenen Willen habe, ist es mir gleichgültig, ob ich den Schein davon bewahre oder nicht. Ich habe wochenlang geschwiegen, eben weil ich den Berichten des Administrators nicht traute; ich wollte mit eigenen Augen sehen, jetzt aber frage ich dich: Wer hat die Pachtgüter, die vor vier Jahren noch sämtlich in deutschen Händen waren, an deine Landsleute ausgeliefert, zu ganz unglaublichen Bedingungen, ohne jede Garantie, ohne jede Sicherstellung gegen den Ruin, dem sie die Pachtungen entgegenführten? Wer hat in die Forstverwaltung ein Personal gebracht, das euren nationalen Interessen allerdings vorzüglich dienen mag, den Ertrag meiner Waldungen aber um die Hälfte verringert? Wer hat endlich dem Administrator seine Stellung so unerträglich gemacht, daß ihm nichts übrigblieb, als zu gehen? Er besaß zum Glück Energie genug, mich zu Hilfe zu rufen, sonst wäre ich wahrscheinlich noch länger fortgeblieben, und es war die höchste Zeit, daß ich kam. Du hast rücksichtslos alles den Traditionen deiner Familie geopfert, meine Beamten, mein Vermögen, meine Stellung sogar, denn man glaubt natürlich, es sei mit meiner Bewilligung geschehen. Die Güter sind zu Zeiten meines Vormundes schlecht verwaltet worden, aber es konnte ihnen nicht viel schaden, denn sie tragen unerschöpfliche Hilfsquellen in sich, erst die letzten vier Jahre unter deiner Hand haben sie an den Rand des Verderbens gebracht. Dir konnte das nicht verborgen bleiben. Du hast Scharfblick genug, zu sehen, wohin das schließlich führen mußte, und Energie genug, dem Verderben zu steuern, sobald du nur wolltest, aber freilich, solche Rücksichten konnten und durften nicht gelten. – Du hattest Wilicza ja einzig für die Revolution vorzubereiten.«

Die Fürstin hatte schweigend zugehört, mit einer Art von starrem Erstaunen, das sich mit jeder Minute steigerte und mehr der Haltung als den Worten ihres Sohnes galt. Es war ja nicht das erste Mal, daß in diesen Räumen solche Worte fielen: der verstorbene Nordeck hatte seiner Gemahlin oft genug vorgeworfen, daß sie »rücksichtslos alles den Traditionen ihrer Familie opfere«, nur daß er im Entstehen zu verhindern wußte, was jetzt nahezu ausgeführt war, aber nie hatte eine solche Scene stattgefunden, ohne daß sich die Natur des Gutsherrn in ihrer ganzen

Roheit zeigte. Mit maßlosem Wüten und Toben, mit einem Strom von wilden Schmähungen und Drohungen versuchte er sein Gebieterrecht geltend zu machen, ohne daß er der stolzen, furchtlosen Frau jemals etwas andres entrissen hätte, als ein Lächeln der Verachtung. Sie wußte ja, daß der Emporkömmling weder Meinung noch Charakter besaß, daß sein Haß wie seine Parteinahme nur den niedrigsten Beweggründen entstammten, und wenn irgend etwas ihrer Verachtung gleichkam, so war es die Empörung darüber, daß man ihr einen solchen Mann als Gatten aufgezwungen. Hätte ihr Waldemar eine ähnliche Scene gemacht, es würde sie nicht im mindesten überrascht haben; daß er es nicht that, das eben machte sie so bestürzt. Er stand ihr in vollkommen ruhiger Haltung gegenüber und warf ihr kalt, aber mit vernichtender Schärfe Wort auf Wort, Beweis auf Beweis entgegen. Sie sah trotzdem, wie es in ihm kochte. Die Ader an seinen Schläfen schwoll drohend auf, und seine Hand vergrub sich krampfhaft in die Polster des Sessels, an dem er stand, aber das waren auch die einzigen Zeichen der inneren Gereiztheit. Blick und Stimme verrieten nichts davon; er beherrschte sie vollständig.

Es vergingen einige Sekunden, ehe die Fürstin antwortete. Ein Ableugnen oder Verbergen ließ ihr Stolz nicht zu – es wäre auch nutzlos gewesen. Waldemar wußte offenbar zu viel. Auf seine Blindheit konnte sie nicht ferner rechnen; es galt also, eine ganz neue Stellung einzunehmen.

»Du übertreibst,« entgegnete sie endlich. »Bist du so furchtsam, dein ganzes Wilicza bereits in Revolution zu sehen, weil ich bisweilen meinen Einfluß zu Gunsten meiner Schützlinge verwandt habe? Es thut mir leid, wenn einige derselben mein Vertrauen täuschten und dir Schaden zufügten, wo sie ihre Pflicht hätten thun sollen, aber das kommt überall vor; es steht dir ja frei, sie zu entlassen. Was ist denn eigentlich, was du mir zum Vorwurf machst? Die Güter waren so gut wie herrenlos, als ich hierher kam. Du kümmertest dich nicht darum, fragtest niemals danach. Da glaubte ich mich als Mutter berechtigt, die Zügel, die deiner Hand so vollständig entglitten, in die meinige zu nehmen, wo sie wohl immer noch besser aufgehoben waren, als bei deinen Untergebenen. Ich habe sie allerdings in *meiner* Weise geführt, aber du wußtest ja, daß ich von jeher auf seiten meiner Familie und meines Volkes gestanden habe – ich machte dir niemals ein Geheimnis daraus; mein ganzes Leben zeugt davon, und dir gegenüber bedarf das doch hoffentlich keiner Rechtfertigung. Du bist mein Sohn, so gut wie du der Sohn deines Vaters bist, und das Blut der Morynski fließt auch in deinen Adern.«

Waldemar fuhr auf, als wolle er mit vollster Heftigkeit gegen diese Behauptung protestieren, aber noch siegte in ihm die Selbstbeherrschung.

»Es ist wohl das erste Mal in deinem Leben, daß du mir überhaupt einen Anteil an diesem Blute zugestehst,« antwortete er schneidend. »Bisher hast du in mir immer nur den Nordeck gesehen und – verachtet. In Worten freilich zeigtest du mir das nie, aber denkst du, ich verstehe es nicht, Blicke zu deuten? Ich habe oft genug gesehen, mit welchem Ausdruck die deinigen sich von Leo oder deinem Bruder auf mich wandten. Du hast die Erinnerung an deine erste Ehe wie an eine Schmach und Erniedrigung von dir geworfen, hast an der Seite des Fürsten Baratowski, in der Liebe deines Jüngstgeborenen nicht nach mir gefragt, und als die Verhältnisse dich zwangen, dich mir wieder zu nähern, da war ich wohl das letzte, was du suchtest. Ich mache dir keinen Vorwurf daraus, mein Vater mag ja vieles an dir gesündigt haben, so viel, daß du seinen Sohn unmöglich lieben konntest, aber ebendeshalb wollen wir uns auch nicht auf Gefühle und Beziehungen berufen, die zwischen uns nun einmal nicht existieren. Ich werde dir in der nächsten Zeit wohl beweisen müssen, daß ich auch nicht einen Tropfen von dem Blute der Morynski in mir habe. Auf deinen Leo magst du es vererbt haben – ich bin aus anderm Stoffe gemacht.«

»Ich sehe es,« sagte die Fürstin tonlos, »aus anderm, als ich dachte. Ich habe dich nie gekannt.«

Er schien den Einwurf nicht zu beachten, »Du begreifst es also wohl, daß ich die Verwaltung der Güter jetzt in meine eigene Hand nehme,« begann er wieder, »Und nun noch eine Frage – was waren das für Besprechungen, die gestern nach dem Souper bei dir stattfanden und sich bis in den Morgen hinein ausdehnten?«

»Waldemar, das geht mich allein an,« erklärte die Mutter mit eisiger Abwehr. »In meinen Zimmern werde ich doch wenigstens noch Herrin sein.«

»Unbedingt, sobald es sich um deine Angelegenheiten handelt; für Parteizwecke gebe ich Wilicza nicht länger her. Ihr haltet hier eure Zusammenkünfte – von hier aus gehen die Befehle über die Grenze und kommen die Botschaften von dort; die Keller des Schlosses liegen voll Waffen! Ihr habt ein ganzes Arsenal da unten zusammengehäuft.«

Die Fürstin war bei den letzten Worten totenbleich geworden, aber sie hielt auch diesem Schlage stand. Nicht eine Muskel ihres Gesichtes zuckte, als sie erwiderte: »Und weshalb sagst du mir das alles? Weshalb gehst du nicht nach L., wo man deine Entdeckungen sehr bereitwillig aufnehmen wird? Du hast ja ein so ausgezeichnetes Talent zum Spion bewiesen, daß es dir nicht viel Ueberwindung kosten kann, nun auch noch zum Denunzianten zu werden.«

»Mutter!« Es war ein Aufschrei der leidenschaftlichsten Wut, der von den Lippen des jungen Mannes kam, und seine geballte Hand fiel mit zerschmetterndem Schlage auf die Lehne des Sessels nieder. Die alte Wildheit brach wieder hervor und drohte all die mühsam errungene Selbstbeherrschung der letzten Jahre mit sich fortzureißen. Er bebte am ganzen Körper, und sein Aussehen war derart, daß die Mutter unwillkürlich die Hand an die Klingel legte, als wolle sie Hilfe herbeirufen, aber gerade diese Bewegung brachte Waldemar wieder zu sich. Er wendete sich stürmisch ab und trat an das Fenster.

Es vergingen einige stumme peinliche Minuten. Die Fürstin empfand bereits, daß sie sich zu weit hatte fortreißen lassen, sie, die Kalte, Besonnene, ihrem Sohne gegenüber. Sie sah, wie furchtbar er mit seinem Jähzorn rang und was dieses Ringen ihm kostete, aber sie sah auch, daß der Mann, der mit so eiserner Energie eine unglückliche Naturanlage, das verhängnisvolle Erbteil seines Vaters, niederzuzwingen wußte, ein ebenbürtiger Gegner war.

Als Waldemar zu ihr zurückkehrte, war der Anfall vorüber. Er hatte die Arme übereinandergeschlagen, als müsse er sich gewaltsam zur Ruhe zwingen; seine Lippen zuckten noch, aber seine Stimme klang schon wieder beherrscht.

»Als du damals in C. die Zukunft meines Bruders meiner ›Großmut‹ übergabst, da dachte ich nicht, daß sie mir das eintragen würde. Spion! Weil ich mich unterfing, die Decke von den Geheimnissen meines Schlosses zu heben! Ich könnte dir ein andres Wort entgegensetzen, das noch schlimmer klingt. Wer genießt das Gastrecht in Wilicza, du oder ich, und wer hat es gebrochen?«

Die Fürstin sah finster vor sich nieder. »Wir wollen nicht darüber streiten. Ich habe gethan, was mir Recht und Pflicht hieß, aber es wäre nutzlos, dich davon überzeugen zu wollen. Was gedenkst du zu thun?«

Waldemar schwieg einen Moment lang, dann sagte er mit gesenkter Stimme, aber jedes einzelne Wort betonend: »Ich reise morgen ab. Ich gehe in Geschäften nach P. und kehre erst in acht Tagen zurück. Bis dahin wird Wilicza frei sein von allem, was es jetzt Ungesetzliches birgt; bis dahin werden all die Verbindungen abgebrochen sein, soweit sie das Schloß berühren. Verlege sie nach Rakowicz oder wohin du willst, aber mein Gebiet bleibt frei davon. Unmittelbar nach meiner Rückkehr findet hier eine zweite größere Jagd statt, der auch der Präsident und die Offiziere der Garnison von L. beiwohnen werden. Du hast wohl die Güte, als Repräsentantin des Hauses deinen Namen mit unter die Einladungen zu setzen?«

»Nein!« erklärte die Fürstin energisch.

»So unterzeichne ich die Briefe allein. Geladen werden die Gäste jedenfalls; es ist notwendig, daß ich endlich einmal Stellung nehme in der Frage, die jetzt die ganze Provinz beschäftigt. Man muß in L. wissen, auf welcher Seite man mich zu suchen hat. Es steht dir allerdings frei, an dem betreffenden Tage krank zu sein oder zu deinem Bruder zu fahren, ich gebe dir aber zu bedenken, ob es gut ist, wenn das Zerwürfnis zwischen uns öffentlich und damit unwiderruflich wird. Noch bleibt uns beiden die Möglichkeit, diese Stunde und dieses Gespräch zu vergessen. Ich werde dich nicht wieder daran erinnern, sobald ich mich überzeuge, daß meine Forderungen erfüllt sind; es steht also bei dir, was du thun willst. Ich habe Leos Entfernung abgewartet, weil sein heißes Temperament eine solche Scene nicht ertragen hätte, und weil ich ihm und dem

Grafen Morynski die Demütigung ersparen wollte, das, was doch nun einmal durchaus gesagt werden mußte, aus meinem Munde zu vernehmen. Von dir werden sie es eher hören können. Ich bin es nicht, der den Bruch will.«

»Und wenn ich nun den Befehlen, die du mir so tyrannisch zuschleuderst, *nicht* nachkäme?« fragte die Fürstin langsam. »Wenn ich deinem anerkannten Erbrechte das meinige entgegensetzte, ich, die Witwe deines Vaters, die nur ein ungerechtes, unerhörtes Testament von dem Orte vertrieb, der von Rechts wegen ihr Witwensitz hätte sein sollen? Vor den Gesetzen werde ich allerdings nichts damit ausrichten, aber mir gibt es die Ueberzeugung, daß ich dir auf diesem Boden nicht zu weichen habe, und ich weiche dir nicht. Die Fürstin Baratowska müßte nach dem, was du ihr soeben anzuhören gegeben hast, mit ihrem Sohne gehen, um nicht zurückzukehren – die einstige Herrin von Wilicza behauptet ihr Recht. Sei auf deiner Hut, Waldemar! Ich könnte dich eines Tages vor die Notwendigkeit stellen, entweder dein Herrscherwort von vorhin zu widerrufen oder deine Mutter und deinen Bruder dem Schlimmsten preiszugeben.«

»Versuche es,« sagte Waldemar kalt, »aber mache mich nicht verantwortlich für das, was dann geschieht!«

Sie standen einander gegenüber, Auge in Auge, und es war seltsam, daß gerade jetzt eine Aehnlichkeit zwischen beiden hervortrat, die bisher noch allen entgangen war, eine einzige ausgenommen. »Die Stirn mit der seltsam gezeichneten blauen Ader hat er von dir,« hatte Wanda einst zu ihrer Tante gesagt, und in der That, es war dieselbe hohe machtvolle Wölbung, derselbe eigentümliche Zug an den Schläfen. Auch bei der Fürstin prägte sich jetzt in der äußersten Erregung die blaue Ader deutlich aus, während sie bei

Waldemar so gefahrdrohend anschwoll, als wolle das emporstürmende Blut sich dort einen Ausweg suchen. Und auf beider Antlitz stand der gleiche Ausdruck, eine unbeugsame Entschlossenheit, ein eiserner Wille, der bereit ist, alles an seine Ausführung zu setzen. Jetzt, wo sie einander den Kampf auf Leben und Tod ankündigten, zeigte es sich zum erstenmal, daß sie wirklich Mutter und Sohn waren; vielleicht fühlten sie es auch zum erstenmal.

Waldemar trat unmittelbar neben die Fürstin, und eine Hand legte sich schwer auf ihren Arm.

Waldemar trat unmittelbar neben die Fürstin, und seine Hand legte sich schwer auf ihren Arm.

»Meiner Mutter habe ich den Rückzug offen gelassen,« sagte er bedeutsam. »Der Fürstin Baratowska *verbiete* ich die Parteiumtriebe auf meinen Gütern. Geschieht es dennoch, treibt ihr mich zum Aeußersten, nun denn, so schreite ich auch dazu und müßte ich euch alle –«

Er hielt plötzlich inne. Die Mutter fühlte, wie er zusammenzuckte, wie seine Hand, die mit so eisernem Drucke die ihrige festhielt, sich auf einmal löste und machtlos niedersank; mit äußerster Befremdung folgte sie der Richtung seines Blickes, der wie gebannt an der Thür des Arbeitskabinetts hing – dort auf der Schwelle stand Wanda. Sie war, unfähig sich länger zurückzuhalten, hervorgetreten, und die heftige Bewegung, mit der dies geschah, hatte ihre Gegenwart verraten.

Ein Blitz des Triumphes schoß aus den Augen der Fürstin. Endlich war die verwundbare Stelle im Herzen ihres Sohnes gefunden. Wenn er sich auch im nächsten Moment wieder zusammenraffte und starr und unzugänglich dastand wie vorhin, es war zu spät – der eine unbewachte Augenblick hatte ihn verraten.

»Nun, Waldemar?« fragte sie, und es klang wie leiser Hohn in ihrer Stimme. »Es verletzt dich doch nicht, daß Wanda Zeuge unsres Gespräches geworden ist? Es galt ja zum großen Teile auch ihr. Jedenfalls bist du ihr und mir die Fortsetzung schuldig. Du wolltest uns alle – ?«

Waldemar war einen Schritt zurückgetreten. Er stand jetzt im Schatten, so daß sein Gesicht sich jeder Beobachtung entzog.

»Da Gräfin Morynska Zeuge des Gespräches war, bedarf es keiner Erklärung, ich habe nichts hinzuzufügen.« Er wandte sich zu seiner Mutter. »Ich reise morgen in aller Frühe. Du hast acht Tage Zeit, dich zu entscheiden. Es bleibt dabei.« Dabei verneigte er sich abgemessen wie gewöhnlich vor der jungen Gräfin und ging.

Wanda hatte während der ganzen Zeit auf der Schwelle gestanden, ohne den Salon zu betreten; erst jetzt trat sie vollends ein, und sich ihrer Tante nähernd, fragte sie leise, aber mit eigentümlich bebendem Tone:

»Glaubst du mir nun?«

Die Fürstin war in das Sofa zurückgesunken. Ihr Auge haftete noch an der Thür, durch die ihr Sohn sich entfernt hatte, als wolle und könne sie das eben Geschehene nicht fassen.

»Ich habe ihn immer nur nach seinem Vater beurteilt,« sagte sie, wie mit sich selber sprechend, »der Irrtum rächt sich schwer an uns allen. Er hat mir gezeigt, daß er – nicht wie sein Vater ist.«

»Er hat dir wohl noch mehr gezeigt. Du warst stets so stolz darauf, Tante, daß Leo deine Züge trägt; von deinem Charakter hat er wenig geerbt – den mußt du bei seinem Bruder suchen. Das war *deine* Energie, die dir vorhin so drohend gegenüberstand, *dein* unbeugsamer Wille; das war sogar *dein* Blick und Ton – Waldemar ist dir ähnlicher, als es Leo je gewesen.«

Es lag etwas in der Stimme der jungen Gräfin, das die Fürstin aufmerksam machte. »Und wer lehrte denn gerade dich diesen Charakter mit solcher Sicherheit enträtseln?« fragte sie scharf. »War es deine Feindseligkeit gegen ihn, die dich so tief schauen ließ, wo wir alle getäuscht wurden?«

»Ich weiß es nicht,« versetzte Wanda, den Blick senkend, »es war wohl mehr Ahnung als Beobachtung, die mich leitete, aber ich wußte es vom ersten Tage an, daß wir in ihm einen Feind hatten.«

»Gleichviel!« erklärte die Fürstin mit Entschiedenheit. »Er ist und bleibt mein Sohn. Du hast recht, er hat mir heute zum erstenmal gezeigt, daß er es wirklich ist, aber eben darum wird seine Mutter ihm wohl gewachsen sein.«

»Was willst du thun?« fiel Wanda ein.

»Den Kampf aufnehmen, den er mir bietet. Denkst du, ich werde seinen Drohungen weichen? Wir wollen doch abwarten, ob er wirklich zum Aeußersten schreitet.«

»Er schreitet dazu – verlaß dich darauf! Rechne nicht auf irgend eine Weichheit oder Nachgiebigkeit bei diesem Manne! Er opfert dich, Leo, uns alle schonungslos dem, was ihm recht heißt.«

Die Fürstin streifte mit einem langen forschenden Blick das erregte Antlitz ihrer Nichte. »Mich und Leo vielleicht,« entgegnete sie, »ich kenne aber jetzt die Stelle, wo seine Kraft erlahmt; ich weiß, was er *nicht* opfert, und es soll meine Sorge sein, ihm das im entscheidenden Augenblicke entgegenzustellen.« Wanda sah ihre Tante an, ohne sie zu verstehen. Sie hatte nichts weiter bemerkt als Waldemars plötzliches Verstummen, das sich durch ihr unerwartetes Erscheinen genug erklärte, und dann wieder seine starre, abweisende Haltung ihr und der Mutter gegenüber; sie konnte also nicht erraten, wohin diese Worte zielten, und die Fürstin ließ ihr auch keine Zeit, darüber nachzudenken.

»Wir müssen einen Entschluß fassen,« fuhr sie fort. »Vor allen Dingen muß mein Bruder benachrichtigt werden. Da Waldemar morgen früh abreist, fällt der Grund zu deiner beschleunigten Rückkehr fort. Du bleibst also und rufst deinen Vater und Leo unverzüglich nach Wilicza zurück. Was sie auch vorhaben mögen, es handelt sich hier um das Wichtigste. Ich lasse deinen Brief noch heute durch einen Eilboten abgehen, und morgen abend können sie hier sein.«

Die junge Gräfin gehorchte. Sie kehrte in das Arbeitszimmer zurück und setzte sich wieder an den Schreibtisch, vorläufig noch ohne Ahnung, welche Rolle sie auf einmal in den Plänen ihrer Tante spielte. Die längst abgethane und vergessene »Kinderei« gewann eine ganz andre Bedeutung, seit man wußte, daß sie eben nicht abgethan und vergessen war, hatte sie doch schon einmal geholfen, die Herrschaft über Wilicza zu erobern. Die Fürstin konnte es ihrem Sohne nicht vergessen, daß er sich so entschieden und beleidigend weigerte, das Blut der Morynski in seinen Adern anzuerkennen. Nun denn, so sollte er dafür an einer Morynska scheitern – wenn es auch nicht seine Mutter war.

Im Wohnzimmer des Administrators saßen Herr Doktor Fabian und Fräulein Margarete Frank vor einem aufgeschlagenen Buche. Die französischen Lesestunden hatten nun wirklich ihren Anfang genommen, aber so ernst und gewissenhaft der Lehrer die Sache nahm, so unzuverlässig zeigte sich die Schülerin. Schon in der ersten Stunde, die vor einigen Tagen stattgefunden, hatte sie sich damit amüsiert, den Doktor über alles mögliche auszufragen, über seine Vergangenheit, seine ehemalige Hauslehrerstellung bei Herrn Nordeck, über das Leben in Altenhof und dergleichen mehr. Heute nun wollte sie durchaus wissen, was er eigentlich studiere, und trieb den armen Gelehrten, der um keinen Preis seine »Geschichte des Germanentums« verraten wollte, mit ihren Fragen immer mehr in die Enge.

»Aber wollen wir denn nicht endlich die Uebung beginnen, mein Fräulein?« sagte er bittend. »Auf diese Weise kommen wir auch heute nicht dazu. Sie sprechen fortwährend deutsch.«

»Ach, wer kann jetzt an das Französische denken!« rief Gretchen, ungeduldig eine Seite des Buches nach der andern umschlagend. »Ich habe ganz andre Dinge im Kopfe; das Leben in Wilicza ist so aufregend.«

»Ich dächte doch nicht,« meinte der Doktor, indem er geduldig wieder zurückblätterte, um die Stelle zu suchen, bei welcher sie stehen geblieben waren.

Die junge Dame maß ihn mit einem wahren Inquisitorenblick. »Nicht, Herr Doktor? Nun, Sie müßten doch aus erster Hand wissen, was es eigentlich im Schlosse gegeben hat. Sie, der Freund und Vertraute des Herrn Nordeck! Gegeben hat es etwas – das steht fest, denn das geht ja jetzt wie im Wirbelsturm, seit der junge Herr fort ist. Die Boten fliegen nur so zwischen Wilicza und Rakowicz. Bald ist Graf Morynski hier, bald Fürst Baratowski drüben; wenn man unsre gestrenge Frau Fürstin einmal zu Gesicht bekommt, so zeigt sie eine Miene, als stände der Weltuntergang allernächstens bevor, und was sind denn das für Dinge, die seit zwei oder drei Abenden im Parke vorgehen, und von denen mir der Inspektor erzählt hat? Man holt etwas oder bringt etwas. Sie müssen das doch notgedrungen bemerkt haben. Ihre Fenster liegen ja gerade nach der Seite hinaus.«

Sie sprach fortwährend deutsch, und Fabian ließ sich immer wieder verleiten, ihr in dieser Sprache zu antworten. Er rückte unruhig auf seinem Sitze hin und her.

»Ich weiß nichts, durchaus nichts davon,« versicherte er.

»Das sagt Papa auch immer, wenn ich ihn frage,« schmollte Gretchen. »Ich begreife ihn überhaupt diesmal ganz und gar nicht. Er hat den Inspektor angefahren, als dieser mit seiner Nachricht kam, und ihm streng befohlen, sich nicht weiter um den Park zu kümmern, Herr Nordeck wolle es nicht. Papa kann doch unmöglich auch mit im Komplott stecken, und doch sieht es beinahe so aus. Meinen Sie nicht?«

»Aber, mein Fräulein,« bat der Doktor. »Der Zweck meines Kommens wird wirklich nicht erreicht, wenn Sie sich fortwährend mit solchen Dingen beschäftigen. Seit einer halben Stunde bin ich hier, und wir haben noch nicht eine einzige Seite gelesen – bitte!«

Er schob ihr wohl zum sechstenmal das Buch hin. Sie nahm es endlich mit entrüsteter Miene.

»Meinetwegen! Ich sehe, man will mich nicht in das Geheimnis einweihen, aber ich werde schon allein dahinter kommen, und dann wird man bereuen, mir so wenig getraut zu haben. Ich kann auch schweigen – unbedingt kann ich das.« Damit begann sie ein französisches Gedicht zu lesen, aber mit sehr gereiztem Ausdruck und einer absichtlichen falschen Betonung, die ihren Lehrer fast zur Verzweiflung brachte.

Sie las eben erst die zweite Strophe, als ein Wagen in den Hof fuhr. Es befand sich augenblicklich niemand darin, aber der Kutscher schien hier schon bekannt zu sein, denn er machte sich sofort daran, auszuspannen. Gleich darauf trat eins der Dienstmädchen mit der Meldung ein, Herr Assessor Hubert werde sich die Ehre geben, auf dem Gutshofe vorzusprechen, er sei nur auf einen Augenblick im Dorfe abgestiegen, wo er bei dem Schulzen zu thun habe, und schicke einstweilen seinen Wagen voraus mit der Anfrage, ob er auch diesmal auf die Gastfreundschaft des Herrn Administrators rechnen könne.

Dabei war nun weiter nichts Auffallendes; bei der freundschaftlichen Stellung, die er zu der Frankschen Familie einnahm, pflegte der Assessor stets in ihrem Hause zu übernachten, wenn seine Amtsgeschäfte ihn in die Nähe von Wilicza führten, und er sorgte schon dafür, daß dies sehr häufig geschah. Der Administrator war zwar über Land gefahren, wurde aber heute abend zurückerwartet. Seine Tochter gab also die Weisung, für Fuhrwerk und Kutscher Sorge zu tragen und nachzusehen, ob im Gastzimmer alles in Ordnung sei.

»Wenn der Assessor kommt, ist es mit unsrer Lesestunde zu Ende,« sagte sie etwas ärgerlich zum Doktor, »aber er soll uns nicht lange stören. Ich lasse gleich in den ersten fünf Minuten etwas von den Heimlichkeiten im Parke fallen, dann läuft er schleunigst hinüber, um sich hinter irgend einem Baume auf die Lauer zu stellen, und wir sind ihn los.«

»Um Gottes willen nicht!« rief Fabian im Tone des größten Schreckens, »schicken Sie ihn nicht dorthin! Im Gegenteil, halten Sie ihn um jeden Preis davon zurück!«

Gretchen stutzte. »So, Herr Doktor? Ich denke, Sie wissen nichts, durchaus nichts – weshalb geraten Sie denn auf einmal so in Angst?«

Der Doktor saß mit gesenktem Blicke wie ein ertappter Verbrecher da und suchte vergebens nach einer Ausflucht; das Lügen wollte ihm durchaus nicht gelingen. Endlich schlug er die Augen auf und sah das junge Mädchen treuherzig an.

»Ich bin ein friedlicher Mann, mein Fräulein,« sagte er, »und dränge mich nie in fremde Geheimnisse. Ich weiß wirklich nicht, was im Schlosse vorgeht, daß aber etwas vorgeht, habe ich freilich auch in den letzten Tagen bemerken müssen. Herr Nordeck hat mir nur Andeutungen darüber gegeben, aber es ist doch wohl kein Zweifel, daß Gefahr bei der Sache ist.«

»Nun, für uns doch nicht,« meinte Gretchen mit großer Seelenruhe. »Was thut es denn, wenn der Assessor wirklich die ganze Gesellschaft da drüben auseinandersprengt? Herr Nordeck ist fort – den kann er also nicht greifen, und er wird sich auch hüten nach jener ersten Verhaftungsgeschichte. Sie stehen außerhalb jedes Verdachtes, und was die Fürstin und Fürst Leo betrifft –«

»So sind sie Waldemars Mutter und sein Bruder,« fiel Doktor Fabian in tiefer Bewegung ein. »Begreifen Sie denn nicht, daß jeder Schlag, der gegen sie geführt wird, auch ihn treffen muß? Er ist der Herr des Schlosses; man macht ihn verantwortlich für alles, was dort geschieht.«

»Und das mit vollem Rechte!« rief Gretchen hitzig werdend. »Warum reist er fort und läßt den Umtrieben Thür und Thor offen? Warum ist er mit seinen Verwandten einverstanden?«

»Er ist es nicht,« beteuerte Fabian, »im Gegenteil, er setzt sich mit aller Entschiedenheit dagegen; seine Reise hat ja nur den Zweck – mein Gott, zwingen Sie mich doch nicht, von Dingen zu reden, von denen ich gar nicht weiß, ob ich sie Ihnen verraten darf! Aber das weiß ich, daß Waldemar alles daran liegt, Mutter und Bruder zu schonen. Er hat mir bei der Abreise das Versprechen abgenommen, ich solle nichts hören und sehen wollen von dem, was im Schlosse vorgeht, und Ihrem Vater hat er ähnliche Weisungen gegeben. Ich hörte es, wie er zu ihm sagte: ›Ich mache Sie verantwortlich dafür, daß die Fürstin inzwischen unbehelligt bleibt; ich nehme alles auf mich.‹ Aber jetzt ist er fort; Herr Frank ist fort, und nun führt ein unglücklicher Zufall gerade jetzt diesen Assessor Hubert her, der um jeden Preis etwas entdecken will und auch entdecken wird, wenn man ihm freie Hand läßt. Ich bin ganz ratlos.«

»Das kommt davon, wenn man mir etwas verschweigt,« sagte Gretchen strafend. »Hätte man mich ins Vertrauen gezogen, so hätte ich mich rechtzeitig mit dem Assessor gezankt, und dann wäre er fürs erste nicht hierhergekommen. Jetzt soll ich Rat schaffen.« »Ach ja, thun Sie das!« bat der Doktor. »Sie vermögen ja alles über den Assessor. Halten Sie ihn zurück! Er darf heute durchaus nicht in den Umkreis des Schlosses kommen.«

Fräulein Margarete schüttelte bedenklich den Kopf. »Da kennen Sie Hubert nicht; den hält kein Mensch zurück, wenn er erst einmal eine Spur gefunden hat, und finden wird er sie, wenn er überhaupt in Wilicza bleibt, denn er fragt regelmäßig den Inspektor aus; also darf er gar nicht hier bleiben. – Ich weiß ein Mittel. Ich lasse mir von ihm eine Erklärung machen – er setzt jedesmal dazu an; ich lasse ihn nur nie so weit kommen – und dann gebe ich ihm einen Korb. Darüber wird er so wütend werden, daß er Hals über Kopf nach L. zurückfährt.«

»Das gebe ich unter keiner Bedingung zu,« widersprach der Doktor. »Was auch kommen mag, Ihr Lebensglück darf nicht das Opfer werden.«

»Glauben Sie etwa, daß mein Lebensglück von Herrn Assessor Hubert abhängt?« fragte Gretchen mit verächtlich aufgeworfenen Lippen.

Fabian glaubte das allerdings. Er wußte ja aus Huberts eigenem Munde, daß dieser »sicher auf ein Ja rechnen durfte«, aber eine sehr begreifliche Scheu hielt ihn zurück, diesen Punkt näher zu berühren.

»Mit solchen Dingen darf man niemals Scherz treiben,« sagte er vorwurfsvoll. »Der Assessor würde früher oder später die Wahrheit erfahren, und das würde ihn tief verletzen, ihn vielleicht auf ewig von Ihnen entfernen – niemals!«

Gretchen sah etwas betroffen aus; sie begriff zwar durchaus nicht, wie man einen Korb so ernst nehmen könne, und machte sich herzlich wenig aus der ewigen Entfernung des Assessors, aber der Vorwurf traf doch ihr Gewissen.

»Dann bleibt nichts andres übrig, als ihn von der richtigen Fährte weg und auf eine falsche zu bringen,« erklärte sie nach kurzem Besinnen. »Aber, Herr Doktor, damit nehmen wir doch eigentlich eine schwere Verantwortung auf uns. Es verschwört sich zwar alles hier in Wilicza, so daß ich nicht einsehe, weshalb wir beide es nicht auch einmal thun sollen, aber wir machen, streng genommen, doch ein Komplott gegen unsre eigene Regierung, wenn mir ihren Vertreter abhalten, seine Pflicht zu thun.«

»Der Assessor hat keinen Auftrag,« rief der Doktor, der auf einmal ganz heldenmäßig geworden war, »er folgt nur seinen eigenen ehrgeizigen Ideen, wenn er hier herumspürt. Mein Fräulein, ich gebe Ihnen mein Wort darauf, die geheimen Umtriebe haben die längste Zeit gewährt. Es wird ihnen ein für allemal ein Ende gemacht – ich weiß es aus Waldemars eigenem Munde, und er ist der Mann danach, sein Wort zu halten. Wir verschulden nichts gegen unsre Landsleute, wenn wir ein ganz nutzloses Unglück verhüten, das der übertriebene Eifer eines Beamten heraufbeschwört, den man in L. vielleicht gar nicht einmal gern sieht.«

»Gut, also machen wir ein Komplott!« sagte Gretchen entschlossen. »Der Assessor muß fort, und zwar noch in der ersten Viertelstunde, sonst geht er gleich wieder auf die Verschwörungs-jagd. Da kommt er schon über den Hof. Ueberlassen Sie mir alles, stimmen Sie nur zu – und jetzt wollen wir das Buch wieder vornehmen.«

Als Assessor Hubert einige Minuten später eintrat, hörte er in der That die dritte Strophe des französischen Gedichtes und war sehr erfreut, daß Doktor Fabian Wort gehalten hatte und daß die künftige Frau Regierungsrätin sich so eifrig in der höheren Bildung übte, die für ih-re dereinstige Stellung unerläßlich war. Er begrüßte beide, erkundigte sich nach dem Herrn Administrator und nahm dann den angebotenen Platz ein, um die jüngsten Neuigkeiten aus L. zu erzählen.

»Ihr ehemaliger Zögling hat uns eine große Ueberraschung bereitet,« sagte er verbindlich zu Fabian. »Wissen Sie denn davon, daß Herr Nordeck, als er auf seiner Reise unsre Stadt passierte, bei dem Herrn Präsidenten vorgefahren ist und ihm einen anscheinend ganz offiziellen Besuch gemacht hat?«

»Jawohl, es war die Rede davon,« erwiderte der Doktor.

»Seine Excellenz waren sehr angenehm dadurch berührt,« fuhr Hubert fort. »Offen gestan-den, man hatte bereits die Hoffnung auf eine Annäherung von dieser Seite aufgegeben. Herr Nordeck soll äußerst liebenswürdig gewesen sein; er erbat sich sogar die Zusage des Herrn Prä-sidenten, der nächsten Jagd in Wilicza beizuwohnen, und ließ etwas von andern Einladungen fallen, die nicht minder überraschen werden.«

»Hat denn der Präsident angenommen?« fragte Gretchen.

»Gewiß! Seine Excellenz meinten, die Sache sähe fast aus wie eine Stellungnahme des jungen Gutsherrn, und fühlten sich verpflichtet, ihn darin zu unterstützen. Wirklich, Herr Doktor, Sie würden uns sehr verbinden, wenn Sie uns irgend einen Aufschluß über die eigentliche Stellung des Herrn Nordeck –« »Von Doktor Fabian erfahren Sie gar nichts; er ist noch verschlossener als der junge Herr selbst,« fiel Gretchen ein, die sich veranlaßt fühlte, ihrem Mitverschworenen zu Hilfe zu kommen, denn sie sah bereits, daß er sich durchaus nicht in seine Rolle finden konnte. Er wurde fast erdrückt von seinem Schuldbewußtsein, und die beste Absicht half ihm nicht über den Gedanken hinweg, daß der Assessor betrogen werden sollte, und daß er dabei mithalf. Fräulein Margarete dagegen nahm die Sache weit leichter: sie ging geradeswegs auf das Ziel los.

»Werden wir Sie denn heute zum Abendessen haben, Herr Assessor?« warf sie hin, »Sie haben doch jedenfalls drüben in Janowo zu thun?«

»Daß ich nicht wüßte!« erwiderte Hubert. »Weshalb gerade dort?«

»Nun, ich meinte nur – man hört so manches von drüben – besonders seit den letzten Tagen, Ich dachte, Sie hätten Auftrag, dort zu recherchieren.«

Der Assessor wurde aufmerksam. »Was hört man? Bitte, mein Fräulein, verbergen Sie mir nichts! Janowo ist auch einer von den Orten, auf die man jetzt fortwährend ein Auge haben muß. Was wissen Sie davon?«

Der Doktor schob unmerklich seinen Stuhl etwas weiter zurück; er kam sich vor wie der schwärzeste aller Verräter, Gretchen dagegen bewies ein wahrhaft erschreckendes Talent für die Intrigue. Sie erzählte nichts, aber sie ließ sich ausfragen und brachte so nach und nach mit der unschuldigsten Miene von der Welt all die Beobachtungen zum Vorschein, die sie in den letzten Tagen hier gemacht hatte, nur mit dem Unterschiede, daß sie den Schauplatz nach Janowo verlegte, dem großen Nachbargute, das unmittelbar an Wilicza grenzte, und ihr Plan gelang über Erwarten. Der Assessor biß auf den Köder an mit einem Eifer, der nichts zu wünschen übrigließ. Er las die Worte förmlich von den Lippen des jungen Mädchens ab; er geriet in fieberhafte Aufregung und sprang endlich auf.

»Entschuldigen Sie, Fräulein Margarete, wenn ich die Ankunft des Herrn Frank jetzt nicht abwarte! Ich muß unverzüglich nach E. zurück –«

»Aber doch nicht zu Fuß? Es ist eine halbe Stunde Wegs dorthin.«

»Nur kein Aufsehen!« flüsterte Hubert geheimnisvoll, »Mein Wagen bleibt jedenfalls hier; es ist besser, man glaubt mich noch bei Ihnen. Ich bitte, beim Abendessen nicht auf mich zu rechnen. Leben Sie wohl, mein Fräulein!« und mit kurzem, hastigem Gruße eilte er davon und schritt gleich darauf über den Hof.

»Jetzt geht er nach E.,« sagte Gleichen triumphierend zu dem Doktor, »um sich die beiden dort stationierten Gendarmen zu holen, und läuft mit ihnen geradeswegs nach Janowo – und da werden sie wohl alle drei herumlaufen bis in die Nacht hinein. Wilicza ist sicher vor ihnen.«

Sie hatte sich in ihren Voraussetzungen nicht getäuscht. Erst spät in der Nacht kehrte der Assessor von seinem Streifzuge zurück, den er richtig mit den beiden Gendarmen aus E. unternommen hatte, natürlich ohne jedes Ergebnis. Er war sehr verstimmt, sehr niedergeschlagen und vollständig erkältet. In der ungewohnten Nachtluft hatte er sich einen furchtbaren Schnupfen zugezogen und befand sich am nächsten Tage so unwohl, daß sogar Gretchen ein menschliches Rühren empfand. In reuevoller Aufwallung kochte sie ihm Thee und pflegte ihn den ganzen Tag hindurch mit einer Sorgfalt, die Hubert alles ausgestandene Ungemach vergessen ließ. Leider setzte sich dadurch aber bei ihm die nunmehr unumstößliche Ueberzeugung fest, daß er über alle Maßen geliebt werde. Auch Doktor Fabian kam im Laufe des Tages herüber, um nach dem Patienten zu sehen, und zeigte eine so ängstliche Teilnahme, ein so tiefes Bedauern über die Erkältung, daß der Assessor sehr gerührt und vollständig getröstet war. Er wußte ja nicht, daß er all diese Aufmerksamkeit nur den Gewissensbissen der beiden gegen ihn Verschworenen zu danken hatte, und fuhr schließlich noch mit dem Schnupfen, aber in sehr gehobener Stimmung, nach L. zurück. – –

Im Schlosse hatte man natürlich keine Ahnung davon, wem eigentlich der Dank dafür gebührte, daß Schloß, Park und Umgebung auch an diesem Abend unbehelligt blieben. Ungefähr zu derselben Zeit, als Doktor Fabian und Fräulein Margarete ihr Komplott anstifteten, fand in den Zimmern der Fürstin Baratowska eine Familienzusammenkunft statt, die ein sehr ernstes Aussehen hatte. Graf Morynski und Leo waren in voller Reisekleidung; ihre Mäntel lagen draußen im Vorzimmer, und der Wagen, der vor einer halben Stunde den Grafen und seine Tochter herübergebracht hatte, stand noch angespannt im Hofe. Leo und Wanda hatten sich in die tiefe Nische des Mittelfensters zurückgezogen und redeten leise und angelegentlich miteinander, während die Fürstin mit ihrem Bruder ein gleichfalls halblautes Gespräch führte.

»Wie die Sache einmal liegt, halte ich es für ein Glück, daß die Verhältnisse eure schleunigste Abreise verlangen,« sagte sie, »schon um Leos willen, der den Aufenthalt in Wilicza nicht mehr ertragen würde, wenn Waldemar den Herrn herauskehrt. Er vermag sich nun einmal nicht zu beherrschen; die Art, wie er meine Eröffnungen aufnahm, zeigte mir, daß es geradezu ein Unglück herbeirufen hieße, wollte ich ihn jetzt zu einem längeren Zusammensein mit seinem Bruder zwingen. Auf diese Weise begegnen sie sich vorläufig gar nicht, und das ist das beste.«

»Und du selbst willst wirklich hier aushalten, Jadwiga?« fragte der Graf.

»Ich muß,« entgegnete sie. »Es ist das einzige, was ich jetzt noch für euch thun kann. Ich bin deinen Gründen gewichen, die mir den offenen Kampf mit Waldemar als nutzlos und gefährlich zeigten. Wir haben Wilicza als Mittelpunkt unsrer Pläne aufgegeben, wenigstens vorderhand, aber für dich und Leo bleibt es immer der Ort, wohin ihr eure Botschaften sendet und von wo euch Nachrichten zugehen; die Freiheit wenigstens werde ich zu behaupten wissen. Im schlimmsten Falle bleibt das Schloß eure Zuflucht, wenn ihr genötigt sein solltet, euch wieder über die Grenze zu werfen; auf diesseitigem Gebiete wird die Ruhe für diesmal ja nicht gestört. Wann gedenkt ihr die Grenze zu passieren?«

»Wahrscheinlich diese Nacht noch. Wir werden auf der letzten Försterei abwarten, wann und wie es möglich ist; dorthin folgt uns heute abend auch der letzte Waffentransport, um vorläufig in der Obhut des Försters zu bleiben. Ich hielt die Vorsicht doch für geboten. Wer weiß, ob dein Sohn sich nicht einfallen läßt, übermorgen bei seiner Rückkehr das ganze Schloß zu durchsuchen.«

»Er wird es rein finden, wie« – die Hand der Fürstin ballte sich in verhaltenem Ingrimme und ihre Lippen zuckten – »wie er es befohlen, aber ich schwöre es dir, Bronislaw, er soll diesen Befehl und seine Tyrannei gegen uns büßen. Ich habe die Vergeltung in Händen und auch die Zügel, wenn er etwa versuchen sollte, noch weiter zu gehen.«

»Du machtest mir schon einmal eine solche Andeutung,« sagte der Graf, »aber ich begreife wirklich nicht, womit du eine solche Natur noch zähmen willst. Nach der Art, wie Wanda mir die Scene zwischen dir und Waldemar geschildert hat, glaube ich nicht mehr, daß er noch irgend einem Zügel gehorcht.«

Die Fürstin schwieg. Sie schien nicht antworten zu wollen und wurde auch dessen überhoben, denn in diesem Augenblick trat das junge Paar aus der Fensternische zu ihnen.

»Es ist unmöglich, Mama, Wanda umzustimmen,« sagte Leo zu seiner Mutter. »Sie weigert sich entschieden, nach Wilicza zu kommen, und will Rakowicz nicht verlassen.«

Die Fürstin wandte sich mit strengem Ausdruck zu ihrer Nichte.

»Das ist eine Thorheit, Wanda. Es ist seit Monaten bestimmt, daß du zu mir kommst, wenn diese längst vorhergesehene Abwesenheit deines Vaters eintritt. Du kannst und sollst nicht allein in Rakowicz bleiben. Ich bin dein natürlicher Schutz, und du wirst ihn aufsuchen.«

»Verzeihung, liebe Tante, aber das werde ich nicht,« erwiderte die junge Gräfin. »Ich will nicht Gast eines Hauses sein, dessen Herr uns in solcher Weise gegenübersteht. Ich ertrage das so wenig, wie Leo.«

»Glaubst du, daß es deiner Tante leicht wird, hier standzuhalten?« fragte der Graf vorwurfsvoll. »Sie bringt uns das Opfer, weil sie uns Wilicza für den äußersten Fall sichern will, weil es überhaupt nicht aufgegeben werden darf, wenigstens für die Dauer nicht, und mit ihrem Fortgehen ist es uns verloren. Ich kann von dir wohl die gleiche Selbstüberwindung fordern.«

»Aber weshalb ist denn gerade meine Gegenwart so unumgänglich notwendig?« rief Wanda mit kaum unterdrückter Heftigkeit. »Die Rücksichten, denen sich die Tante beugt, gelten doch für mich nicht – laß mich zu Hause, Papa!«

»Gib nach, Wanda,« bat Leo, »bleibe bei meiner Mutter! Wilicza liegt der Grenze um so vieles näher, ist um so vieles leichter zu erreichen; wir können besser in Verbindung miteinander bleiben. Vielleicht mache ich es möglich, dich einmal zu sehen. Ich hasse Waldemar gewiß nicht weniger als du, seit er sich offen als unser Feind erklärt hat, aber um meinetwillen bezwinge dich und ertrage seine Nähe!«

Er hatte ihre Hand ergriffen. Wanda entzog sie ihm mit einer stürmischen Bewegung. »Laß mich, Leo! Wenn du wüßtest, warum mich deine Mutter durchaus in ihrer Nähe haben will, du wärest der erste, der sich dagegen setzte.«

Die Fürstin runzelte die Stirn, und ihrer Nichte rasch das Wort abschneidend, wandte sie sich zu dem Grafen:

»So zeige endlich einmal die väterliche Autorität, Bronislaw, und befiehl ihr zu bleiben! Sie muß in Wilicza bleiben.«

Die junge Gräfin fuhr auf bei diesen mit voller Härte ausgesprochenen Worten, die sie augenscheinlich zum Aeußersten brachten.

»Nun denn, wenn du mich dazu zwingen willst, so mögen mein Vater und Leo auch den Grund erfahren. Ich habe deine dunkeln Worte neulich nicht begriffen – jetzt verstehe ich sie. Ich soll der Schild sein, mit dem du dich deinem Sohne gegenüber deckst. Du glaubst, daß ich die einzige bin, die Waldemar nicht opfert, die einzige, die ihn zurückhalten kann. Ich glaube das nicht, denn ich kenne ihn besser als du, aber gleichviel, wer von uns recht hat – ich will die Probe nicht machen.«

»Und ich würde das auch nun und nimmermehr dulden,« brauste Leo auf. »Wenn das der Grund war, so bleibt Wanda in Rakowicz und setzt keinen Fuß nach Wilicza. Ich habe geglaubt, Waldemars einstige Neigung sei längst begraben und vergessen; ist sie es nicht – und sie kann es nicht sein, sonst wäre der Plan nicht gefaßt worden – so lasse ich dich auch nicht einen Tag in seiner Nähe.«

»Sei ruhig!« sagte Wanda, aber ihre eigene Stimme war nichts weniger als ruhig. »Ich lasse mich nicht wieder als bloßes Werkzeug gebrauchen, wie damals in C. Einmal habe ich mit diesem Manne und seiner Liebe gespielt; zum zweitenmal thue ich es nicht. Er hat mich seine Verachtung fühlen lassen – ich weiß, wie das lastet, und doch handelte es sich damals nur um die Laune eines unbesonnenen Kindes. Wenn er jetzt einen Plan, eine Berechnung entdeckte und ich müßte das eines Tages in seinen Augen lesen – eher sterben als das ertragen!«

Sie hatte sich von ihrer Heftigkeit so weit fortreißen lassen, daß sie ihre ganze Umgebung darüber vergaß. Hochaufgerichtet, mit glühenden Wangen und flammenden Augen schleuderte sie die Worte so leidenschaftlich heraus, daß der Graf sie befremdet und die Fürstin bestürzt anblickte. Leo dagegen, der dicht an ihrer Seite stand, wich zurück; er war bleich geworden, und in seinen Augen, die starr und fragend auf ihrem Antlitz hafteten, stand mehr als bloße Befremdung oder Bestürzung.

»Eher sterben!« wiederholte er. »Liegt dir so viel an Waldemars Achtung? Verstehst du es so gut, in seinen Augen zu lesen? Das ist doch seltsam.«

Eine heiße Röte ergoß sich urplötzlich über Wandas Gesicht, sie mochte es wohl selbst nicht wissen, denn sie warf dem jungen Fürsten einen Blick ungekünstelter Entrüstung zu und wollte ihm antworten, als ihr Vater dazwischen trat.

»Nur jetzt keine von deinen Eifersuchtsscenen, Leo!« sagte er ernst. »Willst du uns den Abschied stören und Wanda noch in der letzten Minute beleidigen? Da du jetzt auch darauf bestehst, so mag sie in Rakowicz bleiben; meine Schwester wird euch in diesem Punkte nachgeben, aber nun kränke Wanda nicht länger mit einem solchen Verdachte! Die Zeit drängt – wir müssen lebewohl sagen.«

Er zog die Tochter an sich, und jetzt im Augenblicke der Trennung brach wieder die ganze Zärtlichkeit des ernsten, düsteren Mannes für sein einziges Kind hervor, das er mit tiefer, schmerzlicher Bewegung in die Arme schloß. Die Fürstin dagegen wartete umsonst auf die Annäherung ihres Sohnes; er stand noch immer mit tiefverfinstertem Gesicht da, das Auge am Boden, und biß sich auf die Lippen, daß sie bluteten.

»Nun, Leo,« mahnte die Mutter endlich, »willst du mir nicht lebewohl sagen?«

Er schreckte aus seinem Brüten empor. »Noch nicht, Mama! Ich folge dem Onkel erst später; er braucht mich fürs erste nicht. Ich will noch einige Tage hier bleiben.«

»Leo!« rief der Graf zürnend, während Wanda sich mit dem gleichen Ausdrucke aus seinen Armen emporrichtete, aber das schien den jungen Fürsten in seinem Trotze nur noch zu bestärken.

»Ich bleibe,« beharrte er, »auf zwei oder drei Tage kann es unmöglich ankommen. Erst will ich Wanda selbst nach Rakowicz zurückgeleiten und die Gewißheit haben, daß sie dort bleibt, vor allen Dingen aber will ich Waldemars Ankunft abwarten und mir auf dem kürzesten We-ge Klarheit verschaffen. Ich werde ihn über seine Gefühle für meine Braut zur Rede stellen; ich werde –«

»Fürst Leo Baratowski wird thun, was seine Pflicht ihm befiehlt, und nichts andres,« un-terbrach ihn die Fürstin. Ihre kalte, klare Stimme stand im schärfsten Gegensatz zu dem wild erregten Tone des Sohnes. »Er wird seinem Oheim folgen, wie es bestimmt ist, und nicht eine Minute von seiner Seite weichen.« »Ich kann nicht,« rief Leo ungestüm, »Ich kann nicht fort mit diesem Argwohne im Herzen. Ihr habt mir Wandas Hand zugesagt, und doch durfte ich nie ein Recht auf sie geltend machen. Sie selbst hat darin immer kalt und unerbittlich auf eu-rer Seite gestanden; sie wollte immer nur der Preis des Kampfes sein, in den wir gehen. Jetzt aber fordere ich, daß sie vorher öffentlich und feierlich sich zu meiner Braut erklärt, hier, in Waldemars Gegenwart, vor seinen Augen. Dann will ich gehen, aber eher weiche ich nicht aus dem Schlosse. Waldemar hat sich ja in einer so überraschenden Weise zum Herrn und Gebie-ter aufgeworfen, was ihm niemand zutraute; er könnte sich einmal ebenso plötzlich in einen glühenden Anbeter verwandeln.«

»Nein, Leo,« sagte Wanda mit zorniger Verachtung, »aber dein Bruder würde sich beim Be-ginne eines Kampfes sicher nicht weigern, seiner Pflicht zu folgen, und sollte es ihm auch Glück und Liebe kosten.«

Das war das schlimmste, was sie überhaupt hätte aussprechen können, denn das raubte dem jungen Fürsten vollends die Fassung; er lachte bitter auf.

»O, ihm nicht! Aber mir könnte es leicht beides kosten, wenn ich jetzt ginge und dich deiner schrankenlosen Bewunderung für ihn und sein Pflichtgefühl überließe. – Onkel, ich verlange Aufschub für meine Abreise, nur um drei Tage, und wenn du mir das versagst, so nehme ich ihn mir. Ich weiß, daß in der ersten Zeit noch nichts Entscheidendes geschieht, und zu den Vorbereitungen komme ich noch immer früh genug.«

Die Fürstin wollte einschreiten, aber der Graf hielt sie zurück. Mit seiner vollen Autorität trat er vor den Neffen hin.

»Darüber habe ich zu entscheiden und nicht du. Ich habe unsre Abreise für heute festge-setzt; ich halte sie für notwendig, und dabei bleibt es. Wenn ich jeden meiner Befehle erst deiner Prüfung unterbreiten oder ihn von deinen Eifersuchtslaunen abhängig machen soll, so ist es besser, du gehst überhaupt nicht mit mir. Ich fordere jetzt den Gehorsam, den du deinem Führer zugesagt hast. Entweder du folgst mir noch in dieser Stunde, oder – mein Wort darauf! – ich schließe dich von allem aus, worüber ich zu gebieten habe – du hast die Wahl.«

»Er wird folgen, Bronislaw,« sagte die Fürstin mit finsterem Ernste, »oder er wäre mein Sohn nicht mehr. Entscheide, Leo! Dein Oheim hält Wort.« Leo stand im heftigsten Kampfe da. Die Worte des Oheims, der gebietende Blick der Mutter wären vielleicht machtlos geblieben gegen seine furchtbar aufgereizte Eifersucht, aber er sah, daß auch Wanda sich von ihm abwendete – er wußte, daß sein Bleiben ihm ihre Verachtung eintragen würde, und das entschied. Er stürzte zu ihr und faßte wieder ihre Hand.

»Ich – gehe,« stieß er hervor, »aber du gibst mir das Versprechen, während meiner Abwesen-heit Wilicza zu meiden und meine Mutter nur in Rakowicz zu sehen, vor allem aber Waldemar fern zu bleiben.«

»Das wäre ohnedies geschehen,« entgegnete Wanda in milderem Tone. »Du vergißt, daß nur meine Weigerung, in Wilicza zu bleiben, deine ganz grundlose Eifersucht verschuldet hat.«

Leo atmete bei dieser Erinnerung auf. Ja freilich, sie hatte sich mit vollster Heftigkeit gewei-gert, die Nähe seines Bruders zu ertragen.

»Du hättest mich besser überzeugen sollen,« versetzte er ruhiger. »Vielleicht bitte ich dir einst die Kränkung ab, jetzt kann ich's noch nicht, Wanda.« Er preßte ihre Hand krampfhaft in der seinigen. »Ich glaube es ja nicht, daß du jemals den Verrat an dir und an uns begehen könntest, diesen Waldemar zu lieben, unsern Feind, unsern Unterdrücker. Aber du sollst auch keine Regung der Achtung, der Bewunderung für ihn haben; es ist schon schlimm genug, daß er dich liebt, und daß ich dich in seiner Nähe wissen muß.«

»Du wirst deine Not haben mit diesem Feuerkopf,« sagte die Fürstin halblaut zu ihrem Bruder. »Er kann nun einmal das Wort ›Disziplin‹ nicht begreifen.«

»Er wird es lernen,« erwiderte der Graf mit ruhiger Festigkeit. »Und nun leb wohl, Jadwiga! Wir müssen fort.«

Der Abschied war kurz und weniger herzlich, als er sonst wohl unter diesen Verhältnissen gewesen wäre.

Der tiefe Mißklang, den die vorangehende Scene wachgerufen, ging selbst durch den Trennungsaugenblick. Wanda duldete es schweigend, daß Leo sie in die Arme schloß, aber sie erwiderte die Umarmung nicht, während sie sich doch gleich darauf mit leidenschaftlicher Zärtlichkeit nochmals an die Brust ihres Vaters warf. Auch in den Abschied zwischen Mutter und Sohn drängte sich jener Mißklang. Es war eine Ermahnung, eine Warnung, welche die Fürstin Leo zuflüsterte, und sie klang so ernst, daß er sich rascher als sonst aus ihren Armen wand. Dann reichte der Graf seiner Schwester noch einmal die Hand und ging in Begleitung seines Neffen; sie nahmen draußen im Vorzimmer die Mäntel um und stiegen in den harrenden Wagen. Noch ein Gruß zu den Fenstern hinauf und von dort hernieder, dann zogen die Pferde an, und bald verklang das Rollen der Räder in der Ferne.

Die beiden Frauen waren allein. Wanda hatte sich in das Sofa geworfen und das Gesicht in die Kissen vergraben; die Fürstin stand noch am Fenster und sah dem Wagen nach, der ihren Liebling davontrug, dem Kampfe, der Gefahr entgegen. Als sie endlich in das Zimmer zurücktrat, sah man es doch, was der Abschied ihr gekostet hatte, – sie behauptete nur mit Mühe die gewohnte äußere Ruhe.

»Es war unverzeihlich von dir, Wanda, gerade in einer solchen Stunde an Leos Eifersucht zu appellieren, um mit seiner Hilfe deinen Willen durchzusetzen,« sagte sie mit bitterem Vorwurfe. »Du kennst ihn doch hinlänglich in diesem Punkte.«

Die junge Gräfin hob den Kopf. Ihre Wangen zeigten noch die Spuren der eben vergossenen Thränen.

»Du selbst zwangst mich dazu, Tante. Mir blieb kein andres Mittel, und überdies konnte ich nicht ahnen, daß Leos Eifersucht auch mir gelten, daß er auch mich mit einem solchen Verdachte beleidigen würde.«

Die Fürstin stand vor ihr und sah sie durchbohrend an. »Beleidigte er dich wirklich damit? Nun, ich will es hoffen.«

»Was meinst du?« rief Wanda emporschreckend.

»Mein Kind,« entgegnete die Fürstin in eisigem Tone, »du weißt, ich habe niemals Leos Partei genommen, wenn er dich mit seiner Eifersucht quälte – heute nehme ich sie, wenn ich es ihm gegenüber auch nicht zugab, um ihn nicht noch mehr zu reizen. Der Ton, mit dem du dieses ›Eher sterben!‹ herausschleudertest, brachte auch mein Blut in Wallung, und deine Furcht vor Waldemars Verachtung war sehr verfänglich, so verfänglich, daß ich jetzt freiwillig auf deine Anwesenheit in Wilicza Verzicht leiste. Als ich den Plan entwarf, glaubte ich *deiner* unbedingt sicher zu sein; jetzt konnte ich ihn wirklich nicht mehr vor Leo verantworten und stimme dir vollkommen bei, wenn du – die Probe nicht wagen willst.«

Wanda hatte sich erhoben. Totenbleich, keines Wortes fähig, starrte sie die Sprechende an; sie hatte das Gefühl, als öffne sich auf einmal ein Abgrund vor ihren Füßen, und wie vom Schwindel ergriffen lehnte sie sich an das Sofa.

»Du täuschest dich,« brachte sie endlich mühsam heraus, »oder du willst mich täuschen. Das habe ich nicht verdient.«

Die Fürstin ließ das Auge nicht von dem Gesicht ihrer Nichte. »Ich weiß, daß du noch keine Ahnung davon hast, und ebendeshalb gebe ich sie dir. Nachtwandler muß man wecken, ehe sie die gefahrdrohende Höhe erreichen. Wenn das Erwachen plötzlich kommt, ist der Sturz unausbleiblich. Dir ist von jeher die Energie, die eiserne Willenskraft am Manne das Höchste gewesen; das allein zwingt dich zur Bewunderung. Ich weiß leider, daß Leo dieses eine trotz all seiner glänzenden Eigenschaften nicht besitzt, und ich leugne auch nicht mehr, daß Waldemar es hat; also nimm dich in Acht mit deinem – Haß gegen ihn! Er könnte sich dir eines Tages als etwas andres enthüllen. Ich öffne dir jetzt die Augen, wo es noch Zeit ist, und ich denke, du wirst mir dankbar dafür sein.«

»Ja,« entgegnete Wanda mit fast erloschener Stimme. »Ich danke dir.«

»So wollen wir die Sache ruhen lassen; noch hat sie hoffentlich keine Gefahr, und morgen bringe ich dich selbst nach Rakowicz zurück. – Jetzt aber muß ich dafür sorgen, daß auch heute abend hier die nötige Vorsicht beobachtet wird, damit uns nicht noch am letzten Tage irgend ein Unheil trifft. Ich werde Pawlick meine Befehle geben und das Ganze persönlich überwachen.«

Damit verließ die Fürstin das Zimmer, fest überzeugt, daß sie nur ihre Pflicht gethan, und einem künftigen Unheil vorgebeugt habe, indem sie energisch und schonungslos wie immer den Schleier zerriß, welcher der jungen Gräfin noch das eigene Herz verhüllte. Hätte sie gesehen, wie Wanda nach ihrer Entfernung wie vernichtet zusammensank, es wäre ihr doch vielleicht klar geworden, daß hier die gefahrdrohende Höhe bereits erreicht war, wo der Anruf tödlich werden konnte. Er vermochte nicht mehr zu warnen oder zu retten. Das Erwachen kam zu spät.

Der Winter war mit seiner vollen Strenge hereingebrochen. Die dichte Schneehülle deckte Wald und Feld; eine schwere Eisdecke hemmte den Lauf des Flusses, und über die erstarrte Erde brausten die Winterstürme mit eisigem Hauch.

Sie hatten diesmal noch einen andern Sturm wachgerufen, der schlimmer tobte als die Elemente. Jenseits der Grenze war der lang gefürchtete Aufstand endlich ausgebrochen. Das ganze Nachbarland loderte in voller Empörung, und jeder Tag brachte neue Schreckensnachrichten von drüben her. Auf diesseitigem Gebiete war noch alles ruhig, und es hatte auch den Anschein, als ob diese Ruhe aufrecht erhalten bleiben sollte, aber friedlich war die Stimmung in den Grenzbezirken keineswegs, wo tausend Beziehungen und Verbindungen hinüber und herüber gingen, wo kaum eine polnische Familie lebte, die nicht wenigstens einen Angehörigen drüben in den Reihen der Kämpfenden hatte.

Am schwersten hatte Wilicza unter dieser Stimmung zu leiden; schon seine Lage machte es zu einem der wichtigsten, aber auch gefährlichsten Vorposten der ganzen Provinz. Es spielte nicht umsonst eine so wichtige Rolle in den Plänen der Morynski und Baratowski. Die Nordeckschen Güter bildeten die bequemste Verbindung mit dem Aufstande und den sichersten Rückhalt für etwaige Kämpfe dicht an der Grenze; die tiefen Waldungen machten es trotz Posten und Patrouillen unmöglich, die angeordnete strenge Bewachung in ihrem ganzen Umfange aufrecht zu erhalten. Es hatte sich freilich vieles geändert, seit der junge Gutsherr sich damals, kurz vor der Abreise Morynskis und Leos, so entschieden auf die Seite seiner Landsleute gestellt hatte, aber mit jener Stunde begann auch der stumme erbitterte Kampf zwischen ihm und seiner Mutter, der noch heute nicht zu Ende war. Die Fürstin hielt Wort. Sie wich ihm nicht auf dem Boden, auf den sie gleichfalls ein Recht zu haben glaubte, und Waldemar sah jetzt wirklich ein, was es hieß, seine Güter jahrelang in ihren Händen gelassen zu haben. Wenn seine einstige Vernachlässigung und Gleichgültigkeit dagegen gebüßt werden sollten, so büßte er sie jetzt.

Er hatte es erzwungen, daß sein Schloß nicht länger der Sitz von Parteibestrebungen war; für sein Gebiet konnte er das Gleiche nicht erzwingen, denn das war ihm systematisch entfremdet worden. Die unumschränkte Herrschaft, welche die Fürstin so lange ausgeübt, die vollständige Verdrängung des deutschen Elementes aus der Verwaltung, die Besetzung jedes nur irgendwie bedeutsamen Beamtenpostens mit polnischen Vertretern – das alles trug nun seine Früchte. Nordeck stand in der That wie verraten und verkauft auf seinem eigenen Grund und Boden. Ihm gab man den Namen des Herrn, und seine Mutter sah man als die eigentliche Herrin an. Wenn sie sich auch hütete, offen als solche aufzutreten, ihre Befehle gelangten doch in die Hände der Untergebenen und wurden unverzüglich befolgt, gegen die Waldemars aber stand Wilicza in geheimer, aber fest geschlossener Opposition. Was nur möglich war an Intriguen und Ausflüchten, das wurde gegen ihn ins Werk gesetzt; was nur geschehen konnte, um seine Befehle zu durchkreuzen, seine Maßnahmen zu verwirren, das geschah, aber stets in einer Weise, welche die Verantwortung wie die Strafe ausschloß. Niemand verweigerte ihm direkt den Gehorsam und doch wußte er, daß Kampf und Ungehorsam die Parole war, die täglich gegen ihn ausgegeben wurde. Wo er sich an der einen Stelle Unterwerfung erzwang, da hob die Widersetzlichkeit an zehn andern ihr Haupt empor, und wenn er heute seinem Willen Geltung verschaffte, so trat ihm morgen schon ein neues Hindernis entgegen. Mit Entlassungen konnte er nicht vorgehen – sie hätten dem ganzen Beamtenpersonale gelten müssen, und teils banden ihn ihre Kontrakte in dieser Hinsicht, teils fehlte ihm jeder Ersatz. In einer solchen Zeit konnte überhaupt jeder Gewaltakt verhängnisvoll werden.

So wurde der junge Gutsherr in eine Stellung gedrängt, die für eine Natur wie die seinige die schwerste war, weil sie der Thatkraft keinen Raum gönnte, weil sie nur ruhiges besonnenes Ausharren erforderte, und gerade darauf hatte die Fürstin ihren Plan gebaut. Waldemar sollte allmählich in dem Kampfe ermatten, den er ihr angeboten; er sollte erkennen lernen, daß er schließlich doch nichts in einer Sache vermochte, in der ganz Wilicza zu ihr und gegen ihn stand. Er sollte in seinem Unmute darüber die Zügel wieder fahren lassen, die er ihr so gewaltsam aus der Hand genommen, Geduld war ja niemals seine Sache gewesen. Aber sie täuschte sich auch diesmal in ihrem Sohne, wie sie sich von jeher in ihm getäuscht hatte – er zeigte ihr jetzt die zähe Energie, den unbeugsamen Willen, den sie gewohnt war, als ihre ausschließliche Charaktereigenschaft in Anspruch zu nehmen. Nicht einen Schritt wich er all den Hindernissen und Widerwärtigkeiten, die sich vor ihm auftürmten; eine nach der andern warf er sie zu Boden. Sein Auge und seine Hand waren überall, und wo man es wirklich einmal wagte, ihm den Gehorsam zu versagen, da ließ er den Gebieter in einer Weise fühlen, daß die ersten Versuche auch die letzten blieben. Das trug ihm freilich die Zuneigung seiner Untergebenen nicht ein. Wenn man früher nur den Deutschen in ihm gehaßt hatte, so haßte man jetzt Waldemar Nordeck persönlich, aber man war bereits dahin gelangt, ihn zu fürchten, und bequemte sich auch allmählich, ihm zu gehorchen. Unter diesen Umständen war die Furcht das einzige, was noch den Gehorsam erzwang.

Das Verhältnis zwischen Mutter und Sohn wurde auf diese Weise immer unhaltbarer, wenn es sich auch äußerlich noch auf dem Fuße höflicher Kälte behauptete. Jene erste Erklärung zwischen ihnen war auch die einzige geblieben. Sie waren beide keine Freunde von unnützen Worten und fühlten, daß von keiner Versöhnung und Verständigung die Rede sein konnte, wo sich die Charaktere und Grundsätze so schroff gegenüber standen wie hier. Waldemar versuchte es nie, die Fürstin zur Rede zu stellen; er wußte, daß sie ihm auch nicht das geringste von dem zugeben würde, was doch unleugbar von ihr ausging, und sie ihrerseits that nie eine Frage in dieser Hinsicht. So blieb das Zusammenleben wenigstens möglich und nach außen hin leidlich; was es für Stacheln in sich barg, das freilich wußten nur die beiden allein. Waldemar zog sich in eine noch größere Abgeschlossenheit zurück als früher. Er sah die Mutter höchstens bei Tische, oft auch da nicht einmal, die Fürstin dagegen war sehr oft in Rakowicz bei ihrer Nichte und blieb meist längere Zeit dort. Wanda hatte Wort gehalten und Wilicza nicht wieder betreten, wahrend Waldemar auf seinen Ausflügen sogar das Gebiet von Rakowicz vermied.

Mehr als drei Monate waren seit der Abreise des Grafen Morynski und seines Neffen vergangen. Man wußte allgemein, daß sie sich inmitten des Aufstandes befanden, bei welchem der Graf eine bedeutende Rolle spielte, während der junge Fürst Baratowski unter dem Oberbefehl seines Oheims ein Kommando führte. Trotz der Entfernung und der Hindernisse standen beide in ununterbrochenem Verkehr mit den Ihrigen. Die Fürstin sowohl wie Wanda hatten stets genaue und ausführliche Nachricht von allem, was drüben geschah, und sandten ebenso häufig ihre Botschaften hinüber. Die Bereitwilligkeit, mit der sich in den Grenzbezirken jedermann zu Botendiensten hergab, spottete aller Schwierigkeiten.

Es war um die Mittagsstunde eines ziemlich kalten Tages, als Assessor Hubert und Doktor Fabian vom Dorfe herkamen, wo sie einander begegnet waren. Der Herr Assessor steckte in dreifacher Umhüllung; er wußte noch von Janowo her, was eine Erkältung bedeutete. Auch der Doktor hatte den Mantelkragen schützend in die Höhe geschlagen. Das strenge Klima schien ihm nicht zuzusagen; er sah bleicher als sonst und angegriffen aus. Hubert dagegen schaute äußerst wohlgemut darein. Die augenblicklichen Verhältnisse an der Grenze führten ihn sehr oft nach Wilicza oder in dessen Umgegend. Auch jetzt hatte er wieder eine Untersuchung zu führen, die ihn einige Tage in der Nähe festhielt. Er hatte sich wie gewöhnlich im Hause des

Administrators einquartiert, und sein vergnügtes Aussehen zeigte, daß er sich sehr wohl dabei befand.

»Es ist großartig,« sagte er in seinem feierlichen Amtstone. »Unbedingt großartig ist es, wie Herr Nordeck sich jetzt benimmt. Wir von der Regierung wissen das am besten zu schätzen. Der Präsident meint, dieses verwünschte Wilicza hätte auch hier bei uns schon längst das Beispiel zur Revolte gegeben, wenn sich sein Herr nicht wie ein Wall und eine Mauer dagegen stemmte. Man bewundert ihn in ganz L., und dies um so mehr, als man nie ahnte, daß er sich jemals von dieser Seite zeigen werde.«

Doktor Fabian seufzte. »Ich wollte, er verdiente diese Bewunderung weniger. Gerade seine Energie zieht ihm hier täglich einen größeren Haß zu. Ich zittere jedesmal, wenn Waldemar allein ausreitet, und er ist nie zu bewegen, auch nur die geringste Vorsichtsmaßregel zu beobachten.«

»Ja freilich,« meinte der Assessor bedenklich. »Dem Volk in Wilicza ist alles zuzutrauen, sogar ein Schuß aus dem Hinterhalt. Ich glaube, das einzige, was Herrn Nordeck bisher noch geschützt hat, ist der Umstand, daß er trotz alledem der Sohn der Fürstin Baratowska ist, aber wer weiß, wie lange der nationale Fanatismus das noch respektiert. Was muß das jetzt überhaupt für ein Leben bei Ihnen im Schlosse sein! Niemand begreift es, daß die Fürstin noch bleibt – man weiß es ja, daß sie mit Leib und Seele, Polin ist. Es hat wohl schon furchtbare Scenen zwischen ihr und dem Sohne gegeben – nicht wahr?«

»Bitte, Herr Assessor – das sind Familienangelegenheiten,« lehnte Fabian ab.

»Ich begreife die Rücksicht,« sagte Hubert, der vor Begierde brannte, irgend etwas zu erfahren, was er bei seiner Rückkehr in L. erzählen konnte, wo man sich jetzt mehr als je mit dem Gutsherrn von Wilicza und seiner Mutter beschäftigte. »Aber Sie wissen gar nicht, was für schreckliche Geschichten man sich in der Stadt darüber erzählt. Herr Nordeck soll damals, als er sich so entschieden für uns erklärte, eine ganze Verschwörung auseinandergesprengt haben, die in den Kellergewölben seines Schlosses zusammenkam und bei der Graf Morynski und Fürst Baratowski den Vorsitz führten. Als die Fürstin sich dazwischen werfen wollte, soll ihr der Sohn die Pistole auf die Brust gesetzt und sie ihm ihren Fluch entgegengeschleudert haben, und dann sind sie beide –«

»Wie kann man in L. solche alberne Märchen glauben!« rief der Doktor unwillig. »Ich gebe Ihnen mein Wort darauf, daß auch nicht eine einzige dieser Scenen zwischen Waldemar und seiner Mutter stattgefunden hat. Sie sind beide nicht danach geartet; im Gegenteil, sie stehen sehr – höflich miteinander.«

»Wirklich?« fragte der Assessor mißtrauisch. Er ließ die Geschichte von der Pistole und dem Fluche augenscheinlich nur sehr ungern fahren – sie sagte ihm weit mehr zu, als diese nüchterne Erklärung. »Aber die Verschwörung hat doch bestanden,« setzte er hinzu. »Und Herr Nordeck hat sie auseinandergesprengt; er allein gegen zweihundert Hochverräter. Ach, daß ich damals nicht hier gewesen bin! Ich war drüben in Janowo, wo ich leider gar nichts entdeckte. Fräulein Margarete ist doch sonst so klug. Ich begreife nicht, wie sie sich damals so vollständig täuschen lassen konnte. Jetzt freilich wissen wir, daß das ganze geheime Waffenlager hier in Wilicza versteckt war, wenn Herr Nordeck das auch nun und nimmermehr zugeben will.«

Der Doktor schwieg und sah sehr verlegen aus. Die Erwähnung Janowos brachte ihn noch immer aus der Fassung. Zum Glück waren sie jetzt an die Stelle gelangt, wo der Weg nach dem Schlosse abbog. Fabian verabschiedete sich von seinem Gefährten, und dieser ging allein nach dem Gutshofe.

Hier fand inzwischen eine Unterredung zwischen dem Administrator und seiner Tochter statt, die eine erregte Wendung zu nehmen drohte. Gretchen wenigstens hatte eine ganz kriegerische Stellung eingenommen. Sie stand vor ihrem Vater, die Arme trotzig übereinandergeschlagen, den Kopf mit den blonden Flechten zurückgeworfen, und stampfte sogar mit ihrem Füßchen auf den Boden, um ihren Worten Nachdruck zu geben.

»Ich sage dir, Papa, ich mag den Assessor nicht. Und wenn er noch ein halbes Jahr lang um mich herumseufzt und du ihm noch so sehr das Wort redest, ich lasse mir kein Ja abzwingen!«

»Aber, Kind, es ist ja nicht die Rede davon, dich zu zwingen,« beruhigte der Vater. »Du weißt ja, daß du ganz deinen freien Willen hast, aber die Sache muß doch endlich einmal zur Sprache kommen. Wenn du bei deinem Nein beharrst, darfst du Hubert wirklich nicht länger Hoffnung machen.«

»Ich mache ihm keine Hoffnung,« rief Gretchen, fast weinend vor Aerger. »Im Gegenteil, ich behandle ihn ganz abscheulich, aber das hilft nichts. Seit der unglücklichen Schnupfenpflege bildet er sich steif und fest ein, ich erwidere seine Gefühle. Wenn ich ihm heute einen Korb gäbe, so würde er lächelnd antworten: ›Sie irren sich, mein Fräulein; Sie lieben mich doch‹ – und morgen wäre er wieder da.« Frank nahm die Hand seiner Tochter und zog sie näher zu sich heran. »Gretchen, sei einmal vernünftig und sage mir, was du eigentlich gegen den Assessor einzuwenden hast. Er ist jung, leidlich hübsch, nicht unvermögend und kann dir eine höchst angenehme gesellschaftliche Stellung bieten. Ich gebe zu, daß er manche Lächerlichkeiten an sich hat, aber eine vernünftige Frau wird schon etwas aus ihm machen. Die Hauptsache aber ist, daß er dich bis zur Narrheit liebt, und du sahst ihn ja anfangs gar nicht mit so ungünstigen Augen an. Was hat dich denn gerade in der letzten Zeit so gegen ihn eingenommen?«

Gretchen blieb die Antwort auf diese Frage schuldig, die sie etwas in Verlegenheit zu setzen schien, aber sie faßte sich bald wieder.

»Ich liebe ihn nicht,« erklärte sie mit der größten Bestimmtheit. »Und ich will ihn nicht, und ich nehme ihn nicht.«

Dieser kategorischen Erklärung gegenüber blieb dem Vater nun freilich nichts weiter übrig, als die Achseln zu zucken, was er denn auch that.

»Nun, meinetwegen!« sagte er unmutig. »Dann werde ich dem Assessor aber klaren Wein einschenken, ehe er uns diesmal verläßt. Bis zu seiner Abreise will ich damit warten; vielleicht besinnst du dich noch bis dahin.«

Die junge Dame machte eine sehr geringschätzige Miene darüber, daß der Vater ihr eine solche Schwäche zutraute. Es schien ihre Seelenruhe nicht im mindesten zu stören, daß sie soeben den Stab über das Lebensglück des armen Assessors gebrochen hatte, denn sie setzte sich gleichmütig an ihren Nähtisch, nahm ein dort liegendes Buch und begann zu lesen.

Der Administrator ging, noch immer ein wenig ärgerlich, im Zimmer auf und ab; endlich blieb er vor seiner Tochter stehen,

»Was ist denn das für ein dicker Band, den ich jetzt fortwährend in deinen Händen sehe? Eine Grammatik vermutlich. Studierst du so eifrig Französisch?«

»Nein, Papa,« sagte Gretchen. »Die Grammatik ist viel zu langweilig, als daß ich sie so oft in die Hand nehmen sollte. Ich« – sie legte feierlich die Hand auf das Buch – »ich studiere gegenwärtig die Geschichte des Germanentums.«

»Was studierst du?« fragte der Administrator, der seinen Ohren nicht traute.

»Die Geschichte des Germanentums!« wiederholte seine Tochter mit unglaublichem Selbstgefühl. »Ein ausgezeichnetes Werk, ein Werk voll der allertiefsten Gelehrsamkeit! Willst du es auch einmal lesen? Hier ist der erste Band.«

»Laß mich in Ruhe mit deinem Germanentum!« rief Frank. »Ich habe genug mit dem Slaventum zu thun. Aber wie kommst du denn zu diesem gelehrten Zeuge? Ganz sicher durch den Doktor Fabian, aber das ist gegen die Abrede. Er hat versprochen, dich im Französischen zu üben, und statt dessen bringt er dir alte Scharteken aus seiner Bibliothek, von denen du kein Wort verstehst.«

»Ich verstehe alles,« rief das junge Mädchen beleidigt. »Und es ist auch keine alte Scharteke; es ist ein ganz neues Werk, das Doktor Fabian selbst geschrieben hat. Es macht ungeheures Aufsehen in der Gelehrtenwelt, und zwei unsrer ersten wissenschaftlichen Berühmtheiten, Professor Weber und Professor Schwarz, liegen sich bereits in den Haaren darüber und über die angehende dritte, den Doktor nämlich. Aber du sollst sehen, Papa, er wird noch einmal größer, als beide zusammengenommen.«

»Schwarz?« sagte der Administrator nachsinnend. »Das ist ja der berühmte Onkel unsres Assessors an der Universität zu J. Nun, da kann Doktor Fabian von Glück sagen, wenn eine solche Autorität sich überhaupt mit seinen Werken befaßt.«

»Professor Schwarz versteht gar nichts,« erklärte Gretchen zum Entsetzen ihres Vaters und mit der Unfehlbarkeit eines akademischen Richters. »Er wird sich mit seiner Kritik des Fabianschen Buches ebenso blamieren, wie der Assessor mit der Verhaftung des Herrn Nordeck. Natürlich, es sind ja Onkel und Neffe – das liegt so in der Familie.«

Jetzt schien die Sache dem Administrator doch etwas bedenklich zu werden; er sah seine Tochter forschend an. »Du bist in diesen Universitätsgeschichten ja so bewandert wie ein Student. Du scheinst das unumschränkte Vertrauen des Doktors Fabian zu genießen,«

»Das genieße ich auch,« bestätigte Gretchen. »Aber es hat sehr viele Mühe gekostet, ihn dahin zu bringen. Er ist so schüchtern, so zurückhaltend, obwohl er doch ein so bedeutender Mensch ist. Ich habe ihm das alles erst im Laufe der Zeit und Wort für Wort abfragen müssen. Sein Buch wollte er mir anfangs gar nicht geben, aber da wurde ich böse, und ich möchte wohl sehen, was er mir verweigert, wenn ich ihm ein Gesicht mache.«

»Höre, Kind, ich glaube, der Assessor hat einen sehr dummen Streich gemacht, als er deine französischen Uebungen veranlaßte,« brach Frank jetzt los. »Dieser stille, blasse Doktor mit seiner sanften Stimme und seinem schüchternen Wesen hat es dir wahrhaftig angethan und ist allein schuld an der schlimmen Behandlung, die du dem armen Hubert zu teil werden läßt. Du wirst doch keine Thorheiten machen? Der Doktor ist nichts weiter als ein ehemaliger Hauslehrer, der bei seinem früheren Zöglinge lebt und eine Pension von ihm bezieht. Wenn er dabei gelehrte Werke schreibt, so mag das ein Vergnügen für ihn sein, aber Geld bringt dergleichen nicht ein und am allerwenigsten ein gesichertes Einkommen. Zum Glück ist er zu schüchtern und auch wohl zu vernünftig, um auf deine Vorliebe für ihn irgend eine Hoffnung zu bauen, aber ich halte es doch für besser, wenn die französischen Stunden jetzt ein Ende nehmen, und werde das auf schickliche Weise einzuleiten suchen. Wenn du, die kaum die Geduld hat, einen Roman zu Ende zu lesen, jetzt die Geschichte des Germanentums studierst und dich dafür begeisterst, bloß weil Doktor Fabian sie geschrieben hat, so ist mir das doch bedenklich.«

Die Tochter sah bei dieser väterlichen Ermahnung sehr unzufrieden aus und bereitete sich zu einem nachdrücklichen Widerspruch vor, als der Inspektor mit einer Meldung eintrat. Gleich darauf verließ Frank mit ihm das Zimmer, und Fräulein Margarete blieb in einer höchst ärgerlichen Stimmung zurück, Assessor Hubert hätte gar nichts Schlimmeres thun können, als in einer solchen Stunde zu erscheinen, aber sein gewöhnlicher Unstern führte ihn natürlich gerade jetzt herein. Er war, wie immer, die Aufmerksamkeit und Artigkeit selbst, der Gegenstand seiner Wünsche aber zeigte eine so ungnädige Laune, daß er eine Bemerkung darüber nicht unterdrücken konnte.

»Sie scheinen verstimmt, Fräulein Margarete,« begann er nach mehreren vergeblichen Versuchen, ein Gespräch anzuknüpfen. »Darf man den Grund wissen?«

»Ich ärgere mich, daß gewöhnlich gerade die bedeutendsten Menschen so sehr viel Schüchternheit und so gar kein Selbstvertrauen haben,« fuhr Gretchen heraus, die mit ihren Gedanken ganz wo anders war.

Das Antlitz des Assessors verklärte sich förmlich bei diesen Worten. Bedeutende Menschen – Schüchternheit – kein Selbstvertrauen – ja freilich, er war damals mitten im Kniefall stecken geblieben und noch heute nicht bis zu einer Erklärung gekommen. Die junge Dame trug allerdings selbst die Schuld daran, aber es verletzte sie doch, daß er so wenig Selbstvertrauen zeigte. Das mußte unverzüglich wieder gut gemacht werden. Der Wink konnte gar nicht deutlicher gegeben werden.

Gretchen sah schon in der nächsten Minute ein, was sie mit ihren unvorsichtigen Worten, die Hubert natürlich auf seine eigene Person bezog, angerichtet hatte. Sie brachte schleunigst ihre Geschichte des Germanentums vor ihm in Sicherheit, denn der Doktor hatte ihr das Versprechen abgenommen, dem Neffen seines litterarischen Gegners nichts davon zu verraten, und beschloß, ihre Uebereilung durch möglichste Ungezogenheit wieder gut zu machen.

»Sie brauchen nicht mit einem solchen Polizeiblick um mich herum zu gehen, Herr Assessor,« sagte sie. »Ich bin keine Verschwörung, und das ist ja doch das einzige auf der Welt, was sie interessiert.«

»Mein Fräulein,« versetzte der Assessor würdevoll, aber doch etwas verletzt, denn er war sich bewußt, schmachtend und durchaus nicht polizeigemäß geblickt zu haben, »Sie werfen mir meinen Amts- und Pflichteifer vor, und doch glaube ich mir gerade daraus ein Verdienst machen zu können. Auf uns Beamten lastet die ganze Sorge für die Ordnung und Sicherheit des Staates; uns danken es Tausende, daß sie abends ihr Haupt ruhig niederlegen können; ohne uns – «

»Nun, wenn Sie allein für unsre Sicherheit sorgten, dann wären wir hier in Wilicza längst totgeschlagen worden,« unterbrach ihn das junge Mädchen. »Es ist nur ein Glück, daß wir Herrn Nordeck haben; der schafft uns nachdrücklicher Ruhe als das ganze Polizeidepartement von L.«

»Herr Nordeck scheint jetzt überall einer außerordentlichen Bewunderung zu genießen,« bemerkte Hubert empfindlich, »Auch bei Ihnen.«

»Ja, auch bei mir,« bestätigte Gretchen. »Ich bedaure es aufrichtig, aber meine Bewunderung gilt nun einmal Herrn Nordeck und keinem andern.«

Sie warf einen sehr anzüglichen Blick auf den Assessor, aber dieser lächelte nur.

»O, dieser andre würde auch niemals das kalte, fremde Gefühl der Bewunderung beanspruchen,« versicherte er. »Er hofft auf ganz andre Regungen in einer verwandten Seele.«

Gretchen sah, daß die Ungezogenheit ihr nichts half. Hubert steuerte unverwandt und unbeirrt auf die Erklärung los. Das junge Mädchen hatte aber gar keine Lust, ihn anzuhören; es war ihr unangenehm, ihm ein Nein geben zu müssen, und sie fand es weit bequemer, das durch ihren Vater abmachen zu lassen. Deshalb fuhr sie mit der ersten besten Frage dazwischen, die ihr gerade in den Sinn kam.

»Sie haben mir ja so lange nichts von Ihrem berühmten Onkel in J. erzählt. Was macht er denn jetzt?«

Der Assessor, der in dieser Frage nur ihre Teilnahme an seinen Familienangelegenheiten erblickte, ging bereitwillig darauf ein.

»Mein armer Onkel hat in der letzten Zeit sehr viel Aerger und Verdruß gehabt,« berichtete er. »Es gibt an der Universität eine Gegenpartei – welches wahrhaft Große hätte nicht seine Neider und Feinde! – an deren Spitze Professor Weber steht. Dieser Herr hascht förmlich nach Popularität; die Studenten hängen mit blinder Vorliebe an ihm; alle Welt spricht von seiner Liebenswürdigkeit, und mein Onkel, der dergleichen Kunstgriffe verschmäht und sich überhaupt nie um die öffentliche Meinung kümmert, wird von allen Seiten angefeindet. Jetzt hat die Gegenpartei, einzig ihm zum Aerger, einen ganz obskuren Menschen auf den Schild gehoben und unterfängt sich, dessen Erstlingswerk *neben* die Schwarzschen Schriften über den Germanismus zu setzen.«

»Es ist wohl nicht möglich,« meinte Gretchen.

»Neben die Schriften meines Onkels,« wiederholte der Assessor mit großartiger Entrüstung. »Ich kenne weder den Namen, noch die näheren Umstände. Mein Onkel liebt es nicht, sich in seinen Briefen über Einzelheiten auszusprechen, aber die Sache hat ihn dermaßen geärgert, und sein Konflikt mit dem Professor Weber ist zu einer solchen Höhe gediehen, daß er daran gedacht hat, seine Entlassung zu nehmen. Es ist natürlich nur eine Drohung; man läßt ihn in keinem Falle fort. Die Universität erlitte ja durch sein Ausscheiden einen unersetzlichen Verlust, aber er hielt es doch für notwendig, einen Druck auf die betreffenden Persönlichkeiten zu üben.«

»Ich wollte, das wirkte,« sagte Gretchen mit einem solchen Ausdruck des Ingrimms, daß Hubert betroffen einen Schritt zurücktrat, aber gleich darauf trat er zwei näher.

»Es beglückt mich sehr, daß Sie ein solches Interesse an dem Ergehen meines Onkels nehmen. Auch er interessiert sich bereits für Sie. Ich habe ihm oft von dem Hause und der Familie geschrieben, wo ich eine so liebenswürdige Aufnahme gefunden habe, und er würde mit Freuden hören, daß ich dieser Familie – « Da war er schon wieder so weit. Das junge Mädchen sprang in voller Verzweiflung auf, lief an das gerade offen stehende Klavier und begann zu spielen. Aber sie unterschätzte die Beharrlichkeit des Bewerbers, denn schon in der nächsten Minute stand er neben ihr und hörte zu.

»Ah, der Sehnsuchtswalzer! Mein Lieblingsstück! Freilich, die Musik vermag es am besten, die Gefühle des Herzens auszudrücken – nicht wahr, Fräulein Margarete?«

Fräulein Margarete fand, daß sich heute alles gegen sie verschworen habe. Es war zufällig das einzige Stück, das sie auswendig wußte, und sie wagte nicht aufzustehen und Noten zu holen, denn die Miene des Assessors verriet, daß er nur auf eine Pause im Spiel wartete, um den Gefühlen seines Herzens Worte zu geben. So ließ sie denn den Sehnsuchtswalzer mit vollster Kraft und im Tempo eines Sturmmarsches über die Tasten hinrasen. Es klang fürchterlich, und es sprang eine Saite dabei, aber der Lärm wurde glücklicherweise so arg, daß er jede etwaige Liebeserklärung übertönen mußte.

»Sollte das Fortissimo wohl hier am Platze sein?« wagte Hubert zu bemerken. »Ich meinte immer, das Stück müsse im schmelzenden Piano gespielt werden.« »Ich spiele es im Fortissimo,« erklärte Gretchen und schlug auf die Tasten, daß die zweite Saite sprang.

Der Assessor war etwas nervös; er fuhr zusammen. »Sie werden das schöne Instrument verderben,« sagte er, sich mit Mühe verständlich machend.

»Wozu gibt es Klavierstimmer in der Welt?« rief Gretchen. Als sie merkte, daß der musikalische Lärm dem Assessor unangenehm wurde, steigerte sie ihn zu einer ganz unglaublichen Höhe und opferte kaltblütig die dritte Saite. Das half endlich. Hubert sah ein, daß man ihn heute nicht zu Worte kommen lassen wollte, und trat den Rückzug an, ärgerlich, aber mit unerschüttertem Vertrauen. Die junge Dame hatte ihn ja damals beim Schnupfenfieber mit so rührender Aufmerksamkeit gepflegt, und heute hatte sie ihn einen bedeutenden Menschen genannt und ihm Mangel an Selbstvertrauen vorgeworfen. Freilich, ihr Eigensinn blieb unberechenbar, aber sie liebte ihn dennoch.

Als er fort war, stand Gretchen auf und schloß das Klavier. »Drei Saiten sind gesprungen,« sagte sie wehmütig und doch mit einer gewissen Befriedigung, »Aber ich habe ihn richtig wieder nicht zur Erklärung kommen lassen. Und das übrige kann Papa besorgen.« Damit setzte sie sich wieder an den Nähtisch, holte das Buch hervor und vertiefte sich aufs neue in die Geschichte des Germanentums. –

Es war einige Stunden später, als Waldemar Nordeck von L. zurückkehrte, wohin er heute morgen geritten war. Er kam jetzt öfter dorthin; der Verkehr zwischen dem Schlosse und der Stadt war überhaupt lebhafter geworden. Der Umstand, daß Wilicza gerade die Grenzwaldungen einschloß und daß man der dortigen Bevölkerung am wenigsten traute, machte manche Besprechungen und Verständigungen hinsichtlich der zu nehmenden Maßregeln notwendig, und der Präsident wußte zu gut, welche feste energische Stütze er in dem jungen Gutsherrn hatte, um ihn nicht stets mit der größten Zuvorkommenheit aufzunehmen. Auch heute war Waldemar bei ihm gewesen und dort mit einigen der höheren Beamten und Offiziere aus L. zusammengetroffen, und die sämtlichen Herren fanden aufs neue ihre schon früher gehegte Meinung bestätigt, daß der junge Nordeck im Grunde doch eine durchaus kalte unempfindliche Natur sei. Jeden andern würde das gezwungen feindselige Verhältnis der eigenen Mutter und dem eigenen Bruder gegenüber doch wenigstens gedrückt und gequält haben, ihn schien es gar nicht zu berühren. Er war wie immer ernst, zurückhaltend, aber entschlossen und bereit, die einmal gewählte Stellung bis aufs Aeußerste zu behaupten.

Waldemar hatte freilich allen Grund, den Fremden diese ruhige Stirn zu zeigen; er wußte, daß sein Verhältnis zu seiner Mutter das Tagesgespräch in L. bildete und daß die abenteuerlichsten Gerüchte darüber die Runde machten – da galt es ihnen wenigstens nicht neue Nahrung zu geben. Jetzt, wo er sich allein und unbeachtet wußte, stand ein Zug verbissenen Schmerzes in seinem Gesicht, der nicht weichen wollte, und die Stirn war so finster umwölkt, wie sie vorhin klar gewesen. Er ritt im Schritte vorwärts, ohne auf die Umgebung zu achten, und hielt bei einer Kreuzung des Weges fast mechanisch sein Pferd an, um einen Schlitten vorbei zu lassen, der in vollem Galopp herankam und dicht an ihm vorüberfuhr.

Normann bäumte sich plötzlich in die Höhe. Der Reiter hatte den Zügel mit so wilder Heftigkeit an sich gerissen, daß das Tier erschrak und einen jähen Sprung seitwärts machte. Dabei geriet es aber mit den Hinterfüßen in einen nur lose vom Schnee verdeckten Graben, der längs des Fahrweges hinlief; es strauchelte und wäre fast mit seinem Herrn zu Fall gekommen.

Waldemar brachte es schnell genug wieder aus dem Graben und auf die Höhe des Weges, aber der leichte Unfall schien ihn, den kühnen unerschrockenen Reiter, gänzlich aus der Fassung gebracht zu haben. Sie fehlte ihm noch vollständig, als er sich dem Schlitten näherte, welcher auf einen Zuruf der Dame stillgehalten hatte.

»Verzeihen Sie, Gräfin Morynska, wenn ich Sie erschreckt habe! Mein Pferd scheute vor der plötzlichen Begegnung mit dem Ihrigen!«

Wanda war sonst schreckhaften Regungen nicht leicht zugänglich; vielleicht trug weniger der Schrecken als das unerwartete Zusammentreffen – das erste seit drei Monaten – die Schuld an der tiefen Blässe, die noch auf ihrem Antlitze lag, als sie erwiderte:

»Sie haben doch keinen Schaden genommen?«

»Ich wohl nicht, aber mein Normann –«

Er vollendete nicht, sondern sprang rasch aus dem Sattel, Das Pferd hatte offenbar eine Verletzung an einem seiner Hinterfüße erlitten. Es hielt ihn, wie im Schmerz, emporgezogen und verweigerte das Auftreten damit. Waldemar untersuchte flüchtig den Schaden und wandte sich dann wieder zu der jungen Gräfin.

»Es ist nicht von Bedeutung,« sagte er in demselben kalten gezwungenen Tone wie vorhin, »Ich bitte Sie, Ihre Fahrt deswegen nicht zu unterbrechen.« Er grüßte und trat zur Seite, um den Schlitten vorüber zu lassen.

»Wollen Sie denn nicht wieder aufsteigen?« fragte Wanda, als sie sah, daß er den Zügel um seinen Arm schlang.

»Nein! Normann hat sich am Fuße beschädigt und hinkt bedeutend. Es ist ihm schon schmerzhaft genug, nur aufzutreten. Er kann unmöglich noch einen Reiter tragen.«

»Es sind noch zwei Stunden Wegs nach Wilicza,« bemerkte Wanda. »Die können Sie doch nicht zu Fuß und im langsamen Schritt zurücklegen.«

»Es wird mir doch nichts andres übrigbleiben,« versetzte Nordeck ruhig. »Mindestens muß ich mein Pferd bis zum nächsten Dorfe führen, wo ich es abholen lassen kann.«

»Aber dann wird es dunkel, ehe Sie das Schloß erreichen.« »Das thut nichts; ich kenne den Weg.«

Die junge Gräfin warf einen Blick auf den Weg nach Wilicza, der sich schon nach einer kurzen Strecke im Wald verlor; sie wußte, daß diese Waldumgebung ihm blieb bis in die unmittelbare Nähe des Schlosses.

»Wäre es nicht besser, Sie bedienten sich meines Schlittens?« sagte sie leise, ohne aufzublicken. »Mein Kutscher kann Ihr Pferd ja inzwischen nach dem Dorfe bringen.«

Waldemar sah sie betroffen an; das Anerbieten schien ihn aufs höchste zu überraschen.

»Ich danke. Sie fahren jedenfalls nach Rakowicz?«

»Der Umweg über Rakowicz ist nicht groß,« fiel Wanda hastig ein, »und von dort aus können Sie das Gefährt allein benutzen,« Die Worte klangen seltsam gepreßt, beinahe angstvoll. Waldemar ließ langsam den Zügel niedergleiten. Es vergingen einige Sekunden, ehe er antwortete:

»Ich thue doch wohl besser, direkt nach Wilicza zu gehen.«

»Ich bitte Sie aber, das nicht zu thun, sondern mit mir zu fahren.«

Diesmal sprach die Angst so unverkennbar aus Wandas Stimme, daß die Weigerung nicht erneuert wurde. Nordeck übergab dem Kutscher, der auf den Wink der Herrin abgestiegen war, das Pferd mit der Weisung, es möglichst schonend nach dem bezeichneten Dorfe zu führen, wo es abgeholt werden würde. Er selbst bestieg den Schlitten, aber er schwang sich auf den hinten befindlichen Kutschersitz und ergriff die Zügel. Der Platz neben der jungen Gräfin blieb leer.

Die Fahrt ging in tiefem Schweigen vor sich. Das Anerbieten war so einfach und selbstverständlich; die Ablehnung wäre seltsam, ja beleidigend gewesen zwischen zwei so nahen Verwandten, aber die Unbefangenheit hatten die beiden längst verlernt, und dies unerwartete Wiedersehen raubte ihnen den letzten Rest davon. Waldemar wendete seine Aufmerksamkeit ausschließlich den Zügeln zu, und Wanda hüllte sich fester in ihren Pelz, ohne auch nur einmal den Kopf umzuwenden.

Man stand bereits im Anfange des März, aber der Winter schien diesmal gar nicht weichen zu wollen. Kurz vor dem Scheiden ließ er noch einmal all seine Schrecken los über die arme Erde, die schon dem ersten Frühlingshauche entgegenharrte. Ein tagelang andauerndes Schneegestöber hüllte sie aufs neue in das Leichengewand, das sie mühsam abgestreift hatte. Wieder starrte die Landschaft in Schnee und Eis, und Sturm und Kälte stritten miteinander um die Oberhand.

Der Sturm und das Schneetreiben hatten sich zwar seit heute morgen gelegt, aber trotzdem war es ein so trüber, kalter Winternachmittag, als stehe man noch im Dezember. Die Pferde griffen kräftig aus, und der Schlitten schien auf der glatten Bahn zu fliegen, aber der eisige Hauch dieses winterlichen Märztages lag auch auf den beiden Insassen, die in ihrem Schweigen beharrten. Sie waren seit jener Stunde am Waldsee zum erstenmal wieder allein, und so düster melancholisch jener Herbstabend auch gewesen war, mit seinem fallenden Laub und seinen wogenden Nebelgestalten, damals regte sich doch wenigstens noch das Leben der Natur, wenn auch nur im Sterben, jetzt war auch das zu Ende. Es lag eine Totenstille auf den weiten Feldern, die sich so weiß und endlos ausdehnten. Nichts als Schnee ringsum, so weit das Auge reichte! Die Ferne verhüllte sich in trüben Nebel, und den Himmel deckte finsteres Schneegewölk, das schwer und träge dahinzog; sonst war alles starr und tot in dieser winterlichen Oede und Einsamkeit.

Der Weg verließ jetzt das freie Feld und bog in die Waldung ein, die bisher seitwärts geblieben war. Auf dem tieferen windgeschützten Waldwege lag der Schnee so hoch, daß die Pferde nur im Schritt zu gehen vermochten. Der Führer ließ die Zügel sinken, die er bisher straff gehalten hatte und aus der schwindelnd schnellen Fahrt wurde ein leises Dahingleiten. Die dunklen Tannen zu beiden Seiten beugten sich schwer unter der Schneelast, die sie trugen. Einer der tief herniederhängenden Zweige streifte Waldemars Haupt, und eine ganze Wolke von weißen Flocken ergoß sich über ihn und seine Begleiterin. Diese wendete sich jetzt zum erstenmal halb nach ihm um und sagte, auf die Bäume deutend:

»Durch solchen dichten Forst führt der Weg nach Wilicza ununterbrochen.«

Waldemar lächelte flüchtig. »Das ist mir nicht neu. Ich mache den Weg ja oft genug,«

»Aber nicht zu Fuße und bei einbrechender Dämmerung! Wissen Sie es nicht oder wollen Sie es nicht wissen, daß das eine Gefahr für Sie ist?«

Das Lächeln verschwand aus Nordecks Zügen und machte dem gewohnten Ernste Platz. »Wenn ich noch daran zweifelte, so würde die Kugel mich belehrt haben, die neulich, als ich von der Grenzförsterei zurückkam, an meinem Kopfe so dicht vorüberflog, daß sie mir fast das Haar streifte. Der Schütze ließ sich nicht blicken; er schämte sich vermutlich seiner – Ungeschicklichkeit.«

»Nun, wenn Sie bereits die Erfahrung gemacht haben, so ist Ihr stetes Alleinreiten geradezu eine Herausforderung!« rief Wanda, die es nicht vermochte, ihren Schrecken bei dem Bericht zu verbergen.

»Ich reite niemals unbewaffnet,« versetzte Waldemar gelassen, »und gegen einen Schuß aus dem Hinterhalt schützt mich keine Begleitung. Den augenblicklichen Verhältnissen in Wilicza gegenüber ist die Macht der Persönlichkeit überhaupt das einzige, was noch wirkt. Wenn ich Furcht zeige und mich mit Vorsichtsmaßregeln umgebe, ist es zu Ende mit meiner Autorität. Wenn ich fortfahre, den Angriffen allein die Spitze zu bieten, wird man davon ablassen.«

»Und wenn jene Kugel getroffen hätte?« fragte Wanda mit leise bebender Stimme, »Sie sehen doch, wie nahe Ihnen die Gefahr war.«

Der junge Mann beugte sich halb über ihren Sitz.

»Wollten Sie mich einer ähnlichen Gefahr entziehen, als Sie vorhin auf meiner Begleitung bestanden?«

»Ja,« war die kaum hörbare Antwort.

Er schien eine Erwiderung auf den Lippen zu haben, aber wie von einer Erinnerung durchzuckt, richtete er sich plötzlich wieder auf und griff fester in die Zügel, während er mit aufquellender Bitterkeit sagte:

»Das werden Sie schwerlich vor Ihrer Partei verantworten können, Gräfin Morynska.«

Sie wandte sich jetzt vollständig nach ihm um, und ihr Auge begegnete dem seinigen.

»Nein, denn Sie haben ihr offene Feindschaft angesagt. Es lag in Ihrer Hand, uns den Frieden zu bieten. Sie erklärten uns den Krieg.«

»Ich that, was ich mußte. Sie vergessen, daß mein Vater ein Deutscher war.«

»Und Ihre Mutter ist eine Polin.«

»Sie brauchen mich nicht mit diesem Tone des Vorwurfs daran zu erinnern,« sagte Waldemar. »Der unselige Zwiespalt hat mir allzuviel gekostet, als daß ich ihn auch nur auf eine Minute vergessen könnte. Er verschuldete schon die Trennung zwischen meinen Eltern; mir hat er die Kindheit vergiftet, die Jugend verbittert und die Mutter geraubt. Sie hätte mich vielleicht geliebt wie ihren Leo, wenn ich ein Baratowski gewesen wäre wie er. Daß ich der Sohn meines Vaters war, habe ich bei ihr am schwersten büßen müssen. Wenn wir uns jetzt auch politisch feindlich gegenüberstehen, so ist das nur die Konsequenz der Vergangenheit.«

»Die Sie mit eiserner Stirn durchführen!« rief Wanda auflodernd. »Jeder andre würde eine Aussöhnung, einen Ausgleich gesucht haben; der würde zwischen Mutter und Sohn ja doch möglich gewesen sein.«

»Zwischen Mutter und Sohn vielleicht, aber nicht zwischen der Fürstin Baratowska und mir. Sie stellte mich vor die Wahl, entweder Wilicza und mich selber willenlos ihren Interessen dienstbar zu machen, oder ihr den Krieg zu erklären. Ich habe das letztere vorgezogen, und sie sorgt dafür, daß auch nicht einen Tag Waffenstillstand ist. Wenn es nicht noch immer den Streit um die Herrschaft gälte, so hätte sie mich längst schon verlassen; mir galt ihr Bleiben gewiß nicht.«

Wanda gab keine Antwort. Sie wußte, daß er recht hatte, aber es drängte sich ihr unwillkürlich die Gewißheit auf, daß gerade dieser Mann, der allgemein für so kalt und unempfindlich galt, das Verhältnis zu seiner Mutter mit einer grenzenlos tiefen und schmerzlichen Bitterkeit empfand. In den seltenen Momenten, wo er überhaupt sein Inneres aufschloß, kam er immer wieder darauf zurück. Die Gleichgültigkeit der Mutter gegen ihn und ihre unbegrenzte Liebe zu dem jüngeren Sohne war der Stachel gewesen, der sich schon in die Seele des Knaben gesenkt hatte – der Mann konnte das noch heute nicht verwinden.

Die kurze Waldstrecke lag bereits hinter ihnen, und jetzt, wo die Pferde ihre Schnelligkeit zurückgewannen, tauchte auch bald Rakowicz auf. Waldemar wollte in den Hauptweg einlenken, der dorthin führte, aber Wanda wies nach einer andern Richtung. »Ich bitte Sie, mich am Eingang des Dorfes aussteigen zu lassen. Ich gehe die kurze Strecke gern zu Fuß, und Sie bleiben auf dem Wege nach Wilicza.«

Nordeck sah sie einen Moment schweigend an. »Das heißt, Sie wagen es nicht, in meiner Begleitung in Rakowicz zu erscheinen. Freilich, ich vergaß, daß man Ihnen das nie verzeihen würde. Wir sind ja Feinde.«

»Wir sind es durch Ihre Schuld allein,« erklärte Wanda. »Es zwang Sie niemand, uns den Gegner zu zeigen. Unser Kampf gilt nicht Ihrem Vaterlande; er wird drüben auf fremdem Boden gekämpft.«

»Und wenn die Ihrigen siegen auf diesem Boden?« fragte Waldemar langsam und scharf. »Wer kommt dann zunächst an die Reihe?« Die junge Gräfin schwieg.

»Wir wollen das lieber nicht erörtern.« sagte Nordeck bitter. »Es mag ja eine innere, eine Naturnotwendigkeit sein, die Ihren Vater und Leo in den Streit getrieben hat, aber die gleiche Notwendigkeit treibt mich zum Widerstand. Mein Bruder hat es freilich leichter als ich. Ihm haben Geburt und Familientradition von jeher nur einen Weg gezeigt, und er ist ihn gegangen, ohne Wahl, ohne Zwiespalt – mir ist beides nicht erspart geblieben. Ich vermag es nun einmal nicht, zwischen zwei feindlichen Parteien hin und her zu schwanken und beiden oder keiner anzugehören; ich muß einer Sache Freund oder Feind sein. Was mich die Wahl gekostet hat, danach fragt niemand. Gleichviel, ich habe gewählt, und wo ich einmal stehe, da bleibe ich stehen. Leo wirft sich mit glühender Begeisterung in den Kampf für seine höchsten Ideale, getragen von der Liebe und Bewunderung der Seinigen; er weiß, daß sie täglich für sein Leben zittern, und für ihn ist die Gefahr nur ein Reiz mehr bei dem Kampfe – ich stehe allein auf meinem Posten, der mir vielleicht den Tod durch Meuchelmord und sicher den Haß einträgt, den Haß von ganz Wilicza, von Mutter und Bruder und auch von Ihnen. Die Rollen sind doch wohl ungleich verteilt zwischen uns Brüdern. Aber ich bin ja nie durch Liebe und Zuneigung verwöhnt worden. Ich werde das auch jetzt ertragen. Also hassen Sie mich immerhin, Wanda! Vielleicht ist es das beste für uns beide.«

Er hatte inzwischen die bezeichnete Richtung eingeschlagen und hielt jetzt kurz vor dem Eingang des Dorfes, das wie ausgestorben dalag. Sich von seinem Sitze schwingend, wollte er der jungen Gräfin die Hand zum Aussteigen bieten, aber sie lehnte schweigend ab und verließ allein den Schlitten. Ueber ihre festgeschlossenen Lippen kam auch nicht ein einziges Wort des Abschiedes. Sie neigte nur stumm das Haupt zum Gruße.

Waldemar war zurückgetreten. In seinem Antlitz erschien wieder der Zug finstern Schmerzes, und seine Hand, welche die Zügel hielt, ballte sich krampfhaft – die Abweisung verletzte ihn augenscheinlich aufs tiefste.

»Ich werde das Gefährt morgen zurücksenden,« sagte er kalt und fremd, »mit meinem Danke – wenn Sie ihn nicht etwa auch ablehnen, wie eben diesen leichten Dienst.« Wanda schien mit sich zu kämpfen; sie hob bereits den Fuß zum Gehen, zögerte aber noch einen Augenblick.

»Herr Nordeck.«

»Sie befehlen, Gräfin Morynska?«

»Ich – Sie müssen mir versprechen, die Gefahr nicht wieder so herauszufordern, wie Sie es heute thun wollten. Sie haben recht – der Haß von ganz Wilicza gilt jetzt Ihnen; machen Sie es ihm nicht so leicht, Sie zu treffen – ich bitte Sie darum.«

Eine flammende Röte schlug in dem Gesichte Waldemars bei diesen Worten auf. Er warf einen Blick auf das ihrige, nur einen einzigen, aber alle Bitterkeit schwand davor.

»Ich werde vorsichtiger sein,« entgegnete er leise.

»So leben Sie wohl!«

Sie wandte sich um und schlug den Weg nach dem Dorfe ein. Nordeck blickte ihr nach, bis sie hinter einem der nächsten Gehöfte verschwand, dann schwang er sich wieder in den Schlitten und jagte in der Richtung nach Wilicza hin, die ihn bald wieder in den Wald führte. Er hatte die Waffe aus der Brusttasche genommen und neben sich gelegt, und während er mit gewohnter Sicherheit die Zügel führte, spähte sein Auge scharf zwischen den Bäumen umher. Der trotzige unbeugsame Mann, der keine Furcht kannte, war auf einmal so besonnen und vorsichtig geworden – er hatte es ja versprochen, und er wußte, daß es ein Wesen gab, das jetzt auch für sein Leben zitterte.

Rakowicz, der Wohnsitz des Grafen Morynski, konnte sich in keiner Weise mit Wilicza messen. Ganz abgesehen davon, daß die Herrschaft fast um das Zehnfache größer war und allein drei oder vier Pachtgüter von dem Umfange der Morynskischen Besitzung einschloß, fehlten dieser letzteren auch die Waldungen und das prachtvolle Schloß mit seiner Parkumgebung. Rakowicz lag nur eine Stunde von L. entfernt in offener Gegend und unterschied sich wenig oder gar nicht von den übrigen kleineren Edelsitzen der Provinz.

Seit der Abreise ihres Vaters lebte Gräfin Wanda allein auf dem Gute. So selbstverständlich unter andern Umständen ihre Uebersiedelung nach Wilicza gewesen wäre, so natürlich erschien es jetzt, daß die Tochter des Grafen Morynski das Schloß mied, dessen Herr eine solche Stellung zu den Ihrigen einnahm, wie Nordeck es that. Schon das Bleiben der Fürstin gab Anlaß genug zur Verwunderung. Diese kam, wie schon erwähnt, sehr oft nach Rakowicz, um ihre Nichte zu sehen, und war auch jetzt auf einige Tage Gast derselben. Das Zusammentreffen Wandas mit

Waldemar blieb ihr vorläufig noch verschwiegen, da sie erst am Abend nach der Rückkehr von jener Fahrt angekommen war. Am zweiten Tage nach ihrer Ankunft, in den Vormittagsstunden, saßen die beiden Damen in dem Zimmer der jungen Gräfin. Sie hatten soeben Nachrichten von den Ihrigen empfangen und hielten die Briefe geöffnet in der Hand, aber diese schienen wenig Erfreuliches zu bringen, denn Wanda sah sehr ernst aus, und die Miene der Fürstin war finster und sorgenvoll, als sie endlich die Zuschriften ihres Bruders und Leos aus der Hand legte.

»Wieder zurückgeworfen!« sagte sie mit unterdrückter Bewegung. »Sie waren schon bis an das Herz des Landes vorgedrungen, und nun stehen sie wieder an der Grenze. Noch immer keine Entscheidung, kein nennenswerter Erfolg! Man möchte verzweifeln.« Wanda ließ gleichfalls das Blatt sinken, das sie in der Hand hielt. »Der Vater schreibt in sehr düsterem Tone,« entgegnete sie. »Er reibt sich fast auf in dem ewigen Kampfe mit all den widerstreitenden Elementen, die er vergebens zusammenzuhalten sucht. Alles will befehlen, niemand gehorchen; die Uneinigkeit wächst unter den Führern – was soll noch daraus werden!«

»Dem Vater läßt sich allzusehr von dem düsteren Zuge beherrschen, der nun einmal in seinem Charakter liegt,« beruhigte die Fürstin. »Es ist doch am Ende natürlich, daß ein Heer von Freiwilligen, das auf den ersten Ruf zu den Waffen eilt, nicht die Ordnung und Disziplin einer wohlgeschulten Armee haben kann. Das will gelernt und geübt sein.«

Wanda schüttelte trübe das Haupt. »Der Kampf währt nun schon drei Monate und auf jedes glückliche Gefecht haben wir drei Niederlagen zu verzeichnen. Jetzt verstehe ich erst die schmerzliche Bewegung des Vaters beim Abschiede; sie galt nicht der Trennung allein. Er ging schon damals ohne die rechte Hoffnung des Sieges.«

»Bronislaw hat von jeher alles im Leben zu schwer genommen,« beharrte die Fürstin. »Ich hoffte mehr von Leos steter Gegenwart und seinem Einfluß auf den Oheim. Er hat noch die volle Spannkraft und Begeisterung der Jugend; ihm heißt jeder Zweifel an dem Siege unsrer Sache Verrat. Ich wollte, er könnte seine unerschütterliche Siegeszuversicht auch den andern mitteilen – es thut ihnen not.«

Sie zog den Brief ihres Sohnes wieder hervor und sah nochmals hinein. »Leo wird trotz alledem glücklich sein,« fuhr sie fort. »Mein Bruder hat endlich seinen Bitten nachgegeben und ihm ein selbständiges Kommando anvertraut. Er steht mit seiner Schar nur zwei Stunden von der Grenze entfernt – und die Mutter und die Braut dürfen ihn nicht auf eine einzige Minute sehen.«

»Um Gottes willen, bringe Leo nicht auf solche Gedanken!« fiel Wanda ein. »Er wäre im Stande, das Unsinnigste, Tollkühnste zu begehen, um ein Wiedersehen möglich zu machen.«

»Das wird er nicht,« versetzte die Fürstin ernst. »Er hat den strengen Befehl, nicht von seinem Posten zu weichen, und also bleibt er. Aber was schreibt er dir denn eigentlich? Der Brief an mich ist sehr kurz und flüchtig; der deinige scheint desto mehr zu enthalten.«

»Er enthält sehr wenig,« erklärte die junge Gräfin mit sichtbarem Unmute. »Kaum das Notwendigste von dem, was uns, die wir unthätig auf die Entscheidung harren müssen, das Wichtigste ist. Leo zieht es vor, mir seitenlang über seine Liebe zu schreiben, und findet mitten im Toben des Krieges noch Zeit genug, sich und mich mit seiner Eifersucht zu quälen.«

»Ein seltsamer Vorwurf in dem Munde einer Braut!« bemerkte die Fürstin mit leisem Spott, »Eine andre würde stolz und glücklich sein, wenn sie selbst in solchen Zeiten noch alle Gedanken ihres Verlobten beherrschte.«

»Es handelt sich um einen Kampf auf Leben und Tod, und da verlange ich Thaten vom Manne – nicht Liebesschwüre,« sagte Wanda energisch.

Die Stirn der Fürstin runzelte sich. »Er wird es an Thaten nicht fehlen lassen jetzt, wo ihm endlich die Gelegenheit dazu geboten wird – oder meinst du, daß dazu notwendig die Kälte und Schweigsamkeit gehört?«

Wanda erhob sich und trat an das Fenster; sie wußte, wohin die Worte zielten, aber sie konnte und wollte nicht fortwährend jenen durchdringenden Augen Rede stehen, die stets mit so unerbittlichem Forschen auf ihrem Antlitz ruhten, als wollten sie die geheimsten Regungen des Innern an das Licht ziehen. Die Fürstin hielt auch ihrer Nichte gegenüber an dem Grundsatze fest, den sie bei Waldemar beobachtete. Sie hatte sich einmal ausgesprochen, und damit ließ sie es genug sein, Wiederholungen waren in ihren Augen ebenso nutzlos wie gefährlich. Seit jenem Abend, wo sie es für notwendig hielt, der jungen Gräfin »die Augen zu öffnen«, war kein Wort zwischen ihnen über diesen Gegenstand gefallen, aber Wanda wußte nur zu gut, daß sie seitdem eine unermüdliche Beobachterin hatte, daß jedes ihrer Worte, ja jeder ihrer Blicke vor Gericht gestellt wurde, und das raubte ihr oft genug alle Sicherheit im Verkehr mit der Tante.

Diese hatte inzwischen die Briefe ihres Bruders und ihres Sohnes zusammengefaltet. »Aller Wahrscheinlichkeit nach haben wir also in den nächsten Tagen Gefechte unmittelbar an der Grenze zu erwarten,« begann sie wieder. »Was könnte uns dabei Wilicza sein, und was ist es uns jetzt!« Die junge Gräfin wandte sich wieder um und richtete die dunkeln Augen auf die Sprechende. »Wilicza?« wiederholte sie, »Tante, ich begreife ja die Notwendigkeit, die dich dort festhält, aber ich wäre der Aufgabe nicht gewachsen. Ich könnte jedes Opfer bringen, nur das eine nicht, Tag für Tag einem Menschen so gegenüberzustehen, wie du jetzt deinem Sohne.« »Das hält auch so leicht kein andrer aus, als wir beide,« sagte die Fürstin mit bitterer Ironie. »Ich gebe dir das Zeugnis, Wanda, daß du recht hattest mit deinem Urteil über Waldemar. Ich habe mir den Kampf mit ihm leichter gedacht. Anstatt ihn zu ermatten, bin ich jetzt nahe daran, zu weichen. Er ist mir mehr als gewachsen.«

»Er ist dein Sohn,« warf Wanda ein. »Das vergißt du immer wieder.«

Die Fürstin stützte finster den Kopf in die Hand. »Er sorgt schon dafür, daß ich es nicht vergesse, zeigt er mir doch täglich, was diese vier Jahre aus ihm gemacht haben. Ich hätte es nie für möglich gehalten, daß er sich mit einer so unglaublichen Kraft aus der Roheit und Verwilderung seiner Jugend emporarbeiten würde. Er hat sich selbst bezwingen gelernt; darum zwingt er auch alles andre, trotz Haß und Widerstand. Wird es mir doch schon schwer, meinen Befehlen die alte Geltung zu verschaffen, sobald sein Wille sich dagegensetzt, und doch sind die Leute mir unwandelbar ergeben. Aber sie haben ihn fürchten gelernt; er imponiert ihnen mit seiner unbeugsamen Energie, mit seinem Gebietertone. Sie scheuen sein Auge mehr, als sie je das meinige gefürchtet haben, – Ich wollte, Nordeck hätte mir den Knaben gelassen – ich hätte ihn für uns erzogen, und er wäre uns vielleicht mehr geworden, als nur der Herr von Wilicza. Jetzt gehört er einzig dem Volke an, dem sein Vater entstammte, und er wird nicht weichen aus jenen Reihen – darauf kenne ich ihn – zeigte man ihm auch das Höchste auf unsrer Seite. Es war ein Unglück, daß ich ihm nie habe Mutter sein können. Das rächt sich jetzt an uns beiden.«

Es lag etwas von einer Selbstanklage in diesen Worten; sie hatten einen beinahe schmerzlichen Klang. Der Ton war ganz neu in dem Munde der Fürstin, wenn sie von ihrem ältesten Sohne sprach. All die weicheren Regungen, die bei ihr so selten die Oberhand gewannen, galten sonst ausschließlich ihrem Jüngsten. Auch jetzt schien sie diese Regungen gewaltsam von sich zu stoßen, denn sie erhob sich plötzlich und sagte abbrechend mit herbem Ausdruck:

»Gleichviel, wir sind nun einmal Feinde und werden es bleiben. Das muß ertragen werden, wie so vieles andre.«

Sie wurden unterbrochen; ein Diener trat ein mit der Meldung, der Haushofmeister von Wilicza sei soeben angelangt und begehre dringend seine Herrin zu sprechen. Die Fürstin sah auf.

»Pawlick? Dann ist etwas vorgefallen. Er soll eintreten, sogleich.« Schon in der nächsten Minute trat Pawlick ein, der Diener des verstorbenen Fürsten Baratowski, der die fürstliche Familie in die Verbannung begleitet hatte, und jetzt den Posten eines Haushofmeisters in Wilicza versah. Der alte Mann schien erregt und eilig zu sein; dennoch versäumte er keine der gewöhnlichen Ehrfurchtsbezeigungen, als er sich seiner Gebieterin näherte.

»Laß nur, laß!« wehrte diese ungeduldig ab. »Was bringst du? Was ist vorgefallen in Wilicza?«

»In Wilicza selbst nichts,« berichtete Pawlick. »Aber auf der Grenzförsterei –«

»Nun?«

»Es hat dort wieder Plänkeleien mit dem Militär gegeben, wie schon öfter in der letzten Zeit. Der Förster und seine Leute haben den Patrouillen alle möglichen Hindernisse in den Weg gelegt, sie schließlich insultiert – es wäre beinahe zum offenen Kampf gekommen,«

Ein Ausruf des heftigsten Unwillens entfuhr den Lippen der Fürstin. »Daß der Unverstand dieser Untergebenen doch immer und ewig unsre Pläne durchkreuzen muß! Gerade jetzt, wo alles daran liegt, die Aufmerksamkeit von der Försterei abzuwenden, fordern sie die Beobachtung förmlich heraus. Habe ich Osiecki nicht befohlen, sich ruhig zu verhalten und auch seine Leute im Zaume zu halten? Es soll sofort ein Bote hinüber und ihm den Befehl nochmals mit aller Strenge einschärfen.«

Wanda war gleichfalls näher getreten. Die Grenzförsterei, die allgemein so genannt wurde, weil sie die letzte auf den Nordeckschen Gütern war und kaum eine halbe Stunde von der Grenze entfernt lag, schien auch sie lebhaft zu interessieren.

»Herr Nordeck ist uns leider schon zuvorgekommen,« fuhr Pawlick zögernd fort, »Er hat den Förster schon zweimal warnen und ihm Strafe androhen lassen; auf diesen neuen Vorfall hin schickte er ihm die Weisung, mit seinem ganzen Personal das Forsthaus zu räumen und nach dem von Wilicza überzusiedeln. Vorläufig soll einer der deutschen Inspektoren des Administrators an die Grenze, bis erst Ersatz geschafft ist –«

»Und was that Osiecki?« unterbrach ihn die Fürstin hastig.

»Er weigerte sich geradezu zu gehorchen und ließ dem Herrn sagen, er sei auf der Grenzförsterei angestellt, und da werde er bleiben – wer ihn daraus vertreiben wolle, der möge es versuchen.«

Die Tragweite des eben berichteten Vorfalls mußte wohl größer sein, als es den Anschein hatte. Das verriet das Gesicht der Fürstin, in dem sich ein unverkennbarer Schrecken ausprägte. Es vergingen einige Sekunden, bevor sie antwortete.

»Und was hat mein Sohn beschlossen?«

»Herr Nordeck erklärte, er werde heute nachmittag selbst hinüberreiten.«

»Allein?« fiel Wanda ein.

Pamlick zuckte die Achseln. »Der Herr reitet ja stets allein.«

Die Fürstin schien die letzten Worte kaum zu hören – sie fuhr aus ihrem Nachsinnen empor.

»Sorge dafür, Pawlick, daß man sofort anspannt! Du begleitest mich nach Wilicza zurück. Ich muß zur Stelle sein, wenn sich da irgend etwas vorbereitet. Geh!«

Pawlick gehorchte. Kaum hatte sich die Thür hinter ihm geschlossen, als auch schon Gräfin Morynska an der Seite ihrer Tante stand.

»Hast du es gehört, Tante? Er will nach der Grenzförsterei.«

»Nun ja,« erwiderte die Fürstin kalt. »Was weiter?«

»Was weiter? Meinst du, daß Osiecki sich fügen wird?«

»Nein! Er darf es auch unter keiner Bedingung. Seine Försterei ist augenblicklich das Wichtigste für uns, doppelt wichtig für das, was in den nächsten Tagen bevorsteht. Wir *müssen* dort zuverlässige Leute haben. Die Unsinnigen, uns gerade jetzt diesen Posten zu gefährden!«

»Sie haben ihn uns verloren!« rief Wanda heftig. »Waldemar wird sich den Gehorsam erzwingen.«

»Das wird er in diesem einen Falle wohl nicht thun,« versetzte die Fürstin, »Er vermeidet jeden Gewaltakt. Ich weiß, daß der Präsident ihn eigens darum gebeten und daß er sein Versprechen gegeben hat. Man fürchtet in L. nichts so sehr als eine Revolte auf diesseitigem Gebiet. Osiecki aber wird und darf nur der Gewalt weichen, und dazu schreitet Waldemar nicht. Du hörst es ja, er will allein hinüber.«

»Was du doch nicht zugeben wirst?« fiel die junge Gräfin ein, »Du willst doch nach Wilicza, um ihn zu warnen, ihn zurückzuhalten?«

Die Fürstin sah ihre Nichte groß an, »Was fällt dir ein? Eine Warnung aus meinem Munde würde Waldemar ja alles verraten und ihm sofort die Ueberzeugung geben, daß man auf der Försterei mir gehorcht und nicht ihm. Er würde dann unerbittlich auf der Entfernung Osieckis bestehen, die jetzt vielleicht noch zu verhindern ist und die überhaupt verhindert werden muß, koste es, was es wolle.«

»Und du glaubst, dein Sohn werde es dulden, daß man ihm offen den Gehorsam verweigert? Es ist das erste Mal, daß dergleichen in Wilicza geschieht. Tante, du weißt es, dieser wilde Mensch, dieser Osiecki ist zu allem fähig, und seine Leute sind nicht besser als er.«

»Auch Waldemar weiß das,« versetzte die Fürstin mit vollkommener Ruhe, »und deshalb wird er sich hüten, sie zu reizen. Er hat die Besonnenheit ja jetzt so trefflich gelernt; er läßt sich nie mehr fortreißen, wo er sich wirklich beherrschen will, und seinen Untergebenen gegenüber will er das immer.«

»Sie hassen ihn,« sagte Wand« mit bebenden Lippen. »Auf dem Wege nach der Grenzförsterei hat ihn schon einmal eine Kugel gefehlt. Die zweite könnte besser treffen.«

Die Fürstin stutzte. »Woher weißt du das?«

»Einer von unsern Leuten brachte es von Wilicza mit herüber,« entgegnete Wanda schnell gefaßt.

»Ein Märchen!« meinte die Fürstin verächtlich, »Wahrscheinlich von dem ängstlichen Doktor Fabian erfunden. Er wird einen harmlosen Schuß im Walde, der irgend einem Wilde galt, für einen Mordanfall auf seinen geliebten Zögling gehalten haben. Er zittert ja fortwährend für ihn. Waldemar ist mein Sohn, und das schützt ihn vor jedem Angriff.«

»Wenn die Leidenschaften erst einmal gereizt sind, schützt es ihn nicht mehr,« rief Wanda, die sich wieder unvorsichtig genug fortreißen ließ, »Du hattest dem Förster auch befohlen, sich ruhig zu verhalten. Du siehst, wie das befolgt wird.«

Die Fürstin richtete das Auge drohend auf ihre Nichte.

»Wäre es nicht besser, du spartest diese übertriebene Sorge für die Unsrigen auf? Ich dächte, da wäre sie eher am Platze. Du scheinst ganz zu vergessen, daß Leo sich täglich solchen Gefahren aussetzt.«

»Und wenn wir das wüßten, und es läge in unsrer Macht, ihn zu retten, wir würden nicht einen Augenblick zögern, an seine Seite zu eilen,« brach die junge Gräfin leidenschaftlich aus. »Und Leo ist, wo er auch sein mag, immer an der Spitze der Seinigen. Waldemar steht allein gegen jene wilde zügellose Bande, die du selbst zum Haß gegen ihn gereizt hast und die sich nicht bedenken wird, die Waffen gegen ihren eigenen Herrn zu kehren, wenn er sie herausfordert.«

»Ganz recht, wenn er sie herausfordert. Er wird aber vernünftig genug sein, das nicht zu thun, denn er kennt die Gefahr, und in Zeiten wie die jetzigen spielt man nicht damit. Thut er es dennoch, wagt er trotz alledem einen Gewaltstreich, nun gut – auf sein Haupt die Folgen!«

Wanda bebte leise zusammen vor dem Blicke, der diese Worte begleitete. »Das sagt eine Mutter?«

»Das sagt eine tiefbeleidigte Mutter, die der Sohn aufs Aeußerste getrieben hat. Zwischen Waldemar und mir gibt es nun einmal keinen Frieden, solange wir beide auf dem gleichen Boden stehen. Wo ich nur den Fuß hinsetze, da finde ich ihn auf meinem Wege; wo ich einzugreifen versuche, da steht er und wehrt mir. Welche Pläne hat er uns schon durchkreuzt! Was haben wir schon opfern und aufgeben müssen um seinetwillen! Er hat es dahin gebracht, daß wir uns gegenüberstehen wie zwei Todfeinde, er allein – so mag er allein tragen, was diese Feindschaft auf ihn herabzieht.«

Ihre Stimme hatte einen eisigen Klang. Es war auch nicht ein Hauch mehr von Muttergefühl darin, von jener Weichheit, die sich vorhin einen Moment lang geregt hatte. Jetzt sprach nur die Fürstin Baratowska, die nie eine Beleidigung verzieh oder vergaß und die man nicht tödlicher beleidigen konnte, als wenn man ihr die Herrschaft aus den Händen wand. Waldemar hatte sich dessen schuldig gemacht, und ihm vergab das die Mutter am wenigsten.

Sie war im Begriff zu gehen, um sich für die Abreise fertig zu machen, als ihr Blick auf Wanda fiel. Diese hatte keine einzige Silbe geantwortet. Sie stand regungslos da, aber ihr Auge begegnete mit so düsterer Entschlossenheit dem der Fürstin, daß die letztere inne hielt.

»Eins möchte ich dir doch noch ins Gedächtnis rufen, ehe ich gehe,« sagte sie, und ihre Hand legte sich schwer auf den Arm ihrer Nichte. »Wenn ich Waldemar nicht warne, so darf es überhaupt niemand thun – es wäre g' *Verrat* an unsrer Sache. Was schrickst du so zusammen vor dem Worte? Wie würdest du es denn nennen, wenn dem Herrn von Wilicza schriftlich oder mündlich durch die dritte oder vierte Hand eine Nachricht zukäme, die ihm unsre Geheimnisse preisgibt! Er würde vielleicht mit Bedeckung gehen, gehen aber würde er jedenfalls, um vor allen Dingen zu untersuchen, was die Warnung sagen will, sein eigenes Forsthaus nicht zu betreten, mit seinem Förster nicht zu sprechen, den er jetzt wegen eines Konfliktes mit den Patrouillen zur Rede stellen will. Das würde uns die Grenzförsterei kosten. Wanda, die Morynski haben es bisher noch nie zu bereuen gehabt, wenn sie die Frauen ihres Hauses zu Vertrauten ihrer Plane machten. Noch hat sich keine Verräterin unter diesen gefunden.«

»Tante!« rief Wanda mit einem solchen Tone des Entsetzens, daß die Fürstin langsam ihre Hand von ihrem Arm zurückzog.

»Ich wollte dir nur klar machen, was hier auf dem Spiele steht,« fuhr sie fort. »Ich denke, du wirst doch deinem Vater ins Auge sehen wollen, wenn er zurückkehrt. Wie du Leos Blick standhalten willst mit dieser Todesangst, die dich jetzt verzehrt, und die du vergebens zu verbergen suchst, das mußt du mit ihm selber abmachen. Aber,« – hier brach die furchtbare innere Bewegung der stolzen Frau durch die erzwungene Kälte – »aber hätte ich je geahnt, daß meinem Sohne dieser Schlag droht, daß er ihm von Waldemar droht, ich hätte Leos unselige Liebe zu dir aus allen Kräften bekämpft, statt sie zu begünstigen. Jetzt ist es zu spät für ihn – und auch für dich; das hat mir diese Stunde gezeigt.« –

Die Antwort blieb der jungen Gräfin erspart, denn jetzt kam Pawlick mit der Nachricht zurück, daß angespannt sei. Die Fürstin bedurfte nicht viel Zeit zu den Vorbereitungen. In zehn Minuten war sie reisefertig und bestieg den harrenden Schlitten. Der Abschied von ihrer Nichte war kurz und flüchtig; er fand in Gegenwart der Diener statt, und das vorhergehende Gespräch wurde nicht wieder berührt, aber Wanda verstand den Abschiedsblick, der dem ihrigen begegnete. Sie legte schweigend ihre feuchte, eiskalte Hand in die ihrer Tante, und die Fürstin schien zufrieden mit dem wortlosen Versprechen.

Gräfin Morynska war in das Zimmer zurückgekehrt. Sie hatte sich eingeschlossen, um einmal wieder frei aufzuatmen, aber es atmete sich nicht leicht mit dieser Bergeslast auf der Brust. Sie war endlich allein mit sich selber, aber auch mit ihrer Angst, die ihr ahnungsvoll die Gefahr zeigte, an welche die Mutter nicht glauben wollte. Freilich, der Instinkt der Liebe gehörte dazu, und den hatte die Fürstin für ihren ältesten Sohn nie gehabt; der regte sich nur, wenn es sich um Leo handelte. Und hätte sie gewußt, daß jener Gang Waldemars Leben bedrohte, sie hätte ihn auch nicht mit einem Worte davon zurückgehalten, denn dieses Wort konnte ja ihre Parteiinteressen gefährden.

Wanda stand am Schreibtisch, auf dem noch die Briefe ihres Vaters und Leos lagen. Eine kurze Warnung, nur ein paar Zeilen, auf das Papier geworfen und nach Wilicza gesendet, konnten alles abwenden. Waldemar würde der Warnung folgen. Gleichviel, ob er es erriet oder nicht, von wem sie kam, er hatte ja versprochen, vorsichtiger zu sein und kannte die Stimmung auf seinen Gütern. Wenn er überhaupt noch ging, nahm er wenigstens hinreichende Begleitung mit sich, und dann wagte man sich nicht an ihn. Es konnte ihm ja nicht schwer werden, den Gehorsam zu erzwingen, sobald er sich nur entschloß, die Gewalt zu Hilfe zu rufen. Was da auf dem Gebiete der Grenzförsterei vorgegangen war, das streifte nahe an Rebellion, Es kostete dem Gutsherrn nur ein Wort, den Förster verhaften und das Forsthaus militärisch besetzen zu lassen, dann hatte er Ruhe.

»Und dann – ?« Die Fürstin hatte es klar genug überschaut und ausgesprochen, was hierauf folgte. Sie hatte dafür gesorgt, daß ihre Nichte über dieses »Und dann« nicht hinauskam. Wanda war hinlänglich in die Pläne der Ihrigen eingeweiht, um zu wissen, daß die Grenzförsterei jetzt die Rolle spielte, die man früher dem Schlosse zugedacht. Alles, was Waldemar hier so streng verbannt hatte, geschah jetzt dort drüben, nur mit größerer Vorsicht und in größerer Heimlichkeit. Dort lagerte noch ein Teil des Waffenvorrates; dort war die Verbindung, der Mittelpunkt für alle Nachrichten und Botschaften, und ebendeshalb lag so viel an dem Bleiben des dortigen Försters, auf dessen Treue und Verschwiegenheit man unbedingt rechnen konnte. Seine Entfernung war gleichbedeutend mit dem Verluste des ganzen Postens. Das wußte er so gut wie seine Herrin, und deshalb waren sie entschlossen, es auf das Aeußerste ankommen zu lassen.

Nordeck selbst kam nur selten nach dem einsamen abgelegenen Forsthause. Er hatte zu viel mit Wilicza zu thun, um jenem eine besondere Aufmerksamkeit widmen zu können. Auch jetzt wollte er offenbar nur hinüber, um durch sein persönliches Erscheinen einen Widerstand zu brechen, wie er ihm öfter entgegentrat, und dem er keine besondere Wichtigkeit beilegte. Entdeckte er aber, daß man auf der Försterei seinen Befehlen offen Hohn sprach, daß hier gerade der Widerstand gegen ihn organisiert wurde, so ging er schonungslos vor und entriß seiner Mutter auch diesen letzten Posten, wo sie Fuß gefaßt hatte, und die Entdeckung konnte nicht ausbleiben, sobald man ihm verriet, daß ihm von dorther eine Gefahr drohe.

Das alles stand mit unerbittlicher Klarheit vor der Seele Wandas, aber ebenso klar stand dort auch die Gefahr Waldemars. Sie hatte die unumstößliche Ueberzeugung, daß jene Kugel, die ihn kürzlich bedrohte, aus der Büchse des Försters gekommen war, daß der Mann, dessen fanatischer Haß sich bis zum Meuchelmord verstieg, sich auch nicht bedenken werde, seinen Herrn niederzuschlagen, wenn dieser allein vor ihm stand, und sie mußte den Bedrohten gehen lassen. Verrat! Vor diesem furchtbaren Worte sank all ihre Willenskraft machtlos zusammen. Sie war von jeher die Vertraute ihres Vaters gewesen; er baute unbedingt auf seine Tochter und hätte mit Entrüstung den Gedanken von sich gewiesen, daß sie auch nur ein Wort von seinen Geheimnissen preisgeben könne, preisgeben, um einen Feind zu retten. Sie selbst hatte Leo mit ihrer Verachtung gedroht, als er in einer Aufwallung der Eifersucht zögerte, seiner Pflicht zu folgen; jetzt befahl ihr diese Pflicht, die ihn nur von der Seite der Geliebten in den Kampf riß, das Schwerste, schweigend und unthätig zuzusehen, wie die Gefahr hereinbrach, die sie mit einem Federzug abwenden konnte, und diesen Federzug *nicht* zu thun.

All diese Gedanken stürmten in wildem Wechsel auf die junge Gräfin ein, die ihnen fast zu erliegen drohte. Sie suchte vergebens nach einem Ausweg, einer Rettung. Immer wieder stand dieses furchtbare »Entweder – oder« vor ihr. Wenn sie wirklich noch nicht gewußt hätte, wie es in ihrem Innern aussah, diese Stunde würde es ihr enthüllt haben. Seit Monaten wußte sie Leo in der Gefahr und hatte um ihn gebangt, wie um einen teuren Verwandten, wohl mit Angst, aber doch mit der gleichen Fassung und dem gleichen Heldenmut, wie die Mutter, jetzt aber galt es Waldemar, und jetzt war es vorbei mit der Fassung und dem Heldenmut – sie flohen vor der Todesangst, die Wanda bei dem Gedanken an seine Gefahr durchschauerte.

Aber es gibt einen Punkt, wo auch das wildeste, qualvollste Leiden der Betäubung weicht, auf Augenblicke wenigstens, weil die Kraft zum Leiden völlig erschöpft ist. Mehr als eine Stunde war vergangen, seit Wanda sich eingeschlossen hatte, und ihr Antlitz gab Zeugnis davon, was sie in dieser Stunde durchlebt hatte. Jetzt trat auch für sie einer jener Momente ein, wo sie nicht mehr kämpfen und verzweifeln, wo sie nicht einmal mehr denken konnte. Wie todesmatt warf sie sich in einen Sessel, lehnte das Haupt zurück und schloß die Augen.

Da tauchte leise wieder das alte Traumbild auf, das sich einst aus Sonnenglanz und Meeresrauschen gewoben und mit seinem Zauber die beiden jugendlichen Herzen umsponnen hatte, die damals noch nicht ahnten, was es ihnen bedeutete. Seit jenem Herbstabend am Waldsee war es so oft wieder emporgestiegen und wollte sich mit aller Willenskraft nicht bannen und nicht verscheuchen lassen. War es doch auch vorgestern mit den beiden gewesen auf der einsamen Fahrt durch die winterliche Landschaft. Es flog mit ihnen über das weite Schneegefilde; es dämmerte aus dem Nebel der Ferne und schwebte in dem düstern Wolkenzuge, der sich so tief herabsenkte – keine Oede, kein Eishauch hinderte sein Erscheinen. Auch jetzt stand es urplötzlich wieder da, wie von Geisterhand hervorgerufen, mit seinem goldig verklärenden Schein. Und doch hatte Wanda mit der ganzen Leidenschaft und Energie ihres Charakters dagegen gekämpft. Sie hatte Trennung und Entfernung zwischen sich und den Mann gestellt, den sie hassen wollte, weil er nicht der Freund ihres Volkes war, hatte in dem jetzt wieder so wild aufflammenden Streit der beiden feindlichen Nationen ihre Rettung gesucht – was nützte all das verzweiflungsvolle Kämpfen, der Sieg war ja doch nicht errungen worden. Jetzt galt es keinen Traum und keine Selbsttäuschung mehr. Sie wußte jetzt, welch ein Zauber es gewesen war, der sie damals auf dem Buchenholm umfangen, dessen halb zerrissene Fäden jene Stunde am Waldsee aufs neue und diesmal unzerreißbar geknüpft hatte – sie kannte endlich die Schätze, welche ihr die alte Wunderstadt gezeigt, nur auf flüchtige Minuten, um sie dann wieder mit sich hinabzunehmen in die Tiefe. Nur in einem hatte die Sage wahr gesprochen: die Erinnerung wollte nicht verlöschen, das Sehnen nicht schweigen, und mitten hinein in Haß und Streit, in Kampf und Widerstand klang es süß und geheimnisvoll wie der Glockenklang Vinetas aus dem Meeresgrund. – – –

Wanda erhob sich langsam. Der furchtbare Widerstreit in ihrem Innern, der Kampf zwischen Pflicht und Liebe war zu Ende. Die letzten Minuten hatten ihn entschieden. Sie eilte nicht zum Schreibtisch, und die Feder blieb unberührt. Es galt keine Nachricht und keine Warnung mehr, sie schob nur den Riegel von der Thür zurück, und in der nächsten Minute rief der helle, scharfe Laut der Klingel den Diener herbei. Gräfin Morynska stützte sich auf den Tisch, an dem sie stand – ihre Hand zitterte, aber ihr Antlitz trug die Ruhe eines unabänderlichen Entschlusses.

»Und wenn es wirklich zum Aeußersten kommt, so werfe ich mich dazwischen,« sagte sie mit zuckenden Lippen. »Seine Mutter läßt ihn kalt und gleichgültig der Gefahr entgegengehen – ich werde ihn retten.« –

Die Grenzförsterei lag, wie schon erwähnt, nur eine halbe Stunde von der Grenze entfernt, mitten in den dichtesten Waldungen Wiliczas. Das ziemlich große und stattliche Forsthaus war von dem verstorbenen Nordeck erbaut worden, der es mit nicht unbedeutenden Kosten hatte aufführen lassen; trotzdem sah es wüst und verfallen aus, denn seit zwanzig Jahren war nicht das geringste zu seiner Erhaltung geschehen, weder von seiten der Herrschaft noch von seiten der Bewohner. Der jetzige Förster verdankte seine Stellung ausschließlich dem Einfluß der Fürstin Baratowska, die den Tod seines Vorgängers benutzt hatte, um einen ihrer Günstlinge in den Posten einzuschieben, Osiecki hatte ihn schon seit drei Jahren inne, und seine nur allzu häufigen Uebergriffe, wie seine ziemlich nachlässige Verwaltung der ihm anvertrauten Stellung, wurden von der Gebieterin vollständig übersehen, weil diese wußte, daß der Förster ihr persönlich mit Leib und Seele ergeben war, und daß sie unter allen Umständen auf ihn rechnen konnte. Im Anfang war Osiecki mit seinem Herrn wenig in Berührung gekommen und hatte sich im ganzen dessen Anordnungen gefügt. Waldemar selbst kam nur äußerst selten nach der einsamen und abgelegenen Grenzförsterei; erst seit den letzten Wochen hatten die wiederholten Streitigkeiten zwischen den Forstleuten und dem an der Grenze stationierten Militär sein Einschreiten veranlaßt.

Man befand sich noch immer wie mitten im Winter. Der Wald und das Forsthaus lagen tief verschneit im trüben Licht eines grauen verschleierten Himmels. In dem großen Zimmer des Erdgeschosses befand sich der Förster mit all seinen Leuten, drei oder vier Forstgehilfen und einigen Knechten. Sie hatten sämtlich die Flinten über die Schulter geworfen und warteten augenscheinlich auf das Erscheinen ihres Gutsherrn, aber nach Gehorsam und einem friedlichen Verlassen der Försterei, wie Waldemar es anbefohlen, sah die Sache nicht aus. Die finstern trotzigen Gesichter der Leute verhießen nichts Gutes, und das Aussehen des Försters rechtfertigte vollends die Voraussetzung, daß er »zu allem fähig sei«. Diese Menschen, die tagaus tagein in der Einsamkeit ihrer Wälder lebten, nahmen es schwerlich genau mit dem, was Gesetz und Ordnung von ihnen verlangten, und Osiecki zumal war dafür bekannt, daß er seiner Willkür einen nur allzu weiten Spielraum ließ.

Trotzdem war die Haltung aller für den Augenblick eine ehrerbietige, denn vor ihnen stand die junge Gräfin Morynska. Sie hatte den Mantel zurückgeworfen, das schöne blasse Antlitz verriet nichts mehr von den Kämpfen und Qualen, die es noch vor wenig Stunden durchwühlt hatten, nur ein strenger, kalter Ernst lag jetzt darauf. »Ihr habt uns in eine schlimme Lage gebracht, Osiecki,« sagte sie. »Ihr solltet dafür sorgen, daß die Försterei möglichst unverdächtig und unbeachtet bliebe. Statt dessen sucht Ihr Streit mit den Patrouillen und gefährdet uns alle durch Eure Unbesonnenheit. Die Fürstin ist sehr unzufrieden mit Euch; ich komme in ihrem Namen, um Euch nochmals und mit vollstem Nachdruck jeden Gewaltschritt zu verbieten, sei es gegen wen es sei. Für den Augenblick habt Ihr Euch zu fügen. Euer eigenmächtiges Vorgehen hat schon Unheil genug angerichtet.«

Der Vorwurf machte offenbar Eindruck auf den Förster. Er sah zu Boden, und in seiner Stimme klang etwas wie Entschuldigung, als er mit einem Gemisch von Trotz und Reue antwortete:

»Es ist nun einmal geschehen. Ich habe meine Leute diesmal nicht halten können und mich selber auch nicht. Die Frau Fürstin und die gnädige Gräfin sollten nur wissen, wie es thut, hier

Tag für Tag an der Grenze still zu liegen, während drüben gekämpft wird, die Soldatenwirtschaft mit anzusehen und sich nicht rühren zu dürfen, obgleich man die geladene Büchse in der Hand hat. Da reißt schließlich jedem die Geduld, und uns ist sie vorgestern gerissen. Wüßte ich nicht, daß wir hier notwendig sind, wir wären allesamt längst drüben bei den Unsrigen. Fürst Baratowski steht nur zwei Stunden von der Grenze; der Weg zu ihm ist nicht schwer zu finden.«

»Ihr bleibt!« entgegnete Wanda mit Entschiedenheit. »Ihr kennt den Befehl meines Vaters. Er will die Försterei unter allen Umständen behauptet wissen, und dazu seid Ihr uns notwendiger hier, als drüben im Kampf. Fürst Baratowski hat Leute genug zu seiner Verfügung. Aber jetzt zu der Hauptsache – Herr Nordeck kommt noch heute.«

»Jawohl!« sagte der Förster höhnisch, »Er will sich selbst Gehorsam schaffen, hat er gesagt. Wir sollen ja nach Wilicza hinüber, wo er uns fortwährend unter Augen hat, wo wir uns nicht rühren können, ohne daß er hinter uns steht und uns auf die Finger sieht – ja, befehlen kann der Nordeck viel, es ist nur die Frage, ob sich in jetziger Zeit noch einer findet, der ihm gehorcht. Er soll nur gleich ein ganzes Regiment Soldaten mitbringen, wenn er uns aus der Försterei treiben will, sonst möchte die Sache schlimm genug ablaufen.«

»Was wollt Ihr damit sagen?« fragte die junge Gräfin langsam. »Vergeßt Ihr, daß Waldemar Nordeck der Sohn Eurer Herrin ist?«

»Fürst Baratowski ist ihr Sohn und unser Herr,« brach der Förster los. »Und eine Schande ist's, daß sie und wir alle diesem Deutschen gehorchen müssen, weil sein Vater sich vor zwanzig Jahren hier eingedrängt hat und mit den Morynskischen Gütern auch gleich eine Gräfin Morynska an sich riß. Es war schon Elend genug, daß sie jahrelang mit diesem Nordeck aushalten mußte, und der Sohn gibt ihr jetzt noch Schlimmeres zu kosten, wir wissen's ja hinreichend, wie sie mit ihm steht. Wenn sie den auch noch verlöre, sie würde sich wahrhaftig nicht mehr um ihn grämen, als um seinen Vater, und das wäre überhaupt das beste für die ganze Herrschaft. Dann brauchten die Befehle vom Schloß nicht mehr heimlich zu kommen, dann regierte die Fürstin, und unser junger Fürst wäre der Erbe und Herr von Wilicza, wie es sich von Rechts wegen gehört.« Wanda erbleichte; also so weit hatte es das unglückselige Verhältnis zwischen Mutter und Sohn schon gebracht, daß die Untergebenen kaltblütig erwogen, welche Vorteile der Tod Waldemars seinen nächsten Anverwandten bringen würde, daß sie für den äußersten Fall auf die Verzeihung der Fürstin rechneten. Hier galt es mehr zu verhindern, als nur einen Ausbruch augenblicklicher Wut und Gereiztheit. Wanda sah ihre schlimmsten Befürchtungen bestätigt, aber sie wußte, daß kein Wort, keine Miene ihre innere Angst verraten durfte. Man respektierte sie hier nur als die Tochter des Grafen Morynski, als Nichte der Fürstin, und glaubte unbedingt, daß sie im Namen der letzteren spreche; erriet man, *was* sie hierher geführt, so war es zu Ende mit ihrer Macht und der Möglichkeit, Waldemar zu schützen.

»Wagt es nicht, Euren Herrn anzugreifen!« sagte sie gebietend, aber so ruhig, als vollziehe sie wirklich nur einen ihr gewordenen Auftrag. »Was auch geschehen mag, die Fürstin will ihren Sohn geschont und gesichert wissen um jeden Preis. Wehe dem, der sich an ihm vergreift! Er hat das Schlimmste zu gewärtigen. Ihr werdet gehorchen, Osiecki, unbedingt gehorchen; die Herrin erwartet es von Euch. Ihr habt sie schon einmal erzürnt mit Eurem Ungehorsam – versucht es nicht zum zweitenmal!«

Der Förster stieß widerwillig sein Gewehr auf den Boden, und unter den übrigen, die bisher schweigend der Unterredung zugehört hatten, gab sich eine unruhige Bewegung kund. Dennoch wagte keiner zu widersprechen oder auch nur zu murren, es galt ja dem Befehl der Fürstin, die man hier als alleinige Autorität anerkannte, und Wanda hätte jedenfalls ihren Zweck erreicht, wäre es ihr nur vergönnt gewesen, länger auf die Leute einzuwirken. Aber in welcher Eile sie auch gekommen war, sie hatte nur einen Vorsprung von Minuten vor Waldemar gehabt. So-eben fuhr sein Schlitten draußen vor. Aller Blicke richteten sich nach dem Fenster – die junge Gräfin schreckte auf:

»Schon jetzt? Oeffnet mir schnell die Seitenthür, Osiecki! Ihr verratet mit keiner Silbe meine Anwesenheit! Ich gehe, sobald Herr Nordeck sich entfernt hat.«

Der Förster gehorchte in möglichster Eile. Er wußte, daß die Gräfin Morynska auf keinen Fall hier von dem Gutsherrn gesehen werden durfte, sollte nicht alles verraten werden. Wanda trat rasch in einen kleinen halbdunkeln Nebenraum, und unmittelbar hinter ihr schloß sich die Thür wieder. Es war die höchste Zeit gewesen – zwei Minuten später erschien Waldemar im Zimmer. Er blieb auf der Schwelle stehen und überflog mit einem langen, festen Blick den Kreis der Forstleute, die sich um ihren Förster geschart und die Büchsen in die Hand genommen hatten. Der Anblick war nicht sehr ermutigend für den jungen Gutsherrn, der allein kam, ohne jede Begleitung, um seine widerspenstigen Untergebenen zum Gehorsam zu bringen, aber seine Miene blieb völlig unbewegt, und genau ebenso klang seine Stimme, als er sich an den Förster wandte:

»Ich habe Euch meine Ankunft nicht ansagen lassen, Osiecki. Ihr scheint trotzdem darauf vorbereitet zu sein.«

»Jawohl, Herr Nordeck,« lautete die lakonische Antwort. »Wir warten auf Sie.«

»Bewaffnet? Und in dieser Haltung? Was sollen die Büchsen in Euren Händen? Setzt sie nieder!«

Die Mahnung der Gräfin Morynska mußte doch wohl gefruchtet haben, denn man gehorchte. Der Förster war der erste, der seine Büchse beiseite stellte, allerdings nicht weiter, als daß er sie mit der Hand erreichen konnte, und die übrigen folgten seinem Beispiel. Waldemar trat jetzt in die Mitte des Zimmers.

»Ich komme, Osiecki, um von Euch Aufschluß über einen *Irrtum* zu verlangen, der gestern vorgefallen ist,« begann er wieder. »Mein Befehl konnte nicht mißverstanden werden. Ich sandte ihn Euch schriftlich, der Bote dagegen muß Eure Antwort nicht verstanden haben. Was habt Ihr ihm eigentlich aufgetragen, mir zu melden?«

Das hieß nun freilich gerade auf das Ziel losgehen. Die kurze bestimmte Frage ließ kein Ausweichen zu; sie forderte eine ebenso bestimmte Antwort. Dennoch zögerte der Förster damit – er hatte doch wohl nicht den Mut, das, was er gestern dem Boten aufgetragen, seinem Herrn ins Antlitz zu wiederholen.

»Ich bin der Grenzförster,« sagte er endlich, »und meine, daß ich das bleiben werde, solange ich überhaupt in Ihren Diensten bin, Herr Nordeck. Ich habe einzustehen für meine Försterei, und also muß ich auch allein das Regiment hier führen und kein andrer.«

»Ihr habt aber gezeigt, daß Ihr nicht mehr fähig seid, das Regiment zu führen,« entgegnete Waldemar ernst. »Entweder Ihr könnt oder Ihr wollt Eure Leute nicht im Zaume halten. Ich habe Euch wiederholt gewarnt, als die beiden ersten Excesse vorfielen; der vorgestrige war der dritte, und es wird auch der letzte sein.«

»Ich kann meine Leute nicht halten, wenn sie in einer Zeit wie die jetzige mit den Patrouillen zusammen geraten,« erklärte der Förster mit aufflammendem Trotz. »Ich habe da auch keine Macht mehr.«

»Ebendeshalb sollt Ihr nach Wilicza – da werde ich die nötige Macht herleihen, wenn sie etwa fehlen sollte.«

»Und meine Försterei?«

»Bleibt vorläufig unter der Aufsicht des Inspektors Fellner, bis der neue Förster eintrifft, der ursprünglich für Wilicza bestimmt war. Er wird es sich gefallen lassen müssen, fürs erste Euren Posten hier einzunehmen. Ihr selbst bleibt in der Schloßförsterei, bis drüben im Lande wieder Ruhe ist.«

Osiecki lachte höhnisch auf, »Das kann lange dauern.«

»Vielleicht nicht so lange, wie Ihr glaubt. In jedem Fall habt Ihr die Försterei morgen zu räumen.«

Unter den Forstleuten zeigte sich eine einigermaßen bedenkliche Bewegung bei diesem mit voller Entschiedenheit wiederholten Befehl, und der Förster fuhr zornig auf: »Herr Nordeck.«

»Nun?«

»Ich habe schon gestern erklärt – «

»Ich hoffe, Ihr werdet Euch inzwischen besonnen haben,« unterbrach ihn Waldemar, »und mir heute erklären, daß der Bote Euch nicht verstanden hat, als er mir eine ganz unmögliche Antwort zurückbrachte. Nehmt Euch in acht, Osiecki! Ich dachte, Ihr kennt mich doch jetzt hinreichend.«

»Ja wahrhaftig!« stieß der Förster zwischen den zusammengebissenen Zähnen hervor. »Sie haben dafür gesorgt, daß man Sie kennt in ganz Wilicza.«

»Dann wißt Ihr also, daß ich mir den Gehorsam nicht verweigern lasse und daß ich einen einmal gegebenen Befehl nicht zurücknehme. Das Forsthaus von Wilicza ist augenblicklich leer – entweder Ihr seid morgen mittag mit Eurem ganzen Personal dort, oder Ihr seid entlassen.«

Jetzt wurde ein drohendes Murren laut. Die Leute drängten sich dichter zusammen; ihre Mienen und ihre Haltung verrieten, daß sie nur noch mit Mühe an sich hielten. Osiecki trat dicht vor seinen Gutsherrn hin.

»Oho, das geht nicht so ohne weiteres,« rief er. »Ich bin kein Lohnarbeiter, den man heute annimmt und morgen entläßt. Sie können mir meine Stellung kündigen, wenn es Ihnen beliebt, bis zum Herbste aber habe ich das Recht, hier zu bleiben, und meine Leute, die ich in Dienst genommen habe, gleichfalls. Mein Revier ist die Grenzförsterei – ein andres will ich nicht, und ein andres nehme ich nicht, und wer mich daraus vertreiben will, dem wird es übel bekommen.«

»Ihr irrt,« versetzte Waldemar. »Die Försterei ist *mein* Eigentum, und der Förster hat sich *meinen* Anordnungen zu fügen. Pocht nicht auf ein Recht, dessen Ihr Euch selbst verlustig gemacht habt! Was Eure Leute da vorgestern unter Eurer Anführung anstifteten, verdient von Rechts wegen eine strengere Ahndung, als die bloße Versetzung. Ihr habt die Patrouillen insultiert und zuletzt angegriffen – es ist sogar zu Schüssen gekommen. Wenn man Euch nicht sofort verhaftete, so dankt Ihr das nur meiner Geltung in L. Man weiß dort, daß ich den Willen und nötigenfalls auch die Macht habe, mir hier auf meinen Gütern selbst Ruhe zu schaffen, daß ich nicht gern Fremde zwischen mich und meine Untergebenen treten lasse, man erwartet nun aber auch ein ernstliches Einschreiten von mir, und dieser Erwartung werde ich unverzüglich nachkommen. Ihr fügt Euch sofort dem, was ich beschlossen habe, oder ich biete noch heute dem Kommandanten der Truppen die Försterei als Beobachtungsposten für die Grenze an, und morgen hat das Haus Besatzung.«

Osiecki machte eine heftige Bewegung nach seiner Büchse hin, besann sich aber.

»Das werden Sie nicht thun, Herr Nordeck,« sagte er dumpf.

»Das *werde* ich thun, sobald noch einmal von Ungehorsam oder Widerstand die Rede ist. Entscheidet Euch, Ihr habt die Wahl! Werdet Ihr morgen in Wilicza sein oder nicht?«

»Nein und zehnmal nein!« schrie Osiecki in furchtbarster Gereiztheit. »Ich habe Befehl, nicht von der Försterei zu weichen – also weiche ich nur der Gewalt.«

Waldemar stutzte. »Befehl? Von wem?«

Der Förster biß sich auf die Lippen, aber das unbedachte Wort war einmal heraus; er konnte es nicht zurücknehmen.

»Von wem erhieltet Ihr den Befehl, der dem meinigen so direkt entgegensteht?« wiederholte der junge Gutsherr. »Von der Fürstin Baratowska vielleicht?«

»Nun, und wenn das wäre?« fragte Osiecki trotzig. »Die Frau Fürstin hat jahrelang uns allen befohlen, warum soll sie es denn jetzt auf einmal nicht thun?«

»Weil der Herr jetzt selbst zur Stelle ist, und es nicht taugt, wenn zwei zugleich das Regiment führen,« sagte Waldemar kalt. »Meine Mutter lebt als Gast in meinem Schlosse, über die Angelegenheiten von Wilicza aber entscheide ich allein. – Also Ihr habt Befehl, die Försterei um jeden Preis zu behaupten und nur der Gewalt zu weichen? Dann scheint es sich doch um mehr zu handeln, als nur um einen Exceß Eurer Leute.«

Der Förster verharrte in finsterm Schweigen. Seine eigene Unbesonnenheit hatte jetzt verschuldet, was die Fürstin ihrer Nichte gegenüber so drohend »Verrat« genannt, was Wanda verhindern wollte, als sie selbst hierher eilte. Das eine übereilte Wort verriet dem Gutsherrn, daß der Widerstand, dem er bisher gar keine besondere Wichtigkeit beigemessen, ein planmäßiger und befohlener war, und er kannte seine Mutter zu gut, um nicht zu wissen, daß, wenn sie

Befehl gegeben hatte, die Försterei auf alle Gefahr hin zu halten und es sogar auf die Gewalt ankommen zu lassen, dort all die Fäden zusammenliefen, die sie nach wie vor in der Hand hielt.

»Gleichviel!« nahm er wieder das Wort. »Ueber das Vergangene wollen wir nicht rechten, und von morgen an steht die Grenzförsterei unter andrer Aufsicht. Was wir sonst noch miteinander abzumachen haben, kann in Wilicza geschehen. Auf morgen also!«

Er machte eine Bewegung, als wollte er gehen, aber Osiecki vertrat ihm den Weg. Er hatte sich mit einem raschen Griff wieder seiner Büchse bemächtigt, die er jetzt anscheinend nachlässig, und doch bedeutungsvoll genug, in der Hand hielt.

»Ich denke, wir machen das lieber gleich ab, Herr Nordeck! Ein für allemal: ich gehe nicht von meiner Försterei, weder nach Wilicza noch sonst wohin, aber Sie gehen auch nicht von hier, bis Sie die Versetzung widerrufen haben, nicht einen Schritt.«

Er wollte seinen Leuten einen Wink geben, aber es bedurfte dessen nicht mehr. Wie auf Kommando hatte ein jeder seine Büchse wieder ergriffen, und in einer Minute war der Gutsherr umringt. Es waren lauter finstere, drohende Gesichter, die ihn anstarrten, Gesichter, denen man es ansah, daß diese Menschen nicht vor dem Aeußersten zurückschreckten, und das ganze Manöver wurde so rasch, so planmäßig ausgeführt, daß es notgedrungen vorbereitet sein mußte. Vielleicht bereute es Waldemar in diesem Augenblick doch, allein gekommen zu sein, aber er bewahrte seine volle Kaltblütigkeit.

»Was soll das heißen?« fragte er. »Soll ich das etwa für eine Drohung nehmen?«

»Nehmen Sie es, wofür Sie wollen!« rief der Förster wild, »aber Sie kommen nicht von der Stelle ohne den Widerruf. Jetzt sagen wir ›Entweder – oder‹. Hüten Sie sich! Sie sind auch nicht kugelfest.«

»Habt Ihr das vielleicht schon zu erproben versucht?« Der Blick des jungen Gutsherrn richtete sich durchbohrend auf den Sprechenden. »Aus wessen Büchse kam die Kugel, die mir nachgesandt wurde, als ich das letzte Mal von hier nach Hause ritt?«

Ein Blitz tödlichen Hasses, der aus dem Auge Osieckis sprühte, war die ganze Antwort.

»Ich habe noch eine Kugel hier im Laufe und jeder meiner Leute hat eine –« Er faßte die Waffe fester. »Wenn Sie es probieren wollen – uns ist's recht. Also kurz und gut, Sie geben uns Ihr Wort darauf, daß mir allesamt unbehelligt auf der Försterei bleiben und kein Soldat den Fuß hierher setzt – Ihr Ehrenwort, das pflegt bei Ihresgleichen besser zu halten als alles Schriftliche, oder – «

»Oder?«

»Sie kommen nicht lebendig vom Platze,« schloß der Förster, bebend vor Wut und Aufregung.

Die Drohung fand laute, fast tumultuarische Zustimmung bei den übrigen. Sie drängten näher heran; sechs Flintenläufe, die sich bedeutungsvoll emporhoben, unterstützten die Worte Osieckis, aber umsonst. In dem Gesichte Waldemars zuckte keine Muskel, während er sich langsam im Kreise umsah. Er stand so gelassen in der Mitte seiner rebellischen Untergebenen, als führe er die friedfertigste Unterhaltung mit ihnen, nur seine Stirn zog sich finster zusammen, während er doch in unerschütterlicher und überlegener Ruhe die Arme kreuzte.

»Ihr seid Thoren,« entgegnete er in halb verächtlichem Tone, »und vergeßt vollständig, welche Folgen das auf euch selbst herabziehen würde. Ihr seid verloren, wenn ihr mich anrührt. Die Entdeckung kann nicht ausbleiben.«

»Wenn wir's abwarten,« höhnte der Förster. »Wofür ist die Grenze denn so nahe? In einer halben Stunde sind wir drüben – da ist jetzt Krieg, und da fragt niemand danach, was unsre Kugeln hier angerichtet haben. Wir haben es ohnedies satt, hier ewig still zu liegen und niemals dreinschlagen zu dürfen. Also zum letztenmal – wollen Sie uns Ihr Ehrenwort geben?«

»Nein!« sagte der junge Gutsherr, ohne sich zu rühren oder das Auge von dem Sprechenden abzuwenden.

»Besinnen Sie sich, Herr Nordeck!« – der Grimm erstickte fast die Stimme Osieckis – »besinnen Sie sich schnell, ehe es zu spät ist!«

Mit einigen raschen Schritten trat Waldemar zurück an die Wand, wo er wenigstens im Rücken gedeckt war.

»Nein, sage ich. Und da wir denn doch einmal so weit sind,« – er riß einen Revolver aus der Brusttasche und hielt ihn seinen Angreifern entgegen – »besinnt *ihr* euch, ehe ihr mir den Kampf bietet. Ein paar von euch mindestens bezahlen den Mordanfall mit dem Leben. Ich treffe so gut wie ihr.«

Das entfesselte nun freilich den so lange zurückgehaltenen Sturm. Es erhob sich ein wilder Tumult – zornige Ausrufe, Flüche und Drohungen wurden laut; mehr als einer legte die Hand an den Drücker, und Osiecki wollte soeben das Signal zum allgemeinen Angriff geben, als die Seitenthür hastig aufgestoßen wurde – in der nächsten Sekunde stand Wanda neben dem Bedrohten.

Ihr Erscheinen verhütete nun freilich das Schlimmste, wenigstens für den Augenblick. Die Leute hielten doch inne, als sie die Gräfin Morynska an der Seite ihres Gutsherrn sahen, so nahe, daß ein Angriff, der ihm galt, sie mittreffen mußte. Waldemar dagegen stand einen Moment lang völlig verständnislos da; er vermochte sich dieses plötzliche Erscheinen nicht zu erklären, auf einmal aber blitzte die Wahrheit in ihm auf. Wandas Totenblässe, der Ausdruck verzweiflungsvoller Energie, mit dem sie sich an seine Seite stellte, sagten ihm, daß sie um seine Gefahr gewußt hatte, daß sie um seinetwillen hier war.

Die Lage war zu bedrohlich, als daß sie den beiden Zeit gelassen hätte, eine Erklärung oder auch nur ein Wort miteinander auszutauschen. Wanda hatte sich sofort zu den Angreifern gewandt und sprach zu ihnen, leidenschaftlich und gebieterisch. Waldemar, der des Polnischen nicht mächtig war und erst in der letzten Zeit angefangen hatte, sich einigermaßen damit vertraut zu machen, verstand nur so viel, daß es Befehle und Drohungen waren, die sie seinen Gegnern zuschleuderte, aber ohne Erfolg – sie stand hier an der Grenze ihrer Macht. Die Antworten klangen wild und drohend zurück, und der Förster stampfte mit dem Fuße auf den Boden; er verweigerte augenscheinlich den Gehorsam. Die kurze und hastig geführte Unterredung dauerte kaum einige Minuten, aber niemand wich einen Schritt zurück, niemand senkte die Waffe. Die aufs äußerste gereizte Wut der Leute erkannte keine Autorität und keine Rücksicht mehr an.

»Zurück, Wanda!« sagte Waldemar leise, indem er sie seitwärts zu drängen versuchte. »Es kommt zum Kampfe. Sie können ihn nicht mehr verhindern. Geben Sie mir Raum zur Verteidigung!«

Wanda gehorchte der Mahnung nicht, im Gegenteil, sie behauptete nur fester ihren Platz. Sie wußte, daß er der Uebermacht erliegen mußte, daß die einzige Rettung für ihn in ihrer unmittelbaren Nähe lag. Noch scheute man sich, sie zu berühren, noch wagte es keiner, sie von seiner Seite wegzureißen, aber der Moment nahte, wo auch diese letzte Schonung ein Ende nahm.

»Gehen Sie zur Seite, Gräfin Morynska!« tönte die Stimme des Försters rauh und unheilverkündend mitten durch den Tumult. »Zur Seite – oder ich treffe Sie mit!«

Er hob die Büchse. Wanda sah, wie er den Finger an den Drücker legte; sie sah das von Wut und Haß entstellte Antlitz des Mannes, und bei diesem Anblick schwanden ihr Besinnung und Ueberlegung. Vor ihrer Seele stand nur noch ein einziger klarer Gedanke, die Todesgefahr Waldemars, und zum letzten Mittel greifend, warf sie sich an seine Brust und deckte ihn mit ihrem eigenen Körper.

Zum letzten Mittel greifend, warf sich Wanda an seine Brust und deckte ihn mit ihrem Körper.

Es war zu spät – der Schuß krachte, und schon in der nächsten Sekunde antwortete die Waffe Nordecks. Mit einem dumpfen Schrei stürzte der Förster zusammen und blieb regungslos auf dem Boden liegen. Die Kugel Waldemars hatte mit furchtbarer Sicherheit ihr Ziel getroffen, er selbst stand aufrecht und Wanda mit ihm. Die Bewegung, mit der sie ihn zu schützen versuchte, hatte ihn aus der Bahn des tödlichen Geschosses gezogen, und ihn und sie gerettet.

Das alles geschah so blitzschnell, daß keiner von den übrigen Zeit hatte, sich an dem Kampf zu beteiligen. In ein und derselben Minute sahen sie die Gräfin Morynska sich dazwischen

werfen, den Förster am Boden liegen und den Gutsherrn mit hochgehobener Waffe sich gegenüberstehen, zum zweiten Schuß bereit. Es folgte eine sekundenlange totenstille Pause – niemand
regte sich.

Waldemar hatte unmittelbar nach dem Schuß Wanda in seine eigene einigermaßen gedeckte
Stellung gedrängt und sich vor sie gestellt. Mit einem einzigen Blick überschaute er die ganze
Lage. Er war umringt, der Ausgang ihm verwehrt; sechs geladene Büchsen standen gegen seine
einzige Waffe. Wenn es überhaupt zum Kampf kam, so war er auch verloren und Wanda mit ihm,
sobald sie es versuchte, ihn noch einmal zu schützen. An eine wirkliche Verteidigung war nicht
zu denken. Hier konnte nur die Kühnheit retten, die Tollkühnheit vielleicht, aber gleichviel,
sie mußte versucht werden.

Er richtete sich zu seiner vollen Höhe empor, warf mit einer energischen Bewegung das
Haar zurück, das ihm über die Stirn gefallen war, und die nächsten beiden Flintenläufe mit der
Hand zur Seite schlagend, trat er mitten unter die Angreifer. Seine riesige Gestalt überragte
sie allesamt, und sein Blick flammte nieder auf die rebellischen Untergebenen, als könne er mit
diesem Auge allein sie vernichten.

»Die Waffen nieder!« donnerte er mit der ganzen Kraft seiner mächtigen Stimme. »Ich dulde
keine Rebellion auf meinem Gebiet. Da liegt der erste, der es versucht hat. Wer es ihm nachthut,
teilt sein Schicksal. Nieder die Büchsen, sage ich.«

Die Leute standen wie gelähmt vor Ueberraschung und starrten sprachlos ihren Herrn an.
Sie haßten ihn, sie waren in vollem Aufstand gegen ihn begriffen, und er hatte ihnen soeben
den Führer erschossen; das nächste und natürlichste wäre nur gewesen, daß sie Rache dafür übten, hier, wo die Rache in ihre Hand gelegt war. Sie hatten auch zweifellos die Absicht, sich auf
Waldemar zu stürzen, aber als er nun mitten unter sie trat und ihre Waffen mit der bloßen Hand
zur Seite schlug, als sei er wirklich gefeit gegen die Kugeln, als er Unterwerfung forderte mit der
Miene und dem Tone des unumschränkten Gebieters: da regte sich die alte Gewohnheit des blinden Gehorsams, der, ohne nach dem Warum zu fragen, sich dem beugt, der überhaupt befiehlt,
da siegte die instinktmäßige Fügsamkeit untergeordneter Naturen gegen eine überlegene Kraft.
Sie bebten scheu zurück vor diesen flammenden Augen, die sie längst fürchten gelernt hatten,
vor dieser drohenden Stirn mit der hochaufgeschwollenen blauen Ader. Und Waldemar stand
ihnen unversehrt gegenüber. Die nie fehlende Kugel Osieckis war machtlos an ihm abgeglitten,
aber der Förster lag tot am Boden, mitten ins Herz getroffen – es lag etwas von abergläubischem
Grauen in der Bewegung, mit der die Nächststehenden zurückwichen. Langsam senkten sich
die drohenden Läufe. Der Kreis um den Gutsherrn wurde weiter und weiter; das Wagnis, mit
dem er, der einzelne, einer sechsfachen Uebermacht die Spitze bot, war geglückt.

Waldemar wandte sich um, und den Arm Wandas ergreifend, zog er sie an sich. »Und nun
gebt den Weg frei!« befahl er in dem gleichen gebieterischen Ton, »schafft Raum!«

Einige der Leute rührten sich nicht von der Stelle, die beiden vordersten aber wichen zögernd
zurück und gaben dadurch in der That die Thür frei. Keiner von den übrigen widersetzte sich.
Kein Wort des Widerspruchs wurde laut; schweigend ließen sie ihren Herrn und die Gräfin
Morynska durch. Waldemar beschleunigte seine Schritte nicht im mindesten. Er wußte, daß
er die Gefahr nur für den Augenblick bewältigt hatte, daß sie verdoppelt zurückkehrte, sobald
die Leute zur Besinnung kamen und sich ihrer Ueberlegenheit bewußt wurden, aber er fühlte
auch, daß das geringste Zeichen von Furcht verhängnisvoll werden mußte. Noch beherrschte
die Macht seines Auges und seiner Stimme die ganze sonst so zügellose Bande – es galt, sie
hinter sich zu lassen, noch ehe der Bann gebrochen war, und das konnte schon in der nächsten
Minute geschehen.

Er trat mit Wanda ins Freie. Draußen harrte der Schlitten, und der Kutscher mit schreckens-
bleichem Gesicht eilte ihnen entgegen. Die Schüsse hatten ihn an das Fenster gelockt; er mußte
den Vorgang teilweise mit angesehen haben. Waldemar hob rasch seine Begleiterin in den Schlitten und stieg selbst nach.

»Fort!« sagte er kurz und hastig. »Bis zu den Bäumen dort im Schritt, dann aber gib den
Pferden die Zügel, und so schnell wie möglich in den Wald hinein!«

Der Kutscher gehorchte. Er mochte wohl um sein eigenes Leben besorgt sein. In wenigen Minuten hatten sie die schützenden Bäume erreicht, und nun ging es in rasender Eile vorwärts. Waldemar hielt noch immer die Waffe mit dem gespannten Hahn in der Rechten, seine Linke aber, umschloß die Hand Wandas so fest, als wolle er sie nicht wieder loslassen. Erst als eine ganze Strecke zwischen ihnen und der Försterei lag und jede Furcht vor nachgesandten Kugeln beseitigt war, gab er seine Verteidigungsstellung auf und wandte sich zu seiner Begleiterin. Er sah es erst jetzt, daß die Hand, welche er in der seinigen hielt, mit Blut bedeckt war – es rieselte noch in einzelnen schweren Tropfen unter dem Aermel des Kleides hervor, und der Mann, der eben noch mit so eiserner Ruhe der Gefahr die Stirn geboten hatte, wurde bleich bis an die Lippen.

»Es ist nichts,« sagte Wanda, hastig seiner Frage zuvorkommend. »Die Kugel Osieckis muß mich gestreift haben. Ich fühle die Wunde erst in diesem Augenblick.«

Waldemar riß sein Taschentuch hervor und war ihr behilflich, es um den verwundeten Arm zu legen. Er wollte reden – da hob die junge Gräfin das totenblasse Antlitz empor. Sie bat nicht, aber es stand ein Ausdruck so angstvollen Flehens darin, daß Nordeck verstummte; er begriff, daß er sie für den Moment wenigstens schonen mußte. Nur ihren Namen sprach er aus, aber es lag mehr in dem einen Wort, als eine ganze stürmische Erklärung faßte: »Wanda!«

Sein Blick suchte den ihrigen, aber umsonst – sie hob das Auge nicht wieder empor, und ihre Hand lag schwer und kalt in der seinigen.

»Hoffen Sie nichts!« sagte sie tonlos und so leise, daß es nur wie ein ersterbender Hauch sein Ohr berührte. »Sie sind der Feind meines Volkes – und ich bin die Braut Leo Baratowskis.« –

Das Ereignis auf der Grenzförsterei, das nicht verschwiegen bleiben konnte, da es mit dem Tode des Försters einen so ernsten Ausgang genommen hatte, rief begreiflicherweise eine große Aufregung in Wilicza hervor. Der Fürstin konnte nichts unerwünschter sein, als dieser offene und blutige Konflikt. Doktor Fabian und der Administrator gerieten in Bestürzung, und die Untergebenen, je nachdem sie nun zu dem Gutsherrn oder der Fürstin hielten, teilten sich in zwei Lager, die leidenschaftlich für oder gegen die Sache Partei nahmen. Nur einen einzigen Menschen gab es, den sie trotz ihres tragischen Ausgangs glücklich machte – den Assessor Hubert. Er befand sich, wie schon erwähnt, gerade im Hause des Administrators; jener Vorfall hob ihn sofort auf die Höhe der Situation, führte ihn in amtlicher Eigenschaft nach dem Schlosse, zwang Herrn Nordeck, in unmittelbaren Verkehr mit ihm zu treten – alles Dinge, die Hubert längst ersehnt hatte, ohne sie bisher erreichen zu können.

Waldemar hatte ihm in aller Kürze angezeigt, daß er, zur äußersten Notwehr gedrängt, den Förster Osiecki erschossen habe, nachdem dieser einen Mordversuch auf ihn gemacht. Er hatte gleichzeitig den Beamten ersucht, die nötigen Schritte zur Klarstellung der Sache in L. zu veranlassen, und sich zu jeder Vernehmung bereit erklärt, und der Vertreter des Polizeidepartements von L. war groß gewesen in der Entfaltung seiner Thätigkeit. Er stürzte sich mit wütendem Eifer auf die Untersuchung, die ihm anheimfiel, und machte die unglaublichsten Vorbereitungen dazu, aber leider vergebens. Er wollte natürlich vor allen andern Dingen das Personal der Försterei als Zeugen des Vorfalls vernehmen, aber man fand das Forsthaus am nächsten Tage leer und verlassen. Die Leute hatten es vorgezogen, sich allen gerichtlichen Weitläufigkeiten zu entziehen, indem sie einen längst geplanten Entschluß ausführten und während der Nacht über die Grenze gingen. Ihre genaue Bekanntschaft mit der Gegend machte ihnen das leicht, trotz der scharfen Bewachung von beiden Seiten. Sie waren unzweifelhaft drüben zu den Insurgenten gestoßen, deren Stellungen sie genau kannten, und unerreichbar für den Arm der Gerechtigkeit, der sich vermittelst des Assessors so verlangend nach ihnen ausstreckte. Hubert war untröstlich.

»Sie sind fort,« sagte er niedergeschlagen zu dem Administrator. »Sie sind sämtlich auf und davon. Auch nicht ein einziger ist zurückgeblieben – «

»Das hatte ich Ihnen vorher sagen können,« meinte Frank. »Es war unter diesen Umständen das klügste, was die Leute thun konnten. Drüben sind sie sicher vor einer Untersuchung, die sie wahrscheinlich als Mitschuldige entlarvt hätte.«

»Aber ich wollte sie vernehmen,« rief der Assessor empört. »Ich wollte sie sämtlich verhaften lassen.«

»Ebendeshalb zogen sie es vor, sich unsichtbar zu machen, und, offen gestanden, ich bin froh, daß es so gekommen ist. Die wilde Gesellschaft da hinten auf der Grenzförsterei war stets eine Gefahr für uns; jetzt sind wir sie los, ohne weiteren Lärm; wiederkommen wird sie schwerlich – also lassen wir sie laufen! Herr Nordeck will nicht, daß viel Aufhebens davon gemacht wird.«

»Herr Nordeck hat in diesem Falle gar nichts zu wollen,« erklärte Hubert in seinem feierlichsten Amtston. »Er hat sich der Majestät des Gesetzes zu beugen, das die strengste, rücksichtsloseste Untersuchung fordert. Zwar soweit die Sache ihn betrifft, ist sie zweifellos. Er hat nur sein Leben verteidigt und erst abgedrückt, nachdem der Förster auf ihn geschossen. Sein Wort in dieser Hinsicht wird durch das Zeugnis des Kutschers, durch das Entweichen des Forstpersonals, überhaupt durch die ganze Sachlage bestätigt. Ihn wird man höchstens mit einigen Vernehmungen behelligen und dann unbedingt freisprechen. Es handelt sich aber hier noch um ganz andre Dinge; wir haben es mit einem Aufruhr, mit einer zweifellosen Verschwörung – «

Der Administrator sprang auf: »Um Gottes willen! Fangen Sie schon wieder damit an?«

»Mit einer Verschwörung zu thun,« vollendete Hubert, ohne sich stören zu lassen. »Ja, Herr Frank, es war eine solche – alle Thatsachen sprechen dafür.«

»Unsinn!« sagte der Administrator derb. »Es war eine Revolte gegen den Gutsherrn persönlich und nichts weiter. Bei Osiecki und seinen Leuten waren die Gewaltthätigkeiten an der Tagesordnung, und die Fürstin ließ ihnen alles hingehen, weil sie und ihre Befehle unbedingt respektiert wurden. Gehorsam gegen einen andern kannte die wilde Bande nicht, und als sie der Herr das lehren und ihr den Gebieter zeigen wollte, griff sie zur Büchse. Ein andrer an seiner Stelle wäre verloren gewesen, ihn aber hat seine Energie und Kaltblütigkeit gerettet. Er schoß den Mordbuben, den Osiecki, ohne weiteres nieder, und das imponierte den andern dermaßen, daß sich keiner mehr zu rühren wagte. Die Sache ist so klar und einfach wie nur möglich, und ich begreife nicht, wie Sie darin schon wieder eine Verschwörung finden wollen.«

»Und wie erklären Sie denn die Anwesenheit der Gräfin Morynska?« fiel der Assessor mit einem solchen Triumph ein, als habe er soeben einen Angeklagten des in Rede stehenden Verbrechens überführt. »Was hatte die Gräfin auf der Försterei zu thun, die zwei Stunden von Rakowicz entfernt liegt und zu Wilicza gehört? Man kennt ja die Rolle, welche sie und die Fürstin bei der ganzen Bewegung spielen. Die Frauen sind bei diesem Volk die allergefährlichsten. Alles wissen sie, alles leiten sie; das ganze politische Intriguennetz liegt in ihren Händen, und Gräfin Morynska ist die echte Tochter ihres Vaters, die gelehrige Schülerin ihrer Tante. Ihre Anwesenheit auf der Försterei beweist sonnenklar die Verschwörung. Sie haßt ihren Vetter mit dem ganzen Fanatismus ihres Volkes – sie allein hat den meuchlerischen Ueberfall geplant. Darum stand sie auf einmal, wie aus der Erde gewachsen, mitten in dem Tumult; darum versuchte sie Herrn Nordeck die Waffe zu entreißen, als er auf Osiecki anlegte, und hetzte diesen und seine Leute bis zum Mordversuche gegen ihren Herrn. Aber dieser Waldemar ist doch großartig. Nicht allein, daß er den ganzen Aufruhr niederzwang, er versicherte sich auch der Anstifterin und brachte sie mit Gewalt nach Wilicza. Trotz all ihres Sträubens hat er seine verräterische Cousine aus der Mitte ihrer Anhänger gerissen, sie in den Schlitten gehoben und ist mit ihr davongejagt, als gelte es Tod und Leben. Denken Sie, er hat sie während der ganzen Fahrt keines Wortes gewürdigt, nicht eine Silbe sprachen sie miteinander, aber ihre Hand hat er nicht einen einzigen Augenblick losgelassen, um jeden Fluchtversuch zu hindern. Ich weiß das alles genau – ich habe den Kutscher darüber sehr ausführlich vernommen –«

»Jawohl, Sie haben ihn drei Stunden lang hintereinander vernommen,« unterbrach ihn der Administrator ärgerlich, »bis der arme Mensch ganz wirr im Kopfe war und zu allem ›ja‹ sagte. Er hat von seinem Standpunkt draußen am Fenster gar keine Einzelheiten unterscheiden können und nichts gesehen als einen wilden Tumult, in dessen Mitte sich der Herr und die junge Gräfin befanden. Gleich darauf fielen die beiden Schüsse, und da ist der Kutscher eingestandenermaßen in voller Angst zu seinen Pferden zurückgelaufen – alles übrige haben Sie ihm in den Mund gelegt. Nur die Aussage des Herrn Nordeck ist von Gewicht.«

Der Assessor sah sehr beleidigt aus und hatte nicht übel Lust, das Polizeidepartement von L. herauszukehren, dessen Verfahren in dem seinigen so unerhört mißachtet und kritisiert wurde, aber er besann sich noch zur rechten Zeit, daß es ja der künftige Schwiegervater sei, der sich diese Zurechtweisung erlaubte, und dem mußte man dergleichen schon hingehen lassen, wenn es auch beklagenswert blieb, daß er nicht mehr Respekt vor der amtlichen Unfehlbarkeit seines künftigen Schwiegersohns hegte. Dieser verschluckte also seinen Aerger und entgegnete in gereiztem Ton:

»Herr Nordeck benimmt sich, wie gewöhnlich, sehr souverän. Er machte mir die Anzeige so kurz wie möglich, ohne alle Einzelheiten, und verweigerte mir ohne weiteres das Zeugnis der Gräfin Morynska, die ich gleichfalls zu vernehmen wünschte, unter dem Vorwand, daß seine Cousine sich unwohl befinde. Dabei gibt er Befehle, trifft Unordnungen, als ob ich gar nicht da wäre, und thut überhaupt, als habe kein Mensch außer ihm ein Wort in der Sache zu reden, die er am liebsten ganz und gar der Oeffentlichkeit entziehen möchte. – ›Herr Nordeck‹ sagte ich zu ihm, ›Sie täuschen sich vollständig, wenn Sie jenen Vorfall nur für den Ausbruch eines Privathasses ansehen: die Sache liegt weit tiefer, und ich durchschaue sie. Es war ein planmäßig vorbereiteter Aufruhr, eine zu früh ausgebrochene Verschwörung, die sich allerdings in erster Linie gegen Sie richtete, aber jedenfalls weitere Zwecke hatte. Sie galt der Ordnung, dem Gesetz, der Regierung. Wir müssen untersuchen, müssen unsre Maßregeln nehmen‹ – Wissen Sie, was er mir zur Antwort gab? – ›Herr Assessor, Sie täuschen sich vollständig, wenn Sie die Gewaltthätigkeit eines rohen Menschen gegen mich zu einer Haupt- und Staatsverschwörung stempeln. Jedenfalls ist Ihre Untersuchung durch das Entweichen des Forstpersonals gegenstandslos geworden, und Sie wären bei dem gänzlichen Mangel an Verschwörern und Hochverrätern am Ende genötigt, wieder auf mich und Doktor Fabian zurückzugreifen, wie dies schon einmal geschah. Es ist also nur in Ihrem eigenen Interesse, wenn ich Sie bitte, Ihren Amtseifer zu mäßigen. Ich habe Ihnen das nötige Material zu Ihren Berichten in L. gegeben, und wegen der Gefahr für Ordnung und Gesetz hier in Wilicza brauchen Sie nicht zu sorgen. Ich denke ihr noch allein gewachsen zu sein.‹ Damit machte er mir eine kalte, vornehme und unglaublich hochmütige Verbeugung und – ließ mich stehen,«

Der Administrator lachte. »Das hat er von seiner Mutter. Ich kenne diese Manier noch von der Fürstin Baratowska her; sie hat mich oft genug zur Verzweiflung gebracht. Dagegen hilft kein Aerger und kein Bewußtsein des guten Rechtes. Es ist eine eigene Art von Ueberlegenheit, die trotz alledem imponiert, und die zum Beispiel Fürst Leo gar nicht besitzt. Der läßt sich bei jeder Gelegenheit zur Heftigkeit fortreißen, nur der älteste Sohn hat diesen Zug geerbt – es ist in solchen Momenten, als ob man die Mutter selbst sähe und hörte, so wenig er ihr auch sonst gleicht. In einem aber hat Herr Nordeck recht: mäßigen Sie Ihren Amtseifer! Er brachte Sie schon einmal in Unannehmlichkeiten.«

»Das ist mein Schicksal,« sagte der Assessor düster. »Mit den edelsten Zwecken, mit aller meiner Hingebung und meinem glühenden Eifer für das Wohl des Staates ernte ich doch nur Undank, Verkennung, Zurücksetzung. Ich bleibe dabei, es war eine Verschwörung, endlich hatte ich eine, und nun gleitet sie mir wieder aus den Händen. Osiecki ist tot; seine Leute sind auf und davon; von der Gräfin Morynska werden keine Geständnisse zu erlangen sein – ich kann nur einen einfachen Bericht machen, nichts weiter. Wäre ich wenigstens gestern mit auf der Försterei gewesen! Heute morgen war sie leer. Es ist mein Geschick, überall zu spät zu kommen.«

Der Administrator räusperte sich sehr vernehmlich. Er gedachte die ohnehin elegische Stimmung Huberts zu benutzen, um das Gespräch auf dessen Bewerbung zu bringen, und ihm rund heraus zu erklären, daß er sich keine Hoffnungen auf die Hand seiner Tochter machen dürfe. Gretchen hatte sich in der That nicht besonnen, sondern war bei ihrem Nein geblieben, und ihr Vater stand eben im Begriff, dem Freier diese betrübende Eröffnung zu machen, als der Kutscher Waldemars, der diesen und die Gräfin Morynska gestern gefahren hatte und seitdem Gegenstand der unausgesetzten Vernehmungen des Assessors gewesen war, mit einem Auftrag seines Herrn erschien.

Jetzt war es vorbei mit der Resignation Huberts, aber auch mit seiner Aufmerksamkeit für andre Dinge. Er vergaß Verkennung und Zurücksetzung, besann sich auf der Stelle, daß er noch einige sehr wichtige Fragen an den Kutscher zu thun habe, und nahm ihn, trotz aller Proteste Franks, mit sich auf sein Zimmer, um dort die Vernehmung mit frischen Kräften fortzusetzen.

Der Administrator schüttelte den Kopf. Er begann sich jetzt auch der Ansicht zuzuneigen, daß etwas Krankhaftes in dem Wesen des Assessors liege, und fing an zu begreifen, daß seine Tochter nicht so unrecht hatte, wenn sie einen solchen Bewerber ausschlug, dessen wütender Amtseifer so wenig zu mäßigen war, wie man ihn von seiner fixen Idee hinsichtlich der überall bestehenden Verschwörungen abbringen konnte.

In diesem Augenblick jedoch folgte Gretchen nur dem Beispiel des Assessors; sie inquirierte gleichfalls sehr scharf und eingehend, und zwar war es Doktor Fabian, der drüben im Wohnzimmer vor ihr saß und in aller Form vernommen wurde. Er hatte ausführlich berichten müssen, was er selber über den gestrigen Vorgang von Herrn Nordeck erfahren; das war aber leider nicht mehr, als man bereits im Hause des Administrators wußte. Waldemar hatte dem Doktor, wie allen übrigen, auch nur die Thatsachen mitgeteilt und über manches, so zum Beispiel über die Beteiligung der Gräfin Morynska daran, ein vollständiges Schweigen beobachtet. Das war nun aber gerade der Punkt, über welchen Gretchen Frank ins klare zu kommen wünschte. Die Behauptung des Assessors, daß die junge Gräfin ihren Vetter so glühend hasse, daß sie sogar den Ueberfall auf der Försterei geplant, wollte ihr nicht recht einleuchten; sie ahnte mit echt weiblichem Instinkt eine ganz andre geheime Beziehung zwischen den beiden und wurde sehr ungehalten, als sie so gar nichts Näheres darüber erfahren konnte.

»Sie verstehen Ihren Einfluß gar nicht zu benutzen, Herr Doktor,« sagte sie vorwurfsvoll, »Wenn ich der Freund und Vertraute des Herrn Nordeck wäre, ich wüßte besser in seinen Angelegenheiten Bescheid. Jede Kleinigkeit müßte er mir berichten; ich hätte ihn gleich von Anfang daran gewöhnt.«

Der Doktor lächelte ein wenig. »Das würden Sie schwerlich zu stande gebracht haben. Eine Natur wie die Waldemars läßt sich überhaupt nicht gewöhnen, am wenigsten zur Mitteilung. Er kennt gar nicht das Bedürfnis, sich auszusprechen oder sein Inneres jemand aufzuschließen. Was auch in ihm vorgehen mag, er macht es mit sich allein aus; seine Umgebung erfährt nie etwas davon, und man muß ihn so lange und so genau kennen wie ich, um zu wissen, daß er überhaupt empfindet.«

»Natürlich – er hat kein Herz,« sagte Gretchen, die mit ihrem Urteil immer sehr schnell fertig war. »Das sieht man ja auf den ersten Blick. Es weht einen förmlich kalt an, sobald er ins Zimmer tritt, und mich fröstelt jedesmal, wenn er mit mir spricht. Fürchten hat ihn jetzt ganz Wilicza gelernt, lieben auch nicht ein einziger, und selbst meinem Vater steht er, trotz aller seiner Freundlichkeit und Rücksicht gegen uns, noch gerade so fremd gegenüber, wie am Tage seiner Ankunft. Ich bin überzeugt, er hat noch nie ein menschliches Wesen geliebt, am wenigsten eine Frau – er ist vollständig herzlos.«

»Bitte, mein Fräulein –« Fabian geriet förmlich in Hitze bei der Antwort. »Da thun Sie ihm großes Unrecht. Er hat Herz, mehr als Sie glauben, mehr vielleicht als der feurige, leidenschaftliche Fürst Baratowski. Waldemar versteht nur nicht das seinige zu zeigen, oder vielmehr er will es nicht. Schon bei dem Knaben habe ich diesen Zug starrer Zurückhaltung und Verschlossenheit beobachtet und jahrelang umsonst dagegen angekämpft, bis ein zufälliges Ereignis, eine Gefahr, die mich bedrohte, das Eis brach. Erst seit jener Stunde kenne ich Waldemar, wie er wirklich ist.« »Nun, liebenswürdig ist er nicht, das bleibt ausgemacht,« entschied Gretchen, »und ich begreife nicht, wie Sie mit einer solchen Zärtlichkeit an ihm hängen können. Sie waren ja gestern ganz außer sich wegen der überstandenen Gefahr, die er seinerseits sehr leicht nahm, und heute ist sicher wieder irgend etwas im Schlosse vorgegangen, denn Sie sind im höchsten Grade aufgeregt und verstimmt. Gestehen Sie es mir nur ein! Ich sah es schon, als Sie eintraten. Bedroht Herrn Nordeck denn noch irgend etwas?«

»Nein, nein,« sagte der Doktor hastig. »Es handelt sich gar nicht um Waldemar; die Sache geht mich allein an. Sie hat mich allerdings sehr aufgeregt, aber verstimmt – nein, mein Fräulein, durchaus nicht. Ich habe heute morgen Nachrichten aus J. erhalten.«

»Hat dieses wissenschaftliche und historische Ungetüm, dieser Professor Schwarz, Ihnen schon wieder Verdruß bereitet?« fragte die junge Dame mit kampflustiger Miene, als sei sie auf der Stelle bereit, sich in eine erbitterte Fehde mit der genannten Autorität einzulassen.

Fabian schüttelte den Kopf. »Ich fürchte, daß ich es diesmal bin, der ihm den ärgsten Verdruß bereitet, wenn auch wahrhaftig gegen meinen Willen. Sie wissen ja, daß es meine ›Geschichte des Germanentums‹ war, die den ersten Anlaß zu dem unglücklichen Streit zwischen ihm und dem Professor Weber gab, einem Streit, der immer größere Ausdehnung annahm und zuletzt auf die Spitze getrieben wurde. Schwarz, heftig wie er von Natur ist, überdies gereizt und erbittert durch die Wichtigkeit, die man meinem Buch beilegte, ließ sich zu Persönlichkeiten, zu einem fast unverantwortlichen Benehmen gegen seinen Kollegen hinreißen und drohte, als die ganze Universität auf dessen Seite trat, seine Entlassung zu nehmen. Es war wohl nur ein Versuch, seine Unentbehrlichkeit in das rechte Licht zu stellen – er hat nie ernstlich daran gedacht, J. zu verlassen, aber sein schroffes Wesen hat ihm auch unter den maßgebenden Persönlichkeiten viel Feinde geschaffen, genug, man machte keinen Versuch, ihn zu halten und nahm als Thatsache, was nur eine Drohung sein sollte. Da blieb ihm freilich nichts übrig, als auf dem schon öffentlich kundgegebenen Entschluß zu beharren. Es ist jetzt entschieden, daß er die Universität verläßt.«

»Das ist ein Glück für die Universität,« bemerkte Gretchen trocken. »Aber ich glaube wahrhaftig, Sie sind im stande, sich Gewissensbisse darüber zu machen. Das sieht Ihnen ähnlich.«

»Es ist nicht das allein,« sagte Fabian leise und mit stockender Stimme. »Es ist ja die Rede davon, daß – daß ich seine Stelle einnehmen soll. Professor Weber schreibt mir, man beabsichtige den auf diese Weise erledigten Lehrstuhl mir anzubieten – mir, dem einfachen Privatgelehrten, der noch gar keine akademische Thätigkeit aufzuweisen hat, dessen einziges Verdienst in seinem Buch besteht, dem ersten, das er veröffentlicht – es ist etwas so Ungewöhnliches, Unerhörtes, daß ich mich anfangs vor Ueberraschung und Bestürzung gar nicht zu fassen wußte.«

Gretchen sah weder überrascht noch bestürzt aus, sie schien die Sache vielmehr ganz in der Ordnung zu finden. »Da handelt man sehr vernünftig,« meinte sie. »Sie sind viel bedeutender als Professor Schwarz. Ihr Werk steht hoch über seinen Schriften, und wenn Sie erst auf seinem Lehrstuhl sitzen, werden Sie seine ganze Berühmtheit verdunkeln.«

»Aber, mein Fräulein, Sie kennen ja weder den Professor noch seine Schriften,« warf der Doktor schüchtern ein.

»Das ist gleichgültig – ich kenne Sie,« erklärte das junge Mädchen mit einer Ueberlegenheit, gegen die sich schlechterdings nichts einwenden ließ. »Sie werden doch selbstverständlich die Berufung annehmen?«

Fabian sah vor sich nieder. Es vergingen einige Sekunden, bevor er antwortete.

»Ich glaube kaum. So ehrenvoll die Auszeichnung auch ist, ich wage nicht, sie anzunehmen, denn ich fürchte, einer so bedeutenden Stellung nicht gewachsen zu sein. Die jahrelange Zurückgezogenheit, das einsame Leben bei meinen Büchern haben mich für die Oeffentlichkeit fast untauglich gemacht und ganz unfähig, all den äußeren Anforderungen zu genügen, die sich an eine solche Stellung knüpfen. Endlich der Hauptgrund – ich kann Waldemar nicht verlassen, zumal jetzt nicht, wo so manches auf ihn einstürmt. Ich bin der einzige, der ihm nahe steht, dessen Umgang er vermissen würde; es wäre der Gipfel aller Undankbarkeit, wollte ich jetzt um äußerer Vorteile willen –«

»Und es wäre der Gipfel alles Egoismus, wenn Herr Nordeck dieses Opfer annehmen wollte,« fiel Gretchen ein. »Zum Glück wird er das nicht thun und nie zugeben, daß Sie um seinetwillen eine Zukunft zurückweisen, die für Sie das ganze Lebensglück einschließt.«

»Für mich?« wiederholte der Doktor in gedrücktem Ton; »da irren Sie doch. Ich habe von jeher meine ganze Befriedigung in dem Studium gesucht und gefunden und es schon als eine besondere Gunst des Schicksals angesehen, als mir in dem Zögling, der mir einst so vollständig fern stand, ein Freund erwuchs. Was man so Lebensglück nennt, eine Heimat, eine Familie, das habe ich nie gekannt und werde es wohl schwerlich kennen lernen. Jetzt, wo mir ein so ungeahnter Erfolg zu teil geworden ist, wäre es vollends Vermessenheit, auch das noch zu begehren; ich bescheide mich gern mit dem, was mir geworden ist.«

Die Worte klangen trotz aller Ergebung doch recht schmerzlich, aber die junge Zuhörerin schien gar kein Mitleid dabei zu empfinden. Sie warf verächtlich die Lippen auf.

»Sie sind eine eigene Natur, Herr Doktor, Ich würde bei einer so entsagungsvollen Lebensansicht verzweifeln.«

Der Doktor lächelte wehmütig. »Bei Ihnen ist das auch etwas andres. Wer wie Sie jung, anmutig, in freien glücklichen Verhältnissen aufgewachsen ist, der hat das Recht, Glück vom Leben zu erwarten und zu verlangen. Möge es Ihnen im reichsten Maß zu teil werden – das ist mein innigster Wunsch. Aber gewiß, Assessor Hubert liebt Sie und –« »Was hat denn Assessor Hubert schon wieder mit meinem Glück zu thun?!« fuhr Gretchen auf. »Sie machten schon einmal eine solche Andeutung. Was meinen Sie nur damit?«

Fabian geriet in die äußerste Verlegenheit. »Ich bitte um Verzeihung, wenn ich indiskret war,« stotterte er. »Es fuhr mir nur so heraus – ich weiß ja, daß das Verhältnis noch kein öffentlich erklärtes ist, aber meine innige Teilnahme mag es entschuldigen, wenn ich – «

»Wenn Sie was –?« rief das junge Mädchen mit vollster Heftigkeit. »Ich glaube, Sie halten mich im vollen Ernst für die Braut dieses albernen langweiligen Hubert, der mir den ganzen Tag lang von nichts weiter erzählt, als von Verschwörungen und von seinem künftigen Regierungsratstitel.«

»Aber, mein Fräulein,« sagte Fabian aufs höchste betroffen, »der Assessor selbst teilte mir bereits im Herbst mit, daß er bestimmte Hoffnungen habe und mit vollster Sicherheit auf Ihr Jawort rechnen dürfe.«

Gretchen sprang auf, so daß der Stuhl zurückflog. »Da haben wir es! Aber daran sind Sie schuld, Herr Doktor Fabian, Sie allein. Sehen Sie mich nicht so erstaunt und erschrocken an! Sie haben mich damals verleitet, den Assessor nach Janowo zu schicken, wo er sich den Schnupfen holte. Aus Furcht, er könne ernstlich krank werden, nahm ich den Patienten in Pflege. Seitdem ist es bei ihm zur fixen Idee geworden, ich liebe ihn, und von seinen fixen Ideen ist er nicht abzubringen – das sehen wir an den ewigen Verschwörungsgeschichten.«

Sie weinte fast vor Aerger, das Gesicht des Doktors aber verklärte sich förmlich bei dieser ungeheuchelten Entrüstung.

»Sie lieben den Assessor nicht?« fragte er mit fliegendem Atem. »Sie beabsichtigen nicht, ihm Ihre Hand zu geben?«

»Einen Korb werde ich ihm geben, wie er noch nicht dagewesen ist,« versetzte die junge Dame energisch, und war im Begriff, noch einige Injurien gegen den armen Hubert hinzuzufügen, als sie dem Blick des Doktors begegnete. Sie wurde auf einmal dunkelrot und verstummte völlig.

Die nun entstehende Pause dauerte ein wenig lange. Fabian rang offenbar mit einem Entschluß, der ihm bei seiner Schüchternheit sehr schwer fiel; er setzte mehreremal vergebens zum Sprechen an; vorläufig sprachen nur seine Augen, aber so deutlich, daß Gretchen nicht gut im Zweifel bleiben konnte über das, was ihr bevorstand.

Diesmal jedoch fiel es ihr nicht ein, davonzulaufen oder ein paar Saiten auf dem Klavier entzweizuschlagen, wie sie es mit Vorliebe that, wenn die Gefühle des Assessors zum Ausbruch zu kommen drohten; sie hatte sich wieder hingesetzt und wartete der kommenden Dinge.

Nach einer Weile näherte sich denn auch der Doktor, freilich sehr scheu und ängstlich.

»Mein Fräulein,« begann er. »Ich glaubte in der That – das heißt: ich setzte voraus – die innige Neigung des Assessors für Sie –«

Er hielt inne und besann sich, daß es doch sehr unpraktisch sei, von der innigen Neigung des Assessors zu reden, wo er von der seinigen sprechen wollte. Gretchen sah, daß er im Begriff stand, sich rettungslos zu verwickeln, und daß sie ihm zu Hilfe kommen müsse, was denn auch geschah. Es war freilich nur ein Blick, den sie ihrem zaghaften Freier zuwarf, aber er sprach ebenso deutlich, wie vorhin der seinige. Der Doktor faßte auf einmal Mut und ging mit unerhörter Kühnheit vorwärts.

Gretchen sah, daß er im Begriff stand, sich rettungslos zu verwickeln, und daß sie ihm zu Hilfe kommen müsse.

»Der Irrtum hat mich sehr glücklich gemacht,« sagte er. »Noch gestern hätte ich nicht gewagt, Ihnen das zu gestehen, obgleich es mir fast das Herz abdrückte. Wie konnte ich, dessen ganze Existenz von der Großmut Waldemars abhängig war, Ihnen mit Wünschen nahen! Der heutige Morgen hat das alles geändert. Die Zukunft, die man mir bietet, läßt es wenigstens nicht mehr als eine Vermessenheit erscheinen, wenn ich meinen Gefühlen Worte gebe. Fräulein Margarete, Sie haben mir vorhin meine entsagungsvolle Natur zum Vorwurf gemacht; wenn Sie wüßten, wie sehr ich von jeher auf die Entsagung angewiesen war, Sie würden den Vorwurf zurücknehmen. Ich bin stets einsam und unbeachtet durch das Leben gegangen, mit einer trüben und freudenlosen Jugend, mit den härtesten Entbehrungen habe ich mir das Studium erkaufen müssen, und doch nichts damit gewonnen, als eine Abhängigkeit von fremden Launen oder fremder Güte. Glauben Sie mir, es ist schwer, mit einem ernsten hohen Streben, mit der glühenden Begeisterung für die Wissenschaft im Herzen, Tag für Tag zu der Fassungskraft von Knaben herabzusteigen, die man in den Anfangsgründen des Lernens unterrichten muß, und ich habe das lange thun müssen, sehr lange, bis Waldemar mir die Möglichkeit gab, meinen Studien zu leben, und mir die Laufbahn öffnete, die sich jetzt vor mir aufthut. Es ist wahr, ich wollte sie ihm opfern, wollte ihm die ganze Berufung verschweigen, aber damals hielt ich Sie noch für die Braut eines andern, jetzt dagegen« – er hatte die Hand des jungen Mädchens ergriffen; fort waren Scheu und Verlegenheit, jetzt wo er einmal in Fluß gekommen war, stürzten ihm die Worte nur so von den Lippen – »jene Zukunft verheißt mir so vieles; ob sie mir auch Glück verheißen soll, das liegt einzig in Ihren Händen. Entscheiden Sie, ob ich sie annehmen oder zurückweisen soll, Margarete–!«

Er war jetzt genau so weit gekommen, wie damals der Assessor, als er die große Kunstpause machte, die seinem beabsichtigten Kniefall voranging, und mit beiden stecken blieb, weil seine Angebetete gerade im entscheidenden Augenblick davonlief. Der Doktor versuchte nun zwar keinen Kniefall, dafür vermied er aber auch glücklich die verhängnisvolle Pause; er sprach ohne Stocken und Zögern weiter, während Gretchen mit niedergeschlagenen Augen vor ihm saß und mit unendlicher Befriedigung zuhörte, und Liebeserklärung, Jawort und sogar die schließliche Umarmung gingen prompt und ohne Störung von statten, –

Herr Assessor Hubert kam die Treppe herunter; er hatte den Kutscher wieder einmal vernommen, und zwar so lange und so ausführlich, bis sie beide müde und matt waren, und gedachte nun, sich von den anstrengenden Pflichten seines Amtes zu erholen, indem er den Gefühlen seines Herzens freien Lauf ließ. Der arme Hubert! Er hatte ja selbst gesagt, daß es sein Schicksal sei, überall zu spät zu kommen; wie sehr dies aber gerade heute der Fall war, ahnte er noch gar nicht. Seine Abreise war auf den Nachmittag festgesetzt, aber vorher wollte und mußte er noch mit seiner Bewerbung ins klare kommen. Er war fest entschlossen, diesmal nicht ohne Jawort abzureisen, und in dem Eifer dieses Entschlusses öffnete er die Thür des Vorzimmers so energisch und geräuschvoll, daß das neue Brautpaar im anstoßenden Gemach Zeit hatte, eine ganz unverfängliche Haltung anzunehmen. Gretchen saß am Fenster und der Doktor stand bei ihr, dicht neben dem Klavier, das zur großen Erleichterung des eintretenden Assessors diesmal geschlossen war.

Hubert grüßte herablassend. Es lag stets etwas Gönnerhaftes in seinem Wesen, wenn er mit dem Doktor verkehrte, der in seinen Augen nichts weiter war, als ein pensionierter Hauslehrer, dessen ganze Wichtigkeit in seinen Beziehungen zu dem Herrn von Wilicza bestand. Heute nun, bei der beabsichtigten Erklärung, war ihm Fabian im Wege, und er gab sich durchaus keine Mühe, das zu verbergen.

»Ich bedaure zu stören. Sie halten wohl gerade französische Uebung mit dem Fräulein?«

Der Ton war so nachlässig, so ganz in der Art, wie man zu einem bezahlten Lehrer spricht, daß selbst die Gutmütigkeit des Doktors nicht davor standhielt. Er hatte es bisher noch nie über sich gewonnen, dieses Benehmen zu rügen, das sich Hubert oft genug gegen ihn erlaubte, heute aber verletzte es seine neue Bräutigamswürde doch gar zu empfindlich; er richtete sich empor und sagte mit einer Haltung, die Gretchens höchste Befriedigung erregte:

»Sie irren – wir übten uns in einer ganz andern Wissenschaft.«

Der Assessor merkte durchaus nichts; er war ganz mit dem Gedanken beschäftigt, wie er diesen unbequemen Menschen möglichst schnell beseitigen könne.

»In der historischen vielleicht?« fragte er spöttisch. »Das ist ja wohl Ihr Steckenpferd? Leider ist es wenig geeignet für junge Damen. Sie werden das Fräulein damit langweilen, Herr Doktor Fabian.«

Dieser wollte antworten, aber Gretchen kam ihm zuvor; sie fand, daß es jetzt die höchste Zeit war, dem Herrn Assessor einen Dämpfer aufzusetzen, und unterzog sich dieser Mühe mit außerordentlichem Wohlgefallen.

»Sie werden dem Herrn Doktor wohl bald einen andern Titel geben müssen,« sagte sie nachdrücklichst. »Er steht im Begriff, eine Professur in J. anzunehmen, die man ihm wegen seiner außerordentlichen wissenschaftlichen und litterarischen Verdienste angeboten hat.«

»Wa – was?« rief der Assessor zurückprallend, aber noch mit dem Ausdruck des vollsten Unglaubens. Er konnte sich in diese plötzliche Verwandlung des stets übersehenen Fabian in einen Universitätsprofessor unmöglich so schnell finden.

Bei dem letztern hatte die Gutmütigkeit schon wieder die Oberhand gewonnen, und der Gedanke an die doppelte Kränkung, die er dem Neffen seines Gegners und dem unglücklichen Bewerber seiner Braut notgedrungen zufügen mußte, regte seine ganze Gewissenhaftigkeit auf,

»Herr Assessor,« begann er, in der Voraussetzung, Hubert sei bereits von den letzten Vorgängen auf der Universität unterrichtet, was aber noch keineswegs der Fall war, »es ist mir sehr peinlich, von Ihrem Herrn Onkel so verkannt zu werden, wie es leider den Anschein hat. Niemand kann aufrichtiger als ich seine großen Verdienste schätzen und anerkennen. Seien Sie überzeugt, daß ich nicht den mindesten Anteil an dem Streit habe, den meine ›Geschichte des Germanentums‹ hervorrief. Professor Schwarz scheint zu glauben, daß ich aus eigensüchtigen Motiven jenen Streit geschürt und auf die Spitze getrieben hätte.«

Jetzt begann dem Assessor ein Licht aufzugehen, aber ein schreckliches. Er kannte nicht den Namen jenes »obskuren Menschen«, den die Gegenpartei auf den Schild gehoben hatte, indem sie sich unterfing, sein Werk neben, ja über die Schwarzschen Schriften zu stellen, aber er wußte, daß es sich dabei um eine »Geschichte des Germanentums« handelte, und die Worte Fabians ließen ihm keinen Zweifel mehr, daß der Verfasser dieses Buches, dieser Intrigant, dieser Attentäter auf die Familienberühmtheit, leibhaftig vor ihm stehe. Er wollte seinem Erstaunen, seiner Entrüstung Worte leihen, als Gretchen, die sich schon berufen fühlte, die künftige Frau Professorin zu vertreten, von neuem dazwischen fuhr.

»Jawohl, Professor Schwarz könnte das glauben,« wiederholte sie, »und dies um so mehr, da Doktor Fabian ausdrücklich berufen ist, ihn zu ersetzen und seinen Lehrstuhl in J. einzunehmen. Sie wissen doch bereits, daß Ihr Onkel seine Entlassung genommen hat?«

Der Assessor rang in einer so beängstigenden Weise nach Atem, daß Fabian einen bittenden Blick zu seiner Braut hinüber sandte, aber diese blieb mitleidlos. Sie konnte es nicht vergessen, daß Hubert schon vor Monaten sich ihres Jawortes gerühmt hatte, und wollte ihm eine Lehre dafür geben; deshalb spielte sie ihren letzten Trumpf aus und ergriff sehr förmlich die Hand des Doktors.

»Und gleichzeitig, Herr Assessor, habe ich das Vergnügen, Ihnen in dem künftigen Professor Fabian, dem Nachfolger Ihres berühmten Onkels, meinen Bräutigam vorzustellen.« – – –

»Ich glaube, der Assessor ist übergeschnappt,« sagte Frank, der draußen auf dem Hofe stand, mit besorgter Miene zu seinem Inspektor. »Er kommt wie ein Tollhäusler aus dem Hause gestürzt, rennt mich fast über den Haufen, ohne zu grüßen, ohne mir Rede zu stehen, und schreit nach seinem Wagen. Er war schon den ganzen Morgen so aufgeregt. Wenn ihm nur die Verschwörungsgeschichten nicht zu Kopfe gestiegen sind! Gehen Sie ihm doch einmal nach und sehen Sie, was er macht und ob er nicht etwa ein Unglück anrichtet!«

Der Inspektor zuckte die Achseln und deutete auf den Wagen, der soeben in vollem Trabe abfuhr. »Es ist zu spät, Herr Administrator – da fährt er eben hin.«

Frank schüttelte sehr bedenklich den Kopf und trat in das Haus, wo ihm nun allerdings die Erklärung für den Sturmlauf des Assessors zu teil wurde und seine ernstlichen Zweifel an dessen Verstand beseitigte. Der Kutscher vom Schlosse aber, der gleichfalls auf dem Hofe stand, faltete die Hände und sagte aufatmend:

»Er ist fort. Gott sei Dank – nun kann er mich nicht mehr vernehmen.«

In Wilicza selbst herrschte inzwischen eine dumpfe gewitterschwüle Atmosphäre, die sogar von der Dienerschaft empfunden wurde. Seit Herr Nordeck gestern abend in Begleitung der Gräfin Morynska von der Grenzförsterei zurückgekehrt war, herrschte Sturm in den oberen Regionen des Schlosses – die Anzeichen verrieten es nur zu deutlich. Die junge Gräfin hatte noch an demselben Abend eine Unterredung mit ihrer Tante gehabt, seitdem aber ihr Zimmer noch nicht wieder verlassen. Auch die Fürstin wurde wenig sichtbar, und wenn es geschah, so war ihr Aussehen derart, daß die Dienerschaft es für gut hielt, so wenig wie möglich in ihre Nähe zu kommen; sie kannte diese gerunzelte Stirn und diese fest zusammengepreßten Lippen bei der Gebieterin und wußte, daß sie nichts Gutes verkündeten. Selbst Waldemar zeigte nicht die gewohnte kalte Ruhe, die er gerade dann nach außen hin zu bewahren wußte, wenn es in seinem Innern am heftigsten stürmte. Vielleicht trug die zweimalige Abweisung die Schuld daran, welche er im Laufe des Tages von Wanda hatte erfahren müssen. Es war ihm nicht gelungen, sie wieder zu sehen seit der Minute, wo er sie, erschöpft von der Aufregung und dem Blutverlust, halb ohnmächtig in die Arme seiner Mutter gelegt. Sie weigerte sich, ihn zu sehen, und doch wußte er, daß sie nicht ernstlich krank war. Der Arzt hatte ihm wiederholt versichert, die Wunde der Gräfin sei in der That gefahrlos und werde ihr morgen schon gestatten, nach Rakowicz zurückzukehren, wenn er sich ihrem Verlangen, dies auf der Stelle zu thun, auch habe widersetzen müssen.

Es blieb dem jungen Gutsherrn freilich nicht viel Zeit, sich mit seinen eigenen Angelegenheiten zu beschäftigen, denn von außen her stürmte alles mögliche auf ihn ein. Die Leiche des Försters wurde nach Wilicza gebracht, bei welcher Gelegenheit man erst das Entweichen des gesamten Forstpersonals entdeckte. Die Försterei mußte unter andre Aufsicht gestellt und die nötigen Maßregeln zur Sicherheit und zum Schutze des einstweilen dorthin gesendeten Inspektors Fellner getroffen werden. Alles hatte Waldemar selbst zu leiten und anzuordnen. Schließlich kam noch Assessor Hubert und quälte ihn mit Vernehmungen, Protokollen und Ratschlägen so lange, bis er die Geduld verlor und zu dem bewährten Mittel seiner Mutter griff, um sich den unbequemen Beamten abzuschütteln, aber kaum war er den Assessor und seine Verschwörungsgeschichten los, so kamen andre Anforderungen. Man hatte jetzt auch in L. erfahren, wie es drüben bei den Insurgenten stand und daß die nächsten Tage aller Wahrscheinlichkeit nach Kämpfe in unmittelbarer Nähe der Grenze bringen würden. Infolgedessen war der Befehl ergangen, die Grenzbesatzung bedeutend zu verstärken, um auf alle Fälle das diesseitige Gebiet zu schützen und vor Verletzungen zu bewahren.

Eine starke Militärabteilung zog durch Wilicza, und während die Mannschaften auf einige Stunden im Dorfe Halt machten, sprachen die Offiziere, die den Gutsherrn persönlich kannten, im Schlosse ein. Die Fürstin blieb natürlich unsichtbar, wie sie es stets den Gästen ihres Sohnes gegenüber war, seit dieser sich offen gegen sie und die Ihrigen erklärt hatte, und so mußte Waldemar denn allein die Ankömmlinge empfangen; ob er in der Stimmung dazu war, danach fragte niemand. Es galt den Fremden eine ruhige, unbewegte Stirn zu zeigen, damit sie nicht noch mehr von der Familientragödie erfuhren, als sie ohnedies schon wußten. Sie kannten ja die Rolle, welche der Bruder und der Oheim des Schloßherrn in dem Aufstande spielten, die Stellung des Sohnes der Mutter gegenüber; das alles war ja Tagesgespräch in L., und Waldemar empfand schwer genug die Rücksicht, mit der man sich bemühte, in seiner Gegenwart jede Hindeutung darauf zu vermeiden und den ganzen Aufstand nur insofern zu berühren, als man eben nur die neuesten militärischen Maßregeln auf deutscher Seite besprach, die dadurch hervorgerufen wurden. Endlich, spät am Nachmittag, zog das Detachement ab, um noch vor Einbruch der Dunkelheit die angewiesenen Posten an der Grenze zu erreichen. Und nun kam zuletzt noch Doktor Fabian, der nunmehrige Bräutigam und künftige Professor, mit seiner doppelten Neuigkeit, für die er doch auch bei seinem ehemaligen Zögling Teilnahme und Interesse beanspruchte, und zwang diesen, sich um fremdes Glück zu kümmern, wo er das seinige rettungslos in Trümmer gehen sah – es gehörte in der That eine so stählerne Natur wie die Nordecks dazu, um dem allem mit dem Anscheine äußerer Ruhe standzuhalten.

Es war am zweiten Tage nach jenem Ereignisse auf der Försterei, zu noch sehr früher Stunde. Die Fürstin war allein in ihrem Salon; man sah es ihrem Gesicht an, daß von einer Nachtruhe bei ihr nicht viel die Rede gewesen war. Der graue Nebelmorgen draußen vermochte es nicht, das hohe düstere Gemach vollständig zu erhellen; der größte Teil desselben blieb in Schatten gehüllt, nur das Kaminfeuer warf seinen unruhig flackernden Schein auf den Teppich und auf die Gestalt der Fürstin, die in unmittelbarer Nähe saß.

In finsteres Nachsinnen verloren, stützte sie den Kopf in die Hand. Was sie vorgestern abend erfahren hatte, das wühlte und arbeitete immer noch in ihrem Innern; die Frau, die es sonst so ausgezeichnet verstand, sich auf den Boden der Thatsachen zu stellen und mit denselben zu rechnen, konnte diesmal nicht damit fertig werden, Also es war umsonst gewesen. Die Schonungslosigkeit, mit der sie ihrer Nichte damals das eigene Innere enthüllte, um ihr eine Waffe gegen die entstehende Leidenschaft in die Hand zu geben, die monatelang so streng und unverbrüchlich festgehaltene Trennung, die letzte Unterredung in Rakowicz – alles umsonst! Vor einem einzigen Momente, vor einer Gefahr, die Waldemar bedrohte, sank das alles zusammen. Wanda hatte ihrer Tante noch an demselben Abend das Geschehene mitgeteilt. Die junge Gräfin war viel zu stolz, viel zu sehr in ihren nationalen Vorurteilen befangen, um sich nicht mit aller Energie von dem Verdachte zu reinigen, sie habe wirklich das gethan, was die Fürstin »Verrat« nannte. Sie erklärte der Tante, daß sie keine Warnung gesandt, keinen Argwohn erweckt habe, daß sie erst im letzten Augenblicke, als es hinsichtlich der Försterei nichts mehr zu verbergen und zu retten gab, dazwischen getreten sei. Wie das geschehen war, und was sie gethan hatte, um Waldemar zu retten, konnte sie freilich auch nicht verbergen – die Wunde an ihrem Arme sprach deutlich genug.

Der Eintritt ihres Sohnes weckte die Fürstin aus den quälenden Gedanken, die in ihrem Innern auf und nieder wogten. Sie wußte es, woher er kam. Pawlick hatte ihr gemeldet, Herr Nordeck habe es heute morgen zum drittenmal versucht, Einlaß bei der Gräfin Morynska zu erlangen, und diesmal auch wirklich seinen Willen durchgesetzt. Er kam langsam näher und blieb seiner Mutter gegenüber stehen.

»Du kommst von Wanda?« fragte sie.

»Ja.«

Die Fürstin sah in sein Gesicht, das in diesem Momente von dem aufflackernden Feuer hell beleuchtet wurde. Es stand ein Zug herben, aber verbissenen Schmerzes darin.

»Also hast du es wirklich erzwungen, trotz ihrer wiederholten Weigerung. Freilich, was erzwängst du nicht! Wenigstens wird die Unterredung dich überzeugt haben, daß es nicht mein Verbot war, das dir Wandas Thür verschloß, wie du mit solcher Bestimmtheit annahmst. Es war ihr eigener Wille, dich nicht zu sehen; du hast ihn wenig genug geachtet.«

»Ich werde nach dem, was Wanda gestern um meinetwillen gewagt hat, doch wenigstens das Recht haben, sie zu sehen und zu sprechen; sprechen mußte ich sie. O, sei ganz ruhig!« fuhr er mit ausbrechender Bitterkeit fort, als die Fürstin etwas erwidern wollte. »Deine Nichte hat vollständig deinen Erwartungen entsprochen und das möglichste gethan, mir jede Hoffnung zu rauben. Sie glaubt allerdings nur ihrem eigenen Willen zu folgen, wo sie sich blindlings dem deinigen unterwirft. Es waren deine Worte, deine Anschauungen, die ich aus ihrem Munde hören mußte. Ich allein hätte es vielleicht von ihr erreicht, erzwungen, wie ich diese Unterredung erzwang, aber ich vergaß, daß sie seit vorgestern abend unausgesetzt, deinem Einflusse preisgegeben war. Du hast ihr das Wort, das sie noch als ein halbes Kind, von euch überredet und gedrängt, meinem Bruder gab, als ein unwiderrufliches Gelübde hingestellt, das zu brechen Todsünde wäre, hast sie so in eure nationalen Vorurteile hineingehetzt –«

»Waldemar!« unterbrach ihn die Mutter drohend.

»In das Vorurteil,« wiederholte er mit Nachdruck, »daß es ein Verrat an ihrer Familie und ihrem Volk wäre, wenn sie einwilligte, mir anzugehören, weil ich zufällig ein Deutscher bin und die Verhältnisse mich zwangen, feindselig gegen euch aufzutreten. Nun, du hast es erreicht; sie würde jetzt eher sterben, als auch nur die Hand zu ihrer Befreiung rühren, oder mir Erlaubnis geben, das zu thun, und das danke ich dir allein.«

»Ich habe Wanda allerdings an ihre Pflicht erinnert,« entgegnete die Fürstin kalt. »Es bedurfte dessen kaum mehr; sie war schon allein zur Besinnung gekommen, und ich hoffe, das ist jetzt auch bei dir der Fall. Daß deine einstige Knabenneigung nicht erloschen, daß sie im Gegenteil zur Leidenschaft herangewachsen war, wußte ich seit dem Tage, wo du dich hier mir gegenüber als Feind erklärtest. In welchem Maße diese Leidenschaft erwidert wird, weiß ich erst seit vorgestern. Es wäre nutzlos, euch Vorwürfe über das Geschehene zu machen – es wird dadurch nicht ungeschehen gemacht, aber ihr fühlt wohl selbst, was ihr jetzt euch und Leo schuldig seid – die unbedingteste Trennung! Wanda hat das bereits eingesehen, und auch du mußt dich dem fügen.«

»Muß ich?« fragte Waldemar. »Du weißt, Mutter, Fügsamkeit ist meine Tugend nicht, und am wenigsten da, wo mein ganzes Lebensglück auf dem Spiele steht.«

Die Fürstin sah mit dem Ausdrucke schreckensvoller Ueberraschung empor. »Was heißt das? Willst du etwa versuchen, deinem Bruder die Braut zu rauben, nachdem du ihm bereits ihre Liebe geraubt hast?«

»Die hat Leo nie besessen. Wanda kannte sich und ihr Herz noch nicht, als sie seiner Neigung, als sie deinen und ihres Vaters Wünschen und den Familienplänen nachgab, Ihre Liebe besitze ich, und nun ich diese Gewißheit habe, werde ich auch zu behaupten wissen, was mein ist!«

»Nicht so unbeugsam, Waldemar!« sagte die Fürstin fast mit Hohn. »Hast du schon bedacht, was dein Bruder dir auf eine solche Zumutung antworten wird?«

»Ich würde meine Braut freigeben, wenn sie mir erklärte, daß ihre Liebe einem andern gehöre,« erwiderte der junge Mann fest. »Unbedingt und entschieden freigeben, gleichviel, was ich dabei empfände. Leo wird das nun allerdings nicht thun, wie ich ihn kenne. Er wird außer sich geraten, Wanda bis zur Verzweiflung quälen und sich und uns eine Reihe der furchtbarsten Scenen bereiten.«

»Willst du ihm Vorschriften für seine Mäßigung machen, du, der du ihn bis auf den Tod beleidigst?« fiel die Mutter ein. »Freilich, Leo ist ja fern; er steht im Kampfe für die heiligsten Güter seines Volkes, und während er stündlich das Leben dafür einsetzt, ahnt er nicht, daß sein Bruder zu Hause, hinter seinem Rücken –«

Sie hielt inne, denn Waldemars Hand legte sich schwer auf die ihrige. »Mutter,« sagte er mit einer Stimme, welche die Fürstin warnte, denn dieser dumpfe gepreßte Ton ging bei ihm stets einem Ausbruche voraus. »Laß die Beschuldigungen, an die du selbst nicht glaubst! Du weißt besser als jeder andre, wie Wanda und ich gegen diese Leidenschaft gekämpft haben, weißt, welcher Moment es war, der uns endlich das Siegel von den Lippen nahm. Hinter Leos Rücken! Auf meinem Zimmer liegt der Brief, den ich an ihn schrieb, ehe ich zu Wanda ging; meine Unterredung mit ihr ändert darin nichts. Wissen muß er es, daß das Wort ›Liebe‹ zwischen uns gefallen ist; wir würden es beide nicht ertragen, ihm das zu verhehlen. Ich wollte den Brief dir übergeben. Du allein weißt mit Sicherheit, wo Leo jetzt zu finden ist, und kannst das Schreiben in seine Hände gelangen lassen.« »Um keinen Preis!« rief die Fürstin heftig. »Ich kenne zu gut das Blut meines Sohnes, um ihm eine solche Folter aufzuerlegen. Fern zu bleiben, vielleicht noch monatelang, während seine ganze Eifersucht entfesselt ist und er sich hier in seinem Teuersten bedroht weiß – das geht über seine Kräfte. Und doch muß er ausharren, doch darf er seinen Posten nicht verlassen, ehe nicht alles dort entschieden ist. Nein, nein, davon kann keine Rede sein. Ich habe Wanda bereits das Wort abgenommen, zu schweigen, und auch du wirst mir das versprechen. Sie kehrt heute noch nach Rakowicz zurück und geht, sobald sie völlig hergestellt ist, zu unsern Verwandten nach M., um dort so lange zu bleiben, bis Leo zurückgekehrt ist und seine Rechte persönlich wahren kann.«

»Ich weiß es,« entgegnete Waldemar finster. »Sie selbst hat es mir gesagt. Sie kann ja jetzt nicht Meilen genug zwischen uns legen. Was die Liebe, was die Verzweiflung nur eingeben kann, das habe ich bei ihr versucht – es war vergebens; sie setzt mir immer dieses unwiderrufliche Nein entgegen. – Sei's denn, bis zu Leos Rückkehr! Vielleicht hast du recht – es ist besser, wir machen das Auge in Auge ab, und mir ist diese Art jedenfalls die liebste. Ich bin jeden Augenblick bereit, ihm Rede zu stehen. Was dann zwischen uns geschieht, ist freilich eine andre Frage.«

Die Fürstin erhob sich und trat zu ihrem Sohne. »Waldemar, gib diese unsinnige Hoffnung auf! Ich sage dir, Wanda würde nie die Deine, auch wenn sie frei wäre. Es steht zu vieles, zu unübersteigliches zwischen euch. Du täuschest dich, wenn du auf eine Sinnesänderung bei ihr rechnest. Was du nationale Vorurteile nennst, das ist für sie das Lebensblut, mit dem sie genährt ist seit ihrer frühesten Jugend, das sie nicht lassen kann, ohne das Leben selbst zu lassen. Mag sie dich lieben, die Tochter der Morynski, die Braut des Fürsten Baratowski weiß, was Pflicht und Ehre von ihr fordern, und wüßte sie es nicht, so sind wir da, sie daran zu erinnern, ich, ihr Vater, vor allen Dingen Leo selber.«

Ein verächtliches Lächeln spielte um die Lippen des jungen Mannes, als er erwiderte: »Und glaubst du denn wirklich, daß einer von euch mich hindern würde, wenn ich Wandas Ja hätte? Daß sie sich mir versagt, daß sie mir verbietet, für sie und um sie zu kämpfen, das ist's, was mir vorhin bei ihr die Fassung raubte. Aber gleichviel! Wer wie ich nie im Leben Liebe erfahren hat, und wem sie sich dann plötzlich so ganz, so beglückend aufthut, wie in jener Stunde, der verzichtet und entsagt nicht so leicht. Der Preis ist mir denn doch zu hoch, als daß ich den Kampf nicht versuchen sollte. Wo ich alles zu gewinnen habe, da setze ich auch alles ein, und wenn sich noch zehnfach größere Hindernisse zwischen uns auftürmten – Wanda wird mein.«

Es lag eine unbeugsame Energie in diesen Worten. Der rote Feuerschein vom Kamine her beleuchtete Waldemars Züge, die in diesem Augenblicke wie aus Erz gegossen erschienen. Die Fürstin mußte es wieder einmal anerkennen, daß es ihr Sohn war, der da vor ihr stand mit der verhängnisvollen blauen Linie an der Stirn, mit jenem Blicke und jener Haltung, »als sähe man die Mutter selbst«. Sie hatte sich bisher vergebens gemüht, das Unerhörte, Unmögliche zu begreifen, daß Waldemar, der kalte, finstere, abstoßende Waldemar ihrem Leo vorgezogen wurde, daß er Sieger blieb gegen den schönen ritterlichen Bruder, wo es sich um die Liebe eines Weibes handelte – in diesem Augenblicke begriff sie es.

»Hast du vergessen, wer dein Gegner ist?« fragte sie mit ernstem Nachdruck. »Bruder gegen Bruder! Soll ich die feindselige, vielleicht blutige Begegnung zwischen meinen Söhnen mit ansehen? Denkt ihr gar nicht an die Angst der Mutter?«

»Deine Söhne!« wiederholte Waldemar. »Wo es sich um die Angst und die Zärtlichkeit der Mutter handelt, ist doch wohl nur von *einem* Sohne die Rede. Du vergibst es mir nicht, daß ich mich in das Glück deines Lieblings eingedrängt habe, und ich kenne eine Lösung, die dir wenig Thränen kosten würde. Aber sei ruhig! Was ich thun kann, einen schlimmen Ausgang zu hindern, das geschieht; sorge nur, daß Leo mir die Möglichkeit läßt, in ihm den Bruder zu sehen! Du hast eine unumschränkte Gewalt über ihn; auf dich wird er hören. Du weißt, ich habe es gelernt, meiner Natur Zügel anzulegen, aber meine Selbstbeherrschung geht nur bis zu einer gewissen Grenze; reißt Leo mich darüber hinaus, so stehe ich für nichts mehr ein. Er versteht es wenig, fremde Ehre zu schonen, wo er sich beleidigt glaubt.«

Sie wurden unterbrochen. Man meldete dem Schloßherrn, draußen stehe ein Unteroffizier des Detachements, das gestern durch Wilicza gezogen war, und verlange ihn dringend und sofort zu sprechen. Waldemar ging hinaus. Er war es seit den letzten Tagen gewohnt, daß diese äußeren Störungen sich gerade dann eindrängten, wenn man am wenigsten in der Stimmung war, ihnen Rechnung zu tragen.

Im Vorzimmer stand der Gemeldete. Er brachte einen Gruß des kommandierenden Offiziers und eine Bitte desselben. Das Detachement stand, gleich nachdem es seinen neuen Posten bezogen, der Notwendigkeit gegenüber, einzuschreiten. Während der Nacht hatte drüben ein heftiger Kampf stattgefunden, der mit einer Niederlage der Insurgenten endigte; sie flohen in größter Unordnung, hitzig verfolgt von den Siegern. Ein Teil der Flüchtlinge hatte sich durch den Uebertritt auf das diesseitige Gebiet gerettet. Sie waren von einer Patrouille angehalten und entwaffnet worden und sollten nach L. gebracht werden. Es befanden sich aber einige Schwerverwundete darunter, von denen man fürchtete, daß sie den Transport nicht aushalten würden; der Offizier bat um vorläufige Aufnahme derselben in dem nahen Wilicza, Der Wagen mit den Kranken befand sich bereits unten im Dorfe. Waldemar war augenblicklich bereit, der Aufforderung nachzukommen, und ließ drüben auf dem Gutshofe die nötigen Anstalten zur Unterkunft der Verwundeten treffen. Er ging selbst in Begleitung des Unteroffiziers hinüber.

Die Fürstin war inzwischen allein zurückgeblieben. Sie hatte die Nachricht nicht gehört und von der Meldung, die ihren Sohn abrief, keine Notiz genommen – es waren ganz andre Gedanken, die sie beschäftigten.

Was nun? Diese Frage erhob sich immer wieder wie ein drohendes Gespenst, das sich nicht bannen läßt; hinausgeschoben konnte die Entscheidung wohl werden, aber damit wurde sie nicht aufgehoben. Die Fürstin kannte ihre Söhne hinreichend, um zu wissen, was zu erwarten stand, wenn sie sich als Feinde begegneten, und Todfeinde mußten sie von dem Augenblicke an werden, wo Leo die Wahrheit entdeckte. Er, dessen Eifersucht schon bei einem ersten unbestimmten Verdachte aufflammte, daß sie ihn fast seiner Pflicht abwendig machte, wenn er jetzt erfuhr, daß der Bruder ihm in der That die Liebe seiner Braut geraubt hatte, wenn Waldemars nur äußerlich gebändigte Wildheit bei dem Streite mit ihrer alten Macht hervorbrach – die Mutter bebte zurück vor dem Abgrunde, der sich mit diesem Gedanken vor ihr aufthat. Sie mußte, daß sie dann machtlos sein würde, auch ihrem Jüngstgeborenen gegenüber, daß in diesem Punkte ihre Gewalt über ihn zu Ende war. Waldemar wie Leo hatten das Blut ihrer Väter in den Adern, und welche Kontraste Nordeck und Fürst Baratowski auch sonst gewesen sein mochten, in einem waren sie gleich, in der Unmöglichkeit, die einmal aufgereizten Leidenschaften zu zügeln.

Die Thür des Nebengemaches wurde geöffnet. Vielleicht kehrte Waldemar zurück; er war ja mitten aus der Unterredung abgerufen worden, aber der Schritt war schneller, unruhiger als der seinige. Jetzt rauschten die Falten der Portiere, die von dem Eintretenden hastig beiseite geschoben wurde, und mit einem Schrei des Schreckens und der Freude fuhr die Fürstin von ihrem Sitz empor.

»Leo! Du hier!«

Fürst Baratowski lag in den Armen seiner Mutter. Er erwiderte die Umarmung wohl, aber er hatte kein Wort des Grußes. Schweigend und heftig preßte er sie an sich; die Bewegung verriet nichts von der Freude des Wiedersehens.

»Woher kommst du?« fragte die Fürstin, bei der schon im nächsten Augenblicke die Besinnung und damit auch die Besorgnis die Oberhand gewann. »So plötzlich, so unerwartet! Und wie kannst du so unvorsichtig sein, bei hellem Tage in das Schloß zu kommen? Du weißt ja, daß dir hier überall die Verhaftung droht. Die Patrouillen streifen durch unser ganzes Gebiet. Warum wartest du nicht bis zum Eintritte der Dunkelheit?«

Leo richtete sich aus ihren Armen empor. »Ich habe lange genug gewartet. Seit gestern abend bin ich fort – die ganze Nacht habe ich wie auf der Folter gelegen; es war unmöglich, die Grenze zu passieren – ich mußte mich verborgen halten. Endlich beim Tagesgrauen gelang es mir hinüber zu kommen und die Wälder von Wilicza zu erreichen – und dann kostete es neue Anstrengung, bis ich das Schloß gewann.«

Er stieß das alles aufgeregt und abgebrochen hervor. Die Mutter sah erst jetzt, wie bleich und verstört er aussah. Sie zog ihn fast gewaltsam auf einen Sessel nieder.

»Erhole dich! Du bist zu Tode erschöpft von dem Wagnis. Welche Tollkühnheit, Leben und Freiheit aufs Spiel zu setzen um eines kurzen Wiedersehens willen! Du mußtest dir doch sagen, daß bei uns die Angst um dich jede Freude überwiegt. Ich begreife überhaupt nicht, wie Bronislaw dich fortlassen konnte. Ihr seid ja mitten im Kampfe.«

»Nein, nein,« fiel Leo ein. »In den nächsten vierundzwanzig Stunden geschieht nichts. Wir sind genau unterrichtet über die Stellungen des Feindes. Uebermorgen, morgen vielleicht kommt es zur Entscheidung; bis dahin ist Ruhe. Wenn ein Kampf bevorstände, würde ich nicht hier sein, so aber mußte ich nach Wilicza, und hätte es mir auch Leben und Freiheit gekostet.«

Die Fürstin sah ihn unruhig an. »Leo, du hast doch Urlaub von deinem Oheim?« fragte sie plötzlich, wie von einem unbestimmten Verdacht ergriffen.

»Ja – ja!« stieß der junge Fürst heraus, aber er vermied es die Mutter dabei anzusehen. »Ich sage dir ja, daß alles gesichert, alles vorgesehen ist. Ich stehe mit meinem Kommando in den Waldungen von A. in völlig gedeckter Stellung. Mein Adjutant hat einstweilen den Oberbefehl, bis ich zurückkomme.«

»Und Bronislaw?«

»Der Onkel hat die Hauptmacht bei W. zusammengezogen, ganz dicht an der Grenze. Ich decke ihm mit den Meinigen den Rücken. Aber nun laß mich, Mutter, frage nicht weiter! – Wo ist Waldemar?«

»Dein Bruder?« fragte die Fürstin, befremdet und erschreckt zugleich, denn sie begann den Zusammenhang zu ahnen. »Kommst du etwa seinetwegen?«

»Waldemar suche ich,« brach jetzt Leo mit furchtbarem Ungestüm aus. »Ihn allein und sonst keinen! Er ist nicht im Schlosse, sagte Pawlick, aber Wanda ist hier. Also hat er sie wirklich nach Wilicza gebracht, wie eine eroberte Beute, wie sein Eigentum, und sie hat das geschehen lassen? Aber ich werde ihm zeigen, wem Wanda gehört, ihm – und ihr.«

»Um Gottes willen, du weißt – ?«

»Was auf der Grenzförsterei geschehen ist, ja, das weiß ich. Osieckis Leute stießen gestern zu mir; sie brachten mir Bericht über das, was sie mit angesehen. Begreifst du nun, daß ich um jeden Preis nach Wilicza mußte?«

»Das habe ich gefürchtet,« sagte die Fürstin leise.

Leo war aufgesprungen und stand nun mit flammenden Augen vor ihr. »Und du hast das geduldet, Mutter, hast es mit angesehen, wie meine Liebe, meine Rechte mit Füßen getreten wurden, du, die sonst jeden beherrscht und zum Gehorsam bringt? Zwingt denn dieser Waldemar alles nieder!? Gibt es niemand mehr, der es wagt, sich ihm in den Weg zu stellen? Ich Thor, der ich mich damals beim Abschiede zurückhalten ließ, ihn zur Rede zu stellen und Wanda aus seiner Nähe fortzureißen, daß eine fernere Begegnung zwischen ihnen unmöglich war! Aber« – hier ging seine Stimme in den bittersten Hohn über – »mein Verdacht beleidigte sie ja, und du und der Onkel rechneten mir meine ›blinde Eifersucht‹ als ein Verbrechen an. Seht ihr es nun mit eigenen Augen? Während ich auf Leben und Tod für die Freiheit und Rettung des Vaterlandes kämpfe, da setzt meine Braut ihr Leben ein für den, der sich offen zu unsern Unterdrückern bekennt, der uns hier in Wilicza den Fuß auf den Nacken gesetzt hat, wie es nur je die Tyrannen da drüben gethan haben, da verrät sie mich, vergißt sie Vaterland, Volk, Familie, alles, um *ihn* vor der Gefahr zu schützen, die ihn bedroht. Vielleicht versucht sie das auch mir gegenüber, aber sie mag sich wahren! Ich frage jetzt nichts mehr danach, wer von uns zu Grunde geht, er oder ich, oder sie mit uns beiden.«

Die Fürstin faßte wie beschwörend seine Hände. »Ruhig, Leo! Ich bitte dich, ich fordere es von dir. Stürme deinem Bruder nicht mit diesem wilden Haß entgegen; höre mich erst an!«

Leo riß sich los. »Ich habe schon zu viel gehört, genug, um mich zur Raserei zu bringen. Wanda hat sich in seine Arme geworfen, als ihn Osieckis Kugel suchte, sie hat ihn mit ihrem eigenen Körper gedeckt, ihre Brust zu seinem Schilde gemacht, und ich soll noch zweifeln an dem Verrate? Wo ist Waldemar? Er wird doch endlich zu finden sein?«

Die Mutter versuchte vergebens, ihn zu beruhigen – er hörte nicht auf sie, und während sie noch überlegte, auf welche Weise es möglich sei, die verhängnisvolle Begegnung zu verhindern, geschah das Aergste, was überhaupt geschehen konnte: Waldemar kam zurück.

Er trat rasch ein und war im Begriffe, auf die Fürstin zuzugehen, als er Leo erblickte. Es war mehr als Ueberraschung, es war ein tödlicher Schreck, der sich bei diesem Anblicke in den Zügen des älteren Bruders malte. Erbleichend maß er den jüngeren vom Kopfe bis zu den Füßen, dann flammte es in seinem Auge auf wie Zorn und Verachtung, und langsam sagte er:

»Also *hier* bist du zu finden?«

Leos Gesicht verriet eine Art wilder Genugthuung, als er endlich den Gegenstand seines Hasses vor sich sah. »Du hast mich wohl nicht erwartet?« fragte er.

Waldemar erwiderte nichts. Ihm, dem Besonneneren, stieg sofort der Gedanke an die Gefahr auf, der sich Leo hier aussetzte; er wendete sich um, schloß die Thür des Nebenzimmers ab und kehrte dann wieder zurück.

»Nein,« entgegnete er, die Frage erst jetzt beantwortend, »und auch die Mutter hat dich schwerlich erwartet.«

»Ich wollte dir Glück wünschen zu deiner Heldenthat auf der Grenzförsterei, denn so wirst du es ja wohl nennen,« fuhr der junge Fürst mit unverstelltem Hohne fort. »Du hast den Förster niedergeschossen und den übrigen allesamt die Spitze geboten. Die Feiglinge wagten es nicht, dich anzurühren.«

»Sie gingen noch in derselben Nacht über die Grenze,« sagte Waldemar. »Sind sie etwa zu dir gestoßen?«

»Ja.«

»Das dachte ich mir. – Seit wann bist du fort von deinem Kommando?«

»Willst du etwa ein Verhör mit mir anstellen?« fuhr Leo auf. »Ich bin gekommen, *dich* zur Rechenschaft zu ziehen. Komm! Wir haben allein miteinander zu reden.«

»Ihr bleibt!« gebot die Fürstin. »Ich lasse euch nicht allein bei dieser Begegnung. Wenn sie denn doch einmal stattfinden muß, so sei es in meiner Gegenwart! Vielleicht vergeßt ihr dann nicht so ganz, daß ihr Brüder seid!«

»Bruder oder nicht!« rief Leo außer sich. »An mir hat er den schmählichsten Verrat geübt. Er wußte, daß Wanda meine Braut war, und er hat sich nicht gescheut, sie und ihre Liebe an sich zu reißen. So handelt nur ein Verräter, ein Ehr –«

Die Mutter wollte ihm wehren, aber umsonst – das Wort »Ehrloser« fiel von seinen Lippen, und Waldemar zuckte zusammen, als habe ihn eine Kugel getroffen. Die Fürstin erbleichte. Es war nicht die bis zur Raserei gesteigerte Leidenschaft ihres jüngsten Sohnes, die sie so erschreckte, sondern der Ausdruck in dem Gesichte des ältesten, als dieser sich jetzt emporrichtete. Ihn riß sie zurück; ihn fürchtete sie, obgleich er waffenlos war, während Leo den Degen an der Seite trug, und mit der vollen Autorität der Mutter zwischen beide tretend, rief sie gebietend:

»Waldemar – Leo – Mäßigung! Ich befehle es euch!«

Wenn die Fürstin Baratowska befahl, mit diesem Tone und dieser Haltung befahl, so hatte sie sich noch immer Gehör erzwungen. Auch ihre Söhne gehorchten unwillkürlich. Leo ließ die Hand sinken, die er schon am Degengriff hatte, und Waldemar hielt inne. Er rang wieder furchtbar mit seinem Ungestüm, aber die Worte der Mutter hatten ihn zur Besinnung gebracht, und mehr bedurfte es jetzt nicht, um ihn sich selber zurückzugeben.

»Leo, jetzt ist es genug mit den Beleidigungen,« sagte er rauh. »Noch ein Wort, ein einziges, und es bleibt uns wirklich keine andre Entscheidung, als die Waffe übrig. Wenn du gestern noch das Recht hattest, mich anzuklagen, heute ist es verwirkt. Ich liebe Wanda mehr, als du ahnst, denn du hast nicht, wie ich, jahrelang im Kampfe mit dieser Leidenschaft gelegen, dich nicht durch Haß und Trennung und Todesgefahr hindurchgerungen zum Bewußtsein, daß sie stärker ist als du. Aber selbst um Wandas willen hätte ich nicht Pflicht und Ehre hingegeben. Ich wäre nicht von dem Posten gewichen, der mir übergeben ist, hätte nicht heimlich die mir anvertraute Schar verlassen und den Eid gebrochen, mit dem ich meinem Führer Gehorsam zugeschworen. Das alles hast du gethan – die Mutter mag es entscheiden, wer von uns das schmachvolle Wort verdient, das du mir zuschleuderst.«

»Was ist das, Leo?« rief die Fürstin emporschreckend. »Du bist doch hier mit Wissen und Willen deines Oheims? Du hattest doch ausdrückliche Erlaubnis von ihm, nach Wilicza zu gehen? Antworte!«

In dem bisher so bleichen Gesichte des jungen Fürsten schlug es jetzt wie eine Flamme auf; er wagte es nicht, dem Auge der Mutter zu begegnen, und wandte sich statt dessen mit jäh aufloderndem Trotze zu seinem Bruder.

»Was weißt du von meinen Pflichten, was kümmern sie dich? Du hältst es ja mit unsern Feinden. Ich habe meinen Platz im Kampfe so lange behauptet und werde zur Stelle sein, sobald es notthut. Aber ebendeshalb eilt die Sache zwischen uns. Ich habe nicht viel Zeit, mit dir abzurechnen; ich muß zurück zu den Meinigen, noch heute, schon in den nächsten Stunden.«

»Du kommst zu spät,« sagte Waldemar kalt. »Du findest sie nicht mehr.«

Leo faßte augenscheinlich den Sinn dieser Worte nicht. Er sah den Bruder an, als rede dieser zu ihm in einer fremden Sprache.

»Seit wann hast du dein Kommando verlassen?« fragte Waldemar noch einmal, aber diesmal mit so furchtbarem Ernste, daß der Bruder ihm halb unwillkürlich Antwort gab. »Seit – gestern abend.«

»Und in der Nacht hat der Ueberfall stattgefunden. Deine Schar ist aufgelöst, vernichtet.«

Ein Aufschrei brach von den Lippen des jungen Fürsten. Er stürzte auf den Sprechenden zu. »Das ist nicht möglich; das kann nicht sein. Du lügst; du willst mich nur schrecken mit der Nachricht, willst mich damit zur Entfernung zwingen.«

»Nein, es kann nicht sein,« fiel jetzt auch die Fürstin mit bebenden Lippen ein. »Du kannst noch keine Nachrichten haben, Waldemar, von dem, was sich drüben während der Nacht ereignete; ich hätte sie früher als du haben müssen. Du täuschest uns – greife nicht zu solchen Mitteln.«

Waldemar sah einige Sekunden lang schweigend die Mutter an, die ihn eher der Lüge beschuldigte, ehe sie an ein Vergehen seines Bruders glaubte; vielleicht war es dies, was seine Stimme so eisig und mitleidlos machte, als er jetzt sagte:

»Dem Fürsten Baratowski war ein wichtiger Posten übergeben worden, mit dem strengsten Befehle, nicht davon zu weichen. Er deckte mit seiner Schar seinem Oheim den Rücken. Fürst Baratowski *fehlte* auf diesem Posten, als der nächtliche Angriff erfolgte; der Führer fehlte, und die übrigen zeigten sich dem Ueberfalle nicht gewachsen. Sie setzten sich völlig planlos zur Wehre – es gab ein Blutbad. Einige zwanzig Mann retteten sich durch den Uebertritt auf unser Gebiet und fielen unsern Patrouillen in die Hände; drei der Flüchtlinge liegen schwer verwundet drüben im Gutshofe. Aus ihrem Mund erfuhr ich das Geschehene – der Rest ist zersprengt oder vernichtet.«

»Und mein Bruder?« fragte die Fürstin anscheinend ruhig, aber es lag etwas Schreckliches in dieser Ruhe. »Und das Morynskische Corps? Was ist aus ihnen geworden?«

»Ich weiß es nicht,« versetzte Waldemar. »Es heißt, die Sieger hätten die Richtung nach W. genommen. Was dort geschehen ist, darüber fehlen noch die Nachrichten.«

Er schwieg. Es folgte eine furchtbare Stille. Leo hatte das Gesicht in beide Hände verborgen; aus seiner Brust drang ein dumpfes Stöhnen hervor. Die Fürstin stand aufrecht, das Auge unverwandt auf ihn gerichtet – sie rang nach Atem.

»Laß uns allein, Waldemar!« sagte sie endlich tonlos, aber mit der alten Festigkeit.

Er zögerte. Die Mutter war ihm stets kalt und oft genug feindselig erschienen. Hier, an dieser Stelle, hatte sie ihm als erbitterte Gegnerin gegenüber gestanden, als der Streit um die Herrschaft in Wilicza endlich zum Ausbruche kam, aber so hatte er sie doch noch nie gesehen wie in diesem Augenblick, und ihn, den harten rücksichtslosen Nordeck, ergriff es wie Angst und Mitleid, als er das Urteil seines Bruders in jenen Zügen las.

»Mutter!« sagte er leise.

»Geh!« wiederholte sie. »Ich habe mit dem Fürsten Baratowski zu reden. Da taugt kein dritter zwischen uns. Laß uns allein!«

Waldemar gehorchte und verließ das Zimmer, aber es bäumte sich wieder heiß und schmerzlich in ihm auf, als er ging. Er wurde verbannt, wo die Mutter mit ihrem Sohne zu reden hatte. Wenn sie diesen auch jetzt ihren Zorn fühlen ließ, der ältere war und blieb ein Fremder dabei; ihn hieß man gehen – er »taugte« nicht zwischen Mutter und Bruder, mochten sie sich nun in Liebe oder Haß begegnen. Eine tiefe Bitterkeit regte sich in Nordeck, und doch fühlte er, daß diese Stunde ihn an der Mutter gerächt hatte für die versagte Zärtlichkeit, daß sie jetzt in ihrem Lieblingssohne, in ihrem Abgotte aufs schwerste gestraft war.

Waldemar schloß die Portiere hinter sich. Er blieb im Nebenzimmer, um auf alle Fälle den Eingang zu hüten, denn er kannte die Gefahr, der sich Leo aussetzte. Fürst Baratowski hatte zu offen und entscheidend an dem Aufstande teilgenommen, um nicht auch hier geächtet zu sein; auch hier drohte ihm Verurteilung und Verhaftung. Er war, unvorsichtig genug, am hellen Morgen in das Schloß gekommen; noch befand sich die Eskorte, welche die Verwundeten gebracht, im Dorfe, und jeden Augenblick konnten die Bedeckungsmannschaften mit den übrigen Flüchtlingen Wilicza passieren – es galt Vorsichtsmaßregeln zu treffen.

Waldemar stand am Fenster, so weit als möglich von der Thür entfernt. Er wollte nichts hören von der Unterredung, von der man ihn ausgeschlossen, und es war auch nicht möglich – die dicken Samtfalten der Portiere fingen jeden Laut auf. Aber die Zeit drängte. Mehr als eine halbe Stunde war verstrichen und die Unterredung da drinnen währte noch immer fort. Weder die Fürstin noch Leo schienen daran zu denken, daß mit jeder Minute die Gefahr des letzteren wuchs. Waldemar entschloß sich endlich, sie zu unterbrechen. Er trat wieder in den Salon, blieb aber befremdet stehen, denn statt der erwarteten erregten Scene fand er das tiefste Schweigen.

Die Fürstin war verschwunden und die vorhin offen stehende Thür zu ihrem Arbeitskabinett fest geschlossen. Leo befand sich allein im Zimmer. Er lag in einem Sessel, den Kopf tief eingewühlt in die Kissen, ohne sich zu regen, ohne den Eintretenden zu bemerken, wie gebrochen und vernichtet. Waldemar trat zu ihm und nannte seinen Namen.

Leo lag in einem Sessel, den Kopf tief eingewühlt in die Kissen, ohne sich zu regen und den Eintretenden zu bemerken.

»Ermanne dich!« mahnte er leise und eindringlich. »Sorge für deine Sicherheit! Wir haben jetzt hundertfache Beziehungen zu L.; ich kann das Schloß nicht vor Besuchen schützen, die dir gefährlich sind. Ziehe dich fürs erste in deine eigenen Zimmer zurück! Sie können ja nach wie vor als verschlossen gelten, und Pawlick ist zuverlässig. Komm!«

Langsam hob Leo das Gesicht empor! es war erdfahl – jeder Blutstropfen schien daraus gewichen zu sein. Er blickte den Bruder groß und starr an, ohne ihn zu verstehen. Sein Ohr fing nur mechanisch das letzte Wort auf.

»Wohin?« fragte er.

»Vor allen Dingen nur fort aus diesen Hauptgemächern, die so vielen zugänglich sind! Komm – ich bitte dich.«

Leo erhob sich ebenso mechanisch, wie er vorhin zugehört. Er sah sich im Zimmer um, so fremd als kenne er nicht die vertrauten Räume und müsse sich erst besinnen, wo er sei, nur als sein Auge auf die geschlossene Thür zum Gemach seiner Mutter fiel, zuckte er zusammen.

»Wo ist Wanda?« fragte er endlich.

»In ihrem Zimmer. Willst du sie sehen?«

Der junge Fürst machte eine abwehrende Bewegung. »Nein! Sie würde mich auch mit Abscheu, mit Verachtung zurückstoßen – ich habe genug an dem einen Mal.«

Er stützte sich schwer auf den Sessel; die sonst so helle, jugendfrische Stimme klang matt und gebrochen. Man sah es, die Scene mit der Mutter war ihm ans Leben gegangen.

»Leo,« sagte Waldemar ernst, »hättest du mich nicht so furchtbar gereizt, ich hätte dir die Nachricht nicht so schonungslos mitgeteilt. Aber du brachtest mich aufs Aeußerste mit jenem verhängnisvollen Worte.«

»Sei ruhig! Die Mutter hat es mir zurückgegeben. Ich bin ihr jetzt der Verräter, der Ehrlose. Ich habe das anhören müssen und – schweigen.«

Es lag etwas Unheimliches in dieser starren, dumpfen Ruhe des sonst so leidenschaftlich aufbrausenden Jünglings; die eine halbe Stunde schien seine ganze Natur verändert zu haben. »Folge mir!« drängte Waldemar. »Du mußt doch fürs erste noch im Schlosse bleiben.«

»Nein, ich will nach W. hinüber, sofort. Ich muß wissen, was aus meinem Oheim und den Seinigen geworden ist.«

»Um Gottes willen!« rief der Bruder entsetzt. »Du willst doch nicht den Wahnsinn begehen, jetzt am hellen Tage die Grenze zu passieren? Das wäre ja offenbarer Selbstmord.«

»Ich muß,« beharrte Leo. »Ich kenne den Ort, wo der Uebergang noch möglich ist. Habe ich heute morgen den Weg gefunden, so werde ich ihn auch zum zweitenmal finden.«

»Und ich sage dir: du kommst jetzt nicht hinüber. Seit heute morgen ist die Bewachung verstärkt auch auf unsrer Seite, und drüben steht eine dreifache Postenkette, Sie haben Befehl, jeden niederzuschießen, der die Losung nicht kennt. Und du kommst in jedem Falle zu spät. In W. ist die Entscheidung längst gefallen.«

»Gleichviel!« brach Leo aus, plötzlich aus seiner Erstarrung in die wildeste Verzweiflung übergehend. »Irgend einen Kampf wird es da drüben doch noch geben, nur einen einzigen, und mehr brauche ich nicht. Wenn du wüßtest, was die Mutter mir angethan hat mit ihren furchtbaren Worten! Sie weiß es ja, daß, wenn ich den Untergang der Meinigen verschuldete, ich auch den ganzen Fluch, die ganze Hölle dieses Bewußtseins tragen muß; sie hätte barmherzig sein müssen, und sie hat mich – – O mein Gott, es ist doch meine Mutter, und ich bin so lange ihr alles gewesen.«

Waldemar stand erschüttert da vor diesem Ausbruche des Schmerzes. »Ich will Wanda rufen,« sagte er endlich. »Sie wird –«

»Sie wird das gleiche thun. Du kennst nicht die Frauen unsres Volkes. Aber ebendeshalb« – es brach mitten durch die Verzweiflung des jungen Fürsten etwas wie ein düsterer Triumph –, »ebendeshalb hoffe du nichts von ihnen! Wanda wird dir nie angehören, niemals, auch über meine Leiche hinweg nicht. Und wenn sie dich liebt, und wenn sie stirbt an dieser Liebe – du bist der Feind ihres Volkes; du hilfst mit an seiner Unterdrückung: das spricht dir bei ihr das Urteil. Eine Polin wird nicht dein Weib. Und es ist gut, daß es so ist,« fuhr er tief aufatmend fort. »Ich hätte nicht ruhig sterben können, mit dem Gedanken, *sie* in deinen Armen zu wissen; jetzt kann ich's – sie ist dir verloren wie mir.« Er wollte forteilen, blieb aber plötzlich wie gebannt stehen. Einige Sekunden lang schien er zu schwanken, dann ging er langsam, zögernd zu der Thür, die in das Arbeitskabinett der Fürstin führte.

»Mutter!«

Drinnen blieb alles still – nichts regte sich.

»Ich wollte dir lebewohl sagen.«

Keine Antwort.

»Mutter!« Die Stimme des jungen Fürsten bebte in angstvollem, herzzerreißendem Flehen. »Laß mich nicht so von dir gehen! Wenn ich dich nicht sehen soll, so sage mir wenigstens ein Wort des Abschiedes, nur ein einziges! Es ist ja das letzte. Mutter, hörst du mich nicht?«

Er lag auf den Knieen vor der verriegelten Thür und preßte die Stirn dagegen, als müsse sie sich ihm aufthun. Es war vergebens – die Thür blieb geschlossen, und von drinnen kam kein Laut. Die Mutter hatte kein Abschiedswort für ihren Sohn, wie die Fürstin Baratowska keine Verzeihung für sein Vergehen hatte.

Leo erhob sich von den Knieen. Sein Antlitz war wieder starr wie vorhin, nur um die Lippen zuckte ein Ausdruck von so wildem bitterem Weh, wie er es wohl noch niemals in seinem Leben empfunden. Er sprach kein Wort; er nahm schweigend den Mantel auf, den er vorhin abgeworfen, legte ihn um die Schultern und ging dann der Thür zu. Der Bruder versuchte vergebens ihn zurückzuhalten. Leo drängte ihn beiseite.

»Laß mich! Sage Wanda – nein, sage ihr nichts! Sie liebt mich ja nicht; sie hat mich ja aufgegeben um deinetwillen. Leb wohl!«

Er stürmte fort. Waldemar stand einige Minuten lang völlig ratlos. Endlich schien er einen Entschluß zu fassen und schritt rasch durch das Nebengemach bis in das Vorzimmer der Fürstin. Dort stand der Haushofmeister Pawlick mit verstörter Miene. Er war sogleich, als er von der Ankunft seiner verwundeten Landsleute hörte, zu ihnen geeilt und hatte noch vor dem Schloßherrn die Schreckensnachricht erfahren. Als er damit in das Schloß zurückkehrte, noch ungewiß, wie er sie seiner Gebieterin mitteilen solle, stand auf einmal am Eingange Fürst Baratowski selbst vor ihm. Aber er ließ dem erschrockenen alten Manne keine Zeit zu irgend einer Erklärung; er warf ihm nur im Vorbeieilen die hastige Frage nach seinem Bruder, nach der Gräfin Morynska zu und verschwand dann in den Gemächern seiner Mutter. Noch wußte Pawlick nicht, ob sein junger Gebieter bereits von dem Geschehenen unterrichtet sei, oder nicht; erst die Art, wie Leo jetzt bei der Rückkehr an ihm vorbeistürmte, zeigte ihm, daß er alles wußte.

»Pawlick,« sagte Waldemar herantretend, »Sie müssen dem Fürsten Baratowski folgen, auf der Stelle. Er steht im Begriff, eine Tollkühnheit zu begehen, die ihm das Leben kosten wird, wenn er sie ausführt. Er will jetzt, bei Tage, über die Grenze.«

»Gott im Himmel!« rief der Haushofmeister entsetzt.

»Ich kann ihn nicht zurückhalten,« fuhr Nordeck fort, »und ich darf mich nicht offen an seiner Seite zeigen, das würde ihn noch mehr gefährden, und doch muß er in seiner jetzigen Stimmung irgend jemand zur Seite haben. Ich weiß, Sie reiten noch gut, trotz Ihrer Jahre, nehmen Sie ein Pferd! Der Fürst ist zu Fuß. Sie müssen ihn noch auf diesseitigem Gebiet erreichen, denn Sie kennen jedenfalls die Richtung, die er einschlägt, die Stelle, wo die geheime Verbindung mit den Insurgenten drüben noch besteht. Ich fürchte, sie ist in der Nähe der Grenzförsterei.«

Pawlick blieb die Antwort schuldig; er durfte nicht bejahen, aber es fehlte ihm in diesem Augenblick der Mut, die Wahrheit abzuleugnen. Waldemar verstand sein Schweigen.

»Und gerade dort ist die Bewachung am schärfsten,« rief er heftig. »Ich erfuhr es durch unsre Offiziere. Wie mein Bruder es heute morgen möglich gemacht hat, hindurch zu kommen, weiß ich nicht; zum zweitenmal gelingt es ihm nicht. Eilen Sie ihm nach, Pawlick! Er soll den Uebergang nicht dort versuchen, an jeder andern Stelle, nur dort nicht. Er soll warten, sich verbergen bis zur Dunkelheit, wenn es nicht anders geht in der Försterei selbst. Inspektor Fellner ist jetzt dort; er hält zu mir, aber er verrät Leo auf keinen Fall. Eilen Sie!«

Er hatte nicht nötig, anzutreiben. Die Todesangst um seinen jungen Gebieter stand deutlich genug auf dem Gesichte des alten Mannes.

»In zehn Minuten bin ich fertig,« sagte er. »Ich reite, als gälte es mein eigenes Leben.«

Er hielt Wort. Kaum zehn Minuten später ritt er aus dem Schloßhofe. Waldemar, der oben am Fenster stand, atmete auf.

»Das war das einzige, was noch übrigblieb. Vielleicht erreicht er ihn noch, und dann ist wenigstens das Schlimmste abgewendet.« – Vier, fünf Stunden waren vergangen und noch immer keine Nachricht eingetroffen. Sonst, wenn irgend etwas an der Grenze geschah, drängten sich die Botschaften. Alles, was von dort nach L. wollte, mußte Wilicza passieren und machte mit seiner Neuigkeit wenigstens auf einige Minuten unten im Dorfe Halt – heute, war die Verbindung wie abgeschnitten. Unruhig ging Waldemar in seinem Zimmer auf und nieder; er bemühte sich, Pawlicks Fernbleiben für ein gutes Zeichen zu nehmen. Jedenfalls hatte dieser Leo erreicht und blieb nun an seiner Seite, solange sich der junge Fürst noch auf diesseitigem Gebiete befand; vielleicht waren sie beide in der Försterei geborgen. Da endlich – es war schon spät am Nachmittage – erschien der Administrator; er trat eilig, ohne jede vorherige Anmeldung, bei dem jungen Gutsherrn ein.

»Herr Nordeck, ich möchte Sie bitten, nach dem Gutshofe hinüber zu kommen,« sagte er. »Ihre Anwesenheit dort ist dringend notwendig.«

Waldemar sah auf. »Was gibt es? Ist irgend etwas mit den Verwundeten vorgefallen?«

»Das nicht!« versetzte Frank ausweichend. »Aber ich möchte Sie doch ersuchen, selbst zu kommen. Wir haben Nachrichten von der Grenze erhalten. Drüben bei W. soll es nun wirklich zur Entscheidung gekommen sein; es ist heute morgen dort eine förmliche Schlacht geliefert worden – gegen das Morynskische Corps.«

»Nun, und der Ausgang?« fragte Nordeck in äußerster Spannung.

»Die Insurgenten haben eine furchtbare Niederlage erlitten. Es heißt, es sei dabei Verrat oder Ueberfall im Spiele gewesen. Sie haben sich gewehrt wie Verzweifelte mußten aber doch schließlich der Uebermacht erliegen. Was von ihnen noch lebt, das ist zersprengt und nach allen Himmelsrichtungen entflohen.«

»Und der Führer? Graf Morynski?«

Der Administrator sah schweigend zu Boden.

»Ist er tot?«

»Nein, aber schwer verwundet in den Händen des Feindes.«

»Auch das noch!« murmelte Waldemar. Er selbst hatte dem Oheim stets fern gestanden, aber Wanda! Er wußte, mit welcher glühenden, leidenschaftlichen Zärtlichkeit sie an dem Vater hing. Wäre dieser im Kampfe gefallen, sie hätte es leichter ertragen, als ihn einem solchen Lose preisgegeben zu sehen und durch wen preisgegeben! Wer hatte die Niederlage jenes Corps verschuldet, das ungewarnt, ohne jede Deckung, einem Angriffe, ausgesetzt war, gegen den es sich durch die Vorhut des Fürsten Baratowski gesichert glaubte?

Waldemar raffte seine ganze Fassung zusammen. »Woher haben Sie die Nachrichten? Sind sie zuverlässig, nicht bloß Gerüchte?«

»Der Haushofmeister Pawlick brachte sie mir,« erklärte der Administrator. »Er ist drüben—«

»Bei Ihnen? Und Ihnen bringt er die Nachricht, während er weiß, daß ich hier seit Stunden auf seine Rückkehr harre? Weshalb kommt er nicht ins Schloß?«

Franks Auge suchte wieder den Boden. »Er wagt es nicht – die Frau Fürstin, die junge Gräfin hätten am Fenster sein können; sie müssen doch erst vorbereitet werden – Pawlick ist nicht allein, Herr Nordeck.«

»Was ist geschehen?« brach Waldemar ahnend aus. »Mein Bruder – «

»Fürst Baratowski ist gefallen,« sagte der Administrator leise, »Pawlick bringt die Leiche.« –

Waldemar schwieg. Er legte nur einige Sekunden lang die Hand über die Augen, dann raffte er sich gewaltsam auf und eilte hinüber nach dem Gutshofe, Frank ihm nach. Drüben im Hause des letzteren trat ihnen Pawlick entgegen. Er blickte scheu zu seinem Herrn auf, den er, der treu ergebene Diener der Fürstin, als Feind zu betrachten gewohnt war, aber der Ausdruck Nordecks zeigte ihm, was ihm schon der heutige Morgen gezeigt hatte, daß es nur noch der Bruder seines jungen Gebieters sei, der jetzt vor ihm stand, und da brach die Fassung des alten Mannes zusammen.

»Unsre Fürstin!« jammerte er, »sie wird es nicht überleben und Gräfin Wanda auch nicht.«

»Sie haben den Fürsten also nicht mehr erreicht?« fragte Waldemar.

»Doch,« berichtete Pawlick mit halb gebrochener Stimme. »Ich holte ihn noch rechtzeitig ein und überbrachte ihm die Warnung. Er wollte nicht darauf hören, wollte trotz alledem den Uebergang versuchen; er meinte, das Waldesdickicht werde ihn schützen. Ich bat; ich lag auf den Knieen vor ihm und fragte ihn, ob er sich denn von den Grenzposten niederschießen lassen wolle, wie ein gehetztes Wild. Das half endlich. Er willigte ein, zu warten bis zum Abend. Wir überlegten eben, ob wir die Einkehr in die Försterei wagen dürften, da begegnete uns –« »Wer? Eine Patrouille?«

»Nein, der Pächter von Janowo. Von dem war kein Verrat zu besorgen; er hat von jeher zu uns gehalten. Er hatte Vorspanndienste bei den Truppen leisten müssen und kam nun zurück von der Grenze. Bei der Gelegenheit hatte er gehört, was man sich dort erzählte, drüben bei W. sei es heute zum Kampfe gekommen, und der sei noch jetzt nicht entschieden, das Morynskische Corps wehre sich verzweifelt gegen einen Ueberfall. Da war es aus mit der Vernunft und Besinnung unsres jungen Fürsten; er hatte nur den einen Gedanken noch, nach W. hinüber zu kommen und sich mit in den Kampf zu werfen. Wir konnten ihn nicht halten – er hörte auf keinen mehr. Eine halbe Stunde war er fort, da hörten wir Schüsse fallen, erst zwei rasch hintereinander, dann ein halbes Dutzend auf einmal, und dann –« Der alte Mann konnte nicht weiter reden; die Stimme versagte ihm, und ein heisser Tränenstrom stürzte aus einen Augen.

»Ich habe die Leiche mitgebracht,« sagte er nach einer Pause. »Der Herr Rittmeister, der gestern hier im Schlosse war, hat es mir ausgewirkt von denen da drüben. Mit dem Toten konnten sie ja doch nichts mehr anfangen. Aber ich wagte nicht, mit ihm ins Schloß zu kommen. Wir haben ihn einstweilen dort niedergelegt.«

Er wies nach dem gegenüberliegenden Zimmer, Waldemar gab ihm und dem Administrator einen Wink zurückzubleiben und trat allein in das bezeichnete Gemach. Grau und trübe fiel das schon im Schwinden begriffene Tageslicht herein und auf die leblos hingestreckte Gestalt des jungen Fürsten. Schweigend stand der Bruder an der Leiche. Das schöne Antlitz, das er so strahlend von Leben und Glück gesehen hatte, war jetzt starr und kalt; die flammenden dunkeln

Augen waren geschlossen, und die Brust, die so hoch aufschwoll von Freiheits- und Zukunftsträumen, trug jetzt die Todeswunde. Was das heiße, wilde Blut des Jünglings verbrochen, das hatte auch das Blut gesühnt, das aus der zerschossenen Brust quoll; es rötete in unheimlich dunkeln Flecken die Kleidung. Noch vor wenig Stunden stürmten in dieser nun entseelten Hülle alle Leidenschaften der Jugend, Haß und Liebe, Eifersucht und Rachegedanken, Verzweiflung über die eigene nicht gewollte That mit ihren entsetzlichen Folgen – jetzt war das alles vorbei, erstarrt in der eisigen Ruhe des Todes. Nur eines stand noch auf dem stillen, bleichen Antlitz, stand so fest darin ausgeprägt, als sei es eingegraben für ewig, jener Zug bitteren Schmerzes, der um die Lippen des Sohnes zuckte, als seine Mutter ihm das letzte Lebewohl verweigerte, als sie ihn ohne ein Wort der Verzeihung, des Abschiedes von ihrer verschlossenen Thür gehen ließ. Alles andre sank mit dem Leben zusammen. *Dieses* Weh hatte Leo Baratowski mit hinübergenommen in den Todeskampf, in den letzten Schimmer des Bewußtseins – selbst der Schleier des Grabes vermochte es nicht zu decken.

Waldemar verließ das Gemach, stumm und düster, wie er es betreten hatte, aber als er den draußen Harrenden entgegentrat, sahen sie es doch, daß er den Bruder geliebt hatte.

»Bringt die Leiche hinüber ins Schloß!« befahl er. »Ich gehe voraus – zu meiner Mutter.«

Es war Frühling geworden, zum zweitenmal seit dem Beginne des Aufstandes, der im Anfange so mächtig emporloderte, und der jetzt erdrückt, vernichtet am Boden lag. Jene winterlichen Märztage des vergangenen Jahres hatten nicht bloß Unheil über die Bewohner von Wilicza gebracht, sie waren auch für die ganze Insurrektion verhängnisvoll geworden, die mit der Niederlage des Morynskischen Corps eine ihrer Hauptstützen verlor, Graf Morynski hatte sich bei jenem Ueberfalle, der ihn und die Seinigen so gänzlich unvorbereitet traf, während sie sich durch die Deckung des Fürsten Baratowski gesichert glaubten, mit der Kraft der Verzweiflung gewehrt, und selbst da, als er sich umringt und verloren sah, noch das Aeußerste daran gesetzt, um Leben und Freiheit so teuer wie möglich zu verkaufen. Solange er an der Spitze stand, hielt sein Beispiel noch die Wankenden, aber als der Führer blutend und bewußtlos am Boden lag, war es vorbei mit jedem Widerstande. Was nicht fliehen konnte, wurde niedergemacht, oder fiel gefangen in die Hände der Sieger. Die Niederlage kam einer Vernichtung gleich, und wenn sie auch noch nicht das Schicksal der Revolution entschied, so bezeichnete sie doch einen Wendepunkt darin. Von da an ging es abwärts, unaufhaltsam abwärts. Der Verlust Morynskis, der unter den Führern des Aufstandes weitaus der bedeutendste und energischste gewesen war, der Tod Leo Baratowskis, den Namen und Traditionen seiner Familie, trotz seiner Jugend, zum Hauptaugenmerke der Partei für die Zukunft gemacht hatten, waren schwere Schläge für diese Partei, die, längst unter sich uneins und gespalten, jetzt noch mehr auseinanderfiel. Zwar blitzte der schon im Sinken begriffene Stern hie und da noch einmal auf; es gab noch Kämpfe und Gefechte voll Verzweiflung und Heldenmut, aber es trat immer deutlicher hervor, daß die Sache, für die man kämpfte, eine verlorene war. Die Insurrektion, die sich anfangs über das ganze Land verbreitet hatte, wurde immer mehr zurückgedrängt, in immer engere Grenzen eingeschlossen; ein Posten nach dem andern fiel, eine Schar nach der andern wurde zersprengt oder löste sich auf und das Ende des Jahres, mit dessen Beginne der Aufstand so drohend aufflammte, sah ihn erlöschen bis auf den letzten Funken. Nur Schutt und Trümmer zeugten noch von dem letzten verzweifelten Todeskampfe eines Volkes, über das die Geschichte längst das Urteil gesprochen hatte.

Es dauerte lange, ehe das Schicksal des Grafen Morynski entschieden wurde. Er erwachte erst im Kerker wieder zum Bewußtsein, und seine schwere, anfangs für tödlich gehaltene Verwundung machte in der ersten Zeit jedes Verfahren gegen ihn unmöglich. Er schwebte monatelang zwischen Leben und Tod, und als er endlich genas, war das erste, was ihn an der Schwelle des Lebens erwartete – das Todesurteil. Für einen Führer der Revolution, der im Kampfe, mit den Waffen in der Hand, in die Gewalt des Siegers gefallen war, konnte der Spruch nicht anders lauten. Das Todesurteil wurde über ihn ausgesprochen, und es wäre sicher vollzogen worden, wie so viele andre, ohne die lange schwere Krankheit. Gegen den vermeintlich Sterbenden wollte man den Spruch doch nicht zur Ausführung bringen, und als seine Vollziehung möglich wurde, war der Aufstand bereits bewältigt, die drohende Gefahr für das Land beseitigt, und damit ließ auch die eiserne Strenge des Siegers nach. Graf Bronislaw Morynski wurde zu lebenslänglicher Deportation begnadigt, allerdings zur Deportation in ihrer schärfsten Form, nach einem der entlegensten Orte Sibiriens – eine furchtbare Gnade für den Mann, dessen ganzes Leben nur ein einziger Freiheitstraum gewesen war, der selbst während der ersten jahrelangen Verbannung in Frankreich keine Beschränkung seiner persönlichen Freiheit gekannt hatte.

Er hatte die Seinigen nicht wiedergesehen seit jenem Abende, wo er in Wilicza von ihnen Abschied nahm, um in den Kampf zu gehen. Weder der Schwester noch selbst seiner Tochter wurde es erlaubt, ihn zu sehen. Was sie auch unternahmen, um bis zu ihm zu dringen, es scheiterte alles an der Strenge, mit der man den Gefangenen von der Außenwelt und dem Verkehre mit seinen Anverwandten abschloß. Diese hatten freilich die Strenge selbst verschuldet, denn sie versuchten es mehr als einmal, ihn seiner Haft zu entreißen. Sobald der Graf nur einigermaßen genesen war, wurde von seiten der Fürstin und Wandas alles nur mögliche aufgeboten, ihm zur Flucht zu verhelfen, aber die sämtlichen Befreiungspläne mißlangen, und der letzte hatte Pawlick, dem alten treuen Diener des Hauses Baratowski, das Leben gekostet. Er hatte sich freiwillig zu dem gefährlichen Dienst erboten, und es glückte ihm auch wirklich, sich mit dem Grafen in Verbindung zu setzen; dieser war benachrichtigt, der Fluchtplan verabredet, aber bei den Vorbereitungen dazu wurde Pawlick entdeckt und, als er in der ersten Bestürzung die Flucht nahm, von den Festungswachen niedergeschossen. Die Folge dieser Entdeckung war eine nur noch strengere Bewachung des Gefangenen und die schärfste Beobachtung seiner Angehörigen; sie konnten keinen Schritt mehr thun, ohne sich neuem Verdachte auszusetzen, ohne die Haft des Vaters und Bruders noch härter zu machen; sie mußten endlich der Unmöglichkeit weichen.

Die Fürstin hatte unmittelbar nach dem Tode ihres jüngsten Sohnes Wilicza verlassen und war gänzlich nach Rakowicz übergesiedelt. Die Welt fand es sehr natürlich, daß sie ihre verwaiste Nichte jetzt nicht allein ließ, Waldemar verstand besser, was seine Mutter forttrieb. Er hatte es schweigend hingenommen, als sie ihm ihren Entschluß ankündigte, und nicht den geringsten Versuch gemacht, sie zu halten; er wußte, daß sie weder den Aufenthalt in seinem Schlosse, noch seinen täglichen Anblick mehr ertrug, war er ja doch die Ursache jener unglückseligen That Leos gewesen, die diesem den Tod und den Seinigen das Verderben brachte. Vielleicht war es für Nordeck auch eine Erleichterung, daß die Fürstin ging, jetzt, wo er gezwungen war, sie täglich und stündlich zu verletzen durch die Art, wie er die Zügel der Herrschaft in Wilicza führte. Seine Hand, die sie mit so eiserner Willenskraft ergriffen hatte, wußte sie auch eisern zu regieren, und das war in der That notwendig. Er hatte recht, es war ein Chaos, was die zwanzigjährige Beamtenwirtschaft unter seinem ehemaligen Vormunde und die vier letzten Jahre unter dem Baratowskischen Regimente ihm auf seinen Gütern geschaffen hatte, aber er ging mit einer unglaublichen Energie daran, Ordnung in dieses Chaos zu bringen. Im Anfange hatte Waldemar freilich genug zu thun, wenn er sich mit allen Kräften der auch auf seinem Gebiete drohenden Rebellion entgegenstemmte, aber sobald er sich nur wieder frei regen konnte, sobald der Aufstand, der mit tausend geheimen Beziehungen auch nach Wilicza hinübergriff, zu erlöschen anfing, begann dort ein Umwälzungsprozeß, der seinesgleichen suchte. Was sich von den Beamten nicht unbedingt fügte, wurde entlassen und jeder Zurückgebliebene der schärfsten Kontrolle unterworfen. Die Forstverwaltung wurde durchweg mit neuen Persönlichkeiten besetzt, die Pachtgüter, zum Teil mit bedeutenden Geldopfern, aus den Händen der bisherigen Pächter befreit und der Herrschaft selbst zugeteilt, an deren Spitze der junge Gutsherr ganz allein stand. Es war eine Riesenaufgabe für einen einzelnen, das alles zu bewältigen, jetzt, wo all das Alte zusammenstürzte und das Neue erst geschaffen werden sollte, wo noch nichts sich fügte, nichts ineinander griff, aber Waldemar zeigte sich dieser Aufgabe gewachsen. Er war doch schließlich Sieger geblieben im Kampfe mit seinen Untergebenen; zwar die eigentliche Bevölkerung von Wilicza blieb ihm nach wie vor feindlich gesinnt; sie haßte fortgesetzt in ihm den Deutschen, aber auch sie hatte die Hand des Herrn fühlen und sich ihr beugen gelernt. Mit der Entfernung der Fürstin verlor der Ungehorsam seine stärkste Stütze, und mit dem Erlöschen des Aufstandes drüben im Nachbarlande sanken auch hier Trotz und Widerstand zusammen.

Von ruhigen, geordneten Verhältnissen, wie sie auf den Gütern in andern Provinzen herrschten, war freilich noch keine Rede, dazu hätte es andrer Zeiten und Umgebungen bedurft, aber der Anfang war doch wenigstens gemacht, die Bahn gebrochen, und das übrige mußte der Zukunft aufbehalten bleiben.

Der Administrator Frank befand sich noch in Wilicza und hatte seine beabsichtigte Entfernung um ein Jahr hinausgeschoben. Er gab darin hauptsächlich dem Wunsche des Gutsherrn nach, dem viel daran lag, den tüchtigen, erfahrenen Mann noch eine Zeit lang zur Seite zu haben. Erst jetzt, wo das Notwendigste geordnet war, hatte Frank seine Entlassung genommen und zugleich den langgehegten Plan ausgeführt, sich selber anzukaufen. Das hübsche, gar nicht so unbedeutende Gut, das er erworben, lag in einer andern Provinz des Landes, in angenehmer Gegend und befand sich, im Gegensatz zu der »polnischen Wirtschaft«, die der Administrator zwanzig Jahre lang bekämpft hatte und die er so gründlich verabscheute, in durchaus geordneten, friedlichen Verhältnissen. Es sollte erst in zwei Monaten in die Hände des neuen Besitzers übergehen, und so lange blieb dieser noch in seiner alten Stellung.

Was Gretchen betraf, so hatte der Vater bei ihrer Verheiratung bewiesen, daß sie in der That sein Liebling war, ihre Mitgift übertraf all die Berechnungen, die Assessor Hubert so genau und gründlich für einen andern angestellt hatte. Die Hochzeit war schon im letzten Herbste gefeiert worden, und das neue Ehepaar lebte in I., wo Professor Fabian nun wirklich die ihm angebotene Stellung angenommen hatte, und wo »wir ganz außerordentliche Erfolge haben«, wie die Frau Professorin ihrem Vater schrieb. In der That überwand Fabian seine Scheu vor der Oeffentlichkeit weit schneller und besser, als er glaubte, und rechtfertigte all die Erwartungen, die man von dem so schnell berühmt gewordenen Verfasser der »Geschichte des Germanentums« hegte. Sein bescheidenes, liebenswürdiges Wesen, das im schärfsten Gegensatze zu der schroffen Selbstüberhebung seines Vorgängers stand, gewann ihm die allgemeine Sympathie, und seine junge hübsche Frau, die in ihrer reizenden, durch die Großmut des Vaters mit allen nur möglichen Annehmlichkeiten ausgestatteten Häuslichkeit so anmutig die Honneurs zu machen wußte, trug das Ihrige dazu bei, auch seine gesellschaftliche Stellung zu einer höchst angenehmen zu machen. Gegenwärtig wurde das junge Paar zu dem ersten Besuche im Vaterhause erwartet und sollte in den nächsten Wochen eintreffen.

Nicht so gut war es dem Assessor Hubert ergangen, obgleich ihm im Laufe des Jahres eine ganz unerwartete und ziemlich bedeutende Erbschaft zugefallen war, aber sie kostete ihm leider die Familienberühmtheit. Professor Schwarz war vor einigen Monaten gestorben, und da er unverheiratet war, ging sein Vermögen auf die nächsten Verwandten über. Die äußeren Verhältnisse Huberts hoben sich dadurch bedeutend, aber was half ihm das? Die Braut, auf deren Besitz er mit solcher Sicherheit gerechnet hatte, gehörte einem andern, und er selbst war noch immer nicht Regierungsrat und hatte auch vorläufig keine Aussicht, es zu werden, obwohl er sich im Amtseifer überstürzte, obwohl er jede Minute das Polizeidepartement von L. mit seinen sogenannten Entdeckungen alarmierte und alles aufgeboten hatte, um in diesem Revolutionsjahr auch für seinen eigenen Staat ein paar Hochverräter aufzugreifen, was ihm bekanntlich nicht gelungen war. Aber dieser Staat benahm sich in einer wahrhaft himmelschreienden Weise gegen seinen treuesten Diener. Er schien gar kein Verständnis für die Aufopferung und Hingebung desselben zu besitzen, sich vielmehr der Auffassung Franks anzuschließen, der in seiner derben Weise behauptete, der Assessor mache jetzt »eine Dummheit nach der andern« und werde sich damit noch für den ganzen Staatsdienst unmöglich machen. In der That wurde Hubert bei jeder Beförderung in einer so absichtsvollen Weise übergangen, daß die Kollegen zu sticheln anfingen; da reifte ein finsterer Entschluß in der Seele des Tiefbeleidigten. Die Schwarzsche Erbschaft machte ihn ja völlig unabhängig – weshalb sollte er noch länger Verkennung und Zurücksetzung ertragen, weshalb noch länger dieser undankbaren Regierung dienen, die seine glänzenden Fähigkeiten so beharrlich verkannte, während sie unbedeutende Menschen, wie den Doktor Fabian, zu den ehrenvollsten Stellungen berief und mit Auszeichnungen überhäufte?

Hubert sprach davon, seine Entlassung zu nehmen; er wiederholte das sogar in Gegenwart des Präsidenten und mußte die Kränkung erleben, daß dieser ihm mit vernichtender Freundlichkeit beistimmte. Seine Excellenz meinten, der Herr Assessor habe bei seinem Vermögen eine Anstellung ja gar nicht nötig und thue ganz recht, sich der anstrengenden Thätigkeit zu entziehen; er sei ohnehin etwas zu »nervös« für einen Beamten, von dem man doch in erster Linie Besonnenheit verlange. Der Wink war deutlich genug, Hubert fühlte etwas von dem Menschenhaß und der Weltverachtung seines berühmten Verwandten in sich, als er stehenden Fußes nach dieser Unterredung nach Hause ging, um sein Entlassungsgesuch aufzusetzen. Es wurde abgeschickt und auch wirklich angenommen. Noch waren der Staat und das Polizeidepartement von L. darüber nicht aus den Fugen gegangen, aber es geschah vielleicht noch nachträglich, wenn die Entlassung eine Thatsache wurde, was im nächsten Monat bevorstand. Der Assessor war viel zu sehr der Neffe seines Onkels, dessen verunglücktes Manöver er nachgeahmt hatte, um nicht auf den Eintritt eines solchen Ereignisses zu warten. –

Im Hofe von Rakowicz stand das Pferd des jungen Gutsherrn von Wilicza. Es geschah nur äußerst selten, daß er herübergeritten kam, und auch dann dauerten seine Besuche stets nur kurze Zeit. Die Kluft, welche ihn von seinen nächsten Verwandten trennte, wollte sich noch immer nicht schließen, die letzten Ereignisse schienen sie nur noch weiter aufgerissen zu haben.

Im Zimmer der Gräfin Morynska befand sich diese allein mit Waldemar. Wanda hatte sich sehr verändert; sie war wohl immer bleich gewesen, aber die Blässe hatte nichts gemein mit jener totenhaften Farbe, die jetzt ihr Antlitz deckte. Man sah es, was sie gelitten hatte in der Zeit, wo sie den so leidenschaftlich geliebten Vater im Kerker wußte, krank, dem Tode nahe, ohne ihn auch nur auf einen Augenblick sehen zu dürfen, als der Freiheitstraum, für den er sein Leben so begeistert in die Schanze geschlagen, den auch seine Tochter mit voller Seele umfaßte, für immer zu Ende ging. Die Todesangst bis zur Entscheidung dieses Doppelschicksals, das fortwährende Schwanken zwischen Furcht und Hoffnung, die Aufregung bei den immer wiederholten Befreiungsversuchen, das alles hatte seine deutlichen Spuren hinterlassen. Wanda war eine jener Naturen, die mit verzweiflungsvoller Energie auch dem schwersten Unglücke standhalten, solange noch ein Schimmer von Hoffnung vorhanden ist, die aber, wenn dieser Schimmer erlischt, machtlos zusammenbrechen, und sie schien jetzt nahe bis an diesen Punkt gelangt zu sein. Für den Augenblick lag freilich noch eine fieberhafte Ueberreizung in ihrem Wesen, ein Zusammenraffen der letzten Kräfte, aber es waren eben auch die letzten.

Waldemar stand vor ihr, unverändert in seiner trotzigen Erscheinung, aber er schien wenig von der Schonung zu üben, die das Aussehen der jungen Gräfin so dringend forderte. Seine Haltung war eine beinahe drohende, und in seiner Stimme lag ein Gemisch von Zorn und Schmerz, als er zu ihr sprach:

»Ich bitte dich zum letztenmal: gib den Gedanken auf! Du gibst dir den Tod damit, ohne deinem Vater helfen zu können. Es ist nur eine Qual mehr für ihn, wenn er dich vor seinen Augen hinsterben sieht. Du willst ihm folgen in jene furchtbare Einöde, in jenes mörderische Klima, dem die Stärksten erliegen, du, die du von Jugend auf verwöhnt, mit allem umgeben worden bist, was das Leben nur Angenehmes zu bieten vermag, willst dich jetzt den schlimmsten Entbehrungen aussetzen. Was die stählerne Natur des Grafen vielleicht noch aushält, dem erliegst du in den ersten Monaten. Frage den Arzt, frage dein eigenes Aussehen, und sie werden dir sagen, daß du nicht das nächste Jahr dort erlebst!«

»Glaubst du, daß mein Vater es erlebt?« entgegnete Wanda mit bebender Stimme. »Wir hoffen und verlangen ja auch nichts mehr vom Leben, aber wir wollen wenigstens zusammen sterben.«

»Und ich?« fragte Waldemar mit bitterem Vorwurf.

Sie wandte sich ab, ohne zu antworten.

»Und ich?« wiederholte er heftiger. »Was wird aus mir?«

»Du bist wenigstens frei. Du hast das Leben noch vor dir. Trage es! Ich habe noch schwerer zu tragen.«

Waldemar wollte auffahren; ein Blick auf das bleiche, schmerzdurchwühlte Antlitz verbot ihm das. Er zwang sich zur Ruhe.

»Wanda, als wir uns vor einem Jahre endlich fanden, da stand das Wort zwischen uns, das du meinem Bruder gegeben hattest. Ich hätte dich ihm abgerungen um jeden Preis, aber es kam nicht dazu. Sein Tod hat die Schranke niedergerissen, und was jetzt auch von außen herandrohen mag, sie ist nieder zwischen uns. An Leos frischem Grabe, in jener Zeit, wo das Todesschwert täglich über dem Haupte deines Vaters hing, habe ich es nicht gewagt, dir von Liebe, von Vereinigung zu sprechen, habe es über mich gewonnen, dich nur selten und flüchtig zu sehen. Du und die Mutter, ihr ließet mir ja bei jedem Besuche in Rakowicz fühlen, daß ich von euch immer noch als Feind betrachtet werde, aber ich hoffte auf die Zukunft, auf bessere Zeiten – und nun trittst du mir mit einem solchen Entschluß entgegen. Begreifst du denn nicht, daß ich dagegen kämpfen werde bis zum letzten Atemzuge? ›Wir wollen zusammen sterben.‹ Das ist leicht gesagt und auch leicht gethan, wenn man wie Leo von einer Kugel mitten ins Herz getroffen wird. Hast du dir schon klar gemacht, was der Tod in der Verbannung ist? Dieses langsame Dahinsterben, dieser monatelange Todeskampf unter Entbehrungen, die den Geist brechen, noch ehe sie den Körper vernichten, fern vom Vaterlande, abgeschnitten von der Welt und ihren Interessen, von jedem geistigen Lebenshauche, der dir so notwendig ist wie die Luft zum Atmen, erdrückt werden, ersticken unter der Last des Elends! – Und du verlangst von mir, daß ich es ertrage, daß ich es geschehen lasse, wenn du dich freiwillig einem solchen Lose weihst?«

Es ging ein leiser Schauer durch die Gestalt der jungen Gräfin. Sie mochte wohl die Wahrheit seiner Schilderung empfinden, aber sie verharrte in ihrem Schweigen.

»Und dein Vater nimmt dieses unglaubliche Opfer an,« fuhr Waldemar in immer wilderer Erregung fort, »und meine Mutter läßt es zu. Freilich, es gilt ja, dich *meinen* Armen zu entreißen; um den Preis weihen sie dich selbst dem Lebendigbegrabenwerden. Wäre ich an Leos Stelle gefallen, und den Grafen hätte das jetzige Schicksal ereilt, so hätte er dir befohlen zu bleiben, so würde meine Mutter mit vollster Energie die Rechte ihres Sohnes vertreten und dich zurückgehalten haben; jetzt haben sie dir selbst den Märtyrergedanken eingegeben, obgleich sie wissen, daß er dir den Tod bringt, aber er macht ja jede Verbindung zwischen uns auch für die fernste Zukunft unmöglich; und das ist ihnen genug.«

»Laß die Bitterkeit!« unterbrach ihn Wanda. »Du thust den Meinigen unrecht damit; ich gebe dir mein Wort, daß ich den Entschluß allein gefaßt habe. Mein Vater steht an der Schwelle des Greisenalters; die Wunden, die lange Gefangenschaft, mehr als das alles unsre Niederlage haben ihn geistig und körperlich gebrochen. Ich bin das einzige, was ihm geblieben ist, das letzte Band, das ihn noch an das Leben knüpft – ich gehöre zu ihm. Was du vorhin so furchtbar schildertest, das ist *sein* Los. Glaubst du, ich könnte auch nur eine Stunde ruhig an deiner Seite leben, wenn ich wüßte, daß er allein und verlassen einem solchen Schicksal entgegengeht, daß ich selbst ihm den bittersten Schmerz seines Lebens bereite durch die Vermählung mit dir, den er doch nun einmal als Feind betrachtet? Das einzige, was ich jenem erbarmungslosen Urteilsspruche abringen konnte, war die Erlaubnis, den Vater zu begleiten, und auch das habe ich nur mit Mühe erreicht. Ich wußte, daß es einen schweren Kampf mit dir geben würde; wie schwer er ist, das zeigst du mir erst jetzt. Schone mich, Waldemar! Ich habe nicht viel Kraft mehr übrig.«

»O nein, für mich nicht!« sagte Waldemar bitter. »Was du an Kraft und Liebe besitzest, das gehört allein deinem Vater; was aus mir wird, wie ich die Trennung ertrage, danach fragst du nicht. Ich war ein Thor, als ich der Aufwallung glaubte, die dich damals im Momente der Todesgefahr in meine Arme warf. Nur einen Augenblick lang warst du mir Wanda; als ich dich am nächsten Tage wiedersah, hörte ich schon wieder die Gräfin Morynska aus dir sprechen, und sie spricht auch heute zu mir. Meine Mutter hat recht: Eure nationalen Vorurteile sind das Lebensblut, mit dem ihr genährt seid von Jugend auf, von denen ihr nicht lassen könnt, ohne das Leben selbst zu lassen; denen opferst du uns beide; denen opfert dein Vater sein einziges Kind. Er hätte nun und nimmermehr deine Begleitung angenommen, wenn es ein Pole wäre, der dich liebte. Da ich es bin, willigt er in alles, was dich von mir reißt. Wenn er dich nur vor dem Schicksale bewahrt, einem Deutschen anzugehören, wenn er nur dem alten Nationalhasse seine Schuld abträgt! Könnt ihr Polen denn nur hassen und nichts als hassen, selbst über Tod und Grab hinaus?«

»Wäre mein Vater frei,« sagte Wanda tonlos, »ich hätte vielleicht den Mut gefunden, ihm und allem zu trotzen, was du Vorurteil nennst, um deinetwillen. Jetzt kann ich es nicht, und« – hier flammte ihre ganze Energie wieder auf – »jetzt will ich es auch nicht, denn es wäre Verrat an meiner Kindespflicht. Ich gehe mit ihm, und müßte ich wirklich sterben daran. Ich lasse ihn nicht allein in seinem Unglück.«

Die Art, wie sie die letzten Worte sprach, zeigte, daß ihr Entschluß nicht zu erschüttern war, und auch Waldemar schien das einzusehen. Er gab den Widerstand auf.

»Wann willst du abreisen?« fragte er nach einer Pause.

»Im nächsten Monat. Ich darf den Vater erst wiedersehen, wenn ich in O. mit ihm zusammentreffe; dann wird es wohl auch der Tante erlaubt werden, ihn noch einmal zu sprechen. Sie begleitet mich bis O. Du siehst, wir brauchen nicht heute und jetzt voneinander Abschied zu nehmen. Es sind noch Wochen bis dahin. Aber versprich mir, inzwischen nicht nach Rakowicz zu kommen, nicht wieder so auf mich einzustürmen, wie du es heute thatest! Ich brauche meinen ganzen Mut zur Trennungsstunde, und du nimmst ihn mir mit deiner Verzweiflung. Wir sehen uns ja noch einmal wieder; bis dahin – lebe wohl!«

»Lebe wohl!« sagte er kurz, beinahe rauh, ohne sie anzusehen, ohne die Hand zu nehmen, die sie ihm reichte.

»Waldemar!« Es lag ein ergreifender Vorwurf in ihrem Tone, aber er blieb machtlos gegen die wilde Gereiztheit des jungen Mannes. Zorn und Angst, die Geliebte zu verlieren, überwogen bei ihm jedes Gerechtigkeitsgefühl.

»Du magst ja recht haben,« sagte er in seinem herbsten Tone, »aber ich kann mich nun einmal in diese erhabene Aufopferung nicht finden, und am allerwenigsten vermag ich sie zu teilen. Meine ganze Natur sträubt sich dagegen. Da du aber darauf bestehst, da du die Trennung unwiderruflich über uns verhängst, so muß ich zusehen, wie ich mit meinem Schicksal fertig werde. Klagen kann ich nicht – das weißt du. Meine Bitterkeit verletzt dich höchstens; also ist es besser, ich schweige ganz. Leb wohl, Wanda!«

Wanda schien mit sich selber zu kämpfen. Sie wußte, daß es nur einer Bitte aus ihrem Munde bedurfte, um seinen Trotz in Weichheit umzuwandeln, aber das hieß nur den eben bestandenen Kampf wieder erneuern, den so schwer errungenen Sieg wieder in Frage stellen. Sie schwieg, neigte nach einem sekundenlangen Zögern nur leise das Haupt gegen ihn und verließ das Zimmer.

Waldemar ließ es geschehen, daß sie ging. Er stand abgewendet am Fenster. In seinem Gesichte kämpften alle möglichen bitteren Empfindungen miteinander, nur Entsagung, welche die Geliebte von ihm forderte, war dort nicht zu lesen. Die Stirn gegen die Scheiben gedrückt, verharrte er lange in dieser Stellung und sah erst auf, als sein Name genannt wurde.

Es war die Fürstin, die unbemerkt eingetreten war. Was hatte das letzte Jahr mit seinen Schicksalsschlägen aus dieser Frau gemacht! Als der Sohn sie damals in C. wiedersah, zum erstenmal nach langen Jahren, hatte sie gleichfalls einen schweren Verlust erlitten, auch damals trug sie die Trauerkleidung wie jetzt. Aber der Tod des Gemahls hatte es nicht vermocht, diese energische Natur zu beugen; sie war sich klar der Pflichten bewußt, welche die Witwe wie die Mutter zu erfüllen hatte; sie entwarf und vollführte mit fester Hand den neuen Lebensplan, der sie auf eine Zeit lang zur gebietenden Herrin von Wilicza machte. Der Schmerz um den Gatten wurde überwunden, weil es notwendig war, weil andre Aufgaben an seine Witwe herantraten, als nur die, ihn zu betrauern, und Fürstin Jadwiga hatte von jeher die beneidenswerte Fähigkeit besessen, selbst ihre Gefühle der Notwendigkeit unterzuordnen.

Jetzt war das anders geworden. Zwar die Haltung der Trauernden war noch aufrecht, und der erste flüchtige Eindruck ihrer Erscheinung zeigte kaum eine auffallende Veränderung, wer aber nur einen tieferen Blick in ihr Antlitz that, der wußte, was Leo Baratowskis Tod seiner Mutter gekostet hatte. Es lag eine starre, tote Ruhe in diesen Zügen, aber es war nicht die der Fassung und Ergebung, nur die Todesruhe dessen, der nichts mehr zu hoffen und nichts mehr zu verlieren hat, den das Leben mit seinen Interessen nicht ferner berührt. Die einst so gebietenden Augen blickten matt und umflort; in die Stirn, vor einem Jahre noch so klar und stolz, gruben sich tiefe, gramvolle Furchen, und das dunkle Haar zeigte sich an einzelnen Stellen ergraut. Man sah es, der Schlag, der das Herz wie den Stolz der Mutter gleich tödlich getroffen, war ihr bis ans innerste Leben gegangen, und die Niederlage ihres Volkes, das Schicksal ihres Bruders, den sie nach Leo am meisten auf der Welt liebte, hatten das übrige gethan, um diese einst so unbeugsame und unerschütterliche Kraft zu brechen.

»Hast du wieder einmal auf Wanda eingestürmt?« sagte sie – auch die Stimme war verändert; sie hatte einen matten, gebrochenen Klang. »Du weißt doch, daß es vergebens ist.«

Waldemar wandte sich um. Sein Gesicht hatte sich noch nicht aufgehellt; die ganze frühere Gereiztheit lag noch darauf, als er finster erwiderte: »Jawohl, es war vergebens.«

»Ich sagte es dir vorher. Wanda ist keine von den Frauen, die sich heute versagen und morgen in deine Arme werfen. Als sie den Entschluß erst einmal gefaßt hatte, war er auch unwiderruflich. Du solltest das doch endlich einsehen – statt dessen reißest du sie immer wieder zurück in die nutzlosen Kämpfe. Du bist es, der schonungslos gegen sie verfährt, du allein.«

»Ich?« fragte Waldemar in beinahe drohendem Tone. »Und wer war es denn, der ihr den Entschluß eingegeben hat?« Das Auge der Fürstin begegnete fest und ernst dem ihres Sohnes. »Niemand!« entgegnete sie. »Ich, das weißt du, habe es längst aufgegeben, zwischen euch beide zu treten; ich habe meine Machtlosigkeit eurer Leidenschaft gegenüber zu bitter empfinden müssen, als daß ich das noch ferner versuchen sollte. Aber ich kann und will Wanda auch nicht zurückhalten. Mein Bruder hat nichts mehr auf der Welt als sie allein. Sie thut nur ihre Pflicht, wenn sie ihm folgt.«

»Um zu sterben!« ergänzte Waldemar.

Die Fürstin hatte sich niedergelassen und stützte den Kopf in die Hand. »Der Tod ist uns in dieser letzten Zeit zu oft nahe getreten, als daß ihn noch einer von uns fürchten sollte. Wen das Schicksal so Schlag auf Schlag trifft, wie es uns getroffen, der lernt sich selbst mit dem Schlimmsten vertraut machen, und auch Wanda hat das gelernt. Wir haben nichts mehr zu verlieren – darum fürchten wir auch nichts mehr. Dieses unselige Jahr hat mehr Hoffnungen vernichtet, als nur die deinigen, es hat so unendlich viele in Blut und Thränen zu Grabe getragen – da wirst du es wohl ertragen müssen, wenn es auch dein Lebensglück in Trümmer schlägt.«

»Ihr würdet es mir auch nicht verzeihen, wenn ich mir mein Glück aus den Trümmern eurer Hoffnungen rettete,« sagte Waldemar bitter. »Ihr könnt unbesorgt sein! Ich habe es heute eingesehen, daß Wanda nicht zu bewegen ist; sie bleibt unwiderruflich bei ihrem Nein.«

»Und du?«

»Nun, ich füge mich.«

Die Fürstin sah ihn einige Sekunden prüfend an.

»Was hast du vor?« fragte sie plötzlich.

»Nichts. Du hörst es ja, ich gebe die Hoffnung auf und füge mich dem Unvermeidlichen.«

Das Auge der Mutter ruhte noch immer auf seinem Gesicht. »Du fügst dich *nicht* – oder ich müßte meinen Sohn nicht kennen. Ist das etwa Entsagung, die auf deiner Stirn geschrieben steht? Du hast etwas vor, irgend etwas Unsinniges, Gefährliches. Nimm dich in acht! Es ist Wandas eigener Wille, der dir entgegensteht – sie läßt sich nicht zwingen, auch von dir nicht!«

»Das werden wir sehen,« versetzte der junge Mann kalt; er gab das Leugnen auf, als er sich durchschaut sah. »Uebrigens darfst du ganz ruhig sein. Es mag ja unsinnig sein, was ich vorhabe, aber wenn eine Gefahr dabei ist, so trifft sie mich allein, und es ist höchstens mein Leben, das auf dem Spiele steht.«

»Höchstens dein Leben?« wiederholte die Fürstin. »Und das sagst du deiner Mutter zum Troste?«

»Verzeih, aber ich meine, das kann für dich doch jetzt nicht mehr in Betracht kommen, seitdem du deinen Leo verloren hast.«

Das Auge der Fürstin heftete sich auf den Boden. »Seit jener Stunde hast du es mich empfinden lassen, daß ich kinderlos bin,« sagte sie leise.

»Ich?« fuhr Waldemar auf. »Hätte ich dich vielleicht halten sollen, als du Wilicza verließest? Ich wußte ja, daß du nur meine Nähe flohest, daß mein Anblick der Stachel war, den du nicht ertragen konntest. – Mutter,« – er trat ihr unwillkürlich näher und mitten durch die Schonungslosigkeit seiner Worte wehte etwas wie herber Schmerz – »als du damals so fassungslos an der Leiche meines Bruders zusammenbrachest, habe ich es nicht gewagt, dir ein Wort des Trostes zu sagen, und wage es noch heute nicht, ich war ja stets ein Fremder, ein Ausgestoßener in deinem Herzen, für mich war ja niemals Raum darin. Ich bin nach Rakowicz gekommen, weil ich nicht leben konnte, ohne Wanda zu sehen. Dich suchte ich nicht, so wenig wie du mich gesucht hast in dieser Zeit der Trauer, aber ich trage wahrlich nicht die Schuld der Entfremdung zwischen uns. Rechne es mir nicht an, wenn ich dich in den bittersten Stunden deines Lebens allein ließ!«

Die Fürstin hatte schweigend zugehört, ohne ihn zu unterbrechen, aber ihre Lippen zuckten wie in innerem Krampfe, als sie antwortete:

»Wenn ich deinen Bruder mehr geliebt habe als dich, so habe ich ihn auch verlieren müssen, und wie verlieren! Daß er fiel, hätte ich ertragen, ich sandte ihn ja selbst hinaus in den Kampf für sein Vaterland, daß er so fallen mußte –« Die Stimme versagte ihr; sie rang nach Atem, und es dauerte einige Sekunden, ehe sie fortfahren konnte. »Ich habe meinen Leo gehen lassen, ohne ein Wort der Verzeihung, ohne das letzte Lebewohl, um das er auf den Knieen flehte, und an demselben Tage legten sie ihn mit durchschossener Brust zu meinen Füßen. Das einzige, was ich noch von ihm habe, sein Andenken, ist mir auf ewig verknüpft mit jener unglückseligen That, welche die Unsrigen ins Verderben riß. Die Sache meines Volkes ist verloren, mein Bruder geht einem Schicksal entgegen, das schlimmer ist als der Tod; Wanda folgt ihm – ich stehe ganz allein. Ich dächte, Waldemar, du könntest zufrieden sein mit der Art, wie das Schicksal dich gerächt hat.«

Es lag etwas Furchtbares in der Klanglosigkeit der Stimme, in der Starrheit ihrer Züge; es war ergreifender als der Ausbruch des wildesten Schmerzes. Auch Waldemar vermochte nicht sich diesem Eindruck zu entziehen; er beugte sich zu ihr nieder.

»Mutter,« sagte er bedeutsam, »noch ist der Graf in seinem Vaterlande, und noch ist Wanda hier. Sie hat mir heute unbewußt selbst den Weg gezeigt, auf dem sie allein noch zu gewinnen ist. Ich werde ihn gehen.«

Die Fürstin schreckte empor. Ihr Blick suchte mit banger, angstvoller Frage den seinigen – sie las die Antwort darin.

»Du wolltest versuchen–?«

»Was ihr versucht habt. Ihr seid daran gescheitert – ich weiß es – vielleicht gelingt es mir.«

In dem Antlitz der Fürstin schien es wie ein Hoffnungsstrahl aufzuflammen, aber er verlosch sofort wieder – sie schüttelte den Kopf.

»Nein, nein, das unternimm nicht! Es ist vergebens. Und wenn ich dir das sage, wirst du wohl überzeugt sein, daß versucht worden ist, was nur im Bereiche der Möglichkeit lag. Wir haben alles aufgeboten und alles umsonst. Pawlick hat seine Treue mit dem Leben bezahlt.«

»Pawlick war ein Greis,« versetzte Waldemar, »und überdies eine vorsichtige, ängstliche Natur. Er besaß wohl Aufopferung genug, aber nicht die nötige Umsicht, nicht im entscheidenden Augenblicke die nötige Tollkühnheit. So etwas erfordert Jugend, Verwegenheit und vor allen Dingen ein volles persönliches Eintreten.«

»Und die vollste persönliche Gefahr! Wir haben es erfahren, wie sie dort drüben Grenzen und Gefangene bewachen. Waldemar, soll ich auch dich noch verlieren?«

Waldemar sah sie erstaunt und befremdet bei den letzten Worten an, die wie ein Aufschrei des Schmerzes klangen, aber trotzdem flammte eine helle Röte in seinem Gesichte auf.

»Es gilt die Freiheit deines Bruders,« erinnerte er.

»Bronislaw ist nicht mehr zu retten,« sagte die Fürstin hoffnungslos. »Setze dein Leben nicht auch noch an unsre verlorene Sache! Sie hat genug Opfer gekostet. Denke an Pawlicks Schicksal, an den Fall deines Bruders!« Sie ergriff seine Hand und schloß sie fest in die ihrige. »Ich lasse dich nicht fort. Es war Vermessenheit, wenn ich vorhin sagte, ich hätte nichts mehr zu verlieren; in diesem Augenblicke fühle ich, daß mir doch noch eins geblieben ist. Ich will mein letztes, mein einziges Kind nicht auch noch hingeben – geh nicht, mein Sohn! Deine Mutter bittet dich darum.«

Das war endlich der Ton, die Sprache des Mutterherzens, die Waldemar noch nie von diesen Lippen gehört hatte. Auch für die stolze, willensstarke Frau war die Stunde gekommen, wo sie alles um sich zusammenbrechen sah und sich verzweiflungsvoll an das einzige klammerte, welches das Schicksal ihr noch gelassen hatte. Der verstoßene, zurückgesetzte Sohn trat endlich in seine Rechte; freilich hatte sich erst das Grab für seinen Bruder öffnen müssen, um ihn in diese Rechte einzusetzen.

Eine andre Mutter und ein andrer Sohn wären sich jetzt wohl in die Arme gesunken, um in aufwallender Zärtlichkeit die lange, tiefe Entfremdung zu vergessen. Diese beiden Naturen waren zu hart und in ihrer Härte einander zu ähnlich, als daß sie sich so schnell hätten wiederfinden sollen. Waldemar sprach kein Wort, aber er zog, zum erstenmal in seinem Leben – die Hand der Mutter an seine Lippen, die lange und fest darauf ruhten.

»Du bleibst?« bat die Fürstin.

Er richtete sich empor. Die helle Röte lag noch auf seinem Gesichte, aber die wenigen Minuten hatten es völlig umgewandelt. Groll und Bitterkeit waren verschwunden; es leuchtete wohl noch Trotz daraus hervor, aber ein freudiger, siegesgewisser Trotz, der bereit ist, das Schicksal in die Schranken zu fordern.

»Nein,« entgegnete er, »ich gehe. Aber ich danke dir für diese Worte – sie machen mir das Wagnis leicht. Ihr habt mich von jeher als euren Feind betrachtet, weil ich zu euren Plänen nicht die Hand bot; ich konnte und kann das auch jetzt nicht, aber den Grafen einem unmenschlichen Urteilsspruche zu entreißen, verbietet mir nichts. Ich will es wenigstens versuchen, und wenn irgend einer, so vollbringe ich es. Du kennst den Sporn, der mich treibt.«

Die Fürstin gab ihren Widerstand auf – sie konnte dieser Zuversicht gegenüber nicht ganz hoffnungslos bleiben.

»Und Wanda?« fragte sie.

»Sie hat mir heute gesagt: ›Wenn mein Vater frei wäre, ich würde den Mut finden, allem zu trotzen, um deinetwillen.‹ Sage ihr, ich würde sie vielleicht einst an diese Worte erinnern! Und nun frage mich nicht weiter, Mutter! Du weißt es ja, ich muß *allein* handeln, denn nur ich stehe außer Verdacht; ihr seid beargwohnt und beobachtet. Jeder Schritt, den ihr thut, verrät das Unternehmen; jede Nachricht, die ich euch sende, gefährdet es. Legt es in meine Hände – und nun lebe wohl! Ich muß fort – wir haben keine Zeit zu verlieren.«

Er berührte noch einmal flüchtig die Hand der Mutter mit seinen Lippen und eilte dann fort. Die Fürstin empfand den schnellen, kurzen Abschied fast schmerzlich; sie trat an das Fenster, um dem Fortreitenden noch einen Gruß nachzuwinken, aber sie wartete vergebens darauf, daß er zu ihr emporblicken sollte. Wohl suchten seine Augen ein Fenster des Schlosses, als er langsam und zögernd aus dem Hofe ritt, aber es war nicht das ihrige. Sie hingen so fest und beharrlich an Wandas Erkerzimmer, als müsse dieser Blick die Kraft haben, die Geliebte zum Abschiedsgruße heranzuzwingen. Um ihretwillen ging er ja doch allein in das Wagnis, die Mutter, die eben geschlossene Versöhnung, das alles versank, sobald es sich um seine Wanda handelte.

Und er erreichte es in der That, sie noch einmal zu sehen. Die junge Gräfin mußte wohl im Erkerfenster erschienen sein, denn Waldemars Gesicht leuchtete plötzlich auf, als habe ein Sonnenstrahl es berührt. Er warf einen Gruß hinauf, dann gab er seinem Normann die Zügel und flog, schnell wie der Sturmwind, aus dem Schloßhofe.

Die Fürstin stand noch immer an ihrem Platze und sah ihm nach; zu ihr hatte er nicht zurückgeblickt; sie war vergessen, und mit diesem Gedanken senkte sich auch zum erstenmal jener Stachel in ihre Seele, den der Sohn so oft gefühlt hatte, wenn er ihre Zärtlichkeit gegen Leo sah. Und doch drängte sich ihr gerade in diesem Augenblicke unwiderstehlich die Ueberzeugung auf, der sie bisher immer noch nicht ganz hatte Raum geben wollen, daß gerade ihr Erstgeborener das Erbteil besaß, das dem jüngsten Lieblingssohne von jeher gefehlt hatte, die unbeugsame Kraft und Energie der Mutter, daß er auch in Geist und Charakter Blut von ihrem Blute war.

Es war in den Vormittagsstunden eines kühlen, aber sonnigen Maitages, als der Administrator von L. zurückkehrte, wo er seine Kinder abgeholt hatte. Herr und Frau Professor Fabian befanden sich bei ihm im Wagen. Dem Professor schien die neue akademische Würde recht gut zu bekommen und die Ehemannswürde ebenfalls. Er sah wohler und heiterer aus als je. Seine junge Frau hatte mit Rücksicht auf die Stellung ihres Gatten eine gewisse Feierlichkeit angenommen, die sie möglichst zu behaupten strebte, und die einen komischen Gegensatz zu ihrer jugendlich frischen Erscheinung bildete. Zum Glücke fiel sie sehr oft aus ihrer Rolle und war dann ganz und gar wieder Gretchen Frank, in diesem Augenblicke aber herrschte die Frau Professorin vor, die mit sehr viel Haltung neben ihrem Vater saß und ihm von ihrem Leben in J. erzählte.

»Ja, Papa, der Aufenthalt bei dir wird uns eine rechte Erholung sein,« sagte sie und fuhr sich mit dem Taschentuche über das blühende Gesicht, das nichts weniger als erholungsbedürftig aussah. »Wir von der Universität werden ja fortwährend von allen nur möglichen Interessen in Anspruch genommen und müssen überall unsre Stellung vertreten. Wir Germanisten stehen ja überhaupt im Vordergrunde der wissenschaftlichen Bewegung.«

»Du scheinst mir allerdings sehr im Vordergrunde zu stehen,« meinte der Administrator, der mit einiger Verwunderung zuhörte. »Sage einmal, Kind, wer sitzt denn eigentlich auf dem Lehrstuhle in J.? Du oder dein Mann?«

»Die Frau gehört zum Manne; also kommt das auf eins heraus,« erklärte Gretchen. »Ohne mich hätte Emil die Professur überhaupt gar nicht annehmen können, so bedeutend er auch als Gelehrter ist. Professor Weber sagte ihm noch vorgestern in meiner Gegenwart: ›Herr Kollege, Sie sind ein Schatz für unsre Universität, aber für das praktische Leben taugen Sie ganz und gar nicht; darin wissen Sie sich nicht zurechtzufinden; es ist nur ein Glück, daß Ihre junge Frau Sie darin so energisch vertritt.‹; Er hat auch vollkommen recht – nicht wahr, Emil? Ohne mich wärst du in gesellschaftlicher Hinsicht verloren.«

»Ganz und gar!« bestätigte der Professor gläubig und mit einem Blicke dankbarer Zärtlichkeit auf seine Gattin.

»Horst du, Papa, er sieht es ein,« wandte sich diese an ihren Vater. »Emil ist einer von den wenigen Männern, die es begreifen, was sie an ihrer Frau haben. Hubert hätte das nie gethan – Apropos, wie geht es denn eigentlich dem Assessor? Ist er noch immer nicht Regierungsrat?«

»Nein, noch immer nicht! Und aus Groll darüber hat er seine Entlassung genommen. Mit dem Beginne des nächsten Monats verläßt er den Staatsdienst.«

»Welch ein Verlust für die Ministersessel unsres Landes!« spottete Gretchen. »Er hatte einen davon bereits für die Zukunft mit Beschlag belegt und probierte regelmäßig die Ministerhaltung, wenn er in unserm Wohnzimmer saß. Plagt ihn noch immer die fixe Idee, überall Verschwörer und Hochverräter zu entdecken?«

Frank lachte. »Das weiß ich wirklich nicht, denn ich habe ihn seit deiner Verlobung kaum gesehen und nicht ein einziges Mal gesprochen. Seitdem hat er mein Haus in Acht und Bann gethan, nicht ganz mit Unrecht. Du hättest ihm die Nachricht auch wohl schonender mitteilen können. Wenn er jetzt nach Wilicza kommt, was nicht oft geschieht, so steigt er unten im Dorfe ab, ohne den Gutshof zu betreten. Ich bin der Verhandlungen mit ihm überhoben, seit Herr Nordeck die Polizeiverwaltung selbst in Händen hat. Uebrigens kann der Assessor jetzt für einen reichen Mann gelten; er war ja der Haupterbe des Professors Schwarz, der vor einigen Monaten gestorben ist.«

»Wahrscheinlich am Gallenfieber,« ergänzte die Frau Professorin.

»Gretchen!« mahnte ihr Gatte, halb bittend, halb vorwurfsvoll.

»Mein Gott, er hatte doch nun einmal ein so galliges Temperament. Er war darin gerade so extrem, wie du es in deiner Langmut bist. Stelle dir vor, Papa, Emil hat gleich nach seiner Berufung nach J. an den Professor geschrieben, einen Brief voll Demut und Liebenswürdigkeit, in welchem er sich förmlich entschuldigte, sein Nachfolger geworden zu sein, und feierlich seine Unschuld an dem ganzen Universitätsstreite versicherte. Der Brief ist natürlich nie beantwortet worden; trotzdem fühlt sich mein Herr Gemahl jetzt, wo diese unliebenswürdige Berühmtheit endlich aus der Welt geschieden ist, veranlaßt, ihm einen großartigen Nachruf zu widmen, und beklagt darin den Verlust für die Wissenschaft, als wäre der Verstorbene sein innigster Freund gewesen.«

»Ich that es aus voller Ueberzeugung,« sagte Fabian in seiner sanften, ernsten Weise. »Der schroffe Charakter des Professors hat nur zu oft die Anerkennung beeinträchtigt, die man ihm schuldig war. Ich fühlte mich verpflichtet, daran zu erinnern, was die Wissenschaft in ihm verloren hat. Mag sein persönliches Auftreten gewesen sein, wie es wolle, er war eine bedeutende Kraft.«

Gretchen warf verächtlich die Lippen auf. »Meinetwegen! Aber jetzt zu der Hauptsache! Herr Nordeck ist also nicht in Wilicza?«

»Nein,« versetzte der Administrator einsilbig, »Er ist verreist.«

»Ja, das wissen wir; er schrieb meinem Manne schon vor längerer Zeit, daß er einen Ausflug nach Altenhof zu machen beabsichtige und wahrscheinlich einige Wochen dort bleiben werde. Jetzt, wo er alle Hände voll in Wilicza zu thun hat – das ist doch seltsam!«

»Waldemar hat Altenhof ja stets als seine eigentliche Heimat betrachtet,« wandte der Professor ein. »Er konnte sich deshalb auch nie entschließen, das Gut zu verkaufen, das ihm Herr Witold im Testament vermachte. Es ist nur natürlich, daß er die Stätte seiner Jugendzeit einmal wieder aufsucht.«

Gretchen machte eine sehr ungläubige Miene, »Du solltest deinen ehemaligen Zögling doch besser kennen! Der hängt sicher keinen sentimentalen Jugenderinnerungen nach, während er mitten in der Riesenarbeit ist, seine slavischen Güter zu germanisieren. Dahinter steckt etwas andres, wahrscheinlich seine Liebe zu der Gräfin Morynska, die er sich endlich einmal aus dem Sinne schlagen will, und das wäre auch das beste. Diese Polinnen sind bisweilen ganz unvernünftig in ihrem nationalen Fanatismus, und Gräfin Wanda ist es nun vollends. Dem Manne, den sie liebt, ihre Hand nicht reichen zu wollen, nur weil er ein Deutscher ist! Ich hätte meinen Emil genommen, und wenn er zu den Hottentotten gehört hätte! Aber nun grämt er sich Tag für Tag über das vermeintliche Unglück seines lieben Waldemars und bildet sich in vollem Ernste ein, dieser habe ein Herz wie andre Menschen, was ich entschieden nicht glaube.«

»Gretchen!« sagte der Professor zum zweitenmal, diesmal mit einem Versuche streng auszusehen, der ihm aber vollständig mißglückte. »Entschieden nicht!« wiederholte die junge Frau. »Wenn jemand Herzenskummer hat, so zeigt er das doch auf irgend eine Weise. Herr Nordeck wirtschaftet ja in Wilicza herum, daß ganz L. die Hände über dem Kopf zusammenschlägt, und als er bei unsrer Hochzeit meinen Brautführer machte, war ihm auch nicht das geringste anzusehen.«

»Ich habe es dir schon einmal gesagt, daß die Verschlossenheit ein Hauptzug in Waldemars Charakter ist,« erklärte Fabian, »Er könnte zu Grunde gehen an dieser Leidenschaft; fremden Augen würde er sie nie zeigen.«

»Ein Mensch, dem man die unglückliche Liebe nicht einmal ansieht, hat kein tiefes Gefühl,« beharrte Gretchen. »Dir sah man sie auf zehn Schritt an. Du gingst in den letzten Wochen vor unsrer Verlobung, als du noch glaubtest, daß ich den Assessor heiraten würde, mit einem Jammergesichte umher. Ich hatte tiefes Mitleid mit dir, aber du warst in deiner Schüchternheit ja zu keiner Erklärung zu bringen.«

Der Administrator hatte sich an dem letzten Gespräche gar nicht beteiligt, sondern angelegentlich auf die Bäume am Wege geblickt. Der Weg, der eine kurze Strecke am Rande des Flusses hinführte, begann hier sehr schlecht zu werden. Die Beschädigungen, welche das jüngste Hochwasser angerichtet, waren noch nicht wieder ausgebessert, und die Fahrt über den halb zerrissenen und unterwühlten Uferdamm konnte immerhin für bedenklich gelten. Frank behauptete zwar, die Sache habe keine Gefahr, er habe die Stelle erst auf der Hinfahrt passiert, aber Gretchen traute der Versicherung nicht recht. Sie zog es vor, auszusteigen und die kurze Strecke bis zur nahegelegenen Brücke zu Fuß zu gehen. Die beiden Herren folgten ihrem Beispiele; alle drei schlugen den höher gelegenen Fußpfad ein, während der Wagen unten auf dem Uferdamme langsam nachfuhr.

Sie waren nicht die einzigen Bedenklichen; von der Brücke her kam ein andrer Wagen, dessen Insasse die gleichen Befürchtungen zu hegen schien. Er ließ halten und stieg ebenfalls aus, gerade in dem Augenblicke, wo Frank mit den Seinigen anlangte, und diese fanden sich urplötzlich dem Herrn Assessor Hubert gegenüber.

Die unerwartete Begegnung rief auf beiden Seiten eine peinliche Verlegenheit hervor. Man hatte sich nicht wieder gesprochen seit jenem Tage, wo der Assessor, wütend über die eben geschlossene Verlobung, aus dem Hause stürzte, und der Administrator ihm, in der Meinung, er habe den Verstand verloren, seinen Inspektor nachschickte. Man war aber doch zu lange befreundet gewesen, um jetzt so völlig fremd aneinander vorüberzugehen – das fühlten beide Teile. Frank war der erste, der, sich faßte und das beste Auskunftsmittel ergriff; er trat, als sei nichts geschehen, auf den Assessor zu, bot ihm in der alten freundschaftlichen Weise die Hand und sprach sein Vergnügen aus, ihn endlich einmal wieder zu sehen.

Der Assessor stand in steifer Haltung da, schwarz gekleidet vom Kopfe bis zu den Füßen. Er trug einen schwarzen Kreppflor um den Hut, einen zweiten um den Arm. Die Berühmtheit der Familie wurde gebührend betrauert, aber die Erbschaft schien doch einigen Balsam in das Herz des trauernden Neffen geträufelt zu haben, denn er sah nichts weniger als verzweifelt aus. Es lag heute überhaupt ein eigener Ausdruck in seinem Gesicht, eine erhabene Selbstzufriedenheit, eine stille Größe; er schien in der Stimmung, aller Welt zu verzeihen, mit aller Welt Frieden zu machen, und so ergriff er denn auch nach kurzem Zögern die dargebotene Hand und erwiderte einige höfliche Worte.

Der Professor und Gretchen traten jetzt auch heran. Hubert warf einen Blick düsteren Vorwurfs auf die junge Frau, die in ihrem Reisehütchen mit dem wehenden Schleier allerdings reizend genug aussah, um in dem Herzen ihres früheren Anbeters ein schmerzliches Gefühl zu wecken, und verneigte sich vor ihr, dann aber wandte er sich zu Fabian.

»Herr Professor,« sagte er feierlich. »Sie haben den großen Verlust mitempfunden, den unsre Familie und mit ihr die gesamte Wissenschaft erlitten hat. Der Brief, den Sie meinem Onkel schrieben, überzeugte ihn freilich längst, daß Sie unschuldig waren an der gegen ihn ins Werk gesetzten Intrigue, daß Sie wenigstens seine großen Verdienste neidlos anerkannten. Er hat mir selbst diese Ueberzeugung ausgesprochen und Ihnen Gerechtigkeit widerfahren lassen. Der schöne Nachruf, den Sie ihm widmeten, gibt Ihnen das ehrenvollste Zeugnis und ist den Hinterbliebenen ein Trost gewesen. Ich danke Ihnen im Namen der Familie.«

Fabian drückte herzlich die aus freien Stücken dargereichte Hand des Sprechenden. Die Feindschaft seines Vorgängers und der Groll des Assessors hatten schwer auf seiner Seele gelegen, so unschuldig er auch an der beiden widerfahrenen Kränkung gewesen war. Er kondolierte dem betrübten Neffen mit aufrichtiger Teilnahme.

»Ja, wir haben auf der Universität den Verlust des Professors Schwarz auch tief beklagt,« fügte Gretchen, und war gewissenlos genug, eine ausführliche Beileidsbezeigung über den Tod des Mannes hinzuzufügen, den sie gründlich verabscheut hatte, ohne ihn zu kennen, und dem sie seine Kritik der »Geschichte des Germanentums« noch im Grabe nicht vergeben konnte.

»Und Sie haben wirklich Ihre Entlassung genommen?« fragte jetzt der Administrator, zu einem andern Thema übergehend. »Sie verlassen den Staatsdienst, Herr Assessor?«

»In acht Tagen,« bestätigte Hubert. »Aber hinsichtlich des Titels, den Sie mir geben, Herr Frank, möchte ich mir doch eine kleine Korrektur erlauben. Ich« – er machte wieder eine Kunstpause, weit länger, als sie damals seiner Liebeserklärung voranging, und sah die Anwesenden der Reihe nach an, als wolle er sie auf etwas Großes vorbereiten, dann atmete er tief auf und vollendete, während ein Lächeln unendlicher Wonne sein Antlitz verklärte – »ich bin seit gestern Regierungsrat.«

»Gott sei Dank, endlich!« sagte Gretchen halblaut, während ihr Gatte sie erschrocken am Arme zupfte, um sie von weiteren Unvorsichtigkeiten abzuhalten. Zum Glücke hatte Hubert den Ausruf nicht gehört; er empfing mit einer Würde, welche der Größe des Momentes entsprach, die Gratulation Franks und gleich darauf die Glückwünsche des Ehepaars. Jetzt freilich war seine versöhnliche Stimmung erklärt. Der neue Regierungsrat stand hoch über allen Beleidigungen, die der ehemalige Assessor erfahren. Er verzieh allen, sogar dem Staate, der ihn so lange verkannt hatte.

»Die Beförderung ändert freilich nichts an meinem Entschlüsse,« nahm er wieder das Wort, und es fiel ihm nicht entfernt ein, daß er sie einzig und allein diesem Entschlüsse verdankte. »Der Staat erkennt es bisweilen zu spät, was er an seinen Dienern hat, aber der Würfel ist jetzt einmal gefallen. Ich versehe natürlich noch die Pflichten meiner früheren Stellung, und man hat mir noch in der letzten Woche meiner Amtstätigkeit einen wichtigen Auftrag anvertraut. Ich bin im Begriffe, nach W. zu reisen.«

»Ueber die Grenze?« fragte Fabian erstaunt.

»Allerdings! Ich habe Rücksprache mit den dortigen Behörden zu nehmen wegen Ergreifung und Auslieferung eines Hochverräters.«

Gretchen warf ihrem Mann einen Blick zu, der deutlich sagte: da fängt er schon wieder an! Auch der Regierungsrat hilft nicht dagegen. Frank aber war auf einmal aufmerksam geworden, verbarg das jedoch unter dem gleichgültigsten Tone, mit dem er die Worte hinwarf:

»Ich denke, der Aufstand ist zu Ende?«

»Aber die Verschwörungen dauern fort,« rief Hubert eifrig. »Davon haben wir jetzt wieder ein Beispiel. Sie wissen es wohl noch nicht, daß der Führer, die Seele der ganzen Revolution, Graf Morynski, entkommen ist?«

Fabian und seine Frau fuhren in lebhaftester Ueberraschung auf, während der Administrator ruhig sagte: »Es ist wohl nicht möglich.«

Der neue Regierungsrat zuckte die Achseln. »Es ist leider kein Geheimnis mehr; man spricht bereits in L. davon. Wilicza und Rakowicz bilden ja dort nach wie vor das Hauptinteresse. Wilicza freilich steht außer Frage, seit Herr Nordeck es so energisch regiert, aber in Rakowicz residiert die Fürstin Baratowska, und ich bleibe dabei, diese Frau ist eine Gefahr für die ganze Provinz; es wird nicht Ruhe, solange sie auf unserm Boden lebt. Gott weiß, wen sie jetzt wieder zur Befreiung ihres Bruders angestiftet hat! Ein Tollkopf ohnegleichen ist es gewesen, der sein Leben für nichts achtete. Die zur Deportation verurteilten Gefangenen werden aufs schärfste bewacht. Trotzdem haben die Helfershelfer sich mit dem Grafen in Verbindung gesetzt und ihm die sämtlichen Mittel zur Flucht in die Hände gespielt. Sie sind bis in das Innere der Festung, bis an die Mauer des Gefängnisses selbst vorgedrungen; man hat sichere Spuren gefunden, daß der Flüchtling dort erwartet wurde, und dann haben sie ihn mitten durch die Posten und Wachen hindurch, mitten durch all die Wälle und Ringmauern entführt, wie – das ist noch heute ein Rätsel. Das halbe Wächterpersonal muß bestochen gewesen sein; die ganze Festung ist in Aufruhr über die unglaubliche Tollkühnheit des Unternehmens. Seit zwei Tagen wird die ganze Umgegend durchstreift, aber noch hat man nicht die geringste Spur entdeckt.«

Fabian hatte anfangs nur mit lebhafter Teilnahme zugehört, als aber wiederholt von der Kühnheit des Unternehmens die Rede war, begann er unruhig zu werden. Eine unbestimmte Ahnung tauchte in ihm auf; er wollte eine hastige Frage thun, begegnete aber noch zu rechter Zeit den warnenden Augen seines Schwiegervaters, Es stand ein entschiedenes Verbot in dem Blicke. Der Professor schwieg, aber er erschrak bis in das innerste Herz hinein.

Gretchen hatte die stumme Verständigung zwischen den beiden nicht bemerkt und folgte unbefangen der Erzählung Huberts, der jetzt fortfuhr:

»Weit können die Flüchtlinge nicht gelangt sein, denn die Flucht wurde entdeckt, fast unmittelbar nachdem der Graf fort war. Die Grenze hat er noch nicht passiert – das steht fest, aber ebenso unzweifelhaft ist es, daß er versuchen wird, deutsches Gebiet zu erreichen, weil hier die Gefahr minder groß ist. Wahrscheinlich wendet er sich zuerst nach Rakowicz. Wilicza ist ja jetzt, Gott sei Dank, solchen verräterischen Umtrieben verschlossen, obgleich Herr Nordeck im Augenblick nicht dort ist.«

»Nein,« sagte der Administrator mit großer Bestimmtheit, »er ist in Altenhof.«

»Ich weiß es; er teilte es dem Herrn Präsidenten selbst mit, als er sich von ihm verabschiedete. Die Abwesenheit erspart ihm viel – es würde doch sehr peinlich für ihn sein, seinen Oheim ergriffen und ausgeliefert zu sehen, wie es ohne Zweifel geschieht.«

»Wie, Sie werden ihn ausliefern?« rief Gretchen heftig.

Hubert sah sie erstaunt an. »Natürlich! Er ist ja ein Verbrecher, ein Hochverräter. Die befreundete Regierung wird darauf bestehen.«

Die junge Frau sah erst ihren Gatten und dann den Vater an; sie begriff es nicht, daß keiner von beiden in ihre Entrüstung einstimmte, aber der Administrator sah gleichgültig vor sich hin, und Fabian sprach keine Silbe. Doch das tapfere Gretchen ließ sich nicht so leicht einschüchtern. Sie erging sich in einer nicht besonders schmeichelhaften Beurteilung der »befreundeten Regierung« und auch die eigene mußte sich einige sehr anzügliche Bemerkungen gefallen lassen. Hubert hörte ganz entsetzt zu. Er dankte zum erstenmal Gott, daß er die junge Dame nicht zur Regierungsrätin gemacht hatte; sie zeigte ihm soeben, daß sie ganz und gar nicht zur Frau eines loyalen Beamten paßte; sie trug auch so eine hochverräterische Ader in sich.

»Ich an Ihrer Stelle hätte den Auftrag abgelehnt,« schloß sie endlich. »So kurz vor Ihrem Scheiden konnten Sie das ja. Ich würde meine Amtsthätigkeit nicht damit schließen, einen armen, halbtot gehetzten Gefangenen seinen Peinigern wieder in die Hände zu liefern.«

»Ich bin Regierungsrat,« versetzte Hubert, den Titel feierlichst betonend, »und thue meine Pflicht. Mein Staat befiehlt – ich gehorche. – Aber ich sehe, daß mein Wagen glücklich die bedenkliche Stelle passiert hat. Leben Sie wohl, meine Herrschaften! Mich ruft die Pflicht.« Er grüßte und entfernte sich.

»Hast du es gehört, Emil?« fragte die junge Frau, als sie wieder im Wagen saßen. »Er ist Regierungsrat geworden, acht Tage vor seiner Entlassung, damit er in der neuen Stellung nicht etwa noch eine neue Albernheit begeht. Nun, mit dem bloßen Titel kann er ja doch in Zukunft keinen Schaden mehr anrichten.«

Sie verbreitete sich noch ausführlich darüber und über die Neuigkeit von der Flucht des Grafen Morynski, erhielt aber nur kurze und zerstreute Antworten. Vater und Gatte waren seit jener Begegnung auffallend einsilbig geworden, und es war ein Glück, daß man bereits das Gebiet von Wilicza erreicht hatte, denn die Unterhaltung wollte nicht wieder in Gang kommen.

Die Frau Professorin fand im Laufe des Tages noch manche Gelegenheit, sich zu wundern und auch zu ärgern. Vor allen Dingen begriff sie ihren Vater nicht. Er freute sich doch zweifellos über die Ankunft seiner Kinder; er hatte sie beim Willkommen mit solcher Herzlichkeit in die Arme geschlossen, und doch schien es ihr, als sei ihm diese Ankunft, die sie ihm gestern erst durch ein Telegramm angezeigt hatten, nicht ganz recht, als hätte er gewünscht, sie aufgeschoben zu sehen. Er behauptete, mit Geschäften überhäuft zu sein, und hatte in der That fortwährend zu thun. Gleich nach der Ankunft nahm er seinen Schwiegersohn mit sich in sein Zimmer und blieb fast eine Stunde dort mit ihm allein.

Gretchens Entrüstung wuchs, als sie weder zu dieser geheimen Konferenz zugezogen wurde, noch von ihrem Manne etwas darüber erfahren konnte. Sie fing an, sich aufs Beobachten zu legen, und da fiel ihr denn allerdings manches auf. Einzelne Wahrnehmungen, die sie schon während der Fahrt gemacht, tauchten wieder auf; sie kombinierte äußerst geschickt und kam endlich zu einem Resultat, das für sie ganz unzweifelhaft war.

Nach Tische befand sich das Ehepaar allein im Wohnzimmer; der Professor ging ganz gegen seine Gewohnheit auf und nieder. Er bemühte sich vergebens, eine innere Unruhe zu verbergen, und war so tief in Gedanken versunken, daß er gar nicht die Schweigsamkeit seiner sonst so lebhaften Frau bemerkte. Gretchen saß auf dem Sofa und beobachtete ihn eine ganze Weile. Endlich schritt sie zum Angriff.

»Emil,« begann sie mit einer Feierlichkeit, die der Huberts nichts nachgab. »Ich werde hier empörend behandelt.«

Fabian sah erschrocken auf. »Du? Mein Gott, von wem?«

»Von meinem Papa, und was das allerschlimmste ist, auch von meinem eigenen Mann.«

Der Professor stand bereits neben seiner Frau und ergriff ihre Hand, die sie ihm mit sehr ungnädiger Miene entzog.

»Geradezu empörend!« wiederholte sie. »Ihr zeigt mir kein Vertrauen; ihr habt Geheimnisse vor mir; ihr behandelt mich wie ein unmündiges Kind, mich, eine verheiratete Frau, die Gattin eines Professors der Universität zu J. – es ist himmelschreiend.«

»Liebes Gretchen –« sagte Fabian zaghaft und stockte dann plötzlich.

»Was hat dir Papa vorhin gesagt, als du in seinem Zimmer warst?« inquirierte Gretchen. »Weshalb hast du es mir nicht anvertraut? Was sind das überhaupt für Geheimnisse zwischen euch beiden? Leugne nicht, Emil! Ihr habt Geheimnisse miteinander.«

Der Professor leugnete keineswegs; er blickte zu Boden und sah äußerst gedrückt aus – seine Gattin sandte ihm einen strafenden Blick zu.

»Nun, dann werde ich es dir sagen. In Wilicza besteht wieder einmal ein Komplott, eine Verschwörung, wie Hubert sagen würde, und Papa ist diesmal auch beteiligt, und dich hat er gleichfalls mit hineingezogen. Die ganze Geschichte hängt mit der Befreiung des Grafen Morynski zusammen –«

»Kind, um Gottes willen schweig!« rief Fabian erschrocken, aber Gretchen kehrte sich durchaus nicht an das Verbot; sie sprach ungestört weiter:

»Und Herr Nordeck ist schwerlich in Altenhof, sonst würdest du dich nicht so ängstigen. Was geht dich Graf Morynski und seine Flucht an? Aber dein geliebter Waldemar ist auch mit dabei, und deshalb zitterst du so. Er wird es wohl gewesen sein, der den Grafen entführt hat – das sieht ihm ganz ähnlich.«

Der Professor war völlig starr vor Erstaunen über die Kombinationsgabe seiner Frau; er fand, daß sie unglaublich klug sei, entsetzte sich aber doch einigermaßen, als sie ihm die Geheimnisse, die er undurchdringlich glaubte, an den Fingern herzählte.

»Und mir sagt man kein Wort davon,« fuhr Gretchen in steigender Gereiztheit fort, »obgleich man doch weiß, daß ich ein Geheimnis bewahren kann, obgleich ich damals ganz allein das Schloß rettete, indem ich den Assessor nach Janowo schickte. Die Fürstin und Gräfin Wanda werden wohl alles wissen; freilich die Polinnen wissen das immer – die sind die Vertrauten ihrer Väter und Gatten; die läßt man an der Politik, sogar an den Verschwörungen teilnehmen, aber wir armen deutschen Frauen werden von unsern Männern stets zurückgesetzt und unterdrückt; uns erniedrigt man durch beleidigendes Mißtrauen und behandelt uns wie Sklavinnen –« und die Frau Professorin fing im Gefühl ihrer Sklaverei und Erniedrigung laut zu schluchzen an. Ihr Gatte geriet fast außer sich:

»Gretchen, mein liebes Gretchen, so weine doch nicht! Du weißt ja, daß ich keine Geheimnisse vor dir habe, sobald es sich um mich allein handelt, aber diesmal betrifft es andre, und ich habe mein Wort gegeben, unbedingt zu schweigen, auch gegen dich.«

»Wie kann man einem Mann das Wort abnehmen, seiner Frau etwas zu verschweigen!« rief Gretchen immer noch schluchzend. »Das hat keine Geltung; das darf niemand von ihm fordern.«

»Ich habe es doch aber nun einmal gegeben,« sagte Fabian verzweiflungsvoll. »So beruhige dich doch! Ich kann es nicht ertragen, dich in Thränen zu sehen; ich –«

»Nun, das ist ja eine allerliebste Pantoffelwirtschaft!« fuhr der Administrator dazwischen, der unbemerkt eingetreten war und die Scene mit angesehen hatte. »Meine Frau Tochter scheint sich – hinsichtlich der Unterdrückung und Sklaverei doch in der Person geirrt zu haben. Und du läßt dir das gefallen, Emil? Nimm es mir nicht übel – du magst ein tüchtiger Gelehrter sein, aber als Ehemann spielst du eine traurige Rolle.«

Er hätte seinem Schwiegersohn nicht wirksamer zu Hilfe kommen können als durch diese Worte. Gretchen hörte sie kaum, als sie sich auch sofort auf die Seite ihres Mannes stellte.

»Emil ist ein ganz ausgezeichneter Ehemann,« erklärte sie entrüstet, während ihre Thränen auf einmal versiegten, »Du brauchst ihm keinen Vorwurf zu machen, Papa; daß er seine Frau lieb hat, das ist nur in der Ordnung.«

Frank lachte. »Nur nicht so hitzig, Kind! Ich meinte es nicht böse. Uebrigens hast du dich umsonst ereifert. Wir müssen dich jetzt notgedrungen mit in das Komplott ziehen, das du ganz richtig erraten hast. Es ist soeben eine Nachricht angelangt – «

»Von Waldemar?« fiel der Professor ein.

Der Schwiegervater schüttelte den Kopf. »Nein, von Rakowicz! Herrn Nordeck kann überhaupt keine Nachricht mehr vorangehen. Entweder er kommt selbst, oder – wir müssen uns auf das Schlimmste gefaßt machen. Aber die Fürstin und ihre Nichte treffen jedenfalls im Laufe des Nachmittags ein, und sobald sie da sind, müßt ihr hinüber nach dem Schlosse. Es wird auffallen, daß die beiden Damen, die Wilicza seit einem Jahr nicht betreten haben, jetzt so unerwartet und in Abwesenheit des Gutsherrn hier anlangen, daß sie die ganze Zeit über allein im Schlosse bleiben. Eure Anwesenheit gibt der Sache einen harmloseren Anstrich und läßt an ein zufälliges Zusammentreffen glauben. Du machst der Mutter deines ehemaligen Zöglings einen Besuch, Emil, und stellst ihr Gretchen als deine Frau vor; das ist glaublich für die Dienerschaft, Die Damen wissen, um was es sich handelt. Ich selbst reite nach der Grenzförsterei und warte, wie verabredet, in der Nähe derselben mit den Pferden. – Und nun laß dir das übrige von deinem Manne auseinandersetzen, mein Kind! Ich habe keine Zeit mehr.« Damit ging er, und Gretchen setzte sich wieder auf das Sofa, um die Mitteilungen ihres Gatten entgegenzunehmen, sehr befriedigt darüber, daß man sie endlich auch wie eine Polin behandelte und an der Verschwörung teilnehmen ließ. –

Es war Abend oder vielmehr Nacht geworden. Auf dem Gutshof schlief schon alles, und auch im Schlosse hatte man die Dienerschaft möglichst früh zu Bett geschickt. Im oberen Stockwerk waren noch einige Fenster hell; der grüne Salon und die beiden anstoßenden Gemächer waren erleuchtet, und in einem der letzteren stand der Theetisch, den man hatte herrichten lassen, um den Dienern keinen Anlaß zur Verwunderung zu geben. Das Abendessen blieb natürlich eine bloße Form. Weder die Fürstin noch Wanda waren zu bewegen, auch nur das Geringste zu sich zu nehmen, und jetzt wurde auch Professor Fabian rebellisch und weigerte sich, Thee zu trinken. Er behauptete, auch nicht einen Tropfen davon hinunterbringen zu können, wie ihn seine Frau auch von der Notwendigkeit einer Stärkung zu überzeugen suchte. Sie hatte ihn halb mit Gewalt an den Theetisch gebracht und hielt ihm dort eine leise, aber eindringliche Strafpredigt.

»Aengstige dich nicht so, Emil! Du wirst mir sonst noch krank vor Aufregung, wie die beiden Damen da drinnen. Gräfin Wanda sieht aus wie eine Leiche, und vor dem Gesicht der Fürstin könnte ich mich beinahe fürchten. Dabei spricht keine von ihnen ein Wort. Ich halte es nicht länger aus, diese stumme Todesangst mit anzusehen, und auch ihnen ist es eine Erleichterung, wenn sie einmal ohne Zeugen sind. Wir wollen sie auf eine halbe Stunde allein lassen.«

Fabian stimmte bei, schob aber die ihm aufgenötigte Theetasse weit von sich.

»Ich begreife gar nicht, weshalb ihr euch alle so verzweifelt anstellt,« fuhr Gretchen fort. »Wenn Herr Nordeck erklärt hat, daß er noch vor Mitternacht mit dem Grafen hier sein werde, so ist er hier, und wenn sie an der Grenze ein ganzes Regiment aufgestellt hatten, um ihn einzufangen. Der setzt alles durch. Es muß doch etwas an dem Aberglauben seiner Wiliczaer sein, die ihn für kugelfest halten. Da ist er wieder mitten durch Gefahren gegangen, bei deren bloßer Erzählung sich uns schon das Haar sträubt, und keine einzige berührt ihn auch nur. Er wird auch glücklich die Grenze passieren.«

»Das gebe Gott!« seufzte Fabian. »Wenn nur dieser Hubert nicht gerade heute in W. wäre! Er würde Waldemar und den Grafen in jeder Verkleidung erkennen, wenn er ihnen begegnete!«

»Hubert hat sein Leben lang nur Dummheiten gemacht,« sagte Gretchen verächtlich, »Er wird in der letzten Woche seiner Amtsthätigkeit nicht noch etwas Kluges anstiften. Das wäre wider seine Natur. Aber in einem hat er doch recht. Kann man wohl den Fuß in dieses Wilicza setzen, ohne gleich wieder mitten in einer Verschwörung zu sein? Das muß wohl hier so in der Luft liegen, denn sonst begreife ich nicht, wie wir Deutsche uns sämtlich zwingen lassen, zu Gunsten dieser Polen zu konspirieren, Herr Nordeck, Papa, sogar wir beide. Nun, hoffentlich ist dies das letzte Komplott, das in Wilicza angestiftet wird.«

Die Fürstin und Wanda waren in dem anstoßenden Salon zurückgeblieben. Hier wie in sämtlichen Zimmern der ersteren war nichts verändert worden, seit sie dieselben vor einem Jahre verlassen hatte. Dennoch hatten die Räume den Anstrich des Oeden, Unbewohnten; man fühlte, daß die Herrin ihnen so lange fern geblieben war.

Im tiefen Schatten saß die Fürstin, unbeweglich und starr vor sich hin blickend. Es war derselbe Platz, an dem sie an jenem Morgen gesessen hatte, als Leos unseliges Kommen die furchtbare Katastrophe auf ihn und die Seinigen herabrief. Die Mutter rang schwer mit den

Erinnerungen, die von allen Seiten auf sie einstürmten, als sie wieder den Ort betrat, der für sie so verhängnisvoll geworden war. Was war aus jenen stolzen Plänen, aus jenen Hoffnungen und Entwürfen geworden, die einst hier ihren Mittelpunkt fanden! Sie lagen alle in Trümmern. Bronislaws Rettung war noch das einzige, was man dem Schicksal abringen konnte, aber diese Rettung war erst zur Hälfte vollbracht, und vielleicht in diesem Augenblick bezahlten er und Waldemar den Versuch, sie zu vollenden, mit dem Leben. Wanda stand in der Nische des großen Mittelfensters und blickte so angestrengt hinaus, als könnten ihre Augen die Dunkelheit durchdringen, die draußen herrschte. Sie hatte das Fenster geöffnet, aber sie fühlte es nicht, daß die Nachtluft scharf hereindrang, wußte nicht, daß sie zusammenschauerte unter dem kalten Hauch. Für die Gräfin Morynska hatte diese Stunde keine Erinnerung an die Vergangenheit mit ihren gescheiterten Plänen und Hoffnungen. Für sie drängte sich alles zusammen in dem einzigen Gedanken der Erwartung, der Todesangst. Sie zitterte ja nicht mehr für den Vater allein, es galt jetzt auch Waldemar, und das Herz behauptete trotz alledem seine Rechte – es galt zumeist ihm.

Es war eine kühle stürmische Nacht, die von keinem Mondesstrahl erhellt wurde. Der Himmel, leicht bedeckt, ließ nur hin und wieder einen Stern aufblinken, der bald hinter den Wolken verschwand. In der Umgebung des Schlosses herrschte die tiefste Ruhe; der Park lag dunkel und schweigend da, und in den Pausen, wo der Wind ruhte, hörte man jedes fallende Blatt.

Plötzlich fuhr Wanda auf, und ein halb unterdrückter Ausruf entrang sich ihren Lippen, In der nächsten Minute stand die Fürstin an ihrer Seite.

»Was ist's? Bemerktest du etwas?«

»Nein, aber ich glaubte in der Ferne Hufschlag zu hören.«

»Täuschung! Du hast ihn schon oft zu hören geglaubt – es ist nichts.«

Trotzdem folgte die Fürstin dem Beispiel ihrer Nichte, die sich weit aus dem Fenster beugte. Die beiden Frauen verharrten in atemlosem Lauschen. Es kam allerdings ein Laut herüber, aber er klang fern und undeutlich, und jetzt erhob sich der Wind von neuem und verwehte ihn ganz. Wohl zehn Minuten vergingen in qualvollstem Harren – da endlich vernahm man in einer der Seitenalleen des Parkes, da wo dieser einen Ausgang nach dem Wald hin hatte, Schritte, die sich offenbar vorsichtig dem Schlosse näherten, und jetzt unterschied die aufs äußerste angestrengte Sehkraft auch mitten in der Dunkelheit, daß zwei Gestalten aus den Bäumen hervortraten.

Fabian kam in das Zimmer gestürzt. Er hatte von seinem Fenster aus die gleiche Beobachtung gemacht.

»Sie sind da,« flüsterte er, seiner kaum mehr mächtig. »Sie kommen die Seitentreppe herauf. Die kleine Pforte nach dem Park ist offen: ich habe erst vor einer halben Stunde nachgesehen.«

Wanda wollte den Ankommenden entgegenstürzen, aber Gretchen, die ihrem Mann gefolgt war, hielt sie zurück.

»Bleiben Sie, Gräfin Morynska!« bat sie. »Sie sind nicht allein im Schlosse, nur hier in Ihren Zimmern ist Sicherheit.«

Die Fürstin sprach kein Wort, aber sie ergriff die Hand ihrer Nichte, um sie gleichfalls zurückzuhalten. Die Folter der Erwartung dauerte nicht mehr lange. Nur noch wenige Minuten – dann flog die Thür auf. Graf Morynski stand auf der Schwelle; hinter ihm zeigte sich die hohe Gestalt Waldemars, und fast in derselben Sekunde lag Wanda in den Armen ihres Vaters.

Fabian und Gretchen hatten Takt genug, sich bei diesem ersten Wiedersehen zurückzuziehen. Sie fühlten, daß sie hier doch nur Fremde waren, aber auch Waldemar schien sich zu den Fremden zu rechnen, denn anstatt einzutreten, schloß er die Thür hinter dem Grafen und blieb im Nebenzimmer, wo er seinem ehemaligen Lehrer die Hand reichte.

»Da sind wir glücklich,« sagte er mit einem tiefen Atemzug. »Die Hauptgefahr wenigstens ist überstanden. Wir sind auf deutschem Boden.«

Fabian umschloß mit beiden Händen die dargebotene Rechte. »In welches Wagnis haben Sie sich wieder gestürzt, Waldemar! Wenn Sie entdeckt worden wären!«

Waldemar lächelte. »Ja, das ›Wenn‹ muß man bei solchen Unternehmungen von vornherein ausschließen. Wer über den Abgrund will, darf nicht an den Schwindel denken, sonst ist er verloren. Ich habe die Möglichkeiten nur insofern in Betracht gezogen, als es galt, ihnen vorzubeugen. Im übrigen habe ich fest auf mein Ziel geschaut, ohne rechts oder links zu blicken. Sie sehen, das hat geholfen.«

Er warf den Mantel ab und zog aus der Brusttasche einen Revolver, den er auf den Tisch legte. Gretchen, die in der Nähe stand, wich einen Schritt zurück.

»Erschrecken Sie nicht, Frau Professorin!« beruhigte sie Nordeck. »Die Waffe ist nicht gebraucht worden; die Sache ist ohne jedes Blutvergießen abgegangen, obgleich es anfangs nicht den Anschein hatte, aber wir fanden einen unerwarteten Helfer in der Not, den Assessor Hubert.«

»Den neuen Regierungsrat?« fiel die junge Frau erstaunt ein.

»So, er ist Regierungsrat geworden? Nun kann er die neue Würde drüben in Polen geltend machen. Wir sind mit seinem Wagen und seinen Legitimationspapieren über die Grenze gefahren.«

Der Professor und seine Frau ließen gleichzeitig einen Ausruf der Ueberraschung hören.

»Freiwillig hat er uns diese Gefälligkeit allerdings nicht erwiesen,« fuhr Nordeck fort. »Im Gegenteil, er wird nicht verfehlen uns Straßenräuber zu nennen, aber Not kennt kein Gebot. Für uns standen Freiheit und Leben auf dem Spiel, da galt kein langes Besinnen. – Wir langten heute mittag in dem Wirtshause eines polnischen Dorfes an, das nur zwei Stunden von der Grenze entfernt liegt. Daß man uns auf der Spur war, wußten wir und wollten um jeden Preis hinüber auf deutsches Gebiet, aber der Wirt warnte uns, die Flucht vor Einbruch der Dunkelheit fortzusetzen, es sei unmöglich, man fahnde in der ganzen Umgegend auf uns. Der Mann war ein Pole. Seine beiden Söhne hatten bei der Insurrektion unter dem Grafen Morynski gedient; die ganze Familie hätte ihr Leben für den ehemaligen Chef gelassen. Der Warnung war unbedingt zu trauen – wir blieben also. Es war gegen Abend, und unsre Pferde standen bereits gesattelt im Stall, als der Assessor Hubert, der von W. zurückkam, plötzlich im Dorf erschien. Sein Wagen hatte irgend eine Beschädigung erhalten, die schleunigst ausgebessert werden sollte; er hatte ihn in der Dorfschmiede gelassen und kam nun in das Wirtshaus, hauptsächlich um sich zu erkundigen, ob keine Spur von uns aufzufinden sei. Sein polnischer Kutscher mußte ihm, da er der Landessprache unkundig war, als Dolmetscher dienen. Er hatte ihn deshalb auch nicht bei dem Wagen gelassen, sondern mitgenommen. Der Wirt behauptete natürlich, von nichts zu wissen. Wir waren im oberen Stock verborgen und hörten ganz deutlich, wie der Assessor unten im Hausflur in seiner beliebten Art von flüchtigen Hochverrätern deklamierte, denen man auf der Spur sei. Dabei war er so freundlich, uns zu verraten, daß wir in der That verfolgt wurden, daß man den Weg kannte, den wir genommen hatten; er wußte sogar, daß wir unser zwei und zu Pferde seien. Jetzt gab es keine Wahl mehr. Wir mußten fort, so schnell wie möglich. Die unmittelbare Nähe der Gefahr gab mir einen glücklichen Gedanken ein. Ich ließ dem Wirt durch seine Frau schnell die nötigen Weisungen zukommen, und er begriff sie auf der Stelle. Dem Assessor wurde gemeldet, daß sein Wagen vor Ablauf einer Stunde nicht herzustellen sei; er war sehr ungehalten darüber, bequemte sich aber doch, so lange im Wirtshause zu bleiben und das angebotene Abendessen einzunehmen. Inzwischen gingen wir zur Hinterthür hinaus und nach der Dorfschmiede. Der Sohn des Wirtes hatte bereits dafür gesorgt, daß der Wagen im Stande war. Ich stieg ein; mein Oheim« – es war das erste Mal, daß Waldemar diese Bezeichnung von dem Grafen Morynski gebrauchte – »mein Oheim, der auf der ganzen Flucht für meinen Diener galt, und auch die Kleidung eines solchen trug, nahm die Zügel, und so fuhren wir auf der andern Seite des Dorfes hinaus.

»Im Wagen machte ich noch einen unschätzbaren Fund. Auf dem Rücksitz lag der Paletot des Assessors mit seiner Brieftasche und seinen sämtlichen Papieren, die dieser umsichtige Beamte ganz einfach hier zurückgelassen oder vergessen hatte, ein neuer Beweis seiner glänzenden Befähigung für den Staatsdienst. Von seinem Passe konnte ich mit meiner Hünengestalt leider keinen Gebrauch machen, dagegen fand sich unter den andern Papieren manches Nützliche für uns. So zum Beispiel eine Ermächtigung des Polizeidepartements von L., den flüchtigen Grafen Morynski auch auf deutschem Boden zu ergreifen, ein Schreiben, das den Assessor zur

Rücksprache über diese Angelegenheit bei den Behörden in W. legitimierte, endlich noch verschiedene Notizen dieser Behörden über die wahrscheinliche Richtung, die wir genommen, und über die bereits getroffenen Maßregeln zu unsrer Ergreifung. Leider waren wir gewissenlos genug, die gegen uns gerichteten Dokumente für uns zu benutzen. Der Assessor hatte im Wirtshause erzählt, daß er heute morgen über A. gekommen sei; dort hätte man jedenfalls den Wagen wiedererkannt und den Wechsel der Insassen bemerkt. Wir machten also einen Umweg bis zur nächsten Grenzstation und fuhren dort ganz offen als Herr Regierungsrat Hubert nebst Kutscher vor. Ich zeigte die Papiere vor und verlangte schleunigst durchgelassen zu werden, da ich den Flüchtigen auf der Spur sei und die größte Eile not thue. Das half augenblicklich. Niemand fragte nach unsern Pässen. Wir wurden für hinreichend legitimiert erachtet und passierten glücklich die Grenze. Eine Viertelstunde diesseits ließen wir den Wagen, der uns nur verraten hätte, auf der Landstraße in der Nähe eines Dorfes zurück, wo er jedenfalls gefunden werden muß, und erreichten zu Fuß die Waldungen von Wilicza. Bei der Grenzförsterei fanden wir verabredetermaßen den Administrator mit den Pferden, ritten in voller Carriere hierher – und da sind wir.«

Gretchen, die eifrig zugehört hatte, war sehr ergötzt über den Streich, den man ihrem ehemaligen Bewerber gespielt hatte, Fabians Gutmütigkeit aber ließ eine Schadenfreude nicht aufkommen. Er fragte im Gegenteil in besorgtem Ton:

»Und der arme Hubert?«

»Er sitzt ohne Wagen und ohne Legitimation drüben in Polen,« versetzte Waldemar trocken, »und kann von Glück sagen, wenn er nicht selbst noch als Hochverräter angesehen wird. Unmöglich wäre das nicht. Wenn unsre Verfolger wirklich im Wirtshause eintreffen, so finden sie dort die beiden Fremden nebst zwei gesattelten Pferden, und der Wirt wird sich hüten, einen etwaigen Irrtum aufzuklären, der unsre ungestörte Flucht sichert. Der Kutscher, der in jedem Zug den Polen verrät, und überdies von imposanter Figur ist, kann zur Not für einen verkleideten Edelmann gelten, der Regierungsrat für seinen Befreier und Mitverschworenen, Legitimieren kann sich der letztere nicht; die Sprache versteht er auch nicht, und unsre Nachbarn pflegen bei solchen Verhaftungen weder viel Umstände zu machen, noch sich streng an die Formen zu halten. Vielleicht genießt der Herr Regierungsrat jetzt selbst das Vergnügen, das er uns bei unsrer Ankunft in Wilicza zugedacht hatte; als verdächtiges Subjekt geschlossen nach der nächsten Stadt transportiert zu werden.«

»Das wäre ein unvergleichlicher Schluß seiner Amtstätigkeit,« spottete Gretchen, ohne sich an den ernsten Blick ihres Gatten zu kehren.

»Und nun genug von diesem Hubert!« brach Waldemar ab. »Ich sehe Sie doch noch, wenn ich zurückkomme? Für diese Nacht bin ich freilich nur inkognito im Schlosse; ich kehre erst in den nächsten Tagen offiziell von Altenhof zurück, wo man mich die ganze Zeit über glaubte. Doch nun muß ich die Mutter und meine – meine Cousine begrüßen. Der erste Sturm des Wiedersehens wird jetzt wohl vorüber sein.«

Er öffnete die Thür und trat in das anstoßende Gemach, wo sich die Seinigen befanden. Graf Morynski saß in einem Sessel. Er hielt noch immer seine Tochter in den Armen, die vor ihm auf den Knieen lag und das Haupt an seine Schulter lehnte. Der Graf hatte sehr gealtert in der letzten Zeit. Die dreizehn Monate der Haft schienen ebensoviele Jahre für ihn gewesen zu sein. Haar und Bart waren weiß geworden, und sein Antlitz zeigte unauslöschliche Spuren der Leiden, die Kerker, Krankheit und vor allem das Schicksal seines Volkes über ihn verhängt hatten. Es war ein energischer, lebenskräftiger Mann gewesen, der vor kaum einem Jahr hier in Wilicza Abschied nahm – jetzt kehrte ein Greis zurück, dessen äußere Erscheinung schon seine Gebrochenheit verriet.

Die Fürstin, welche neben dem Bruder stand, merkte zuerst den Eintritt ihres Sohnes und ging ihm entgegen.

»Kommst du endlich, Waldemar?« sagte sie im Tone des Vorwurfs. »Wir glaubten schon, du wolltest dich uns ganz entziehen.«

»Ich wollte euer erstes Wiedersehen nicht stören,« erwiderte er zögernd.

»Bestehst du noch immer darauf, ein Fremder für uns zu sein? Du bist es lange genug gewesen. Mein Sohn,« – die Fürstin streckte ihm plötzlich in tiefster Bewegung beide Arme entgegen – »ich danke dir.«

Waldemar lag in den Armen der Mutter, zum erstenmal wieder seit seiner Kinderzeit, und in dieser langen, innigen Umarmung versanken die Jahre der Entfremdung und Bitterkeit, versank alles, was sich je kalt und feindselig zwischen sie gestellt hatte. Auch hier war eine unsichtbare und doch so unheilvolle Schranke niedergerissen. Sie hatte lange genug zwei Menschen getrennt, die durch die heiligsten Bande des Blutes einander angehörten. Der Sohn hatte sich endlich die Liebe seiner Mutter erobert. Der Graf erhob sich jetzt auch und bot seinem Vetter die Hand. »Danke ihm immerhin, Jadwiga!« sagte er. »Ihr wißt noch nicht, was er alles für mich gewagt hat.«

»Das Wagnis war nicht so groß, wie es schien,« lehnte Waldemar ab. »Ich hatte mir zuvor die Wege geebnet. Wo Gefängnisse sind, ist auch Bestechung möglich. Ohne diesen goldenen Schlüssel wäre ich nie bis ins Innere der Festung gedrungen, und noch weniger wären wir beide wieder hinaus gelangt.«

Wanda stand neben ihrem Vater, dessen Arme sie noch immer festhielt, als fürchte sie, er könne ihr wieder entrissen werden. Sie allein hatte noch kein Wort des Dankes gesprochen, nur ihr Blick war Waldemar entgegengeflogen, als sie sich bei seinem Eintritt umwandte, und dieser Blick mußte ihm wohl mehr gesagt haben, als alle Worte. Er schien zufrieden damit und machte keinen Versuch, sich ihr direkt zu nähern.

»Noch ist die Gefahr nicht ganz überstanden,« wandte er sich wieder an den Grafen. »Wir haben es ja leider schwarz auf weiß in Händen, daß Ihnen auch hier die Verhaftung und Auslieferung droht. Für den Augenblick freilich sind Sie sicher in Wilicza. Frank hat versprochen, uns als Wachtposten zu dienen, und Sie bedürfen auch dringend einige Stunden der Ruhe, aber morgen früh müssen wir weiter nach S.«

»Ihr wollt also nicht den direkten Weg nach Frankreich oder England nehmen?« fragte die Fürstin.

»Nein, das dauert zu lange, und gerade auf diesem Weg wird man uns vermuten; wir müssen versuchen, so schnell wie möglich die See zu erreichen. S. ist der nächste Hafen und morgen abend können wir bereits dort sein. Ich habe alles vorbereitet; schon seit vier Wochen liegt ein englisches Schiff dort, über das ich mir die alleinige Verfügung gesichert habe, und das jeden Augenblick bereit ist, in See zu gehen. Es bringt Sie vorläufig nach England, mein Oheim. Von dort aus stehen Ihnen ja Frankreich, die Schweiz, Italien offen, gleichviel, wo Sie Ihren Aufenthalt wählen. Einmal auf hoher See, sind Sie gerettet.«

»Und du, Waldemar?« – der Graf gab seinem ältesten Neffen auch das Du, das er so lange nur dem jüngeren zugestanden. »Wirst du deine Kühnheit nicht noch büßen müssen? Wer weiß, ob das Geheimnis meiner Flucht streng bewahrt bleiben, wird – es wissen zu viele darum.«

Waldemar lächelte flüchtig. »Ich habe allerdings diesmal meine Natur verleugnen und an allen Ecken und Enden Vertraute haben müssen; es ließ sich nicht anders durchführen. Zum Glück sind es sämtlich Mitschuldige – sie können nichts verraten, ohne sich selbst preiszugeben. Die Befreiung wird man aber unbedingt meiner Mutter zuschreiben, und wenn in Zukunft wirklich einmal Vermutungen und Gerüchte über die Wahrheit auftauchen, nun so leben wir ja auf deutschem Boden. Hier ist Graf Morynski weder angeklagt, noch verurteilt worden, und hier wird seine Befreiung also auch nicht als Verbrechen gelten. Man wird es begreifen, daß ich, trotz allem, was uns politisch trennt, die Hand zur Rettung meines Oheims bot, wenn man erfährt, daß er auch – mein Vater geworden ist.«

In dem Antlitz Morynskis zuckte etwas auf bei dieser Mahnung, was er vergebens zu unterdrücken versuchte, ein Schmerz, dessen er nicht Herr zu werden vermochte. Er wußte ja längst um diese Liebe, die ihm wie seiner Schwester so lange als ein Unglück, ja beinahe als ein Verbrechen erschienen war. Auch er hatte sie mit allen Mitteln bekämpft, die ihm nur zu Gebot standen, und noch in der letzten Zeit versucht, Wanda davon loszureißen; er hatte es geduldet, daß sie sich entschloß, mit ihm in ein fast sicheres Verderben zu gehen, nur um diese

Verbindung zu hindern. Es war ein schweres Opfer, das er den nationalen Vorurteilen, dem alten Nationalhaß abrang, der so lange die Richtschnur seines Lebens gewesen war, aber er sah auf den Mann, dessen Hand ihn aus dem Kerker geführt, der Leben und Freiheit daran gesetzt hatte, um ihm beides zurückzugeben – dann beugte er sich zu seiner Tochter nieder.

»Wanda!« sagte er leise.

Wanda blickte zu ihm auf. Das Antlitz des Vaters war ihr nie so düster, so gramvoll erschienen, wie in dieser Minute. Sie war ja darauf vorbereitet gewesen, ihn verändert zu finden, aber so furchtbar hatte sie sich diese Veränderung nicht gedacht, und als sie jetzt in seinen Augen las, was ihm die Einwilligung kostete, da trat jeder eigene Wunsch zurück, und die Zärtlichkeit der Tochter flammte auf.

»Jetzt noch nicht, Waldemar!« flehte sie mit bebender Stimme. »Du siehst, was mein Vater gelitten hat und noch leidet. Du kannst nicht fordern, daß ich mich im Augenblick des Wiedersehens schon wieder von ihm trenne. Laß mich noch einige Zeit an seiner Seite, nur ein Jahr noch! Du hast ihn vor dem Furchtbarsten bewahrt, aber er muß doch immer in die Fremde, in die Verbannung hinaus – soll ich ihn krank und allein gehen lassen?«

Waldemar schwieg. Er fand nicht den Mut, Wanda an das Wort zu erinnern, das sie ihm bei ihrem letzten Zusammensein ausgesprochen; die gebrochene Gestalt des Grafen verbot jeden Trotz und sprach zugleich mächtig für die Bitte seiner Tochter, aber in dem jungen Mann bäumte sich jetzt der ganze Egoismus der Liebe empor. Er hatte so vieles gewagt, um die Geliebte zu besitzen, und nun ertrug er es nicht, daß man ihm den Preis noch länger versagte. Finster, mit zusammengepreßten Lippen sah er zu Boden, als plötzlich die Fürstin dazwischen trat.

»Ich will die Sorge um den Vater von dir nehmen, Wanda,« sagte sie. »Ich gehe mit ihm – –«

Die drei andern fuhren in höchster Ueberraschung auf. »Wie, Jadwiga?« fragte der Graf, »du wolltest mit mir gehen?«

»In die Verbannung,« vollendete die Fürstin mit fester Stimme. »Sie ist uns beiden ja nicht fremd, Bronislaw; wir haben sie lange Jahre hindurch gekostet – wir nehmen das alte Schicksal wieder auf uns.«

»Niemals!« rief Waldemar auflodernd. »Ich gebe es nicht zu, daß du mich jetzt verläßt, Mutter. Die Kluft zwischen uns ist endlich ausgefüllt; der alte Streit begraben. Dein Platz ist fortan in Wilicza bei deinem Sohne.«

»Der soeben dabei ist, seinen Gütern mit eiserner Hand den Stempel des Deutschtums aufzuprägen!« Es lag ein furchtbarer Ernst in dem Tone der Fürstin Baratowska, als sie ihn mit diesen Worten unterbrach. »Nein, Waldemar, du unterschätzest die Polin in mir, wenn du meinst, ich könnte noch ferner in Wilicza bleiben, in dem Wilicza, das jetzt unter deiner Hand auflebt. Ich habe dir spät, aber ganz die Liebe der Mutter gegeben und werde dir diese Liebe bewahren, auch wenn wir voneinander scheiden, auch in der Ferne und wenn wir uns bisweilen wiedersehen, aber an deiner Seite leben und Tag für Tag sehen, wie du alles zu Boden wirfst, was ich mühsam gebaut habe, in deinen deutschen Kreisen meine ganze Vergangenheit verleugnen und jedesmal, wenn der Gegensatz zwischen euch und uns wieder hervortritt, mich deinem Machtwort beugen, das, mein Sohn, kann ich nicht; es wäre mehr, als ich mit aller Willenskraft zu leisten vermöchte. Das würde unsre kaum geschlossene Versöhnung wieder zerreißen, würde den alten Streit, die alte Bitterkeit wieder wachrufen. Also laß mich gehen – es ist das beste für uns beide.«

»Ich habe nicht geglaubt, daß diese Bitterkeit sich selbst in diese Stunde drängen würde,« sagte Waldemar mit leisem Vorwurf.

Die Fürstin lächelte schmerzlich. »Sie gilt nicht dir; sie gilt dem Schicksal, das uns zum Untergang verurteilt hat. Ueber die Baratowski wie über die Morynski hat es den Stab gebrochen. Mit Leo ging das edle Polengeschlecht zu Grabe, das jahrhundertelang in der Geschichte unsres Volkes geglänzt hat. Auch mein Bruder ist der Letzte seines Stammes, Mit Wanda erlischt sein Name, und er erlischt jetzt in dem deinigen. Wanda ist jung; sie liebt dich; sie wird *vielleicht* überwinden lernen, was uns beiden unmöglich ist. Euch gehört ja das Leben und die Zukunft – wir haben nur noch die Vergangenheit.«

174

»Jadwiga hat recht,« nahm jetzt auch Graf Morynski das Wort. »Ich darf nicht bleiben, und sie will es nicht. Ihr hat die Verbindung mit deinem Vater kein Heil gebracht, Waldemar, und mir ist es, als könnten ein Nordeck und eine Morynska überhaupt kein Glück miteinander finden. Auch zwischen euch liegt der unselige Zwiespalt, der deinen Eltern so verhängnisvoll geworden ist, auch Wanda ist ein Kind ihres Volkes und kann das Blut dieses Volkes nicht verleugnen, so wenig wie du das deinige. Es ist ein Wagnis, das ihr mit dieser Ehe auf euch nehmt, aber ihr habt es gewollt – ich widerstrebe nicht länger.«

Es war keine frohe Verlobung, die das junge Paar feierte. Die angekündigte Trennung von der Mutter, die düstere Resignation des Vaters und seine Warnung warfen einen tiefen Schatten über die Stunde, die sonst so sonnenhell zu sein pflegt für zwei jugendliche Herzen. Es schien wirklich, als sollte dieser Leidenschaft, die sich durch so heiße Kämpfe durchgerungen, so viele Hindernisse zu Boden geworfen hatte, kein Glück beschieden sein.

»Und nun komm, Bronislaw!« sagte die Fürstin, den Arm ihres Bruders nehmend. »Du bist zu Tode erschöpft von dem scharfen Ritt und den Aufregungen der letzten Tage, du mußt bis morgen ruhen, wenn es dir möglich sein soll, die Reise fortzusetzen. Wir wollen die beiden allein lassen; sie haben noch kaum miteinander gesprochen und sie haben sich doch so viel zu sagen.«

Sie verließ mit dem Grafen das Zimmer, aber kaum hatte sich die Thür hinter, ihnen geschlossen, da wich der Schatten. Waldemar zog mit stürmischer Zärtlichkeit die endlich errungene Braut in seine Arme. – –

Fabian und seine Gattin befanden sich noch im Nebenzimmer, aber Gretchen war äußerst ungehalten und warf einen wehmütigen Blick nach dem Theetisch.

»Daß die Menschen über ihren romantischen Gefühlen doch immer vergessen, was notwendig und in der Ordnung ist!« bemerkte sie. »Die Angst und Aufregung ist doch nun vorbei und das Wiedersehen auch; sie könnten sich doch nun ruhig zu Tisch setzen, aber das fällt niemand ein. Ich habe weder die Fürstin noch den Grafen Morynski dahin bringen können, auch nur etwas zu genießen, aber Gräfin Wanda wenigstens muß eine Tasse von dem Thee nehmen, den ich eben wieder frisch bereitet habe; sie muß es unter allen Umständen. Ich werde nachsehen, ob sie mit Herrn Nordeck noch drinnen im Salon ist. Bleibe du inzwischen hier, Emil!«

Emil blieb gehorsam bei der Theemaschine sitzen, aber die Zeit wurde ihm lang dabei, denn es vergingen wohl zehn Minuten, ohne daß seine Frau zurückkehrte.

Der Professor fing an sich unbehaglich zu fühlen. Er kam sich hier so überflüssig vor; er hätte sich so gern auch irgendwie nützlich gemacht, wie Gretchen, deren praktische Natur sich nie verleugnete, und um doch wenigstens etwas zu thun, ergriff er die bereits gefüllte Theetasse und trug sie in den anstoßenden Salon. Zu seiner großen Ueberraschung fand er diesen leer und seine Frau dicht vor der jetzt geschlossenen Thür des Arbeitskabinetts der Fürstin stehen.

»Liebes Gretchen,« sagte Fabian, die Tasse so vorsichtig und ängstlich auf der Hand balancierend, als enthielte sie das kostbarste Lebenselixir. »Ich bringe den Thee; er könnte am Ende kalt werden, wenn es noch lange dauert.«

Die Frau Professorin hatte sich in einer sehr verfänglichen Stellung überraschen lassen. Sie stand nämlich gebückt, mit dem Auge am Schlüsselloch, hatte sich aber glücklicherweise noch rasch aufgerichtet, als ihr Gemahl eintrat. Jetzt ergriff sie ihn samt der Tasse und zog ihn wieder ins Nebenzimmer.

»Laß nur, Emil!« erwiderte sie. »Die Gräfin braucht keinen Thee, und es dauert noch sehr lange. Um deinen lieben Waldemar brauchst du dich auch nicht mehr zu grämen; dem geht es gar nicht schlecht da drinnen, durchaus nicht. Ich habe ihm übrigens unrecht gethan – er hat doch ein Herz. Dieser kalte starre Nordeck kann wirklich auf den Knieen liegen und in den glühendsten Worten von seiner Liebe sprechen. Ich hätte es nicht geglaubt.«

»Aber, liebes Kind, woher weißt du denn das alles?« fragte der Professor, der in seiner Unschuld und Gelehrsamkeit nie etwas mit Schlüssellöchern zu thun gehabt hatte. »Du standest ja draußen.«

Gretchen wurde feuerrot, faßte sich aber schnell und sagte mit großer Bestimmtheit:

»Das verstehst du nicht, Emil. Es ist auch gar nicht nötig – und da der Thee nun einmal da ist, so wollen wir ihn selber trinken.«

Die milde klare Frühlingsnacht, welche über dem Meere lag, begann dem Morgen zu weichen. Am Himmel blinkten noch matt die Sterne, aber fern am Horizont dämmerte schon die erste Tageshelle, und das Meer rauschte leise, wie im Traume.

Durch die immer lichter werdende Morgendämmerung eilte ein Schiff, das gegen Mitternacht den Hafen von S. verlassen hatte. Es hatte mehrere Stunden gebraucht, um die weite seeartige Mündung des Flusses zu durchmessen, und stand nun im Begriff, die hohe See zu gewinnen. An Bord befand sich Graf Morynski mit seiner Tochter und Waldemar. Wanda hatte die Trennung vom Vater so unmittelbar nach dem Wiedersehen nicht über sich gewinnen können. Sie bestand darauf, ihn wenigstens bis zum Hafen zu begleiten und auch dann noch so lange wie möglich an seiner Seite zu bleiben, und Waldemar hatte ihren stürmischen Bitten nachgegeben. Eine Gefahr brachte das kaum mit sich, im Gegenteil, die Fahrt nach S. wurde vielleicht unverdächtiger in Gesellschaft einer Dame zurückgelegt. Die Fürstin verweilte ja vorläufig noch in Rakowicz; ihr schrieb man, wie der Sohn ganz richtig voraussah, allein die Befreiung ihres Bruders zu. Jeder Verdacht, jede etwaige Nachforschung richtete sich auf sie und ihren Aufenthalt. Wandas Abwesenheit wurde schwerlich bemerkt; überdies sollte sie schon in den nächsten Tagen in Begleitung Waldemars von Altenhof zurückkehren. Das ehemalige Gut Witolds, jetzt das Eigentum seines Pflegesohnes, lag an der offenen Küste, die das Schiff bei seiner Ausfahrt passieren mußte, und bis hierher ward dem Flüchtlinge von seinen Kindern das Geleit gegeben. Graf Morynski beabsichtigte in England die Fürstin zu erwarten, die noch einige Wochen in Rakowicz bleiben wollte, bis zur Vermählung ihres Sohnes und ihrer Nichte, um dann unverzüglich dem Bruder zu folgen. Von England aus wollten beide gemeinschaftlich ihren ferneren Aufenthalt wählen.

Es war allmählich Tag geworden. Das erste kalte Frühlicht ruhte auf der weiten Meeresfläche, aber noch ohne Wärme und Farbe. Jetzt, wo die Küste zurückwich und die offene See vor den Scheidenden lag, konnte die Trennung nicht länger verschoben werden. Dort drüben dehnte sich der Strand hin, der das Gebiet von Altenhof begrenzte und in unmittelbarer Nähe des Schiffes, das jetzt seinen Lauf hemmte, lag, noch umwallt von weißen Morgennebeln, der Buchenholm. Es war eine kurze, aber ergreifende Abschiedsscene, die auf dem Verdecke stattfand. Graf Morynski litt wohl am schwersten darunter. So sehr er auch strebte, seine Fassung zu behaupten, sie brach doch zusammen, als er die Tochter in die Arme ihres künftigen Gatten legte. Waldemar sah, daß die Qual der Trennung nicht verlängert werden durfte; er umfaßte rasch seine Braut und hob sie in das bereitliegende Boot, das sie in wenigen Minuten nach dem Buchenholm hinübertrug, während das Schiff sich wieder in Bewegung setzte. Vom Verdeck flatterte noch ein weißes Tuch, und vom Holm aus wurde der Abschiedsgruß erwidert, dann wurde die Entfernung weiter und weiter zwischen den Scheidenden. Das Schiff wandte sich mit voller Dampfkraft gegen Norden.

Wanda war auf eins der Steintrümmer niedergesunken, die unter den Buchen zerstreut lagen, und überließ sich dem Ausbruch eines leidenschaftlichen Schmerzes. Waldemar, der neben ihr stand, behauptete wohl die Fassung, aber auch auf seinem Antlitze lag der ganze Ernst dieser Abschiedsstunde.

»Wanda,« sagte er, seine Hand sanft auf die ihrige legend, »die Trennung ist ja keine ewige. Wenn dein Vater den heimatlichen Boden nicht wieder betreten darf, so hindert uns nichts, ihn bisweilen aufzusuchen. In Jahresfrist siehst du ihn wieder – ich verspreche es dir.«

Wanda schüttelte schmerzlich das Haupt. »Wenn ich ihn dann noch finde. Er hat zu viel und zu schwer gelitten, um sich je wieder ganz dem Leben zuwenden zu können. Mir ist es, als hätte ich das letzte Mal in seinen Armen gelegen.«

Nordeck schwieg – auch ihm hatte sich beim Abschiede die gleiche Befürchtung aufgedrängt. Wenn Graf Morynski auch wirklich die Folgen der Wunden und der Kerkerhaft zu überwinden vermochte, den Untergang der Sache, der sein ganzes Leben geweiht gewesen war, überwand er schwerlich. Als er vor Jahren das erste Mal in die Verbannung ging, da hatte er geistig und körperlich noch die volle Kraft des Mannes einzusetzen, aber jetzt war diese Kraft gebrochen – wer konnte es wissen, wie lange der Rest davon noch standhielt!

»Der Vater bleibt ja nicht allein,« entgegnete Waldemar endlich. »Meine Mutter folgt ihm, und ich sehe erst jetzt, was wir ihr zu danken haben. Sie nimmt mit diesem Entschlusse eine schwere Sorge von uns beiden. Du kennst ihre Liebe zu dem einzigen Bruder; sie wird ihm die Stütze sein, deren er bedarf.«

Der Blick Wandas hing noch immer an dem Schiffe, das schon in weiter Ferne dahinzog.

»Und du verlierst auch die Mutter, nachdem du sie kaum erst gefunden hast,« sagte sie leise.

Seine Stirn verdüsterte sich bei der Erinnerung. »Glaubst du, daß mir das leicht wird? Und doch, ich fürchte, sie hat recht. Wir sind zu gleichartige Naturen, als daß sich je eine der andern beugen könnte, und bei einem Zusammenleben müßte das doch nun einmal geschehen. Gehörte ich ihrem Volke an, oder sie dem meinigen, dann freilich bedürfte es dessen nicht, dann würde alles was ich unternehme und erringe, ihr Stolz, ihr eigenes Wollen sein, jetzt aber steht mir dieses Wollen ewig feindlich gegenüber, und wo ich in Wilicza meinen Schöpfungen die Bahn brechen will, da muß ich erst die ihren zerstören. Wir können uns wohl über die Kluft hinweg die Hand reichen und es endlich fühlen, daß wir Mutter und Sohn sind – miteinander gehen können wir nicht. Sie hat das klarer eingesehen als ich selber und gewählt, was für uns alle das beste ist; ihr Entschluß allein sichert uns die Versöhnung.«

Die junge Gräfin hob das thränenvolle Auge zu ihm empor. »Hast du die düstere Warnung des Vaters vergessen? Auch zwischen uns beiden liegt der unselige nationale Zwiespalt, der von jeher wie ein tiefer Riß durch unsre Familie ging. Er hat schon deine Eltern unglücklich gemacht.«

»Weil sie keine Liebe kannten,« ergänzte Waldemar. »Weil kalte Berechnung nach beiden Seiten das innigste Band knüpfte, das zwei Menschen vereinigen kann. Daraus konnte keine Versöhnung erstehen; da mußte der alte Streit nur noch heftiger auflodern.

Wir haben denn doch etwas andres einzusetzen. Ich habe jenem Zwiespalte schon meine Braut abgerungen – ich werde auch mein Glück dagegen zu verteidigen wissen. Wenn unsre Ehe wirklich ein Wagnis ist, *wir* können es auf uns nehmen.«

Die leichten Morgenwolken, welche am Himmel schwammen, begannen sich licht und lichter zu färben, und im Osten flammte die Morgenröte. Der ganze Horizont war in Rosenglut getaucht, und die Wellen erschienen wie gesäumt mit flüssigem Golde. Jetzt blitzte es auf wie ein strahlender Funke, der erste Gruß der aufsteigenden Sonne, und nun stieg das leuchtende Tagesgestirn selbst empor aus den Wogen, langsam, immer höher und höher, bis es sich endlich ganz davon löste und in voller Klarheit dastand. Durch die helle, kalte Morgenluft floß es wie ein rosiger Hauch, und die bisher so öde dunkle Wasserfläche gewann das tiefste Blau. Mit dem Sonnenaufgang strömten Licht und Leben über Meer und Erde hin.

Die ersten Strahlen berührten den Buchenholm, und vor ihnen zerrannen die weißen Nebel, die noch zwischen den Bäumen schwebten; sie sanken nieder auf den taubedeckten Rasen; sie zerflatterten im Walde, nur ein leichter Duft blieb noch zurück. Der Morgenwind strich durch die Kronen der mächtigen Buchen, die sich leise rauschend zu einander neigten, aber was sie jetzt flüsterten, das war keine düstere Klage mehr von Vergehen und Sterben, wie damals am Waldsee von Wilicza. Und doch war gerade dort, in den herbstlich öden Wäldern, aus Dämmerung und Nebelschatten das Traumbild aufgestiegen, das jetzt als helle Wirklichkeit dastand – der meerumrauschte Buchenholm im Sonnenglanz mit seiner Märchenpoesie.

Waldemar und Wanda standen wieder an der Stelle, wo vor Jahren der wilde, ungestüme Knabe gestanden hatte, der da meinte, er brauche nur die Hand auszustrecken, um das, was seine erste Leidenschaft erweckte, nun auch als sein unbestrittenes Eigentum an sich zu reißen, und das übermütige Kind, das mit dieser Leidenschaft ein kindisches Spiel getrieben hatte. Damals wußten sie beide noch nichts vom Leben und seinen Aufgaben. Seitdem war es ihnen genaht in seinem ganzen furchtbaren Ernste; es hatte sie hineingerissen in seine schwersten Kämpfe, und alles zwischen sie gestellt, was zwei Menschen nur trennen kann. Aber die alte Meeressage hatte ihnen doch wahr gesprochen. Seit jener Stunde, wo ihr Zauber die beiden jugendlichen Herzen umspann, waren diese in ihrem Bann geblieben, und der Bann hielt sie fest trotz Entfremdung und Trennung; er zog sie mächtig zu einander, als um sie her alles in Haß und Streit aufloderte, und führte sie siegreich durch all die feindlichen Gewalten bis zu dieser Minute.

Waldemar hatte den Arm um seine Braut gelegt und sah ihr tief ins Auge.

»Glaubst du noch, daß ein Nordeck und eine Morynska kein Glück miteinander finden können?« fragte er, »Wir wollen den Schatten tilgen, der bisher auf diesem Bunde lag.«

Wanda lehnte das Haupt an seine Schulter. »Du wirst bei deinem Weibe vieles schonen und vieles überwinden müssen. Ich kann nicht alles verleugnen, was mir so lange heilig und teuer gewesen ist. Reiße mich nicht ganz los von meinem Volke, Waldemar! Es wurzelt ein Teil meines Lebens darin.«

»Bin ich denn jemals hart gegen dich gewesen?« Waldemars Stimme hatte wieder jene seltsame Weichheit, die nur ein einziges Wesen auf Erden diesem kalten, starren Manne abzuringen vermochte. »Diese Augen haben ja schon dem unbändigen Knaben Fügsamkeit gelehrt; sie werden auch den Mann zu zügeln wissen. Ich weiß, daß jener Schatten sich noch oft zwischen uns drängen wird; er wird dir vielleicht noch manche Thräne und mir manchen Kampf kosten, aber ich weiß auch, daß in jedem entscheidenden Augenblicke meine Wanda da stehen wird, wo sie schon einmal stand, als die Todesgefahr mich bedrohte, und wo hinfort allein ihr Platz ist – an der Seite ihres Gatten.«

Das Schiff, das den Flüchtling seinem Vaterland entführte, verschwand in nebelduftiger Ferne. Ringsum wogte die blaue See, und über den Buchenholm strömte das volle goldene Sonnenlicht, Das Meer sang wieder seine alte ewige Melodie, aus Windesrauschen und Wellenbrausen gewoben, und dazwischen tönte es fern und geheimnisvoll wie Glockenklang – der Geistergruß Vinetas aus der Meerestiefe.